高適集校注

[唐]高適 著
孫欽善 校注

圖書在版編目(CIP)數據

高適集校注：典藏版 /（唐）高適著;孫欽善校注
. —上海：上海古籍出版社,2019.6
（中國古典文學叢書〔典藏版〕）
ISBN 978-7-5325-9236-4

Ⅰ.①高… Ⅱ.①高… ②孫… Ⅲ.①唐詩—注釋
Ⅳ.①I222.742

中國版本圖書館CIP數據核字(2019)第090538號

中國古典文學叢書〔典藏版〕

高適集校注

［唐］高 適 著

孫欽善 校注

上海古籍出版社出版發行

（上海瑞金二路272號 郵政編碼200020）

（1）網址：www.guji.com.cn

（2）E-mail：guji1@guji.com.cn

（3）易文網網址：www.ewen.co

浙江新華數碼印務有限公司印刷

開本890×1240 1/32 印張18.25 插頁8 字數365,000

2019年6月第1版 2019年6月第1次印刷

印數：1—3,100

ISBN 978-7-5325-9236-4

I·3390 定價：128.00元

如有質量問題,請與承印公司聯繫

典藏

1956 十一月一日，古典文學出版社成立

1957 《韓昌黎詩繫年集釋》《人境廬詩草箋注》《稼軒詞編年箋注》（後被列入《中國古典文學叢書》）出版

1958 六月一日，古典文學出版社改組爲中華書局上海編輯所

1977 十二月二十六日，國家出版事業管理局宣佈中華書局上海編輯所獨立爲上海古籍出版社

1978 一月一日，上海古籍出版社宣告成立

1978 《叢書》首批出版《聊齋誌異會校會注會評本》《阮籍集》《李賀詩歌集注》《樊川文集》4種

2009 《叢書》出版達100種

2013 《叢書》入選首届向全國推薦優秀古籍整理圖書目録

2016 《叢書》出版達136種，并推出典藏版

孫欽善，一九三四年生於山東烟臺，祖籍山東乳山，北京大學教授。

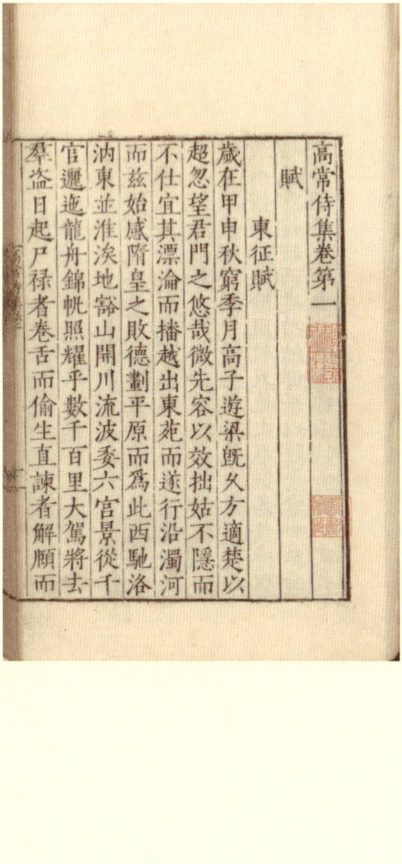
高常侍集卷第一

賦

東征賦

歲在甲申秋窮季月高子遊梁既久方適楚以超忽望君門之悠哉微先容以效拙姑不隱而不仕宜其漂淪而播越出東苑而遂行沿濁河而兹始感隋皇之敗德劃平原而爲此西馳洛納東並淮涘地豁山開川流波委六宫景從千官邐迤龍舟錦帆照耀乎數千百里大駕將去羣盜日起尸禄者卷舌而偷生直諫者解顚而

中國國家圖書館藏
明刻本《高常侍集》書影

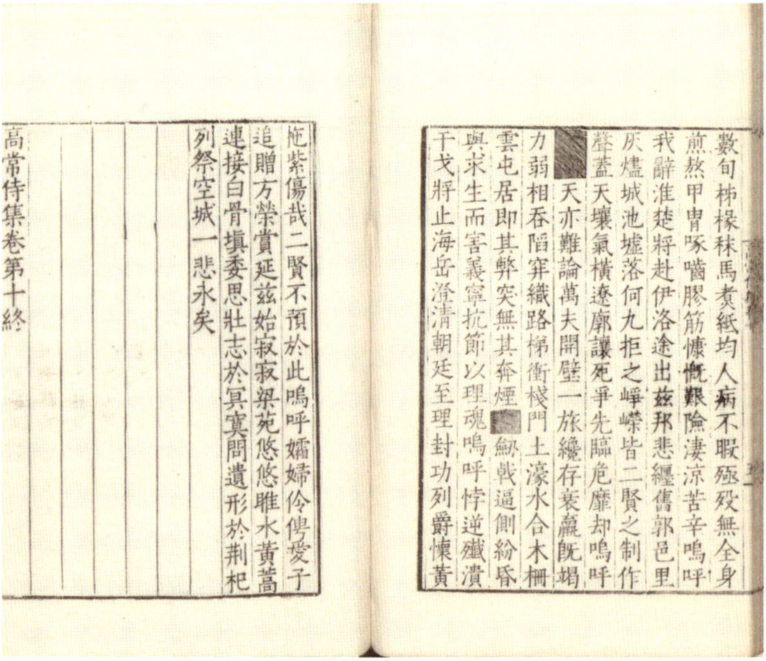

數旬栜椽秣馬煑紙均人病不暇殛殁無全身
煎熬甲胄啄嚙膠筋慷慨艱險淒涼苦辛嗚呼
我辭淮楚將赴伊洛途出茲邦悲纏舊郭邑里
灰燼城池墟落何九拒之崢嶸皆二賢之制作
聲蓋天壤氣橫遼廓讓死爭先臨危靡却嗚呼
[illegible]天亦難諶萬夫開壁一旅纔存衰羸既竭
力弱相吞陷穽織路梯衝棧門土濠水合木柵
雲屯居即其弊突無其奔煙[illegible]斂戟逼側紛昏
與求生而害義寧抗節以理魂嗚呼悖逆殲潰
干戈將止海岳澄清朝廷至理封功列爵懷黃
拖紫傷哉二賢不預於此嗚呼孀婦伶俜嫛子
追贈方榮賞延茲始寂寂梁苑悠悠睢水黃蒿
連接白骨塡委思壯志於冥寞問遺形於荊杞
列祭空城一悲永矣

高常侍集卷第十終

中國國家圖書館藏
明刻本《高常侍集》書影

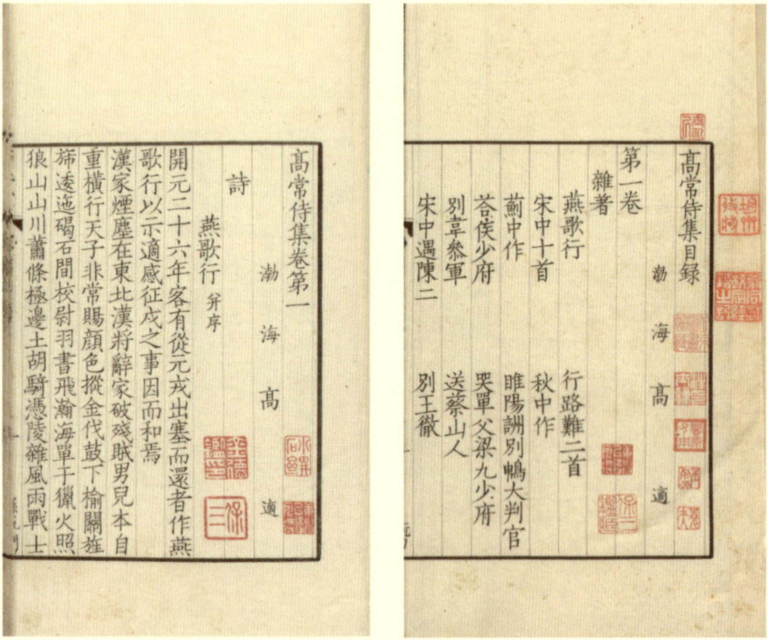

高常侍集目録

渤海　高　適

第一卷

雜著

燕歌行　行路難二首

宋中十首　秋中作

薊中作　睢陽酬別暢大判官

答侯少府　哭單父梁九少府

別韋參軍　送蔡山人

宋中遇陳二　別王徹

高常侍集卷第一

渤海　高　適

詩

燕歌行　幷序

開元二十六年客有從元戎出塞而還者作燕歌行以示適感征戍之事因而和焉

漢家煙塵在東北漢將辭家破殘賊男兒本自重横行天子非常賜顔色摐金伐鼓下榆關旌旆逶迤碣石間校尉羽書飛瀚海單于獵火照狼山山川蕭條極邊土胡騎憑陵雜風雨戰士

中國國家圖書館藏

清初影宋抄本《高常侍集》書影

《中國古典文學叢書》版書影

前言

高適（七〇一——七六五），字達夫，祖籍爲渤海蓨縣（今河北省景縣南），里籍爲洛陽（詳後附年譜）。他是唐代著名的詩人，尤以邊塞詩著稱。

一

高適身歷唐武則天、中宗、睿宗、玄宗、肅宗、代宗幾朝，而成年以後的主要生活經歷及文學創作時期，則在玄宗、肅宗兩朝，尤其是集中於玄宗開元、天寶年間。

玄宗誅武、韋之黨取得政權之時，既有「貞觀之治」留下的物力基礎和開明的政治傳統可資承襲，同時也面臨着武則天晚年及中宗、睿宗時期由於政治腐敗，階級矛盾、民族矛盾激化所造成的嚴重危機。玄宗於開元初年勵治圖强，進行了一系列的改革，從而在開元中葉前後，出現了歷史上所謂的「開元之治」。

但是，「開元之治」畢竟是封建制度下的「盛世」。唐玄宗的改革，没有也不可能觸動封建社會的本質。封建社會的種種矛盾，包括農民與地主階級的基本矛盾和統治階級内部的矛盾，依然存在着和發展着，無時無刻不潛伏着危機。一旦最高統治者放棄改革，走向腐敗，四伏的危機就會迅速爆發。自開元後期始，玄宗迷惑於昇平假象，以聲色自娱，荒於政事。正如天寶十三載他自己所説：「朕今老矣，朝事付之宰相，邊事付之諸將，夫復何憂！」（資治通鑑卷二百一十七）終於造成貴戚、奸相、宦官既互相勾結，又互相傾軋，把持朝政，陷害忠良的局面。致使財政危機加重，民族關係緊張，階級矛盾日趨激化。

開元年間，唐對奚、契丹及吐蕃的戰争，基本上是防禦性質的。進入天寶年間，唐玄宗好大喜功，諸邊將邀功求賞，輕妄動兵的傾向有所滋長，如東北邊境，平盧、范陽節度使安禄山「欲以邊功市寵，數侵掠奚、契丹」（資治通鑑卷二百十五天寶四載）；在西方與吐蕃的關係，則輕妄舉兵與抵禦侵掠兼而有之。玄宗窮兵黷武，炫耀威力，不聽王忠嗣「厲兵秣馬，俟其有釁」，以緩取之的切實主張，於天寶八載，命哥舒翰指揮各方聯兵六萬餘人攻石堡城，最後雖然收復了失陷八年之久的石堡城，却付出數萬唐朝士卒生命的慘重代價。

天寶十四載，發生了安史之亂，這是唐王朝錯綜複雜矛盾的總爆發。從此遍地戰亂，生民塗炭，朝廷流亡，赫赫的唐帝國幾於傾覆。邊境少數民族統治者也乘機内侵，數年間，西北數州相繼淪没於吐蕃，長安也一度失陷。唐王朝國勢一蹶不振，盛唐局面從此一去而不復返。

以上簡述了高適所處的時代背景，這些在他的生活及創作上都曾打下深深的烙印。

二

高適出生在一個世代爲宦的家庭，其父從（一作崇）文，位終韶州（今廣東省韶關市）長史。他幼年侍父做官，到過嶺南。家鄉無甚産業，舊唐書本傳説他「少濩落，不事生業」，他自己也每以蘇秦少時遭遇自比。他發憤讀書，但並未完全遵循一般舉子士人的正統道路，而是「喜言王霸大略，務功名，尚節義」（舊唐書本傳）。讀他的詩文可知，他鑽研學問，不限於儒家的經書，對史書和諸子百家，特别是兵家的書，尤廣泛涉獵。二十歲時，他西遊長安，滿以爲「書劍」學成，可以施展抱負，而實際却是「白璧皆言賜近臣，布衣不得干明主」（别韋參軍），根本無進身之門，結果失意而歸，客居宋州宋城縣（今河南省商丘市）。舊唐書本傳説他「家貧，客於梁宋，以求丐取給」，實際上他是在友人資助下，過着隱耕、讀書和浪遊的生活。這一時期，他定居宋城，未曾遠遊。首探仕途所受的挫折，對他的打擊很大，但他並未心灰意懶，而是「弱冠負高節，十年思自强」（魯郡途中遇徐十八録事），「萬事切中懷，十年思上書」（苦雨寄房四昆季）；但是，「君門嗟緬邈，身計念居諸」（同上），終未獲得進身的機會。由於生活困頓，使他接觸到社會下層，體驗到民間疾苦，觀察到吏治得失，在詩中有不少反映。

自開元二十年至天寶七載這一時期，雖仍以梁宋爲定居基地，但也多次出遊，逗留他鄉。其間曾北遊燕趙，應舉長安，落第留京，暫居淇上，歸後又出遊魏、楚，旅居東平（詳後附年譜）。在此期間，他第一次深入東北邊塞，並且在四處浪遊中更加廣泛地接觸了社會現實，對他的思想和創作産生了深遠的影響，寫出不少邊塞名作和反映民間疾苦的篇章。值得一提的是，天寶三載至六載，高適曾與李白、杜甫等在梁宋齊魯相聚同遊，賦詩抒懷，切磋藝文，彼此在生活上、創作上都産生深刻影響，留下美好記憶，堪稱文學史上的一次盛會。

天寶八載夏，經睢陽太守張九皋推薦，舉有道科赴長安，授封丘尉，立即赴任，一直做到天寶十一載。在此期間，他作爲一個下層官吏，體察到民事的艱難，吏治的腐敗，逢迎長官的難堪。深感人微言輕，仰人鼻息，難以施展自己的政治抱負；也深感自己耿直寬厚的胸懷與污濁苛刻的官場吏務難以相容。因此辭官之念，不時滋萌。中間天寶九載冬至十載春，曾北使青夷軍送兵，重至北塞，再遊燕趙，邊事緊迫，職卑無爲，感慨而歸。這時期又寫了不少關於民事、吏治和邊塞的詩。

天寶十一載秋，終因厭倦爲吏生涯，辭去封丘尉，西遊長安，另謀出路。在長安曾與詩壇名輩王維、杜甫、岑參、賈至、儲光羲、綦毋潛等聚首同遊，會老友，交新朋，再一次得到切磋詩文的機會。不久即經隴右節度使哥舒翰的判官田梁丘引薦，赴西塞入哥舒翰幕府任左驍衛兵曹參軍，充掌書記。當年末，隨哥舒翰入朝，哥舒翰在玄宗面前對他大加稱讚。高適在哥舒翰幕府

任職四年，身遇知己，受到重用，頗爲得意，成爲他仕途升遷的起點。但是生活地位和思想感情的變化，却給他的創作帶來不利影響，開始在文學事業上走下坡路。

天寶十四載十一月，安史之亂起。十二月，高適拜左拾遺，轉監察御史，佐哥舒翰守潼關。天寶十五載六月，哥舒翰兵敗，高適西去，走捷徑趕上奔蜀的玄宗，拜爲御史中丞，隨玄宗至成都。當年十二月任淮南節度使討永王璘叛亂。至德二載又參與平安史叛軍。乾元元年，遭權臣殿中監、太僕卿李輔國讒，左授太子詹事。其後曾先後出任彭州、蜀州刺史。廣德元年，遷劍南節度使。當年七月，吐蕃陷隴右，十月，侵入長安，高適在蜀發兵臨吐蕃南境加以牽制，師出無功。十二月，松、維、保三州相繼爲吐蕃所陷，高適亦不能救。次年爲嚴武代職，還京後任爲刑部侍郎，轉散騎常侍，加銀青光禄大夫，進封渤海縣侯。永泰元年正月卒。自安史亂起，高適一生最後一段時期，確如舊唐書本傳所説：「逢時多難，以安危爲己任。……累爲藩牧，政存寬簡，吏民便之」，「適以詩人爲戎帥，險難之際，名節不虧，君子哉！」但他這一時期的創作却並不景氣，安史之亂的動蕩歲月，没有在他的創作中留下多少痕跡。從酬河南節度使賀蘭大夫見贈之作、同河南李少尹畢員外宅夜飲時洛陽告捷遂作春酒歌、酬裴員外以詩代書等寥寥幾首詩中，雖能看出他的喜怒哀樂之情也還能和着時代的脈搏而起伏，但是對現實生活的反映太不够，太膚淺了。此中原因複雜，精力集中於政事軍務固然是一個因素，但主要恐怕在於他身居高位，浮在上層，使創作脱離了現實生活的土壤，從而留下一個低弱的尾聲。令人欣慰的是，他

與杜甫的友誼，年深益篤，二人在西南相會，屢有酬贈，皆爲情摯感人之作。

三

高適的作品，有詩、賦、散文，而以詩數量最多，成就最高。他的散文不多，又多是應用文，除罷職還京次睢陽祭張巡許遠文叙事抒情感人肺腑外，其他多缺乏藝術性。中唐以前的詩人，多長於詩而拙於文，詩歌用於生活的各方面，許多該用文的場合都以詩代替了，高適也是如此。這裏我們主要分析一下他的詩歌的思想藝術成就。

高適素有邊塞詩人之稱，他的邊塞詩成就極高，在整個唐代邊塞詩中是很突出的。前已叙及，高適一生曾三次出塞，這是有社會原因的。資治通鑑卷二百一十六説：邊將「功名著者往往入爲宰相」。加以邊將在外有權表奏選任自己的幕僚，因此仕途淪落之士人，往往出塞謀取出路。高適如此嚮往邊塞，除心懷韜略，受安邊之志所驅使外，謀求仕途進身之階，也是一個很實際的原因。高適多次親臨邊塞，對征戰生活有深入的觀察與體驗，加上嚴肅、刻苦的藝術實踐，故能成爲著名的邊塞詩人。高適邊塞詩的成就，主要集中於前兩次出塞，第一次以淪落布衣之身，第二次以縣尉卑下之職，地位低下，懷才不遇，處境基本上是相同的，因此敢於正視和揭露邊事的實際情況。這兩次出塞所寫的邊塞詩，思想、風格是一致的，具有以下特點：第一，

表現了抵禦侵犯、安定邊疆、建立功勳的豪情壯志與懷才不遇、抱負不得實現的强烈矛盾。如第一次出塞：「常懷感激心，願效縱横謨；倚劍欲誰語，關河空鬱紆。」（塞上）第二次出塞：「登頓驅征騎，棲遲愧寶刀。遠行今若此，微禄果徒勞。」（使青夷軍入居庸三首）第二，敢於議論邊策，揭露弊端。他不僅因奚、契丹統治者起釁侵擾而感到憤慨，也歎息由於邊防失策，邊將因循無能或邀功求爵，致使戰事連年不已。他反對消極抵抗，苟且偷安，認爲「轉鬥豈長策，和親非遠圖」（塞上），主張選用良將，發揮威勢，根除邊患，「總戎掃大漠，一戰擒單于」（同上）。他還認爲歸降的胡人不可依靠：「戎狄本無厭，羈縻非一朝。飢附誠可用，飽飛安可招！」（睢陽酬別暢大判官）對厚遇降胡，虐待戍卒的作法甚爲不滿：「戍卒厭糟糠，降胡飽衣食。關亭試一望，吾欲涕沾臆。」（薊門五首）第三，留意體察戍卒的思想感情，反映他們的生活和呼聲。既表現士卒英勇殺敵的豪情，又表現他們久戍思歸的哀怨；既歌頌、讚揚士卒視死如歸的獻身精神，又悲歎、惋惜他們身遭塗炭的非人待遇。這種複雜矛盾的思想感情，又常常體現在一組詩（如薊門五首）甚至一首詩（如燕歌行）中，這正是現實複雜矛盾的深刻反映：敵人的進犯，自然激發戰士們的愛國感情，因而奮勇抗擊；但由於邊策失當，久戰不已，兵困民敝，特别是軍中將兵之間，存在着階級的對立和壓迫，苦樂懸殊（「戰士軍前半死生，美人帳下猶歌舞」），又不能不使奮戰士卒和正義之士悲憤寒心。在高詩中，士卒和作者這種複雜矛盾的思想感情又總是交融一體的，說明詩人對士卒的體諒和同情，這是由詩人當時的處境和地位所決定的。

高適第三次出塞，在哥舒翰幕府任職，當時主將戰功卓著，自己也比較得志，邊塞詩作的內容風格遂與前二次迥然不同。第一，以歌頌戰功爲主，暴露邊事腐朽面的詩絶無。如前所述，哥舒翰對安定西部邊塞確有功勞，但也有迎合最高統治者開邊黷武的欲望，輕妄用兵、邀功求爵的一面。高詩對前一方面的反映是充分的，而對後一面却不够清醒，總是盲目歌頌而絶無微詞。其中把歌功與安邊理想結合在一起的，還有點積極的意義，如：「萬騎争歌楊柳春，千場對舞繡騏驎。到處盡逢歡洽事，相看總是太平人。」（九曲詞其二）這裏勝利、安定的歡悦之情，與當地人民「至今窺牧馬，不敢過臨洮」（哥舒歌）的情感是吻合的。但大多已經失去了人民性的光彩，有的甚至不分是非曲直，盲目歌頌不義之戰（如李雲南征蠻詩）；或在歌頌戰功時過多頌揚嗜殺的情景，如「泉噴諸戎血，風驅死虜魂。頭飛攢萬戟，面縛聚轅門。鬼哭黄埃泉，天愁白日昏」（同李員外賀哥舒翰大夫破九曲之作）。第二，反映士卒遭遇不平的作品消聲匿跡。第三，抒發壯志，決心建功的激昂情緒成爲詩歌主調，個人懷才不遇的哀怨聽不到了。塞下曲就是這樣一篇典型的作品：「萬里不惜死，一朝得成功，畫圖麒麟閣，入朝明光宫。大笑向文士：一經何足窮！」他已經没有牢騷怨言了，「爲問邊庭更何事？至今羌笛怨無窮」（金城北樓），只不過是異域鄉愁這種人之常情的流露，而且這種鄉愁也早已在知遇之感中得到慰藉：「豈不思故鄉，從來感知己。」（登隴）

反映民間疾苦，是高適前期詩歌又一個主要内容。高適長期落魄失意，使他接近、同情下

層人民，而到處浪遊又使他廣泛地接觸了社會現實，他不僅瞭解實際情況，而且有政治理想，不僅看到天災，而且注意到人禍，因此他的某些詩往往不是就事論事，而是觸及制度的弊端、時政的得失和吏治的殘虐，内容相當深刻。他認識到土地兼併、租税無度給農民帶來的苦難，主張抑兼併，輕賦徭，調整均田租庸調法，如：「試共野人言，深覺農夫苦。去秋雖薄熟，今夏猶未雨。耕耘日勤勞，租税兼舄鹵。園蔬空寥落，産業不足數。」（自淇涉黄河途中作十三首其九）「租税」句是説租税既重，土地又壞。「産業」主要指土地，此句反映了均田分配數的不足，正是均田租庸調法遭到破壞的反映。過盧明府有贈：「奸猾唯閉户，逃亡歸種田。……皆賀蠶農至，而無徭役牽。」奉寄平原顔太守：「豪富已低首，逋逃還力農。」又反映了豪族的兼併與農民流亡的因果關係，表達了作者抑兼併之家，歸逃亡之户，節制徭役，不違農時的主張和理想。他認爲吏治的得失直接關係到人民的死活，從而信奉儒家「仁政」、「教化」及老子「無爲而治」的思想，主張行寬簡便民之政。他在許多詩中一再歌頌春秋時單父邑宰宓子賤「鳴琴而治」的不擾民之政，稱讚現實中的良吏能效法子游宰武城時所行禮樂教化之道（見過盧明府有贈）。他自己做封丘尉時，甚感催租逼役於心不忍：「鞭韃黎庶令人悲。」（封丘縣）他有救民之志，不顧直言時弊而獲罪：「永願拯芻蕘，孰云干鼎鑊！」（淇上酬薛三據兼寄郭少府）他有濟世之策，却因身遭棄置無人理睬：「縱懷濟時策，誰肯論吾謀！」（東平路中遇大水）憤激之詞透露着對人民的深切同情。當然這些詩並未觸及封建剥削的本質，這是詩人思想和時代的局限，我們不應苛

求。這些詩的意義在於透過表面的「盛唐」氣象，反映了潛在的矛盾和危機。他反對粉飾太平，認爲「安人在求瘼」（淇上酬薛三據兼寄郭少府），只有體察民間疾苦，瞭解時政弊端，改革圖治，才能安定人民。

高適長期淪落，懷才不遇，對權貴專權，世態澆薄，深有感觸，寫了不少有關的詩歌，成爲高詩又一個突出的内容。行路難、別韋參軍、效古贈崔二、苦雨寄房四昆季、邯鄲少年行等，言志敍懷，感情真摯，反映了下層士人的共同思想情緒。這類詩表達了詩人「理道資任賢」（淇上酬薛三據兼寄郭少府）的政治理想，深刻揭露了「國風冲融邁三五，朝廷歡樂彌寰宇。白璧皆言賜近臣，布衣不得干明主」（別韋參軍）「一朝金多結權貴，百事勝人健如虎。……有才不肯學干謁，何用年年空讀書」（行路難）的現實，説明即使在仕路比較開放的盛唐，也並未改變貴族特權政治的本質。至於李林甫執政以後對士人的嫉恨和壓抑，也有側面的反映。高適的這一類詩多表現爲酬贈形式，其中有對上與對友之别，對上多有奉承之辭，言不由衷，對友則無所顧忌，吐露真情。當然也有局限，如抒發濟世之志往往伴有對功名利禄的熱衷追求，失意的感慨往往摻雜着悲觀出世的念頭，不滿權貴而又不惜屈身干謁，甚至違心地奉獻諛詞，如留上李右相等就是明顯的例子。

詠史的題材在高詩中也較多見。善於總結歷史經驗教訓，作爲現實統治的借鑑，是唐王朝興盛的原因之一，唐太宗貞觀年間「君臣論治」就是典型一例。高適重視這一傳統，十分留意歷

史這面鏡子。他諳熟歷史掌故，不僅在詩中經常援引，而且寫了不少直接詠史的詩，如三君詠、銅雀妓、題尉遲將軍新廟、詠史、辟陽城、同觀陳十六史興碑、古大梁行、武威作二首等。這些詩，或寫歷史事件，或寫歷史人物，就當時而論，包括了現代史、近代史、古代史的内容。其中多「禾黍」之思，興亡之歎，不能説不是針對盛唐的昇平假象和玄宗晚年荒於政事而發的。此外，强調統治者要用賢良，辟奸邪，君明臣忠，直言無忌，從諫如流，表現了他開明的政治理想。

高詩不僅大多思想内容充實深刻，藝術成就也是突出的。詩中五古、七古、五律、七律、排律、五絶、七絶諸體皆備。明胡應麟詩藪論其五古有「深婉有致，而格調音節，時有參差」，「黯淡之内，古意猶存」之語（内編卷二）。論七古則曰「盛唐高適之渾，岑參之麗，王維之雅，李頎之俊，皆鐵中錚錚者」，「高、岑、王、李，音節鮮明，情致委折，濃纖修短，得衷合度」。（内編卷三）論排律云：「盛唐排律，杜外，右丞爲冠，太白次之。常侍篇什空澹，不及王、李之秀麗豪爽，而信安王幕府詩二十韻，典重整齊，精工贍逸，特爲高作，王、李所無也。」（内編卷四）論五律云：「達夫歌行、五言律，極有氣骨。」（内編卷五）論七律云：「王、岑、高、李，世稱正鵠。……常侍意勝詞，情致纏綿而筋骨不逮。」又：「雖和平婉厚，然失盛唐雄贍，漸入中唐矣。」又：「高、岑明浄整齊，所乏遠韻。」（同上）論五絶、七絶云：盛唐「長七言絶，不長五言絶者，高達夫也。」又評高適七絶云「渾雄」（内編卷六）。皆爲有得之見，可資參考。

高詩各體在特色上雖有參差，但又存在一個總的藝術風格，前人多以「悲壯」稱之。如宋嚴

羽說：「高、岑之詩悲壯，讀之使人感慨。」（滄浪詩話詩評）最先提出「悲壯」之論。明胡應麟襲嚴說，論五古時云「高、岑悲壯爲宗」（詩藪内編卷二），總論亦稱「高、岑之悲壯」（外編卷四）。所謂「悲」，就是悲憤感慨，所謂「壯」，就是雄渾豪壯。在嚴羽前後其他論高詩者，雖未直云「悲壯」，但評語中也含有這種意思。如高適之至交杜甫說過：「高岑殊緩步，沈鮑得同行。意愜關飛動，篇終接混茫。」（寄彭州高三十五使君適虢州岑二十七長史參三十韻）唐殷璠也說：「適詩多胸臆語，兼有風骨。」（河嶽英靈集卷上）元辛文房評岑參時曾連及高適，說：「詩調尤高……與高適風骨頗同，讀之令人慷慨懷感。」（唐才子傳岑參傳）這些評價，或不謀而合，或先後相襲，皆準確地概括了高詩的藝術風格。

文如其人，高詩這一風格的形成，首先有其個人生活和氣質的基礎，這就是慷慨任俠，長期落魄，親臨邊塞，投身戎旅等因素。文關時勢，高詩的這一風格，又與詩歌發展的歷史潮流分不開。我們知道，初唐詩壇還没有擺脱齊、梁浮靡詩風的影響。到初唐後期，陳子昂代表時代要求，標榜「漢魏風骨」，倡導詩歌改革，使詩風有所轉變。至盛唐時，詩歌革新才卓見成效，唐體大備。高適正是在這個詩歌發展潮流中，「以雅參麗，以古雜今」，「聲律風骨」兼備，尤以「風骨」見長的一個詩人。

高適以寫抒情詩爲主，他的抒情詩藝術特色鮮明，成就較高。

直抒胸臆是高詩的一個特點，故殷璠說：「適詩多胸臆語。」直抒胸臆易流於淺露和抽象，

而高適則善於用樸實而熾烈的語言，真率地表達深切的感受，細膩地刻劃複雜的心理，彷彿向你打開心扉，深邃而洞澈，詩的感染力很强，人物形象也很鮮明。如「拜迎官長心欲碎，鞭韃黎庶令人悲」（封丘縣），「龍鍾還忝二千石，愧爾東西南北人」（人日寄杜二拾遺）等等，披露胸襟，淋漓盡致。揭示别人的心靈，也能體察入微，如「相看白刃血紛紛，死節從來豈顧勳！君不見沙場征戰苦，至今猶憶李將軍」（燕歌行），「意氣能甘萬里去，辛勤動作一年行」（送渾將軍出塞）等等，直探心曲，委婉有致。

夾敍夾議而又飽含着强烈的感情是高詩的又一個特點。情感事而萌，緣理而發，事、理、情總是交融一體的，因此抒情詩往往離不開敍事議論。高詩善於處理三者的關係，在敍事、議論時不落入板滯、概念，冲淡詩情，而總是流露着發自肺腑的愛憎感慨之情，增濃詩意。如「戰士軍前半死生，美人帳下猶歌舞」（燕歌行），不平之感溢於言表。「鐵衣遠戍辛勤久，玉筯應啼别離後。少婦城南欲斷腸，征人薊北空回首」（同上），相思之情，纏綿悱惻。「世人向我同衆人，唯君於我最相親。且喜百年有交態，未嘗一日辭家貧」（别韋參軍）敍友情飽含着無限感激。至於議論，有時昇華爲反映事物本質的格言警語，如：「臨邊無策略，覽古空徘徊！樂毅吾所憐，拔齊翻見猜；荆卿吾所悲，適秦不復迴。然諾多死地，公忠成禍胎！」（酬裴員外以詩代書）末二句高度概括了人間的不平，表達了詩人深沉的感慨。又如：「不是鬼神無正直，從來州縣有瑕疵。」（同顔少府旅宦秋中）深刻揭露了任職州縣，逼民事上難堪之務與正直善良之心的矛盾。

有時則結爲疑惑不解的質問，如：「惆悵閔田農，徘徊傷里閭；曾是力井稅，曷爲無斗儲？」（苦雨寄房四昆季）「東鄰少年安所如，席門窮巷出無車。有才不肯學干謁，何用年年空讀書！」（行路難）「緬懷當途者，濟濟居聲位。邈然在雲霄，寧肯更淪躓！……我慙經濟策，久欲甘棄置。君負縱横才，如何尚顑頷！」（效古贈崔二）不平之氣，更爲憤激。

高詩單純寫景之作不多，但抒情、敍事、記行多伴有景物描寫。高詩寫景也獨具特色，即善于在具體描繪中表現主觀感受，多有我之境、寫意之畫，如「溪冷泉聲苦，山空木葉乾」（使青夷軍入居庸）、「蒼茫遠山口，豁達胡天開」（自薊北歸）、「石激水流處，天寒松色閒」（入昌松東界山行）等。有的情景交融，意趣洋溢，如「雲開汶水孤帆遠，路繞梁山匹馬遲」（送前衛縣李寀少府），別情無限；「門前種柳深成巷，野谷流泉添入池」（寄宿田家），野趣盎然；「湍上急流聲若箭，城頭殘月勢如弓」（金城北樓），豪氣滿懷；「白雲勸進杯中物，明月相隨何處眠」（賦得還山吟送沈四山人），逸志高邈。

高詩手法質樸，語言平實，意勝於辭，在綜合吸收漢魏六朝的詩歌傳統時，以漢魏爲主，故藝術上給人以渾浩之感，恰如沈德潛評漢魏詩所説：「渾渾灝灝，元氣結成，乍讀之不見其佳，久而味之，骨幹開張，意趣洋溢。」（唐詩别裁集例言）

高詩也有不足之處，就是有時爲了應酬，敷衍成篇，堆砌典故，食古不化，有些篇章讀來頗感滯礙。

四

最後對本書體例作幾點説明。

（一）關於校勘

根據高適集版本源流系統及正誤、完足諸情況（詳見附録三），確定底本及具有代表性的校本如下：

底本

明覆宋刻本高常侍集十卷（詳附録三所列第五個本子），簡稱「底本」。

校本

清影宋抄本高常侍集十卷（詳附録三所列第二個本子），簡稱「清抄本」；

明銅活字本高常侍集八卷（詳附録三所列第十三個本子），簡稱「明銅活字本」；

明張遜業輯校、黄埻刻十二家唐詩本高常侍集二卷（詳附録三所列第九個本子），簡稱「張黄本」；

明許自昌校刻前唐十二家詩本高常侍集二卷（詳附録三所列第十二個本子），簡稱「許本」；

清全唐詩本高適詩四卷（詳附録三所列第十四個本子），簡稱「全唐詩」；敦煌寫本殘卷「伯」三八六二高適詩集（詳附録三所列第十五個本子），簡稱「敦煌集本」；敦煌寫本殘卷「伯」二五五二詩選（詳附録三所列第十六個本子），簡稱「敦煌選本」；羅振玉輯印鳴沙室佚書敦煌寫本殘卷詩選（署爲唐人選唐詩），高詩僅存信安王幕府詩一首及留上陳左相前數句（下實接「伯」二五五二），簡稱「敦煌選本乙」；

校勘時所用其他版本及有關總集如河嶽英靈集、文苑英華等，各舉其稱。

異文處理原則如下：

底本脱誤有充足根據加以訂補者，逕直改正本文，並出校記加以説明；

疑底本有誤，但訂正根據尚欠充足，不改動底本，僅出校記作説明；

顯係筆誤者，逕直改正，不出校記；

異體字適當予以劃一，以通行體爲準，不出校記；

義可兩通，有參考價值的異文，出校記注明；

校記不單立一項，併在注文之中。

（二）關於注釋

對難詞、名物、典故、地名、人物、歷史事件等作簡要注釋，並適當注明根據。引據之材料，文簡者照録，文繁者概述，注明出處。句意難懂者，注釋之後稍作串釋。注釋内容注意篇次間

前後照應，重複者注明「見某篇某注」。詞語屢見者，後從略。

（三）關於補遺和辨僞

以底本爲基礎，稽考衆本或他書，進行補遺。所補詩、賦計有：

自淇涉黄河途中作十三首其十三，據文苑英華、唐詩所、全唐詩本。

淇上別業，據清抄本、明銅活字本、全唐詩本。

途中酬李少府贈別之作，據唐百家詩選、全唐詩本。

玉真公主歌，同前。

遇崔二有別，據敦煌集本。

奉寄平原顔太守，同前。

自武威赴臨洮謁大夫不及因書即事寄河西隴右幕下諸公，據敦煌選本。

同李司倉早春宴睢陽東亭，同前。

送蕭判官賦得黄花戍，據敦煌詩選「伯」三一九五。

餞故人，同前。

在哥舒大夫幕下請辭退托興奉詩，據敦煌詩選「伯」三八一二，此首疑僞，辨詳後。

贈任華，據唐詩紀事。

雙六頭賦送李參軍，據敦煌集本。

又全唐文卷三五七曾據舊唐書本傳「陳潼關敗亡之勢」語，録爲陳潼關敗亡形勢疏，據本傳論「西川三城置戍」之語，録爲請罷東川節度使疏。此二文已載「附録一」中的傳記材料，不再於散文部分中補録。

各本竄入之僞詩計有：

重陽，爲宋程俱詩，見其北山小集卷九，題作九日寫懷。錦繡萬花谷卷四引此詩「豈有白衣來剥啄」四句，署作程致道，致道爲程俱之字。後村千家詩選卷四誤爲高適之作，多爲後人沿襲。清影宋抄本不載此詩，四庫提要謂「較他本精審」。

感五溪薺菜，原爲高力士詩，見郭湜高氏外傳、鄭處晦明皇雜録及計有功唐詩紀事。唐詩紀盛唐部分卷四録此詩，題作感巫州薺菜，注曰：「紀事云：『力士謫巫州（按四部叢刊影印明嘉靖刻本作「承州」），山多薺，不食，因感之，作詩寄意云：兩京作斛（四部叢刊本作「斤」）賣，五谿無人採。夷夏雖有殊，氣味終不改（原注：一作「固常在」）。』」此詩清影宋抄本、全唐詩本均不載。

聽張立本女吟，爲張立本（牛僧孺同時人）女被高鍇侍郎墓中之狐妖所魅而吟，見太平廣記卷四五四引會昌解頤録。此詩清影宋抄本不載。

奉和儲光羲，儲光羲集中亦有此詩，題作同諸公秋霽曲江俯見南山，蓋儲光羲詩誤入高集者，疑高適奉和之詩即同薛司直諸公秋霽曲江俯見南山作。此詩清影宋抄本、全唐詩本不載。

塞下曲(「君不見」),此詩爲賀蘭進明行路難五首其三,蓋爲賀蘭進明詩誤入高集者。此詩清影宋抄本、楊一統十二家唐詩本均不載。

在哥舒大夫幕下請辭退托興奉詩,不見本集,見敦煌詩選「伯」三八一二,語詞鄙俚,内容亦不與高適當時境遇、思想相合,疑僞。

蒼鷹賦,見文苑英華卷一三六,次高適鶻賦之後,然未署「前人」,全唐文録爲適作,本集不載,疑僞。

皇甫冉集序,見全唐文卷三五七,本集不載。此文爲高仲武評皇甫冉詩之語,見唐詩紀事卷二十七,蓋涉「高適,字仲武」之誤而録爲適作。

爲慎重計,除皇甫冉集序確係僞作外,其他疑僞之作一律不予删除,編於詩、賦、文各部分卷末。

(四) 關於編次

本書篇次按詩、賦、文三部,分别按寫作年代順序編排。年代確可考者,據實編次;僅可考出大概者,按大致期間編次;無考者,居後編列。

本書在編校過程中,承北京圖書館、上海圖書館、北京大學圖書館大力協助;筆者在一九六二年曾與武青山、陳鐵民、何雙生同志合作編注高岑詩選,其中高詩部分是由筆者和武青山同志注釋的,但全部書稿經四人互相傳閲修改,本書參考吸收了其中的有關成果,包含三位學

友的心血在内；上海古籍出版社的同志，對本書初稿曾提出寶貴意見，並爲本書的出版做了大量的工作，謹此一併深致謝意。由於筆者水平所限，本書的缺點和錯誤一定不少，懇望讀者批評、指正。

孫欽善

一九八一年九月於北京大學中文系古典文獻專業

修訂本前言

拙著自一九八四年二月出版以來，承蒙學界和廣大讀者的歡迎與肯定，不勝感謝。趁此次再版之機，對全書作了修訂，仍望能得到關注與指正。

孫欽善

二〇一四年三月於北京大學藍旗營寓所

目次

賦

文

詩

行路難二首〔一〕

長安少年不少錢，能騎駿馬鳴金鞭。五侯相逢大道邊〔二〕，美人絃管争留連〔三〕。黄金如斗不敢惜，片言如山莫棄捐。安知顛頷讀書者，暮宿靈臺私自憐〔四〕！

【校注】

〔一〕此詩當作於唐玄宗開元八年（七二〇）西遊長安之時。當時高適求仕失意，參見别韋參軍。行路難，樂府古題，屬雜曲歌辭。宋郭茂倩樂府詩集引樂府解題曰：「行路難備言世路艱難及離别悲傷之意，多以『君不見』爲首。」　敦煌集本存第一首，敦煌選本存第二首。清抄本兩首俱存，然次序較此互倒。文苑英華同，並從樂府詩集説以「君不見」一首爲賀蘭進明作，非。

〔二〕五侯，西漢成帝河平二年（公元前二十七年）封外戚王譚爲平阿侯，王商爲成都侯，王立爲紅陽侯，王根爲曲陽侯，王逢時爲高平侯，五人同日受封，世稱「五侯」。見漢書元后傳。漢封五

侯尚有幾起，後遂以「五侯」泛指權貴。

〔三〕美人，指歌妓。絃，敦煌選本作「絲」。管，文苑英華作「歌」。

〔四〕靈臺，古時帝王觀察天文星象、妖祥災異的建築。暮宿靈臺，後漢書第五倫傳李賢注引三輔決録：第五倫少子頡「洛陽無主人，鄉里無田宅，客止（宿）靈臺中，或十日不炊」。此處借用此事寫當時有才士人的飄泊淪落。

君不見富家翁，舊時貧賤誰比數〔一〕！一朝金多結豪貴，百事勝人健如虎。子孫成行滿眼前〔二〕，妻能管絃妾歌舞。自矜一身忽如此〔三〕，却笑傍人獨愁苦〔四〕。東鄰少年安所如〔五〕，席門窮巷出無車〔六〕。有才不肯學干謁〔七〕，何用年年空讀書〔八〕！

【校注】

〔一〕比數，算作同類。司馬遷報任安書：「刑餘之人無所比數。」　舊，敦煌集本作「常」。

〔二〕成行，敦煌集本、樂府詩集作「成長」。河嶽英靈集、文苑英華作「生長」。

〔三〕一身，河嶽英靈集、文苑英華等作「一朝」。

〔四〕却，敦煌集本作「大」。

〔五〕東鄰，明銅活字本作「東陵」。

〔六〕席門窮巷，指居處僻陋。史記陳丞相世家：「（陳平）家乃負郭窮巷，以弊席爲門。」出無

車，言其窮。戰國策齊策載：孟嘗君門下食客馮讙，曾彈劍而歌「出無車」，表示對自己的待遇不滿。語即出此。

〔七〕干謁，拜見有權勢的人以求取利禄。北史酈道元傳：「(弟道約)好以榮利干謁，乞丐不已，多爲人所笑弄。」

〔八〕年年，文苑英華作「長年」。

題李别駕壁〔一〕

去鄉不遠逢知己，握手相歡得如此。禮樂遥傳魯伯禽〔二〕，賓客争過魏公子〔三〕。酒筵莫散明月上〔四〕，櫪馬常鳴春風起。一生稱意能幾人，今日從君問終始〔五〕。

【校注】

〔一〕據首句此詩當作於初離家鄉洛陽，客遊梁、宋途中。李别駕，祖詠有酬汴州李别駕贈，二李當爲一人，則此詩作於開封。别駕，即州郡丞，位僅次於刺史，以副其職，名稱置廢屢有變動。此題敦煌選本作「酬李别駕」。

〔二〕伯禽，周公之子，封於魯。此句以伯禽比李氏，言其興禮樂教化。

〔三〕過，過從，訪問。魏公子，即信陵君，名無忌，魏昭王少子，戰國四公子之一。史載他禮

賢下士，門下食客三千人。此句以信陵君比李氏，言其好客下士。

〔四〕莫，全唐詩作「暮」。

〔五〕問終始，猶言問道，此處謂探詢終生命運。周易繫辭：「易之爲書也，原始要終，以爲質也。」「懼以終始，其要无咎，此之謂易之道也。」從，敦煌選本作「於」。

贈別褚山人〔一〕

攜手贈將行，山人道姓名。光陰薊子訓〔二〕，才術褚先生〔三〕。牆上梨花白，罇中桂酒清。洛陽無二價〔四〕，猶是慕風聲。

【校注】

〔一〕此詩寫作時間不詳，當爲早期之作。褚山人，名未詳。

〔二〕薊子訓，東漢方士，據傳他有神異之道，流名京師，士大夫皆承風傾慕之。當時有一百歲老翁，自言兒時曾見薊子訓賣藥於會稽，至今容色不改。後又有人在長安東霸城見他與一老翁一起摸着秦始皇所鑄銅人，相對而説：「適見鑄此，而已近五百歲矣。」事見後漢書方術列傳薊子訓傳。此句意謂褚山人生世年月堪與薊子訓相比。

〔三〕褚先生，即褚伯玉，南齊書高逸列傳謂其居爆布山，從白雲遊，唯朋松石，介於孤峯絶嶺

者積數十載。孔稚珪從其受道法，人稱褚先生。

〔四〕無二價，後漢書韓康傳：「韓康，字伯休，京兆霸陵人，家世著姓。常采藥名山，賣於長安市，口不二價，三十餘年。時有女子從康買藥，康守價不移。女子怒曰：『公是韓伯休那？乃不二價乎！』康歎曰：『我本欲避名，今小女子皆知有我焉，何用藥爲！』乃遁入霸陵山中。」末二句即用此典，意謂褚山人本欲避名，但是名聲著聞，仍然被衆人傾慕。

別韋參軍〔一〕

二十解書劍〔二〕，西遊長安城。舉頭望君門，屈指取公卿〔三〕。國風沖融邁三五〔四〕，朝廷歡樂彌寰宇〔五〕。白璧皆言賜近臣，布衣不得干明主〔六〕。歸來洛陽無負郭〔七〕，東過梁宋非吾土〔八〕。兔苑爲農歲不登〔九〕，雁池垂釣心長苦〔一〇〕。世人向我同衆人〔一一〕，唯君於我最相親〔一二〕。且喜百年有交態〔一三〕，未嘗一日辭家貧〔一四〕。彈棋擊筑白日晚〔一五〕，縱酒高歌楊柳春。歡娛未盡分散去，使我惆悵驚心神。丈夫不作兒女別〔一六〕，臨歧涕淚沾衣巾。

【校注】

〔一〕此詩作於開元八年（七二〇）至開元二十年（七三二）客居梁宋前期。參軍，此指州

郡佐史，掌直侍督守，無常職，有事則出使。　詩題敦煌選本作「送韋參軍」，文苑英華作「贈別韋參軍」。

〔二〕解書劍，知書會劍。　書指文事，劍指武藝。　史記項羽本紀：「項籍少時，學書不成，去；學劍，又不成。」　解，全唐詩注云：一作「辭」。

〔三〕屈指，此處指一種樂觀的估計，形容他當時自以爲「取公卿」之易的心理。　公卿，三公九卿，泛指朝廷高官。

〔四〕國風，國家的風教。　沖融，大水深廣的樣子。此處形容國家風教敦厚，影響深遠。邁，超越。　三五，此處指三皇五帝。三皇、五帝具體所指説法不一，爲我國歷史上夏朝以前的傳説時代，一向被傳頌爲民風質樸、社會和洽的太平盛世。

〔五〕歡，全唐詩注云：一作「禮」。

〔六〕干，干謁。

〔七〕負郭，此用蘇秦之事，指負郭（靠近城郭）之田。戰國時洛陽人蘇秦少貧而發憤讀書，遊説合縱抗秦，做了六國之相，衣錦還鄉時説：「且使我有雒陽負郭田二頃，吾豈能佩六國相印乎？」見史記蘇秦列傳。　郭，城郭；負郭田，近郊之肥田。此自況故鄉没有田産，無以爲生。

〔八〕梁宋，皆用舊稱，指唐宋州宋城縣（今河南省商丘市南）。　元和郡縣志：「宋城縣，漢睢陽縣，屬宋國（周），後屬梁國（漢）。」　吾土，自己的故鄉。　王粲登樓賦：「雖信美而非吾土兮，

曾何足以少留！」

〔九〕兔苑，即兔園。又稱梁園。西京雜記載，漢梁孝王好營室苑囿之樂，築兔園，園中又有雁池。王日與宮人賓客弋釣其中。故址在唐宋州宋城縣東南十里。　歲不登，年成不好。

〔一〇〕雁池，見前注。岑參梁園歌送河南王説判官自注云：「梁園中有雁池、鶴州。」

〔一一〕向，對待；河嶽英靈集、全唐詩作「遇」。

〔一二〕最，敦煌選本作「翻」，文苑英華作「情」。

〔一三〕交態，交情。漢書鄭當時傳：「一貧一富，迺知交態。」

〔一四〕辭，推却，引申爲嫌棄。

〔一五〕彈棋，古代兩人對局的一種博戲，今已失傳。李頎彈棋歌：「藍田美玉清如砥，白黑相分十二子。」據柳宗元序棋，棋子有二十四枚，分貴賤，數目各半，以紅黑兩色別之，賤者二乃敵一。局爲方形，木制，中心高。　筑，絃樂器，似瑟頭大，用竹尺擊絃發聲。　棋，河嶽英靈集、文苑英華作「琴」。文苑英華此句以下爲另一首，顯係割裂。

〔一六〕丈夫，敦煌選本、文苑英華、清鈔本作「終當」。　別，文苑英華作「悲」。

酬龐十兵曹〔一〕

憶昔遊京華〔二〕，自言生羽翼。懷書訪知己，末路空相識。許國不成名，還家有

慙色〔三〕。託身從畎畝〔四〕，浪跡初自得。雨澤感天時，耕耘忘帝力〔五〕。同人洛陽至〔六〕，問我睢水北〔七〕。遂爾款津涯〔八〕，淨然見胸臆。高談懸物象〔九〕，逸韻投翰墨〔一〇〕。別岸迥無垠，海鶴鳴不息。梁城多古意〔一一〕，攜手共悽惻。懷賢想鄒枚〔一二〕，登高思荆棘〔一三〕。世情惡疵賤〔一四〕，之子憐孤直〔一五〕。酬贈感并深，離憂豈終極！

【校注】

〔一〕此詩作於客居梁宋前期。龐十，名未詳。王昌齡有山中別龐十，疑即此人。兵曹，官名，詳稱兵曹參軍事，一般爲掌武官簿書、考課、儀衛等，爲七品官。

〔二〕遊京華，指二十歲時西遊長安。參見別韋參軍。

〔三〕還家，指回家鄉洛陽。此句用蘇秦事，史記蘇秦列傳：蘇秦「習之於鬼谷先生。出游數歲，大困而歸。兄弟嫂妹妻妾竊笑之……蘇秦聞之而慙，自傷」。

〔四〕畎（quǎn 犬）畝，田間。

〔五〕忘帝力，忘却帝王的作用。皇甫謐帝王世紀卷二：「（堯時）天下大和，百姓無事，有八〔九〕十老人擊壤（一種擊木壤的遊戲）於道，觀者歎曰：『大哉帝之德也！』老人歌曰：『日出而作，日入而息，鑿井而飲，耕田而食，帝力何有於我哉！』」這本是對堯時政和民安的美頌之辭，後世稱隱居不參與世事爲忘帝力。

〔六〕同人，志同道合的人。此指龐氏。

〔七〕睢水，古代鴻溝支派之一，故道自今河南省開封縣東從鴻溝分出，東流至宿遷縣南注入古泗水。隋開通濟渠後，開封附近一段淤廢。金、元以後，黄河南灌，故道日湮。高適客居之宋城在睢水以北。

〔八〕款，指設宴招待。

〔九〕懸物象，謂日月星辰垂象於天，以喻明著。周易繫辭上：「懸象著明，莫大乎日月。」史記天官書：「天開懸物。」

〔一〇〕逸韻，超逸的詩作。

〔一一〕梁城，即宋城（今河南省商丘市），元和郡縣志：「宋城縣，漢睢陽縣，屬宋國，後屬梁國。」因係梁國都城，而得梁城之名。古意，指懷古之情。

〔一二〕鄒枚，鄒陽、枚乘。皆爲漢梁孝王之賓客而受賞識。

〔一三〕荆棘，比喻現實仕途梗阻。

〔一四〕疵賤，多缺陷而卑賤之人。此以不平之反語自指。

〔一五〕之子，指龐氏。孤直，自謂。

過盧明府有贈〔一〕

良吏不易得，古人今可傳〔二〕。静然本諸己〔三〕，以此知其賢。我行挹高風〔四〕，

羨爾兼少年〔五〕。胸懷豁清夜，史漢如流泉〔六〕。明日復行春〔七〕，逶迤出郊壇〔八〕。登高見百里〔九〕，桑野鬱芊芊〔一〇〕。時平俯鵲巢〔一一〕，歲熟多人煙。奸猾唯閉户〔一二〕，逃亡歸種田。迴車自郭南，老幼滿馬前，皆賀蠶農至〔一三〕，而無徭役牽。君觀黎庶心〔一四〕，撫之誠萬全。何幸逢大道〔一五〕，願言烹小鮮〔一六〕。誰能奏明主，一試武城弦〔一七〕？

【校注】

〔一〕此詩或作於客居梁宋前期，見年譜開元九年。　明府，縣令的稱呼。盧明府，名未詳。

此詩對盧明府吏治的稱讚，雖多溢美之辭，但表現了高適主張安撫人民，反對横徵暴斂的政治理想。過，造訪。底本作「遇」，諸本多同，此從敦煌集本、唐詩所、全唐詩。

〔二〕古人，指古代賢吏。謂盧氏吏治清明，能傳古賢遺風。

〔三〕静然，論語雍也：「仁者静。」　本諸己，修養自己，以身作則，去影響别人。論語衛靈公：「君子求諸己，小人求諸人。」子路：「苟正其身矣，於從政乎何有？不能正其身，如正人何？」爲此句所本。

〔四〕挹，通「揖」，崇仰。

〔五〕少年，年輕。

〔六〕史漢，史記、漢書。　流泉，喻廣徵博引，滔滔不絶。隆機文賦：「言泉流於脣齒。」

〔七〕行春，漢朝太守每於春日巡視所管的縣，勸農賑濟，叫行春。此泛指官吏春日出巡。

〔八〕壇，古時築土而成的祭神之臺。郊壇，祭天之壇，設在南郊。

〔九〕百里，古時約指一縣之地。敦煌集本作「千里」。

〔一〇〕鬱芊芊，茂盛的樣子。

〔一一〕時平，時令平和，風調雨順。淮南子氾論訓謂遠古之時，「陰陽和平，風雨時節，萬物蕃息，烏鵲之巢可俯而探也，禽獸可羈而從也」。爲此句所本。

〔一二〕奸猾，指豪强兼并之家。

〔一三〕蠶農至，蠶農之事到來之時。賀，敦煌集本作「荷」。至，全唐詩注曰：「一作事」。

〔一四〕君，敦煌集本作「吾」。

〔一五〕大道，指清明的世道。禮記禮運：「大道之行也，天下爲公。」

〔一六〕言，語助詞。鮮，魚。烹小鮮，語出老子「治大國若烹小鮮」，是説治理大國要像烹小魚一樣，不要常去攪動它。老子主張「無爲而治」，此處指行安民不擾之政。

〔一七〕武城弦，指以禮樂「教化」人民。孔子弟子子游爲武城宰，論語陽貨：「子之武城，聞弦歌之聲。夫子莞爾而笑曰：『割雞焉用牛刀？』子游對曰：『昔者偃也聞諸夫子曰：「君子學道則愛人，小人學道則易使也。」』子曰：『二三子！偃之言是也。前言戲之耳。』」此處以盧

氏比子游。

單父逢鄧司倉覆倉庫因而有贈〔一〕

邦牧今坐嘯〔二〕，羣賢趨紀綱〔三〕。四人忽不擾〔四〕，耕者遥相望。粲粲府中妙〔五〕，授詞如履霜〔六〕。炎炎伏熱時，草木無晶光〔七〕。匹馬度睢水〔八〕，清風何激揚。校緡閲帑藏〔九〕，發廩忻斯箱〔一〇〕。邂逅得相逢，歡言至夕陽。開襟自公館〔一一〕，載酒登琴堂〔一二〕。舉杯挹山川〔一三〕，寓目窮毫芒〔一四〕。白鳥向田盡，青蟬歸路長。醉中不惜别，況乃正遊梁。

【校注】

〔一〕據「況乃正遊梁」句，此詩作於客居梁宋前期。單父，宋州屬縣，故址在唐宋州單父縣（今山東省單縣南）。鄧司倉，名未詳。司倉，即司倉參軍事，州郡佐吏，掌倉廩、庖廚、財物、廛市之事。敦煌集本此題「覆」下無「倉」字，「贈」作「别」。

〔二〕邦牧，指宋州刺史。州長稱牧。坐嘯，閒坐嘯詠，無所事事。典出後漢書黨錮列傳：「後汝南太守宗資任功曹范滂，南陽太守成瑨亦委功曹岑晊。二郡又爲謡曰：『汝南太守范孟博，

南陽宗資主畫諾；南陽太守岑公孝，弘農成瑨但坐嘯。』」此句寫宋州刺史知人善任，故自得清閒。

〔三〕羣賢，指僚屬。　趨，遵行。

〔四〕四人，四民。穀梁傳成公元年：「古者有四民：有士民，有商民，有農民，有工民。」此避唐太宗李世民諱改「人」。忽，敦煌集本作「總」，可從。

〔五〕粲粲，美好盛多的樣子。　府，庫。

〔六〕履霜，周易坤：「履霜堅冰至。」謂因履霜而以堅冰將至爲戒，用以防漸慮微。以上二句寫鄧氏嚴於職守，爲官謹廉。授，敦煌集本作「挍」（同「校」）。

〔七〕皛，音義同「皎」。敦煌集本、清抄本、全唐詩作「晶」。

〔八〕睢水，見酬龐十兵曹注〔七〕。

〔九〕校，核實。　緡（mín民），緡錢。　帑，金庫。

〔一〇〕廩，糧倉。　斯箱，詩經小雅甫田：「乃求千斯倉，乃求萬斯箱。」斯爲語助詞，箱本指車箱，此處泛指盛糧之具。

〔一一〕開襟，開懷，閒適自得。公館，官府。底本作「公餘」，諸本多同，此從敦煌集本。

〔一二〕琴堂，指宓（fú伏）子賤琴堂。宓子賤名不齊，字子賤，孔子弟子，春秋魯國人，單父宰。據呂氏春秋察賢，宓子賤上任身不下堂，日在堂上彈琴，把單父治理得很好。

〔一三〕挹，拱手行禮，此寫祭奠山川。

〔一四〕毫芒，細微。

宋中遇劉書記有别〔一〕

何代無秀士，高門生此才〔二〕。森然覩毛髮，若見江山來〔三〕。幾載困常調〔四〕，一朝時命催〔五〕。白身謁明主，待詔登雲臺〔六〕。相逢梁宋間，與我醉蒿萊〔七〕。寒楚眇千里〔八〕，雪天晝不開〔九〕。末路終别離，不能强悲哀〔一〇〕。男兒争富貴，勸爾莫遲迴。

【校注】

〔一〕此詩約作於客居梁宋前期。　書記，官名，「掌書記」之簡稱，爲大都督府、都督府及節度使、觀察使僚屬，位在判官之下，掌表奏書檄。　劉書記，名未詳。

〔二〕高門，泛指顯貴之家。

〔三〕森然，莊嚴的樣子。二句寫劉氏相貌軒昂，含有江山靈秀之氣。　毛髮，文苑英華作「毫髮」。　江，全唐詩作「河」。

〔四〕常調。按常規選用官吏，與破格擢用相對而言。新唐書選舉志：「國子監置大成二十

人，取已及第而聰明者爲之。……上於尚書吏部試之，登第者加一階放選。其不第則習業如初，三歲而又試，三試而不中第，從常調。」

〔五〕時命，指皇帝的詔命。底本原作「時運」，諸本多同，此從敦煌選本。

〔六〕待詔，指翰林待詔，唐玄宗時置，掌四方表疏批答、應和文章。後改爲翰林供奉，又改爲學士。

雲臺，漢代臺名，稱雲臺，言其高。在南宮中，永平（公元五八年——七五年）間漢明帝劉莊念前世功臣，畫鄧禹等二十八將像於此。此處借指朝廷，寫劉氏初授職之地。

〔七〕蒿萊，蒿爲一種野草，萊即蔽。韓詩外傳卷一載，孔子弟子原憲居魯，「環堵之室，茨以蒿萊，上漏而下濕，正坐而弦歌」。後遂以蒿萊指簡陋的隱居之處。

〔八〕楚，指楚州，屬淮南道，轄境相當今江蘇省淮河以南，盱眙以東，寶應、鹽城以北地區。眇，遥遠的樣子。底本原作「渺」，諸本多同，此從敦煌選本、全唐詩。此句寫劉氏的去處。

〔九〕晝，文苑英華作「閉」。

〔一〇〕强，過分。

宋中别李八〔一〕

歲晏誰不歸？君歸意可説〔二〕。將趨倚門望〔三〕，還念同人别。駐馬臨長亭，飄

然事明發〔四〕。蒼茫眺千里，正值苦寒節。舊國多轉蓬〔五〕，平臺下明月〔六〕。世情薄疵賤，夫子懷賢哲〔七〕。行矣各勉旃〔八〕，吾當挹餘烈〔九〕。

【校注】

〔一〕此詩約作於客居梁宋前期。李八，名未詳。

〔二〕意可説，謂有深意可道。即指下文「世情薄疵賤，夫子懷賢哲」。

〔三〕倚門望，戰國策齊策六：「王孫賈年十五，事閔王；王出走，失王之處。其母曰：『女朝出而晚來，則吾倚門而望。』」此句謂將歸省其母。

〔四〕事，廣韻：「立也。」明發，天發明、天曉之意。詩經小雅小宛：「明發不寐，有懷二人。」此句謂飄然而立於晨曦之中。

〔五〕舊國，指春秋宋國。宋中即因古宋國得稱，故云。轉蓬，遇風即飄起飛旋的蓬草，常用以比喻行踪的飄泊不定。

〔六〕平臺，臺名。遺址在今河南省商丘市東北平臺集。元和郡縣志：「平臺，縣（虞城縣）西四十里，左傳：宋皇國父爲宋平公所築。漢梁孝王大治宮室，爲複道，自宮連屬於平臺三十餘里，與鄒、枚、相如之徒並遊其上。」

〔七〕夫子，稱李八。

〔八〕旃(zhān 沾),語助詞,焉。

〔九〕挹,通「揖」,崇仰。　餘烈,爾雅釋詁:「烈,光也。」史記甘茂列傳:「貧人女與富人女會績,貧人女曰:『我無以買燭,而子之燭光幸有餘,子可分我餘光。』」此指遺留的高雅風範。

別王徹〔一〕

歸客自南楚,悵然思北林〔二〕。蕭條秋風暮,迴首江淮深。留連愁作歡〔三〕,或爲梁甫吟〔四〕。時輩想鵬舉〔五〕,他人嗟陸沉〔六〕。載酒登平臺〔七〕,贈君千里心〔八〕。浮雲暗長路,落日有歸禽〔九〕。離別未足悲,辛勤當自任〔一〇〕。吾知十年後,季子多黃金〔一一〕。

【校注】

〔一〕此詩作於客居梁宋前期。　文苑英華作「送別王徹」。　王徹,杜甫有苦雨寄隴西公兼呈王徵士,仇兆鰲引原注云:「徵士,瑯琊王徹。」

〔二〕北林,代指故鄉。　詩經秦風晨風:「鴥彼晨風,鬱彼北林。」北林指晨風(鳥名)投歸之處。　林,清抄本、文苑英華作「臨」。

〔三〕此句敦煌集本作「留連終日歡」,文苑英華作「留君終日歡」。

〔四〕梁甫吟，樂府楚調曲名。相傳諸葛亮用世之前，「躬耕隴畝，好爲梁甫吟」，以寄寓豪情壯志。詳見三國志蜀志本傳。此句謂王徹胸有抱負。

〔五〕時輩，趨時的一班人。鵬舉，莊子逍遥遊：「鵬之徙於南冥也，水擊三千里，摶扶摇而上者九萬里。」後以鵬舉比喻追求高位。

〔六〕陸沉，無水而沉，語出莊子則陽。此處喻指沉淪埋没。

〔七〕平臺，見宋中别李八注〔六〕。

〔八〕千里心，遠大志向。曹操龜雖壽：「老驥伏櫪，志在千里；烈士暮年，壯心不已。」

〔九〕落，敦煌集本作「兹」。

〔一〇〕當，敦煌集本作「嘗」。

〔一一〕季子，指蘇秦。蘇秦得六國相位後，其嫂一改前之倨慢而變得恭甚，問其故，答道：「見季子位高金多也。」見戰國策秦策及史記蘇秦列傳。季子猶言小弟。此句以王徹比蘇秦，希望他像蘇秦一樣騰達。

宋中十首〔一〕

梁王昔全盛〔二〕，賓客復多才〔三〕。悠悠一千年，陳跡唯高臺〔四〕。寂寞向秋草，

悲風千里來。

【校注】

〔一〕此組詩約作於客居梁宋前期。

〔二〕梁王，指漢梁孝王劉武，文帝劉恒次子。漢景帝三年（公元前一五四年）七國之亂起，梁孝王守睢陽，拒吴、楚，大破吴、楚軍。「其後梁最親，有功，又爲大國，居天下膏腴地。……得賜天子旌旗，出從千乘萬騎。」詳見史記梁孝王世家。

〔三〕梁孝王世家云：「招延四方豪傑，自山以東，游説之士莫不畢至。」鄒陽、枚乘、司馬相如等皆從其遊。

〔四〕高臺，指平臺，見宋中别李八注〔六〕。

朝臨孟諸上〔一〕，忽見芒碭間〔二〕。赤帝終已矣〔三〕，白雲長不還。時清更何有？禾黍偏空山〔四〕。

【校注】

〔一〕孟諸，古澤名，在今河南省商丘市東，接虞城縣境。

〔二〕芒，芒山。碭，碭山。二山在河南省永城縣東北，相距八里。漢高祖劉邦曾隱於芒、碭

山澤巖石之間。

〔三〕赤帝，指漢高祖。傳説劉邦做亭長時，酒後斬道中大蛇。後，人見一老婦夜哭，問其故，答道：「吾子白帝子也，化爲蛇當道，今爲赤帝子斬之，故哭。」遂隱化不見。詳見史記高祖本紀。此句謂劉邦雖神奇不凡，但終究也已死去。　終，敦煌集本作「今」。

〔四〕「禾黍」句，感慨興亡，寫國破之後的荒涼景象。毛詩序：「黍離（見詩經王風），閔宗周也。周大夫行役，至於宗周，過故宗廟宮室，盡爲禾黍；閔周室之顛覆，彷徨不忍去，而作是詩也。」　偏，敦煌集本作「滿」。

景公德何廣〔一〕，臨變莫能欺〔二〕，三請皆不忍，妖星終自移。君心本如此，天道豈無知〔三〕！

【校注】

〔一〕景公，即宋景公，名頭曼，公元前五一六至前四五〇年在位。

〔二〕臨變，面臨災變。史記宋微子世家：「（宋景公）三十七年，楚惠王滅陳。熒惑（火星）守心（二十八宿中蒼龍七宿之第五宿），心，宋之分野也。景公憂之。司星子韋曰：『可移於相。』景公曰：『相，吾之股肱。』曰：『可移於民。』景公曰：『君者待民。』曰：『可移於歲。』景公曰：『歲饑民困，吾誰爲君？』子韋曰：『天高聽卑，君有君人之言三，熒惑宜有動。』於是候之，果徙三度。」

〔三〕天道，書湯誥：「天道福善禍淫。」

梁苑白日暮〔一〕，梁山秋草時。君王不可見，修竹令人悲〔二〕。九月桑葉盡，寒風鳴樹枝。

【校注】

〔一〕梁苑，又名梁園、東苑，兔苑。參見別韋參軍注〔九〕。

〔二〕修竹，高竹。西京雜記：梁苑，「俗人言梁孝王竹園也」。史記梁孝王世家索隱：「又一名修竹院。」

登高臨舊國〔一〕，懷古對窮秋。落日鴻雁度，寒城砧杵愁〔二〕。昔賢不復有，行矣莫淹留。

【校注】

〔一〕舊國，統指周代宋國、漢代梁國言之。

〔二〕城，敦煌集本作「聲」。

出門望終古，獨立悲且歌。憶昔魯仲尼，棲棲此經過，衆人不可向，伐樹將

如何〔一〕！

【校注】

〔一〕「憶昔」至此四句，史記孔子世家：「孔子去曹適宋，與弟子習禮大樹下。宋司馬桓魋欲殺孔子，拔其樹。孔子去，弟子曰：『可以速矣！』孔子曰：『天生德於予，桓魋其如予何！』」棲棲，敦煌集本作「栖栖」，音義同，忙碌不安貌。論語憲問：「微生畝謂孔子曰：『丘何爲是栖栖者與？無乃爲佞乎！』」

逍遥漆園吏〔一〕，冥没不知年，世事浮雲外，閑居大道邊。古來同一馬〔二〕，今我亦忘筌〔三〕。

【校注】

〔一〕漆園吏，指莊子。史記老莊申韓列傳：「莊子者，蒙（宋國地名）人也，名周。周嘗爲蒙漆園吏，與梁惠王、齊宣王同時。」漆園其地有三説，此指在唐宋城縣（今河南商丘市）蒙縣故城中者。

〔二〕同一馬，指萬物如同一馬。莊子齊物論：「以馬喻馬之非馬，不若以非馬喻馬之非馬也。……萬物一馬也。」這是莊子奉行的相對主義詭辯論，他認爲事物没有質的規定性，不分彼

此、是非、可否，主張與世無争，自適其志。

〔三〕忘筌，即得魚忘筌（捕魚之具）。莊子外物：「荃（同「筌」）者所以在魚，得魚而忘荃；蹄（捕兔之具）者所以在兔，得兔而忘蹄；言者所以在意，得意而忘言。」這裏借「忘筌」表示「得意而忘言」的意思，是説萬物同一馬的哲理自古不變，現在我也能體會其妙理深意了。

五霸遞征伐〔一〕，宋人無戰功。解圍幸奇説，易子傷吾衷〔二〕。唯見盧門外〔三〕，蕭條多轉蓬〔四〕。

【校注】

〔一〕五霸，一般指春秋時的齊桓公、晉文公、秦穆公、宋襄公、楚莊王。其中以宋襄公最弱，故下句言「宋人無戰功」。

〔二〕「解圍」二句，史記宋微子世家：宋文公時，楚莊王圍宋，五月不解，「宋城中急，無食。華元（宋將）乃夜私見楚將子反。子反告莊王。王問城中何如？曰：『析骨而炊，易子而食。』莊王曰：『誠哉言，我軍亦有二日糧。』以信故，遂罷兵去」（又見左傳宣公十四年至十五年）。

〔三〕盧門，春秋宋國城門名，左傳昭公二十一年杜預注云：「宋東城南門。」此指唐宋城縣（今河南省商丘市）。

〔四〕轉蓬，見宋中別李八注〔五〕。

常愛宓子賤〔一〕，鳴琴能自親〔二〕，邑中静無事，豈不由其身〔三〕？何意千年後，寂寥無此人。

【校注】

〔一〕宓子賤，見單父逢鄧司倉覆倉庫因而有贈注〔三〕。詳見史記仲尼弟子列傳。

〔二〕鳴琴，宓子賤彈琴治單父；巫馬期亦曾治單父，披星戴月，早出晚歸，才把單父治理好。巫馬期問其故。宓子賤答道：「我的辦法在人，你的辦法在力；任力者勞，任人者逸。」見劉向説苑政理。

自親，自相親近、和睦。能，敦煌集本作「然」。

〔三〕由其身，論語子路：「苟正其身矣，於從政乎何有？不能正其身，如正人何？」

闕伯去已久〔一〕，高丘臨道傍〔二〕。人皆有兄弟，爾獨爲參商〔三〕。終古猶如此，而今安可量〔四〕！

【校注】

〔一〕闕（è遏）伯，相傳爲高辛氏（帝嚳）之長子，陶唐氏之火正（五行司火之官），商、宋之遠祖。左傳襄公九年：士弱曰：「陶唐氏之火正闕伯，居商丘，祀大火，而火紀時焉。相土（契孫）因之，故商主大火。」又昭公元年：子産曰：「昔高辛氏有二子，伯曰闕伯，季曰實沈，居於曠林，不相

能（親）也，日尋干戈，以相征討。后帝（堯）不臧，遷閼伯于商丘，主辰（星名，即大火），商人是因，故辰爲商星；遷實沈于大夏，主參，唐人是因，以服事夏商，其季世曰唐叔虞。……及成王滅唐，而封大叔焉，故參爲晉星。由是觀之，則實沈參神也。」久，敦煌集本作「矣」。

〔二〕高丘，指閼伯墓。

〔三〕參商，後人根據閼伯實沈的傳説，遂稱兄弟不睦爲參商。按參星居西方，商星在東方，出没兩不相見。

〔四〕今，底本原作「人」，諸本多同，此從敦煌集本、全唐詩。

苦雪四首〔一〕

二月猶北風，天陰雪冥冥。寥落一室中，悵然慙百齡〔二〕。苦愁正如此，門柳復青青。

【校注】

〔一〕此組詩約作於客居梁宋前期。

〔二〕百齡，百年，指一生之事。齡，明銅活字本作「靈」。

惠連發清興〔一〕，袁安念高卧〔二〕。余故非斯人，爲性兼懶惰。賴兹罇中酒，終日聊自過。

【校注】

〔一〕惠連，謝惠連，南朝宋陳郡陽夏（今河南省太康縣）人，謝靈運之族弟，少有文才。發清興，指寫作雪賦，賦見文選。

〔二〕袁安，初學記卷二雪引録異傳：「漢時大雪，地丈餘。洛陽令身出案行，見人家皆除雪出，有乞食者。至袁安門，無有行路，謂安已死。令人除雪入户，見安僵卧，問何以不出，安曰：『大雪人皆餓，不宜干（求）人。』令以賢，舉孝廉。」

濛濛灑平陸，淅瀝至幽居〔一〕。且喜潤羣物，焉能悲斗儲〔二〕！故交久不見，鳥雀投吾廬。

【校注】

〔一〕淅瀝，下雪珠之聲。謝惠連雪賦：「霰淅瀝而先集。」

〔二〕斗儲，斗粟之儲，謂積糧甚少。

孰云久閒曠，本自保知寡〔一〕。窮巷獨無成，春條祇盈把〔二〕。安能羨鵬舉〔三〕？

且欲歌牛下〔四〕。乃知古時人，亦有如我者。

【校注】

〔一〕知寡，謂隱名不爲人知。老子：「知我者希，則我者貴。是以聖人披褐懷玉。」

〔二〕春條，幼樹。盈把，韓詩外傳卷五：「盈把之木，無合拱之枝。」此自喻勢單力薄，尚未成材。

〔三〕鵬舉，見別王徹注〔五〕。

〔四〕歌牛下，楚辭離騷：「甯戚之謳歌兮，齊桓聞以該輔。」王逸注云：「甯戚，衛人，修德不用而商賈，宿齊東門外。桓公夜出，甯戚方飯（喂）牛而歌，桓公聞之，知其賢，舉用爲客卿。」此句用甯戚事自況，期得知遇於隱逸之中。

九月九日酬顔少府〔一〕

簷前白日應可惜，籬下黄花爲誰有〔二〕？行子迎霜未授衣〔三〕，主人得錢始沽酒。蘇秦顦顇人多厭〔四〕，蔡澤棲遑世看醜〔五〕。縱使登高只斷腸，不如獨坐空搔首〔六〕。

【校注】

〔一〕據「蘇秦顦顇人多厭」句，此詩約作于客居梁宋前期。九月九日，農曆重陽節，俗有

登高飲酒之習。　顏少府，名未詳。少府，唐代對縣尉的稱呼，爲縣令佐吏。高適又有同顏少府旅宦秋中（全唐詩作顏六少府）詩，與此詩當作於同時，兩顏少府亦爲一人。敦煌集本、全唐詩題作九日酬顏少府。

〔二〕黄花，菊花。陶淵明飲酒：「採菊東籬下。」

〔三〕行子，旅人，指顏氏。授衣，詩經豳風七月：「七月流火，九月授衣。」毛傳：「九月霜始降，婦功成，可以授冬衣矣。」

〔四〕蘇秦，見酬龐十兵曹注〔三〕。　人，敦煌集本作「時」。

〔五〕蔡澤，戰國燕人。遊學干諸侯，不遇。曾找唐舉看相，唐舉戲弄他説：「吾聞聖人不相，殆先生乎？」後到趙國，被逐。入韓魏，路上遇人奪釜鬲而去。最終西入秦，取得相位。相秦數月，有人惡之，懼誅，乃謝病歸相印。詳見史記范睢蔡澤列傳。棲遑，匆遽不安定之意。底本原作「棲遲」，諸本多同，此從敦煌集本。

〔六〕此句爲獨坐愁苦之意。李陵答蘇武書：「身之窮困，獨坐愁苦。」（見文選）詩經邶風静女：「搔首踟躕。」

同顏少府旅宦秋中〔一〕

傳君昨夜悵然悲，獨坐新齋木落時。逸氣舊來凌燕雀〔二〕，高才何得混妍

媸〔三〕！跡留黃綬人多歎〔四〕，心在青雲世莫知〔五〕。不是鬼神無正直〔六〕，從來州縣有瑕疵〔七〕。

【校注】

〔一〕此詩與前首九月九日酬顔少府作於同時。全唐詩題作「同顔六少府旅宦秋中之作」。

〔二〕燕雀，比喻平庸之輩。史記陳涉世家：「燕雀安知鴻鵠之志哉！」

〔三〕妍媸，美醜。陸機文賦「混妍蚩（通「媸」）而成體，累良質而爲瑕」。此用其意，謂高才怎能因美醜不分而遭埋没。

〔四〕跡，指仕歷。黃綬，黃色的繫印帶子。按隋書禮儀志：「諸縣尉銅印、環鈕、黃綬。」唐制同。此處代指縣尉。

〔五〕青雲，比喻高位。史記范睢蔡澤列傳：「不意君能自致於青雲之上。」

〔六〕此句意出左傳莊公三十二年：「神，聰明正直而壹者也，依人而行。」

〔七〕瑕疵，指弊端，如封丘縣所云「鞭撻黎庶令人悲」之類。

塞上聽吹笛〔一〕

雪净胡天牧馬還〔二〕，月明羌笛戍樓間。借問梅花何處落〔三〕？風吹一夜滿

關山。

【校注】

〔一〕此詩異文較多。敦煌選本、文苑英華、明銅活字本與此同。國秀集題作「和王七度玉門關上吹笛」，詩作「胡人吹笛戍樓間，樓上蕭條海月閑。借問落梅凡幾曲？從風一夜滿關山。」全唐詩同國秀集，唯題中「上」字作「聽」。河嶽英靈集題作「塞上聞笛」，詩與國秀集相近，唯「海月」作「明月」，「落梅」作「梅花」，「凡幾曲」作「何處落」。才調集作宋濟詩，題及正文同河嶽英靈集，唯「胡人」作「胡兒」。據國秀集題目，此詩或爲高適和王之渙（即王七）涼州詞之作（參見岑仲勉唐人行第録）。據靳能撰唐故文安郡文安縣太原王府君（之渙）墓志銘并序，王之渙卒於天寶元年，時正居文安縣尉職。任此職之前，家居十五年。家居之前，又曾沿黄河西遊出塞，其涼州詞即作於遊西塞時，約在開元十年至十五年期間，則高適和詩亦當作於此間。姑編於此。

〔二〕牧馬，古代每稱游牧民族入境侵犯叫牧馬。牧馬還，指胡人退回。

〔三〕梅花落，笛曲名。此處將曲名拆開，巧用雙關，富有生趣。

贈別晉三處士〔一〕

有人家住清河源〔二〕，渡河問我遊梁園〔三〕。手持道經注已畢〔四〕，心知内篇口不

言〔五〕。盧門十年見秋草〔六〕，此心惆悵誰能道！知己從來不易知〔七〕，慕君爲人與君好。别時九月桑葉疏，出門千里無行車。愛君且欲君先達，今上求賢早上書〔八〕。

【校注】

〔一〕據「盧門十年見秋草」句，此詩作於客居梁宋已歷十年之時，正當開元十七年（七二九）。晉三，名未詳。　處士，隱居不仕之士。

〔二〕清河，古河名，戰國時介在齊趙二國間，源出今河南省内黄縣南。

〔三〕河，黄河。　梁園，見别韋參軍注〔九〕。

〔四〕道經，即道德經，又稱老子，相傳老子所著，爲道家經典之祖。共五千餘言，今傳本分爲八十一章，前三十七章爲上篇，其餘爲下篇。

〔五〕内篇，指莊子，莊子分内、外、雜篇。

〔六〕盧門，見宋中十首其八注〔三〕。

〔七〕下知字，指相知、相遇之意。

〔八〕今上，對當世皇帝之稱。

苦雨寄房四昆季〔一〕

獨坐見多雨，況茲兼索居〔二〕。茫茫十月交〔三〕，窮陰千里餘。彌望無端倪〔四〕，

北風擊林篍〔五〕。白日眇難覩，黃雲争卷舒。安得造化功，曠然一掃除！滴瀝簷宇愁，寥寥談笑疏〔六〕。泥塗擁城郭，水潦盤丘墟。惆悵憫田農，徘徊傷里閭〔七〕；曾是力井稅〔八〕，曷爲無斗儲？萬事切中懷，十年思上書。君門嗟緬邈，身計念居諸〔九〕。沉吟顧草茅〔一〇〕，鬱怏任盈虛〔一一〕。黃鵠不可羨〔一二〕，鳴鷄時起予〔一三〕。故人平臺側〔一四〕，高館臨通渠〔一五〕。兄弟方荀陳〔一六〕，才華冠應徐〔一七〕。彈棊自多暇〔一八〕，飲酒更何如。知人想林宗〔一九〕，直道慙史魚〔二〇〕。攜手流風在，開襟鄙吝祛〔二一〕。寧能訪窮巷〔二二〕，相與對園蔬？

【校注】

〔一〕此詩約作於開元十八年（七三〇）前後，時正客居宋中，距北遊燕趙爲期不遠。淇上酬薛三據兼郭少府：「十年守章句，萬事空寥落。北上登薊門，茫茫見沙漠。」所敘與此詩「十年思上書」相合。　苦雨，久雨不止。　房四，文苑英華作「房休」，全唐詩「四」下注「一作休」。

〔二〕索居，獨居。　禮記檀弓：「子夏曰：『吾離羣而索居久矣。』」

〔三〕十月交，詩經小雅十月之交：「十月之交，朔月辛卯。」交，日月交會。指晦朔交替之時。交，清抄本及許本作「郊」。

〔四〕彌，遠。

〔五〕林箊（yú于），竹名，其葉寬而薄。

〔六〕寥寥，文苑英華作「寂寥」。

〔七〕里閭，本爲古代行政單位，據周禮賈疏，二十五家爲里閭。此泛指民間鄉里。

〔八〕力，盡力。　井稅，田稅。因古井田制而得稱。井，文苑英華作「耕」。

〔九〕居諸，詩經邶風日月：「日居月諸。」「居」「諸」皆爲語助詞。後「居諸」成爲「日居月諸」的省語，即光陰流逝之意。

〔一〇〕草茅，指在野。儀禮士相見禮：「在野則曰草茅之臣。」

〔一一〕盈虛，周易豐卦：「天地盈虛，與時消息。」

〔一二〕黄鵠（hú胡），同「鴻鵠」，一種大鳥，或云即天鵝，能高飛遠舉。古時多用以比喻有志之士或能致高位的人。文苑英華作「黄鶴」。

〔一三〕鳴雞，用西晉祖逖聞雞鳴而起舞事。見晉書祖逖傳。　起予，啓發我。論語八佾：「起予者商也。」

〔一四〕故人，指房四兄弟。　平臺，見宋中別李八注〔六〕。

〔一五〕通渠，唐詩所、清抄本同。他本多作「通衢」。文苑英華作「東渠」。

〔一六〕方，比。　荀，指荀爽兄弟。後漢書荀淑傳：「有子八人……時人謂之八龍……爽字慈明，一名諝……潁川爲之語曰：『荀氏八龍，慈明無雙。』」陳，指陳紀、陳諶兄弟。後漢書陳寔

傳：「有六子，紀、諶最賢。」此句以荀氏、陳氏兄弟比房四兄弟。

〔一七〕應徐，指「建安七子」中的應瑒和徐幹。　冠，文苑英華作「貫」。

〔一八〕彈棊，見別韋參軍注〔一五〕。

〔一九〕林宗，東漢太原界休人，郭泰（或作「太」）之字。史載他「性明知人」，詳見後漢書本傳。此句贊揚房四兄弟最能知人。

〔二〇〕史魚，名鰌（qiū秋），字子魚，春秋衛國大夫。據韓詩外傳卷七，史魚病且死，謂其子曰：「我數言蘧伯玉之賢，而不能進；彌子瑕不肖，而不能退。爲人臣生不能進賢而退不肖，死不當治喪正堂，殯我於室足矣。」衛君聞之，召蘧伯玉而退彌子瑕。後人謂之尸諫，孔子稱讚：「直哉史魚！」（論語衛靈公）此句以史魚比房四兄弟，謂他們爲人鯁直，因無力進賢退不肖而自愧。

〔二一〕鄙吝祛，後漢書黄憲傳：「同郡陳蕃、周舉常相謂曰：『時月之間不見黄生，則鄙吝之萌復存乎心。』」此句暗用其事，寫自己與房四兄弟交往之中受到感化、熏陶。

〔二二〕寧能，怎能。　窮巷并下句園蔬，用陶淵明讀山海經十三首其一之意：「窮巷隔深轍，頗回故人車。歡言酌春酒，摘我園中蔬。」

別孫訢〔一〕

離人去復留，白馬黑貂裘。屈指論前事，停鞭惜舊遊。帝鄉那可忘〔二〕，旅館日

堪愁。誰念無知己〔三〕，年年睢水流〔四〕。

【校注】

〔一〕清抄本題下注云：「時俱客宋中。」知此詩當作於客居梁宋前期。

〔二〕帝鄉，帝城，指京師。此句意謂不忘進身致用。

〔三〕無知己，指不爲人知，無人引薦。

〔四〕睢水，見酬龐十兵曹注〔七〕。此句意謂已困滯宋中多年。

詠史〔一〕

尚有綈袍贈〔二〕，應憐范叔寒〔三〕；不知天下士〔四〕，猶作布衣看！

【校注】

〔一〕此詩具體寫作時間未詳，係借詠史感慨未遇，當寫在出仕之前，姑編於此。

〔二〕綈（tí替）袍，厚繒做的袍子。

〔三〕范叔，即范雎，字叔，戰國魏人。曾事魏中大夫須賈，遭其毀謗，笞辱幾死。後逃秦，改名張禄，受到秦昭王重用，位相封侯。須賈嘗出使秦國求和。范雎敝衣往見，佯稱受傭傭爲生。

須賈説：「范叔一寒如此哉！」乃取一綈袍贈之。須賈後知實情，大驚，肉袒謝罪。范雎數落其罪之後説：「然公之所以得無死者，以綈袍戀戀有故人之意，故釋公。」於是辱之而放歸。詳見史記范雎蔡澤列傳。

〔四〕天下士，肩負天下大任之士。戰國齊人魯仲連居趙，義不帝秦，魏國客將軍新垣衍贊揚他説：「始以先生爲庸人，吾乃今日而知先生爲天下之士也。」見戰國策趙策。末二句寫對當權者埋没人才的不滿。

閒居〔一〕

柳色驚心事，春風厭索居〔二〕。方知一杯酒〔三〕，猶勝百家書。

【校注】

〔一〕此詩約作於客居梁宋前期。

〔二〕索居，見苦雨寄房四昆季注〔二〕。

〔三〕一杯酒，世説新語任誕：西晉張翰曾説：「使我有身後名，不如即時一杯酒。」此用其意，謂一杯開懷之酒，比苦苦追求虚名重要。

田家春望〔一〕

出門何所見，春色滿平蕪。可歎無知己，高陽一酒徒〔二〕。

【校注】

〔一〕此詩當作於客居梁宋前期。

〔二〕此句用未遇時的酈食其自況。酈食其爲陳留高陽人，懷有雄才大略。劉邦爲沛公，引兵過陳留，酈食其求見。使者通報後，出謝曰：「沛公敬謝先生，方以天下爲事，未暇見儒人也。」酈食其瞋目案劍叱使者曰：「走！復入言沛公，吾高陽酒徒也，非儒人也。」詳見史記酈生陸賈列傳附朱建傳。

別馮判官〔一〕

碣石遼西地〔二〕，漁陽薊北天〔三〕。關山唯一道〔四〕，雨雪盡三邊〔五〕。才子方爲客〔六〕，將軍正渴賢〔七〕。遥知幕府下，書記日翩翩〔八〕。

【校注】

〔一〕此詩對東北邊塞充滿嚮往之情，當作於開元二十年（七三二）初，時在宋中。隨後，自己即赴信安王幕府。參見下首。馮判官，名未詳。判官，爲大督都府、都督府及節度、觀察、團練、防禦等使的僚屬，輔理政事。詩題敦煌選本、文苑英華作「送馮判官」。

〔二〕碣石，山名，在今河北省昌黎縣西北。遼西，古郡名，戰國燕置。秦、漢治所在陽樂縣（今遼寧省義縣西），轄境大致在今河北省、遼寧省交界地區。北齊廢入北平郡。地，敦煌選本作「海」。

〔三〕漁陽，郡名，原薊州，天寶元年更郡名，治所在漁陽縣（今天津市薊縣）。薊北，薊門以北。薊門，即古薊丘，在戰國時燕國薊城内，相傳今北京市德勝門外土城關即其遺址。

〔四〕一道，指古盧龍塞道，自今薊縣東北經遵化，循灤河河谷出塞，折東趨大凌河流域，係從河北平原通往東北之交通要道。

〔五〕三邊，古以幽、并、涼三州爲三邊。後以三邊泛稱邊地。

〔六〕才子，指馮氏。

〔七〕將軍，指信安王李禕，詳見下首注〔一〕。渴賢，敦煌選本、文苑英華作「愛賢」，明銅活字本作「慕賢」。

〔八〕書記，掌書記，見宋中遇劉書記有別注〔一〕。翩翩，比喻文采風流。句意本曹

丕與吴質書：「元瑜書記翩翩，致足樂也。」

信安王幕府詩 并序〔一〕

開元二十年，國家有事林胡〔二〕，詔禮部尚書信安王總戎大舉〔三〕。時考功郎中王公〔四〕、司勳郎中劉公〔五〕、主客郎中魏公〔六〕、侍御史李公〔七〕、監察御史崔公〔八〕，咸在幕府，詩以頌美數公，見于詞凡三十韻〔九〕。

雲紀軒皇代〔一〇〕，星高太白年〔一一〕。廟堂咨上策〔一二〕，幕府制中權〔一三〕。磐石藩維固〔一四〕，昇壇禮樂先〔一五〕。國章榮印綬〔一六〕，公服貴貂蟬〔一七〕。樂善旌深德〔一八〕，輸忠格上玄〔一九〕。剪桐光寵錫〔二〇〕，題劍美貞堅〔二一〕。聖祚雄圖廣〔二二〕，師貞武德虔〔二三〕。雷霆七校發〔二四〕，旌旆五營連〔二五〕。華省徵羣乂〔二六〕，霜臺舉二賢〔二七〕。豈伊公望遠〔二八〕，曾是茂才遷〔二九〕。並秉韜鈐術〔三〇〕，兼該翰墨筵〔三一〕。帝思麟閣像〔三二〕，臣獻柏梁篇〔三三〕。振玉登遼甸〔三四〕，摐金歷薊壖〔三五〕。度河飛羽檄，横海泛樓船。北伐聲逾邁，東征務以專。講戎喧涿野〔三六〕，料敵静居延〔三七〕。軍勢持三略〔三八〕，兵戎自九天〔三九〕。朝瞻授鉞去〔四〇〕，時聽偃戈旋〔四一〕。大漠風沙裏，長城雨雪邊。雲端臨碣石〔四二〕，波際隱朝鮮。夜壁衝高

斗〔四三〕，寒空駐綵旃〔四四〕。倚弓玄兔月〔四五〕，飲馬白狼川〔四六〕。庶物隨交泰〔四七〕，蒼生解倒懸〔四八〕。四郊增氣象，萬里絶風煙〔四九〕。關塞鴻勳著，京華甲第全〔五〇〕。落梅橫吹後〔五一〕，春色凱歌前。直道常兼濟〔五二〕，微才獨棄捐〔五三〕。曳裾誠已矣〔五四〕，投筆尚悽然〔五五〕。作賦同元淑〔五六〕，能詩匪仲宣〔五七〕。雲霄不可望〔五八〕，空欲仰神仙〔五九〕。

【校注】

〔一〕此詩作於開元二十年（七三二）春。資治通鑑開元二十年：「春，正月，乙卯，以朔方節度副大使信安王禕爲河東、河北行軍副大總管，將兵擊奚、契丹。……六月，丁丑，加信安王禕開府儀同三司。」按舊唐書本傳，禕爲唐太宗子吴王恪之孫，唐玄宗之從兄。開元十二年封爲信安郡王，天寶二年卒，年八十餘。　詩題，敦煌選本乙作「信安王出塞」。

〔二〕有事，指征伐。　林胡，戰國時北方族名，此處借指奚、契丹。

〔三〕禮部，尚書省六部之一。　尚書，爲各部長官之稱。　據舊唐書本傳，李禕封信安郡王後，「尋遷禮部尚書」。

〔四〕考功郎中，吏部屬官，掌内外文武官吏之考課。　王公，名未詳。　敦煌選本乙作「劉公」，無以下「司勳郎中劉公」六字。

〔五〕司勳郎中，吏部屬官，掌官吏勳級。　劉公，名未詳。

〔六〕主客郎中，禮部屬官，掌諸蕃朝聘之事。　魏公，名未詳。

〔七〕侍御史，御史臺屬官，掌糾舉百僚，推鞫獄訟。　李公，名未詳。

〔八〕監察御史，御史臺屬官，掌分察百僚，巡按郡縣，糾視刑獄，肅整朝儀。　崔公，名未詳。敦煌選本乙無「御史」二字。

〔九〕凡三十韻，底本無此四字，張黄本、許本同。此從敦煌選本乙、明銅活字本、全唐詩補。清抄本此四字作題下注。

〔一〇〕雲紀，左傳昭公十七年：「黄帝氏以雲紀，故爲雲師而雲名。」杜預注：「以雲紀事，百官師長皆以雲爲名號。」雲實爲黄帝氏族之圖騰，雲紀即以雲作標記。軒皇，即軒轅氏黄帝。　代，即「世」，爲避唐太宗李世民諱而改。此句意謂當世政治清明，如同黄帝之世。雲，敦煌選本乙作「歲」。

〔一一〕太白，星名，即金星。按古代星占説法，太白星司兵，太白星高是大規模用兵的吉兆。史記天官書：「(太白)出高，用兵深吉，淺凶；庳(低)，淺吉，深凶。」

〔一二〕廟堂，猶云朝廷，因宗廟所在，故稱。　咨，謀劃。

〔一三〕中權，此指中軍。

〔一四〕藩維，屏藩之意，後用以稱藩鎮。

〔一五〕昇壇，指授將。漢書高帝紀：「於是漢王(劉邦)齋戒設壇場，拜韓信爲大將軍。」禮樂

先，謂以知詩明禮爲首要條件。左傳僖公二十七年載：晉文公作三軍，謀元帥。趙衰曰：「郤縠可。臣亟聞其言矣，説禮樂而敦詩書。詩書，義之府也；禮樂，德之則也。」乃使郤縠將中軍。

〔一六〕國章，指國之禮儀章法。南史王球傳：「士庶區别，國之章也。」

〔一七〕公服，官吏的禮服。貂蟬，冠飾。後漢書輿服志：「武弁大冠，諸武官冠之。侍中、中常侍加黄金璫，附蟬爲文，貂尾爲飾。」唐宋人每以此稱侍從貴臣。

〔一八〕旌，表明。

〔一九〕格，感通。上玄，天。尚書説命：「格于皇天。」

〔二〇〕剪桐，分封之意。吕氏春秋重言：「成王與唐叔虞燕居，援梧葉以爲珪而授唐叔虞曰：『余以此封女。』叔虞喜，以告周公，周公對曰：『臣聞之：天子無戲言。天子言則史書之，工誦之，士稱之。』於是遂封叔虞于晉。」錫，同賜。此句寫玄宗封弟李褘爲信安郡王。

〔二一〕題劍，東觀漢記卷二載：漢章帝賜尚書韓稜等人劍，手題姓名。此句寫玄宗題劍贈李褘，贊美其品德。

〔二二〕聖，指皇帝。祚，敦煌選本乙作「作」。

〔二三〕師，軍。師貞，周易師卦：「師貞，丈人吉，无咎。」王弼注：「爲師之正，丈人乃吉也。」

〔二四〕七校，七校尉。漢書刑法志：「武帝平百粤，内增七校。」晉灼注：「百官表：中壘、屯騎、步兵、越騎、長水、胡騎、射聲、虎賁凡八校尉，胡騎不常置，故此言七也。」此處泛指各部軍隊。

〔二五〕五營，五校。後漢書順帝紀：「調五營弩師。」李賢注：「五營，五校也。謂長水、步兵、射聲、屯騎、越騎等五校尉也。」此處泛指各部隊。　以上十六句寫李禕受命總戎出征。

〔二六〕華省，尚書省之稱。　羣乂，衆俊乂之士，指序中所稱王、劉、魏諸人。

〔二七〕霜臺，御史臺之稱。　二賢，指序中所稱李、崔二人。

〔二八〕伊，唯。　公望，公衆中的聲望。

〔二九〕曾，乃。　茂才，即秀才，漢時避光武帝劉秀諱而改，此泛指盛美之才。　遷，登，升用。　以上二句意謂幕中徵用諸人才望兼備。　晉書虞騤傳：「王導嘗謂虞騤曰：『孔愉有公才而無公望，丁潭有公望而無公才，兼之者其在卿乎！』」

〔三〇〕韜鈐，用兵之法，因古兵書六韜及玉鈐篇而得稱。

〔三一〕該，備。　翰墨筵，賦詩作文之席。　此處指文才。

〔三二〕麟閣像，漢宣帝思念輔佐功臣，命人於麒麟閣畫霍光等十一人之像。　事見漢書李廣蘇建傳附蘇武傳。　此句意謂皇帝想爲功臣表功。

〔三三〕柏梁篇，據漢書武帝紀：元鼎二年春，起柏梁臺。　相傳漢武帝在柏梁臺上和羣臣聯句，共賦七言詩，每人一句，每句用韻，一句一意。　世稱柏梁體。

〔三四〕振，擊。　玉，玉磬。　孟子萬章下：「金聲而玉振之。」　遼甸，指遼河流域。

〔三五〕摐（chuāng 窗），撞，敲擊。　金，金屬樂器。　唐六典卷十六：軍中「金之制有四：一曰錞，

二曰鐲，三曰鐃，四曰鐸（皆鐘一類樂器）」。　薊，薊州，開元十八年（七三〇）置，因古薊地而得名，治所在漁陽（今天津市薊縣）。　壖（ruán 軟陽平），同「堧」，城下之田。此處泛指田野。

〔三六〕講戎，練兵演習。　涿，郡名，隋大業初改幽州置，唐因之（天寶元年又改爲范陽郡），治所在薊縣。

〔三七〕料敵，掌握敵情。史記蘇秦列傳：「明主外料其敵之强弱。」　居延，古邊塞名，一名遮虜障，漢武帝太初三年（公元前一〇二）路博德築於居延澤（在今甘肅省額濟納旗）上，以斷匈奴由此侵入河西之路。此處借指北部邊塞。

〔三八〕三略，兵書名，舊題黄石公撰，云即下邳圯（橋）上老人以授張良之太公兵法。係後人僞託之書。　勢，敦煌選本乙空闕。　持，作「排」。

〔三九〕九天，孫子形篇：「善攻者動於九天之上。」　兵戎，敦煌選本乙作「兵威」。

〔四〇〕鉞，大斧，兵器。授鉞，皇帝命將出征時的一種儀式。

〔四一〕偃戈，指結束戰事。

〔四二〕碣石，見别馮判官注〔一二〕。

〔四三〕壁，軍壘。　高斗，北斗。　此句敦煌選本乙作「夜壁銜高斗」。

〔四四〕綵旃（zhān 氈），綵帛製的曲柄旗幟。

〔四五〕玄兔，即「玄菟」，舊郡名，公元前一〇八年漢武帝所置，轄境相當今遼寧省東部至朝鮮

咸鏡北道一帶。後將郡治移至遼河流域。公元五世紀初地入高句驪。

〔四六〕白狼川，即白狼河，按新、舊唐書奚傳，奚國國境南至白狼河。

〔四七〕庶物，萬物。泰，原爲卦名，周易泰卦：「彖曰：泰，小往大來吉亨，則是天地交而萬物通也。」交泰，天地交和風調雨順之意。　敦煌選本乙「庶物」四句與下「關塞」四句互倒。

〔四八〕解倒懸，孟子公孫丑上：「民之悦之，猶解倒懸也。」

〔四九〕風煙，風塵烽烟，指戰事。

〔五〇〕甲第，封建統治集團上層官僚的住宅按大小分甲乙等第，甲第爲大宅。劉邦爲獎勵功臣，於漢高祖十二年（公元前一九五）曾下詔曰：「爲列侯食邑者，皆佩之印，賜大第室；吏二千石，徙之長安，受小第室。」見漢書高帝紀。　此句意謂皇帝論功賞賜之宅第已在京城築齊。

〔五一〕落梅，即梅花落，漢橫吹曲名，宋郭茂倩樂府詩集：「梅花落本笛中曲也，按唐大角曲亦有大單于、小單于、大梅花、小梅花等曲，今其曲猶有存者。」

〔五二〕直道，耿直不屈。論語衛靈公：「直哉史魚，邦有道，如矢；邦無道，如矢。」　兼濟，孟子梁惠王上：「窮則獨善其身，達則兼善天下。」

〔五三〕微，無。

〔五四〕曳裾，指寄食王侯之門。語出漢書鄒陽傳：「飾固陋之心，則何王之門不可曳長裾乎？」

〔五五〕投筆，用班超投筆從戎之典。　尚悽然，與上「獨捐棄」連看，皆表示作者未受重用之苦悶。

〔五六〕元淑，當作「元叔」，東漢趙壹，字元叔，辭賦家，曾作窮鳥賦、刺世疾邪賦等，憤世嫉俗，怨恨豪門。

〔五七〕匪，同「非」。　仲宣，漢末王粲，字仲宣，擅長詩歌，亦能作賦，爲建安七子之一。

〔五八〕雲霄，喻高位。　晉書熊遠傳：「攀龍附鳳，翱翔雲霄。」

〔五九〕神仙，比喻高官。此指幕中高位得意諸人。　晉書王恭傳：王恭「嘗被鶴氅裘，涉雪而行，孟昶窺見之，歎曰：『此真神仙中人也。』」

塞上〔一〕

東出盧龍塞〔二〕，浩然客思孤。亭堠列萬里〔三〕，漢兵猶備胡。邊塵滿北溟〔四〕，虜騎正南驅。轉鬥豈長策？和親非遠圖。惟昔李將軍〔五〕，按節臨此都〔六〕，總戎掃大漠〔七〕，一戰擒單于。常懷感激心，願效縱横謨〔八〕；倚劍欲誰語，關河空鬱紆〔九〕！

【校注】

〔一〕此詩作於開元二十年（七三二）至開元二十二年（七三四）北遊燕趙期間。　詩題，唐詩所作「塞上曲」。「塞上曲」、「塞下曲」唐詩中屢見，是由樂府横吹曲辭漢横吹曲「出塞」、「入塞」舊題衍化出來的。

〔二〕盧龍塞，古代東北邊防要塞，在今河北省遷安縣西北。　塞道自薊縣起，東經喜峯口直到冷口。　塞，敦煌選本作「間」。

〔三〕亭堠（hòu 候），駐兵瞭望敵人的土堡。

〔四〕滿，文苑英華作「漲」。

〔五〕李將軍，古以征匈奴聞名的「李將軍」有二，一是李牧，戰國趙良將。　常守代、雁門，曾用奇陣大破匈奴十餘萬騎，迫使單于遠遁。　其後十餘年，匈奴不敢近趙邊城。　事見史記廉頗藺相如列傳。　另一是李廣，漢名將。　歷守隴西、雁門、雲中、北地、代郡等地，與匈奴大小七十餘戰，匈奴畏之，號爲飛將軍。　見史記李將軍列傳、漢書李廣傳。　聯繫「漢兵猶備胡」句，此「李將軍」當指李廣。　李，敦煌選本作「先」。

〔六〕按節，從容按轡。　漢書司馬相如傳載子虛賦：「案節未舒。」顏師古注曰：「案節猶弭節也。」王逸注離騷「吾令羲和弭節兮」云：「弭，按也。按節，徐步也。」　臨，明銅活字本、張黄本、許本作「出」。　文苑英華末三字作「出皇都」。

〔七〕總戎，總掌軍事。

〔八〕效，授、致。縱橫，指縱橫馳驅，出奇制勝。語本尉繚子兵教下：「十一曰死士，謂衆軍之中有材力者，乘於戰車，前後縱橫，出奇制敵也。」謨，謀略。

〔九〕鬱紆（yū迂），幽深曲折。此處當是一語雙關，既寫山河鬱曲之勢，又寫心中鬱結不伸的愁思。河，敦煌選本作「阿」，文苑英華作「山」。「阿」「山」同義，亦通。

薊門五首〔一〕

薊門逢古老〔二〕，獨立思氛氳〔三〕。一身既零丁，頭鬢白紛紛。勳庸今已矣〔四〕，不識霍將軍〔五〕！

【校注】

〔一〕此詩作於北遊燕趙期間。薊門，見別馮判官注〔三〕。詩題，全唐詩作「薊門行五首」。

〔二〕古老，即故老，全唐詩注「一作故」。此指久戍邊疆的一位老人。

〔三〕氛氳，氣盛貌，此處形容思緒紛繁。

〔四〕勳庸，勳業功勞。周禮夏官司勳：「王功曰勳，國功曰功，民功曰庸。」矣，敦煌選本

作「久」。

〔五〕霍將軍，漢代名將霍去病。武帝時屢破匈奴，平定邊患，戰功卓著。詳見漢書霍去病傳。

漢家能用武，開拓窮異域。戍卒厭糟糠〔一〕，降胡飽衣食〔二〕。關亭試一望〔三〕，吾欲涕沾臆。

【校注】

〔一〕厭，足。此指充飢果腹。糟糠，樂府詩集、全唐詩作「糠覈」。

〔二〕降胡，歸降的胡人。唐朝統治者爲利用他們防邊，多給以優裕的生活待遇。高適却認爲他們不可靠，反對重用胡兵，慢待漢兵，參見睢陽酬别暢大判官「降胡」以下數句。

〔三〕關，全唐詩一作「開」。

邊城十一月，雨雪亂霏霏。元戎號令嚴，人馬亦輕肥〔一〕。羌胡無盡日，征戰幾時歸！

【校注】

〔一〕輕肥，指裘輕馬肥。意謂裝備精良。論語雍也：「乘肥馬，衣輕裘。」

幽州多騎射〔一〕，結髮重横行〔二〕。一朝事將軍，出入有聲名。紛紛獵秋草〔三〕，相向角弓鳴。

【校注】

〔一〕幽州，唐州名，治所在今北京市大興縣附近。開元二年（七一四）於其地置幽州節度使，領幽、易等六州。

〔二〕結髮，古代男子年二十束髮初冠。漢書李廣傳：「廣結髮與匈奴大小七十餘戰。」横行，馳驅征戰。

〔三〕獵秋草，在秋天的草原上狩獵。

黯黯長城外〔一〕，日没更煙塵〔二〕。胡騎雖憑陵〔三〕，漢兵不顧身。古樹滿空塞，黄雲愁殺人！

【校注】

〔一〕黯黯，敦煌寫本、樂府詩集作「茫茫」。

〔二〕煙塵，烽煙戰塵，敵人進犯之警。

〔三〕憑陵，仗勢侵陵。

薊門不遇王之渙郭密之因以留贈〔一〕

適遠登薊丘，茲晨獨搔屑〔二〕。賢交不可見，吾願終難説。迢遞千里遊，羈離十年別〔三〕。才華仰清興，功業嗟芳節〔四〕。曠蕩阻雲海，蕭條帶風雪。逢時事多謬，失路心彌折。行矣勿重陳，懷君但愁絶。

【校注】

〔一〕此詩作於北遊燕趙期間。王之渙，字季陵，盛唐著名邊塞詩人，天寶元年（七四二）卒。詳見靳能唐故文安郡文安縣太原王府君墓志銘并序。此時蓋旅居薊門。郭密之，亦爲當時詩人，阮元兩浙金石志卷二載其詩刻二種，爲天寶八載勒石，其時任諸暨令。

〔二〕搔屑，猶蕭瑟，本爲象風聲之詞，此用以襯托心境的淒涼。

〔三〕十年別，當指西遊長安時與王等結交，分手後至此已十來年。

〔四〕芳節，花開時節。初學記卷三引梁元帝纂要「節曰華節、芳節、良節」云云。此處借指青春年華。

營州歌〔一〕

營州少年厭原野〔二〕，皮裘蒙茸獵城下〔三〕。虜酒千鍾不醉人〔四〕，胡兒十歲能騎馬。

【校注】

〔一〕此詩約作於北遊燕趙期間。營州，屬河北道，天寶元年（七四二）改爲柳城郡，治所在今遼寧省錦州市西。爲漢族與契丹族雜居地區，居民富有豪俠尚武精神。

〔二〕厭，滿足，引申爲喜好之意。文苑英華作「滿」。

〔三〕蒙茸（róng榮），皮毛紛亂的樣子。詩經邶風旄丘：「狐裘蒙戎（茸與此同音）。」皮裘，文苑英華作「狐裘」。

〔四〕虜，全唐詩注「一作魯」。鍾，清抄本作「杯」。

邯鄲少年行〔一〕

邯鄲城南遊俠子〔二〕，自矜生長邯鄲裏。千場縱博家仍富，幾處報仇身不死〔三〕。

宅中歌笑日紛紛，門外車馬如雲屯〔四〕。未知肝膽向誰是，令人却憶平原君〔五〕。君不見今人交態薄〔六〕，黃金用盡還疏索。以茲感歎辭舊遊，更於時事無所求。且與少年飲美酒，往來射獵西山頭〔七〕！

【校注】

〔一〕此詩作於北遊燕趙期間。邯鄲，鄲國時趙都。唐代有邯鄲縣，故城在今河北省邯鄲市南。「少年行」，爲樂府舊題，宋郭茂倩樂府詩集歸入雜曲歌辭。

〔二〕遊俠子，遊俠少年。史記遊俠列傳稱遊俠「其言必信，其行必果，已諾必誠，不愛其軀，赴士之戹困，既已存亡死生矣，而不矜其能，羞伐其德」。此詩感歎遊俠已無古時遺風，不過是一些縱情任俠的富家子弟而已。

〔三〕處，樂府詩集、文苑英華全唐詩等作「度」。

〔四〕如雲屯，文苑英華、唐詩所、全唐詩作「常如雲」，敦煌選本作「長如雲」。

〔五〕平原君，即趙勝，戰國時趙武靈王之子，戰國四公子之一，喜交賓客。

〔六〕君不見，底本及諸本多無「君」字，此據敦煌選本、明銅活字本及全唐詩補。敦煌選本此字，於上句「平原君」的「君」字下作重字符「ミ」。古書中此符例多易脱，蓋無「君」字者，或因此而脱誤。今人，敦煌選本、河嶽英靈集、文苑英華作「即今」。

〔七〕西山，指馬服山，在邯鄲西北十里。

酬司空璲〔一〕

飄飄未得意〔二〕，感激與誰論！昨日遇夫子〔三〕，乃欣吾道存。江山滿詞賦〔四〕，札翰起涼温〔五〕。吾見風雅作〔六〕，人知德業尊。驚飈蕩萬木，秋氣屯高原。燕趙何蒼茫，鴻雁來翩翻。此時與君别，握手欲無言。

【校注】

〔一〕此詩作於北遊燕趙期間。全唐詩題作「酬司空璲少府」。司空璲，事蹟未詳。

〔二〕飄飄，指飄泊不定的羈旅生活。

〔三〕夫子，對司空璲的尊稱。遇，清抄本作「偶」。

〔四〕此句言其詞賦富有江山氣勢。參見酬李少府：「述作凌江山」。

〔五〕起，興。涼温，春温秋涼，概指四時。此句謂書信感時而發，以敘寒暖。

〔六〕風雅，本指詩經的國風和小雅大雅，後用以稱純美的文章。

遇崔二有别〔一〕

大國多任士〔二〕，明時遺此人〔三〕。頤頷尚豐盈〔四〕，毛骨未合迍〔五〕。逸足望千里〔六〕，商歌悲四鄰〔七〕。誰謂多才富，却令家道貧！秋風吹別馬，攜手更傷神。

【校注】

〔一〕此詩約作於北遊燕趙期間。原集缺，據敦煌集本補。崔二，名字及事蹟未詳。

〔二〕任士，能擔當政事之士。莊子秋水：「任士之所勞。」

〔三〕明時，聖明之世。

〔四〕頤頷，面頰。

〔五〕合迍（tún 屯），閉塞滯衰。

〔六〕逸足，指駿馬輕捷之足，喻崔二有千里馬之才。傅毅舞賦：「良駿逸足。」

〔七〕商歌，悲歌。商爲秋聲。淮南子道應訓：春秋晉國甯戚到齊國行商，暮宿郭門之外，適逢桓公出郊迎客，甯戚在貨車下喂牛，「望見桓公而悲，擊牛角而疾商歌」，桓公聽到，發現他是奇特人材，車載而歸。參見苦雪四首其四注〔四〕。

效古贈崔二〔一〕

十月河洲時，一看有歸思。風飈生慘烈，雨雪暗天地。我輩今胡爲？浩哉迷所至〔二〕。緬懷當途者，濟濟居聲位。邈然在雲霄，寧肯更淪躓〔三〕！周旋多燕樂，門館列車騎。美人芙蓉姿，狹室蘭麝氣〔四〕。金爐陳獸炭〔五〕，談笑正得意。豈論草澤中，有此枯槁士〔六〕！我慙經濟策〔七〕，久欲甘棄置。君負縱横才，如何尚顑頷！長歌增鬱快，對酒不能醉。窮達自有時，夫子莫下淚。

【校注】

〔一〕此詩作於北遊燕趙期間，在與崔二相别之後，别時尚值秋季，今已屆冬令，參見前首。效古，南朝江淹詩已有此題，唐詩中屢見，即仿效古體之意。

〔二〕浩哉，指世路浩蕩渺茫。

〔三〕淪躓（zhì質），淪落困頓。

〔四〕狹室，内房。

〔五〕獸炭，調和炭末製成獸形的炭。晉書外戚傳羊琇傳：「琇性豪侈，費用無復齊限，而屑炭和作獸形以温酒，洛下豪貴咸競效之。」

〔六〕枯槁士，身遭淪落埋没，形質枯槁的人。莊子徐无鬼有「枯槁之士」語。此指自己和崔二。

〔七〕經濟策，經世濟民的策略。全句謂自慚没有雄才大略。

鉅鹿贈李少府〔一〕

李侯雖薄宦，時譽何籍籍〔二〕。駿馬常借人，黄金每留客。投壺華館静〔三〕，縱酒涼風夕。即此遇神仙〔四〕，吾欣知損益〔五〕。

【校注】

〔一〕此詩作於北遊燕趙期間。鉅鹿，縣名，唐時屬河北道邢州，在今河北省鉅鹿縣。李少府，名未詳。

〔二〕籍籍，語聲喧囂。此句謂當世輿論讚聲不絶。

〔三〕投壺，古飲宴時做的一種遊戲。設投壺一個，賓主依次投矢壺中，勝者斟酒罰負者飲。

〔四〕神仙，此喻飄逸豪爽之士。指李少府。

〔五〕損益，論語季氏：「益者三友，損者三友。」此句謂李氏高尚誠摯，堪爲楷模，以辨友之損益。

酬李少府〔一〕

出塞魂猶驚〔二〕，懷質意難説〔三〕。誰知吾道間〔四〕，乃在客中别！日夕捧瓊瑶〔五〕，相思無休歇。伊人雖薄宦，舉代推高節。述作凌江山，聲華滿冰雪〔六〕。一登薊丘上，四顧何慘烈！來雁無盡時，邊風正騷屑〔七〕。將從崖谷遁，且與沉浮絶〔八〕。君若登青雲，吾當投魏闕〔九〕。

【校注】

〔一〕此詩作於北遊燕趙期間。李少府，名未詳，當與前首鉅鹿李少府爲一人。

〔二〕猶，全唐詩作「屢」。

〔三〕懷質，心懷質直。梁武帝申飭選人表有「懷質抱真」之語。意難説，指自己對邊事的見解有犯時忌，難以明説。質，全唐詩作「賢」。

〔四〕間，隔礙。

〔五〕瓊瑶，本是美玉，詩經衛風木瓜：「報之以瓊瑶。」後用以稱書信，此同。

〔六〕聲華，名聲榮譽。冰雪，形容操守、名聲高潔。參見酬馬八效古見贈：「奈何冰雪操。」

〔七〕騷屑，像風之聲。楚辭九歎思古：「風騷屑以摇木兮。」

〔八〕沉浮，指與世沉浮，熱衷功名之意。史記遊俠列傳：「與世沉浮而取榮名。」
〔九〕魏闕，宮門外巍然高出的樓觀。代指朝廷。

真定即事奉贈韋使君二十八韻〔一〕

漂泊懷書客，遲迴此路隅。問津驚棄置，投刺忽踟躕〔二〕。方伯恩彌重〔三〕，蒼生詠已蘇〔四〕。郡稱廉叔度〔五〕，朝議管夷吾〔六〕。乃繼三台側〔七〕，仍將四嶽俱〔八〕。江山澄氣象，崖谷倚冰壺〔九〕。詔寵金門策〔一〇〕，官榮葉縣鳧〔一一〕。擢才登粉署〔一二〕，飛步躡雲衢〔一三〕。起草徵調墨，焚香即宴娛。光華揚盛矣，霄漢在茲乎？隱軫推公望〔一四〕，逶迤協帝俞〔一五〕。軒車辭魏闕，旌節副幽都〔一六〕。始佩仙郎印〔一七〕，俄兼太守符〔一八〕。尤多蜀郡理〔一九〕，更得潁川謨〔二〇〕。城邑推雄鎮，山川列簡圖。舊燕當絕漠〔二一〕，全趙對平蕪。曠野何瀰漫，長亭復鬱紆。始泉遺俗近〔二二〕，活水戰場無〔二三〕。月換思鄉陌〔二四〕，星迴記斗樞〔二五〕。歲容歸萬象〔二六〕，和氣發鴻鑪〔二七〕。淪落而誰遇，棲遑有是夫〔二八〕。不才羞擁腫〔二九〕，干祿謝侏儒〔三〇〕。契闊慚行邁〔三一〕，羈離憶有于〔三二〕。田園同季子〔三三〕，儲蓄異陶朱〔三四〕。方欲呈高義，吹噓揖大巫〔三五〕。永懷吐肝膽，猶憚阻榮枯〔三六〕。解榻情何

限〔三七〕，忘言道未殊〔三八〕。從來貴縫掖〔三九〕，應是念窮途。

【校注】

〔一〕此詩作於北遊燕趙期間。真定，縣名，爲恒州治所，在今河北省正定縣。韋使君，即韋濟，使君爲州郡長官之稱。按新唐書方技傳張果傳，開元二十一年（七三三）韋濟正任恒州刺史，薦方士張果。據新唐書李思謙傳附韋濟傳，濟文雅，頗能修飾政事，所至有治稱。

〔二〕投刺，投送名帖（以求進謁）。

〔三〕方伯，本爲殷、周時一方諸侯之長，後用爲州郡長官之稱。

〔四〕詠已蘇，歌頌已經得到拯救。尚書仲虺之誥：「攸徂之民，室家相慶曰：『徯予后，后其來蘇。』」

〔五〕廉叔度，廉范，字叔度，後漢京兆杜陵人，趙將廉頗之後。曾任蜀郡太守，利民有政迹，百姓歌之。

〔六〕管夷吾，管仲，字夷吾，春秋齊國人，主張通貨積財、富國强兵，相齊桓公稱霸諸侯。

〔七〕三台，星名，晉書天文志：「三台六星，兩兩而居……三公之位也，在人曰三公，在天曰三台，主開德宣符也。」此指朝廷高位。

〔八〕四嶽，即四岳，見於尚書堯典，舊説以爲四方諸侯之長。此指州刺史之職。

〔九〕冰壺，喻君子高潔之德。鮑照代白頭吟：「清如玉壺冰。」姚元崇冰壺戒序：「内懷冰

清，外涵玉潤，此君子冰壺之德也。」

〔一〇〕金門，即金馬門之略稱。三輔黄圖：「金馬門，宦者署，在未央宫，武帝得大宛馬，以銅鑄像，立於署門，因以爲名。東方朔、主父偃、嚴安、徐樂皆待詔金馬門。」

〔一一〕葉縣鳬（fù 符），相傳漢明帝時尚書郎王喬有神術，遷爲葉令後，每月朔來朝神速。明帝密令太史候望，發現其臨至時常有雙鳬從南飛來。後派人伏伺捕鳬，只獲得一雙鞋。見風俗通正失及漢書方術列傳王喬傳。

〔一二〕粉署，尚書省之稱。蔡質漢官儀：「省中皆胡粉塗壁，故曰粉署。」白氏六帖：「諸曹郎曰粉署，亦稱仙署。」

〔一三〕雲衢，猶云天路。喻指朝廷高位。晉書郤詵傳論有「高步雲衢」之語。

〔一四〕隱軫，亦作殷軫，盛貌。　公望，見信安王幕府詩注〔二八〕。

〔一五〕逶迤，公正貌。　帝俞，皇帝所應允。尚書堯典：「帝曰：俞。」僞孔傳：「俞，然也。」

〔一六〕旌節，使者所持用作憑信的旌和節。新唐書百官志：「節度使辭日，賜雙旌雙節。」

〔一七〕仙郎，尚書省諸曹郎官之稱。參見注〔一二〕。仙郎指韋氏原任户部侍郎。幽都，北方之都。尚書堯典：「申命和叔，宅朔方，曰幽都。」此指韋氏出任幽州别駕。

〔一八〕「俄兼」句，指韋氏兼恒州刺史。

〔一九〕蜀郡理，漢景帝時蜀郡太守文翁，守仁愛，崇教化，興學校，文風大振，武帝時因令郡國

皆立學校。傳見漢書卷八九循吏傳。此以文翁治蜀事喻頌韋氏。

〔二〇〕潁川謨，漢宣帝時黄霸曾任潁川太守，治行稱天下第一。傳見漢書卷七六。此以黄霸理政之謀略喻頌韋氏。

〔二一〕絶漠，遥遠的沙漠地帶。

〔二二〕始泉，源泉。遺俗，指古代淳樸的民風。

〔二三〕活水，流水。詩經衛風碩人：「河水洋洋，北流活活。」

〔二四〕月换，指月缺而復圓。鄉陌，鄉路。

〔二五〕斗樞，由於地球公轉，形成北斗依樞機旋轉的視運動，故稱斗樞。古時依北斗節時，分一年中斗柄所指爲十二辰。詳見漢書律曆志及淮南子天文訓。這裏指時節變换。

〔二六〕歸萬象，猶云萬象更新。

〔二七〕和氣，平和、温和之氣，這裏指春天的氣息。鴻鑪，大鑪，指天地。莊子大宗師：「以天地爲大鑪，以造化爲大冶。」

〔二八〕是夫，此夫，自謂。

〔二九〕擁腫，莊子逍遥遊：「吾有大樹，人謂之樗，其大本擁腫而不中繩墨。」此處借喻人不成材，爲自謙之辭。

〔三〇〕干禄，求禄。謝，慚。侏儒，身材矮小的人，古代帝王貴族常用作倡優小丑。

這裏指卑躬屈膝賣身投靠的人。

〔三一〕契闊，久别。邁，遠。

〔三二〕羈離，羈旅離别。　有于，即友于。尚書康誥：「兄亦不念鞠子（稚子）哀，大不友于弟。」論語爲政引書曰：「孝乎惟孝，友于兄弟。」後逕用爲兄弟之稱。

〔三三〕季子，即蘇秦。此句意謂像蘇秦一樣没有田園産業。參見别韋參軍注〔七〕。

〔三四〕陶朱，陶朱公，即范蠡。按史記貨殖列傳，范蠡爲春秋楚人，曾助越王勾踐富國强兵，滅吴雪恥。後至陶（今山東定陶），爲朱公。治産積居，十九年之中，三致千金。子孫修業，遂至巨萬。故言富者，皆稱陶朱公。

〔三五〕吹嘘，獎掖、稱揚。　揖，推讓。大巫，喻學問技藝高超成熟之人。太平御覽卷七三五引莊子逸文：「小巫見大巫，拔茅見棄，此其所以終身弗如。」此處以大巫喻韋氏，自謙爲小巫。

〔三六〕阻榮枯，猶云因彼此地位貴賤不同而造成隔閡。

〔三七〕解榻，非凡的接待。典出後漢書徐穉傳：「徐穉，字孺子，豫章南昌人。家貧，常自耕稼，非其力不食。恭儉義讓，所在服其德。屢辟公府不起。時陳蕃爲太守，以禮請署功曹，穉不免之，既謁而退。蕃在郡不接賓客，唯穉來，特設一榻，去則縣（懸）之。」

〔三八〕忘言，默喻其意，難以言傳。晉書山濤傳：「濤少有器量，介然不羣，與嵇康、吕安善，後遇阮籍，爲竹林之遊，著忘言之契。」此句意謂同韋氏的交誼，與山濤等人忘言之交無别。

〔三九〕縫掖，又作「逢掖」，禮記儒行：「丘少居魯，衣逢掖之衣。」鄭玄注：「逢，猶大也。大掖之衣，大袂禪衣也。此君子有道藝者所衣也。」後漢書王符傳載：度遼將軍皇甫規蔑視買官做過雁門太守的鄉人，而禮遇書生王符：「時人爲之語曰：『徒見二千石，不如一縫掖。』言書生道義之爲貴也。」

同韓四薛三東亭翫月〔一〕

遠遊悵不樂〔二〕，兹賞吾道存〔三〕。款曲故人意，辛勤清夜言〔四〕。東亭何寥寥，佳境無朝昏。階墀近洲渚，户牖當郊原。矧乃窮周旋，游時怡討論〔五〕。樹陰蕩瑶瑟，月氣延清罇。明河帶飛雁〔六〕，野火連荒村。對此更愁予，悠哉懷故園。

【校注】

〔一〕此詩作於北遊燕趙期間。韓四，名未詳。薛三，即薛據，詳見後淇上酬薛三據兼寄郭少府注〔一〕。

〔二〕遠遊，指北遊燕趙。

〔三〕賞，指賞月。吾道，自己的理想、信仰、主張。全句謂與遊賞正合己意。

〔四〕辛勤，猶云殷勤，情意懇切。

〔五〕游時，閒暇之時。

〔六〕明河，指銀河。

酬別薛三蔡大留簡韓十四主簿〔一〕

迢遞辭京華〔二〕，辛勤異鄉縣〔三〕。登高俯滄海，迴首淚如霰。同人久離別，失路還相見。薛侯懷直道，德業應時選〔四〕。蔡子負清才，當年擢賓薦〔五〕。韓公有奇節，詞賦凌羣彥〔六〕，讀書嵩岑間〔七〕，作吏滄海甸〔八〕。伊余寡棲託〔九〕，感激多愠見〔一〇〕。縱誕非爾情〔一一〕，漂淪任疵賤。忽枉瓊瑶作〔一二〕，乃深平生眷〔一三〕。始謂吾道存，終嗟客遊倦。歸心無晝夜，別事除言宴〔一四〕。復值涼風時〔一五〕，蒼茫夏雲變。

【校注】

〔一〕此詩作於北遊燕趙期間。薛三，見前詩注〔一〕。蔡大，名未詳。韓十四，名未詳。獨孤及有喜辱韓十四郎中書兼封近詩示代書題贈，知此人後做了郎中。主簿，唐御史臺、諸寺、東宮及縣皆設有主簿。此指縣主簿，爲縣令佐吏，位在縣丞之下，縣尉之上。掌印及勾

檢稽失等事。

〔二〕辭京華，指二十歲時西遊長安，失意而歸事。

〔三〕異鄉縣，指離開家鄉，客居梁宋。

〔四〕時選，歲舉之常選，指秀才、明經、進士等取士科目。

〔五〕賓薦，指鴻臚寺屬官。新唐書百官志：鴻臚寺「掌賓客及凶儀之事」。

〔六〕彦，士人的美稱。猶云善士、賢士。

〔七〕嵩，嵩山，在今河南省登封市北。

〔八〕甸，邊域。滄海甸指燕地海邊。

〔九〕伊，句首語助詞。棲託，棲附，寄居之所。

〔一〇〕感激，感慨、激憤。多愠見，指出遊時，所見多令人憤怨之事。

〔一一〕縱誕，放誕。爾，指薛、蔡、韓等。

〔一二〕枉，屈就。瓊瑶，美玉，喻指薛等贈己之詩。

〔一三〕眷，眷顧之情。

〔一四〕除，除却。言宴，言談説笑。語出詩經衛風氓：「總角之宴，言笑晏晏。」

〔一五〕復值，更當。此下二句承上而言意謂别情已然難排，更何況正當夏秋之交，益增淒涼之感。

送韓九〔一〕

惆悵別離日，徘徊歧路前。歸人望獨樹，匹馬隨秋蟬。常與天下士〔二〕，許君兄弟賢〔三〕。良時正可用，行矣莫徒然。

【校注】

〔一〕此詩寫作時間不詳。韓九，名未詳。據「許君兄弟賢」句，似與韓四（見同韓四薛三東亭翫月）、韓十四（見酬別薛三蔡大留簡韓十四主簿）爲兄弟。姑編於此。

〔二〕與，交往。天下士，見詠史注〔四〕。

〔三〕許，贊許、認可。

贈別王七十管記〔一〕

故交吾未測〔二〕，薄宦空年歲〔三〕。晚節蹤曩賢〔四〕，雄詞冠當世。堂中皆食客，門外多酒債〔五〕。産業曾未言〔六〕，衣裘與人敝〔七〕。飄颻戎幕下，出入關山際。轉戰輕壯心〔八〕，立談有邊計。雲沙自迴合〔九〕，天海空迢遞。星高漢將驕〔一〇〕，月盛胡兵

鋭〔一一〕。沙深冷陘斷〔一二〕，雪暗遼陽閉〔一三〕。亦謂掃欃槍〔一四〕，旋驚陷蜂蠆〔一五〕。歸旌告東捷，門騎傳西敗。遥飛絶漠書，已築長安第〔一六〕。畫龍俱在葉〔一七〕，寵鶴先歸衛〔一八〕。勿辭部曲勳〔一九〕，不籍將軍勢〔二〇〕。相逢季冬月〔二一〕，悵望窮海裔。折劍留贈人〔二二〕，嚴裝遂云邁〔二三〕。我行即悠紆〔二四〕，及此還羇滯〔二五〕。曾非濟代謀〔二六〕，且有臨深誡〔二七〕。隨波混清濁〔二八〕，與物同醜麗〔二九〕。眇憶青巖棲，寧忘褐衣拜〔三〇〕？自言偕水石〔三一〕，本欲親蘭蕙〔三二〕。何意薄松筠〔三三〕，翻然重菅蒯〔三四〕？恒深取與分〔三五〕，孰慢平生契〔三六〕？款曲雞黍期〔三七〕，酸辛别離袂。逢時愧名節〔三八〕，遇坎悲渝替〔三九〕。適趙非解紛〔四〇〕，遊燕獨無説〔四一〕。浩歌方振蕩，逸翮思淩勵〔四二〕。倏若異鵬摶〔四三〕，吾當學蟬蜕〔四四〕。

【校注】

〔一〕此詩作於開元二十二年十二月（七三五年一月），時正遊燕趙。王七十管記，即王悔。據舊唐書張守珪傳及資治通鑑開元二十二年，當時王悔在幽州節度使張守珪幕下任管記（掌理文牘）。王七十，全唐詩作「王十七」。

〔二〕未測，後漢書卷六十九諸傳序：「張奉歎曰：『賢者固不可測。』」

〔三〕空，虛度。

〔四〕蹤，追隨、效法。

〔五〕「堂中」二句寫王悔廣交好施。孔融失題：「歸來酒債多，門客粲成行。」

〔六〕曾未言，猶云不消説。

〔七〕敝，壞。此處指穿壞。論語公冶長：「子路曰：『願車馬衣裘與朋友共敝之而無憾。』」

〔八〕輕壯心，把實現壯志視作輕而易舉之事。

〔九〕迴合，猶會合。

〔一〇〕星，指太白星，即金星。按古代星占説法，太白星司兵，太白星高是大舉用兵的吉兆。見信安王幕府詩并序注〔一一〕。

〔一一〕月，按古代星占説法，月主胡族。史記天官書：「其西北，則胡、貉、月氏諸衣旃裘引弓之民，爲陰，陰則月。……太白主中國，而胡、貉數侵掠。」

〔一二〕冷陘（xíng行），即冷口，在今河北省遷安縣東北七十里。

〔一三〕遼陽，遼河東南地區（今遼寧省東南部）。唐置遼城州都督府，屬安東都護府。

〔一四〕欃槍，彗星。按古代星占説法，欃槍主戰禍喪亂。掃欃槍，指除兵禍。

〔一五〕蠆（chài柴去聲），蠍子一類螫人的毒蟲。蜂蠆，語出左傳僖公二十二年：「蠭（同「蜂」）蠆有毒。」常喻指兇敵惡人。據舊唐書張守珪傳及資治通鑑，開元二十二年十二月（七三五年一月），契丹首領屈剌與可突干因屢被張守珪擊敗，遣使詐降。張守珪派管記右衛騎曹王悔前往受理此事。王悔至後，發現契丹不但絶無降意，而且移營帳靠近西北，密遣使引突厥，將殺己而叛

唐。正值契丹別帥李過折與可突干争權不和，王悔便誘使他夜斬屈剌及可突干，盡殺其黨羽，率餘衆降唐。張守珪於是出師紫蒙川（唐平州北境，契丹南界），大閲軍實，宴賞將士。傳屈剌、可突干首級往東都，梟於天津橋之南。上句即寫屈剌詐降，此句寫王悔察覺其情。

〔一六〕長安第，見信安王幕府詩注〔五〇〕。舊唐書張守珪傳：「（開元）二十三年春，守珪詣東都獻捷……廷拜守珪爲輔國大將軍、右羽林大將軍，兼御史大夫。」此句寫築宅賜之。

〔一七〕葉（shè攝），春秋楚國葉邑（今河南省葉縣南）。此句用新序雜事「葉公好龍」的典故，以喻無功竊禄者徒具虚名而已。

〔一八〕寵鶴，喻無能而受寵之輩。左傳閔公二年：「狄人伐衛。衛懿公好鶴，有乘軒（大夫車）者。將戰，國人受甲者皆曰：『使鶴！鶴實有禄位，余焉能戰？』」歸，全唐詩作「居」。

〔一九〕部曲，本爲軍隊編制，部設校尉，部下有曲，曲設軍侯。此引申用以指部屬。

〔二〇〕籍，同「藉」。全唐詩正作「藉」。

〔二一〕季冬月，冬季最末一個月，指開元二十二年十二月。

〔二二〕折劍，戰國策趙策：馬服君（趙奢）曰：「夫吴干（干將）之劍，肉試則斷牛馬，金試則截盤匜，薄（迫）之柱上而擊之，則折爲三。」

〔二三〕云，語助詞。邁，行。

〔二四〕悠紖，遥遠。紖，同「緬」。

〔二五〕羈滯，羈旅滯留。

〔二六〕非，無。濟代謀，即濟世謀，避諱而以「代」易「世」。

〔二七〕臨深誡，指「戰戰兢兢，如臨深淵，如履薄冰」之誡（見詩小雅小旻）。

〔二八〕「隨波」句，意出楚辭漁父。屈原被放逐後，曾說：「舉世皆濁我獨清。」漁父勸他說：「聖人不凝滯於物，而能與世推移。世人皆濁，何不淈其泥而揚其波！」

〔二九〕「與物」句，意出莊子齊物論。莊子認爲無所謂真是真非、真美真醜。他舉毛嬙、麗姬兩個古代美人爲例，説人謂之美，但魚見了驚而深潛，鳥見了怕得高飛，麋鹿見了趕快逃走。因此美醜可以齊一等同。

〔三〇〕褐衣拜，指平民之間的拜迎交往。

〔三一〕偕水石，隱居山水之意。偕，全唐詩作「愛」。水，明銅活字本作「冰」。

〔三二〕蘭蕙，皆爲香草。蕙又名薰草。親蘭蕙，意出楚辭離騷：「余既滋蘭之九畹（一畹合三十畝）兮，又樹蕙之百晦（畝）。」以示芬芳高潔。

〔三三〕筠（yún 匀），竹子。松筠，此處喻指高貴之人。

〔三四〕菅、蒯皆爲草本植物，可編蓆織屨。左傳成公九年：詩曰：「雖有絲麻，無棄菅蒯。」此處喻指輕賤之人，係自謂。菅，底本原作「管」，此從張黃本、許本、全唐詩。

〔三五〕取與分，該取則取、該與則與的本分。孟子盡心上：「非其有而取之，非義也。」穀梁傳

定公八年：「非其所以與人而與人，謂之亡（失）；非其所取而取之，謂之盜。」

〔三六〕平生契，平生契合之交。

〔三七〕雞黍，論語微子：「（荷蓧丈人）止（留）子路宿，殺雞爲黍而食之。」後遂以用雞黍待客表示親切真率的情誼。期，會合。

〔三八〕此句謂生逢良時而愧名節未著。

〔三九〕坎，原爲周易卦名。序卦釋爲「陷」，象傳釋爲「重險」，皆爲艱難險阻之意。渝替，變更。

〔四〇〕解紛，戰國齊人魯仲連執意不仕，好持高節，善出奇謀，常爲人排患解紛。他到趙國，曾用計爲平原君趙勝退秦兵解邯鄲之圍，功成而不受爵。詳見戰國策趙策及史記魯仲連鄒陽列傳。此句謂自己到趙地不能像魯仲連那樣施展才能爲人盡力。

〔四一〕無説，指没有出謀畫策的遊説之辭。戰國策燕策：「蘇秦將爲從（縱），北説燕文侯曰：『燕……地方二千里，帶甲數十萬，車七百乘，騎六千匹，粟支二年。南有碣石、雁門之饒，北有棗栗之利，民雖不田作，棗栗之實足食於民矣，此所謂天府也。……夫燕之所以不犯寇被兵者，以趙之爲蔽於其南也。……是故願大王與趙從親，天下爲一，則國必無患矣。』」以上二句表面上是謙詞，實含無人用己的感慨。

〔四二〕逸翮（hé何），輕舉速飛之翅。翮本是翅上勁羽，概指翅膀。凌勵，凌空奮飛。

〔四三〕倏（shū叔）若，忽若，忽然。異，區別。指期望之變異。鵬摶（tuán團），見別王徹注〔五〕。

〔四四〕蟬蜕，出污泥而不染之意。史記屈原賈生列傳稱屈原「蟬蜕於濁穢，以浮游塵埃之外，不獲世之滋垢，皭然泥而不滓者也」。

寄宿田家〔一〕

田家老翁住東陂，説道平生隱在兹。鬢白未曾記日月，山青每到識春時〔二〕。門前種柳深成巷，野谷流泉添入池。牛壯日耕十畝地，人閑常掃一茅茨〔三〕。客來滿酌清罇酒，感興平吟才子詩〔四〕。巖際窟中藏鼹鼠〔五〕，潭邊竹裏隱鸕鷀〔六〕。村墟日落行人少，醉後無心怯路歧〔七〕。今夜只應還寄宿，明朝拂曙與君辭。

【校注】

〔一〕此詩當爲北遊燕趙時所作。淇上酬薛三據兼寄郭少府寫北游燕趙事，有「漁潭屢棲泊」句，可與此詩内容相參證。

〔二〕識，知。陶淵明桃花源詩：「草榮識節和，木衰知風厲。雖無紀歷誌，四時自成歲。」此參用其意。

〔三〕茅茨（cí詞），草屋。

〔四〕平，平和自然。全唐詩注云：「一作頻。」

〔五〕鼹（yǎn眼）鼠，即田鼠。莊子逍遥遊：「偃（同「鼹」）鼠飲河，不過滿腹。」寫其易於滿足而不多求。

〔六〕鸕鷀，水禽，黑羽，俗稱水老鴉，善潛水捕魚，棲息河川、湖沼或海濱。

〔七〕怯路歧，吕氏春秋疑似：「墨子見歧道而哭之。」淮南子説林：「楊子（楊朱）見逵路而哭之，爲其可以南可以北也。」皆以行路爲喻，畏懼世路前途迷茫不測。

古歌行〔一〕

君不見漢家三葉從代至〔二〕，高皇舊臣多富貴〔三〕。天子垂衣方晏如〔四〕，廟堂拱手無餘議〔五〕。蒼生偃卧休征戰，露臺百金以爲費〔六〕。田舍老翁不出門〔七〕，洛陽少年莫論事〔八〕。

【校注】

〔一〕此詩寫作時間不詳，或作於北游燕趙之時。通過歌頌漢文帝之治，表達了主張與民休息的政治理想。

〔二〕三葉，三世，用「葉」係避諱。指漢代第三個皇帝文帝劉恒。代，郡名，戰國趙武靈王置，秦、西漢治所在代縣（今河北省蔚縣西南）。西漢轄境相當今河北省懷安縣、蔚縣以西，山西省陽高縣、渾源縣以東的內、外長城間地，以及長城外的東洋河流域。按劉恒即帝位以前爲代王，吕后死後，吕産等欲爲亂，丞相陳平、太尉周勃等共誅之，迎代王而立爲帝，故云「從代至」。詳見史記孝文本紀。

〔三〕高皇，漢高祖。舊臣多富貴，按史記孝文本紀，漢文帝即位後，右丞相陳平徙爲左丞相（當時以右爲上），太尉周勃爲右丞相，大將軍灌嬰爲太尉。益封太尉周勃萬户，賜金五千斤；丞相陳平、灌將軍嬰邑各三千户，金二千斤。

〔四〕垂衣，周易繫辭下：「黄帝、堯、舜垂衣裳而天下治，蓋取諸乾坤。」垂衣爲居其位而無所動作的意思。晏如，安然。指天下太平。

〔五〕廟堂，即朝堂，朝廷。拱手，常與垂衣連稱，表示無爲而治。尚書武成：「惇信明義，崇德報功，垂拱而天下治。」無餘議，没有其他不同的議論。論語季氏：「天下有道，則庶人不議。」

〔六〕露臺，史記孝文本紀：「孝文帝從代來，即位二十三年，宫室、苑囿、狗馬、服御無所增益。有不便，則弛以利民。嘗欲作露臺，召匠計之，直（值）百金。上曰：『百金，中民十家之産；吾奉先帝宫室，常恐羞之，何以臺爲！』」

〔七〕不出門，指安居樂業，不事奔波。淮南子脩務訓有「獨守專室而不出門」語，道德指歸論有「故大道坦坦，不出門户」語。

〔八〕洛陽少年，指賈誼。論事，議事。西漢賈誼，雒陽人，年十八以能誦詩書屬文聞於郡中，被漢文帝召爲博士，一歲而至大中大夫。後又提出改正朔，易服色，法制度，定官名，興禮樂，悉改秦之法，多所建議。於是文帝議以賈誼任公卿之位。周勃、灌嬰等大臣極力反對，毁之曰：「雒陽之人，年少初學，專欲擅權，紛亂諸事。」文帝後亦疏之，不用其議。見史記屈原賈生列傳。

宴韋司户山亭院〔一〕

人幽想靈山，意愜憐遠水。習静務爲適〔二〕，所居還復爾〔三〕。汲流漲華池，開酌宴君子。苔徑試窺踐，石屏可攀倚。入門見中峯〔四〕，攜手如萬里〔五〕。横琴了無事，垂釣應有以〔六〕。高館何沉沉〔七〕，颯然涼風起。

【校注】

〔一〕此詩作於開元二十三年（七三五）秋，時在長安。參見年譜。　司户，即司户參軍事，州郡佐吏，掌户口、簿帳、婚嫁、雜役、道路等事。韋司户，名未詳，王維有洛陽鄭少府與兩省遺補宴韋司户南亭序，中云：「灞陵南望，曲江左轉，登一級而鄠、杜如近，盡三休而天地始大。」此詩所寫韋司户，與王維所寫當爲一人。詩題所稱「山亭」，與王維序所稱「南亭」，當爲一地；又據序文「灞陵南望，曲江左轉，登一級而鄠、杜如近」云云，知其亭地處長安。

〔二〕習静，爲一專門名詞，古詩中屢見，當爲息心簡慮的一種修養方式。

〔三〕還復爾，也是那樣。

〔四〕中峯，指假山。

〔五〕萬里，虚指，寫山亭院布景之巧，有咫尺萬里之勢。

〔六〕有以，有因。垂釣有因，是借用吕尚事指有隱居之意。

〔七〕沉沉，深邃的樣子。

獨孤判官部送兵〔一〕

餞君嗟遠别，爲客念周旋〔二〕。征路今如此，前軍猶眇然。出關逢漢壁〔三〕，登隴

望胡天〔四〕。亦是封侯地，期君早着鞭〔五〕。

【校注】

〔一〕此詩作於開元二十三年（七三五），時在長安。獨孤，複姓。判官，見别馮判官注〔一〕。獨孤判官，李白於天寶初在長安作有送程劉二侍御兼獨孤判官赴安西幕府詩，王琦注云：「按舊唐書封常清傳，開元末，安西四鎮節度使（治龜兹城）夫蒙靈詧，判官有劉眺、獨孤峻，蓋其人也。」此獨孤判官，當即獨孤峻。部，督統。

〔二〕爲客，指獨孤氏任職軍幕之下。古時軍幕中多清客，雖任職之人亦往往有幕客之稱。

〔三〕關，指隴關，爲由關中出塞所經的第一道重要關口。潘岳關中記謂關中「東自函關，西至隴關」。漢壁，指漢時軍壘遺跡。

〔四〕隴，隴山，在今陝西省隴縣西北。

〔五〕早着鞭，及早進取。晉書劉琨傳：「琨少負志氣，有縱橫才，與祖逖爲友。及逖被用，與親故書曰：『吾枕戈待旦，志梟逆虜，常恐祖生先吾著鞭。』」

醉後贈張九旭〔一〕

世上謾相識〔二〕，此翁殊不然。興來書自聖〔三〕，醉後語猶顛〔四〕。白髮老閑事，

青雲在目前〔五〕。牀頭一壺酒，能更幾回眠？

【校注】

〔一〕此詩作於開元二十四年（七三六），詳見年譜。張旭，著名書法家，善草書。新唐書文藝傳李白傳附張旭傳：「旭，蘇州吴人。嗜酒，每大醉，呼叫狂走，乃下筆，或以頭濡墨而書，既醒自視，以爲神，不可復得也。世呼張顛。初，仕爲常孰尉。」又李白傳：「文宗時（八二七——八四〇），詔以白歌詩、裴旻劍舞、張旭草書爲『三絶』。」據僧適之金壺記卷中，張旭官右率府長史，與賀知章、顔真卿亦有來往。

〔二〕謾，欺謾。此句意謂世間虚僞欺詐，相交多不真率。謾，或通作漫。

〔三〕書，書法。聖，神奇。

〔四〕猶，全唐詩作「尤」。

〔五〕「白髮」兩句，意謂高位近前而不取，安於閒適終老。

淇上別業〔一〕

依依西山下〔二〕，別業桑林邊。庭鴨喜多雨，鄰雞知暮天〔三〕。野人種秋菜〔四〕，古老開原田〔五〕。且向世情遠〔六〕，吾今聊自然。

【校注】

〔一〕此詩作於開元二十四年（七三六）秋。當時由長安歸，居淇上不久。淇，淇水，在河南省北部。古時爲黄河支流。別業，別居，另建他處的宅第。此首底本原無，張黄本、許本亦無，據明銅活字本、文苑英華、全唐詩補。

〔二〕依依，依稀貌，隱約貌。

〔三〕「鄰雞」句，謂鄰家之雞知日暮而棲息。詩經王風君子于役：「雞棲于塒，日之夕矣。」

〔四〕野人，山野之人。

〔五〕古老，閱歷久遠的古樸老者。或稱「故老」。開，文苑英華作「看」。

〔六〕世情，指仕進之念。

送魏八〔一〕

更沽淇上酒，還泛驛前舟。爲惜故人去，復憐嘶馬愁。雲山行處合，風雨興中秋。北路無知己〔二〕，明珠莫暗投〔三〕。

【校注】

〔一〕此詩作於開元二十四年（七三六）秋。魏八，名未詳。

〔二〕北路，指燕趙。此前高適曾北遊，失意而歸，故云無知己可信賴投靠。

〔三〕明珠暗投，漢書鄒陽傳：「臣聞明月之珠，夜光之璧，以闇投人於道，衆莫不按劍相眄者，何則？無因而至前也。」後來語意有了變化，明珠喻奇材，暗投喻盲目投靠。

淇上送韋司倉往滑臺〔一〕

飲酒莫辭醉，醉多適不愁。孰知非遠別，終念對窮秋〔二〕。滑臺門外見，淇水眼前流。君去應回首，風波滿渡頭。

【校注】

〔一〕此詩作於開元二十四年（七三六）秋。韋司倉，名未詳。司倉，見單父逢鄧司倉覆倉庫因而有贈注〔一〕。滑臺，古臺名，故址在今河南省滑縣東滑縣城。唐滑州因此得名。元和郡縣志：河南道四滑州，「其城在古滑臺，甚險固」。又云：「州城即古滑臺城。……昔滑氏爲壘，後人增以爲城。」

〔二〕窮，文苑英華作「新」。

酬陸少府〔一〕

朝臨淇水岸，還望衛人邑〔二〕。別意在山阿〔三〕，征途背原隰。稍稍前村口〔四〕，唯見轉蓬入。水渚人去遲，霜天雁飛急〔五〕。固應不遠別〔六〕，所與路未及〔七〕。欲濟川上舟，相思空佇立。

【校注】

〔一〕此詩作於開元二十四年（七三六）秋冬之際離淇上出遊之時。陸少府，名未詳，當爲衛縣尉。

〔二〕衛，指衛縣，爲衛州屬縣，今河南省淇縣。按元和郡縣志，淇水至衛縣入黄河，謂之淇水口。

〔三〕文苑英華「意」作「思」，「阿」作「河」。

〔四〕稍稍，蕭森之意。文苑英華、全唐詩作「蕭蕭」。

〔五〕霜，文苑英華作「雪」。

〔六〕「固應」句，文苑英華作「我行應不遠」。

〔七〕所與，所給。全句意謂所提供的出路尚未得到。文苑英華作「所興終未及」。

酬衛八雪中見寄〔一〕

季冬憶淇上〔二〕，落日歸山樊〔三〕。舊宅帶流水，平田臨古村。雪中望來信，醉裏開衡門〔四〕。果得希代寶〔五〕，緘之那可論〔六〕！

【校注】

〔一〕此詩作於開元二十四年（七三六）冬末歸淇上別業之時。衛八，名未詳。

〔二〕季冬，冬季之末，指農曆十二月。

〔三〕山樊，山傍。指淇上山居之處。

〔四〕衡門，横木爲門。言其簡陋。詩經陳風衡門：「衡門之下，可以棲遲。」

〔五〕希代寶，「代」係避「世」諱而替用，希世寶指衛八所寄之詩。

〔六〕緘，束篋叫緘。此處爲珍藏之意。

同衛八題陸少府書齋〔一〕

知君薄州縣〔二〕，好静無冬春。散帙至棲烏〔三〕，明燈留故人〔四〕。深房臘酒熟，

高院梅花新。若是周旋地，當令風義親〔五〕。

【校注】

〔一〕此詩時令與酬衛八雪中見寄相同，當作於同時。陸少府，名未詳，與酬陸少府之陸氏當爲一人。

〔二〕薄州縣，鄙薄州縣之職。

〔三〕帙（zhì秩），書衣。散帙，指打開書衣讀書。棲鳥，指黄昏鳥棲之時。

〔四〕明燈，「明」用作動詞，點燈之意。

〔五〕末二句意謂像這樣的交遊周旋之地，當會使風範節義日見親近。

送蔡十二之海上〔一〕

黯然何所爲〔二〕？相對益悲酸〔三〕。季弟念離别〔四〕，賢兄救急難〔五〕。河流冰處盡，海路雪中寒〔六〕。尚有南飛雁，知君不忍看〔七〕。

【校注】

〔一〕此詩作於客居淇上期間。敦煌集本此題上有「衛中」二字，清抄本、全唐詩此題下

注云：「時在衛中。」衛指古衛國之地。公元前十一世紀周公平定武庚反叛後，把原來商都周圍地區和殷民七族分封給周武王弟康叔，成爲衛國，建都朝歌（今河南省淇縣）。　蔡十二，名未詳。

〔二〕黯然，感傷沮喪貌。　江淹別賦：「黯然銷魂者，惟別而已矣。」

〔三〕益，全唐詩作「但」。

〔四〕季弟，小弟。指蔡十二。　念，敦煌集本作「今」。

〔五〕賢兄，指蔡十二之兄。　急難，詩經小雅常棣：「脊令在原，兄弟急難。」毛傳：「脊令，雝渠也。」鄭箋：「雝渠，水鳥。而今在原，失其常處，則飛則鳴，求其類，天性也。猶兄弟之於急難。」　以上二句寫蔡氏兄弟分離失所。　救，敦煌集本作「舊」。

〔六〕路，敦煌集本作「日」；雪，作「望」。

〔七〕末二句意謂南飛雁能引起思歸之念，故知不忍看。　參見送田少府貶蒼梧「行人却羨南歸雁」句。

淇上別劉少府子英〔一〕

近來住淇上〔二〕，蕭條惟空林。又非耕種時，閑散多自任。伊君獨知我〔三〕，驅馬欲招尋。千里忽攜手，十年同苦心〔四〕。求仁見交態〔五〕，於道喜甘臨〔六〕。逸思乃天

縱〔七〕，微才應陸沉〔八〕。飄然歸故鄉，不復問離襟〔九〕。南登黎陽渡〔一〇〕，莽蒼寒雲陰。桑葉原上起，河凌山下深〔一一〕。途窮更遠別，相對益悲吟。

【校注】

〔一〕此詩作於開元二十四年（七三六）冬。劉子英，事蹟未詳。

〔二〕近來，高適於本年秋始居淇上，故云。

〔三〕伊，敦煌集本作「唯」。

〔四〕苦心，指孜孜苦讀追求仕進之心。同，敦煌集本作「仍」。

〔五〕求仁，唯仁是求。論語述而：「求仁而得仁，又何怨？」仁，敦煌集本、明抄本作「人」。交態，猶交情。史記汲鄭列傳：「一死一生，乃知交情。一貧一富，乃知交態。」

〔六〕甘臨，指易臨「六三」爻辭：「甘臨，无攸利；既憂之，无咎。」王弼注：「甘者，佞邪説、媚不正之名也。」臨，「以邪説臨物」。整個爻辭的意思是：阿附錯誤、吹牛拍馬的結果是没好處的；能憂慮到這種危險，就没有什麼害處了。

〔七〕天縱，上天使其生就，不假人爲。論語子罕：「太宰問於子貢曰：『夫子聖者與？何其多能也？』子貢曰：『固天縱之將聖，又多能也。』」此句寫劉氏。

〔八〕陸沉，見別王徹注〔六〕。此句自謂。

〔九〕離襟，離懷別情。

〔一〇〕黎陽渡，古津渡名，故址在今河南省濬縣東南，當時位於黄河北岸。

〔一一〕淩，敦煌集本作「流」。

夜别韋司士〔一〕

高館張燈酒復清，夜鍾殘月雁歸聲。只言啼鳥堪求侶〔二〕，無那春風欲送行〔三〕。黄河曲裏沙爲岸，白馬津邊柳向城〔四〕。莫怨他鄉暫離别，知君到處有逢迎。

【校注】

〔一〕此詩作於開元二十五年（七三七）春，時客居淇上。韋司士，名未詳。司士，即司士參軍事，州郡佐吏，掌津梁、舟車、舍宅、工藝。

〔二〕求侣，詩經小雅伐木：「伐木丁丁，鳥鳴嚶嚶。……嚶其鳴矣，求其友聲。」

〔三〕無那，無奈。

〔四〕白馬津，古津渡名，在今河南省滑縣東北，位於古黄河南岸，與北岸黎陽津相對。城，指滑州治所白馬縣（在今河南省滑縣舊滑縣城東）。

自淇涉黄河途中作十三首〔一〕

川上常極目，世情今已閑〔二〕。去帆帶落日，征路隨長山。親友若雲霄，可望不可攀。於兹任所愜，浩蕩風波間。

【校注】

〔一〕此詩作於開元二十五年（七三七）夏離開淇上别業出遊之時。詩題底本及諸本多作「自淇涉黄河途中十二首」，明銅活字本「途中」下有「作」字，亦作「十二首」。此從唐詩所及全唐詩。敦煌集本僅存第一首。　黄河，唐代黄河故道流經滑州，淇水流入黄河。元和郡縣志滑州白馬縣：「黄河去外城二十步。」

〔二〕「世情」句，當時高適北遊燕趙失意而歸，接着又應徵長安落第，心情冷落，故云。詳年譜。已，敦煌集本作「似」。

清晨泛中流，羽族滿汀渚〔一〕。黄鵠何處來〔二〕？昂藏寡儔侶〔三〕，飛鳴無人見，飲啄豈得所！雲漢爾故知，胡爲不輕舉〔四〕？

【校注】

〔一〕汀渚，小洲。

〔二〕黄鵠，楚辭卜居洪興祖補注引師古曰：「黄鵠，大鳥，一舉千里。」此借以自況。
〔三〕昂藏，氣度軒昂。
〔四〕「雲漢」二句，謂霄漢你是素所熟悉的，爲什麽不輕舉高飛？

野人頭盡白〔一〕，與我忽相訪。手持青竹竿，日暮淇水上。雖老美容色，雖貧亦閑放。釣魚三十年，中心無所向〔二〕。

【校注】

〔一〕野人，指隱者。
〔二〕向，向往，追求。

南登滑臺上〔一〕，却望河淇間〔二〕，行樹夾流水，孤城對遠山〔三〕。念兹川路闊，羡爾沙鷗閑〔四〕。長想别離處〔五〕，猶無音信還〔六〕。

【校注】

〔一〕滑臺，見淇上送韋司倉往滑臺注〔一〕。
〔二〕却，回頭。　河，即黄河。
〔三〕孤城，文苑英華作「孤村」。

〔四〕「念兹」二句，明寫水路遼闊，沙鷗閒適，暗指人生路窄，多有奔波别離。

〔五〕長，文苑英華作「遥」。

〔六〕猶，文苑英華作「獨」。

東入黄河水，茫茫汎紆直〔一〕。北望太行山〔二〕，峨峨半天色。山河相映帶，深淺未可測。自昔有賢才，相逢不相識〔三〕。

【校注】

〔一〕紆（yū於）直，曲直。

〔二〕太行山，太平寰宇記卷九河南道九引述征記云：「登滑臺城西北望太行山，白鹿巖、王莽嶺冠於衆山表也。」據此可知，這首詩也是寫登滑臺所望。

〔三〕末四句參見贈别王七十管記注〔二〕。

秋日登滑臺，臺高秋已暮〔一〕。獨行既未愜，懷土悵無趣〔二〕。晉宋何蕭條〔三〕，羌胡散馳騖〔四〕。當時無戰略，此地即邊戍〔五〕。兵革徒自勤〔六〕，山河孰云固！乘閒喜臨眺，感物傷遊寓〔七〕。惆悵落日前，飄颻遠帆處。北風吹萬里，南雁不知數。歸意方浩然，雲沙更迴互〔八〕。

【校注】

〔一〕據第九首「今夏猶未雨」句，及第十首「孟夏桑葉肥」句，此遊始於夏季；而此首所寫已届深秋，當爲歸途所作。

〔二〕懷土，懷念鄉土。

〔三〕晉，指西晉、東晉。宋，指南朝劉宋。蕭條，形容國勢衰微。

〔四〕羌，族名，晉宋時居西方。胡，指晉宋時北方的匈奴族和羯族。此處以羌胡概指當時北部、西部的匈奴、羯、鮮卑、氐、羌等五個部族。他們的首領加上部分漢族首領自晉惠帝永興元年（三〇四）至宋文帝元嘉十六年（四三九）間，先後共建立了十六個政權，史稱「五胡十六國」。馳騖，奔馳追逐，喻戰亂不已。

〔五〕「此地」句，謂滑臺當時已成爲邊防地帶。滑臺爲戰略重地，當時曾幾次淪陷：東晉安帝隆安二年（三九八）鮮卑族慕容德建都滑臺，號南燕，義熙六年（四一〇），爲劉裕的北伐軍所滅。宋文帝元嘉八年（四三一），檀道濟北伐失利，滑臺又陷於北魏（鮮卑族拓拔氏）。

〔六〕勦，勞。此句謂大動干戈，徒勞無功。

〔七〕遊寓，客遊生涯。

〔八〕迴互，猶迴合。參見贈別王七十管記「雲沙自迴合，天海空迢遞」句及注。此處以雲沙相合的曠遠空間，寫歸途的遥遠，使浩然方盛的歸思更進一層。

亂流自茲遠〔一〕，倚檝時一望〔二〕。遥見楚漢城〔三〕，崔嵬高山上。天道昔未測〔四〕，人心無所向。屠釣稱侯王〔五〕，龍蛇争霸王〔六〕。緬懷多殺戮，顧此增慘愴〔七〕。聖代休甲兵〔八〕，吾其得閑放。

【校注】

〔一〕遠，全唐詩一作「始」。

〔二〕檝（jí疾），同「楫」，划船工具，似槳。

〔三〕楚漢城，指東廣武城、西廣武城，據元和郡縣志，二城在滎澤縣（今鄭州市附近）西二十里（今廣武鎮即其地），分建在兩個山頭，劉邦與項羽曾俱臨廣武駐軍，項羽居東廣武城。

〔四〕天道，天命。

〔五〕屠，屠户、屠夫。此指樊噲。樊噲，沛人，以屠狗爲業，後從劉邦起兵，屢建戰功，封舞陽侯。詳見史記樊酈滕灌列傳。釣，釣魚者。此指韓信。韓信，淮陰人，始爲布衣時，家貧，不事生業，寄食於人，常在淮水邊釣魚。後經蕭何推薦，被劉邦用爲大將，戰功卓著，封楚王。詳見史記淮陰侯列傳。

〔六〕龍蛇，周易繫辭下：「龍蛇之蟄，以存身也。」後用以喻指潛隱的豪傑。此指劉邦、項羽。楚漢之争自公元前二〇六年至前二〇三年，歷時四年之久。詳見史記項羽本紀、高祖本紀。

〔七〕慘愴（chuàng創），悲痛。

〔八〕聖代，美稱當世，即唐朝。

兹川方悠邈〔一〕，雲沙無前後〔二〕。古堰對河壖〔三〕，長林出淇口。獨行非吾意，東向日已久〔四〕。憂來誰得知，且酌罇中酒！

【校注】

〔一〕悠邈，文苑英華作「悠悠」。

〔二〕「雲沙」句謂天雲岸沙競相延伸，不分前後，會合於天邊。

〔三〕古堰，據水經注、元和郡縣志，建安九年（二〇四），曹操在淇水口下枋木爲堰，遏淇水東入白溝，號其處爲枋頭。壖（ruán軟陽平），河邊地。堰，文苑英華作「塔」。

〔四〕向，文苑英華作「南」。

朝從北岸來，泊船南河滸〔一〕。試共野人言，深覺農夫苦。去秋雖薄熟，今夏猶未雨。耕耘日勤勞〔二〕，租税兼舄鹵〔三〕。園蔬空寥落〔四〕，産業不足數〔五〕。尚有獻芹心〔六〕，無因見明主〔七〕。

【校注】

〔一〕滸，水邊。南河滸，指黄河南岸。南河，文苑英華作「河南」。

〔二〕日勤勞，文苑英華作「自劬勞」。

〔三〕舄鹵（xì lǔ 細魯），鹽鹼地。此句意謂租税既重，土地又壞。

〔四〕空，文苑英華作「定」。

〔五〕産業，指田地。此句反映了均田制受到破壞，農民授田數已經不足。産業，全唐詩一作「薄産」。

〔六〕獻芹，典出列子楊朱：「昔人有美戎菽、甘枲、莖芹、萍子者，對鄉豪稱之。鄉豪取而嘗之，蜇於口，慘於腹，衆哂而怨之。其人大慚。」此人雖鄙陋，不辨美惡，但稱獻之意，出自一片誠心，後遂以「獻芹」爲以物贈人之謙詞。此處用爲獻策進言之謙詞。

〔七〕無因，無由、無從。

茫茫濁河注，懷古臨河濱。禹功本豁達〔一〕，漢跡方因循〔二〕。坎德昔滂沱〔三〕，馮夷胡不仁〔四〕！渤潏陵隄防〔五〕，東郡多悲辛〔六〕。天子忽驚悼，從官皆負薪〔七〕。畚築豈無謀〔八〕？祈禱如有神〔九〕。宣房今安在〔一〇〕？高岸空嶙峋。

【校注】

〔一〕禹功，據史記河渠書，禹治洪水十三年，過家不入門。以治理爲害最重的黄河爲主。豁達，本義暢豁開闊。此處引申爲顯赫、卓著的意思。

〔二〕「漢跡」句，指漢朝的水利工程因襲禹治水的舊法及工程遺跡，詳下。

〔三〕坎德，指水。坎爲卦名，其象爲水，爲溝瀆，見周易説卦。又，按陰陽五行説法，有漢代應水德之説，見漢書郊祀志。　昔，全唐詩一作「竟」。

〔四〕馮夷，傳説中的水神，即河伯。　胡不仁，漢武帝瓠子歌中有「爲我謂河伯兮何不仁」句。

〔五〕渤潏（jué 決），同「浡潏」，沸涌的樣子。　渤，全唐詩作「激」。

〔六〕東郡，漢郡名，地處今河北省南部、河南省北部及山東省西北部，治所在濮陽（今河南省濮陽縣南）。　多悲辛，指漢文帝時黄河的一次大水災。史記河渠書：「漢興三十九年，孝文時（漢文帝前元十二年，公元前一六八年），河決酸棗（縣名，今河南省延津縣北），東潰金隄（隄名，在今河南省滑縣東北），於是東郡大興卒塞之。」

〔七〕負薪，寫漢武帝時治黄河的事。據史記河渠書及封禪書，漢武帝元光年間（公元前一三四——前一二九），黄河決于瓠子（堤名，在今河南濮陽縣南），大興徒卒堵塞，反復無效。元封二年（前一〇九），歲旱，乘水位低落之機，發卒數萬人塞瓠子決口。漢武帝乃禱萬里沙（在今陝西華

縣），祭泰山，然後至瓠子，親臨決河，沉白馬玉璧于河，令羣臣從官自將軍以下，皆負薪填決河，終塞瓠子。在其上築宫，名曰宣房宫。從此梁楚之地無水災之患。

〔八〕畚（běn本），筐一類的盛土器。畚築，土建工程。

〔九〕如有神，指虔誠。論語八佾：「祭神如神在」。

〔一〇〕宣房，見注〔七〕。

我行倦風湍〔一〕，輟棹將問津〔二〕。空傳歌瓠子〔三〕，感慨獨愁人。孟夏桑葉肥〔四〕，穠陰夾長津〔五〕。蠶農有時節，田野無閑人。臨水狎漁樵〔六〕，望山懷隱淪；誰能去京洛〔七〕，顦顇對風塵！

【校注】

〔一〕湍（tuān團陰平），急流。　清抄本此首與前一首連爲一首。文苑英華以首四句與前一首末尾相連。

〔二〕棹（zhào罩），似槳，此處借指船。　津，渡口。

〔三〕瓠子，歌曲名，漢武帝親臨瓠子巡察治水時作，歌詞共二首，全文載於史記河渠書及漢書溝洫志。

〔四〕孟夏，初夏。

〔五〕穠陰，文苑英華作「濛濛」。
〔六〕狎，親近。　樵，文苑英華作「商」。
〔七〕去，離開。　京，指京城長安。　洛，指東都洛陽。

朝景入平川〔一〕，川長復垂柳。遥看魏公墓〔二〕，突兀前山後。憶昔大業時，羣雄角奔走〔三〕。伊人何電邁〔四〕，獨立風塵首！傳檄舉敖倉〔五〕，擁兵屯洛口〔六〕，連營一百萬，六合如可有〔七〕。方項終比肩〔八〕，亂隋將假手〔九〕。力争固難恃，驕戰曷能久〔一〇〕？若使學蕭曹〔一一〕，功名當不朽。

【校注】

〔一〕景，日光。　平川，指黄河。

〔二〕魏公，即李密。隋末起義軍領袖。出身貴族，於隋煬帝大業九年（六一三）參加反隋軍，曾被翟讓等推爲起義軍首領，號魏公，改元永年，攻下洛陽，一時各路反隋軍多歸附之。旋敗於隋將王世充，歸降李淵父子。既而復叛，遭唐將殺害。部將徐世勣爲葬於黎陽山（今河南省濬縣）西南五里，墳高七仞。詳見新唐書李密傳。

〔三〕羣雄，指各支反隋勢力的首領。當時主要的農民起義軍有翟讓、李密領導的瓦崗軍、竇建德領導的河北起義軍、杜伏威領導的江淮起義軍等；反隋貴族勢力有宗室楊玄感、上層官僚李

淵李世民父子等。角，全唐詩一作「各」。

〔四〕伊人，指李密。　電邁，形容行動疾速。宋書孔凱傳：「鐵騎連羣，風驅電邁。」

〔五〕舉，興兵。敖倉，地名，在今河南省滎陽縣西北。

〔六〕洛口，在河南省蒙縣東南，當洛水入黄河之口。隋煬帝築興河倉於此，號洛口倉城。後李密攻克其地，自號魏公後，大築洛口城居之。

〔七〕六合，天地四方。此處指天下。

〔八〕方，比。　項，項羽。按李密嘗乘黄牛遇楊素於道。他一手捉牛靷，一手翻書卷。楊素問讀何書，答曰：「項羽傳。」　比肩，并肩，喻指同樣得到失敗的結果。

〔九〕假手，指李密亂隋天下最後只是爲李淵所利用。詳見新唐書李密傳。

〔一〇〕「力争」兩句，謂李密單靠驕兵力戰，難能持久。參看注〔一一〕。

〔一一〕蕭，蕭何。劉邦爲漢王時，蕭何爲丞相，善謀劃指揮，治理政事，薦舉人材，佐劉邦滅項羽，得天下。論功行封時，漢高祖以蕭何功最高，封爲酇侯。詳見史記蕭相國世家。曹，曹參。助劉邦打天下，軍功顯著。蕭何死後，曹參代爲漢相國，守蕭何之法而勿失，民得以寧。詳見史記曹相國世家。

皤皤河濱叟〔一〕，相遇似有恥〔二〕。輟榜聊問之〔三〕，答言盡終始。一生雖貧賤，九十年未死。且喜對兒孫，彌慚遠城市〔四〕。結廬黄河曲，垂釣長河裏。漫漫望雲

沙〔五〕，蕭條聽風水。所思强飯食〔六〕，永願在鄉里。萬事吾不知，其心只如此。

【校注】

〔一〕此首底本及諸本多無，據文苑英華、唐詩所、全唐詩補。　皤皤（pó 婆），鬢髮銀白貌。

〔二〕有恥，知恥。論語子路：「行己有恥。」

〔三〕輟榜，停船。

〔四〕遠城市，指居處偏僻閉塞。

〔五〕漫漫，文苑英華作「溟漫」。

〔六〕强飯食，健飯，食慾好。漢書貢禹傳：「生其强飯慎疾以自輔。」

淇上酬薛三據兼寄郭少府〔一〕

自從別京華〔二〕，我心乃蕭索。十年守章句〔三〕，萬事空寥落！北上登薊門〔四〕，茫茫見沙漠，倚劍對風塵〔五〕，慨然思衞霍〔六〕。拂衣去燕趙〔七〕，驅馬悵不樂。天長滄洲路〔八〕，日暮邯鄲郭〔九〕，酒肆或淹留，漁潭屢棲泊。獨行備艱險，所見窮善惡。永願拯芻蕘〔一〇〕，孰云干鼎鑊〔一一〕！皇情念淳古〔一二〕，時俗何浮薄。理道資任賢〔一三〕，安

人在求瘼〔一四〕。故交負靈奇〔一五〕，逸氣抱謇諤〔一六〕，隱軫經濟具〔一七〕，縱横建安作〔一八〕，才望忽先鳴〔一九〕，風期無宿諾〔二〇〕。飄飖勞州縣〔二一〕，迢遞限言謔〔二二〕，東馳眇貝丘〔二三〕，西顧彌虢略〔二四〕，淇水徒自流，浮雲不堪託。吾謀適可用，天路豈寥廓〔二五〕！不然買山田，一身與耕鑿〔二六〕，且欲同鷦鷯〔二七〕，焉能志鴻鶴〔二八〕！

【校注】

〔一〕此詩作於客居淇上期間。薛據，河中寶鼎（今山西省萬榮縣西南寶鼎鎮）人，見舊唐書薛據傳。唐才子傳謂荆南人，當一爲郡望，一爲籍貫。薛據爲開元十九年王維榜進士，天寶六年又中風雅古調科第一人，歷任縣令、司儀郎、水部郎。酬，唐詩紀事引詩作「寄」。據，底本及諸本作「掾」，據文苑英華、唐詩所、全唐詩改。郭少府，唐詩所、全唐詩下有「微」字。文苑英華此作王昌齡詩，非。

〔二〕别京華，指二十歲時西遊長安，失意而歸。參見别韋參軍。又，高適開元二十三年應徵長安落第而歸，然其事在北遊燕趙之後，與本詩下文不合。

〔三〕章句，指分析古書章節句讀的章句之學。西漢經生博士各守一經章句以求利禄。此句指讀經求進。

〔四〕薊門，見薊門五首其一注〔一〕。

〔五〕風塵，喻戰亂。

〔六〕衛，指漢武帝時名將衛青，歷任車騎將軍、大將軍，曾先後四次出擊匈奴，皆獲大勝。詳見史記衛將軍驃騎列傳。　霍，指漢代名將霍去病，見薊門五首其一注〔五〕。

〔七〕拂衣，古人要起行，必先拂其衣。　燕趙，皆用古稱，指戰國時燕國（今河北北部和北京市）、趙國（今河北省南部、山西省東部、河南省北部）一帶。

〔八〕滄洲，水曲之地，多用以指隱居之處。

〔九〕邯鄲，見邯鄲少年行注〔一〕。

〔一〇〕芻蕘（ráo 饒），打草砍柴的人，泛指貧民百姓。

〔一一〕干，犯。　鼎鑊（huò 獲），這裏指烹煮酷刑。干鼎鑊即犯了大罪。　此句設言因嫉惡救民而觸罪。

〔一二〕皇情，皇上的心意。　淳古，指純樸敦厚的上古遺風。　此句爲言不由衷的美頌之辭；高適對現實不滿，不敢觸及皇帝，只能抨擊時俗。

〔一三〕理道，即治道。「治」字避唐高宗（李治）諱而改爲「理」。　資，藉，依靠。

〔一四〕安人，即安民。「民」字避唐太宗（李世民）諱而改爲「人」。　瘼（mò 莫），病。　求瘼，訪求民間疾苦。　詩經大雅皇矣：「皇皇上帝，臨下有赫，監觀四方，求民之莫（瘼）。」

〔一五〕故交，指薛據及郭微。　靈奇，不同凡俗的才氣。

〔一六〕謇諤，正直。謇，底本及諸本多作「蹇」，此據張黄本、文苑英華、唐詩所、全唐詩改。

〔一七〕隱軫，富盛。經濟具，經世濟民之材。具，文苑英華作「策」。

〔一八〕建安作，具有建安風格的詩文。建安是漢獻帝的年號，當時文壇以曹操父子爲代表，有著名的建安七子。文心雕龍評建安文學，時序云：「觀其時文，雅好慷慨。」明詩云：「慷慨以任氣，磊落以使才。造懷指事，不求纖密之巧；驅辭逐貌，唯取昭晰之能。」後世有「建安風骨」之稱。唐代自陳子昂起，在反對六朝浮靡詩風時，都標榜建安文學。唐才子傳稱「（薛）據爲人骨鯁，有氣魄，文章亦然」。

〔一九〕才望，才能之聲望。嗚，著稱，以聲名聞之謂。

〔二〇〕風期，指友情信誼。高逸沙門傳云：支遁「風期高亮」。宿諾，拖延而未兑現的舊諾言。論語顔淵：「子路無宿諾。」

〔二一〕勞州縣，操勞於州縣吏務。

〔二二〕限，阻隔。言謔（xuè 血），談笑。

〔二三〕馳，指神馳。貝丘，古地名，同名者有三處，這裏指春秋齊國之貝丘，在今山東省博興縣南貝丘鄉。

〔二四〕虢略，地名，因春秋虢國境界而得稱。今河南省靈寶縣城舊稱虢略鎮，即其地。貝丘、虢略，當爲薛、郭所在之地。

〔二五〕天路，原指登天之路，曹植雜詩其二「天路安可窮」。這裏喻指致高官之路。

〔二六〕耕鑿，耕田鑿井。帝王世紀卷二擊壤歌：「鑿井而飲，耕田而食，帝力何有於我哉？」此指隱居不仕。

〔二七〕且，姑且。　鷦鷯（jiāo liáo 焦遼），一種善於構巢的小鳥。莊子逍遥遊載：堯讓許由代他治天下，許由推辭説：「鷦鷯巢於深林，不過一枝。」以鷦鷯自比，謂欲望不高，易於自足而不奢求。

〔二八〕鴻鶴，即鴻鵠（hú 胡），漢書張良傳：「鴻鵠高飛，一舉千里。」鶴，全唐詩作「鵠」，注云：「一作鶴」。

酬岑二十主簿秋夜見贈之作〔一〕

舍下蛩亂鳴〔二〕，居然自蕭索。緬懷高秋興，忽枉清夜作〔三〕。感物我心勞〔四〕，涼風驚二毛〔五〕。池空菡萏死〔六〕，月出梧桐高。如何異鄉縣，復得交才彦〔七〕。汩没嗟後時〔八〕，蹉跎恥相見。箕山别來久〔九〕，魏闕誰不戀〔一〇〕！獨有江海心，悠然未嘗倦〔一一〕。

【校注】

〔一〕據「涼風驚二毛」所言之年齡，以及「箕山别來久」，在異鄉縣與岑氏相交諸語，此詩當作於客居淇上之時。　岑二十，名未詳。　主簿，見酬别薛三蔡大留簡韓十四主簿注〔一〕。

〔二〕蛩（qióng 窮），蟋蟀。

〔三〕枉，屈就。對人的敬辭。　清夜作，指岑氏贈己之作。

〔四〕勞，憂。

〔五〕二毛，斑白的頭髮。此句感歎早生華髮。潘安仁秋興賦序：「余春秋三十有二，始見二毛。」　驚，文苑英華作「生」。

〔六〕空，文苑英華作「枯」。

〔七〕才彦，才士。彦爲士人的美稱。此指岑氏。

〔八〕汩（gǔ 古）没，淪没。

〔九〕箕山，在河南省登封縣東南，又名許由山。相傳堯時巢父、許由隱於箕山。此處泛指隱居之地。來，文苑英華作「未」。

〔一〇〕魏闕：古代宫門外兩邊高聳的樓觀，多借指朝廷。全句參見莊子讓王：「身在江海之上，心居乎魏闕之下。」

〔一一〕悠然，全唐詩作「悠悠」。

寄孟五〔一〕

秋風落窮巷〔二〕，離憂兼暮蟬。後時已如此〔三〕，高興亦徒然〔四〕。知君念淹泊〔五〕，憶我屢周旋。征路見來雁，歸人悲遠天〔六〕。平生感千里〔七〕，相望在貞賢〔八〕。

【校注】

〔一〕此詩既云身居「窮巷」，又云「離憂」，當亦旅居淇上時所作。孟五，名未詳，文苑英華、全唐詩作「孟五少府」。

〔二〕風，清抄本、文苑英華、全唐詩作「氣」。

〔三〕後時，指剩下的歲月。

〔四〕高興，高漲的詩興。殷仲文南州桓公九井作：「獨有清秋日，能使高興盡。」

〔五〕淹泊，飄泊在外。

〔六〕歸人，指孟五。

〔七〕千里，指遠別。感，文苑英華作「各」。

〔八〕貞賢，稱孟五。「相望在」三字底本空缺，此據諸本補。賢，文苑英華、全唐詩作「堅」。

酬馬八效古見贈〔一〕

深崖生綠竹，秀色徒氛氳〔二〕。時代種桃李〔三〕，無人顧此君〔四〕。奈何冰雪操〔五〕，尚與蒿萊羣〔六〕？願託靈仙子〔七〕，一吹聲入雲〔八〕。

【校注】

〔一〕淇上多竹，據首句詩意，此詩或作於客居淇上之時。馬八，名未詳。效古，仿效古體。

〔二〕氛氳，盛貌。

〔三〕時代，當世。

〔四〕此君，指竹。晉書王徽之傳：「嘗寄居空宅中，便令種竹，或問其故，徽之但嘯詠指竹曰：『何可一日無此君耶？』」這裏將深崖綠竹喻馬八，與世俗以爲榮華的桃李作對照。

〔五〕冰雪，喻純潔。操，操守。

〔六〕蒿萊，見宋中遇劉書記有別注〔七〕。

〔七〕靈仙子，指周靈王之子王子喬，好吹笙，作鳳鳴，遊伊洛之間，道士浮丘公引上嵩山，修煉二十年後在緱氏山顛乘白鶴仙去。見列仙傳。

〔八〕「一吹」句，謂竹在深崖無人知，若得靈仙子裁之爲笙，一吹聲當可入雲。全詩以竹喻馬八。

別張少府〔一〕

歸客留不住，朝雲縱復横。馬頭向春草，斗柄臨高城〔二〕。嗟我久離別，羡君看弟兄。歸心更難道〔三〕，回首一傷情〔四〕。

【校注】

〔一〕此詩或作於客居淇上期間。張少府，名未詳。別，文苑英華作「送」。

〔二〕斗，北斗，即大熊座。北斗七星形成斗狀，一天樞，二天璇，三天璣，四天權，五玉衡，六開陽，七摇光。一至四爲斗魁，五至七爲斗柄。斗柄春天指東，夏天指南。

〔三〕難道，難以述説。

〔四〕一，文苑英華作「益」。

哭單父梁九少府〔一〕

開篋淚沾臆，見君前日書。夜臺今寂寞〔二〕，猶是子雲居〔三〕。疇昔貪靈奇〔四〕，

登臨賦山水。同舟南浦下，望月西江裏。契闊多别離，綢繆到生死〔五〕。九原即何處〔六〕？萬事皆如此。晉山徒嵯峨〔七〕，斯人已冥冥。常時禄且薄，殁後家復貧。妻子在遠道，弟兄無一人。十上多苦辛〔八〕，一官常自哂。青雲將可致〔九〕，白日忽先盡〔一〇〕。唯有身後名〔一一〕，空留無遠近〔一二〕。

【校注】

〔一〕此詩作於開元二十四五年（七三六——七三七）之時。梁九，即梁洽。清抄本題下注云：「洽」。全唐詩「九」字下注云：「一作洽。」文苑英華題作「哭單父梁洽少府」。梁洽有梓材賦，見文苑英華卷六十九。留元剛顏魯公年譜謂顏真卿開元二十二年（七三四）登進士第，試梓材賦、武庫賦。徐松登科記考據此斷梁洽顏真卿同年進士。蓋梁洽進士及第後即授單父尉。據「一官常自哂」句，梁洽又死在單父尉任上。

〔二〕夜臺，墓穴。陸機挽歌：「送子長夜臺。」李周翰注：「墳墓一閉無復見明，故云長夜臺。後人稱夜臺本此。」

〔三〕子雲，揚雄字。按漢書揚雄傳，揚雄，蜀郡成都人。其先出自有周伯僑者，以支庶初食采於晉之揚，因以爲氏。揚在河、汾之間，漢時爲河東郡揚縣，故城在今山西省臨汾市洪洞縣東南。這裏是説梁少府的墓地在揚雄祖居之處。參見下文「晉山徒嵯峨，斯人已冥冥」。

〔四〕疇昔，往昔。　貪，嗜好。　靈奇，神奇。此指自然景色而言。貪，文苑英華、全唐詩作「探」。釋名釋言語謂「貪」通「探」。

〔五〕綢繆（chóu móu 籌謀），纏綿。以上二句取詩經邶風擊鼓「死生契闊」之意。

〔六〕九原，猶言九泉，地下。　即，全唐詩注云：「一作知。」　處，全唐詩注云：「一作在。」

〔七〕嵯峨，全唐詩作「峨峨」。

〔八〕十上，十次上書。「十」言其多，並非確指。語出戰國策秦策：「（蘇秦）說秦王，書十上而說不行。」

〔九〕青雲，史記范雎蔡澤列傳：須賈曾對范雎說：「賈不意君能自致於青雲之上。」

〔一〇〕白日，人世，陽間。白日盡，指人亡故。

〔一一〕唯有，文苑英華作「推獨」。

〔一二〕無遠近，無論遠近，到處遍聞之意。留，文苑英華作「流」。

遇沖和先生〔一〕

沖和生何代？或謂遊東溟〔二〕。三命謁金殿〔三〕，一言拜銀青〔四〕。自云多方術，

往往通神靈〔五〕。萬乘親問道〔六〕，六宫無敢聽〔七〕。昔云限霄漢〔八〕，今來覩儀形。頭戴鷫鳥冠〔九〕，手摇白鶴翎。終日飲醇酒，不醉復不醒。猶憶雞鳴山〔一〇〕，每誦西昇經〔一一〕。拊背念離别〔一二〕，依然出户庭。莫見今如此，曾爲一客星〔一三〕。

【校注】

〔一〕此詩或作於開元二十六年（七三八），詳見年譜。　沖和，姜撫之號。新唐書方伎傳姜撫傳：「姜撫，宋州人，自言通仙人不死術，隱居不出。開元末，太常卿韋縚祭名山，因訪隱民，還白撫已數百歲。召至東都，舍集賢院。因言服常春藤，使白髮還鬒，則長生可致；藤生太湖最良，終南往往有之，不及也。帝遣使者至太湖，多取以賜中朝老臣，因詔天下，使自求之。……擢撫銀青光禄大夫，號沖和先生。」

〔二〕東溟，東海。古代方士謡傳東海有神山，上有仙人及不死之藥。史記秦始皇本紀：「齊人徐市等上書言海中有三神山，名曰蓬萊、方丈、瀛洲，仙人居之，請得齋戒與童男女求之。於是遣徐市發童男女數人入海求仙人。」

〔三〕三命，泛指徵召的君命。　謁金殿，進宫拜見皇帝。

〔四〕銀青，銀印青綬，即銀青光禄大夫。　拜，文苑英華作「授」。

〔五〕神，文苑英華作「精」。

〔六〕萬乘，天子之稱。孟子梁惠王上：「萬乘之國，弑其君者必千乘之家。」趙岐注：「萬乘，兵車萬乘，謂天子也。」

〔七〕六宫，后妃之稱。

〔八〕限霄漢，猶云隔霄漢。姜撫曾居朝廷高位，故云。敦煌選本作「去」，文苑英華作「者」。

〔九〕鶡（hé合）鳥，山海經中山經：「煇諸之山，其鳥多鶡。」郭璞注：「似雉而大。」鶡鳥冠，本爲武士冠，道家所戴者不用尾羽。相傳鶡冠子周時楚人，不詳姓氏，以鶡羽爲冠，因以爲號。鶡鳥，文苑英華作「雞鳳」。

〔一〇〕雞鳴山，有四，一在南京市西北，一在河北省宣化縣東南，一在安徽省合肥市西北，一在山西省長治縣西南，不詳所指。猶，文苑英華、全唐詩作「常」。

〔一一〕西昇經，新唐書藝文志：「韋處玄集解老子西升經二卷。」

〔一二〕拊，義同撫，文苑英華作「撫」。

〔一三〕客星，後漢書嚴光傳載：光武帝與其共卧，「光以足加帝腹上，明日太史奏客星犯御座甚急。帝笑曰：『朕故人嚴子陵共卧耳。』」句謂姜撫曾近帝旁。

別董大二首〔一〕

千里黄雲白日曛〔二〕，北風吹雁雪紛紛。莫愁前路無知己，天下誰人不識君！

【校注】

〔一〕據第二首「一離京洛十餘年」句，此詩當作於北遊燕趙和客居淇上後，已回宋中之時。詩題敦煌選本作「別董令望」，二首次序較此互倒。清抄本次序亦倒。房琯門下有著名琴師董庭蘭，亦行大，與此董大未知是否一人。

〔二〕曛（xūn熏），落日的餘光。此處指黄雲蔽日，光線昏淡。千里，諸本多作「十里」，敦煌選本同此。

六翮飄颻私自憐〔一〕，一離京洛十餘年〔二〕。丈夫貧賤應未足〔三〕，今日相逢無酒錢。

【校注】

〔一〕六翮，指大鳥的翅膀。翮是羽莖。韓詩外傳卷六：「夫鴻鵠一舉千里，所恃者，六翮也。」後喻指有志之士的非凡才能。此句寫懷才不遇。

〔二〕京，指京城長安。洛，指東都洛陽。此句指二十歲時客居梁宋以來的十餘年。别韋參軍一詩即寫當時離京洛客居梁宋的情況。

〔三〕足，敦煌選本作「定」。

燕歌行 并序〔一〕

開元二十六年〔二〕，客有從元戎出塞而還者〔三〕，作燕歌行以示，適感征戍之事，因而和焉〔四〕。

漢家煙塵在東北〔五〕，漢將辭家破殘賊〔六〕。男兒本自重橫行，天子非常賜顔色〔七〕。摐金伐鼓下榆關〔八〕，旌旆逶迤碣石間〔九〕。校尉羽書飛瀚海〔一〇〕，單于獵火照狼山〔一一〕。山川蕭條極邊土，胡騎憑陵雜風雨〔一二〕。戰士軍前半死生，美人帳下猶歌舞〔一三〕！大漠窮秋塞草腓〔一四〕，孤城落日鬥兵稀。身當恩遇常輕敵〔一五〕，力盡關山未解圍。鐵衣遠戍辛勤久，玉筯應啼別離後〔一六〕。少婦城南欲斷腸，征人薊北空回首。邊庭飄颻那可度〔一七〕，絶域蒼茫無所有〔一八〕！殺氣三時作陣雲〔一九〕，寒聲一夜傳刁斗〔二〇〕。相看白刃血紛紛〔二一〕，死節從來豈顧勳〔二二〕！君不見沙場征戰苦，至今猶憶李將軍〔二三〕。

【校注】

〔一〕燕歌行，樂府古題，屬相和歌平調曲，其辭多與邊地征戍有關，寫思婦懷念征人之情。宋郭茂倩樂府詩集引樂府廣題曰：「燕，地名也，言良人從役於燕而爲此曲。」此處高適用擬古體

裁深刻地反映了現實内容。

〔二〕二十六年，底本及他本多作「三十六年」，河嶽英靈集、才調集、文苑英華作「十六年」，皆誤。此參證當時史實及高適事迹，據明銅活字本及清抄本改正，詳下注及年譜。

〔三〕元戎，軍事統帥。此處指張守珪。又玄集、才調集、文苑英華、唐詩所、全唐詩直將「元戎」作「御史大夫張公」。按開元二十六年（七三八）（通鑑記於二十七年六月，蓋追溯往事），守珪裨將趙堪、白真陁羅假以守珪之命，逼平盧軍使烏知義擊叛奚餘黨。知義不從，白真陁羅又假稱詔命以迫之。知義不得已出兵，初勝後敗。守珪隱其敗狀，妄奏克獲之功。事有泄漏，玄宗派牛仙童前往調查。守珪又屢賂仙童。二十七年（七三九）被告發，牛仙童被杖殺，張守珪貶括州刺史。見資治通鑑卷二百十四及舊唐書張守珪傳。

〔四〕此詩並非僅據傳聞所寫的唱和之作，也不限於實寫張守珪事。在此之前，高適於開元二十年至二十二年（七三二——七三四）曾親歷東北邊塞生活，對軍中内幕頗多瞭解，故能進行高度藝術概括，反映軍中矛盾、邊策弊端，寫出這樣思想深刻、感情熾烈的詩篇。參見塞上、薊門五首等詩。

〔五〕漢家，漢朝，此處借指唐朝。以下專名多類此。煙塵，指邊疆寇警。此指奚、契丹的侵擾。

〔六〕殘賊，殘暴的敵人。

〔七〕賜顏色，指褒獎寵賞。

〔八〕摐（chuāng 窗）、伐，敲擊。金，指鉦，又稱鐃（參見信安王幕府詩注〔三五〕），形似銅鈴，中無舌。漢書東方朔傳：「戰陣之具，鉦鼓之教。」吴子治兵：「金之不止，鼓之不進，雖有百萬，何益於用？」劉孝標出塞：「陷敵摐金鼓，摧鋒揚旆旌。」楊廣飲馬長城窟：「摐金止行陣，鳴鼓興士卒。」軍中敲擊鉦鼓以爲指揮士卒止退和前進的信號。榆關，古關名，即今山海關，在河北省秦皇島市。

〔九〕旌（jīng 精），桿頂飾有五彩羽毛的旗。旆（pèi 配），大旗。碣石，見别馮判官注〔二〕。

〔一〇〕校尉，漢時爲宿衛兵統領。唐時爲武散官，位次將軍。此處泛指武將。羽書，又稱羽檄。古代以木簡爲書，稱檄，長一尺二寸，用爲徵召，遇有急事，插上鳥羽，以示緊迫。唐時已廢木簡，此處指緊急軍事文書。瀚海，東起興安嶺西麓、西至天山東麓的大沙漠，古稱瀚海。此指唐代東北邊境沙漠地帶。

〔一一〕獵火，圍獵之火，古時常借稱游牧民族侵擾的戰火。狼山，有多處，此與瀚海對舉，當爲狼居胥山。狼居胥山又稱狼山，在今内蒙古自治區中部，爲陰山山脈之一部分，史記驃騎列傳：霍去病「封狼居胥山，禪於姑衍，登臨瀚海」。

〔一二〕憑陵，恃勢侵陵。風雨，形容敵兵來勢之猛。劉向新序善謀：「韓安國曰：『且匈

奴者，輕疾悍亟之兵也，來若風雨，解若收電。』」

〔一三〕帳下，指主帥營帳之中。

〔一四〕窮秋，深秋。　腓（féi肥），病，此處指衰萎。　隋虞世基隴頭吟：「窮秋塞草腓，塞外胡塵飛。」文苑英華「腓」作「衰」。

〔一五〕常，敦煌集本、文苑英華、全唐詩作「恒」。

〔一六〕玉筯，玉製的筷子，古代常用來形容婦女雙流的眼淚。　如李白閨情：「玉筯日夜流，雙雙落朱顔。」

〔一七〕邊庭，邊地。　庭，河嶽英靈集、文苑英華作「風」，敦煌集本作「亭」。　那可度，文苑英華作「難可越」。

〔一八〕絶域，遥遠偏僻之地。　無所有，河嶽英靈集作「何所有」，樂府詩集作「更何有」，全唐詩同。

〔一九〕殺氣，殺伐之氣。　三時，指一天的早、午、晚。　作，變爲。　陣雲，史記天官書：「陣雲如立垣。」古人以爲戰争之兆。

〔二〇〕寒聲，凄涼之聲，此即指刁斗聲。　刁斗，軍中銅製用具，斗形有柄，日以作炊，夜以敲更。

〔二一〕血，明銅活字本作「雪」，文苑英華作「徒」。

〔二二〕顧勳，顧及個人建立功勳的事。

〔二三〕李將軍，指漢代名將李廣。史記李將軍列傳：「廣居右北平，匈奴聞之，號曰『漢之飛將軍』，避之，數歲不敢入右北平。……廣廉，得賞賜輒分其麾下，飲食與士共之。……廣之將兵，乏絶之處，見水，士卒不盡飲，廣不近水；士卒不盡食，廣不嘗食。寬緩不苛，士以此愛樂爲用。」或謂李將軍指李牧，亦通。參見塞上詩注〔五〕。

別劉大校書〔一〕

昔日京華去〔二〕，知君才望新〔三〕。應猶作賦好，莫歎在官貧。且復傷遠別，不然愁此身。青楓幾萬里〔四〕，江上一歸人〔五〕。

【校注】

〔一〕此詩約作於由淇上歸宋中之後。劉大，唐人行第録：「全唐詩三函孟浩然九日龍沙作寄劉大眘虛，同函高適別劉大校書，疑即眘虛也。」此説是。校書，即校書郎，唐代秘書省、弘文館均置，掌讎校典籍，刊正文章。按唐才子傳，劉眘虛開元十一年徐徵榜進士。西江志卷六十六引郭子京豫章書：「劉眘虛，字全乙，新吴人。……開元中，舉宏辭，累官崇文館校書郎，與孟浩然、王昌齡相友善。」王昌齡有送劉眘虛歸取宏辭解詩，知王與劉當同時中博學宏辭科。又據

陳振孫直齋書録解題，王昌齡中博學宏辭科在開元二十二年（七三四），劉亦當在此年。

〔二〕此句指開元二十三年（七三五）高適應徵赴長安。

〔三〕才望新，指劉新中博學宏辭科，聲名始著。

〔四〕青楓，明銅活字本、全唐詩作「清風」。

〔五〕歸人，指劉大。

宋中送族姪式顔時張大夫貶括州使人召式顔遂有此作〔一〕

大夫擊東胡〔二〕，胡塵不敢起。胡人山下哭，胡馬海邊死。部曲盡公侯〔三〕，輿臺亦朱紫〔四〕。當時有勳業，末路遭讒毁〔五〕。轉旆燕趙間〔六〕，剖符括蒼裏〔七〕。弟兄莫相見，親族遠枌梓〔八〕。不改青雲心，仍招布衣士。平生懷感激，本欲候知己，去矣難重陳，飄然自兹始。遊梁且未遇，適越今可以〔九〕。鄉山西北愁，竹箭東南美〔一〇〕。峥嶸縉雲外〔一一〕，蒼茫幾千里。旅雁悲啾啾，朝昏孰云已。登臨多瘴癘〔一二〕，動息在風水〔一三〕。雖有賢主人，終爲客行子。我攜一罇酒，滿酌聊勸爾，勸爾惟一言：家聲勿淪滓〔一四〕。

【校注】

〔一〕此詩作於開元二十七年（七三九）。　張大夫，即張守珪，見贈別王七十管記注〔一五〕及燕歌行注〔三〕。大夫，將帥之稱。資治通鑑卷二一五天寶六載李光弼對王忠嗣言「大夫以愛士卒之故」云云下胡三省注：「唐中世以前，率呼將帥爲大夫，白居易詩所謂武官稱大夫是也。」括州，屬江南道，相當於今浙江省縉雲縣、麗水縣、青田縣之間地。

〔二〕東胡，指契丹。

〔三〕部曲，見贈別王七十管記注〔一九〕。

〔四〕輿臺，指屬吏。左傳昭公七年：「人有十等：王臣公，公臣大夫，大夫臣士，士臣皁，皁臣輿，輿臣僚，僚臣隸，隸臣僕，僕臣臺。」　朱紫，貴官之服色，唐制：五品以上始服朱紫。

〔五〕讒毀，按張守珪抗擊契丹入侵，功勞顯著。但後來掩飾敗績，謊報軍情，並賄賂朝廷派往調查的使者，並非無罪之人。其事雖係仇人舉劾，但不完全是讒毀。參見燕歌行注〔三〕。

〔六〕轉旆，調轉軍旗，意即班師回返。指張守珪罷幽州節度使，自燕趙回轉。

〔七〕剖符，唐代授以官職時剖分符節之半使命官執以爲信。　括蒼，即今浙江省括蒼山脈，唐時橫亘括州、台州（治所在今浙江省臨海市）。　此句寫張守珪降職授爲括州刺史。

〔八〕枌梓，謂鄉里。

〔九〕越，春秋國名。括州爲春秋越國地，故稱。

〔一〇〕竹箭，做箭的小竹。爾雅釋地：「東南之美者，有會稽之竹箭焉。」

〔一一〕縉雲，山名，在今浙江省縉雲縣。

〔一二〕登臨，登山臨水。楚辭九辯：「登山臨水兮送將歸。」　瘴癘，濕熱瘟疫之氣。

〔一三〕動息，出行止息。　風水，指險風惡水。

〔一四〕淪滓，湮没污穢。

又送族姪式顔〔一〕

惜君才未遇，愛君才若此。世上五百年〔二〕，吾家一千里，俱遊帝城下，忽在梁園裏〔三〕。我今行山東〔四〕，離憂不能已。

【校注】

〔一〕此詩與前首作於同時。

〔二〕五百年，古時認爲五百年是聖王出現的周期，孟子公孫丑下：「五百年必有王者興」。此句謂正逢盛世。以下四句可與別韋參軍前半部分内容相參，寫自己二十歲時正逢盛世，遠離家鄉，與式顔同遊長安，失意而歸，客居梁宋。

〔三〕梁園，又稱兔苑，見別韋參軍注〔九〕。

〔四〕山東，太行山以東地區。此句寫自己即將遊魏郡。

三君詠〔一〕并序

開元中，適遊於魏〔二〕，郡北有故太師鄭公舊館〔三〕，里中有故尚書郭公遺業〔四〕，邑外又有故太守狄公生祠焉〔五〕。覩物增懷，遂爲三君詠。

【校注】

〔一〕此詩作於開元末遊魏郡之時，詳見年譜。

〔二〕魏，魏地。從下文及他詩所涉此遊具體地域考察，此指漢代所置魏郡所屬之地，治所在鄴縣，轄今河北省、河南省、山東省各一部分地區，包括唐代之相州（本魏郡）及魏州（天寶元年改名魏郡）在內。文苑英華、全唐詩「魏」下多一「郡」字。

〔三〕鄭公，即魏徵，字玄成，魏州（舊唐書作鉅鹿）曲城人。唐太宗即位，授諫議大夫，輔佐太宗，政績顯著。貞觀七年（六三二）爲侍中，封鄭國公。事蹟詳見新、舊唐書本傳。據太平寰宇記卷五五河北道四，相州安陽縣有魏徵宅。

〔四〕郭公，即郭元振，名震，以字顯。魏州貴鄉縣人，唐玄宗先天二年（七一三）追封代國公。新、舊唐書有傳。　遺業，留下的宅第院落。

〔五〕狄公，即狄仁傑，字懷英，并州太原人。武后萬歲通天元年（六九六）曾爲魏州刺史（與郡太守相當，故序稱「太守」）。不久轉幽州都督。因抗契丹有功，神功元年（六九七）入朝爲相。唐睿宗時追封梁國公。新、舊唐書有傳。元和郡縣志：「貴鄉縣，……狄仁傑祠在縣東南四里，爲魏州刺史，百姓爲立生祠。」

魏鄭公〔一〕

鄭公經綸日〔二〕，隋氏風塵昏〔三〕。濟代取高位〔四〕，逢時敢直言〔五〕。道光先帝業，義激舊君恩〔六〕。寂寞卧龍處〔七〕，英靈千載魂。

【校注】

〔一〕文苑英華、全唐詩題下注一「徵」字，敦煌選本作「鄭公魏」。

〔二〕經綸，本爲治絲，比喻規劃政治。

〔三〕隋氏，隋朝。　風塵昏，指隋末的動亂。魏徵於隋亂之時，開始從李密、竇建德起義，後歸唐，在滅隋過程中，多出謀劃策。

〔四〕濟代，即濟世，救助天下。爲避唐太宗諱，改「世」爲「代」。

〔五〕敢直言，魏徵以敢於直諫著稱，新唐書本傳云：「徵狀貌不逾中人，有志膽，每犯顏進

諫，雖逢帝甚怒，神色不徙，而天子亦爲霽威。」

〔六〕舊君，指唐太宗。唐太宗十分看重魏徵，曾對羣臣説：「貞觀以前，從我定天下，間關草昧，玄齡功也。貞觀之後，納忠諫，正朕違，爲國家長利，徵而已。雖古名臣，亦何以加！」親解佩刀，以賜二人。又曾問羣臣：「徵與諸葛亮孰賢？」岑文本説：「亮才兼將相，非徵可比。」太宗説：「徵蹈履仁義，以弼朕躬，欲致之堯、舜，雖亮無以抗。」詳見新唐書本傳。

〔七〕卧龍，比喻隱伏未露的奇異之才。三國志蜀志諸葛亮傳：「徐庶謂先主（劉備）曰：『諸葛孔明，卧龍也，將軍宜枉駕顧之。』」此「卧龍處」指魏徵舊居。

郭代公〔一〕

代公實英邁，津涯浩難識〔二〕。擁兵抗矯徵〔三〕，仗節歸有德〔四〕。縱横負才智，顧眄安社稷〔五〕。流落勿重陳〔六〕，懷哉爲悽惻。

【校注】

〔一〕文苑英華、全唐詩題下注「元振」二字。敦煌選本作「代公郭」。

〔二〕此句用尚書微子「若涉大水，其無津涯」意，謂郭元振才智豪氣浩蕩無涯，難以識度。

〔三〕矯徵，僞造的徵詔。此句指抗宰相宗楚客的假詔。中宗景龍二年（七〇八），郭元振爲

金山道行軍大總管，利用突騎施部落内訌，奏請追突騎施部將忠節入朝宿衛，徙其部落置瓜州、沙州一帶，詔許之。經略使周以悌破壞此謀，教忠節以重寶賄賂宰相宗楚客等，擬不入朝，請發安西兵導吐蕃以復讎，使部落復存。忠節照辦。郭元振得知後，爲邊境安定起見，立即上疏阻止。疏奏不聽。宗楚客等速行其謀，既削郭元振之兵權，又誣郭元振有異圖，召將罪之。郭元振派其子鴻間道具奏實情，乞留定西土，不敢回京師。周以悌乃得罪，流放白州。詳見新、舊唐書本傳及資治通鑑。擁，敦煌選本作「權」。

〔四〕仗節，持節。節爲示信的憑據，代指軍權。有德，此謂有德之君，指唐睿宗、玄宗。按睿宗立，召郭元振爲太僕卿（太僕寺長官），景雲二年（七一一）進同中書門下三品（宰相），遷吏部尚書，封館陶男。玄宗先天元年（七一二）爲朔方大總管，次年以兵部尚書復同中書門下三品。仗節，敦煌選本作「伏節」。

〔五〕顧眄，以目指使人，有指揮若定之意。安社稷，郭元振治甘、涼二州時，安定了西部邊塞，後助玄宗平定太平公主黨人叛亂，又建卓功。

〔六〕流落，指被貶流放。按開元元年（七一三）十月，玄宗講武於驪山之下，因軍容不整，歸罪兵部尚書郭元振，將斬之。宰相劉幽求等諫曰：「元振大有功於社稷，不可殺。」乃流放新州。不久又思其舊功，起爲饒州司馬。郭元振自恃功勳，怏怏不得志，道中病死。流落，敦煌選本作「流蕩」；陳，作「踈」。

狄梁公〔一〕

梁公乃貞固，勳烈垂竹帛。昌言太后朝〔二〕，潛運儲君策〔三〕。待賢開相府〔四〕，共理登方伯。至今青雲人〔五〕，猶是門下客。

【校注】

〔一〕文苑英華、全唐詩題下均注「仁傑」二字。敦煌選本作「梁公狄」。

〔二〕昌言，敢言直諫而無所顧忌。太后，指武則天。狄仁傑歷仕唐高宗、武后、中宗三朝，多所匡建諫戒，尤其武后，對他言聽計從，恩寵無比。詳見新、舊唐書本傳。

〔三〕儲君，太子之稱，此指李顯。舊唐書本傳：「初，中宗（李顯）在房陵，而吉頊、李昭德皆有匡復讜言，則天無復辟意。唯仁傑每從容奏對，無不以子母恩情爲言，則天亦漸省悟，竟召還中宗，復爲儲貳。」

〔四〕「待賢」句，謂狄仁傑做宰相時能廣攬人才，薦舉賢士爲相。舊唐書本傳：「仁傑常以舉賢爲意，其所引拔桓彦範、敬暉、竇懷貞、姚崇等，至公卿者數十人。」

〔五〕雲，文苑英華作「霄」。

銅雀妓〔一〕

日暮銅雀迥〔二〕，秋深玉座清〔三〕。蕭森松柏望，委鬱綺羅情〔四〕。君恩不再得，妾舞爲誰輕〔五〕？

【校注】

〔一〕此詩作於開元末遊魏郡之時，當在開元二十七年（七三九）秋，詳見年譜。銅雀，臺名，爲曹操所造，故址在今河北省臨漳縣西南鄴城内西北隅。三國志魏志武帝紀：「建安十五年（二一〇）作銅雀臺。」樂府詩集卷三十一引鄴都故事：「魏武帝遺命諸子曰：『吾死之後，葬於鄴之西崗上……吾妾與伎人皆著銅雀臺……每月朝十五輒向帳前作伎。汝等時登臺望吾西陵墓田。』」銅雀妓，樂府舊題，屬相和歌辭平調曲，後人多依題作詩。樂府詩集此首作王適詩。

〔二〕迥，底本及諸本多作「迴」，此從樂府詩集、張黄本、文苑英華、許本及全唐詩。

〔三〕玉座，指臺上所設靈位。　秋深，樂府詩集作「幽聲」，於「聲」字下注云：「一作深」。

〔四〕委鬱，委曲鬱結。　綺羅，借以喻指歌舞妓，因其所服而得稱。

〔五〕輕，靈巧，輕盈。庾信和詠舞：「洞房花燭明，燕餘雙舞輕。」

題尉遲將軍新廟〔一〕

周室既板蕩〔二〕，賊臣立嬰兒〔三〕。將軍獨激昂，誓欲酬恩私。孤城日無援，高節終可悲〔四〕。家國共淪亡〔五〕，精魂空在斯。沉沉積冤氣，寂寂無人知。良牧懷深仁〔六〕，與君建明祠。父子但血食〔七〕，軒車每逶迤〔八〕。我來薦蘋蘩〔九〕，感歎興此詞。晨光上階闥〔一〇〕，殺氣翻旌旗〔一一〕。明明幽冥理〔一二〕，至誠信莫欺。唯夫二千石〔一三〕，多慶方自兹〔一四〕。

【校注】

〔一〕此詩作於開元末遊魏郡之時，當在開元二十八年（七四〇）秋，詳見年譜。尉遲將軍，指尉遲迥，字薄居羅，代人。北魏末年有戰功，累遷尚書左僕射，兼領軍將軍，後拜大將軍。北周宣帝（宇文贇）時爲相州總管。周書有傳。

〔二〕周室，北周王朝。板蕩，板、蕩本爲詩經大雅中兩首詩的篇名，因皆寫周厲王之無道，後遂以「板蕩」爲亂世的代稱。

〔三〕賊臣，指楊堅。北周宣帝死時（五七九），其子宇文衍僅八歲，繼位後爲静帝，由左大丞相楊堅輔政。

〔四〕「高節」句，楊堅輔政後，懼尉遲迥望高位重而爲異圖，遂以韋孝寬代迥爲相州總管。尉遲迥則以爲楊堅當權，將謀篡奪，遂舉兵反楊堅。楊堅以韋孝寬爲元帥率兵征討。相州治所鄴城失陷，尉遲迥自殺。其子尉遲惇東逃，亦被追獲斬之。

〔五〕「家國」句指尉遲迥家破國亡。按楊堅輔政二年後，即代北周建立隋朝。

〔六〕牧，禮記曲禮：「九州之長，入於天子之國曰牧。」良牧，指相州刺史張嘉祐。按舊唐書張嘉祐傳：「（開元）二十五年，爲相州刺史。相州自開元已來，刺史死貶者十數人，嘉祐訪知尉遲迥周末爲相州總管，身死國難，乃立其神祠以邀福。」歐陽棐集古目録卷三唐立周尉遲迥廟碑：「周末，隋文帝秉政，迥舉兵不克而死。唐武德中，改葬，復其封爵。開元二十六年，相州刺史張嘉祐爲之立廟建碑，以是年正月立。」

〔七〕血食，鬼神受牲牢之享祭叫血食。

〔八〕「軒車」句，寫憑吊之人絡繹不絶。

〔九〕薦，獻。　蘋，浮萍。　蘩，白蒿。古時蘋蘩皆用來獻祭，詳詩經召南采蘩、采蘋。

〔一〇〕闥（tà踏），門。

〔一一〕殺氣，秋天肅殺之氣。禮記月令：「孟秋之月，殺氣侵盛，陽氣日衰。」此處指秋風。

〔一二〕明明，詩大雅大明「明明在下」傳：「明明，察也。」　幽冥，佛家語，指地獄及餓鬼道。此泛指陰間。

〔三〕二千石，漢時郡太守的俸禄等級爲二千石，故有此稱。後世對州郡長官亦沿用此稱。此指相州刺史張嘉祐。

〔四〕慶，福。

别韋五〔一〕

徒然酌杯酒，不覺散人愁。相識仍遠别，欲歸翻旅遊〔二〕。夏雲滿郊甸〔三〕，明月照河洲。莫恨征途遠，東看漳水流〔四〕。

【校注】

〔一〕據「東看漳水流」句，此詩當作於開元末遊魏郡之時，當爲開元二十八年（七四〇）夏，詳見年譜。韋五，名未詳。

〔二〕翻，同「反」，反而。

〔三〕郊甸，邑外叫郊，郊外叫甸，泛指野外。

〔四〕漳水，古漳水分爲北、中、南三道，此當指南道（北、中道今已湮），即今漳河，流經河南省北部及河北省南部。

送蕭十八〔一〕

常苦古人遠，今見斯人古。淡泊遺聲華〔二〕，周旋必鄒魯〔三〕。故交在梁宋〔四〕，遊方出庭户〔五〕。匹馬鳴朔風，一身濟河滸〔六〕。辛勤採蘭詠〔七〕，款曲翰林主〔八〕。歲月催別離，庭闈遠風土〔九〕。寥寥寒煙静，莽莽夕雲吐〔一〇〕。明發不在兹〔一一〕，青天眇難覩。

【校注】

〔一〕此詩當作於開元二十八年（七四〇）冬，時正遊魏郡，詳見年譜。蕭十八，名未詳。詩題，文苑英華、全唐詩題作「送蕭十八與房侍御迴還」。

〔二〕遺，排遣，放開。聲華，名聲。遺字清抄本同，其他諸本及文苑英華、全唐詩作「遺」。

〔三〕鄒，古國名，即今山東省鄒縣地。魯，魯國。魯爲孔子的故鄉，鄒爲孟子的故鄉，後世遂以其代指禮樂之邦。

〔四〕故交，指房琯，見下同房侍御山園新亭與邢判官同遊注〔一〕。

〔五〕遊方，出遊某處。論語里仁：「父母在，不遠遊，遊必有方。」鄭注：「方，常也。」

〔六〕河，黄河。　滸，水邊。

〔七〕採蘭詠，束皙補亡詩其一序云：「南陔，孝子相戒以養也。」詩云：「循彼南陔，言採其蘭。春戀庭闈，心不遑安。」李善注：「循陔以采香草者，將以供養其父母。」此句寫蕭氏賦詩念親。

〔八〕翰林，唐時設翰林院，爲待詔之所，凡有文辭經學之士，下至卜醫技術之流，皆集中於此。開元中，選文學之士爲翰林學士，專掌制誥。後遂名文學侍從之官爲翰林。　翰林主，指房琯，就其曾任秘書省校書郎而言。此句寫蕭氏受到房琯的款待。

〔九〕庭闈，本謂雙親之舍，後用以直稱父母。　風土，民風土俗，指出遊之異鄉。

〔一〇〕吐，張黄本、許本、文苑英華作「苦」。

〔一一〕明發，天曉。

同房侍御山園新亭與邢判官同遊〔一〕

隱隱春城外，蒙籠陳跡深。君子顧榛莽，與言傷古今。決河導新流，疏逕蹤舊林。開亭俯川陸，時景宜招尋。肅穆逢使軒〔二〕，夤緣事登臨〔三〕。忝遊芝蘭室〔四〕，還對桃李陰〔五〕。岸遠白波來，氣喧黄鳥吟。因覩歌頌作〔六〕，始知經濟心〔七〕。灌壇有遺風〔八〕，單父多鳴琴〔九〕。誰爲久州縣，蒼生懷德音？

【校注】

〔一〕此詩作於開元二十九年（七四一）春，時在宋中。詳見年譜。　房侍御，即房琯。按舊唐書本傳，房琯，河南人，開元十二年（七二四），玄宗將祭泰山，房琯撰封禪書及牋啓以獻。中書令張説重其才，奏授秘書省校書郎，補馮翊尉。又曾授盧氏縣令。開元二十二年（七三四），授監察御史。當年因鞫獄不當，貶睦州司户。歷慈溪、宋城、濟源縣令。所在爲政，多興利除害，繕理廨宇，頗著能名。天寶元年授主客員外郎。三載任主客郎中，五載任給事中，賜爵漳南縣男。侍御，趙璘因話録卷五載：唐人通稱殿中侍御史、監察御史爲侍御。按新唐書百官志，御史臺「其屬有三院：一曰臺院，侍御史隸焉；二曰殿院，殿中侍御史隸焉；三曰察院，監察御史隸焉。」據房琯仕歷，此時當任宋城令，以「侍御」相稱，蓋指其監察御史舊職。　邢判官，名未詳。判官，見獨孤判官部送兵注〔一〕。

〔二〕使軒，指房侍御的車子。

〔三〕夤（yǐn隱）緣，攀緣而上。指遊房氏山園新亭。

〔四〕忝，辱。自謙之詞。　芝蘭室，孔子家語六本：「與善人居，如入芝蘭之室。」

〔五〕桃李陰，漢書李廣傳：「桃李不言，下自成蹊。」比喻懷誠信之心，人自歸趨。

〔六〕歌頌，禮記樂記：「天下大定，然後正六律，和五聲，弦歌詩頌，此謂之德音。」此指百姓對德政的歌頌。

〔七〕經濟：經世濟民。

〔八〕灌壇，傳説中太公所治之邑。博物志異聞載：太公爲灌壇令，武王夢婦人當道夜哭，問之，曰：「吾是東海神女，嫁於西海神童，今灌壇令當道，廢我行；我行必有大風雨，而太公有德，吾不敢以暴風雨過是毁君德。」武王明日召太公，三日三夜，果有疾風暴雨從太公邑外過。此句謂房氏能繼承太公德政遺風。

〔九〕鳴琴，指孔子弟子宓子賤做單父宰時，身不下堂，鳴琴而治。詳見單父逢鄧司倉覆倉庫因而有贈注〔一二〕、宋中十首其九注〔二〕。

別韋兵曹〔一〕

離別長千里〔二〕，相逢數十年〔三〕。此心應不變，他事已徒然〔四〕。惆悵春光裏〔五〕，蹉跎柳色前。逢時當自取〔六〕，看爾欲先鞭〔七〕。

【校注】

〔一〕此詩約作於客居梁宋後期。韋兵曹，名未詳。據「相逢數十年」句，或與別韋參軍之韋氏當爲一人。兵曹，即兵曹參軍事，諸衛、太子東宫、王府、三都及地方諸府、都督府、都護府皆設此官，執掌、品秩稍異。此或指河南府兵曹參軍事，正七品下，掌武官選、兵甲、器仗、門禁等。

〔二〕長，常。
〔三〕數，敦煌選本作「每」，於義爲優。
〔四〕他事，指身外之事，如功名、富貴等。
〔五〕春光，敦煌選本作「春風」。
〔六〕逢時，幸逢良時。　當自取，敦煌選本作「看自致」。
〔七〕先鞭，見獨孤判官部送兵注〔五〕。　看，底本作「有」，諸本多同，此從全唐詩、敦煌選本。

宴郭校書因之有别〔一〕

綵服趨庭訓〔二〕，分交載酒過〔三〕。芸香名早著〔四〕，蓬轉事仍多〔五〕。苦戰知機息〔六〕，窮愁奈别何！雲霄莫相待，年鬢已蹉跎。

【校注】

〔一〕據末句詩意，此詩約作於客居梁宋後期。　郭校書，名未詳。校書，見别劉大校書注〔一〕。
〔二〕綵服，高士傳：「老萊子年七十，作嬰兒戲，著五采斑斕衣，取水上堂，跌仆臥地，爲小兒

啼，欲母喜。」後謂人子娱親爲綵服。　趨庭訓，論語季氏：伯魚（孔子之子，名鯉）曾兩次「趨而過庭」，以聞孔子「不學詩，無以言」，「不學禮，無以立」之教。此句寫郭校書回家侍親受教。

〔三〕分交，情投意合之友。分，情分。曹植贈白馬王彪：「在遠分日親。」分，敦煌選本作「貧」。

〔四〕芸香，指芸臺，即秘書省。漢蘭臺爲宫中藏書之所，又因芸香可除蠹，故稱秘書省爲芸臺。校書爲秘書省官屬，故云名著芸臺。名，敦煌選本作「業」。

〔五〕蓬轉，比喻奔走飄泊。

〔六〕苦戰，指内心息慮寡慾的鬥争。機息，莊子天地：「功利機巧，必忘夫人之心。」苦戰，敦煌選本作「戰勝」，全唐詩一作「戰苦」。

宋中别司功叔各賦一物得商丘〔一〕

商丘試一望，隱隱帶秋天。地與辰星在〔二〕，時將火正遷〔三〕。干戈悲昔事〔四〕，搖落對窮年〔五〕。即此傷離緒，淒其酒賦筵〔六〕。

【校注】

〔一〕據此詩有「窮年」之歎，當作於客居梁宋後期，時在開元末年。　司功，即司功參軍

事，州郡佐史，掌官員、祭祀、禮樂、學校、選舉、表疏、醫筮、考課、喪葬之事。高適居此職之叔，名未詳。　商丘，古邑名，在今河南省商丘市南。相傳閼伯始居此，商人因之，湯自此遷亳。周時爲宋國都城。「得商丘」三字，底本無，諸本多同，清抄本作題下小注，此從敦煌集本、全唐詩。

〔二〕辰星，即商星，爲商丘始封之君閼伯所主祭，見宋中十首其十注〔一〕。此句即左傳昭公十七年所云「宋，大辰之虚（墟）」之意。　地與，敦煌集本作「與地」。　辰星，底本及諸本多作「星辰」，此從敦煌集本、全唐詩。

〔三〕「時將」句，寫堯「遷閼伯于商丘」事，詳見宋中十首其十注〔一〕。此句底本及諸本多作「城將大路遷」，此從敦煌集本。按「火正」二字，「火」與「大」形近，「正」與「路」左旁形近，疑通行諸本文字係因字有漫漶殘泐，後人不明典故妄改所致。

〔四〕「干戈」句，指閼伯實沈兄弟不和，「日尋干戈，以相征伐」事，詳見宋中十首其十注〔一〕。

〔五〕摇落，草木衰敗、飄零。底本及諸本多作「墟落」，此從敦煌集本。

〔六〕淒其，淒涼，「其」爲語助詞。詩經邶風緑衣：「淒其以風。」底本及諸本多作「淒淒」，此從敦煌集本。　酒賦筵，底本及諸本多作「賦酒筵」，此從敦煌集本、清抄本。

酬鴻臚裴主簿雨後睢陽北樓見贈之作〔一〕

暮霞照新晴，歸雲猶相逐。有懷晨昏暇〔二〕，想見登眺目。問禮侍彤襜〔三〕，題詩

訪茅屋。高樓多古今，陳事滿陵谷。地久微子封〔四〕，臺餘孝王築〔五〕。徘徊顧霄漢，豁達俯川陸。遠水對秋城〔六〕，長天向喬木。公門何清浄，列戟森已肅〔七〕。不歎攜手稀，恒思着鞭速〔八〕。終當拂羽翰，輕舉隨鴻鵠。

【校注】

〔一〕此詩作於天寶初年客居梁宋後期。鴻臚，鴻臚寺，九寺之一，掌賓客及凶儀之事。主簿，據新唐書百官表，鴻臚寺，主簿一人，從七品上。睢陽，郡名，原宋州，天寶元年更郡名。治所在宋城縣（漢睢陽縣，在今河南省商丘市南）。文苑英華作王昌齡詩，全唐詩題下注云「一作王昌齡詩」，非。

〔二〕有懷，念及。「有」爲句首語助詞。晨昏暇，早晚公事之餘。指裴氏而言。

〔三〕問禮，詢問禮儀。鴻臚寺掌禮儀之事，故云。彤襜，即彤幨，赤色車帷。按後漢書輿服志，大使車、小使車皆赤帷。此以裴氏出使所乘之車代指其人。侍，文苑英華作「待」。

〔四〕微子，微子啓，商紂王的庶兄，宋國的始封之君。商紂王淫亂於政，微子數諫，紂王不聽，後逃亡。詳見史記宋微子世家。

〔五〕臺，指平臺。餘，遺留下來的意思。孝王，指漢梁孝王。見宋中別李八注〔六〕。

〔六〕遠水，指睢水。見單父逢鄧司倉覆倉庫因而有贈注〔一〕。

〔七〕列戟，宫廟、官署及顯貴之府第門前列立之戟，爲儀仗，以增威儀，並區别地位高下。

〔八〕着鞭速，見獨孤判官部送兵注〔五〕。

同李司倉早春宴睢陽東亭　得花〔一〕

春皋宜晚景〔二〕，芳樹雜流霞。鶯燕知三月〔三〕，池臺稱百花。竹根初帶笋，槐色正開牙〔四〕。且莫催行騎，歸時有月華。

【校注】

〔一〕此詩不見原集，據敦煌選本補。約作於天寶初年。李司倉，名未詳。司倉，見單父逢鄧司倉覆倉庫因而有贈注〔一〕。睢陽，郡名，見酬鴻臚裴主簿雨後睢陽北樓見贈之作注〔一〕。此指睢陽郡治所宋城縣。得花，得「花」韻。

〔二〕皋，水邊之地。

〔三〕知三月，指感知早春已到。

〔四〕牙，同「芽」。

同馬太守聽九思法師講金剛經〔一〕

吾師晉陽寶〔二〕，傑出山河最〔三〕。途經世諦間〔四〕，心到空王外〔五〕。鳴鍾山虎伏〔六〕，說法天龍會〔七〕。了義同建瓴〔八〕，梵法若吹籟〔九〕。深知億劫苦〔一〇〕，善喻恒沙大〔一一〕。捨施割肌膚〔一二〕，攀緣去親愛。招提何清淨〔一三〕，良牧駐軒蓋〔一四〕。露冕衆香中〔一五〕，臨人覺苑内〔一六〕。心持佛印久〔一七〕，摽割魔軍退〔一八〕。願開初地因〔一九〕，永奉彌天對〔二〇〕。

【校注】

〔一〕據稱「太守」及詩意，此詩約作於天寶初年。馬太守，名未詳。金剛經，又作金鋼經，佛經名，詳稱金鋼般若波羅密多經。般若，睿智之義，謂般若之體真常清静，不變不移，譬如金鋼之堅實。波羅密多，度行之義，猶言到達彼岸。

〔二〕晉陽，太原郡屬縣，在今山西省太原市西。敦煌集本「同」作「陪」，「師」上無「法」字。寶，佛家稱「莊嚴」、「尊貴」爲寶。此用頌詞謂九思是晉陽人。

〔三〕山河，猶云天下。

〔四〕世諦，佛家語，亦稱俗諦，即世俗間所認爲的真實事理。與佛世的真諦相對而言。

〔五〕空王，諸佛之通稱。圓覺經：「佛爲萬法之王，又曰空王。」

〔六〕山虎伏，南朝梁武帝時，有僧居拾寶巖，夜行山中，虎輒避去，賜號伏虎禪師。見慧皎高僧傳。敦煌集本作「飛鳥下」。

〔七〕天龍，佛教「天龍八部」的簡稱。法華經提婆品曰：「天龍八部人與非人，皆遥見被龍女成佛。」八部爲：一天，二龍，三夜叉，四乾闥婆，五阿修羅，六迦樓羅，七緊那羅，八摩睺羅迦。天龍等相會聽法，無垢大乘經卷末載天龍八部讚曰：「天、阿蘇羅（或譯爲阿修羅）、藥叉（或譯爲夜叉）等，來聽法者應至心，擁護佛法使長存。……」

〔八〕了義，佛家語，指諸經中明了説究竟真實之理者。與不了義相對而言。建瓴，即「高屋建瓴」。瓴爲屋簷瀉水之裝置，高屋建瓴極寫其易行。此處建瓴形容義高易於明曉。

〔九〕梵法，佛法。籟，莊子齊物論：「女聞人籟而未聞地籟，女聞地籟而未聞天籟夫？」按天籟，成玄英疏：其發爲音響，雖大小不同，而各稱所受，率性而動，不由心智，故以天言之，並出乎自然。這裏把佛法比作天籟。梵法，敦煌集本作「發蒙」。

〔一〇〕劫，佛家語，此指壞劫，據佛典，壞劫之末有火、風、水三災。

〔一一〕恒沙，即恒河（印度河名）沙，佛經中説事物之多，每以恒河沙爲喻。大智度論：「恒河沙多，餘河不爾；復次，是恒河是佛生處、遊行處，弟子現見，故以爲喻。」

〔一二〕捨施，捨身布施。佛家爲布施而割肉棄身曰捨身行。　割，敦煌集本作「輕」；肌，作「髮」。

〔一三〕招提，寺院。本爲四方之義，自北魏太武帝名伽藍爲招提，始爲寺院之稱。

〔一四〕良牧，指馬太守。　軒蓋，車蓋，指車。

〔一五〕露冕，華陽國志卷十載：明帝南巡，讚荆州刺史郭賀之治，「賜三公服，去襜露冕，使百姓見之，以彰有德」。此爲顯德之意。

〔一六〕臨人，監臨衆人。　衆香，佛國名，此指寺院。

〔一七〕佛印，即佛心印。覺苑，佛所居之浄土稱覺苑。佛家認爲佛心即衆生本具之真心、大覺之妙體，此心確定不移，故云印。心，敦煌集本作「住」。

〔一八〕摽，刀鋒。　魔，梵語「魔羅」之略。魔軍，大唐西域記卷八：「初，魔王知菩薩將成正覺，誘亂不遂，憂惶無賴，集整神衆，齊諸魔軍，治兵振旅，將脅菩薩……菩薩於是入大慈定，凡厥兵仗，變爲蓮華，魔軍怖駭，奔馳退散。」　摽，敦煌集本作「操」，全唐詩作「標」。

〔一九〕初地，佛家語。地，即能生功德之義，其階級有十，稱十地，初地即其第一地。三乘共通之十地爲乾慧地、性地、八忍地、見地、薄地、離欲地、已辦地、支佛地、菩薩地、佛地等。法苑珠林引十地頌曰：「如竹破初節，餘節速能破，得初地真智，諸地當疾（速）得。」　因，緣。　此句意謂願攻破佛家初地教義，以求速進。

〔二〇〕彌天對，典出晉書習鑿齒傳：「時有桑門釋道安，俊辯有高才，自北至荆州，與習鑿齒初相見。道安曰：『彌天釋道安。』鑿齒曰：『四海習鑿齒。』時人以爲佳對。」此句意謂永願奉陪，與九思和洽交往。

酬裴秀才〔一〕

男兒貴得意，何必相知早！飄蕩與物永〔二〕，蹉跎覺年老〔三〕。長卿無産業〔四〕，季子慙妻嫂〔五〕。此事難重陳，未於衆人道〔六〕。

【校注】

〔一〕據「蹉跎覺年老」句及全詩詩意，此詩當作於高適出仕前不久。秀才，唐初試士設有秀才科，據唐蘇鶚蘇氏演義卷上載，「其後秀才合爲進士一科」。又五代王定保唐摭言卷一載：唐代應進士試的人，「通稱謂之秀才」。

〔二〕飄蕩，指生活動蕩不定。與物永，謂與歲物一起隨着時光反復。永，文苑英華作「華」。

〔三〕年，文苑英華作「身」。

〔四〕長卿，司馬相如字。史記司馬相如列傳寫相如「無以自業」，「家居徒四壁立」。卿，底本

作「鄉」，據全唐詩改。

〔五〕季子，指蘇秦，因其嫂稱之爲「季子」（猶今言「小弟」）而代指之。史記蘇秦列傳：蘇秦「習之於鬼谷先生，出遊數歲，大困而歸。兄弟嫂妹妻妾竊皆笑之，曰：『周人之俗，治産業，力工商，逐什二以爲務，今子釋本而事口舌，困，不亦宜乎！』蘇秦聞之而慙。」此以蘇秦自況。按舊唐書本傳謂「適少濩落，不事生業」。

〔六〕於，對。明銅活字本、張黄本、許本、文苑英華作「爲」。

奉酬睢陽李太守〔一〕

公族稱王佐〔二〕，朝經允帝求〔三〕。本枝强我李〔四〕，盤石冠諸劉〔五〕。禮樂光輝盛，山河氣象幽。系高周柱史〔六〕，名重晉陽秋〔七〕。華省膺推擇〔八〕，青雲寵宴遊。握蘭多具美〔九〕，前席有嘉謀〔一〇〕。賦得黄金賜，言皆白璧酬。着鞭驅駟馬〔一一〕，操刃解全牛〔一二〕。出鎮兼方伯〔一三〕，承家復列侯。朝瞻孔北海〔一四〕，時用杜荆州〔一五〕。廣固纔登陟〔一六〕，毘陵忽阻修〔一七〕。三台冀入夢〔一八〕，四嶽尚分憂〔一九〕。郡邑連京口〔二〇〕，山川望石頭〔二一〕。海門當建節〔二二〕，江路引鳴騶〔二三〕。俗見中和理〔二四〕，人逢至道休〔二五〕。先移白額横〔二六〕，更息赭衣偷〔二七〕。梁國歌來晚〔二八〕，徐方怨不留〔二九〕。豈伊齊政術〔三〇〕，將以變澆

浮〔三一〕。訟簡知能吏〔三二〕，刑寬察要囚〔三三〕。坐堂風偃草〔三四〕，行縣雨隨輈〔三五〕。地是蒙莊宅〔三六〕，城遺閼伯丘〔三七〕。孝王餘井徑〔三八〕，微子故田疇〔三九〕。冬至招搖轉〔四〇〕，天寒螮蝀收〔四一〕。猿巖飛雨雪，兔苑落梧楸〔四二〕。列戟霜侵户〔四三〕，褰幃月在鈎〔四四〕。好賢常解榻〔四五〕，乘興每登樓〔四六〕。逸足横千里〔四七〕，高談注九流〔四八〕。詩題青玉案〔四九〕，衣贈黑貂裘〔五〇〕。應接來何幸〔五一〕，棲遲庶寮尤〔五二〕。揚雄詞爲訥〔五三〕，王粲體偏柔〔五四〕。窮巷軒車静〔五五〕，閑齋耳目愁。未能方管樂〔五六〕，翻欲慕巢由〔五七〕。講德良難敵〔五八〕，觀風豈易儔〔五九〕？寸心仍有適，江海一扁舟〔六〇〕。

【校注】

〔一〕此詩作於天寶元年（七四二）或二年冬。睢陽，見酬鴻臚裴主簿雨後睢陽北樓見贈之作注〔一〕。詩題敦煌選本作「宋中即事贈李太守」。李太守，即李少康，據獨孤及唐故睢陽郡太守贈秘書監李公神道碑銘（毘陵集卷八）及新唐書宗室世系表，李少康爲太祖景皇帝五代孫，爲畢國公景淑第三子。碑銘載：「玄宗後元年（天寶元年）改宋州爲睢陽郡，命公爲太守……天不惠宋，乃崇降癘疾，三年春賜告歸洛陽，是歲十二月丙午薨。春秋六十有四。」其任睢陽太守，歷天寶元、二兩冬，從詩中所頌政績看，以天寶二年可能性大。

〔二〕公族，詩經召南麟之趾：「麟之角，振振公族。」毛傳：「公族，公同族也。」此指李少康爲

宗室。　王佐，王者的輔佐。

〔三〕朝經，朝綱，此處作動詞用。　帝求，尚書太甲：「帝求俊彥。」句謂經綸朝政恰合皇帝求美士旨意。

〔四〕我李，我李氏朝廷，指唐朝。　此句謂朝廷爲本宗，宗室李少康爲支子，本枝相護，共强李唐。　强，底本及諸本皆作「疆」，此從敦煌選本。

〔五〕盤，通磐。　諸劉，指劉邦所封同姓王。　史記孝文帝本紀：「高帝封王子弟地，犬牙相制，此所謂磐石之宗也。」此句意謂唐朝任用像李少康這樣的人，宗室之固超過漢朝。

〔六〕系，世系。　周柱史，周朝的柱下史，指李耳。　史記老莊申韓列傳：「老子者，楚苦縣厲鄉曲仁里人也。姓李氏，名耳，字伯陽，謚曰聃。周守藏室之史也。」索隱：「按藏室史乃周藏書室之史也。又張湯傳『老子爲柱下史』，即藏室之柱下，因以爲官名。」此謂唐朝李氏宗譜一直上溯至李耳。

〔七〕晉陽秋，晉史書名，孫盛撰，詞直理正，號稱良史，詳見晉書孫盛傳。書今已佚。　按李氏曾任潞州（今山西長治）司馬，此處借用晉陽秋頌其在潞州的「功績」。

〔八〕華省，尚書省之稱，指李氏曾任尚書祠部郎中。　膺，受。　底本及諸本多作「應」，此從敦煌選本、全唐詩。

〔九〕握蘭，持蘭，以喻持有美言高見，以備奏聞。　漢官儀：尚書郎懷香握蘭，趨走丹墀。

〔一〇〕前席，史記屈原賈生列傳：「賈生（誼）徵見，孝文帝方受釐（受祭餘之肉以求福），坐宣室。上因感鬼神事，而問鬼神之本，賈生因具道所以然之狀。至夜半，文帝前席。既罷，曰：『吾久不見賈生，自以爲過之，今不及也。』」按名義考云：「古者坐於地，以莞蒲爲席。天子諸侯則有黼黻純飾，坐則居中。遜避不敢當，則卻就後席；喜悅不自覺，則促近前席。」此句意謂曾在皇帝面前獻過佳謀，受到賞識。

〔一一〕驷馬，駕一車的四馬。古代高官貴族所乘用。

〔一二〕解全牛，庖丁爲文惠君（梁惠王）解牛，文惠君讚其技藝高超，庖丁曰：「臣之所好者，道也，進乎技矣。始臣之解牛之時，所見無非牛者，三年之後，未嘗見全牛也。方今之時，臣以神遇，而不以目視。」見莊子養生主。

〔一三〕方伯，見真定即事贈韋使君二十八韻注〔三〕。此指李氏出任太守。

〔一四〕孔北海，即孔融，字文舉，漢末魯國人，爲孔子二十世孫。有文才，習武事。曾任北海相。此句以孔融比李氏。

〔一五〕杜荆州，即杜預，字元凱，晉杜陵人。曾都督荆州諸軍事。他博學多識，著有春秋左氏經傳集解及春秋長歷。此句以杜預比李氏。

〔一六〕廣固，城名，故址在今山東省益都縣西北堯山南面。此句寫其曾任青州刺史。

〔一七〕毘陵，即常州，天寶元年改爲毘陵郡。阻修，艱險遥遠。此句寫其曾任常州刺史。

〔一八〕三台，見真定即事贈韋使君二十八韻注〔七〕。 入夢，史記殷本紀：武丁（殷高宗）夜夢得聖人，名曰説。後得於徒役間，舉以爲相，國大治。

〔一九〕四嶽，見真定即事贈韋使君二十八韻注〔八〕。

〔二〇〕京口，古城名，故址在今江蘇省鎮江市。

〔二一〕石頭，即石頭城，古城名，故址在今江蘇省南京市清涼山。

〔二二〕建節，奉命出使或外任時執持符節。

〔二三〕鳴騶（zōu 鄒），騶爲侍從的騎卒，其隨達官貴人出行時，傳呼喝道，故曰鳴騶。

〔二四〕中和，禮中庸：「喜怒哀樂之未發謂之中，發而皆中節謂之和。」此處指治道適中調和。中和，底本及諸本作「中興」，此從敦煌選本。

〔二五〕至道，指清明的治道。 休，善。

〔二六〕白額，白額虎。晉書周處傳所謂三害之一。喻指豪强。

〔二七〕赭（zhě 者）衣，赤色之衣，犯人所服，後逕以稱罪犯。「廣固」句至此，按獨孤及撰碑銘謂其刺青州「以德禮示法度，以誅賞禁淫慝，宣明教化，飭行帥先，使刺繡倚市者皆返耕織，於是貪者廉，善者勸，海濱之俗變」。謂其刺常州「常之民望公風聲，奇衺僭亂者解印自去。比及下車，無爲而人和」。可與詩意互參，當然爲溢美之辭無疑。下同。

〔二八〕梁國，見別韋參軍注〔八〕，此指睢陽郡。 歌來晚，東漢賈琮任交阯刺史前，其地吏

民不堪暴政，怨恨而叛。賈琮到任後，革除弊政，安撫百姓，一年之間即致太平。巷路爲之歌曰：「賈父來晚，使我先反；今見清平，吏不敢飯。」見後漢書賈琮傳。這裏用此典讚李氏做睢陽郡守時的政績。

〔二九〕怨不留，用東晉鄧攸事：晉元帝時鄧攸任吴郡太守，爲官清廉，刑政清明，百姓歡悦。後稱病離職，百姓數千人留牽攸船，不得進。鄧攸於是稍停，夜間偷偷離去。吴郡人歌之曰：「紞如打五鼓，雞鳴天欲曙，鄧侯挽不留，謝令推不去。」見晉書鄧攸傳。此句寫李氏任徐州刺史時有善政，離職時當地百姓怨其不留任本地。按獨孤及撰碑銘謂其刺徐州「先是歲比大歉，人流者什五六。公條奏逋逃之名，削去其版，然後節用務本，薄征緩刑，以來之歲則大穰，人不患寡，浮游自占者至數千萬」。

〔三〇〕豈伊，豈只。　齊政術，整肅政事，加强法治。

〔三一〕澆浮，指澆薄不實之俗。　以上二句意謂不只是加强治理，更注重教化。論語爲政：「道之以政，齊之以刑，民免而無恥；道之以德，齊之以禮，有恥且格。」

〔三二〕訟，打官司。　簡，少。論語顔淵：「子曰：聽訟吾猶人也，必也使無訟乎？」

〔三三〕要囚，審查囚犯的供辭。尚書康誥：「要囚服念五六日，至于旬時，丕蔽要囚。」僞孔傳：「要囚，謂察其要辭以斷獄。既得其辭，服膺思念五六日，至於十日，至於三月，乃大斷之，言必反覆思念，重刑之至也。」

〔三四〕坐堂，坐公堂處理政事。　風偃草，喻以德服人。論語顏淵：「季康子問政於孔子曰：『如殺無道，以就有道，何如？』孔子對曰：『子爲政，焉用殺？子欲善而民善矣。君子之德風，小人之德草。草上之風必偃。』」

〔三五〕輈（zhōu舟），小車上居中之曲形獨轅。此指車。雨隨輈，後漢書鄭弘傳謂鄭弘「政有仁惠，民稱蘇息，遷淮陰（當作「淮陽」）太守」，李賢注引謝承後漢書曰：「弘消息繇賦，政不煩苛，行春大旱，隨車致雨。」此處借以寫李氏施行「仁政」。

〔三六〕蒙莊，蒙人莊周，詳見宋中十首其七注〔一〕。

〔三七〕闕伯丘，見宋中十首其十注〔一〕〔二〕。

〔三八〕孝王，梁孝王，見宋中十首其一注〔一〕。

〔三九〕微子，微子啓，殷帝乙之長子，紂王之庶兄。紂王暴虐，微子數諫不聽。武王伐紂滅殷後，復微子之位。周公承成王命誅武庚、殺管叔、放蔡叔之後，乃命微子啓代殷後，建國於宋。詳見史記宋微子世家。「豈伊」句至此皆以美頌之詞寫李氏治睢陽有政績。

〔四〇〕冬至，節氣名。　招摇，星名。史記天官書：「杓（又稱斗柄）端有兩星，一内爲矛，招摇；一外爲盾，天鋒。」又禮記曲禮：「招摇在上。」孔穎達疏引春秋運斗樞云：「北斗七星，第七摇光，則招摇也。」按古時依北斗節時，分一年中斗柄所指爲十二辰，冬至則北斗指子，爲一歲循環之始，故云招摇轉。參見真定即事奉贈韋使君二十八韻注〔二五〕。

〔四一〕螮蝀（dì dòng 帝凍），虹。

〔四二〕兔苑，見別韋參軍注〔九〕。

〔四三〕列戟，見酬鴻臚裴主簿雨後睢陽北樓見贈之作注〔七〕。　霜，形容戟之冷光。

〔四四〕褰，開。　幃，帳。　鈎，指帳鈎。此處以月形容鈎。

〔四五〕解榻，見真定即事奉贈韋使君二十八韻注〔三七〕。

〔四六〕此句用東晉庾亮事：庾亮領江、荆、豫三州刺史，鎮武昌。諸佐吏殷浩之徒，乘秋夜前往共登南樓。庾亮忽至，諸人將起而避之，庾亮止之，據胡牀與殷浩等談詠竟坐。見晉書庾亮傳。此句寫李太守平易近人，與下屬同樂。

〔四七〕逸足，借指駿馬。傅毅舞賦：「良駿逸足。」頌喻李氏爲政善武之才。

〔四八〕九流，指諸子百家，漢書藝文志：「孔子既没，諸弟子各編成一家之言，凡爲九：一曰儒家流，二曰道家流，三曰陰陽家流，四曰法家流，五曰名家流，六曰墨家流，七曰縱横家流，八曰雜家流，九曰農家流。」

〔四九〕青玉案，張衡四愁詩有「何以報之青玉案」句。後來的詞牌中也有「青玉案」，從這句詩可以看出唐時亦有以「青玉案」爲詩題的。此句寫題詩相贈。

〔五〇〕衣贈，敦煌選本作「酒助」。

〔五一〕以下四句底本及諸本無，此據敦煌選本補。

〔五二〕棲遲，遊息。庶寮，衆僚。　尤，特異。此句愧歎自己棲遲未仕，而李氏僚屬皆爲特異之材。

〔五三〕揚雄，字子雲，西漢蜀郡成都人，著名辭賦家。　訥，口才不好。漢書揚雄傳謂雄「口吃不能劇談」。

〔五四〕體偏柔，三國志魏志王粲傳謂粲「貌寢而體弱通説」，不受劉表所重。曹丕與吴質書亦云：「仲宣獨自善於辭賦，惜其體弱，不足起其文。」　柔，原本字上半殘泐，據意及韻補定。

〔五五〕軒車，曲輈而有藩蔽之車，大夫以上所乘。軒車静，謂無貴人來往。陶淵明飲酒詩：「結廬在人境，而無車馬喧。」

〔五六〕方，比。　管，指春秋時相齊桓公成就霸業的管仲。樂，指春秋時燕昭王的名將樂毅。

〔五七〕翻，同「反」。巢由，相傳唐堯時之隱士巢父與許由。自「揚雄」句至此皆寫己。

〔五八〕講德討論、講求仁德。漢宣帝循武帝舊事，徵召高材講論六藝羣書，當時劉向、王褒等皆待詔金馬門。王褒四子講德論序：「褒既爲益州刺史，王襄作中和樂職宣布之詩，又作傳名曰四子講德，以明其意焉。」　敵，相當。　此句謂李太守講德之才誠難匹敵。

〔五九〕觀風，謂觀察民情，瞭解施政得失。禮記王制：「命太師陳詩以觀民風。」漢書平帝紀：「假節分行天下，覽觀風俗。」　儔，相比。　此句謂李太守觀察民情之職能亦難攀比。

〔六〇〕江海，猶云江湖，對朝廷而言，指隱士所居。史記貨殖列傳：范蠡助越王勾踐滅吴，雪會稽之恥以後，「乃乘扁舟，浮於江湖」。「寸心」二句意謂自己嚮往隱居。

畫馬篇〔一〕

君侯櫪上驄〔二〕，貌在丹青中〔三〕。馬毛連錢蹄鐵色〔四〕，圖畫光輝驕玉勒〔五〕。馬行不動勢若來，權奇蹴踏無塵埃〔六〕。感兹絶代稱妙手，遂令談者不容口〔七〕。麒麟獨步自可珍〔八〕，駑駘萬匹知何有〔九〕！終未如他櫪上驄〔一〇〕，載華轂，騁飛鴻〔一一〕，荷君剪拂與君用〔一二〕，一日千里如旋風。

【校注】

〔一〕清抄本、唐詩所、全唐詩題下注云：「同諸公宴睢陽李太守，各賦一物。」據此亦作於天寶元年（七四四）至三載春李少康任睢陽太守期間。

〔二〕君侯，對尊貴者的稱呼，由列侯的尊稱演化而來。此稱睢陽太守李少康。櫪，馬廐。驄，青白毛相雜的馬。

〔三〕貌，作動詞用，描繪。丹青，丹砂、青雘之類繪畫用的顏料，通常逕指圖畫。

〔四〕連錢，喻毛色深淺呈魚鱗形紋絡。

〔五〕玉勒，以玉珂爲飾的馬頭絡銜。　敦煌集本「光輝」作「金羈」，「驕」作「嬌」。

〔六〕權奇，奇特非凡。漢書禮樂志天馬歌：「志俶儻，精權奇。」

〔七〕不容口，猶言不絕口。

〔八〕麒麟，古代傳説中的一種奇獸，後借稱良馬。　獨步，超羣出衆，獨一無二。　麒麟，敦煌集本作「騏驥」。

〔九〕駑（nú奴）、駘（tái擡），皆爲劣馬名。何有，用反問的語氣表示不憐惜、不愛重。

〔一〇〕此句敦煌集本作「終有君櫪上驄」。

〔一一〕騁，敦煌集本作「若」。

〔一二〕荷，承蒙。　剪拂，清洗拂拭。文選劉峻廣絕交論：「翦拂使其長鳴。」李善注：「湔祓、翦拂音義同也。」　用，敦煌集本作「同」。

和崔二少府登楚丘城作〔一〕

故人亦不遇，異縣久棲託。辛勤失路意，感歎登樓作〔二〕。清晨眺原野，獨立窮寥廓。雲散芒碭山〔三〕，水還睢陽郭〔四〕。遶梁即襟帶〔五〕，封衛多漂泊〔六〕。事古悲城池〔七〕，年豐愛墟落〔八〕。相逢俱未展，攜手空蕭索。何意千里心〔九〕，仍求百金

諾〔一〇〕！公侯皆我輩，動用在謀略〔一一〕。聖心思賢才〔一二〕，朅來刈葵藿〔一三〕？

【校注】

〔一〕此詩約作於天寶初年。高適北遊燕趙時與崔二結識（參見遇崔二有別、效古贈崔二），此時崔氏已任縣尉，故以「少府」相稱。楚丘，春秋衛國地名，有二處：一爲衛邑，在今山東省曹縣東，唐於此置楚丘縣，屬宋州；一爲衛都，在今河南省滑縣東。據此詩所寫地理位置，當爲前者。

〔二〕登樓作，王粲到荊州登當陽城樓，作有登樓賦，中多思鄉懷歸之辭，此借指崔二少府登楚丘城之作。

〔三〕芒碭山，見宋中十首其二注〔二〕。

〔四〕睢陽，見酬鴻臚裴主簿雨後睢陽北樓見贈之作注〔一〕。

〔五〕襟帶，衣襟衣帶，以喻形勢之迴互相依。此句謂楚丘山水環繞梁地以成襟帶之勢。

〔六〕封衛，封立衛君。左傳僖公二年：「諸侯城楚丘，而封衛焉。」即史記衛康叔世家所載：「衛戴公申元年卒。齊桓公以衛數亂，乃率諸侯伐翟（翟國於衛懿公九年伐衛，殺懿公），爲衛築楚丘，立戴公弟燬爲衛君，是爲文公。」按此楚丘實爲滑縣東之楚丘，高適誤混爲本詩所指曹縣東之楚丘。　多漂泊，指代代國君多出奔在外，流寓他國。按衛國自桓公起，不斷動亂，公室多篡奪之事，或父子相殺，或兄弟相滅，國君接連出奔，齊桓公率諸侯城楚丘封衛後，仍然如此。

〔七〕悲城池，謂悲歎楚丘城自古以來發生的變故。

〔八〕墟落，猶云墟里，即村落。愛墟落，嚮往隱居農村。

〔九〕千里心，遠大志向。參見別王徹注〔八〕。

〔一〇〕百金諾，重於百金的信諾。史記季布欒布列傳：季布以重諾聞名。楚諺曰：「得黄金百斤，不如得季布一諾。」此句謂追求朋友間的信諾。

〔一一〕「公侯」二句，意謂公侯之位皆我輩之才所能勝任，動用與否，全在於是否看重我們的謀略。

〔一二〕聖，指稱皇帝。

〔一三〕朅（qiè怯）來，盍來，何不來。刈（yì義），割穫。葵，葵菜。藿，豆葉。葵藿，曹植求通親親表：「若葵藿之傾葉，太陽雖不爲之迴光，然向之者誠也，臣願自比葵藿。」後遂以葵藿比喻卑微忠誠的臣下。

宋中遇林慮楊十七山人因而有別〔一〕

昔余涉漳水〔二〕，驅車行鄴西〔三〕。遥見林慮山〔四〕，蒼蒼戛天倪〔五〕。邂逅逢爾曹，説君彼巖棲。蘿徑垂野蔓，石房倚雲梯〔六〕。秋韭何青青，藥苗數百畦。栗林隘

谷口，栝樹森迴溪〔七〕。耕耘有山田，紡績有山妻。人生苟如此，何必組與珪〔八〕！誰謂遠相訪，曩情殊不迷〔九〕。簷前舉醇醪，竈下烹隻雞。朔風忽振蕩，昨夜寒螿啼〔一〇〕。遊子益思歸，罷琴傷解攜〔一一〕。出門盡原野，白日黯已低。始驚道路難，終念言笑暌〔一二〕。因聲謝岑壑〔一三〕，歲暮一攀躋〔一四〕。

【校注】

〔一〕此詩作於天寶初年。林慮，相州屬縣，因林慮山而得名。在今河南省林縣。

〔二〕昔，據下「行鄴西」，時當在開元末年。漳水，見別韋五注〔四〕。

〔三〕鄴，相州屬縣，舊魏都，在今河北省臨漳縣西南。

〔四〕林慮山，在今河南省林縣西與山西省交界處。

〔五〕戛，觸及。天倪，天際。

〔六〕雲梯，指高山上的石級或棧道。

〔七〕栝（guā瓜），即檜，刺柏。

〔八〕組，組綬，佩玉的帶子。珪，貴重的玉器，其形上圓下方。組珪爲貴族的佩飾。此處指官位爵禄。

〔九〕曩情，指昔時隱逸之情志。

〔一〇〕螿（jiāng 將），蟬。

〔一一〕解攜，分手。

〔一二〕睽，乖隔。

〔一三〕因聲，寄言。　謝，辭別。　岑崟，高峯深谷。　指楊十七山人隱居之地。

〔一四〕躋（jī 迹），登。　以上二句謂寄言告別山居之後，歲末將登山再訪。

送柴司户充劉卿判官之嶺外〔一〕

嶺外資雄鎮〔二〕，朝端寵節旄〔三〕。月卿臨幕府〔四〕，星使出詞曹〔五〕。海對羊城闊〔六〕，山連象郡高〔七〕。風霜驅瘴癘〔八〕，忠信涉波濤。別恨隨流水，交情脱寶刀。有才無不適，行矣莫徒勞。

【校注】

〔一〕據劉氏仕歷及詩中節令，此詩當作於天寶三載秋。　柴司户，名未詳。司户，見宴韋司户山亭院注〔一〕。　劉卿，當即劉巨鱗。舊唐書玄宗紀下，天寶三載夏四月「南海太守劉巨鱗擊破海賊吴令光，永嘉郡平」。天寶六載三月戊戌「南海太守彭果坐贓，決杖，長流溱溪郡，死於路」。天寶八載五月「南海太守劉巨鱗坐贓，決死之」（通典卷三十三及册府元龜卷七百并有記載，

稱其官銜爲「南海太守充嶺南五府經略採訪處置等使」）。又舊唐書盧奐傳：「天寶初，爲晉陵太守。時南海郡利兼水陸，瓌寶山積，劉巨鱗、彭果相替爲太守、五府節度，皆坐贓鉅萬而死。」據此，則劉巨鱗在彭果前後曾兩次出任南海郡太守。柴充其判官，或在前次。「卿」乃稱其諸寺長官之職。　嶺外，五嶺之南，越城、都龐、萌渚、騎田、大庾總稱五嶺，在湘贛和桂粤等省區邊境。

〔二〕資，憑藉。　雄鎮，重要方鎮。

〔三〕朝端，猶云朝廷、朝中。　節旄，即旌節，唐六典卷八關於符節：「五曰旌節，所以委良能，假賞罰。」

〔四〕月卿，列卿。尚書洪範：「卿士惟月。」僞孔傳：「卿士各有所賞，如月之有別。」此指諸寺長官。此句意謂劉氏身爲寺卿，去嶺外兼任節度使。

〔五〕星使，古人認爲天上有使星，主人間天子之使臣，後遂稱皇帝之使者爲星使。這裏是因爲判官多出使之任，用星使指稱判官之職。　詞曹，文人之輩。指柴氏出身文人。

〔六〕羊城，全稱五羊城，即今廣州市。

〔七〕象郡，秦置，轄境相當今廣東省西南部，廣西省南部、西部，及越南等地。

〔八〕「風霜」句，語意雙關，喻執法嚴厲。

登子賤琴堂賦詩三首 并序〔一〕

甲申歲，適登子賤琴堂，賦詩三首〔二〕。首章懷宓公之德千祀不朽〔三〕，次章美太守李公能嗣子賤之政再造琴臺〔四〕，末章多邑宰崔公能思子賤之理〔五〕。

【校注】

〔一〕序稱「甲申歲」，知此詩作於天寶三載（七四四）。子賤，見宋中十首其九注〔一〕〔二〕。此題敦煌集本作琴臺三首。

〔二〕敦煌集本「琴堂」作「琴臺」，「三首」作「三章」。

〔三〕千祀，千年。　此句敦煌集本作「其首章歌子賤之德千祀不朽」。

〔四〕太守李公，即睢陽郡太守李少康。參見奉酬睢陽李太守注〔一〕。　此句敦煌集本作「其次章美太守李公能思子賤之政而再造琴臺」。

〔五〕多，稱贊。　邑宰崔公，即單父縣縣令崔公，名未詳。與前效古贈崔二、和崔二少府登楚丘城之「崔二」或爲一人。　理，治，諱高宗李治而改。　此句敦煌集本作「末章感邑宰崔公而繼子賤之理」。　按此序文以敦煌集本於義爲長。如「嗣（繼）」「思」二字互植，恰合人物身份。

宓子昔爲政，鳴琴登此臺。琴和人亦閑，千載稱其才。臨眺忽悽愴，人琴安在哉？悠悠此天壤〔一〕，唯有頌聲來。

【校注】

〔一〕此句意謂與宓子賤年代遠隔天壤。

邦伯感遺事〔一〕，慨然建琴堂。乃知静者心〔二〕，千載猶相望。入室想其人〔三〕，出門何茫茫。唯見白雲合〔四〕，東臨鄒魯鄉〔五〕。

【校注】

〔一〕邦伯，指李少康太守。

〔二〕静者，指宓子賤和太守李少康。參見過盧明府有贈「静然本諸己」句及注。

〔三〕想其人，謂想見其爲人。史記孔子世家贊：「雖不能至，然心鄉往之。余讀孔氏書，想見其爲人。」

〔四〕唯，敦煌集本作「遥」。

〔五〕鄒魯鄉，見送蕭十八注〔三〕。

皤皤邑中老〔一〕，自誇邑中理〔二〕：何必昇君堂〔三〕，然後知君美？開門無犬

吠〔四〕，早卧常晏起。昔人不忍欺〔五〕，今我還復爾〔六〕。

【校注】

〔一〕皤皤（pó婆），白髮貌。邑中老，指單父縣縣令崔氏。老，敦煌集本作「宰」。

〔二〕理，治。

〔三〕君堂，指宓子賤琴堂。

〔四〕開門，指夜不閉户。無犬吠，謂太平安寧，無事驚擾。犬吠，敦煌集本作「吠犬」。

〔五〕不忍欺，史記滑稽列傳：「子産治鄭，民不能欺；子賤治單父，民不忍欺；西門豹治鄴，民不敢欺。」

〔六〕爾，如此。

送虞城劉明府謁魏郡苗太守〔一〕

天官蒼生望〔二〕，出入承明廬〔三〕。肅肅領舊藩〔四〕，皇皇降璽書〔五〕。茂宰多感激〔六〕，良將復吹嘘〔七〕。永懷一言合〔八〕，誰謂千里疏！對酒忽命駕，兹情何起予〔九〕！炎天晝如火，極目無行車。長路出雷澤〔一〇〕，浮雲歸孟諸〔一一〕。魏郡十萬家，歌

鍾喧里閭〔一二〕。傳道賢主至，閉關常晏如〔一三〕。君將挹高論〔一四〕，定是問樵漁〔一五〕。今日逢明聖〔一六〕，吾爲陶隱居〔一七〕。

【校注】

〔一〕此詩作於天寶三載（七四四）夏，時在宋中。虞城，睢陽郡屬縣，在今河南省虞城縣。劉明府，名未詳。據李白虞城令李公去思頌碑，天寶四載李錫拜虞城令，可知劉氏做虞城令在天寶四載以前。魏郡，原魏州，天寶元年更郡名。治所在貴鄉縣（今河北省大名縣東北）。苗太守，即苗晉卿，據舊唐書本傳，苗氏爲上黨壺關人，原做朝官，天寶二年貶爲安康郡太守，天寶三載閏二月，轉魏郡太守，充河北採訪處置使，「居職三年，政化洽聞」。之後改河東太守、河東採訪使，又入朝做尚書東京留守、憲部（刑部）尚書，拜左相。據苗氏於天寶三載至五載任魏郡太守，參照劉氏仕歷，此詩當作於天寶三載。詩中言辭亦合。

〔二〕天官，武則天光宅元年改吏部爲天官，中宗神龍元年時復舊制。天官可專指吏部之官，亦可泛指朝廷之官。據舊唐書本傳，苗氏曾任侍御史，度支、兵、吏部三員外郎。開元二十三年（七三五）任吏部郎中，二十四年任中書舍人，二十九年任吏部侍郎。

〔三〕承明廬，即承明殿。漢宮殿名。三輔黃圖卷三：「未央宮有承明殿，著述之所也。」此處泛指帝宮，謂苗氏曾出入宮廷。語出曹植贈白馬王彪：「謁帝承明廬。」

〔四〕肅肅，恭敬。　舊藩，指魏郡。唐代魏郡包括在漢代魏郡轄境之內，郡又與藩國的地位相當，故稱。參見三君詠序文注〔二〕。

〔五〕皇皇，猶煌煌，顯著光明。　璽書，蓋有皇帝印璽的詔書。漢書循吏傳謂漢宣帝認爲太守是「吏民之本」，所以凡郡太守有治績的，「輒以璽書勉厲，增秩賜金」。王維魏郡太守河北採訪處置使上黨苗公德政碑云：「某載月日，詔賜紫袍玉帶，金魚袋衣若干副。」

〔六〕茂，善。　宰，縣令。縣令相當於古時的邑宰，故稱。此指劉明府。

〔七〕吹噓，獎掖、稱揚之意。

〔八〕一言合，一言而成深交。

〔九〕起予，見苦雨寄房四昆季注〔一三〕。本意啓發自己，此處爲感動自己的意思。

〔一〇〕出，指穿越。　雷澤，古澤名，原名雷夏澤，見尚書禹貢。在今河南省濮陽縣東南，接山東省菏澤縣境，早已淤沒。唐濮陽郡雷澤縣即因此得名。這裏寫的是劉氏的去向。

〔一一〕孟諸，古澤名，在今河南省商丘市東北，接虞城縣境。這裏寫的是兩人分手之地。

〔一二〕歌鍾喧，指興禮樂教化。參見過盧明府有贈注〔一七〕。　里閭，見苦雨寄房四昆季注〔七〕。

〔一三〕閉關，指掩閉城關，以順時令。周易復卦：「先王以至日（夏至、冬至）閉關，商旅不行，后（君）不省方。」晏如，安然。舊唐書本傳稱：晉卿寬厚廉謹，爲政舉大綱，不問小過。所到有惠

化，魏人思之，爲立碑頌德。

〔一四〕君，指劉明府。　挹，汲取。　高論，指苗氏的政論。

〔一五〕問樵漁，指聽取老百姓的意見。　詩經大雅板：「先民有言，詢于芻蕘。」

〔一六〕明聖，美頌皇帝之辭。

〔一七〕陶，陶淵明，東晉、劉宋時著名的詩人和隱士，因不堪吏職，躬耕自資，常貧餒抱疾。當時檀道濟勸他説：「賢者處世，天下無道則隱，有道則至。今子生文明之世，奈何自苦如此。」陶淵明説：「潛也何敢望賢，志不及也。」見蕭統陶淵明傳。

同羣公秋登琴臺〔一〕

古跡使人感，琴臺空寂寥。静然顧遺塵，千載如昨朝。臨眺自兹始，羣賢久相邀。德與形神高〔二〕，孰知天地遥？四時何倏忽，六月鳴秋蜩。萬象歸白帝〔三〕，平川横赤霄〔四〕。猶是對夏伏，幾時有涼飈？燕雀滿簷楹〔五〕，鴻鵠摶扶摇〔六〕。物性各自得，我心在漁樵。兀然還復醉〔七〕，尚握鐏中瓢。

【校注】

〔一〕此詩作於天寶三載（七四四）。　羣公，指李白等人。據「臨眺自兹始，羣賢久相邀」

二句，知高適與李白等人同遊梁宋自此始。詳見年譜。　琴臺，即宓子賤琴臺，見宋中十首其九注〔二〕。

〔二〕德，指宓子賤的美德。　形神高，阮孚讀郭璞詩「林無静樹，川無停流」，曾説：「每讀此文，輒覺神超形越。」見世説新語文學。此句意謂登臺感德，頓覺形神高超。

〔三〕白帝，古代神話中的五天帝之一。晉書天文志：「西方白帝。」按古代以四季配四方，白帝主管西方，亦主管秋季。

〔四〕赤霄，赤天，古代神話中赤帝所主管的南方天域。晉書天文志：「南方赤帝。」赤帝主夏。這裏寫雖已入秋，炎暑未滅，即俗謂「秋老虎」之意。

〔五〕燕雀，語意雙關，既爲寫實，又喻指胸無大志的俗士。史記陳涉世家：「燕雀安知鴻鵠之志哉！」

〔六〕鴻鵠，見淇上酬薛三據兼寄郭少府注〔三一〕。　摶扶摇，見别王徹注〔五〕。

〔七〕兀然，無知的樣子。

宋中别周梁李三子〔一〕

曾是不得意，適來兼别離〔二〕。如何一罇酒，翻作滿堂悲！周子負高價〔三〕，梁生

多逸詞。周旋梁宋間，感激建安時〔四〕。白雪正如此〔五〕，青雲無自疑〔六〕。李侯懷英雄〔七〕，骯髒乃天資〔八〕。方寸且無間〔九〕，衣冠當在斯〔一〇〕。俱爲千里遊，勿念兩鄉辭〔一一〕。且見壯心在，莫嗟攜手遲〔一二〕。涼風吹北原，落日滿西陂〔一三〕。露下草初白，天長雲屢滋。我心不可得〔一四〕，君兮定何之〔一五〕？京洛多知己，誰能憶左思〔一六〕！

【校注】

〔一〕此詩約作於天寶三載（七四四）秋。周、梁二人名未詳。李，聞一多少陵先生年譜會箋云：「似謂白（李白）也。」據詩中事蹟，此說可成立。別，文苑英華作「贈別」。

〔二〕適來，恰好。

〔三〕高價，喻德才非凡。論語子罕：「子貢曰：『有美玉於斯，韞匵而藏諸？求善賈（同「價」）而沽諸？』」後漢書邊讓傳：「章瓌偉之高價。」

〔四〕建安時，指建安時代的文學風格。見淇上酬薛三據兼寄郭少府注〔一八〕。

〔五〕白雪，古曲名。宋玉對楚王問（見文選）引用過一個故事：有人在楚國郢都唱歌，唱下里巴人時，「國中屬而和者數千人」；唱陽春白雪時，「國中屬而和者不過數十人」。此處用以比喻周、梁文才之高。雪，全唐詩一作「雲」。

〔六〕「青雲」句，喻周、梁異日身致高位當無可疑。戰國時范雎做了秦相，須賈向他謝罪說：「賈不意君能自致於青雲之上。」見史記范雎蔡澤列傳。

自致，憑自己努力而得。　雲，全唐詩一作「天」。

〔七〕英雄，文苑英華作「清英」。

〔八〕骯髒，高亢骾直的樣子。

〔九〕方寸，指心。　間，亂。　三國志蜀志諸葛亮傳：「徐庶辭先主（劉備）而指其心曰：『本欲與將軍共圖王霸之業者，以此方寸之地也；今已失老母，方寸亂矣。』」

〔一〇〕衣冠，古時士大夫貴族之服。　此處指禄位。　按李白於天寶元年（七四二）被招至長安，唐玄宗奇其才，命供翰林，專掌密令。　天寶三載，賜金放還，夏秋間與高適等同遊梁宋。　關於李白失意的原因，一説主遭讒，如李陽冰草堂集序云：「醜正同列，害能成謗，格言不入，帝用疏之，公乃浪跡縱酒以自昏穢。」魏顥李翰林集序云：「以張洎讒逐，游海岱間。」另一説主縱酒失禮，傲視權貴，如舊唐書本傳、唐國史補、酉陽雜俎等，皆載沉醉殿上，令高力士脱靴，因而被斥事。　據本詩以上四句，則兩種因素俱有：骯髒即寫其骾直；方寸有間，即指其爲酒所亂。

〔一一〕勿，文苑英華、全唐詩作「忽」。

〔一二〕遲，文苑英華作「期」。

〔一三〕滿，全唐詩一作「照」。

〔一四〕「我心」句，謂自己的主意尚未打定。　得，文苑英華、全唐詩作「問」。

〔一五〕君，指李白等。　之，往。　兮，文苑英華、全唐詩作「去」。

〔一六〕左思，西晉臨淄（故址在今山東省淄博市東北）人。善詩賦，辭藻壯麗。作齊都賦，一年始成。又構思十年而作三都賦，豪貴之家競相傳寫，洛陽爲之紙貴。不好交遊，惟以閒居爲事。傳見晉書文苑傳。此以左思比周、梁、李。

觀彭少府樹宓子賤祠碑作〔一〕

吾友吏兹邑〔二〕，亦嘗懷宓公。安知夢寐間，忽與精靈通！一見興永歎，再來激深衷。賓從何逶迤，二十四老翁〔三〕。於焉建層碑〔四〕，突兀長林東。作者無愧色〔五〕，行人感遺風。坐令高岸盡〔六〕，獨對秋山空。片石勿謂輕，斯言固難窮〔七〕。龍盤色絲外，鵲顧偃波中〔八〕。形勝駐羣目，堅貞指蒼穹。我非王仲宣〔九〕，去矣徒發蒙。

【校注】

〔一〕此詩作於天寶三載（七四四）秋。詩題底本原作「觀李九少府翥樹宓子賤神祠碑」，諸本多同，此從敦煌選本。關於李九少府翥，唐人行第録云：「又同人宓公琴臺詩序云：『甲申歲，適登子賤琴臺，賦詩三首，首章懷宓公之德，千祀不朽。次章美太守李公能嗣子賤之政，再造

琴臺。末章多邑宰崔公能繼子賤之理。』甲申天寶三載，翥只少府，當非詩序之太守。考金石録七，『唐宓子賤碑，李少康撰，李景參正書，天寶三載七月』。正高適登臺之年。適又有平臺（按，此下原有「夜」字）遇李景參有別詩，一作翥，一作景參，似是兩人，惟少康是否翥之字抑爲第三者，尚難決定（按李少康爲睢陽太守，見奉酬睢陽李太守）。全詩（全唐詩）三函岑參送李翥遊江外云：『相識應十載，見君只一官。』」按高適詩中李九凡四見，除此之外，尚有同李九士曹觀壁畫雲作、同崔員外綦毋拾遺九日宴京兆府李士曹、秦中送李九赴越三首。後三詩中之李九，當爲一人，即京兆府士曹李翥。岑參有送李翥遊江外，與高適秦中送李九赴越作於同時，岑詩云「相識應十載，見君只一官」，據此則李翥未曾做單父尉，故可斷定底本原題有誤。參金石録，則知碑爲彭少府所立，碑文爲李少康所撰，碑字爲李景參所書。　宓子賤，見宋中十首其九注〔一〕。

〔二〕茲邑，指睢陽郡（宋州）單父縣（今山東省單縣南）。

〔三〕二十四翁，孔子家語辯政：宓子賤治單父，依靠二十四人：所父事者三人，所兄事者五人，所友事者十一人，所事賢於己者五人。

〔四〕建層碑，敦煌集本作「樹豐碑」。

〔五〕作者，指立碑者。

〔六〕高岸，敦煌集本作「高峯」。

〔七〕斯言，指碑文。

〔八〕「龍盤」二句，謂碑文書法文辭俱佳。　龍盤，形容書法。　晉書王羲之傳稱其書法「鳳翥龍蟠（同盤）勢如斜而反正」。　色絲，世説新語捷悟：「魏武嘗過曹娥碑下，楊脩從。　碑背上見題作『黄絹幼婦外孫韲（同齏）臼』八字。　魏武謂脩曰：『卿解不？』答曰：『解。』……脩曰：『黄絹，色絲也，於字爲絶；　幼婦，少女也，於字爲妙；　外孫，女子也，於字爲好；　韲臼，受辛也，於字爲辭（寫作辤）：所謂絶妙好辭也。』」「色絲」本爲「絶」字的拆文，用以解碑上所題隱語「黄絹」，此用以概稱「絶妙好辭」一語，指碑文文辭。　鵲顧，亦形容書法。　庾信謝趙王示新詩啓有「琉璃雕管，鵲顧鸞迴」語。　朱長文墨池編卷六：「昔人或以琉璃象牙爲筆管。」庾肩吾書品序：「波回墮鏡之鸞，楷顧雕陵之鵲，並以篆籀重復見重。」　偃波，字體名。　韋續墨藪卷一：「偃波書即版書，狀如連文，謂之偃波。」

〔九〕王仲宣，王粲，字仲宣。　三國志魏志王粲傳：「粲與人共行，讀道邊碑，人問曰：『卿能闇誦乎？』曰：『能。』因使背而誦之，不失一字。」此句謂自己不能過目不忘。

別李景參〔一〕

離心忽悵然〔二〕，策馬對秋天。　孟諸薄暮涼風起〔三〕，歸客相逢渡睢水〔四〕。　昨時攜手已十年〔五〕，今日分途各千里〔六〕。　歲物蕭條滿路歧〔七〕，此行浩蕩令人悲。　家貧

羡爾有微禄，欲往從之何所之？

【校注】

〔一〕此詩作於天寶三載（七四四）秋。文苑英華、全唐詩題作「平臺夜遇李景參有别」。李景參，即書宓子賤神祠碑字者，見觀彭少府樹宓子賤祠碑作注〔一〕，則二人在宋中相别。又據「今日分途各千里」句，蓋正當高適遊楚啓程之時，參見東征賦序。

〔二〕心，全唐詩一作「憂」；悵，一作「浩」；全句一作「離憂心忽悵」。

〔三〕孟諸，見宋中十首其二注〔一〕。

〔四〕歸客，指李氏。睢水，見酬龐十兵曹注〔七〕。

〔五〕昨時，文苑英華作「憶昨」。已，敦煌集本作「向」。

〔六〕今，文苑英華作「明」。

〔七〕歲物，隨季節榮枯、盛衰之物。

漣上别王秀才〔一〕

飄飖經遠道〔二〕，客思滿窮秋。浩蕩對長漣，君行殊未休。崎嶇山海側，想像無前儔〔三〕。何意照乘珠〔四〕，忽然欲暗投〔五〕！東路方蕭條，楚歌復悲愁。暮帆使人

感，去鳥兼離憂。行矣當自愛，壯年莫悠悠〔六〕。余亦從此辭，異鄉難久留。贈言豈終極〔七〕，慎勿滯滄洲。

【校注】

〔一〕此詩作於天寶三載（七四四）秋東南遊楚州一帶逗留漣上之時。漣上，即泗州漣水縣（今江蘇省漣水縣）。王秀才，名未詳。別，文苑英華作「酬」。

〔二〕經遠道，此行首途宋州宋城縣（今河南省商丘市），故云經遠道。參見東征賦。

〔三〕前儔，故交舊侶。

〔四〕照乘珠，明亮的寶珠。史記田敬仲完世家：「（齊威王）與魏王會田（打獵）於郊。魏王問曰：『王亦有寶乎？』威王曰：『無有。』梁王（即魏王）曰：『若寡人國小也，尚有徑寸之珠照車前後各十二乘者十枚，奈何以萬乘之國而無寶乎？』威王曰：『寡人之所以爲寶與王異。吾臣有檀子者，使守南城，則楚人不敢爲寇，東取泗上十二諸侯皆來朝。吾臣有肦子者，使守高唐，則趙人不敢東漁於河。吾吏有黔夫者，使守徐州，則燕人祭北門（齊之北門），趙人祭西門，徙而從者七千餘家。吾臣有種首者，使備盜賊，則道不拾遺。將以照千里，豈特十二乘哉！』」後遂以照乘珠比喻傑出的人才。何意，文苑英華作「誰謂」，全唐詩一作「豈謂」。

〔五〕暗投，見送魏八注〔三〕。

〔六〕悠悠，憂慮的樣子。　壯年，文苑英華作「壯心」。
〔七〕贈言，文苑英華作「言宴」。

漣上題樊氏水亭〔一〕

漣上非所趨，偶爲世務牽。經時駐歸棹〔二〕，日夕對平川。莫論行子愁，且得主人賢。亭上酒初熟〔三〕，厨中魚每鮮。自説宦遊來，因之居住偏。煮鹽滄海曲，種稻長淮邊。四時長晏如，百口無飢年〔四〕。菱芋藩籬下，漁樵耳目前。異縣少朋從，我行復迍邅〔五〕。向不逢此君〔六〕，孤舟已言旋〔七〕。明日又分手〔八〕，風濤還眇然。

【校注】

〔一〕此詩作於天寶三載（七四四）東南遊楚州一帶將歸之時。　樊氏，名未詳。
〔二〕時，一季三個月叫時。按高適此次東遊之始正值秋季最末一月（見東征賦），則此時已爲十二月，下文「酒初熟」亦證時值臘月。
〔三〕酒初熟，指臘酒剛剛釀成。參見同衛八題陸少府書齋「深房臘酒熟」。
〔四〕百口，猶云全家。後漢書趙岐傳：「闔門百口，勢能相濟。」
〔五〕迍邅（zhūn zhān 諄沾），處在困難中遲迴不前。語出周易屯卦「屯如邅如」。孔穎達

疏：「屯是屯難，邅是邅迴，如是語辭。」屯同「迍」。

〔六〕向，當初。

〔七〕言旋，回還。「言」爲語助詞。詩經小雅黄鳥：「言旋言歸，復我諸兄。」

〔八〕手，清抄本、張黄本、許本、全唐詩作「首」。

别楊山人〔一〕

不到嵩陽動十年〔二〕，舊時心事已徒然〔三〕。一二故人不復見，三十六峯猶眼前〔四〕。夷門二月柳條色〔五〕，流鶯數聲淚沾臆。鑿井耕田不我招，知君以此忘帝力〔六〕。山人好去嵩陽路，惟余眷眷長相憶。

【校注】

〔一〕據本詩所寫地點、時序，參證李白天寶四載（七四五）所作送楊山人歸嵩山詩，知此詩當作於天寶四載春，時在開封（詳見年譜）。楊山人，名未詳。山人，隱士之稱，因隱遁山林而得名。此題文苑英華、全唐詩作「送楊山人歸嵩陽」。

〔二〕嵩陽，縣名，隋置，唐武后時改爲登封（今河南省登封市）。嵩山（又稱嵩高山）在縣北。動，由動輒之義引申爲「一下子就是」的意思。

〔三〕時，文苑英華作「家」。
〔四〕三十六峯，據河南通志卷七，嵩山西峯少室山有三十六峯。
〔五〕夷門，古大梁城東門，因在夷山之上而得名，故址在今河南省開封市城内東北隅。後人遥指開封爲夷門，此處亦然。
〔六〕「鑿井」二句，見酬龐十兵曹注〔五〕。

送蔡山人〔一〕

山東布衣明古今〔二〕，自言獨未逢知音。識者閲見一生事〔三〕，到處豁然千里心〔四〕。看書學劍長辛苦〔五〕，近日方思謁明主。斗酒相留醉復醒，悲歌數年淚如雨〔六〕。丈夫遭遇不可知，買臣主父皆如斯〔七〕。我今蹭蹬無所似〔八〕，看爾崩騰何若爲〔九〕？

【校注】

〔一〕李白亦有同題詩，内容與此詩相合，可知二詩寫於同時。白詩云：「我本不棄世，世人自棄我。」知寫於長安賜金放還之後。參高、李同作送楊山人歸嵩山詩，蓋此詩亦作於天寶四載（七四五）初，時在開封，與李白既同送楊山人歸嵩山，又同送蔡山人赴長安。蔡山人，名

未詳。

〔二〕山東，太行山之東，底本及諸本多作「東山」，此從敦煌選本。

〔三〕者，敦煌選本作「來」；閎，敦煌選本作「悶」。按，悶，不覺貌，猶云頓然，如莊子德充符：「悶然而後應。」此句似以敦煌選本文字爲優。

〔四〕千里心，遠大志向。參見別王徹注〔七〕。

〔五〕看書學劍，見別韋參軍注〔二〕。看，敦煌選本作「著」。

〔六〕年，敦煌選本作「聲」。

〔七〕買臣，朱買臣，字翁子，西漢吴人。初家貧，常打柴賣錢爲生，妻不堪而離去。五十歲被漢武帝授爲會稽太守。主父，主父偃，西漢齊國臨菑人，學雖博而家貧，不容於齊，遊謁不遇，客居甚困。後上書漢武帝，乃授爲郎中，擢中郎、中大夫，又授爲齊相。至齊，遍召昔日冷落今逢迎之昆弟賓客，與之決絶。二人傳見漢書卷六十四上。

〔八〕蹭蹬，失意潦倒。

〔九〕崩騰，同「蹦騰」，馬跳躍奔騰的樣子。此處比喻蔡山人積極求仕。敦煌選本「崩」作「騫」，「何」作「更」。

同羣公宿開善寺贈陳十六所居〔一〕

駕車出人境，避暑投僧家。徘徊龍象側〔二〕，始見香林花〔三〕。讀書不及經，飲酒

不勝茶〔四〕。知君悟此道〔五〕，所未披袈裟〔六〕。談空忘外物〔七〕，持誡破諸邪〔八〕。則是無心地〔九〕，相看唯月華〔一〇〕。

【校注】

〔一〕此詩作於天寶四載（七四五）夏。　羣公，指李白等。　開善寺，按洛陽伽藍記，準財里（在西陽門外四里洛陽大市市北）内有開善寺，原爲京兆人韋英之宅，英早卒，其妻梁氏不治喪而改嫁，後懼宅中「作祟」，捨宅爲寺。　陳十六，即陳章甫，參見下首。　按元和姓纂卷三：「太常博士陳章甫，江陵人。」全唐文卷三七三載其文三篇：與吏部孫員外書、亳州糾曹廳壁記、梅先生碑。金石録卷七載唐七祖堂碑，爲其所撰，刻於天寶十載四月。

〔二〕龍象，佛家稱修行勇猛、力量最大者爲龍象。如涅槃經中有「大龍象菩薩摩訶薩」。又智度論云：「是五千阿羅漢於諸阿羅漢中最大力，是以故言如龍如象；水行中龍力大，陸行中象力大。」此處泛指佛像。

〔三〕香林，維摩經香積品：「有國名衆香，佛號香積，其國香氣比於十方，諸佛世界最爲第一。其界一切皆以香作樓閣，經行香地，苑園皆香。」　始，全唐詩一作「如」。

〔四〕不，文苑英華作「還」。

〔五〕道，文苑英華作「理」。

〔六〕披，全唐詩作「搜」，注云「一作披」。袈裟，和尚披在外面的法衣。

〔七〕空，佛家謂諸法無實性曰空。外物，身外的事物。

〔八〕誡，同「戒」，指佛家防禁身心之過的戒律，如五戒、十善戒、乃至二百五十戒等。

〔九〕無心，佛家語，不起妄心曰無心。又一時休止心識使其不生亦曰無心。

〔一〇〕看，文苑英華作「知」。

同觀陳十六史興碑〔一〕并序

楚人陳章甫繼毛詩而作史興碑〔二〕，遠自周末，迨乎隋季〔三〕，善惡不隱，蓋國風之流〔四〕，未藏名山，刊在樂石〔五〕。僕美其事而賦是詩焉。

荆衡氣偏秀〔六〕，江漢流不歇〔七〕。此地多精靈，有時生才傑。伊人今獨步〔八〕，逸思能間發〔九〕。永懷掩風騷〔一〇〕，千載常矻矻〔一一〕。新碑亦崔嵬，佳句懸日月〔一二〕。則是刊石經〔一三〕，終然繼檮杌〔一四〕。我來觀雅製〔一五〕，慷慨變毛髮〔一六〕。季主盡荒淫〔一七〕，前王徒貽厥〔一八〕。東周既削弱，兩漢更淪没。兩晉何披猖〔一九〕，五胡相唐突〔二〇〕。作歌乃彰善，比物仍惡訐〔二一〕。感歎將謂誰？對之空咄咄〔二二〕。

【校注】

〔一〕此詩作於天寶四載（七四五）夏與李白等同遊洛陽時。參見前首。史興碑，據序及詩文此碑碑文爲記述歷史王朝興亡之事以爲鑑戒。

〔二〕楚，古地名，指春秋戰國楚國地。毛詩，西漢時毛公所傳的詩經。此句意謂陳章甫繼承詩經傳統而創立具有史鑑價值的史興碑。係襲用孟子文意，孟子離婁上：「王者之迹熄而詩亡，詩亡然後春秋作。」

〔三〕迨，及。隋季，隋末。

〔四〕國風，詩經中的十五國風，其詩多采自民間。詩大序云：「上以風化下，下以風刺上，主文而譎諫，言之者無罪，聞之者足以戒，故曰風。」

〔五〕樂石，秦始皇嶧山刻石銘：「刻此樂石，以著經紀。」見古文苑，章樵注云：「石之精堅堪爲樂器者，如泗濱浮磬之類。」

〔六〕荆，指荆山，在湖北省南漳縣西。山勢絶險，産美玉。衡，指衡山，在湖南省衡山縣西北。荆山、衡陽之間爲古九州之一的荆州地域。尚書禹貢：「荆及衡陽惟荆州。」氣，指地氣。

〔七〕江，長江。漢，漢水。以上二句寫陳章甫家鄉。

〔八〕伊人，指陳氏。獨步，後漢書戴良傳：「獨步天下，誰與爲偶。」

〔九〕間發，從中而發。

〔一〇〕掩，蓋，超出其上。　風，國風，概指詩經。　騷，離騷，概指楚辭。

〔一一〕矻矻（kū枯），努力、勤勞的樣子。此二句意謂千年以來不斷有人矻矻致力於趕超詩經、楚辭。

〔一二〕懸日月，與日月同光高照。周易繫辭上：「縣象著明，莫大乎日月。」

〔一三〕則，只。　石經，漢平帝元始元年（公元一年），王莽命甄豐摹古文易、書、詩、左傳於石，此爲刻石經之始。此後歷代多有石經，其文字今可考見者，止於唐代，有漢熹平、魏正始、唐開成石經等。

〔一四〕檮杌（táo wù桃務），楚國史書的名稱。孟子離婁下：「晉之乘、楚之檮杌、魯之春秋，一也。其事則齊桓、晉文，其文則史。」「檮杌」本爲惡獸之名，據此則楚史主於記惡以爲戒。此處以檮杌泛指史書。以上二句意謂史與碑既仿效刊刻石經之法，又繼承史書「善惡不隱」直書的傳統。

〔一五〕雅製，高雅之作。

〔一六〕慷慨，感慨憤激。　變毛髮，指愁白毛髮。

〔一七〕季主，末代的君主。

〔一八〕貽厥，傳與子孫之意。貽，通遺。厥，其。語出詩經大雅文王有聲「詒（同『貽』）厥孫謀，以燕翼子」及尚書五子之歌「有典有則，貽厥子孫」。

〔一九〕披猖，紛亂的樣子。晉武帝司馬炎建立晉朝後，傳位至二世晉惠帝司馬衷，國勢已亂，自永康元年（三〇〇）便開始了諸王混戰的局面，史稱「八王之亂」。

〔二〇〕「五胡」句，見自淇涉黄河途中作十三首其六注〔四〕。

〔二一〕比物，以同類事物相比方。禮記學記：「古之學者，比物醜（比）類。」仍，因襲，依照。惡訐（wù jié 誤揭），厭惡揭發過錯、罪惡。論語陽貨：「惡訐以爲直者。」句謂以事比照乃在於因襲憎惡直接揭發罪過的告誡。

〔二二〕咄咄（duō 多），驚歎之聲。

餞宋八充彭中丞判官之嶺外〔一〕

覩君濟時略〔二〕，使我氣填膺。長策竟不用，高才徒見稱！一朝知己達〔三〕，累日詔書徵〔四〕。羽翮忽然就〔五〕，風飇誰敢凌〔六〕！舉鞭趨嶺嶠〔七〕，屈指冒炎蒸。北雁送馳驛〔八〕，南人思飲冰〔九〕。彼邦本倔强，習俗多驕矜。翠羽干平法〔一〇〕，黄金撓直繩〔一一〕。若將除害馬〔一二〕，慎勿信蒼蠅〔一三〕。魑魅寧無患，忠貞適有憑。猿啼山不斷，鳶跕路難登〔一四〕。海岸出交趾〔一五〕，江城連始興〔一六〕。繡衣當節制〔一七〕，幕府盛威稜。勿憚九疑險〔一八〕，須令百越澄〔一九〕。立談多感激，行李即嚴凝〔二〇〕。離別胡爲者？雲霄遲

爾昇〔二〕。

【校注】

〔一〕據彭中丞仕歷及詩中節令，此詩作於天寶四載夏秋之際，時在洛陽。宋八，名未詳。彭中丞，即彭果。資治通鑑天寶四載三月：「以刑部尚書裴敦復充嶺南五府經略等使。五月壬申，敦復坐逗留不之官，貶淄川太守，以光禄少卿彭果代之。」據舊唐書玄宗紀下，天寶六載「三月戊戌，南海太守彭果坐贓，決杖，長流溱溪郡，死於路。」又據全唐文卷三十二流彭果詔，當時彭果全銜爲：嶺南五府經略採訪使、光禄少卿、兼南海郡太守，攝御史中丞。詩云：「一朝知己達，累日詔書徵。」蓋彭果上任嶺南五府經略採訪使不久，即表宋八爲判官。中丞，即御史中丞，御史臺屬官，正五品，佐助御史大夫掌邦國刑憲之政令，以肅正朝列。判官，見同房侍御山園新亭與邢判官同遊注〔一〕。嶺，五嶺，見送柴司户充劉卿判官之嶺外注〔一〕。嶺外，文苑英華、全唐詩作「嶺南」。全唐詩注曰：「一作外。」此題敦煌選本作「餞宋判官之嶺外」。

〔二〕濟時略，救世謀略。

〔三〕知己，指彭中丞。

〔四〕詔書徵，指皇帝應彭中丞表奏，下詔書徵求宋八做判官。

〔五〕就，敦煌選本、文苑英華作「動」。

〔六〕「風飈」句，意謂有誰敢像宋氏那樣凌狂飈而起飛。

〔七〕嶺嶠，指五嶺。　趨，文苑英華作「投」。　嶠，敦煌選本、文苑英華作「障」。

〔八〕馳驛，指宋氏所騎之驛馬。　驛，敦煌選本、清抄本及文苑英華作「馹」（驛車）。

〔九〕飲冰，食冰解熱。　莊子人間世：「今吾朝受命而夕飲冰，我其内熱與？」

〔一〇〕翠羽，翡翠之羽，用作珍貴首飾。　干，犯。　平法，常法。

〔一一〕撓，曲。　直繩，喻指法規。　以上二句喻權貴横行不法。

〔一二〕除害馬，莊子徐无鬼：「牧馬小童曰：『夫爲天下，亦奚以異乎牧馬者哉？亦去其害馬者而已矣。』」

〔一三〕蒼蠅，即青蠅，喻指讒言小人。　詩經小雅青蠅：「營營青蠅，止於樊，豈弟君子，無信讒言。」

〔一四〕跕（diē），墮貌。　鳶跕，後漢書馬援傳：「仰視飛鳶，跕跕墮水中。」　跕，底本原作「跕」，明銅活字本同，此從張黄本、許本、清抄本、文苑英華、全唐詩。

〔一五〕交趾，古地區名，泛指五嶺以南。　唐有交趾縣，屬安南中都護府。

〔一六〕始興，縣名，屬始興郡，即今廣東省始興縣。　新唐書地理志於縣下注云：「有大庾嶺新路，開元十七年，詔張九齡開。」

〔一七〕繡衣，指「繡衣直指」，漢官名。　漢書百官公卿表：「侍御史有繡衣直指，出討奸猾，治大獄。武帝所制，不常置。」後多用以稱御史臺屬官，此指中丞。　節制，節度使。

〔一八〕九疑，山名，又名蒼梧山，在湖南省寧遠縣南。　險，敦煌選本作「阻」。

〔一九〕百越，亦作「百粤」，種族名。　漢書地理志注：「自交趾至會稽七八千里，百粤雜處，各有種姓。」　澄，清，喻安定。

〔二〇〕行李，指使者。　即，則。　嚴凝，嚴肅凝重。　心事重重之謂。

〔二一〕雲霄，喻高位。　遲，敦煌選本作「途」。

古大梁行〔一〕

古城莽蒼饒荆榛〔二〕，驅馬荒城愁殺人〔三〕。魏王宫觀盡禾黍〔四〕，信陵賓客隨灰塵〔五〕。憶昨雄都舊朝市〔六〕，軒車照耀歌鐘起，軍容帶甲三十萬〔七〕，國步連營一千里〔八〕。全盛須臾那可論，高臺曲池無復存，遺墟但見狐狸迹，古地空餘草木根。暮天摇落傷懷抱，撫劍悲歌對秋草〔九〕。俠客猶傳朱亥名，行人尚識夷門道〔一〇〕。白璧黄金萬户侯，寶刀駿馬填山丘。年代淒涼不可問，往來唯見水東流〔一一〕。

【校注】

〔一〕此詩約作於天寶四載（七四五）秋由洛陽東行，途經開封時。　大梁，古城名，在今河

南省開封市西北。公元前三六一年，魏國國都由安邑（今山西省運城縣東安邑東北）遷到大梁，此後魏又稱梁。魏國於公元前二二五年爲秦所滅。

〔二〕莽蒼，全唐詩一作「蒼茫」。

〔三〕愁殺，敦煌選本作「思煞」。

〔四〕觀，宮門雙闕。宮觀，指宮室。　盡禾黍，見宋中十首其二注〔四〕。　觀，全唐詩一作「館」，一作「殿」。

〔五〕信陵，指信陵君魏公子無忌。　隨，敦煌選本作「無」。

〔六〕朝市，古代都城的佈局，前爲朝廷，後爲市。周禮考工記：「匠人營國，左祖右社，面朝後市。」雄都，敦煌選本作「雄圖」。

〔七〕帶甲，指披甲的武士。

〔八〕國步，猶言國運、國勢。　連營，敦煌選本作「連衡」。　一千里，底本及諸本多作「五千里」，今從敦煌選本、唐詩紀事、樂府詩集、全唐詩等改。　按戰國策魏策及史記蘇秦列傳，蘇秦說魏惠王時，稱魏「地方千里」。

〔九〕撫劍，敦煌選本、全唐詩作「倚劍」。

〔一〇〕夷門，見別楊山人注〔五〕。　「俠客」二句，意謂只有侯嬴及朱亥的俠義行爲尚流傳人世。侯嬴，魏隱士，大梁城夷門看守。信陵君知其賢，禮遇甚厚。信陵君救趙，侯嬴獻計竊符奪

晉鄙軍，薦力士朱亥隨信陵君前往。臨行時，侯嬴對信陵君説：「臣宜從，老不能，請數公子行日，以至晉鄙軍之日，北鄉（向）自剄以送公子。」朱亥與侯嬴有交，隱於市井，以屠宰爲業，亦常受到信陵君禮遇。信陵君假託魏王令代晉鄙，至而晉鄙疑不授兵，朱亥袖藏鐵椎把他打死，使信陵君得以發兵救趙却秦。侯嬴估計信陵君已到晉鄙軍，果然朝北自刎。事見史記信陵君列傳。

〔一二〕水，指汴水，在開封城南。

東平路作三首〔一〕

南圖適不就〔二〕，東走豈吾心！索索涼風動，行行秋水深。蟬鳴木葉落，茲夕更秋霖〔三〕。

【校注】

〔一〕此詩作於天寶四載（七四五）秋，詳見年譜。東平，郡名，原鄆州，屬河南採訪使，治所在須昌（今山東省東平縣西北十五里）。

〔二〕南圖，南去的打算。莊子逍遥遊：「背負青天而莫之夭閼者，而後乃今將圖南。」參見別王徹注〔五〕。就，成功。敦煌集本作「盡」，義同。

〔三〕霖，久雨。秋，全唐詩作「愁」。

明時好畫策〔一〕，動欲干王公〔二〕。今日無成事，依依親老農。扁舟向何處？吾愛汶陽中〔三〕。

【校注】

〔一〕明時，政治清明之世。曹植求自試表：「志欲自效於明時。」　畫，敦煌集本作「書」。

〔二〕動，動輒。　干，求。　王公，泛指達官貴人。　此句參見別韋參軍「屈指取公卿」。

〔三〕汶陽，春秋魯國地名，漢置汶陽縣，故城在今山東省寧陽縣東北。此處用舊稱借指東平郡。東平郡治所須昌在汶陽故地以西，亦在汶水以北，故泛稱汶陽即包括東平在內。

清曠涼夜月，徘徊孤客舟。渺然風波上，獨夢前山秋〔一〕。秋至復搖落，空令行者愁。

【校注】

〔一〕夢，全唐詩作「愛」，注曰：「一作夢。」

東平路中遇大水〔一〕

天災自古昔〔二〕，昏墊彌今秋〔三〕。霖霪溢川原〔四〕，澒洞涵田疇〔五〕。指塗適汶

陽〔六〕，挂席經蘆洲〔七〕。永望齊魯郊〔八〕，白雲何悠悠！傍沿鉅野澤〔九〕，大水縱橫流。蟲蛇擁獨樹，麋鹿奔行舟。稼穡隨波瀾，西成不可求〔一〇〕。室居相枕藉〔一一〕，蛙黽聲啾啾〔一二〕。乃憐穴蟻漂〔一三〕，益羨雲禽遊。農夫無倚着，野老生殷憂。聖主當深仁，廟堂運良籌。倉廩終爾給，田租應罷收。我心胡鬱陶〔一四〕，征旅亦悲愁。縱懷濟時策，誰肯論吾謀！

【校注】

〔一〕此詩作於天寶四載（七四五）秋。東平，見東平路作三首其一注〔一〕。舊唐書玄宗紀載：天寶四載，秋八月，河南（治所在今河南省洛陽市）、睢陽（治所在今河南省商丘市）、淮陽（治所在今河南省淮陽縣）、譙（治所在今安徽省亳州市）等八郡大水。

〔二〕昔，明銅活字本、唐詩所、全唐詩作「有」。

〔三〕昏墊，喻困於水災。尚書益稷：「禹曰：『洪水滔天，浩浩懷山襄陵，下民昏墊。』」僞孔安國傳云：「言下民昏瞀墊溺，皆困水災。」

〔四〕霪，全唐詩一作「霔」。

〔五〕澒洞（hòng tóng 哄同），瀰漫無邊的樣子。涵，此處是充滿、淹没的意思。

〔六〕塗，同「途」。適，往。汶陽，見東平路作三首其一注〔三〕。

〔七〕挂席，即掛帆。文選木華海賦：「維長綃，挂帆席。」李善注：「隨風張幔曰帆，或以席爲之。」 蘆洲，在今安徽亳縣東渦河北岸。

〔八〕永望，遠望。 齊、魯，春秋國名。齊國都城臨淄（今山東省淄博市東），魯國都城曲阜（今山東省曲阜市）。此用舊稱指其地域。

〔九〕鉅野澤，元和郡縣志：「大野澤，一名鉅野，在縣（鉅野縣，即今山東省鉅野縣）東五里，南北三百里，東西百餘里。」

〔一〇〕西成，即收成，語出尚書堯典，與「東作」相對。古時以東南西北四方配春夏秋冬四季，東作指春天耕種，西成指秋天收穫。

〔一一〕相枕藉，狀房屋倒塌。

〔一二〕黽（mǐn敏），蛙。蛙屬兩棲類，古時在水稱黽，在陸稱蛙，見爾雅釋魚。

〔一三〕乃，唐詩所、全唐詩作「仍」。

〔一四〕胡，何。 鬱陶，憂悶。尚書五子之歌：「鬱陶乎予心。」

魯郡途中遇徐十八録事〔一〕

誰謂嵩潁客〔二〕，遂經鄒魯鄉〔三〕。前臨少昊墟〔四〕，始覺東蒙長〔五〕。獨行豈吾

心，懷古激中腸。聖人久已矣〔六〕，游夏遥相望〔七〕。徘徊野澤間，左右多悲傷。日出見闕里〔八〕，川平如汶陽〔九〕。弱冠負高節〔一〇〕，十年思自强。終年不得意，去去任行藏〔一一〕！

【校注】

〔一〕此詩作於天寶四載（七四五）秋赴東平途中。　魯郡，屬河南採訪使，原兗州，天寶元年更郡名。治所在瑕丘縣（今山東省兗州市東北）。　徐十八，名未詳。　録事，官名，此指郡録事參軍事（或稱録事參軍），通典卷三十三總論郡佐：「録事參軍，晉置，本爲公府官，非州郡職也，掌總録衆曹文簿，舉彈善惡。後代刺史有軍而開府者並置之。自後漢有郡主簿，職與州主簿同。隋初以録事參軍爲郡官，則并州郡主簿之職矣。煬帝又置主簿。大唐武德元年復爲録事參軍。開元初改京尹屬官曰司録參軍。掌付事、勾稽、省署鈔目，糾彈部内非違、監印、給紙筆之事。」　清抄本、文苑英華、全唐詩題下注云：「時此公學王書（王羲之書法）嗟别。」唯文苑英華作王昌齡詩，非。

〔二〕嵩，嵩山。潁，潁水，發源於河南省登封市西境潁谷，東南流，在安徽省入淮河。　嵩潁一帶，即指洛陽。　嵩潁客，指徐氏。

〔三〕鄒魯鄉，見送蕭十八注〔三〕。　曲阜、鄒縣爲魯郡屬縣，在其治所以東。

〔四〕少昊，傳説中的古帝，爲黄帝之子，都曲阜。

〔五〕蒙，蒙山山脈。

〔六〕聖人，指孔子。　已矣，指死去。

〔七〕游，孔子弟子言偃，字子游，吴人。夏，孔子弟子卜商，字子夏，衛人。游、夏在孔門中以文學著稱。

〔八〕闕里，地名，在曲阜縣城中，孔子宅所在地。

〔九〕如，至。　汶陽，見東平路作三首其二注〔三〕。

〔一〇〕弱冠，二十歲曰弱冠，見禮記曲禮。

〔一一〕行藏，出仕與隱居。論語述而：「用之則行，舍之則藏。」

途中寄徐録事〔一〕

落日風雨至，秋天鴻雁初〔二〕。離憂不堪比，旅館復何如〔三〕？君又幾時去，我知音信疏。空多篋中贈，長見右軍書〔四〕。

【校注】

〔一〕此詩作於天寶四載（七四五）秋赴東平途中。　徐録事，即徐十八録事，見魯郡途中

遇徐十八録事注〔一〕。清抄本、全唐詩題下注云：「比以王書見贈。」

〔二〕鴻雁初，謂大雁開始南飛。

〔三〕「離憂」二句，上句寫己，下句寫徐。

〔四〕右軍，即王羲之，字逸少，西晉會稽（今浙江省紹興市）人，官至右軍將軍，世稱王右軍。善書法，尤工草隸，是我國著名的大書法家。晉書有傳。後世多臨摹其字，此右軍書指徐氏贈己之信函、詩作所用王羲之字體。

魯西至東平〔一〕

沙岸泊不定，石橋水横流。問津見魯谷〔二〕，懷古傷家丘〔三〕。寥落千載後，空傳襃聖侯〔四〕。

【校注】

〔一〕此詩作於天寶四載（七四五）秋赴東平途中。

〔二〕魯谷，當即魯南山之空竇。史記孔子世家正義：「括地志云：『女陵山在曲阜縣南二十八里。』干寶三日紀云：『徵在生孔子空桑之地，今名空竇，在魯南山之空竇中。無水，當祭時，灑掃以告，輒有清泉自石門出，足以周用。祭訖，泉枯。今俗名女陵山。』」

〔三〕家丘，孔子之稱。山堂肆考卷一〇四「躡屣遠從」條引家語云：「孔子西家有愚夫，不知孔子爲聖人，乃曰：彼東家丘。」（不見今傳孔子家語）文選陳琳爲曹洪與魏文帝書：「怪乃輕其家丘。」張銑注：「魯人不識孔丘聖人，乃云：『我東家丘者，吾知之矣。』言輕孔丘也。」

〔四〕褒聖侯，據玉海卷一三，唐高宗武德九年（六二六）封孔子裔德倫爲褒聖侯。

東平留贈狄司馬〔一〕

古人無宿諾〔二〕，兹道未爲難〔三〕。萬里赴知己，一言誠可歎〔四〕。馬蹄經月窟〔五〕，劍術指樓蘭〔六〕。地出北庭北〔七〕，城盡西海寒〔八〕。森然瞻武庫〔九〕，則是弄儒翰〔一〇〕。入幕綰銀綬〔一一〕，乘軺兼鐵冠〔一二〕。練兵日精鋭，殺敵無遺殘。獻捷見天子，論功俘可汗〔一三〕。激昂丹墀下〔一四〕，顧盼青雲端。誰謂縱横策〔一五〕，翻爲權勢干〔一六〕！將軍既坎壈〔一七〕，使者亦辛酸〔一八〕。耿介挹三事〔一九〕，羇離從一官〔二〇〕。知君不得意，他日會鵬摶〔二一〕。

【校注】

〔一〕此詩作於旅居東平期間。東平，見東平路作三首其一注〔一〕。狄司馬，名未

詳。唐百家詩選、文苑英華、全唐詩題下注云：「曾與田安西充判官。」田安西指安西都護田仁琬。據徐安貞易州田公德政碑及册府元龜卷四百五十「將帥部」所載貶田仁琬刺史制，可知狄司馬充田仁琬判官當在開元二十八年至天寶元年之間。後遷司馬。司馬，各級軍府及州郡佐官。

〔二〕無宿諾，見淇上酬薛三據兼寄郭少府注〔一〇〕。

〔三〕未，敦煌選本、全唐詩作「以」。

〔四〕歎，贊歎。

〔五〕月窟，梁簡文帝大法頌：「西踰月窟，東漸扶桑。」喻極西之地，古人又用以指番國。

〔六〕樓蘭，漢代西域國名。漢武帝時屢派人通大宛，樓蘭當道，常攻擊漢使。昭帝時派人斬其王，改名鄯善。唐時號爲納縛波，故地在今新疆維吾爾自治區羅布泊西。此處用漢代舊名。

〔七〕北庭，方鎮名。因轄境在伊州（哈密）以西，故稱伊西；因治所在北庭都護府，節度使例兼北庭都護，故通稱北庭，亦稱伊西北庭。統轄伊、西、庭三州及北庭都護府境内諸軍鎮、守捉。下北字，全唐詩作「盡」。

〔八〕西海，古稱西海，所指不一。此當指青海湖，漢隋皆曾於此置西海郡。盡，全唐詩作「臨」。

〔九〕武庫，儲物之庫。晉書杜預傳：「在内七年，損益萬機，不可勝數，朝野稱美，號曰杜武庫，言其無所不有也。」後遂用以比喻人富有才能。

〔一〇〕則是，文苑英華作「剛若」。　弄，敦煌選本作「弃」。

〔一一〕綰（wǎn 晚），繫。　銀綬，銀印、青綬（繫印的帶子）。漢書百官公卿表：「御史大夫，秦官，位上卿，銀印青綬。」按此借用古制，唐時官吏一律用銅印。

〔一二〕軺（yáo 摇），一種輕小的馬車。乘軺，指出使。　鐵冠，即法冠，一名獬豸冠，以鐵爲冠柱，故稱。

〔一三〕可汗，突厥等西域諸族對其首領的稱呼。

〔一四〕丹墀（chí 遲），用丹色漆成的宫殿臺階或地面曰丹墀，此指朝廷。

〔一五〕謂，底本作「爲」，諸本多同，此從敦煌選本、文苑英華及全唐詩。　縱横策，指縱横馳驅、出奇制勝之策。參見塞上注〔八〕。

〔一六〕翻，反而。　干，干犯、阻撓。

〔一七〕將軍，指田仁琬。　坎壈（lǎn 覽），坎坷失志。語出楚辭九辯：「坎廩（同『壈』）兮貧士，失職而志不平。」九歎怨思：「志坎壈而不遠。」

〔一八〕使者，指狄氏。

〔一九〕三事，三公。語出詩經小雅雨無正：「三事大夫，莫肯夙夜。」按唐以太尉、司徒、司空爲三公。　挹，全唐詩一作「揖」。

〔二〇〕一官，指司馬。

〔二〕鵬摶，見别王徹注〔五〕。

别崔少府〔一〕

知君少得意，汶上掩柴扉〔二〕。寒食仍留火〔三〕，春風未换衣〔四〕。皆言黄綬屈〔五〕，早向青雲飛〔六〕。借問他鄉事，今年歸不歸？

【校注】

〔一〕此詩作於旅居東平期間，或在天寶五載（七四六）春。崔少府，名未詳。

〔二〕汶上，指東平，詳見東平路作三首其二注〔三〕。柴扉，柴門。此句寫其隱居汶上簡陋住處。

〔三〕寒食，節名。荆楚歲時記：「冬至後一百五日，謂之寒食，禁火三日。」注：「據曆，合在清明前二日，亦有去冬至一百六日者。」此句謂寒食節時仍留火不斷，寫其畏寒，不得不違反禁火冷食的習俗。

〔四〕换衣，指把冬裝换成春裝。底本及諸本作「授衣」，此從敦煌選本。按詩經豳風七月：「七月流火，九月授衣。」又新唐書選舉志，唐國學每年五月有田假，九月有授衣假。故春不得言「授」。

〔五〕黄綬，據隋書禮儀志，諸縣尉銅印、黄綬。唐因之。屈，指做縣尉爲屈材。

〔六〕此句爲悔恨之詞，意謂不該早立志仕進，追求高位。參見答侯少府：「莫作雲霄計，遑遑隨搢紳。」

東平旅遊奉贈薛太守二十四韻〔一〕

頌美馳千古，欽賢仰大猷〔二〕。晉山標逸氣〔三〕，汾水注長流〔四〕。神與公忠節〔五〕，天生將相儔。青雲本自負，赤縣獨推尤〔六〕。御史風逾勁〔七〕，郎官草屢修〔八〕。鵷鸞粉署起〔九〕，鷹隼柏臺秋〔一〇〕。出入交三事〔一一〕，飛鳴揖五侯〔一二〕。軍書陳上策，廷議借前籌〔一三〕。肅肅趨朝列〔一四〕，雝雝引帝求〔一五〕。一麾俄出守〔一六〕，千里再分憂。不改任棠水〔一七〕，仍傳晏子裘〔一八〕。歌謡隨舉扇〔一九〕，旌旆逐鳴騶〔二〇〕。郡國長河繞，川原大野幽。地連堯泰嶽〔二一〕，山向禹青州〔二二〕。汶上春帆渡，秦亭晚日愁〔二三〕。遺墟當少昊〔二四〕，懸象逼奎婁〔二五〕。即此逢清鑒〔二六〕，終然喜暗投〔二七〕。叨承解榻禮〔二八〕，更得問縑遊〔二九〕。高興陪登陟，嘉言忝獻酬。觀棋知戰勝〔三〇〕，探象會冥搜〔三一〕。眺聽情何限〔三二〕，沖融惠勿休〔三三〕。祇應齊語默〔三四〕，寧肯問沉浮！然諾長懷季〔三五〕，棲遑輒累

丘〔三六〕。平生感知己，方寸豈悠悠！

【校注】

〔一〕此詩作於天寶五載（七四六）春。薛太守，或即薛自勸，出河東薛氏。新唐書宰相世系表三下載薛自勸爲工部郎中薛孝廉之子。唐御史臺精舍題名載薛自勸爲監察御史、殿中侍御史并内供奉。唐郎官石柱題名載薛自勸爲司勳員外郎，皆與此詩相合。按資治通鑑開元二十四年四月：「涇州刺史薛自勸貶澧州別駕。」蓋此時又擢任東平太守。詩題敦煌選本作「東平寓奉贈薛太守」。

〔二〕大猷（yóu由），詩經小雅巧言：「秩秩大猷。」鄭玄箋：「猷，道也。大道，治國之禮法。」

〔三〕晉山，與下句「汾水」對舉，謂薛氏秉晉地山水秀逸之氣。底本原作「晉公」，諸本同，此從敦煌選本。

〔四〕汾水，今山西省汾河。長流，指黃河。按汾河在今山西省萬榮縣西注入黃河，正在唐寶鼎縣地，而寶鼎縣又爲河東薛氏之祖籍。長，敦煌選本作「洪」。

〔五〕神與，神所賦與，猶云天賦。公忠，效忠公室朝廷。韓非子三守：「行私道而不效公忠。」

〔六〕赤縣，按元和郡縣志，唐時縣有赤、畿、望、緊、上、中、下七等之差。京都所治爲赤縣，京之旁邑爲畿縣。推尤，推薦特異之材，指薛氏始入仕便被授爲赤縣之職。按唐時赤縣爲清要

之職，士人初入仕多慕求之。

〔七〕御史，御史臺屬官之稱，指薛氏曾任監察御史。　風逾勁，御史臺爲執法彈劾之官署，操肅整之權，故以勁風喻之。通典職官御史臺：「故御史爲風霜之任，彈糾不法，百僚震恐，官之雄峻莫之比焉。」

〔八〕郎官，唐時尚書省六部侍郎、郎中、員外郎之通稱，指薛氏曾任司勳員外郎。　草，指奏草。按古時多以芳香的蘭草比喻郎官美善的奏章，參見奉酬睢陽李太守注〔九〕。

〔九〕鵷（yuān 冤）鸞，即鵷鶵。莊子秋水：「南方有鳥，其名鵷鶵。」經典釋文：「鵷鶵，乃鸞鳳之屬。」此處以喻朝官，蓋因朝見時百官進退有序，有如鵷鶵飛行有次，故云。　粉署，見真定即事奉贈韋使君二十八韻注〔一一〕。

〔一〇〕柏臺，御史臺之稱。通典職官御史臺：「其府中列柏樹。」御史執法，有肅殺之威，素以猛禽鷹隼比其官。

〔一一〕三事，三公，見東平留贈狄司馬注〔一九〕。

〔一二〕飛鳴，以鳥喻人，形容得意。　五侯，見行路難其一注〔二〕。

〔一三〕廷議，在朝廷議事。　借前籌，按漢書張良傳，漢王三年，項羽急圍劉邦於滎陽，劉邦憂恐，與酈食其謀退楚之計。張良得知，極力反對此計。劉邦問其故，張良説：「臣請借前箸以籌之。」前箸，面前的筷子。籌，本爲計數之具，此用作動詞，謀劃之意。借前籌意謂善于用眼前的事

實來説明自己的主張，出謀劃策。

〔一四〕趨朝列，身在朝官之列，經常上朝聽職。　引，承續，相應。

〔一五〕雝雝，詩經大雅思齊：「雝雝在宫。」毛傳：「雝雝，和也。」　帝求，皇帝求賢的要求、意願。參見奉酬睢陽李太守「朝經允帝求」及注〔三〕。

〔一六〕麾，通揮，指揮，此處意爲被指揮。　出守，出任太守。顔延之五君詠阮始平：「屢薦不入官，一麾乃出守。」　李善注：「言（阮咸）爲（荀）勗所指麾也。」

〔一七〕任棠水，後漢書龐參傳：龐參拜爲漢陽太守，郡人任棠有奇節，隱居教書。龐參到任後，先去問候他，任棠不與言，只把一大棵薤、一盂水放在户屏前，自抱孫兒，伏於户下。龐參不以爲傲，細思其微意，説：「棠是欲曉太守也：水者，欲吾清也；拔大本薤者，欲吾擊强宗也；抱兒當户，欲吾開門恤孤也。」後果以惠政得民。此寫薛氏居官清廉。

〔一八〕晏子裘，晏子，即春秋齊晏嬰。按禮記檀弓下，狐裘貴在輕新，而「晏子一狐裘三十年」，孔子弟子有若譏其過分節儉，不知禮。曾子曰：「國無道，君子恥盈禮焉。國奢則示之以儉，國儉則示之以禮。」此寫薛氏爲官節儉。

〔一九〕歌謡，指頌歌政績的民謡。參見奉酬睢陽李太守注〔一八〕。　舉扇，儀仗中作遮蔽用的障扇，又稱掌扇。

〔二〇〕鳴騶，侍從中喝道開路的騎卒。

〔二一〕泰嶽，東嶽泰山，爲四嶽之一。堯時有四岳之官（見尚書堯典），傳説因四嶽而得名，故稱堯泰嶽。

〔二二〕青州，古九州之一，尚書禹貢：「海（渤海）、岱（泰山）惟青州。」故曰禹青州。

〔二三〕秦亭，春秋莊公三十一年杜預注：「東平范縣西北有秦亭。」敦煌選本作「春亭」。

〔二四〕少昊，見魯郡途中遇徐十八録事注〔四〕。此句意謂地當少昊遺墟。

〔二五〕懸象，天象，指天文分野。奎，星宿名，二十八宿之一，白虎七宿之首宿，有星十六。婁，星宿名，二十八宿之一，白虎七宿之第二宿。有星三。漢書地理志：「魯地，奎、婁之分野也。」

〔二六〕清鑒，明鏡，喻薛氏明察有識。

〔二七〕暗投，明珠暗投，見送魏八注〔三〕。

〔二八〕解榻，見真定即事奉贈韋使君二十八韻注〔三七〕。

〔二九〕問縑遊，這裏指篤實而又謹慎的交遊。後漢書王丹傳：王丹同郡人河南太守陳遵友人喪親，遵賻助甚豐。丹乃懷縑一匹，陳之於主人前，曰：「如丹此縑，出自機杼。」遵聞而有慚。此事説明王丹交友的篤實。又其子有同門生喪親，家在中山，其子欲親往奔喪，丹不許，但令其寄縑帛以祭。人問其故，丹舉古人交游之例説明「交道之難」，管鮑雖爲世所稱，但張耳陳餘凶其終，蕭育朱博隙其末，「全之者鮮矣」，所以必須謹慎，不可輕易過從太密。

〔三〇〕棋，指彈棋，見別韋參軍注〔一五〕。戰勝，此語唐詩中習見，指科場獲勝，即擢第。按彈棋是一種博戲，當時迷信，認爲觀博可知時運，參見雙六頭賦送李參軍。

〔三一〕探象，探尋景物。冥搜，文選孫綽遊天台山賦「遠寄冥搜」，李善注：「搜訪幽冥。」

〔三二〕眺聽，何遜登石頭城：「眺聽窮耳目。」

〔三三〕沖融，大水深廣的樣子。此處形容薛氏寬宏大量。

〔三四〕語默，周易繫辭：「君子之道，或出或處，或默或語。」齊語默，指不計較窮通得失。

〔三五〕季，指季路。孔子弟子仲由字子路，孔子家語云：一字季路。論語顏淵：「子路無宿諾。」或指季布，亦通，見和崔二少府登楚丘城作注〔一〇〕。

〔三六〕丘，孔子名丘。孔子周遊列國進行游説，奔走匆遽，動輒受困。詳見論語及史記孔子世家。這裏引孔子以自寬。

送前衛縣李寀少府〔一〕

黄鳥翩翩楊柳垂，春風送客使人悲。怨别自驚千里外，論交却憶十年時〔二〕。雲開汶水孤帆遠〔三〕，路繞梁山匹馬遲〔四〕。此地從來可乘興〔五〕，留君不住益凄其〔六〕。

【校注】

〔一〕此詩作於天寶五載（七四六）春。衛縣，屬河北道汲郡，在今河南省淇縣。時李寀已卸衛縣尉之任，故稱「前」。敦煌選本題作「别李四少府」。清抄本作「送衛縣李少府」。文苑英華、唐詩所、全唐詩作「東平别前衛縣李寀少府」。

〔二〕「論交」句，指十年前客居淇上時二人結交。據此，李寀做衛縣尉當在其時。

〔三〕汶水，唐代汶水故道比今山東省大汶河略南。大汶河源出山東省萊蕪市東北原山，西流分開兩支，注入東平湖和運河。孤帆遠，寫李氏遠去，作者悵望良久。

〔四〕梁山，在山東省東平湖西南。匹馬遲，寫作者留戀友情，不忍回返。

〔五〕乘興，趁其興致。晉書王羲之傳附王徽之傳：王徽之居山陰（今浙江省紹興縣），曾雪夜泛舟訪戴逵（安道），經宿方至。剛到門前，忽然返回，人問其故，他説：「本乘興而行，興盡而返，何必見安道哉！」

〔六〕淒其，詩經邶風緑衣：「淒其以風。」其是語助詞，等於説「淒淒」，指心境淒涼。

奉酬北海李太守丈人夏日平陰亭〔一〕

天子股肱守〔二〕，丈人山岳靈〔三〕。出身侍丹墀〔四〕，舉翮凌青冥。當昔皇運

否〔五〕，人神俱未寧。諫官莫敢議，酷吏方專刑。谷永獨言事〔六〕，匡衡多引經〔七〕。兩朝納深衷〔八〕，萬乘無不聽。盛烈播南史〔九〕，雄詞豁東溟〔一〇〕。誰謂整隼旗〔一一〕，翻然憶柴扃〔一二〕！寄書汶陽客〔一三〕，迴首平陰亭。開封見千里，結念存百齡。隱軫江山麗〔一四〕，氛氳蘭茝馨〔一五〕。自憐遇時休〔一六〕，漂泊隨流萍。春野變木德〔一七〕，夏天臨火星〔一八〕。一生徒羨魚〔一九〕，四十猶聚螢〔二〇〕。從此日閑放，焉能懷拾青〔二一〕！

【校注】

〔一〕此詩作於天寶五載（七四六），時正旅居東平。　北海，郡名，原青州，治所在益都（今山東省青州市）。　李太守，即李邕，字泰和，廣陵江都（今江蘇省揚州市）人。歷仕武后、中宗、睿宗、玄宗四朝。天寶初，爲汲郡、北海二太守，時稱李北海。爲官喜興利除害，重義愛士。性豪放，早有文才，名聞天下。剛直敢言，屢遭誣陷貶斥，卒爲李林甫所忌害，構罪杖殺，時天寶六年正月，年七十餘。事蹟詳見舊唐書文苑傳、新唐書文藝傳。　平陰，古邑名，春秋齊地，在今山東省平陰縣東北，唐於此置縣，屬東平郡。　敦煌選本題作「奉酬李太守丈人夏日平陰亭見贈」，於意明晰。

〔二〕股肱，大腿曰股，上臂曰肱，古代用以喻稱輔佐之臣。尚書益稷：「君爲元首，臣爲股肱耳目。」　守，太守。

〔三〕丈人，指李邕。　山岳，比喻藩衛重臣。尚書堯典：「咨四岳！」舊注謂四岳爲四方諸侯之長。後用以稱州郡長官及節度使。　靈，才氣。

〔四〕丹墀（chí遲），見東平留贈狄司馬注〔四〕。此句指李邕初仕左拾遺。

〔五〕否（pǐ匹），惡。皇運否，指武后時武氏作亂，中宗時韋氏（韋后之族）擅權。

〔六〕谷永，西漢元帝、成帝時人。元帝建昭年間被御史大夫繁延壽舉爲太常丞，成帝時任大中大夫，光禄大夫，給事中，北地太守，數上書切諫。　詳見漢書谷永杜鄴傳。此處以谷永比李邕。

〔七〕匡衡，字稚圭，東海承人。生當西漢宣帝、元帝之時。擅長文學、經學。宣帝不好儒，疏遠之。元帝好儒術文辭，升匡衡爲光禄大夫、太子少傅、丞相，終位三公，輔國政。此處以匡衡比李邕。

〔八〕兩朝，指中宗、玄宗。　深衷，指李邕出自内心所上忠言。這句是粉飾之詞，中宗、玄宗並非從善如流之君。

〔九〕盛烈，豐功。　南史，春秋時齊國的良史。左傳襄公二十五年：「（崔杼弑齊莊公）大史書曰：『崔杼弑其君。』崔子殺之。其弟嗣書，而死者二人。其弟又書，乃舍之。南史氏聞大史盡死，執簡以往，聞既書矣，乃還。」此處泛指敢於直書的良史。意謂李邕之豐功將爲良史載入史册而傳播後世。

〔一〇〕雄詞，氣勢雄偉的文章。　豁東溟，像東海一樣開闊。　按舊唐書文苑傳李邕傳云：「邕早擅才名，尤長碑頌。雖貶職在外，中朝衣冠及天下寺觀，多齎持金帛，往求其文。前後所製，凡數百首，受納饋遺，亦至鉅萬。時議以爲自古鬻文獲財，未有如邕者。有文集七十卷。其張韓公行狀、洪州放生池碑、批韋巨源謚議，文士推重之。」

〔一一〕隼旟，畫有鳥形的旗幟。說文解字：「旟，錯革畫鳥其上，所以進士衆。」

〔一二〕柴扃，柴門，高適自稱其隱居之所。以上二句，意謂誰料到李太守正欲整旗舉薦士人，反倒念及隱居柴門不才的自己。

〔一三〕汶陽客，高適自謂。時正旅居東平，故云。

〔一四〕隱軫，衆盛，富饒。　麗，敦煌選本、清抄本作「來」。

〔一五〕氛氳，盛貌。　茝（chǎi 拆上聲），香草，即芷。以上二句寫李氏寄贈之詩文詞的優美温馨。

〔一六〕休，善。

〔一七〕木德，五行之德之一。漢書郊祀志：「騶子之徒，論著終始五德之運，始皇采用之。」古代迷信説法，以五行生剋爲帝王遞代之應，或以表東、西、南、北、中五方，兼指時序。漢書五行志：「木，東方」，主春；「火，南方」，主夏；「金，西方，萬物既成，殺氣之始也」，主秋；「水，北方，終臧（藏）萬物者也」，主冬。　變木德，指春去夏來。

〔一八〕臨火星，按夏天時火星正當南天，位置最高，之後便向西下移，所謂「七月流火」（詩經豳風七月）。此火星，不是現在稱爲火星的行星，而是二十八宿中的心宿，一名大火。

〔一九〕羨魚，即臨淵羨魚，比喻空想而無實效。漢書董仲舒傳：「臨淵羨魚，不如退而結網。」

〔二〇〕聚螢，指苦讀，意謂尚未入仕。晉書車胤傳：「胤恭勤不倦，博學多通，家貧不能得油，夏日則練（白絹）囊盛數十螢火以照書，以夜繼日焉。」

〔二一〕拾青，謂獲得高官位。漢書夏侯勝傳：「士病不明經術，經術苟明，其取青紫如俯拾地芥耳。」王先謙補注引葉夢得曰：「漢丞相、太尉皆金印紫綬，御史大夫銀印青綬，此三府官之極崇者，勝云青紫謂此。」　懷，敦煌選本作「俯」。

同李太守北池泛舟宴高平鄭太守〔一〕

每揖龔黄事〔二〕，還陪李郭舟〔三〕。雲從四岳起〔四〕，水向百城流。幽意隨登陟〔五〕，嘉言即獻酬〔六〕。乃知縫掖貴〔七〕，今日對諸侯〔八〕。

【校注】

〔一〕此詩作於旅居東平、遊齊魯之時，約在天寶五載（七四六）。　李太守，指李邕，見奉酬北海李太守丈人夏日平陰亭注〔一〕。　高平，郡名，原澤州，天寶元年更名，治所在晉城縣

（今山西省晉城市）。鄭太守，名未詳。

〔二〕龔，龔遂；黄，黄霸。二人皆西漢良臣。漢宣帝時，渤海左右郡難治已久，遂任渤海太守，數年而治。黄霸兩任潁川太守，力行教化而後誅罰，深得吏民之心。詳見漢書循吏列傳。此處以龔、黄比喻李、鄭二太守。

〔三〕李，李膺；郭，郭太（泰），字林宗。後漢書郭太傳：郭太「博通墳籍，善談論，美音制。乃游於洛陽，始見河南尹李膺。李膺大奇之，遂相友善，於是名震京師。後歸鄉里，衣冠諸儒送至河上，車數千乘。林宗唯與李膺同舟而濟，衆賓望之，以爲神仙焉。」此處以李膺、郭太比喻李、鄭二太守，言其友情之密。

〔四〕四岳，即東岳泰山，南岳衡山，西岳華山，北岳恒山。起，明銅活字本作「去」。

〔五〕幽意，隱逸之情。

〔六〕嘉言，指佳句好詩。

〔七〕縫掖，儒服，借指儒者，詳見真定即事奉贈韋使君二十八韻注〔三九〕。

〔八〕諸侯，指李、郭二太守。自漢以來，郡與諸侯國地位相當，故常以諸侯喻稱太守。

送蔡少府赴登州推事〔一〕

膠東連即墨〔二〕，萊水入滄溟〔三〕。國少常多事，人訛屢抵刑〔四〕。公才徵郡

邑〔五〕，詔使出郊坰〔六〕。標格誰當犯〔七〕？風謡信可聽〔八〕。崢嶸大峴口〔九〕，邐迤汶陽亭〔一〇〕。地迥雲偏白，天秋山更青。祖筵方卜晝〔一一〕，王事急侵星〔一二〕。勸爾將爲德〔一三〕，斯言蓋有聽。

【校注】

〔一〕據送別之地，此詩當作於天寶五載（七四六）秋旅居東平之時。　蔡少府，名未詳，或即送蔡十二之海上中之蔡氏。　登州，即東牟郡，治所在蓬萊縣（今山東省蓬萊市）。　推事，推鞫訟事。

〔二〕即墨，東萊郡（萊州）屬縣，在今山東省即墨縣。

〔三〕萊水，即今山東半島之膠萊河。　滄溟，滄海。

〔四〕訛，僞詐。　抵刑，觸犯刑律。

〔五〕公才，三公之才，指蔡氏。

〔六〕坰（jiōng 炯），郊外遠野。

〔七〕標格，猶云楷模、風範。

〔八〕風謡，反映民情的詩歌、謡詠。

〔九〕大峴，山名，在山東省臨朐縣東南百五十里，上有穆陵關，稱爲天險。

〔一〇〕汶陽，見東平路作三首其二注〔三〕。

〔一一〕祖，祭名，古時出行時祭路神。祖筵，餞行之宴。　卜晝，語出左傳莊公二十二年：齊侯使敬仲「爲工正（樂工之長），飲桓公酒，樂。公曰：『以火繼之。』辭曰：『臣卜其晝，未卜其夜，不敢。』」原指占卜得吉，於晝宴樂。唐時未必保留宴飲前占卜的習俗，此借典以寫晝宴。

〔一二〕王事，朝廷公事。　侵星，星夜啓程之意。鮑照上潯陽還都道中：「侵星赴早路，畢景逐前儔。」

〔一三〕爲德，推行德政。論語爲政：「爲政以德，譬如北辰，居其所而衆星共之。」

同羣公登濮陽聖佛寺閣〔一〕

落日登臨處，悠然意不窮。佛因初地識〔二〕，人覺四天空〔三〕。來雁清霜後，孤帆遠樹中。徘徊傷寓目，蕭索對寒風。

【校注】

〔一〕此詩作於天寶五載（七四六）秋，時與李白、杜甫等人由東平來遊濮上，詳見年譜。濮陽，郡名，原濮州，天寶元年更郡名，治所在鄄城縣（今山東省鄄城縣）。

〔二〕初地，佛家語。謂修行過程十個階位中的第一階位。三乘共修「十地」中，以「乾慧地」

爲「初地」；大乘菩薩「十地」中，以「歡喜地」爲「初地」。參見同馬太守聽九思法師講金剛經注〔九〕。此句意謂諸佛緣由初地而識悟。

〔三〕四天，即四無色天，佛家語，亦云四空處。此天在色界天之上，無物質，亦無方所，自下而上分爲四處：一空無邊處，二識無邊處，三無所有處，四非想非非想處。見楞伽經。

同羣公題鄭少府田家〔一〕

鄭侯應悽惶，五十頭盡白。昔爲南昌尉〔二〕，今作東郡客〔三〕。與語多遠情，論心知所益〔四〕。秋林既清曠，窮巷空淅瀝〔五〕。蝶舞園更閑，雞鳴日云夕。男兒未稱意，其道固無適〔六〕。勸君且杜門，勿歎人事隔。

【校注】

〔一〕此詩作於天寶五載（七四六）與李白、杜甫等遊濮上之時。鄭少府，名未詳。此詩題下清抄本、全唐詩皆有注云：「此公昔任白馬尉，今寄住滑臺。」白馬尉與詩中所言不合。

〔二〕南昌，黔中採訪使豫章郡（洪州）屬縣，今江西省南昌縣。

〔三〕東郡，唐無東郡，此用舊名。按舊東郡有二：一爲秦置，漢因之，轄境略相當於唐東平（鄆州）、濮陽（濮州）二郡；一爲隋置，大業初改兗州爲東郡，唐時稱魯郡。此處指前者。適有魯

郡途中遇徐十八録事詩，遥稱魯郡，而不稱東郡。

〔四〕所益，論語季氏：「益者三友，……友直，友諒，友多聞，益矣。」

〔五〕淅瀝，落葉聲。

〔六〕道，指處世之道。無適，順隨命運，無所抉擇。論語里仁：「君子之於天下也，無適也，無莫也，義之與比。」「適」通「敵」，「莫」通「慕」。

辟陽城〔一〕

荒城在高岸，凌眺俯清淇〔二〕。傳道漢天子〔三〕，而封審食其〔四〕。奸淫且不戮〔五〕，茅土孰云宜〔六〕！何得英雄主，返令兒女欺！母儀良已失〔七〕，臣節豈如斯！太息一朝事，乃令人所嗤。

【校注】

〔一〕據地理方位，此詩或作於天寶五載秋遊濮陽一帶之時。辟陽城，據元和郡縣志冀州信都縣：「辟陽故城在縣東南三十五里。審食其爲辟陽侯。」此辟陽城離淇水甚遠，與詩云「凌眺俯清淇」不合。此詩所寫辟陽城，指并陽城，即俗所誤傳之辟陽城。按水經注淇水：「淇水又東北逕并陽城西，世謂之辟陽城，非也。」并陽城，故址在今河南省内黄縣西南。

〔二〕淇，淇水，見酬陸少府注〔二〕。

〔三〕漢天子，指漢高祖劉邦。

〔四〕審食其（yì jī異基），西漢沛人。劉邦爲漢王時，在彭城西被楚軍打敗，楚取呂后爲人質，審食其以舍人身份侍呂后。其後從劉邦破項羽，被封爲辟陽侯，呂后時任爲左丞相。曾參與諸呂謀亂，後免去相職。漢文帝時被淮南厲王所殺。事見史記陳丞相世家。

〔五〕奸淫，指審食其私通呂后。

〔六〕茅土，分茅裂土，即分封諸侯。按天子爲諸侯百官立社之祭禮（所謂「大社」），以五色土爲壇，封諸侯者，取其所在方面之土，用白茅襯藉以授之。

〔七〕母儀，做母親者的軌範。謂呂后身爲皇后，當爲天下之母儀，今私於審食其，誠然已失母儀。

贈别沈四逸人〔一〕

沈侯未可測〔二〕，其況信浮沉〔三〕。十載常獨坐，幾人知此心？乘舟蹈滄海〔四〕，買劍投黄金〔五〕。世務不足煩，有田西山岑。我來遇知己，遂得開清襟；何意闉闍間〔六〕，沛然江海深〔七〕！疾風掃秋樹，濮上多鳴砧〔八〕。耿耿罇酒前〔九〕，聯雁飛愁

音〔一〇〕。平生重離別，感激對孤琴〔一一〕。

【校注】

〔一〕此詩所言時、地與同羣公登濮陽聖佛寺閣相合，可知作於天寶五載（七四六）秋與李白、杜甫同遊濮上之時。沈四逸人，即沈千運。唐才子傳：「千運，吴興（今浙江省湖州市吴興區）人。工舊體詩，氣格高古，當時士流皆敬慕之，號爲『沈四山人』。天寶中，數應舉不第，時年齒已邁，遨遊襄（襄州，今湖北省襄陽市）、鄧（鄧州，今河南省鄧州市）間，干謁名公。來濮上，感慨賦詩曰：『聖朝優賢良，草澤無遺族。人生各有命，在余胡不淑？一生但區區，五十無寸禄。衰落當捐棄，貧賤招謗讟。』」

〔二〕未可，敦煌集本作「不易」。

〔三〕信，誠。　浮沉，比喻與時俯仰，順隨無爭。

〔四〕蹈滄海，謂逃世隱逸。戰國時齊國高士魯仲連義不帝秦，曾表示寧蹈東海而死，也不願爲之民。後齊國大夫田單要爲他封爵，他逃隱於海上。詳見史記魯仲連鄒陽列傳。

〔五〕「買劍」句，謂不惜以重金買劍習武。言外之意不屑讀書爲文。

〔六〕閫閾（kǔn yù 捆語），門限。閫閾間，言其相隔之近，便於來往。清抄本作「閻閭」。

〔七〕沛然，水盛大的樣子。　江海深，比喻相別後的阻隔。

〔八〕鳴砧，搗衣聲。秋天備衣禦寒，故搗衣聲多，游子聞此，更覺淒涼。

〔九〕耿耿，不安。楚辭遠遊：「夜耿耿而不寐兮。」

〔一〇〕聯雁，結隊成行的大雁。音，敦煌集本、唐文粹作「陰」。

〔一一〕琴，唐文粹作「吟」。

賦得還山吟送沈四山人〔一〕

還山吟，天高日暮寒山深，送君還山識君心。人生老大須恣意，看君解作一生事〔二〕。山間偃仰無不至〔三〕，石泉淙淙若風雨，桂花松子常滿地。賣藥囊中應有錢〔四〕，還山服藥又長年。白雲勸進杯中物〔五〕，明月相隨何處眠？眠時憶問醒時意〔六〕，夢魂可以相周旋。

【校注】

〔一〕此詩與贈別沈四逸人作於同時，亦在天寶五載（七四六）秋。賦得，凡是指定、限定的詩題，例在題目上加此二字。沈四山人，即沈千運，見前首注〔一〕。

〔二〕解作，曉悟。唐才子傳載沈千運還山中別業後曾曰：「衡門之下，可以棲遲。有薄田園，兒稼女織，偃仰今古，自足此生，誰能作小吏走風塵下乎？」即此句所言。參見前首注〔一〕。

〔三〕偃仰，悠閒自適。詩經小雅北山：「或棲遲偃仰，或王事鞅掌。」至，適當。荀子正

論：「不知逆順之理、小大至不至之變也。」楊倞注：「至不至，猶言當不當。」

〔四〕賣藥，古代隱士多採藥自服，以求延年，亦或兼賣，接濟生計。

〔五〕杯中物，酒。陶淵明責子：「且盡杯中物。」進，全唐詩作「盡」。

〔六〕意，指對朋友的思念。唐詩所、全唐詩作「事」。

同羣公十月朝宴李太守宅〔一〕

良牧徵高賞〔二〕，褰帷問考槃〔三〕。歲時當正月〔四〕，甲子入初寒〔五〕。已聽甘棠頌〔六〕，欣陪旨酒歡〔七〕。仍憐門下客，不作布衣看。

【校注】

〔一〕此詩作於天寶五載（七四六）冬。李太守，即李邕，詳見奉酬北海李太守丈人夏日平陰亭注〔一〕。

〔二〕良牧，指李太守。牧，見題尉遲將軍新廟注〔六〕。徵，求。高賞，高雅的玩賞。此指歡聚的宴會。

〔三〕褰，拉開。後漢書賈琮傳載：賈琮赴冀州刺史任，改變傳車「垂赤帷裳」的舊制，命御者褰車帷，以求「遠視廣聽，糾察美惡」。考槃，詩經衛風篇名，毛詩小序云：「考槃，刺莊公也，

不能繼先公之業，使賢者退而窮處。」問考槃，關心在野賢者之意。

〔四〕正月，從秦漢之際以夏曆十月爲正月之舊俗而言。

〔五〕甲子，古時以干支記日，此爲時日之意。

〔六〕甘棠，詩經召南篇名。毛詩小序：「甘棠，美召伯也。召伯之教，明於南國。」孔穎達正義：「謂武王之時，召公爲西伯，行政於南土，決訟於小棠之下，其教著明於南國，愛結於民心，故作是詩以美之。」此處借喻老百姓對李邕政事的稱頌。

〔七〕旨，美。

同韋公出獵海上〔一〕

畋獵自古昔〔二〕，況伊心賞俱〔三〕。偶與韋公遊，曠然出平蕪。層陰漲溟海，殺氣窮幽都〔四〕。鷹隼何翩翩〔五〕，馳聚相傳呼〔六〕。豺狼竄榛莽，麇鹿罹艱虞〔七〕。高鳥下騂弓〔八〕，困獸鬥匹夫。塵驚大澤晦，火燎深林枯。失之有餘恨，獲者無全軀〔九〕。咄彼工拙間〔一〇〕，恨非指蹤徒〔一一〕。猶懷老氏訓〔一二〕，感歎此歡娛。

【校注】

〔一〕此詩作於天寶五載（七四六）冬。韋公，指李白、杜甫等人。杜甫壯遊詩云：「春歌

叢臺上，冬獵青丘（在北海郡千乘縣）旁」，即寫本年偕李白、高適等齊魯之遊。海上，指近渤海之處。

〔二〕畋（tián田）獵，打獵。

〔三〕伊，其，指代畋獵。心賞，猶賞心，心所欣悦。謝靈運擬魏太子詩序：「天下良辰、美景、賞心、樂事，四者難並。」

〔四〕殺氣，肅殺之氣。即古時所謂秋、冬之際的陰氣。禮記月令：「孟秋之月，殺氣浸盛，陽氣日衰。」幽都，北方之都。尚書堯典：「申命和叔，宅朔方，曰幽都。……以正仲冬。」據新唐書地理志，范陽郡（幽州）有幽都縣，在今天津市薊縣。

〔五〕隼（sǔn損），又名鶻（hú胡），一種猛禽。漢書五行志：「萬物既成，殺氣之始也，故立秋而鷹隼擊。」

〔六〕傳呼，指指揮鷹隼的口令。聚，全唐詩作「驟」。

〔七〕艱虞，憂難。

〔八〕騂（xìng行）弓，調整好的弓。詩經小雅角弓「騂騂角弓」，毛傳：「騂騂，調利也。」

〔九〕無全軀，指獵獲之物軀體無完整者。

〔一〇〕工，精巧。間，差別。

〔一一〕指蹤，發蹤指示，即發現禽獸蹤跡以指示鷹犬追捕。

〔三〕老氏，老子。老氏訓，指老子「馳騁畋獵，令人心發狂」等語。

同羣公題中山寺〔一〕

平原十里外，稍稍雲巖深。遂及清净所〔二〕，都無人世心。名僧既禮謁，高閣復登臨。石壁倚松逕，山田多栗林。超遥盡巘崿〔三〕，逼側仍嶇嶔〔四〕。吾欲休世事，於焉聊自任〔五〕。

【校注】

〔一〕此詩作於天寶三載（七四四）至五載與李白杜甫等同遊汴、梁、洛陽、齊、魯期間，因中山寺所在之地未詳，具體時間尚難確定，姑編於此。

〔二〕清净所，指寺院。

〔三〕巘（yǎn演），大山上累小山叫巘。　崿（è鄂），崖。

〔四〕逼側，近側。　嶇嶔（qīn欽），高峻。

〔五〕自任，自適任性。

同羣公題張處士菜園〔一〕

耕地桑柘間〔二〕，地肥菜常熟。爲問葵藿資〔三〕，何如廟堂肉〔四〕？

【校注】

〔一〕此詩作於與李白杜甫等遊汴、梁、洛陽、齊、魯期間，姑編於此。張處士，名未詳。

〔二〕柘（zhè 蔗），落葉灌木或喬木，葉呈卵形，可喂蠶，皮可以染黄色。

〔三〕葵藿，見和崔二少府登楚丘城作注〔一三〕。資，指生活資用。此處「葵藿資」語意雙關，兼指忠貞而微賤之材。

〔四〕肉，語意雙關，又指肉食者。左傳莊公十年：「肉食者鄙。」説苑善説載祖朝語：「設使食肉者一旦失計於廟堂之上，若臣等藿食者寧得無肝膽塗地於中原之野歟？」陸機君子有所思行：「無以肉食資，取笑葵與藿。」

贈任華〔一〕

丈夫結交須結貧，貧者結交交始親。世人不解結交者，唯重黄金不重人。黄金

雖多有盡時，結交一成無竭期。君不見管仲與鮑叔〔二〕，至今留名名不移。

【校注】

〔一〕此詩約作於天寶初期出仕之前。原集缺佚，據計有功唐詩紀事卷二十二補。任華，開元、天寶年間詩人。曾任秘書省校書郎，遷拜御史臺屬官。時人稱贊他文格「高妙」「清新」。事蹟見王定保唐摭言。

〔二〕管仲，春秋潁上人。鮑叔，即鮑叔牙。按史記管晏列傳，管仲少時貧困，與鮑叔牙游，鮑叔知其賢，善遇之。後鮑叔事齊公子小白，管仲事公子糾。及小白立爲桓公，公子糾死，管仲被囚，鮑叔遂進管仲，自己身居其下。管仲既用，相齊桓公爲霸，九合諸侯，一匡天下。管仲曾説：「生我者父母，知我者鮑子也。」

秋日作〔一〕

端居值秋節，此日更愁辛〔二〕。寂寞無一事，蒿萊通四鄰〔三〕。閉門生白髮，迴首憶青春。歲月不相待，交遊隨衆人。雲霄何處託？愚直有誰親〔四〕！舉酒聊自勸，窮通信爾身〔五〕。

【校注】

〔一〕據「閉門生白髮」句，此詩當作於天寶初出仕之前。　敦煌集本題作「秋日言懷」。

〔二〕敦煌集本「更」作「益」，「辛」作「新」。

〔三〕蒿萊，見宋中遇劉書記有別注〔七〕。

〔四〕愚直，論語陽貨：「古之愚也直。」　有，敦煌集本作「與」。

〔五〕信，隨，聽任。　爾身，你自身，指一生命運。

宋中過陳二〔一〕

常忝鮑叔義〔二〕，所奇王佐才〔三〕。如何守苦節，獨此無良媒〔四〕！離別十年外〔五〕，飄颻千里來〔六〕。安知罷官後〔七〕，惟見柴門開。窮巷隱東郭，高堂詠南陔〔八〕。籬根長花草〔九〕，井口生莓苔〔一〇〕。伊昔望霄漢〔一一〕，於今倦蒿萊〔一二〕。男兒命未達〔一三〕，且進手中杯〔一四〕。

【校注】

〔一〕此詩作於天寶七載（七四八），時高適已由東平回宋中。詳見年譜。　過，底本及諸

本作「遇」，此從敦煌集本。據詩意陳氏已罷官隱居宋中，故是過訪而非偶遇。陳二，敦煌集本、河嶽英靈集、文苑英華作「陳兼」。據獨孤及送陳贊府兼應辟赴京序（毘陵集卷十六）、陳留郡文宣王廟堂碑記（毘陵集卷七）、梁肅獨孤公行狀（見四部叢刊本毘陵集附錄）、李華三賢論及新唐書陳京傳，陳兼，字不器，潁川人。初授封丘丞，後隱耕於楚縣，遊於梁宋，與獨孤及、賈至、高適、劉眘虚交往甚密。天寶十二載應辟，官至右補闕、翰林學士。

〔二〕忝，辱，謙詞。底本原作「參」，諸本多同，此從敦煌集本、明銅活字本、文苑英華、全唐詩。鮑叔，即鮑叔牙，春秋齊人，與管仲爲知交，多謙讓而助之。詳見贈任華注〔一〕。句意謂自愧不如鮑叔之義。

〔三〕奇，底本原作「寄」，諸本多同，全唐詩作「期」，此從敦煌集本。句意稱讚陳兼有管仲之才。

〔四〕此，河嶽英靈集作「自」。

〔五〕外，全唐詩一作「内」。

〔六〕飄飖，明銅活字本、文苑英華作「飄蓬」。

〔七〕知，文苑英華作「能」。

〔八〕南陔，詩經小雅笙詩篇名，其詩已佚。詩序云：「南陔，孝子相戒以養也，有其義而亡其辭。」此句意謂陳兼居家侍親，盡孝子之義。

〔九〕花，敦煌集本作「秋」。

〔一〇〕口，全唐詩作「上」，注：「一作口。」敦煌集本作「口」。　生，文苑英華作「垂」。

〔一一〕伊昔，敦煌集本作「寧敢」。

〔一二〕蒿萊，見宋中遇劉書記有别注〔七〕。喻窮苦的隱居生涯。　此句敦煌集本作「終然倦塵埃」，是説厭倦仕途，於義爲優。全唐詩一作「終然倦塵埃」。

〔一三〕此句敦煌集本作「人生各有命」，文苑英華作「男兒須達命」，全唐詩除以上異文外，另有「男兒須命達」一種。

〔一四〕進，敦煌集本、文苑英華作「醉」。全唐詩作「盡」，注：「一作醉。」

古樂府飛龍曲留上陳左相〔一〕

德以精靈降〔二〕，時膺夢寐求〔三〕。蒼生謝安石〔四〕，天子富人侯〔五〕。罇俎資高論〔六〕，巖廊挹大猷〔七〕。相門連户牖〔八〕，卿族嗣弓裘〔九〕。豁達雲開霽〔一〇〕，清明月映秋。能爲吉甫頌〔一一〕，善用子房籌〔一二〕。階砌思攀陟〔一三〕，門闌尚阻修。高山不易仰〔一四〕，大匠本難投〔一五〕。跡與松喬合〔一六〕，心緣啓沃留〔一七〕。公才山吏部〔一八〕，書癖杜荆州〔一九〕。幸沐千年聖，何辭一尉休〔二〇〕！折腰知寵辱〔二一〕，迴首見沉浮〔二二〕。天地莊生

馬〔二三〕，江湖范蠡舟〔二四〕。逍遥堪自樂，浩蕩信無憂。去此從黄綬〔二五〕，歸歟任白頭！風塵與霄漢〔二六〕，瞻望日悠悠。

【校注】

〔一〕此詩作於天寶八載（七四九）秋，時在長安被授封丘縣尉。　飛龍曲，樂府舊題，屬雜曲。樂府詩集雜曲歌詞飛龍篇：「楚辭離騷曰：『爲余駕飛龍兮，雜瑶象以爲車。』曹植飛龍篇，亦言求仙者乘飛龍而昇天，與楚辭同意。按琴曲亦有飛龍引。」　留上，留别上呈。　陳左相，即陳希烈，宋州（睢陽郡）人，博學，尤深黄老，工文章。天寶五載官至左相兼兵部尚書，封許國公，又兼祕書省圖書使。天寶十一載，楊國忠代李林甫爲右相，陳希烈也受到排擠，罷相而爲太子太師。安禄山攻陷長安，陳希烈投降，被任爲相。後被肅宗賜死於家。傳見舊唐書卷九十七、新唐書卷二百二十三。　詩題敦煌選本甲與底本相同，敦煌選本乙作「留上陳左相」。

〔二〕精靈，神靈。　按此詩爲例行奉承之作，顯多諛辭。

〔三〕膺，當。　夢寐求，尚書説命：殷高宗夢得傅説，使百官求之於野，得於傅巖，任用爲相。此以比陳氏正值皇帝夢寐求賢之時。

〔四〕謝安石，東晉謝安，字安石，隱於會稽東山，朝廷屢召不就。時人有言：「安石不肯出，將如蒼生何！」後征西大將軍桓温請爲司馬。所謂「東山再起」即指此事。此謂陳氏賢比謝安，爲

濟蒼生之良臣。

〔五〕富人侯，底本原作「富平侯」，諸本多同。此從敦煌選本乙、清抄本、文苑英華。「富人侯」即「富民侯」（因避諱改）。漢武帝時丞相車千秋曾被封爲富民侯，事見漢書本傳。身份、事蹟與陳氏相當。

〔六〕罇俎，晏子春秋内篇雜上謂晏子「不出尊俎之間，而知千里之外」。　資，取。

〔七〕巖廊，漢書董仲舒傳：「游於巖郎（廊）之下。」　大猷，大道。見東平旅遊奉贈薛太守二十四韻注〔二〕。　挹，文苑英華作「揖」。

〔八〕户牖，指陳平。陳平爲西漢陽武户牖鄉人，佐劉邦有功，被封爲户牖鄉侯。漢惠帝六年被任爲左丞相。此謂陳希烈與陳平同爲丞相，又同姓氏，官族相連。　此句敦煌選本、文苑英華作「卿才傳世業」。

〔九〕卿族，卿大夫之家。　弓裘，指父子相承之事業。語出禮記學記：「良冶之子，必學爲裘；良弓之子，必學爲箕。」　此句敦煌選本、文苑英華作「相府盛嘉謀」。

〔一〇〕霽，敦煌選本、文苑英華作「景」。

〔一一〕吉甫，尹吉甫，周房陵人。宣王時玁狁進迫京邑，吉甫奉命北伐，把玁狁驅逐到太原而歸。詩經小雅六月即歌頌此事，中有「文武吉甫，萬邦爲憲」語。　頌，文苑英華作「用」。

〔一二〕子房，西漢名臣張良，字子房。漢書張良傳：「高帝（劉邦）曰：『運籌策帷帳中，決勝千

里外，子房功也。』」

〔一三〕階砌，敦煌選本作「户牖」。

〔一四〕高山，喻指德高之人。詩經小雅車舝：「高山仰止。」疏：「古人有高顯之德如山者則慕而仰之。」

〔一五〕大匠，孟子盡心上：「大匠不爲拙工改廢繩墨。」　投，指投效。

〔一六〕松喬，指古代傳説中的仙人赤松子與王子喬。赤松子，漢書張良傳：「願棄人間事，欲從赤松子遊耳。」顏師古注：「赤松子，仙人號也，神農時爲雨師。」王子喬，周靈王太子，名晉，見酬馬八效古見贈注〔七〕。

〔一七〕啓沃，謂開陳善道以輔導君主。　語出尚書説命：「啓乃（汝）心，沃朕心。」二句諛頌陳氏本可昇仙而去，只因輔導君主的一片忠心而留在人世。

〔一八〕公才，三公之才能。　山吏部，即山濤，西晉河内懷縣（今河南省武陟縣西南）人，字巨源，「竹林七賢」之一。魏時爲趙國相，入晉爲吏部尚書、太子少傅、右僕射等職。晉書本傳云：「濤爲吏部尚書，用人行政，皆先密啓，然後公奏，舉無失才，時稱『山公啓事。』」

〔一九〕杜荆州，即杜預，自謂有左傳癖，參見奉酬睢陽李太守注〔一五〕。

〔二〇〕一尉，指所授封丘縣尉之職。

〔二一〕折腰，鞠躬下拜。陶淵明爲彭澤令，歲終，會郡遣督郵至，縣吏請曰：「應束帶見之。」淵

明歎曰：「我豈能爲五斗米（縣令之俸）折腰向鄉里小兒！」即日解綬去職，賦歸去來辭。詳見蕭統陶淵明傳及晉書本傳。後遂以折腰謂作小吏逢迎長官之意。

〔二二〕沉浮，喻各人遭遇不同，有的屈身下位（包括自己在内），有的高居顯職。

〔二三〕莊生馬，莊子齊物論：「天地，一指也；萬物，一馬也。」又逍遥遊：「野馬也，塵埃也，生物之以息相吹也。」郭象注：「野馬者，游氣也。」經典釋文：「崔云：『天地間氣如野馬馳也。』」此句意謂天地之間不過如莊子所言，只是一些如野馬奔馳的游氣而已，何必拘謹處之。

〔二四〕范蠡舟，指范蠡泛舟隱於江湖，見奉酬睢陽李太守注〔五八〕。

〔二五〕黄綬，黄色的繫印帶子。據隋書禮儀志，諸縣尉銅印黄綬。唐因之。

〔二六〕風塵，指自己爲宦下層。霄漢，喻陳希烈身居高位。

留上李右相〔一〕

風俗登淳古，君臣挹大庭〔二〕。深沉謀九德〔三〕，密勿契千齡〔四〕。獨立調元氣〔五〕，清心豁窅冥〔六〕。本枝連帝系〔七〕，長策冠生靈〔八〕。傅説明殷道〔九〕，蕭何律漢刑〔一〇〕。鈞衡持國柄〔一一〕，柱石總賢經〔一二〕。隱軫江山藻，氛氳鼎鼐銘〔一三〕。興中皆白雪〔一四〕，身外即丹青〔一五〕。江海呼窮鳥〔一六〕，詩書問聚螢〔一七〕。吹噓成羽翼〔一八〕，提握動芳

馨〔一九〕。倚伏悲還笑〔二〇〕，棲遲醉復醒。恩榮初就列〔二一〕，含育忝宵形〔二二〕。有竊丘山惠〔二三〕，無時枕席寧。壯心瞻落景〔二四〕，生事感流萍〔二五〕。莫以才難用，終期善易聽〔二六〕。未爲門下客，徒謝少微星〔二七〕。

【校注】

〔一〕此首與前一首作於同時。李右相，即李林甫，當時專擅朝政，結黨營私，排擠賢才，陷害異己，世謂其「口有蜜，腹有劍」。傳見舊唐書卷一〇六，新唐書二二三。　詩題敦煌選本作「上李右相」，文苑英華作「奉贈李右相林甫」。

〔二〕大庭，古國名。左傳昭公十八年：「梓慎登大庭氏之庫以望之。」杜預注：「大庭氏，古國名，在魯城內，魯於其處作庫。」孔穎達疏：「大庭氏，古天子之國也，先儒舊説皆云炎帝號神農氏，一曰大庭氏。服虔云『在黄帝前』，鄭玄詩譜云『大庭在軒轅之前』，亦以大庭爲炎帝也。」此諛頌當時的唐玄宗和李林甫崇仰古代淳厚遺風。　挹，文苑英華作「揖」。

〔三〕九德，見尚書皋陶謨。據皋陶的解釋，「九德」是指寬而栗，柔而立，愿而恭，亂而敬，擾而毅，直而温，簡而廉，剛而塞，彊而義。

〔四〕密勿，通「黽勉」，勉力。詩經小雅十月之交：「黽勉從事，不敢告勞。」漢書楚元王傳附劉向傳引此詩作「密勿從事」。　契，至，達。

〔五〕元氣，大化原始之氣，即陰陽二氣。古時宰相有「調理陰陽」之責。

〔六〕窅（yǎo 咬）冥，深遠幽隱。窅，敦煌選本作「杳」。

〔七〕帝系，帝王世系。按舊唐書本傳云：「李林甫，高祖從父弟長平王叔良之曾孫。」

〔八〕長策，指治國善策。冠（guàn 貫），覆蓋。生靈，人類，百姓。

〔九〕傅說，殷高宗賢相。史記殷本紀，武丁得說於傅險（亦作「傅巖」）中。是時說爲胥靡（服刑役徒），築於傅險。故遂以傅險姓之，號曰傅說。參見奉酬睢陽李太守注〔一八〕。殷道，指殷商盛世治國之道。

〔一〇〕蕭何，西漢沛人，漢朝的第一任丞相。漢之典章制令多經其手定。漢書刑法志：「相國蕭何攈摭秦法，取其宜於時者，作律九章。」以上二句以傅說、蕭何喻指李林甫。按詩中凡此類皆諛頌之詞。

〔一一〕鈞衡，平衡，公正。柄，權柄。

〔一二〕柱石，漢書霍光傳：「將軍爲國柱石。」總，把持。賢經，用賢之綱紀，即用人之權。

賢，敦煌選本、文苑英華、全唐詩作「朝」。

〔一三〕「隱軫」二句，隱軫、氛氳，皆盛貌。江山藻，指詩賦；鼎鼐銘，指文章。按舊唐書本傳謂李林甫「自無學術，僅能秉筆」，此兩句美頌李氏文采優美。顯係諛詞。

〔一四〕白雪，高雅的樂曲，參見宋中別周梁李三子注〔五〕。按舊唐書本傳載李林甫「尤好聲

妓」。白雪，文苑英華作「潔白」。

〔一五〕丹青，畫。張彥遠歷代名畫記謂「李林甫亦善丹青」。

〔一六〕窮鳥，比喻勢窮之士。三國志魏志邴原傳注：「（劉）政投原曰：『窮鳥入懷。』原曰：『安知此懷之可入邪？』」此句意謂徵召隱於江海窮困之士。

〔一七〕問，過問，尋問。聚螢，指勤學苦讀之士，參見奉酬北海李太守丈人夏日平陰亭注〔二〇〕。

〔一八〕吹噓，獎掖、推舉、稱揚之意。成羽翼，劉邦曾對戚夫人説：「我欲易之（太子），彼四人（四皓）輔之，羽翼已成，難動矣。」（漢書張良傳）羽翼比喻輔佐人才。此句意謂李氏的獎掖成爲助己高飛的羽翼。

〔一九〕提握，猶云提攜、提拔。動，萌生。芳馨，比喻美好的名聲。

〔二〇〕倚伏，相因。老子：「禍兮福所倚，福兮禍所伏。」悲還笑，指禍轉化爲福。

〔二一〕就列，就於所列之位，指授官封丘尉。

〔二二〕含育，受到培育。忝，謙詞，有愧於。宵形，已像個模樣，指風範初具。漢書刑法志：「人宵天地之貌。」注引應劭曰：「頭圜象天，足方象地。」師古曰：「宵，義與肖同。」

〔二三〕竊，私下思慮。丘山惠，猶言恩重如山。

〔二四〕落景（同「影」），落日。景，敦煌選本作「日」。

〔二五〕流，全唐詩作「浮」，下注云：「一作流」。善易聽，從善如流的意思。

〔二六〕期，希望。

〔二七〕少微星，指士大夫。史記天官書：「廷藩西有隋星五，曰少微，士大夫。」晉書天文志：「少微四星在太尉西，士大夫之位也，一名處士。」謝，敦煌選本作「羡」。

留別鄭三韋九兼洛下諸公〔一〕

憶昨相逢論久要〔二〕，顧君哂我輕常調〔三〕。羈旅雖同白社遊〔四〕，詩書已作青雲料〔五〕。蹇躓蹉跎竟不成〔六〕，年過四十尚躬耕。長歌達者杯中物〔七〕，大笑前人身後名〔八〕！幸逢明聖多招隱〔九〕，高山大澤徵求盡。此時亦得辭漁樵，青袍裹身荷聖朝〔一〇〕。犂牛釣竿不復見，縣人邑吏來相邀〔一一〕。遠路鳴蟬秋興發〔一二〕，華堂美酒離憂銷。不知何時更攜手〔一三〕，應念兹晨去折腰〔一四〕。

【校注】

〔一〕此詩作於天寶八載（四七九）授封丘尉後，赴任途經洛陽之時。鄭三、韋九，名皆未詳。

〔二〕昨，昔時。　久要，論語憲問：「久要不忘平生之言，亦可以爲成人矣。」何晏集解：「孔（安國）曰：久要，舊約也。」

〔三〕哂（shěn 審），譏笑。　常調，見宋中遇劉書記有別注〔四〕。

〔四〕白社，地名，在今河南省洛陽市東。白社遊，晉書隱逸傳董京傳：董京在洛陽被髮而行，逍遥吟詠，宿白社中，時乞於市。孫楚當時爲著作郎，常到社中與語，勸其用世。董京作詩答之，歎末世不遇，志遁世以存真。

〔五〕已作，敦煌選本作「比作」，文苑英華作「已得」。按，以敦煌選本文字爲優。此句意謂把所讀詩書比爲攀登仕途高位的資本。

〔六〕蹇躓（jiǎn zhì 剪致），困頓不順。　躓，敦煌選本、文苑英華作「步」。

〔七〕達者，文苑英華作「達士」。　杯中物，指酒。

〔八〕身後名，用晉張翰事。晉書張翰傳：翰任心自適，不求當世。或謂之曰：「卿乃可縱適一時，獨不爲身後名耶？」答曰：「使我有身後名，不如即時一杯酒。」時人貴其曠達。

〔九〕聖，敦煌選本、清抄本、文苑英華、全唐詩作「盛」。

〔一〇〕青袍，按通典禮二十一，唐貞觀三年（六二九）規定八品、九品官服青色。又新唐書車服志，顯慶元年（六五六）以後，深青爲八品之服，淺青爲九品之服。縣尉爲九品，當服淺青。　荷（hè 賀），特指承受恩德。

〔一一〕縣人，明銅活字本作「縣令」，非是。令不當邀尉。

〔一二〕蟬，敦煌選本作「蜩」。

〔一三〕時，敦煌選本、文苑英華、全唐詩作「日」。

〔一四〕折腰，見古樂府飛龍曲留上陳左相注〔一一〕。　晨，敦煌選本、清抄本、文苑英華作「辰」。按，「晨」通「辰」，「兹辰」即此時。

可憐薄暮宦遊子〔二〕，獨卧虛齋思無已。去家百里不得歸〔三〕，到官數日秋風起。

【校注】

〔一〕此詩作於天寶八載（七四九）秋。封丘，縣名，屬陳留郡，在今河南省封丘縣。

〔二〕薄暮，語意雙關，兼指時間和年歲。

〔三〕家，指宋城客居之所。

封丘縣〔一〕

我本漁樵孟諸野〔二〕，一生自是悠悠者。乍可狂歌草澤中〔三〕，寧堪作吏風塵

下〔四〕！祇言小邑無所爲，公門百事皆有期〔五〕。拜迎官長心欲碎〔六〕，鞭撻黎庶令人悲。悲來向家問妻子〔七〕，舉家盡笑今如此〔八〕！生事應須南畝田〔九〕，世情付與東流水。夢想舊山安在哉？爲銜君命日遲迴〔一〇〕。乃知梅福徒爲爾〔一一〕，轉憶陶潛歸去來〔一二〕。

【校注】

〔一〕此詩作於天寶八載（七四九）至天寶十一載（七五二）任封丘尉期間。　縣，敦煌集本、河嶽英靈集、文苑英華、全唐詩作「作」。全唐詩注：「一作縣。」唐詩所「縣」下有「作」字。

〔二〕孟諸，古澤名，在今河南省商丘市東北，接虞城縣境。高適出仕以前曾長期客居隱耕於宋城（今商丘市南）。

〔三〕乍可，只可。

〔四〕寧堪，怎可。　風塵，指紛擾的世俗社會。

〔五〕期，指程期，公事的期限。

〔六〕碎，敦煌集本、文苑英華作「破」。

〔七〕悲，底本作「歸」，此從敦煌集本、河嶽英靈集等。按「歸來」與「向家」意複。　妻子，妻室和子女。

〔八〕笑，據上下文乃是苦笑之意，文苑英華作「哭」。

〔九〕南畝，此語詩經中屢見，指南坡向陽良田，或用以泛指田畝。　應須，文苑英華作「須依」。

〔一〇〕銜君命，奉君命，指受命爲吏。　遲迴，遲疑不決。　日，全唐詩作「且」，注：「一作日。」

〔一一〕梅福，西漢末年九江郡壽春縣人，字子真。曾做南昌尉，後棄官。但仍不忘國事，數次上書進言，終不被採納。見漢書梅福傳。　徒爲爾，徒勞而已。　乃，河嶽英靈集作「早」。

〔一二〕陶潛歸去來，見古樂府飛龍曲留上陳左相注〔二一〕。　轉，文苑英華作「却」。

封丘作〔一〕

州縣才難適〔二〕，雲山道欲窮〔三〕。揣摩慚黠吏，棲隱謝愚公〔四〕。

【校注】

〔一〕此詩作於任封丘尉期間。

〔二〕州縣，指州縣官職。　才難適，表面上是謙詞，實指下文「揣摩慚黠吏」和封丘縣「拜迎官長心欲碎，鞭撻黎庶令人悲」而言。

〔三〕雲山，泛指隱居之地。

〔四〕謝，愧。　愚公，泛指隱者。　列子湯問有北山愚公，説苑政理有「愚公之谷」。

崔司録宅燕大理李卿〔一〕

多雨殊未已，秋雲更沉沉。洛陽故人初解印〔二〕，山東小吏來相尋〔三〕。上卿才大名不朽〔四〕，早朝至尊暮求友。豁達常推海内賢，殷勤但酌罇中酒。飲醉欲言歸剡溪〔五〕，門前駟馬光照衣。路傍觀者徒唧唧，我公不以爲是非。

【校注】

〔一〕據詩中自稱「山東小吏」，知此詩作於任封丘尉期間，時在天寶八載（七四九）或九載秋。燕，同宴。　崔司録，名未詳，當爲洛陽司録，東京尹屬官。　司録，見魯郡途中遇徐十八録事注〔一〕。　大理，即大理寺，主管刑獄的朝廷官署。　李卿，名未詳。　卿爲諸寺長官。大理寺，卿一人，從三品，掌折獄、詳刑。

〔二〕洛陽故人，指崔司録。　解印，罷官。

〔三〕山東，指太行山以東地區。　高適當時做封丘尉，故稱「山東小吏」。

〔四〕上卿，指大理寺李卿。

〔五〕剡溪，水名，在浙江省嵊州市，即曹娥江上游。晉戴逵（安道）曾隱居於此，武陵王聞其善鼓琴，遣人召之，逵對使者破琴曰：「戴安道不爲王門伶人。」屢徵不就。歸剡溪即歸隱之意。「剡溪」二字底本及諸本多空缺，此據張黄本、許本補。清抄本於句首空缺兩字。

送崔録事赴宣城〔一〕

大國非不理〔二〕，小官皆用才。欲行宣城印，住飲洛陽杯〔三〕。晚景爲人別，長天無鳥迴。舉帆風波渺，倚棹江山來。羨爾兼乘興，蕪湖千里開〔四〕。

【校注】

〔一〕此詩作於前首之後。　崔録事，與前首崔司録當爲一人，録事、司録名異實同，見魯郡途中遇徐十八録事注〔一〕。蓋崔氏在洛陽罷官後，又赴宣城任。　宣城，郡名，原宣州，天寶元年（七四二）更郡名，屬西道，治所在宣城縣（今安徽省宣城市）。

〔二〕大國，指宣城郡。唐時一般州郡分爲雄、望、緊、上、中、下六等，據新唐書地理志，宣城郡屬於「望」等，且州郡與侯國地位相當，故稱「大國」。　理，治。

〔三〕「欲行」二句，謂崔氏將赴宣城就職，在洛陽飲宴留別。

〔四〕蕪湖，湖名，在安徽省蕪湖縣西南。宣城在其東南。

送郭處士往萊蕪兼寄苟山人〔一〕

君爲東蒙客〔二〕，往來東蒙畔。雲卧臨嶧陽〔三〕，山行窮日觀〔四〕。少年詞賦皆可聽，秀眉白面風清泠〔五〕。身上未曾染名利，口中猶未知羶腥〔六〕。今日還山意無極，豈辭世路多相識！歸見萊蕪九十翁〔七〕，爲論別後長相憶。

【校注】

〔一〕據詩意此詩作於旅居東平之後，又參「豈辭世路多相識」句，當作於任封丘尉期間。郭處士、苟山人，名皆未詳。處士，見贈別晉三處士注〔一〕。山人，隱士之稱，因隱遁山林而得名。萊蕪，縣名，屬魯郡（兗州），在今山東省萊蕪市。

〔二〕蒙，蒙山，在今山東省中南部。

〔三〕嶧，嶧山，在今山東省鄒城市南。嶧陽，嶧山之南。

〔四〕日觀，泰山觀日出之處，在山頂東巖，又稱日觀峯。

〔五〕風，風儀。清泠，本義清和涼爽。宋玉風賦：「清清泠泠，愈病析酲（chéng 呈，酒醉）。」此處以喻風儀清俊。

〔六〕猶，敦煌選本作「獨」。

〔七〕九十翁，指苟山人。

同陳留崔司户早春宴蓬池〔一〕

同官載酒出郊圻〔二〕，晴日東馳鴈北飛〔三〕。隔岸春雲邀翰墨，傍簷垂柳報芳菲。池邊轉覺虚無盡，臺上偏宜酩酊歸。州縣徒勞那可度，後時連騎莫相違〔四〕。

【校注】

〔一〕此詩作於任封丘尉期間，約在天寶九載（七五〇）春。　陳留，郡名，原汴州，天寶元年更郡名。治所在浚儀縣（今開封市西北）。　崔司户，名未詳。司户，即司户參軍事，見宴韋司户山亭院注〔一〕。　蓬池，按漢書地理志，陳留郡開封縣東北有蓬池。新唐書地理志陳留郡開封縣注：「有福源池，本蓬池，天寶六載更名，禁漁採。」

〔二〕同官，指陳留同僚。高適時任陳留郡封丘縣尉，亦可謂與崔氏同官。　郊圻（qí祈），城郊。

〔三〕馳，敦煌選本作「風」。

〔四〕連騎，謂車騎之盛，以示地位高貴。史記仲尼弟子列傳：「孔子卒，原憲遂亡在草澤中。子貢相衛，而結駟連騎，排藜藿，入窮閻，過謝原憲。」　相違，相忘。

途中酬李少府贈别之作〔一〕

西上逢節换〔二〕，東征私自憐。故人今卧疾，欲别還留連。舉酒臨南軒，夕陽滿中筵。寧知江上興〔三〕，乃在河梁偏〔四〕！行李多光輝〔五〕，札翰忽相鮮〔六〕。誰謂歲月晚，交情尚貞堅。終嗟州縣勞，官謗復迍邅〔七〕。雖負忠信美，其如方寸懸〔八〕。連帥扇清風〔九〕，千里猶眼前。曾是趨藻鏡〔一〇〕，不應翻棄捐。日來知自强，風氣殊未痊〔一一〕。可以加藥物，胡爲輒憂煎？驅馬出大梁〔一二〕，原野一悠然。柳色感行客，雲陰愁遠天。皇明燭幽遐〔一三〕，德澤普照宣〔一四〕，鵷鴻列霄漢〔一五〕，燕雀何翩翩〔一六〕！余亦惬所從，漁樵十二年，種瓜漆園裏〔一七〕，鑿井盧門邊〔一八〕。去去勿重陳，生涯難勉旃〔一九〕。或期遇春事〔二〇〕，與爾復周旋。投報空回首〔二一〕，狂歌謝比肩〔二二〕。

【校注】

〔一〕此詩不見本集，據唐百家詩選、全唐詩補。據「驅馬出大梁」及「柳色感行客」句，當亦作於天寶九載春，時由封丘西行東返途經開封。李少府，當即李勉。舊唐書李勉傳稱「累授開封尉」。又大唐傳載及太平廣記卷一六五引尚書譚録，均謂李勉天寶中寓宋州，後數年尉開封。

詩稱李少府，可知李勉正當開封任上。據詩意，知二人仕前在宋中相交，至此又同任縣尉。

〔二〕節換，季節轉換，據詩中所寫是冬春之交。

〔三〕江上興，指泛舟之遊興。

〔四〕河梁，橋。李陵與蘇武詩：「攜手上河梁，遊子暮何之？」後遂指送別之地曰河梁。偏，邊。

〔五〕行李，出使或出行之人。

〔六〕相鮮，相輝映。

〔七〕官謗，居官不稱職而遭謗。　迍邅，見漣上題樊氏水亭注〔四〕。

〔八〕方寸懸，提心吊膽。

〔九〕連帥，漢時稱太守爲連帥，後世又稱按察使爲連帥。　扇清風，揚起仁風。晉書袁宏傳：宏出任東陽郡太守，謝安取一扇授之。宏應聲答曰：「輒當奉揚仁風，慰彼庶黎。」

〔一〇〕藻鏡，品藻鑑別。常用以稱職任銓選之官。句指李氏曾經赴考。銓選之官選拔，竟遭棄置。

〔一一〕風氣，風濕病。

〔一二〕大梁，開封。詳見古大梁行注〔一〕。

〔一三〕皇明，皇帝之聖明。　燭，照。　幽遐，隱蔽遥遠之處。

〔一四〕普照宣，按此乃不符事實的言不由衷的諛頌之語。資治通鑑天寶六載：「上（玄宗）欲廣求天下之士，命通一藝以上皆詣京師。李林甫恐草野之士對策斥言其奸惡，建言：『舉人多卑賤愚聵，恐有俚言污濁聖聽。』乃令郡、縣長官精加試練，灼然超絕者，具名送省（尚書省），委尚書覆試，御史中丞監之，取名實相副者聞奏。既而至者皆試以詩、賦、論，遂無一人及第者。林甫乃上表賀野無遺賢。」

〔一五〕鵷鴻，猶鵷鷺，喻朝官。參見東平旅遊奉贈薛太守二十四韻注〔九〕。霄漢，喻朝廷。

〔一六〕燕雀，比喻庸碌無志之輩。見同顏少府旅宦秋中注〔二〕。翩翩，自得的樣子。文選張華鷦鷯賦：「翩翩然有以自樂也。」李善注：「翩翩，自得之貌。」

〔一七〕漆園，見宋中十首其七注〔一〕。

〔一八〕盧門，見宋中十首其八注〔三〕。以上四句爲回顧嚮往開元八年至開元十九年客居梁宋前期相對穩定的隱居生活。參見年譜。

〔一九〕旃，語助辭，焉。勉旃，指勉强從事。

〔二〇〕春事，指春耕之事。陶淵明歸去來辭：「農人告余以春及，將有事於西疇。」此處泛指歸耕隱居。

〔二一〕投報，詩經衛風木瓜：「投我以木瓜，報之以瓊琚。匪報也，永以爲好也。」

〔三三〕比肩，並肩。以稱摯友。

睢陽酬暢大判官〔一〕

吾友遇知己，策名逢聖朝〔二〕。高才擅白雪〔三〕，逸翰懷青霄〔四〕。承詔選嘉兵〔五〕，慨然即馳軺〔六〕。清晝下公館〔七〕，尺書忽相邀〔八〕。留歡惜別離，畢景駐行鑣〔九〕。言及沙漠事〔一〇〕，益令胡馬驕〔一一〕。大夫拔東藩〔一二〕，聲冠霍嫖姚〔一三〕。兜鍪衝矢石〔一四〕，鐵甲生風飈。諸將出冷陘〔一五〕，連營濟石橋〔一六〕。酋豪盡俘馘〔一七〕，子弟輸征徭〔一八〕。邊庭絶刁斗〔一九〕，戰地成漁樵。榆關夜不扃〔二〇〕，塞口長蕭蕭。降胡滿薊門〔二一〕，一一能射鵰。軍中多燕樂〔二二〕，馬上何輕趫〔二三〕！戎狄本無厭〔二四〕，羈縻非一朝〔二五〕。飢附誠足用，飽飛安可招〔二六〕！李牧制儋藍〔二七〕，遺風豈寂寥？君還謝幕府〔二八〕，慎勿輕蒭蕘〔二九〕。

【校注】

〔一〕此詩約作於天寶九載（七五〇），時暢大至睢陽選兵，後高適亦以封丘尉職北使青夷軍送兵。睢陽，郡名，見酬鴻臚裴主簿雨後睢陽北樓見贈之作注〔一〕。暢大，暢璀，河東人。據

舊唐書暢璀傳，天寶末年爲河北海運判官。唐才子傳王之奐（涣）傳：「（涣）與王昌齡、高適、暢當忘形爾汝。」後遂多據此謂本詩之暢大爲暢當。實則唐才子傳此條材料不確，與其他記載相牴牾，亦與此詩暢大事蹟不符。按暢當乃暢璀之子，新唐書儒學下、唐詩紀事、唐才子傳暢當傳均有暢當的材料，可知當爲大曆七年（七七二）張式榜及第，貞元初爲太常博士。其及第之年，高適已卒七載，兩人年歲及主要活動時期頗不相值。韋應物與暢當有交，詩中屢見酬贈之作，所及暢當仕歷行跡，亦與此詩不合。因此詩暢大指爲暢當幾成定説，故特詳辨於此。　判官，見別馮判官注〔一〕。詩題，明銅活字本、文苑英華、全唐詩「酬」下有「別」字，此從敦煌選本。

〔二〕策名，仕宦的意思。　語出左傳僖公二十三年，當時仕者把自己的名字記在所臣事人的簡策上，以明繫屬。

〔三〕白雪，見宋中别周梁李三子注〔五〕。

〔四〕翰，敦煌選本作「翮」。　懷，敦煌選本作「淩」。

〔五〕「承詔」句，據資治通鑑天寶十載八月：「安禄山將三道（幽州、平盧、河東）兵六萬以討契丹，以奚騎二千爲鄉導。」暢大選兵或與此舉有關。　嘉，敦煌選本作「佳」。

〔六〕軺，輕便的車子。　馳軺，疾速驅車出使。

〔七〕公館，此泛指官舍。

〔八〕尺書，書函。　古代使用簡牘時期，用一尺長的木簡寫信，後遂有尺書之稱。

〔九〕畢景（影），日夕。　鑣（biāo標），馬銜。此處借指馬。

〔一〇〕沙漠事，指東北邊塞情況。漠，敦煌選本作「塞」。

〔一一〕胡馬驕，指胡人驕横不羈。具體所指即下面「降胡」八句所寫重用胡兵、胡將的内容。據資治通鑑，安禄山自天寶初任平盧、范陽節度使以來，一方面數侵奚、契丹以邀功求寵，一方面重用奚、契丹的降將、降兵，致使邊境不寧，隱患無窮。胡，敦煌選本作「人」。

〔一二〕大夫，資治通鑑天寶六載十月胡三省注云：「唐中世以前，率呼將帥爲大夫，白居易詩所謂『武官稱大夫』是也。」據史實，此指張守珪，以下十二句爲追述開元二十二年至開元二十五年幽州節度使張守珪大破奚、契丹，鞏固東北邊防的戰績，意在説明邊塞稍安局面的由來，並與安禄山新的邊策作對比。　大夫，底本及諸本多作「丈夫」，蓋形近而誤，此據敦煌選本改。

〔一三〕霍嫖姚，即漢代嫖姚校尉霍去病，見薊門五首其一注〔五〕。

〔一四〕兜鍪（mǒu某），頭盔。

〔一五〕冷陘（xíng行），即冷口，爲長城之隘口，在今河北省遷安縣東北七十里。底本原作「井陘」，諸本多同，此從敦煌選本、清抄本、全唐詩。

〔一六〕連營，紮營相連。　石橋，趙州有石橋，名安濟橋，隋時所建，在今河北省趙縣城南洨水之上，或即指此。

〔一七〕酋豪，即酋長，首領。　馘（guó國），古時計戰功割取死敵或俘虜之左耳以計數叫馘。

〔一八〕子弟，與「酋豪」相對而言，指其部屬。當時邊境民族處在部落階段，氏族尊長亦即部落首長，故部屬稱「子弟」。　輸征徭，送去服軍中役。

〔一九〕刁斗，見燕歌行注〔二〇〕。

〔二〇〕榆關，見燕歌行注〔八〕。扃，門扇外的環鈕，用以從外關門。這裏用作動詞。

〔二一〕薊門，見薊門五首其一注〔一〕。

〔二二〕燕，宴饗。樂，歌舞。

〔二三〕輕趫（qiáo橋），輕巧敏捷。

〔二四〕厭，滿足。

〔二五〕羈縻，約束、籠絡。

〔二六〕「飢附」二句，批評當時優待降胡的邊策。三國志魏志張邈傳：陳登告呂布説：「登見曹公（操），言待將軍譬如養虎，當飽其肉，不飽則將噬人。公曰：『不如卿言也，譬如養鷹，飢則爲用，飽則揚去。』」

〔二七〕李牧，見塞上注〔五〕。　儋藍，亦作「襜襤」，戰國時北方的一個部族，被李牧滅亡。

〔二八〕謝，以辭相告。　幕府，將軍府。因出征在外，設用帳幕而得名。此借指將帥。

〔二九〕蒭蕘，本義爲打草砍柴的人，泛指庶民百姓。詩經大雅板：「先民有言，詢于芻蕘。」又漢書藝文志小説家序：「如或一言可采，此其蒭蕘、狂夫之議也。」此處爲謙辭，自比芻蕘。

酬祕書弟兼寄幕下諸公 并序〔一〕

乙亥歲〔二〕，適徵詣長安，時侍御楊公任通事舍人〔三〕，詩書起予〔四〕，蓋終日矣。今年適自封丘尉統吏卒於青夷〔五〕，途經博陵〔六〕，得太守賈公之政〔七〕，相見如舊，他日之意存焉。司業張侯〔八〕，周旋迨兹僅三十載〔九〕，將疇昔是好〔一〇〕，匪窮達之異乎？族弟祕書，雁序之白眉者〔一一〕，風塵一别，俱東西南北之人〔一二〕，愴然相逢，適與願契。旅館之暇，長懷益增，因賦是詩，愧非六義之流也〔一三〕。

亞相膺時傑〔一四〕，羣才遇良工〔一五〕。翩翩幕下來〔一六〕，拜賜甘泉宫〔一七〕。信知命世奇〔一八〕，適會非常功〔一九〕。侍御執邦憲〔二〇〕，清詞焕春叢〔二一〕。末路望繡衣〔二二〕，他時常發蒙〔二三〕。孰云三軍壯？懼我彈射雄。誰謂萬里遥？在我罇俎中〔二四〕。光禄經濟器〔二五〕，精微自深衷〔二六〕。前席屢榮問〔二七〕，長城兼在躬〔二八〕。高縱激頽波〔二九〕，逸翮馳蒼穹〔三〇〕。將副節制籌〔三一〕，欲令沙漠空〔三二〕。司業至應徐〔三三〕，雅度思沖融〔三四〕。相思三十年，憶昨猶兒童。今來抱青紫〔三五〕，忽若披鵷鴻〔三六〕。説劍增慷慨，論交持始終。祕書即吾門〔三七〕，虚白無不通〔三八〕。多才陸平原〔三九〕，碩學鄭司農〔四〇〕。獻封到關西〔四一〕，獨步歸山

東〔四二〕。永意久知處〔四三〕，嘉言能亢宗〔四四〕。客從梁宋來，行役隨轉蓬。酬贈欣元弟，憶賢瞻數公。遊鱗戲滄浪〔四五〕，鳴鳳棲梧桐〔四六〕。並負垂天翼〔四七〕，俱乘破浪風〔四八〕。眈眈天府間〔四九〕，偃仰誰敢同？何意搆廣廈〔五〇〕，翻然顧雕蟲〔五一〕？應知阮步兵〔五二〕，惆悵此途窮〔五三〕！

【校注】

〔一〕此詩作於天寶九載（七五〇）冬北使青夷軍送兵，途經博陵之時。祕書，即祕書郎，祕書省屬官。弟，或即高耽，時帶祕書郎職。王維有送高道弟耽歸臨淮作一詩，顧起經奇字齋本王右丞詩箋改「高道」爲「高適」，注云：「一作道，非。」全唐詩沿其説，並於卷首正譌云：「送高道弟歸臨淮，耽本無傳，而適係淮人。諸本概作高道，今始因適傳正之作適。」於詩題下亦加注云：「高適，滄州渤海人，意臨淮、渤海舊同郡地。」其云高適淮人，固無據；云臨淮、渤海舊同郡地，亦謬，蓋不解臨淮爲高耽客居之地，渤海乃係郡望。然改高道爲高適，甚是。王維詩寫高耽「少年客淮泗，落魄居下邳。遨遊向燕趙，結客過臨淄。山東諸侯國，迎送紛交馳。自爾燕游俠，閉户方垂帷。深明戴家禮，頗學毛公詩。備知經濟道，高卧陶唐時。聖主詔天下，賢人不得遺。……或問理人術，但致還山詞。天書降北闕，賜帛歸東菑」。與高適此詩所寫事蹟全合。可證王維詩中高道乃高適之誤。有人據當時安禄山幕中有掌書記高尚，遂定高適之族弟爲高尚。按高尚兩唐書

均有傳，與此詩所寫事蹟根本不合。

〔二〕乙亥歲，開元二十三年（七三五）。

〔三〕侍御，見同房侍御山園新亭與邢判官同遊注〔一〕。　楊公，名未詳。　通事舍人，中書省屬官，掌朝見引納、殿庭通奏。

〔四〕起予，見苦雨寄房四昆季注〔一三〕。

〔五〕青夷，本水名，又作「清夷」，流經居庸縣南十里（見水經注卷十三「漯水」）。　此指因青夷水而得名的青夷軍（「青」或作「清」），范陽節度使所統九軍之一，軍城在今河北省懷來縣東南舊懷來。

〔六〕博陵，郡名，原定州，天寶元年更郡名。　治所在安喜縣（故城今河北省定州市區東）。

〔七〕賈公，即賈循。　新唐書賈循傳：「賈循，京兆華原人。……安禄山兼平盧節度使，表爲副，遷博陵太守。　禄山欲擊奚、契丹，復奏循光禄卿自副，使知留後。」

〔八〕司業，國子監屬官，掌儒學訓導之政。　張侯，據由李荃撰文之北嶽恒山安天王銘（見金石萃編卷八十八），天寶七載前後，博陵郡官吏中有「中散大夫行長史上柱國賞紫金魚袋清河張公元瓚」，此張司業或即其人。

〔九〕僅，庶幾，接近。

〔一〇〕疇昔，往昔。

〔一一〕雁序，喻稱兄弟。　白眉，謂兄弟中最傑出的。三國蜀人馬良，兄弟五人，皆字常，且皆有才名，以馬良爲最突出。馬良眉中有白毛，鄉里作諺曰：「馬氏五常，白眉最良。」見三國志蜀志本傳。

〔一二〕東西南北，此指四處漂泊。禮記檀弓上載孔子自謂：「今丘也，東西南北之人也。」

〔一三〕六義，周禮春官大師：「教六詩：曰風，曰賦，曰比，曰興，曰雅，曰頌。」毛詩大序：「詩有六義：一曰風，二曰賦，三曰比，四曰興，五曰雅，六曰頌。」此處以六義概指詩經。

〔一四〕亞相，漢代御史大夫，位亞於宰相，世稱亞相。此指御史大夫安禄山。　膺，當。

〔一五〕羣才，指幕下諸人，良工，古代泛稱技藝高超的人，此指安禄山。

〔一六〕翩翩，喻文采風流。史記平原君列傳：「平原君，翩翩濁世之佳公子也。」

〔一七〕甘泉宮，在陝西省咸陽淳化縣甘泉山上，本秦離宮，漢武帝復增築之，每年夏避暑於此。此泛指皇宮。

〔一八〕命世奇，名高一世之奇材。李陵答蘇武書：「賈誼、亞夫之徒，皆信命世之才，抱將相之具。」（見文選）

〔一九〕非常功，史記司馬相如列傳：「蓋世必有非常之人，然後有非常之事；有非常之事，然後有非常之功。」

〔二〇〕憲，法度。　以下八句寫楊侍御。

〔二一〕清詞，指詩文。　焕春叢，焕發於春叢之中，形容清新鬱勃。

〔二二〕末路，指己仕途不得志。　繡衣，見餞宋八充彭中丞判官之嶺外注〔一七〕。此處稱楊侍御。

〔二三〕他時，指開元二十三年。　發蒙，即序文「詩書起予」意。

〔二四〕「誰謂」二句，意謂萬里之遥，決勝於我罇俎之間。典出晏子春秋内篇雜上：晉平公欲伐齊，使范昭往觀其政。飲宴之間，范昭以無禮試探，請用齊景公之罇，遭晏子拒之；請用成周之樂起舞，遭太師拒之。范昭陰謀被揭穿，回報平公：「齊未可伐也。」于是輟伐齊謀。孔子聽到後説：「善哉！不出樽俎之間，而折衝千里之外，晏子之謂也。」

〔二五〕光禄，全稱銀青光禄大夫，散官名，不治事。　經濟器，經世濟民之才。　以下八句寫賈太守。

〔二六〕精微，指德。　禮記禮器：「德産（生）之致（密）也精微。」

〔二七〕前席，見奉酬睢陽李太守注〔一〇〕，此句意謂賈太守曾多次榮獲皇帝親切問事。

〔二八〕長城，比喻捍衛重任。　據宋書檀道濟傳，劉宋將領檀道濟曾自比萬里長城。　躬，自身。

〔二九〕高縱，「縱」通「蹤」，高尚的行跡。　頽波，比喻衰落的形勢。

〔三〇〕逸翮，見贈别王七十管記注〔四二〕。

〔三一〕副，協助。　節制，節度使之稱。

〔三二〕沙漠空，指滅盡邊塞入侵之敵。

〔三三〕應，應瑒。徐，徐幹。見苦雨寄房四昆季注〔一七〕。　至，張黃本、許本作「志」。以下八句寫張司業。

〔三四〕沖融，見別韋參軍注〔四〕。

〔三五〕青紫，指青色和紫色的印綬，表示高官。見奉酬北海李太守丈人夏日平陰亭注〔二一〕。

〔三六〕鵷鴻，見途中酬李少府贈別之作注〔一五〕。

〔三七〕門，家族。　以下八句寫其族弟。

〔三八〕虛白，莊子人間世：「虛室生白。」謂空虛其心，純潔即生。這裏指心懷謙虛純真。

〔三九〕陸平原，即陸機，字士衡，吴郡人。吴大司馬陸抗之子。吴亡入晉，官至平原內史，故亦稱陸平原。他好儒學，有文采，善詩能賦，詞藻宏麗。與弟陸雲並有才名，世稱「二陸」。有陸平原集。傳見晉書卷五十四。

〔四〇〕鄭司農，即鄭玄，字康成，東漢高密人，官至大司農。他少遊太學，博通諸經及曆法算學，後集漢代經學之大成，幾乎遍注羣經傳記，著述甚富。傳見後漢書卷六十五。

〔四一〕獻封，上書。　關西，函谷關以西。

〔四二〕山東，太行山以東。此句謂落第而歸。王維送高適弟耽歸臨淮作，即爲長安落第送行

之作，其中寫其應試之前有「山東諸侯國，迎送紛交馳」句，寫落第而歸有「天書降北闕，賜帛歸東菑」句。

〔四三〕永意，猶云恒心。　處，隱居。與出仕相對。周易繫辭：「或出或處。」

〔四四〕亢宗，蔽護宗族。語出左傳昭公元年：「大叔（鄭游吉）曰：『吉不能亢身，焉能亢宗？』」

〔四五〕遊鱗，遊龍。與下句「鳴鳳」相對。　滄浪，本爲水名（見尚書禹貢、孟子離婁等），指漢水。此處泛指清流。

〔四六〕棲梧桐，韓詩外傳卷八：「黄帝即位，宇内和平，日思鳳凰，致齋於宮，鳳乃蔽日而至。鳳乃止帝東國，集帝梧桐，食帝竹實，没身不去。」按上句龍戲水，此句鳳棲梧，皆喻羣賢集於幕下，各得其用。

〔四七〕垂天翼，莊子逍遥遊：「有鳥焉，其名爲鵬，背若泰山，翼若垂天之雲。摶扶摇羊角（旋風）而上者九萬里，絶雲氣，負青天，然後圖南，且適南冥也。」又：「風之積也不厚，則其負大翼也無力，故九萬里則風斯在下矣。」

〔四八〕破浪風，南史宗慤傳：「慤年少，叔父問其所志，慤曰：『願乘長風破萬里浪。』」

〔四九〕眈眈，周易頤卦王弼注：「虎視眈眈，威而不猛。」句喻諸人威居朝廷高位。

〔五〇〕搆廣廈，搆同「構」，喻高遠的政治理想。

〔五一〕雕蟲，指詩賦文章之末藝小技。法言吾子：「或問：『吾子少而好賦？』曰：……『然。童子彫蟲篆刻。』俄而曰：『壯夫不爲也。』」

〔五二〕阮步兵，即阮籍，字嗣宗，晉陳留尉氏人，博覽羣籍，尤好莊、老，鄙薄禮教，不與世事，遂酣飲爲常。聞步兵廚營人善釀，有貯酒三百斛，乃求爲步兵校尉，故有阮步兵之稱。詳見晉書本傳。

〔五三〕途窮，晉書阮籍傳載：籍「時率意獨駕，不由逕路，車迹所窮，輒慟哭而返」。此借阮籍自況，感慨仕途未遇。

送兵到薊北〔一〕

積雪與天迥，屯軍連塞愁。誰知此行邁，不爲覓封侯！

【校注】

〔一〕此詩作於天寶九載（七五〇）冬。高適素有立功邊塞的强烈願望，但此次送兵只是行役，無法施展抱負，所以有「不爲覓封侯」的慨歎。使青夷軍入居庸其三「遠行今若此，微禄果徒勞」二句，可與此互參。

使青夷軍入居庸三首〔一〕

匹馬行將久〔二〕，征途去轉難。不知邊地別〔三〕，祇訝客衣單。溪冷泉聲苦，山空木葉乾。莫言關塞極，雲雪尚漫漫。

【校注】

〔一〕此組詩與送兵到薊北作於同時。青夷軍，見酬祕書弟兼寄幕下諸公注〔一〕。居庸，即居庸關，唐代又稱薊門關，位於居庸山中，形勢險要，自古以來爲長城重要關塞，在今北京市昌平區。

〔二〕將，漸。

〔三〕別，指南北節令上的差別。

古鎮青山口〔一〕，寒風落日時。巖巒鳥不過，冰雪馬堪遲。出塞應無策〔二〕，還家賴有期〔三〕。東山足松桂〔四〕，歸去結茅茨〔五〕。

【校注】

〔一〕古鎮，指居庸關鎮。

〔二〕無策，指没有安邊的計策。這是才能不得施展的憤慨的反話，參看薊中作：「豈無安邊書？諸將已承恩。」

〔三〕賴有期，尚幸指日可待。因送兵是臨時行役，故云。

〔四〕東山，在今浙江省紹興市上虞區西南。東晉謝安隱居於此，後遂以東山泛指隱居之地。參見古樂府飛龍曲留上陳左相注〔四〕。　松桂，古人視爲高潔之物，多被隱者稱道或自況。

〔五〕「歸去」句，寫辭官歸隱之志，按高適歸後不久，果然辭去封丘尉。

登頓驅征騎〔一〕，棲遑愧寶刀〔二〕。遠行今若此，微禄果徒勞〔三〕。絶坂冰連下〔四〕，羣峯雪共高〔五〕。自堪成白首，何事一青袍〔六〕！

【校注】

〔一〕登頓，指翻山越嶺。謝靈運過始寧墅：「山行窮登頓，水涉盡洄沿。」

〔二〕遑，底本及諸本作「遲」，此從敦煌選本。

〔三〕微禄，指當時所任封丘尉職。

〔四〕絶坂，極陡的山坡。　冰，底本及諸本多作「水」，此從敦煌選本，與北國冬景相合。

〔五〕雪，底本及諸本多作「雲」，此從敦煌選本。

〔六〕何事，何必去做。　青袍，八、九品官之服，此指縣尉。詳見留別鄭三韋九兼洛下諸

公注〔一〇〕

自薊北歸〔一〕

驅馬薊門北〔二〕，北風邊馬哀。蒼茫遠山口，豁達胡天開〔三〕。五將已深入〔四〕，前軍止半迴〔五〕。誰憐不得意，長劍獨歸來〔六〕！

【校注】

〔一〕此詩作於天寶十載（七五一）北使青夷軍送兵歸返之時。

〔二〕薊門，見別馮判官注〔三〕。

〔三〕「蒼茫」兩句，上句遠望山口，下句已出山口。

〔四〕五將，據漢書匈奴傳：漢宣帝本始二年（公元前七二年），遣田廣、范友明、韓增、趙充國、田順五將軍，率兵十萬餘騎，出塞各二千餘里。詩用此事，謂諸將已帶兵深入敵境。

〔五〕迴，同「回」。此句可與燕歌行「戰士軍前半死生」句相參。字裏行間隱含對諸將指揮無能的不滿。　止，敦煌選本作「無」。

〔六〕「誰憐」二句，暗用馮煖（驩）之典。馮煖爲孟嘗君門客，彈劍而歌其不得意處，孟嘗君每次都滿足了他的要求，後爲孟嘗君出謀畫策，甚爲得力。見戰國策齊策、史記孟嘗君列傳。高適

借此感歎自己無人知遇，只能失意歸來。

薊中作〔一〕

策馬自沙漠〔二〕，長驅登塞垣。邊城何蕭條！白日黄雲昏。一到征戰處，每愁胡虜翻〔三〕。豈無安邊書？諸將已承恩。惆悵孫吴事〔四〕，歸來獨閉門〔五〕！

【校注】

〔一〕此詩作於天寶十載（七五一）送兵後歸時。敦煌選本、文苑英華題作「送兵還作」。

〔二〕漠，敦煌選本、文苑英華作「海」。

〔三〕翻，同「反」，反叛。

〔四〕孫吴事，指用兵之事。孫，指孫武，春秋齊國人，著名軍事家，著有兵法孫子十三篇。其後世子孫孫臏，生於戰國，亦爲著名軍事家，著有兵法。吴，指吴起，戰國衛人，曾被魏文侯、魏武侯用作將軍，大敗秦兵。亦著有兵法行世。後又助楚悼王變法。詳見史記孫子吴起列傳。

〔五〕閉門，指不與聞世事，後漢書馮衍傳：「西歸故鄉，閉門自保。」陳寔傳：「閉門懸車，棲遲養老。」高適説要「閉門」與他們不同，實乃憤慨之詞。

同敬八盧五汎河間清河〔一〕

清川在城下，沿汎多所宜〔二〕。同濟愜數公，翫物欣良時。飄颻波上興，燕婉舟中詞〔三〕。昔涉乃平原〔四〕，今來忽漣漪。東流達滄海，西流延滹池〔五〕。雲樹共晦明，井邑相逶迤〔六〕。稍隨歸月帆，共與沙鷗期〔七〕。漁父更留我〔八〕，前潭水未滋〔九〕。

【校注】

〔一〕此詩作於天寶十載（七五一）春北使送兵南歸途中。敬八，名未詳。盧五，名未詳。河間，河間郡（瀛州）屬縣，爲郡治所在，在今河北省河間市。清河，指長豐渠。新唐書地理志瀛州河間郡河間縣下注云：「又西南五里有長豐渠，開元二十五（七三七）年，刺史盧暉自東城、平舒引滹沱東入淇通漕，溉田五百餘頃。」

〔二〕沿汎，沿河汎舟。

〔三〕燕婉，語出詩經邶風新臺「燕婉之求」，毛傳：「燕，安；婉，順。」

〔四〕昔涉，指開元二十年至二十二年（七三二——七三四）高適北遊燕趙期間渡此河之時。按長豐渠開元二十五年始開鑿（見注〔一〕），當時尚無此河，故云「乃平原」。

〔五〕延，及。滹池，滹沱河古名，周禮職方氏：「正北曰并州……其川虖池、嘔夷。」滹沱河源

出山西省繁峙縣泰戲山，流至河北省獻縣，納釜陽河，匯入子牙河。

〔六〕井邑，村鎮。

〔七〕沙鷗期，典出列子黄帝：「海上之人有好漚（同「鷗」）鳥者，每旦之海上，從漚鳥游，漚鳥之至者百住而不止。其父曰：『吾聞漚鳥皆從汝游，汝取來吾玩之。』明日至海上，漚鳥舞而不下也。」後遂以與沙鷗期會爲忘却世情而隱逸之意。

〔八〕漁父，隱者之稱。源於楚辭漁父。

〔九〕滋，漲。「水未滋」謂尚不便行船，此爲挽留之託辭。

答侯少府〔一〕

常日好讀書，晚年學垂綸〔二〕。漆園多喬木〔三〕，睢水清粼粼〔四〕。詔書下柴門〔五〕，天命敢逡巡〔六〕？赫赫三伏日〔七〕，十日到咸秦〔八〕。褐衣不得見，黄綬翻在身〔九〕。吏道頓羈束〔一〇〕，生涯難重陳。北使經大寒〔一一〕，關山饒苦辛。邊兵若芻狗〔一二〕，戰骨成埃塵。行矣勿復言，歸歟傷我神〔一三〕。如何燕趙陲〔一四〕，忽偶平生親〔一五〕？開館納征騎，彈弦娛遠賓。飄飄天地間，一別方兹晨。東道有佳作〔一六〕，南朝無此人〔一七〕。性靈出萬象〔一八〕，風骨超常倫〔一九〕。吾黨謝王粲〔二〇〕，羣賢推郄詵〔二一〕。明時

取秀才〔二二〕，落日過蒲津〔二三〕。節苦名已富〔二四〕，禄微家轉貧。相逢愧薄遊〔二五〕，撫己荷陶鈞〔二六〕。心事正堪盡，離憂寧太頻〔二七〕！兩河歸路遥〔二八〕，二月芳草新。柳接滹沱暗〔二九〕，鶯連渤海春。誰謂行路難，猥當希代珍〔三〇〕。提握每終日〔三一〕，相思猶比鄰。江海有扁舟〔三二〕，丘園有角巾〔三三〕。君意定何適？我懷知所遵。浮沉各異宜〔三四〕，老大貴全真〔三五〕。莫作雲霄計，遑遑隨搢紳〔三六〕！

【校注】

〔一〕此詩爲天寶十載（七五一）春北使青夷軍歸途所作。侯少府，名未詳，文苑英華作侯大少府。

〔二〕綸，絲製的釣魚線。垂綸，即垂釣。古代隱者多以耕、釣爲事。

〔三〕漆園，見宋中十首其七注〔一〕。

〔四〕睢水，發源於河南省杞縣，流經商丘市城南。漆園、睢水皆指宋城（今商丘市南）。

〔五〕柴門，對自己居處的謙稱。

〔六〕天命，皇帝之命。逡（qūn 俊）巡，遲緩、怠慢。

〔七〕赫赫，燥熱的樣子。三伏，夏至後的第三個庚日爲初伏，第四個庚日爲中伏，立秋後第一個庚日爲末伏。

〔八〕咸秦，即咸陽。秦自孝公以後建都於此，故稱咸秦。此處借指唐都長安。

〔九〕黄綬，縣尉所用黄色的繫印帶子。見別崔少府注〔五〕。

〔一〇〕吏道，爲吏之道。

〔一一〕北使，指天寶九載冬以封丘尉北使青夷軍送兵。經大寒，此次送兵，冬去春還，故云。文苑英華作「經天寒」。

〔一二〕芻狗，古時紮草爲狗，供祭祀用，祭終則棄之，後遂稱輕賤之人或物爲「芻狗」。老子：「天地不仁，以萬物爲芻狗。聖人不仁，以百姓爲芻狗。」

〔一三〕「行矣」二句，參讀自薊北歸、薊中作等詩。

〔一四〕如何，猶言怎知、哪料到。燕趙，戰國時國名，其地域相當於今河北省、山西省北部一帶。陲，邊疆，指燕趙交界地區。

〔一五〕偶，遇。明銅活字本、文苑英華、唐詩所、全唐詩逕作「遇」。

〔一六〕東道，即東道主，指侯少府。

〔一七〕南朝，南北朝時期在長江以南相繼建立的四個漢族政權：宋、齊、梁、陳。魏書温子昇傳：梁朝蕭衍稱讚子昇的詩文時説：「曹植、陸機復生於北土，恨我辭人，數窮百六。」濟陰王暉説：「我子昇足以陵顔（延之）轢謝（靈運），含任（昉）吐沈（約）。」此句讚侯少府的文學成就南朝無人可比。

〔一八〕性靈，才情。　出，超出。　萬象，萬物。

〔一九〕風骨，文心雕龍風骨：「怊悵述情，必始乎風；沉吟鋪辭，莫先於骨。」「風」指抒情立意駿偉豪爽，「骨」指遣詞造句端直有力。　常倫，常類，一般。

〔二〇〕吾黨，猶言我輩。　謝，崇拜。　王粲，三國魏山陽郡高平（今山東省金鄉縣西）人，博學多識，擅長詩賦，爲「建安七子」之一。傳見三國志魏志卷二十一。此處以王粲比侯少府。

〔二一〕郄詵（xì shēn 細深），字廣基，晉濟陰單父（今山東省單縣）人。博學多才，不拘細行，官至雍州刺史，史載：「詵在任，威嚴明斷，甚得四方聲譽。」傳見晉書卷五十二。此又以郄詵比侯少府。

〔二二〕此句寫侯少府中第。

〔二三〕蒲津，又名蒲坂津，黃河渡口，在山西省永濟市西。　此句寫侯少府授官後赴任。

〔二四〕節苦，指爲吏剛正不阿，苦守節操。　富，盛。

〔二五〕薄遊，薄，卑微之義；遊，指遊宦。夏侯湛東方朔像贊：「以爲濁世不可以富貴也，故薄遊以取位。」

〔二六〕陶鈞，製陶器模下所用的轉盤。史記魯仲連鄒陽列傳：「是以聖王制世御俗，獨化於陶鈞之上。」是説聖王治理天下猶如陶工轉鈞，後以「陶鈞」比喻「聖王之治」。

〔二七〕憂，唐詩所、全唐詩作「居」。

〔二八〕兩河，戰國、秦、漢時，黄河自今河南省武陟縣以下東北流，經山東省西北隅折北至河北省滄縣東北入海，略呈南北流向，與上游今晉、陝間的北南流向一段東西相對，當時合稱「兩河」。爾雅釋地：「兩河間曰冀州。」此處沿用古稱。　歸路，指北使送兵歸來。　路，清抄本作「家」，文苑英華作「客」。

〔二九〕滹沱，河名，見同敬八盧五汎河間清河注〔五〕。敦煌集本作「滹池」，文苑英華所注集本異文同。

〔三〇〕猥，猶辱、承。謙詞。猥當，猶羞當，恥受。參見鮑照擬古詩之三：「羞當白壁貺，恥受聊城功。」希代珍，希世珍寶，指贈詩。

〔三一〕提握，握持，指帶着侯少府的贈詩。

〔三二〕扁舟，史記貨殖列傳：「范蠡既雪會稽之恥，乃乘扁舟，浮於江湖。」後遂以乘舟浮江湖（或「江海」）泛指歸隱。

〔三三〕丘園，丘墟園圃，指隱居爲農之地。　角巾，一種有角的頭巾，古時隱者所服用。　晉書羊祜傳：「既定邊事，當角巾東路歸故里。」清抄本作「漁巾」。

〔三四〕浮沉，指出仕或退隱。

〔三五〕老大，年老。　全真，保全真性。　道家認爲只有順隨自然，不受禮樂世俗的拘束，才能歸真返樸，保全人生固有的善良本性。

〔三六〕搢紳，指大官。古代大官常把朝板（笏）插（搢）在衣帶（紳）裏，因而得稱。遑遑，敦煌集本、明銅活字本、文苑英華作「棲遑」。

和賀蘭判官望北海作〔一〕

聖代務平典〔二〕，輶軒推上才〔三〕。迢遥溟海際〔四〕，曠望滄波開。四牡未遑息〔五〕，三山安在哉〔六〕？巨鼇不可釣〔七〕，高浪何崔嵬！湛湛朝百谷〔八〕，茫茫連九垓〔九〕。挹流納廣大〔一〇〕，觀異增遲迴〔一一〕。日出見魚目〔一二〕，月圓知蚌胎〔一三〕。跡非想像到〔一四〕，心以精靈猜。遠色帶孤嶼，虚聲涵殷雷〔一五〕。風行越裳貢〔一六〕，水遏天吴災〔一七〕。攬轡隼將擊〔一八〕，忘機鷗復來〔一九〕。緣情韻騷雅〔二〇〕，獨立遺塵埃〔二一〕。吏道竟殊用〔二二〕，翰林仍忝陪〔二三〕。長鳴謝知己，所媿非龍媒〔二四〕。

【校注】

〔一〕此詩作於北使青夷軍送兵時。賀蘭判官，當即賀蘭進明，唐才子傳卷二賀蘭進明傳：「進明，開元十六年（七二八）虞咸榜進士及第，仕爲御史大夫。肅宗時，出爲河南節度使。時禄山羣黨未平，帥師屯臨淮備賊，竟亦無功。進明好古博雅，經籍滿腹。其所著述一百餘篇，頗窮

天人之際。又有古樂府等數十篇，大體符於阮公，皆今所傳者云。」時賀蘭進明當在范陽、平盧節度使安祿山幕下任判官。判官，見別馮判官注〔一〕。　北海，即渤海。敦煌集本、清抄本無「北」字。

〔二〕聖代，聖世。　務，用。平典，猶中典。周禮大司寇：「掌建邦之三典，以佐王刑邦國，詰四方。一曰刑新國用輕典，二曰刑平國用中典，三曰刑亂國用重典。」鄭玄注：「平國，承平守成之國也。用中典者，常行之法。」此句謂賀蘭進明爲御史大夫時，用法得當。

〔三〕輶（yóu由）軒，輕車。古代使臣皆乘輶軒，因稱「輶軒使者」，或簡稱「輶軒」。　此句謂賀蘭進明堪稱使臣中的高才，指其充任判官。

〔四〕遥，敦煌集本、清抄本作「亭」，文苑英華作「停」。

〔五〕四牡，四馬。詩經小雅四牡：「四牡騑騑，嘽嘽駱馬。豈不懷歸？王事靡盬，不遑啓處。」毛詩序：「四牡，勞使臣之來也。」

〔六〕三山，指傳説中的海中三仙山：蓬萊、方丈、瀛洲。見遇沖和先生注〔二〕。

〔七〕「巨鼇」句，列子湯問：「渤海之東，不知幾億萬里，有大壑焉。……其中有五山焉，一曰岱輿，二曰員嶠，三曰方壺，四曰瀛洲，五曰蓬萊。……而五山之根無所連著，常隨潮波上下往還，不得蹔（同「暫」）峙焉。……帝恐流於西極，失羣聖之居，乃命禺彊使巨鼇十五舉首而戴之，迭爲三番，六萬歲一交焉，五山始峙。而龍伯之國有大人，舉足不盈數步而暨五山之所，一釣而連六

鼇，合負而趣歸其國，灼其骨以數焉。於是岱輿、員嶠二山流於北極，沉於大海。」後以釣鼇比喻豪壯之舉。

〔八〕朝，會聚。百谷，衆山谷。老子六十六章：「江海所以能爲百谷王者，以其善下之，故能爲百谷王。」

〔九〕九垓，九天。

〔一〇〕挹，引。

〔一一〕觀異，看到紛紜萬象。陸雲失題：「思樂萬物，觀異知同。」　遲迴，遲疑，猶豫。

〔一二〕「日出」句，意謂魚目容易混珠，日出始能分辨真僞。

〔一三〕蚌胎，古人認爲珍珠在蚌殼之中，像懷孕一樣，與月盈虧，叫做蚌胎。左思吴都賦：「蛤蚌珠胎，與月虧全。」

〔一四〕非，敦煌集本作「唯」。

〔一五〕虚聲，本指山谷之回聲。此謂海浪咆哮之聲。　涵，包涵。　殷雷，殷殷響雷。殷，雷聲，意出詩經召南殷其靁。

〔一六〕風行，猶云風傳。　越裳，古南方國名。後漢書南蠻傳：「交趾之南，有越裳國。周公居攝六年，制禮作樂，天下和平，越裳以三象重譯而獻白雉。」

〔一七〕天吴，傳説中的海神。山海經海外東經：「朝陽之谷，神曰天吴，是爲水伯。」

〔一八〕攬轡，後漢書范滂傳：「時冀州饑荒，盜賊羣起，乃以滂爲清，詔使按察之。滂登車攬轡，慨然有澄清天下之志。」後遂稱入官行職爲「攬轡」。 隼，又名鶻，猛禽，可用以捕獵。隼將擊，比喻行肅殺之威，嚴猛之政。 漢書五行志：「立秋而鷹隼擊。」史記酷吏列傳義縱傳：「縱以鷹擊毛鷙爲治。」

〔一九〕忘機，忘却機詐之心。 鷗復來，見同敬八盧五汎河間清河注〔七〕。

〔二〇〕韻，用作動詞，猶賦詩。 騷雅，泛指詩篇。

〔二一〕遺，棄。 敦煌集本作「貴」。 塵埃，猶塵俗。

〔二二〕殊用，别用。 指乘行役送兵之機以作遊覽、觀賞。 文苑英華作「吾用」。

〔二三〕翰林，對文學侍從官之稱。 此指賀蘭進明。 忝陪，自謙之詞，謂自己高攀以陪賀蘭判官。

〔二四〕龍媒，漢書禮樂志：「天馬徠兮龍之媒。」應劭注：「言天馬者乃神龍之類，今天馬已來，此龍必至之效也。」後遂稱駿馬爲「龍媒」。

奉酬路太守見贈之作〔一〕

盛才膺命代〔二〕，高價動良時〔三〕。 帝簡登藩翰〔四〕，人和發詠思〔五〕。 神仙去華

省〔六〕，鵷鷺憶丹墀〔七〕。清淨能無事〔八〕，優游即賦詩〔九〕。江山分想像〔一〇〕，雲物共萎蕤〔一一〕。逸氣劉公幹〔一二〕，玄言向子期〔一三〕。多慙汲引速〔一四〕，翻愧激昂遲〔一五〕。相馬知何限〔一六〕，登龍反自疑〔一七〕。風塵吏道迫，行邁旅人悲〔一八〕。拙疾徒爲爾〔一九〕，窮愁欲問誰？秋庭一片葉〔二〇〕，朝鏡數莖絲〔二一〕。州縣甘無取〔二二〕，丘園悔莫追〔二三〕。瓊瑶生篋笥〔二四〕，光景滿茅茨〔二五〕。他日青霄騎〔二六〕，猶應訪所之〔二七〕。

【校注】

〔一〕據詩中「風塵吏道迫，行邁旅人悲」二句及全唐詩題作「奉酬睢陽路太守見贈之作」（文苑英華題同此，唯「贈」作「詒」。然作王昌齡詩，非），此詩作於北使送兵歸封丘之後，當在天寶十載（七五一）秋。路太守，當即路齊暉。唐郎官石柱題名有路齊暉，爲户部員外郎。又新唐書宰相世系表五下「平陽路氏」内載：「齊暉，徐、宋二州刺史。」知路齊暉曾任尚書省户部員外郎及州郡長官，與詩云「登藩翰」、「去華省」相合。又此時路氏正當睢陽太守任上，宰相世系表稱宋州刺史，蓋因新唐書記事於州郡改稱每不詳究而然。

〔二〕膺，當。　命代，即命世（因避諱改），名高一世。李陵答蘇武書：「其餘佐命立功之士，賈誼、亞夫之徒，皆信命世之才，抱將相之具。」　代，文苑英華作「世」。

〔三〕高價，見宋中別周梁李三子注〔三〕。　動，作，用。

〔四〕簡，選。尚書冏命：「慎簡乃僚。」　登，升。　藩翰，藩爲屏藩，翰爲勁羽，以喻國家之重臣。語出詩經大雅板：「价人（被甲之人，指卿士之掌軍事者）維藩，大師（三公）維垣，大邦維屏，大宗維翰。」　此句意謂路氏被皇帝選中，授以太守重任。

〔五〕人和，人與人之間和諧一致。語出孟子公孫丑下：「天時不如地利，地利不如人和。」

〔六〕神仙，比喻高官。　華省，尚書省之稱。

〔七〕鵷鷺，猶云鵷鸞，比喻朝官。見東平旅遊奉贈薛太守二十四韻注〔九〕。　丹墀，見前東平留贈狄司馬注〔一四〕。

〔八〕清淨，指無爲而治，行不擾民之政。

〔九〕優游，閒暇自得的樣子。詩經大雅卷阿：「優游爾休矣。」　即，則。

〔一〇〕分，文苑英華、全唐詩作「紛」。

〔一一〕萎蕤，同「葳蕤」，草木茂盛的樣子。此處泛稱繁盛。　共，文苑英華作「動」。

〔一二〕劉公幹，漢末人，名楨，字公幹，東平（今山東省東平縣）人。曹操做丞相時，爲掾屬。以五言詩見長，當時負有重名，爲「建安七子」之一。曹丕與吴質書：「公幹有逸氣。」傳見三國志魏志卷二十七。

〔一三〕玄言，富於深奥哲理的言語。　向子期，魏晉之際人，名秀，字子期。「竹林七賢」之一。官至黃門侍郎、散騎常侍。曾爲莊子作注，「發明奇趣，振起玄風」。並擅長詩賦。傳見晉書

卷四十九。

〔一四〕汲引，指提拔引薦。

〔一五〕激昂，激揚奮勵。指仕途上進。

〔一六〕「相馬」句，列子說符：秦穆公讓伯樂推薦一個善相馬的人，伯樂舉九方皋，穆公乃使外出求馬，回來時連馬之毛色牝牡都説錯了。穆公很不高興，對伯樂説：「敗矣！子所使求馬者，色物牝牡尚弗能知，又何馬之能知也！」伯樂説：「一至於此乎！是乃其所以千萬臣而無數者也（意謂這正是他勝過我千萬倍而不可限量的地方）。若皋之所觀，天機也，得精而忘其麤，在其内而忘其外，見其所見，不見其所不見，視其所視，而遺其所不視。若皋之相馬，乃有貴乎馬者也。」馬至，果然是天下絶倫之馬。此用其事，意謂路氏知人善任之能力不可限量。

〔一七〕登龍，即登龍門。典出後漢書李膺傳：「是時（桓帝）朝廷日亂，綱紀頹阤，膺獨持風裁，以聲名自高，士有被其容接者，名爲登龍門。」李賢注引辛氏三秦記曰：「河津一名龍門，水險不通，魚鱉之屬莫能上，江海大魚薄集龍門下數千，不得上，上則爲龍也。」反自疑，指自己受到路氏接待，有登龍門之幸，反覺難以自信。

〔一八〕旅人悲，指以封丘尉北使青夷軍送兵事。文苑英華作「旅心衰」。

〔一九〕拙疾，文選謝靈運過始寧墅詩：「拙疾相倚薄。」李善注：「拙謂拙官也。」徒爲爾，徒勞而已。

〔二〇〕一片葉，淮南子說山訓：「見一葉落而知歲之將暮。」

〔二一〕絲，白髮。

〔二二〕州縣，指州縣微職。　甘無取，甘願不要。

〔二三〕丘園，指原先隱居之地。

〔二四〕瓊瑤，美玉。詩經衞風木瓜：「報之以瓊瑤。」後用以稱書函或所贈詩文。　篋，小箱。笥（sì伺），盛衣竹器。此處篋笥指書箱。

〔二五〕光景，光影、光輝。　茅茨，茅屋。　滿，文苑英華、全唐詩作「借」。

〔二六〕青霄騎，高官之車騎，指路氏而言。　騎，文苑英華、全唐詩作「裏」。

〔二七〕所之，指自己將往之地。繼北使歸途諸詩之後，此處進一步透露出高適即將辭官之念。之，文苑英華、全唐詩作「知」。

同薛司直諸公秋霽曲江俯見南山作〔一〕

南山鬱初霽，曲江湛不流。若臨瑶池間，想望崑崙丘〔二〕。迴首見黛色〔三〕，眇然波上秋。深沉俯崢嶸〔四〕，清淺延阻修〔五〕。連潭萬木影，插岸千巖幽。杳藹信難測〔六〕，淵淪無暗投〔七〕。片雲對漁父〔八〕，獨鳥隨虛舟。我心寄青霞〔九〕，世事慙白

鷗〔一〇〕。得意在乘興〔一一〕，忘懷非外求〔一二〕。良辰自多暇，忻與數子遊〔一三〕。

【校注】

〔一〕此詩作於天寶十一載（七五二）秋，時高適已辭封丘尉，正遊長安。薛司直，據下首登慈恩寺塔之作及儲光羲同諸公秋霽曲江俯見南山作（見後附僞詩奉和儲光羲），此薛氏或即當時同遊之薛據。然據只做過司儀郎，此「司直」恐係字誤。另國秀集有「大理司直薛奇章」，與此無涉。

曲江，亦稱曲江池，在長安城東南十里處。其水曲折，流注成池。池畔有紫雪樓、芙蓉苑、杏園、慈恩寺、樂遊原等名勝。池今已填堙。南山，即終南山，在今西安市南四十公里處。

〔二〕「若臨」二句，瑶池、崑崙皆爲我國古代神話傳説中的西方仙境。相傳瑶池臨崑崙，爲西王母所居，見穆天子傳、神仙傳。又史記大宛列傳：「太史公曰：禹本紀言河出崑崙，崑崙其高二千五百餘里，日月所相避隱爲光明也，其上有醴泉瑶池。」

〔三〕黛色，指蒼翠的山色。

〔四〕峥嶸，高峻貌。庾信終南山銘有「峥嶸下鎮」語。句謂終南山俯映曲江之中。

〔五〕延，延伸。阻修，詩經秦風蒹葭：「溯洄從之，道阻且長。」阻，險阻。修，長。此句寫曲江。

〔六〕杳藹，深窈冥暗。此寫山色而意含雙關，有人心莫測的聯想。

〔七〕淵淪，水深的樣子。無，同「毋」。暗投，見送魏八注〔三〕。

〔八〕漁父，此爲實地所見的一個漁翁，但在高適筆下他是一個與世無争、以自然爲友的隱者的傳統形象，參見楚辭漁父。

〔九〕青霞，喻隱逸。

〔一〇〕慙白鷗，見同敬八盧五汎河間清河注〔七〕。有慚於白鷗，指自己爲世事所牽，不能與它們爲盟。

〔一一〕乘興，見送前衛李寀少府注〔五〕。

〔一二〕忘懷，宋書陶潛傳：「忘懷得失，以此自終。」 外求，謝靈運道路憶山中：「得性非外求。」

〔一三〕忻，同「欣」。全唐詩作「欣」。

同諸公登慈恩寺浮圖〔一〕

香界泯羣有〔二〕，浮圖豈諸相〔三〕？登臨駭孤高〔四〕，披拂忻大壯〔五〕。言是羽翼生，迥出虛空上。頓疑身世別〔六〕，乃覺形神王〔七〕。宮闕皆户前，山河盡簷向〔八〕。秋風昨夜至，秦塞多清曠〔九〕。千里何蒼蒼，五陵鬱相望〔一〇〕。盛時慙阮步〔一一〕，末宦知周防〔一二〕。輸效獨無因〔一三〕，斯焉可遊放〔一四〕。

【校注】

〔一〕此詩作於天寶十一載（七五二）秋。　諸公，指杜甫、岑參、薛據、儲光羲等。此數人皆有登塔之作，獨薛詩不傳。　慈恩寺，唐太宗貞觀二十二年（六四八）高宗作太子時爲母文德皇后所建，故名「慈恩」。在今西安市南郊。慈恩寺浮圖，高宗永徽三年（六五二），僧玄奘在寺内西院所建之五層塔，用以貯藏由印度取回的經像。武則天時重修，增高爲十層，後經兵火，只存七層。歷代曾屢加修葺，今稱大雁塔。

〔二〕香界，本爲佛國名，即諸佛世界中的衆香國，見同羣公宿開善寺贈陳十六所居注〔三〕，此處泛指佛寺。　泯，滅。佛家主張「一切皆空」，故云泯羣有。

〔三〕諸相，佛家語，指各種現象。　大乘義章二：「一切世諦有爲無爲通名法相。」據妙法蓮華經見寶塔品，多寶佛生前立下誓願，言自己成佛後，遇十方國王有説法華經者，放置自己舍利（火化後遺體的化石）的寶塔必湧現其前，證其真實。同經方便品：「唯佛與佛乃能究盡諸法實相。」

〔四〕孤高，寫塔勢高聳獨立。

〔五〕披拂，煽動。　莊子天運：「風起北方，一西一東，有上彷徨，孰噓吸是？孰居無事而披拂是？」這裏指臨風。　大壯，本周易卦名，此用其字面，指雄偉壯觀。

〔六〕身世別，自身超出人世。

〔七〕王，大。　莊子養生主：「神雖王，不善也。」

〔八〕「宫闕」二句，謂景色盡收眼底，彷彿宫闕齊來門前，山河盡奔簷下。

〔九〕秦，關中之地，古秦國疆域，今陝西省地。

〔一〇〕五陵，長陵（漢高祖墓）、安陵（惠帝墓）、陽陵（景帝墓）、茂陵（武帝墓）、平陵（昭帝墓），合稱五陵，皆在渭水北岸今咸陽市附近。

〔一一〕阮步，即阮步兵，指阮籍。見酬祕書弟兼寄幕下諸公詩注〔五二〕、〔五三〕。阮籍生不逢時，痛哭途窮。此以自己遇盛世而比阮籍，因而有慚。

〔一二〕末宦，卑微之官職。周防，後漢書儒林列傳周防傳：「周防，字偉公，汝南汝陽人也。……防年十六，仕郡小吏。世祖（光武帝）巡狩汝南，召掾史試經，防尤能誦讀，拜爲守丞。防以未冠，謁去。」句謂同仕微官，知曉有周防的作爲可供仿效。

〔一三〕輸效，輸忠效勞。無因，没有門路。

〔一四〕斯焉，於此。遊放，閒遊放逸。

同李九士曹觀壁畫雲作〔一〕

始知帝鄉客〔二〕，能畫蒼梧雲〔三〕。秋天萬里一片色，只疑飛盡猶氛氳。

【校注】

〔一〕此詩作於天寶十一載（七五二）秋，時在長安。岑參有題李士曹廳壁畫度雨雲歌：「似出棟梁裏，如和風雨飛。掾曹有時不敢歸，謂言雨過濕人衣。」與此詩作於同時。李九，即李翥，當時做京兆府士曹參軍事。士曹，即士曹參軍事，府尹佐吏，掌津梁、舟車、舍宅、工藝。

〔二〕帝鄉，京城。

〔三〕蒼梧，山名，又名九疑，在今湖南省寧遠縣南。相傳舜死葬於此。蒼梧山以雲氣盛多而著稱。

同崔員外綦毋拾遺九日宴京兆府李士曹〔一〕

今日好相見，羣賢仍廢曹〔二〕。晚晴催翰墨，秋興引風騷。絳葉擁虛砌〔三〕，黄花隨濁醪〔四〕。閉門無不可，何事更登高！

【校注】

〔一〕此詩作於天寶十一載（七五二）秋，時在長安。崔員外，即崔顥，汴州人。開元十一年（七二三）進士，天寶中爲尚書省司勳員外郎。早年爲詩，流於浮豔，後歷邊塞，詩風大變，轉爲雄渾豪放。相傳其登黄鶴樓詩爲李白所傾服。天寶十三載卒。兩唐書及唐才子傳有傳。司勳員

外郎，尚書省吏部屬官，掌官吏勳級。綦毋拾遺，即綦毋潛，字孝通，荊南人。開元十四年（七二六）進士，授宜壽尉，遷右拾遺，入集賢院待制，復授校書，終著作郎。後歸隱江東別業。詩調峻峭，多佳句。唐才子傳卷二有傳。九日，指農曆九月九日重陽節。京兆府，開元元年（七一三）改雍州置。治所在長安、萬年二縣（今西安市），轄境相當今陝西省秦嶺以北，乾縣以東，銅川以南，渭南以西地。李士曹，即李翥，見前首注〔一〕。

〔二〕廢曹，退曹，即公休之時。

〔三〕虛砌，即空階。

〔四〕黄花，指菊花。濁醪（láo 勞），濁酒，即汁渣混合的酒。

玉真公主歌〔一〕

常言龍德本天仙〔二〕，誰謂仙人每學仙。更道玄元指李日〔三〕，多於王母種桃年〔四〕。

【校注】

〔一〕此詩不見本集，據洪邁萬首唐人絶句及全唐詩補。玉真公主，睿宗女，玄宗妹，始封崇昌縣主，不久進號上清大洞三景師。天寶三載，上言請去公主號，罷邑司，玄宗不許。寶應年

間卒。詳見新唐書諸帝公主列傳。又舊唐書玄宗紀天寶三載十一月：「玉真公主先爲女道士，讓號及實封，賜名持盈。」李白、王維、儲光羲等人均有詩相贈。此詩其二提及天寶年號，或作於天寶十一載在長安之時。

〔二〕龍，君王之稱。龍爲「神物」，古時帝王自詡龍種。龍德，周易乾卦九五：「飛龍在天」，王弼注曰：「龍德在天，則大人之路亨也。」

〔三〕玄元，老子。開元二十年追崇老子爲玄元皇帝。指李，按太平廣記卷一：「老子生而能言，指李樹曰：『以此爲我姓。』」唐奉老子爲聖祖。

〔四〕王母，即西王母，古代傳説中的仙人。穆天子傳卷三：「吉日甲子，天子賓于西王母。」竹書紀年注卷下穆王十七年：「王西征崑崙丘，見西王母。」傳説西王母種仙桃。

仙宮仙府有真仙，天寶天仙祕莫傳。爲問軒皇三百歲〔一〕，何如大道一千年〔二〕。

【校注】

〔一〕軒皇，即黃帝軒轅氏，傳説中的古帝。

〔二〕大道，指道教的道統。從祖師李耳算起，故云一千年。

送渾將軍出塞〔一〕

將軍族貴兵且强，漢家已是渾耶王〔二〕。子孫相承在朝野，至今部曲燕支下〔三〕。

控弦盡用陰山兒〔四〕，登陣常騎大宛馬〔五〕。銀鞍玉勒繡蝥弧〔六〕，每逐嫖姚破骨都〔七〕。李廣從來先將士〔八〕，衛青未肯學孫吴〔九〕。傳有沙場千萬騎，昨日邊庭羽書至〔一〇〕。城頭畫角三四聲〔一一〕，匣裏寶刀晝夜鳴〔一二〕。意氣能甘萬里去〔一三〕，辛勤動作一年行〔一四〕。黄雲白草無前後〔一五〕，朝建旌旗夕刁斗〔一六〕。塞下應多俠少年，關西不見春楊柳〔一七〕。從軍借問所從誰？擊劍酣歌當此時。遠別無輕繞朝策〔一八〕，平戎早寄仲宣詩〔一九〕。

【校注】

〔一〕渾將軍，即皋蘭府（今甘肅省蘭州、白銀兩市分治其地）都督渾惟明，曾做隴右節度使哥舒翰的部將。天寶十三載（七五四）春哥舒翰爲他論功，表奏加雲麾將軍。見資治通鑑天寶十三載。據「從軍借問所從誰」句，此詩當作於渾惟明從軍哥舒翰幕府時，或即天寶十一載在長安所作。

〔二〕漢家，漢朝。新唐書宰相世系表載：渾氏出自匈奴渾耶王。漢書衛青霍去病傳載：漢武帝元狩三年（公元前一二〇），單于怒渾邪王居西方幾次爲漢所破，亡數萬人，欲召誅之，渾邪王因此降漢，被封爲漯陰侯。

〔三〕部曲，此指渾氏舊部。燕支，又作焉支，山名，在今甘肅省山丹縣東南。

〔四〕控弦，引弓，多用作兵卒的代稱。陰山，在今内蒙古自治區境内，起於河套，連綿東去，與内興安嶺相接。陰山兒，指陰山下擅長騎射的游牧青年。

〔五〕大宛，漢代西域國名，在今烏兹别克斯坦、塔吉克斯坦和吉爾吉斯斯坦三國交界的費爾干納盆地。天寶三載，玄宗改其國名爲寧遠。産名馬，號稱「汗血馬」。登，全唐詩一作「臨」。

〔六〕玉勒，以玉爲飾的馬頭絡銜。蝥（máo毛）弧，旗名，先秦時爲諸侯之旗，此指軍旗。

〔七〕逐，隨從。嫖姚，指漢代名將霍去病，他曾做嫖姚校尉，大破匈奴。參見薊門五首其一注〔五〕。骨都，指匈奴左右骨都侯。

〔八〕李廣，漢代名將，以厚遇將士、身先士卒著稱，參見燕歌行注〔二三〕。

〔九〕衛青，漢代名將。不肯學孫吴是霍去病事。史記衛將軍驃騎列傳謂天子嘗欲教去病孫吴兵法，對曰：「顧方略如何耳，不至學古兵法。」此處誤指衛青。參見淇上酬薛三據兼寄郭少府注〔六〕。

〔一〇〕羽書，見燕歌行注〔一〇〕。

〔一一〕角，古代軍中的吹器，作用猶如現在的軍號。畫角，有雕飾的角。

〔一二〕寶刀鳴，傳説古帝顓頊有曳影之劍，不用時於匣中常作聲，如龍吟虎嘯，見拾遺記卷一。古代常以刀劍鳴表示求戰心切的豪情壯志。

〔一三〕意氣，指作戰的意志和赴敵的勇氣。

〔一四〕動，輒，每。

〔一五〕白草，即芨芨草，多年叢生草木植物，莖細高，葉狹長，乾熟時呈白色。是一種牧草，亦可用來編織器物。　無前後，寫天曠地遠，雲草延綿，狀邊塞之遼闊遥遠。

〔一六〕刁斗，見燕歌行注〔二〇〕。

〔一七〕關西，指玉門關以西。唐代玉門關在敦煌以東安西（今甘肅省安西縣）附近。

〔一八〕繞朝，春秋時秦國大夫。繞朝策，左傳文公十三年：晉人士會爲秦國所用，晉國擔憂，施計把他賺回。士會自秦臨行時，繞朝贈之以策（馬箠），曰：「子無謂秦無人，吾謀適不用也。」繞朝贈策，一方面願其催馬加鞭，同時「策」與「策謀」之「策」語意雙關，向他表示不是秦國無人出謀劃策，而是自己有策略不被採用。此處借用這個典故，希望渾惟明出塞後不要輕視臨行時自己所獻破敵之策。

〔一九〕仲宣，即王粲。王粲有從軍詩五首，歌頌曹操西征張魯的勝利，有云：「一舉滅獯虜，再舉服羌夷。西收邊地賊，忽若俯拾遺。」此以仲宣詩喻報捷之詩。

送李侍御赴安西〔一〕

行子對飛蓬〔二〕，金鞭指鐵驄〔三〕。功名萬里外，心事一杯中。虜障燕支北〔四〕，

秦城太白東〔五〕。離魂莫惆悵，看取寶刀雄。

【校注】

〔一〕此詩作於天寶十一載（七五二）秋，時在長安。李侍御，名未詳。侍御，見同房侍御山園新亭與邢判官同遊注〔一〕。安西，即安西都護府，治所在今新疆維吾爾自治區庫車縣。

〔二〕飛蓬，蓬草遇風飛旋，古時常用來比喻遊子。

〔三〕鐵驄，馬名。爾雅釋畜「青驪騢」，邢昺疏引孫炎曰：「青毛黑毛相雜者名騢，今之鐵驄也。」後漢桓典任侍御史，常乘驄馬，有「驄馬御史」之稱，詳參見後陪竇侍御泛靈雲池注〔七〕。李氏亦官侍御史，故稱其馬爲「鐵驄」。

〔四〕虜障，即遮虜障。漢武帝使伏波將軍路德博築遮虜障於居延城（在今内蒙古自治區額濟納旗）。燕支，見前首注〔三〕。遮虜障與安西都護府無關，此處係借指李所去的邊塞。

〔五〕秦城，指長安。太白，又稱太乙，秦嶺峯名。此指高適留在長安。

送裴別將之安西〔一〕

絶域眇難躋〔二〕，悠然信馬蹄。風塵驚跋涉〔三〕，摇落怨睽攜〔四〕。地出流沙外〔五〕，天長甲子西〔六〕。少年無不可〔七〕，行矣莫悽悽。

【校注】

〔一〕此詩作於天寶十一載（七五二）秋，時在長安。裴別將，名未詳。別將，諸府武官名。安西，見前首注〔一〕。

〔二〕絶域，遠隔難通之域。　躋，登。

〔三〕風塵，指邊警。

〔四〕搖落，指秋天草木凋零。　睽，遠隔。睽攜，分手，闊別。

〔五〕流沙，古時對西北大沙漠的泛稱，其地不一，尚書禹貢：「導弱水，餘波入於流沙。」漢書地理志：「居延澤在東北，古文以爲流沙。」新唐書西域傳：「吐谷渾西北，有流沙數百里。」

〔六〕甲子，古時以十二地支標記十二星次，以十二星次中的二十八宿標記古十二州諸國的天文分野。史記天官書：「内冠帶，外夷狄。分中國爲十有二州，仰則觀象於天，俯則法類於地。……天則有列宿，地則有州域。……二十八舍主十二州。」正義：「二十八舍，謂東方：角、亢、氐、房、心、尾、箕；北方：斗、牛、女、虚、危、室、壁；西方：奎、婁、胃、昴、畢、觜、參；南方：井、鬼、柳、星、張、翼、軫。星經云：『角、亢鄭之分野兗州；氐、房、心宋之分野豫州；尾、箕燕之分野幽州；南斗、牽牛吴越之分野揚州；須女、虚齊之分野青州；危、室、壁衛之分野并州；奎、婁魯之分野徐州；胃、昴趙之分野冀州；畢、觜、參魏之分野益州；東井、輿鬼秦之分野雍州；柳、星、張周之分野三河；翼、軫楚之分野荆州也。』」甲子西，指遠在中國十二州分野之西。參見

和竇侍御登涼州七級浮圖之作注〔七〕。

〔七〕無不可，無所不可。論語微子：「（子曰）我則異於是，無可無不可。」

送蹇秀才赴臨洮〔一〕

悵望日千里，如何今二毛〔二〕！猶思陽谷去〔三〕，莫厭隴山高〔四〕。倚馬見雄筆〔五〕，隨身唯寶刀。料君終自致〔六〕，勳業在臨洮。

【校注】

〔一〕此詩作於天寶十一載（七五二），時在長安。蹇秀才，名未詳。杜甫天寶五載所作陪李北海宴歷下亭詩，句中自注：「時邑人蹇處士在座。」時高適與杜甫同遊齊魯，與李邕（李北海）過從甚密，此蹇秀才或即歷下之蹇處士，當時高適與其始交。秀才，見酬裴秀才注〔一〕。臨洮，郡名，原稱洮州，天寶元年更郡名，治所在臨潭縣（今甘肅省臨潭縣）。屬隴右節度使。

〔二〕二毛，花白頭髮。

〔三〕陽谷，地名，在今甘肅省淳化縣北。

〔四〕隴山，在今陝西省隴縣西北。陽谷、隴山爲赴臨洮所經之地。

〔五〕倚馬，世説新語文學：「桓宣武（温）北征，袁虎時從，被責免官，會須露布文（軍中告捷

之文書)，喚袁倚馬前令作，手不輟筆，俄得七紙，殊可觀。東亭(王珣)在側，極歎其才。」後遂以文思敏捷叫倚馬才。雄筆，雄渾之文筆。

〔六〕自致，憑自己努力而得。參見宋中別周梁李三子注〔六〕。

送白少府送兵之隴右〔一〕

殘更登隴首〔二〕，遠别指臨洮〔三〕。爲問關山事〔四〕，何如州縣勞？軍容隨赤羽〔五〕，樹色引青袍〔六〕。誰斷單于臂？今年太白高〔七〕。

【校注】

〔一〕此詩約作於天寶十一載(七五二)秋，時在長安。白少府，名未詳。隴右，指隴右節度使，屯西平郡(鄯州)、寧塞郡(廓州)、臨洮郡(洮州)、安昌郡(河州)之境，治所在西平郡。當時哥舒翰任隴右節度使。

〔二〕殘更，指五更天。漢魏以來，漏刻計時之法，分一夜爲五刻，又稱五更。第五更爲夜盡天曉之時，故稱殘更，猶云殘夜。隴首，即隴山，見前篇注〔四〕。

〔三〕臨洮，見前篇注〔一〕。

〔四〕關山，關口山隘。關山事，指從軍行役之事。關山，底本原作「關中」，明銅活字本同。

此從清抄本、全唐詩。

〔五〕赤羽，指使臣所執旄節上的羽飾。

〔六〕引，連。　青袍，指縣尉之服。

〔七〕太白，星名，見信安王幕府詩并序注〔一一〕。

送董判官〔一〕

逢君説行邁，倚劍別交親。幕府爲才子〔二〕，將軍作主人〔三〕。近關多雨雪，出塞有風塵。長策須當用，男兒莫顧身〔四〕。

【校注】

〔一〕董判官，名未詳。判官，見獨孤判官部送兵注〔一〕。此董氏或即陪竇侍御靈雲南亭宴詩序中所稱「幕府董帥」，則此詩當作於天寶十一載（七五二），時在長安，正送董氏投哥舒翰幕府。

〔二〕爲，敦煌集本作「多」。

〔三〕將軍，指董判官所事的節度使，當爲隴右節度使哥舒翰。

〔四〕莫，敦煌集本作「不」。

送劉評事充朔方判官賦得征馬嘶〔一〕

征馬向邊州，蕭蕭嘶不休〔二〕。思深應帶別，聲斷爲兼秋〔三〕。岐路風將遠〔四〕，關山月共愁。贈君從此去，何日大刀頭〔五〕？

【校注】

〔一〕此詩當作於天寶十一載（七五二）秋在長安時。劉評事，岑參有函谷關歌送劉評事使詩，二劉評事當爲一人。評事，官名，據新唐書百官志，大理寺有評事八人，從八品下，掌出使推核案情。朔方，指朔方節度使，治所在靈州（今寧夏回族自治區靈武縣西南），轄今寧夏回族自治區及内蒙古自治區西南一帶。賦得征馬嘶，敦煌選本無「賦」字，末四字爲題下小注。當以此爲正，唐詩題下小注，例多誤入正題。

〔二〕蕭蕭，馬鳴聲。詩經小雅車攻：「蕭蕭馬鳴。」嘶，馬鳴。敦煌選本作「聽」。

〔三〕聲斷，聲音淒絶。兼秋，文選鮑照還都道中作：「俄思甚兼秋。」李善注：「兼猶三也。毛詩曰：『一日不見，如三秋。』（按「三秋」下脱一「兮」字）」則兼秋亦有久別之意。

〔四〕岐路，此指分手之處。將，猶言伴從。詩經召南鵲巢：「之子于歸，百兩將之。」

〔五〕大刀頭，爲隱語，歸還的意思。語出玉臺新詠古絶句：「藁砧今何在？山上復有山。何日大刀頭，破鏡飛上天？」全詩俱用隱語，大刀頭隱指刀頭之環，「環」諧音「還」。

送崔功曹赴越〔一〕

傳有東南别，題詩報客居。江山知不厭，州縣復何如〔二〕？莫恨吴歈曲〔三〕，當看越絶書〔四〕。今朝欲乘興〔五〕，隨爾食鱸魚〔六〕。

【校注】

〔一〕此詩作於天寶十一載（七五二），時在長安。崔功曹，名未詳，當爲京兆府功曹參軍事，掌考課、祭祀、禮樂、學校、表疏、書啓等事。越，指古越國地。古越國建都會稽（今浙江省紹興市），其全盛時期在公元前四七三年滅吴以後，疆域包括今江蘇北部運河以東、江蘇南部、安徽南部、江西東部和浙江北部。唐會稽郡（越州），正當古越國的政治、經濟中心地區。

〔二〕州縣，指州縣之職。據此，崔氏赴越實爲出任州縣屬吏。

〔三〕吴歈（yú俞）曲，吴歌。其主要格調爲纏綿悱惻。楚辭招魂：「吴歈蔡謳，奏大吕（樂律名）些。」王逸注：「吴、蔡，國名也。歈、謳皆歌也。」

〔四〕越絶書，書名，凡十五卷，漢袁康撰，吴平所定。原本二十五篇，今佚五篇。所記之事與

吴越春秋相出入，但文章風格較爲博奥偉麗。

〔五〕乘興，見送前衛縣李寀少府注〔五〕。

〔六〕食鱸魚，此借用張翰事以慰别。張翰，字季鷹，晉吴郡（今江蘇省蘇州市）人。性縱任不拘，離家入洛，被齊王冏徵辟爲官，見秋風起，因思吴中菰菜、蓴羹、鱸魚膾，曰：「人生貴得適志，何能羈宦數千里以要（求）名爵乎！」遂命駕而歸。詳見晉書文苑傳張翰傳。

秦中送李九赴越〔一〕

攜手望千里，於今將十年。如何每離别，心事復迍邅〔二〕。適越雖有以〔三〕，出關終耿然〔四〕。愁臨不可向，長路或難前。吴會獨行客〔五〕，山陰秋夜船〔六〕。謝家徵故事〔七〕，禹穴訪遺編〔八〕。鏡水君所憶〔九〕，蓴羹予舊便〔一〇〕。歸來莫忘此，兼示濟江篇〔一一〕。

【校注】

〔一〕此詩作於天寶十一載（七五二）秋。秦中，古地區名，即函谷關以西的關中地區，指今陝西省中部平原。因春秋、戰國時地屬秦國而得名。此具體指長安。李九，即李翥，見同李九士曹觀壁畫雲作注〔一〕。越，見送崔功曹赴越注〔一〕。岑參有送李翥遊江外，内容與此

首相合，知作於同時，中云：「相識應十載，見君只一官。……且尋滄洲路，遥指吴雲端。……便獲賞心趣，豈歌行路難！」據此又知李翥當時因罷官而遊越。

〔二〕迍邅，見漣上題樊氏水亭注〔四〕。

〔三〕有以，有因，有故。詩經邶風旄丘：「必有以也。」此處當指罷官。

〔四〕關，指函谷關，在今河南省靈寶縣東北。東自崤山，西至潼津，通名函谷，號稱天險。

耿然，光明磊落。離騷：「耿吾既得此中正兮。」

〔五〕吴會，東漢時分會稽郡爲吴、會稽二郡，合稱「吴會」。後漢書蔡邕傳：「亡命江海，遠跡吴會。」三國後兩郡地區分郡漸多，但仍稱其故地爲吴會。

〔六〕山陰，縣名，秦置，因在會稽山之陰而得名，治所在今浙江省紹興市。隋改名會稽。唐分會稽置山陰，與會稽同城而治。

〔七〕謝家，指謝安舊家。謝安，字安石，東晉陽夏人，曾隱居會稽郡東山，不應召辟。見使青夷軍入居庸三首其二注〔六〕。徵，考求。

〔八〕禹穴，在浙江省紹興市會稽山上。史記太史公自序：「二十而南游江淮，上會稽，探禹穴。」裴駰集解：「張晏曰：『禹巡狩至會稽而崩，因葬焉。上有孔穴，民間云禹入此穴。』」又清一統志：「禹穴在會稽宛委山，禹藏書之所。唐鄭魴從事越州，大書禹穴二字，立石序之。」遺編，指傳説中禹所藏之書。

〔九〕鏡水，即鏡湖，鑑湖之別稱，在今浙江省紹興市南。唐時跨山陰、會稽二縣之界，湖甚大，自宋以後，漸淤爲田。

〔一〇〕蓴（chún純），睡蓮科植物，生淺水中，嫩葉可食，味美，秋天更生新葉。蓴羹，吴越風味，見送崔功曹赴越注〔六〕。　舊便，素來的習好。

〔一一〕濟江篇，謝靈運酬從弟惠連云：「傾想遲嘉音，果枉濟江篇。」濟江篇，指謝惠連所作西陵遇風獻康樂，中云：「昨發浦陽汭，今宿浙江湄（文選李善注引晉灼漢書注曰：江水至會稽山陰爲浙江。）……臨津不得濟，佇檝阻風波。」此處指李九在越所寫之詩。

送鄭侍御謫閩中〔一〕

謫去君無恨，閩中我舊過〔二〕。大都秋雁少，只是夜猿多。東路雲山合，南天瘴癘和。自當逢雨露〔三〕，行矣慎風波。

【校注】

〔一〕此詩作於天寶十一載（七五二）秋，時在長安。鄭侍御，名未詳。侍御，見同房侍御山園新亭與邢判官同遊注〔一〕。　此詩高集諸本俱載，全唐詩亦作高適詩。四部叢刊影印七卷本岑嘉州集作岑參詩，而「閩中我舊過」句與其行跡不合。蓋高詩誤入岑集者。

〔二〕「閩中」句，按高適二十歲以後行跡，未涉閩中，蓋指少年隨父仕宦韶州（治所在曲江縣，即今廣東省曲江縣）之時。

〔三〕雨露，比喻皇恩，謂當會遇赦。

送桂陽孝廉〔一〕

桂陽少年西入秦〔二〕，數經甲科猶白身〔三〕。即今江海一歸客，他日雲霄萬里人。

【校注】

〔一〕此詩或作於天寶十一載（七五二）秋西遊長安之時。　桂陽，郡名，原郴州，治所在郴縣（今湖南省郴縣）。　孝廉，本爲郡國選舉之科目。漢書武帝紀：「元光元年冬十一月，初令郡國舉孝廉。」顔師古注：「孝，謂善事父母者；廉，謂清潔有廉隅者。」此制後世時興時廢。此用爲舉子之稱。

〔二〕秦，秦中，見秦中送李九赴越注〔一〕。

〔三〕甲科，據通典選舉，唐時科舉按試題難易，明經有甲乙丙丁四科，進士有甲乙兩科。甲科本指最難之科，此處泛指科舉考試。　白身，平民未有科第者之稱。

送張瑶貶五溪尉〔一〕

他日維貞幹〔二〕，明時懸鏌鋣〔三〕。江山遥去國〔四〕，妻子獨還家。離別無嫌遠〔五〕，沉浮勿强嗟。南登有詞賦，知爾弔長沙〔六〕。

【校注】

〔一〕據「江山遥去國」句，此詩乃寫長安送别，當作於天寶十一載（七五二）。張瑶，事蹟未詳。五溪，謂雄溪、樠溪、無溪、西溪、辰溪，在今湖南省西部、貴州省東部一帶，相當於唐時盧溪郡（辰州）地。盧溪郡轄五縣：沅陵（位於西溪入沅水處）、盧溪（又稱武溪，位於武溪入沅水處）、溆浦、麻陽、辰溪（位於辰溪入沅水處）。張氏任尉之縣當爲沅陵、盧溪、辰溪三縣之一。五溪，敦煌集本作「三溪」。

〔二〕維，思。貞幹，「貞」或作「楨」，「幹」當作「榦」。用版築牆所立之木，植於兩端的叫楨，植於兩邊的叫榦。後用以比喻事物之根本或國家輔佐之臣。莊子列禦寇：「魯哀公問乎顔闔曰：『吾以仲尼爲貞榦，國其有瘳乎？』」

〔三〕鏌鋣，本作「莫邪」，寶劍名。吴越春秋：「干將，吴人；莫邪，干將之妻也。干將作劍，莫邪斷髮剪爪投入爐中，金鐵乃濡，遂以成劍，陽曰干將，陰曰莫邪。」此以寶劍比喻奇異人材。懸

鏌鋣，將有用之材棄置不用。懸，敦煌集本作「弃」。

〔四〕國，指國都長安。

〔五〕嫌，敦煌集本作「辭」。

〔六〕長沙，指西漢賈誼，參見古歌行注〔七〕。賈誼遭大臣排擠，文帝疏之，以其爲長沙王太傅，遂有賈長沙之稱。賈誼往長沙渡湘水時作賦弔屈原，以寄託同遭遇、同哀痛之情。詳見史記屈原賈生列傳。

送李少府貶峽中王少府貶長沙〔一〕

嗟君此别意如何〔二〕？駐馬銜杯問謫居〔三〕。巫峽啼猿數行淚〔四〕，衡陽歸雁幾封書〔五〕？青楓江上秋天遠〔六〕，白帝城邊古木疏〔七〕。聖代即今多雨露〔八〕，暫時分手莫躊躇。

【校注】

〔一〕峽，長江三峽。長沙，郡名，原潭州，天寶元年（七四二）改爲長沙郡，唐肅宗乾元元年（七五八）復爲潭州，治所在長沙縣（今湖南省長沙縣）。據長沙稱郡名，此詩當作於天寶年間；據同時送兩縣尉貶謫邊遠外地，當作於京師；又詩中時序爲秋天，當作於天寶十一載（七五二）秋

天遊長安之時。

〔二〕如何，全唐詩作「何如」。

〔三〕銜杯，飲酒。　問，存問，慰問。　謫居，貶官降職到邊遠外地居住。

〔四〕巫峽啼猿，水經注江水描寫巫峽：「每至晴初霜旦，林寒澗肅，常有高猿長嘯，屬引淒異，空谷傳響，哀轉久絕。故漁者歌曰：『巴東三峽巫峽長，猿鳴三聲淚沾裳。』」詩用此以寫李少府去後的悲淒之情。

〔五〕衡陽歸雁，唐衡陽郡治所在衡陽縣（今湖南省衡陽縣）。衡陽縣南有回雁峯，爲衡山七十二峯的首峯，峯勢如雁在迴旋。世俗相傳，冬天北方來雁，至此不過，遇春而回。雁爲候鳥，定時往返，漢書李廣蘇建列傳載有蘇武被扣留胡地時，曾繫書雁足以傳信息的傳説，後世遂有「雁書」之稱。長沙南鄰衡陽郡。

〔六〕青楓江，稱清楓浦一帶的瀏水。清一統志卷二七六：「瀏水逕瀏陽縣西南三十五里曰清楓浦，折而西入長沙縣。」

〔七〕白帝城，故址在今四川省奉節縣東白帝山上，東臨巫峽。

〔八〕雨露，見送鄭侍御謫閩中注〔三〕。

餞故人〔一〕

祈君辭丹豁〔二〕，負仗歸海隅〔三〕。離庭自蕭索，別心何鬱紆〔四〕！天高白雲斷，野曠青山孤。欲知腸斷處，明月照江湖。

【校注】

〔一〕此詩原集缺佚，據敦煌殘卷伯三六一九補。當作於天寶十一載（七五二）秋，時在長安。

〔二〕祈，原字爲草體，作「衸」形，當爲「祈」字，祝福之意。丹豁，疑爲丹墀之誤。丹墀，漆爲紅色的宮殿臺階或地面，借指朝廷。又，丹豁或即「丹闕」，「豁」（huō火陰平）「闕」同訓爲缺口，與「雙闕」有關。參見謝上劍南節度使表「歸侍丹闕」。

〔三〕負仗，「仗」疑爲「杖」字之誤。禮記曲禮：「大夫七十而致事，若不得謝，則必賜之几杖，行役以婦人，適四方乘安車。」又，王制：「七十杖於國，八十杖於朝。」祭義：「是故朝廷同爵則尚齒，七十杖於朝。」則負杖爲年老依杖而行之意。歸海隅，語本文選張協詠史詩：「抽簪解朝衣，散髮歸海隅。」以上二句謂年老辭官歸鄉。

〔四〕心，敦煌殘卷伯三八八五作「路」。

送别〔一〕

昨夜離心正鬱陶〔二〕，三更白露西風高。螢飛木落何淅瀝〔三〕，此時夢見西歸客。曙鐘寥亮三四聲，東鄰嘶馬使人驚。攬衣出户一相送，唯見歸雲縱復横。

【校注】

〔一〕此詩或作於天寶十一載（七五二）秋客遊長安之時。

〔二〕鬱陶，憂鬱，鬱悶。尚書五子之歌：「鬱陶乎予心」。

〔三〕木落，葉落。淅瀝，象聲詞。

别王八〔一〕

征馬嘶長路，離人挹佩刀〔二〕。客來東道遠，歸去北風高。時候何蕭索，鄉心正鬱陶。傳君遇知己，行日有綈袍〔三〕。

【校注】

〔一〕據「客來東道遠，歸去北風高」二句，此詩當作於天寶十一載（七五二）在長安之時或初

入哥舒翰幕府時，姑編於此。王八，名未詳。高適友獨孤及有自東都還濠州奉酬王八諫議見贈，與此王八或爲一人。據獨孤及詩，天寶末其任華陰、鄭縣尉時，與王同官。高適作此詩時，王尚無官職，爲時更早，故推測寫作時間如上。

〔二〕挹，抑，按。敦煌集本作「指」。

〔三〕有綈袍，指范睢事，見詠史注〔三〕。這裏用此典含意相當複雜，既幸其遇到知己，受到關懷，又憾其未被擢用，失意而歸。

登隴〔一〕

登隴遠行客〔二〕，隴上分流水〔三〕。流水無盡期，行人未云已〔四〕。淺才登一命〔五〕，孤劍通萬里。豈不思故鄉？從來感知己〔六〕。

【校注】

〔一〕此詩作於天寶十一載（七五二）從軍河西、隴右途中。隴，即隴山，見送蹇秀才赴臨洮注〔四〕。

〔二〕登隴，張、黄本同，他本多作「隴頭」。

〔三〕樂府詩集卷二十一引三秦記云：「其（隴山）坂九回，上者七日乃越，上有清水四注下，

所謂隴頭水也。」

〔四〕行人，指行役之人。　未云已，不斷，「云」爲語中助詞。

〔五〕淺才，自謙之辭。　一命，指低微的官職。周代官秩有九命，此用其稱。

〔六〕知己，指隴右節度使哥舒翰及其判官田梁丘。天寶十一載秋冬之際，高適經隴右節度使判官田梁丘引薦，被哥舒翰表爲左驍衛兵曹、充任掌書記，詳見年譜。

金城北樓〔一〕

北樓西望滿晴空，積水連山勝畫中。湍上急流聲若箭〔二〕，城頭殘月勢如弓。垂竿已謝磻溪老〔三〕，體道猶思塞上翁〔四〕。爲問邊庭更何事？至今羌笛怨無窮〔五〕。

【校注】

〔一〕此詩作於天寶十一載（七五二）秋冬之際離長安赴隴右途經金城郡時。　金城，唐郡名，屬隴右道，原爲蘭州，天寶元年改爲金城郡，治所在五泉縣（今甘肅省蘭州市）。此指郡治五泉縣（原稱金城縣）城。

〔二〕湍，指湍瀨，水淺急流之處。

〔三〕垂竿，即垂釣，指隱居。　謝，辭。　全唐詩作「羨」。　磻溪，水名，在今陝西省寶雞

市東南，一名璜河。源出南山兹谷，北流入渭河。溪中有兹泉，相傳周太公望（吕尚）出仕前曾垂釣於此。磻溪老，即吕尚，此借以泛指隱者。

〔四〕體道，體會道術。塞上翁，此用淮南子人間訓「塞翁失馬，安知非福」之典。塞上翁能領悟到老子所謂「禍兮福之所倚，福兮禍之所伏」的深奥道理，故云「體道」。

〔五〕羌笛，古代西域民族的一種吹奏樂器，漢代已傳入中國。陳暘樂書説：「羌笛五孔，馬融笛賦謂出於羌中，舊制四孔而已，京房加一孔，以備五音。」

入昌松東界山行〔一〕

鳥道幾登頓〔二〕，馬蹄無暫閒。崎嶇出長坂〔三〕，合沓猶前山〔四〕。石激水流處，天寒松色間。王程應未盡〔五〕，且莫顧刀鐶〔六〕。

【校注】

〔一〕此詩作於從軍哥舒翰幕府途中。昌松，唐隴右道武威郡（凉州）屬縣，故治在今甘肅省古浪縣西。山，當指今古浪縣烏鞘嶺。

〔二〕鳥道，只有飛鳥才能越過的山道，形容山路險峻。

〔三〕坂，斜坡。

〔四〕合沓，連續不斷的樣子。

〔五〕王程，指王事的期限。

〔六〕鐶，諧音「還」，遂以「刀鐶」爲「還歸」的隱語。參見送劉評事充朔方判官賦得征馬嘶注〔五〕。

自武威赴臨洮謁大夫不及因書即事寄河西隴右幕下諸公〔一〕

浩蕩去鄉縣〔二〕，飄颻瞻節旄〔三〕。揚鞭發武威，落日至臨洮。主人未相識〔四〕，客子心忉忉〔五〕。顧見征戰歸，始知士馬豪。戈鋋耀崖谷〔六〕，聲氣如風濤。隱軫戎旅間〔七〕，功業競相褒。獻狀陳首級〔八〕，饗軍烹太牢〔九〕。俘囚驅面縛〔一〇〕，長幼隨巔毛〔一一〕。氈裘何蒙茸〔一二〕，血食本羶臊〔一三〕。漢將乃兒戲〔一四〕，秦人空自勞〔一五〕。立馬眺洪河〔一六〕，驚風吹白蒿。雲屯寒色苦，雪合羣山高。遠戍際天末，邊烽連賊壕〔一七〕。我本江海遊〔一八〕，逝將心利逃〔一九〕，一朝感推薦〔二〇〕，萬里從英旄〔二一〕。飛鳴蓋殊倫〔二二〕，俯仰忝諸曹〔二三〕。燕頷知有待〔二四〕，龍泉惟所操〔二五〕。相士慙入幕〔二六〕，懷賢願同袍〔二七〕。清論揮

麈尾〔二八〕，乘酣持蟹螯〔二九〕。此行豈易酬，深意方鬱陶〔三〇〕。微効儻不遂，終然辭佩刀〔三一〕。

【校注】

〔一〕此詩不見原集，據敦煌選本補。作於天寶十一載（七五二），時高適初至西塞，詳見年譜。武威，郡名，原稱涼州，天寶元年更郡名，治所在姑臧縣（今甘肅省武威市涼州區）。武威郡爲河西節度使治所。臨洮，郡名，見送蹇秀才赴臨洮注〔一〕。大夫，指哥舒翰，唐中世以前率呼將帥爲大夫，參見宋中送族姪式顏時張大夫貶括州使人召式顏遂有此作注〔一〕。哥舒翰爲突騎施首領哥舒部落之後裔，唐玄宗天寶年間名將。因屢破吐蕃有功，受到重用。自天寶六載（七四七）至十五載（七五六），歷任隴右節度副使，河西節度使，加攝御史大夫，加開府儀同三司，封涼國公、西平郡王，拜太子太保，尚書左僕射，同中書門下平章事。後得風疾，病廢在家。安史亂起，奉命守潼關，兵敗被殺。詳見兩唐書本傳。

〔二〕去，離。鄉縣，故鄉。

〔三〕節旄，編毛所做的節。本爲使臣所持，唐制節度使皆賜節，使其專制軍事，此即指節度使所擁之節。

〔四〕主人，指哥舒翰。入幕之人身份爲客，故稱。

〔五〕忉忉（dāo刀），憂慮的樣子。詩經齊風甫田：「無思遠人，勞（憂）心忉忉。」

〔六〕鋋（chán蟬），鐵柄短矛。

〔七〕隱軫，即殷軫，又作「隱賑」，衆盛的樣子。淮南子兵略：「士卒殷軫。」

〔八〕狀，指戰果之奏報。

〔九〕太牢，據周禮「大行人」注，古代祭祀，牛羊猪三牲俱全爲太牢。後世往往誤稱牛爲太牢，此同。

〔一〇〕面縛，反背而縛。

〔一一〕巔毛，頭髮。句本國語齊語「班序顛毛」，按頭髮白黑排列長幼之序。

〔一二〕蒙茸，見營州歌注〔三〕。

〔一三〕血食，指游牧民族茹毛飲血。

〔一四〕兒戲，漢文帝時匈奴入侵，文帝令劉禮率軍駐扎霸上，徐厲駐扎棘門，周亞夫駐扎細柳。後來文帝親自到各處勞軍，霸上、棘門兩處可長驅直入，細柳則戒備森然，直到文帝派人持節說明勞軍之意，才開門放行，還只能按轡徐行，周亞夫也只以軍禮參見文帝。後文帝對羣臣說：「嗟乎！此真將軍矣。曩者霸上、棘門軍若兒戲耳！其將固可襲而虜也。」見史記絳侯周勃世家。

此謂哥舒翰經略西塞之前，諸將懈怠輕敵。

〔一五〕空自勞，勞而無功。史記蒙恬列傳：「秦已并天下，乃使蒙恬將三十萬衆北逐戎狄，收

河南，築長城。」欲求萬世有天下而二世亡。喻哥舒翰經略西塞之前，戍卒苦辛均屬徒勞。

〔一六〕洪河，大河，指黄河。

〔一七〕「遠戍」二句，寫戍樓、烽火臺延綿至遠處。

〔一八〕江海遊，隱居浪跡之意。按高適此次出塞前已辭去封丘縣尉職，正客遊長安。

〔一九〕心利，指欲念利禄。逃，避。莊子讓王：「故養志者忘形，養形者忘利，致道者忘心矣。」

〔二〇〕感推薦，感激被推薦。按天寶十一載高適經田梁丘（「梁」一作「良」）推薦入哥舒翰幕府。詳見年譜。

〔二一〕英旄，同「英髦」，才俊之士。指題中所云「幕下諸公」。

〔二二〕飛鳴，比喻逞才。史記滑稽列傳：「此鳥不飛則已，一飛冲天；不鳴則已，一鳴驚人。」殊倫，不同一般。

〔二三〕諸曹，指「幕下諸公」。

〔二四〕燕頷，按燕口闊大，燕頷即大口。後漢書班超傳：「超問其狀，相者指曰：『生燕頷虎頸，飛而食肉，此萬里侯相也。』」此指上文「諸曹」皆有貴人之相，封侯可待。

〔二五〕龍泉，寶劍名，指皇帝所賜。參見信安王幕府詩注〔一一〕。

〔二六〕相士，鑑别人才。語出史記平原君列傳：「勝相士多者千人，寡者百數，自以爲不失天

下之士。」　塹入幕，自謙之辭。

〔二七〕懷賢，謂己感懷幕中諸賢。　同袍，詩經秦風無衣：「豈曰無衣，與子同袍。」袍爲長襦，是古人平時所穿的便服。同袍，喻親密無間之交。後世軍人也相稱曰同袍。

〔二八〕麈（zhǔ主）尾，拂塵。古時談論者取麈（駝鹿）尾做拂子，用以指授聽衆。晉書王衍傳：「衍既有盛才美貌，明悟若神，妙善玄言，唯談老莊爲事，每捉（握持）玉柄麈尾，與手同色。」

〔二九〕持蟹螯，世説新語任誕：「畢茂世（卓）云：『一手持蟹螯，一手持酒杯，拍浮酒池中，便足了一生。』」（晉書本傳與此文微異）此寫縱飲之狀。

〔三〇〕深意，猶深衷，内心深處，内心的感情。　參見奉寄平原顔太守「所思積深衷」。　鬱陶，見送別注〔二一〕。

〔三一〕辭佩刀，指辭去軍中之職。

李雲南征蠻詩　并序〔一〕

天寶十一載，有詔伐西南夷〔二〕，右相楊公兼節制之寄〔三〕，乃奏前雲南太守李宓涉海自交趾擊之〔四〕。道路險艱，往復數萬里，蓋百王所未通也。十二載四月，至於長安，君子是以知廟堂使能，而李公効節〔五〕。適忝斯人之舊〔六〕，因賦

是詩。

聖人赫斯怒〔七〕，詔伐西南戎。肅穆廟堂上，深沉節制雄。遂令感激士〔八〕，得見非常功〔九〕。料死不料敵〔一〇〕，顧恩寧顧終〔一一〕。鼓行天海外，轉戰蠻夷中。梯巘近高鳥〔一二〕，穿林經毒蟲。鬼門無歸客〔一三〕，北户多南風〔一四〕。蜂蠆隔萬里〔一五〕，雲雷隨九攻〔一六〕。長驅大浪破，急擊羣山空。餉道忽已遠〔一七〕，縣軍垂欲窮〔一八〕。精誠動白日〔一九〕，憤薄連蒼穹〔二〇〕。野食掘田鼠，晡餐兼僰僮〔二一〕。收兵列亭堠，拓地彌西東。臨事恥苟免〔二二〕，履危能飭躬。將星獨照耀〔二三〕，邊色何溟濛。瀘水夜可涉〔二四〕，交州今始通〔二五〕。歸來長安道，召見甘泉宫〔二六〕。廉藺若未死〔二七〕，孫吴知暗同〔二八〕。相逢論意氣〔二九〕，慷慨謝深衷。

【校注】

〔一〕此詩作於天寶十二載（七五三）四月，去冬隨哥舒翰入朝，此時仍在長安。蠻，指南詔，即唐代以烏蠻爲主體，包括白蠻在内的少數民族政權，以太和城（今雲南省大理南太和村）爲首府。全盛時轄有今雲南省全部、四川省南部、貴州省西部等地。

〔二〕西南夷，指南詔。關於天寶十一載前後伐南詔的經過，據資治通鑑，天寶十載四月，劍南節度使鮮于仲通討南詔，大敗於瀘南。玄宗下令大募兩京及河南北兵以擊南詔。十一月，以楊

國忠領劍南節度使。天寶十一載六月，楊國忠奏吐蕃兵六十萬救南詔，劍南兵擊破之於雲南，克故隰州等三城，捕虜六千三百，以道遠，簡壯者千餘人及酋長降者獻之。十月，南詔數寇邊，蜀人請楊國忠赴鎮。天寶十三載六月，侍御史、劍南留後李宓將兵七萬擊南詔。閣羅鳳（南詔王）誘之深入，至大（太）和城，閉壁不戰。宓糧盡，士卒罹瘴疫及飢死什七八，乃引還。蠻追擊之，宓被擒，全軍皆没。楊國忠隱其敗，更以捷聞（舊唐書楊國忠傳記於天寶十載，南詔傳記於天寶十二載，蓋誤），益發中國兵討之，前後死者幾二十萬人；無敢言者。唯李宓於天寶十一載取勝事未見記載，或即在天寶十一載十月蜀人要求楊國忠赴劍南之後。高適目擊李宓回京獻捷而寫此詩，可據以訂補史籍之闕。

〔三〕右相，中書省長官中書令。　楊公，即楊國忠。天寶十一載十一月原右相李林甫死，玄宗以楊國忠爲右相。節制，指揮，管轄。

〔四〕交趾，古郡名。公元前二世紀初，南越趙佗侵占甌駱後所置的郡，公元前一一一年漢併南越後統一於漢。轄境相當今越南北部。

〔五〕効節，指盡臣下之力。

〔六〕斯人，指李宓。　舊，故交。

〔七〕聖人，稱皇帝。　赫斯怒，赫然發怒。詩經大雅皇矣：「王赫斯怒。」

〔八〕感激士，指李宓。

〔九〕見，同「現」，顯示。全唐詩作「建」。

〔一〇〕料死，只考慮決一死戰。不料敵，不考慮敵人如何强大。

〔一一〕寧，怎麽能。　終，指戰死。

〔一二〕梯巘（yǎn 演），攀登重山。

〔一三〕鬼門，即鬼門關，又稱天門關，在今廣西省北流市南。清一統志：「寰宇記：『有兩石相對，其間闊三十步，俗稱鬼門關。晉時趨交趾，皆由此。其南尤多瘴癘，去者罕得生還。』輿地紀勝謂之桂門關，明宣德以來改曰天門關。」

〔一四〕北户，古國名。爾雅釋地：「觚竹、北户、西王母、日下，謂之四荒。」郭璞注云：「北户在南。」

〔一五〕蠆（chài 柴去聲），一種能螫人的毒蟲，通俗文云：「長尾爲蠆，短尾爲蠍。」蜂蠆，左傳僖公二十二年：「蠭（同「蜂」）蠆有毒。」常喻指兇敵惡人。

〔一六〕雲雷，以寫其聲威和盛怒。　九攻，猶云九伐，九種征伐之法。周禮夏官大司馬：「以九伐之法正邦國：馮弱犯寡則眚之，賊賢害民則伐之，暴内陵外則壇之，野荒民散則削之，負固不服則侵之，賊殺其親則正之，放弒其君則殘之，犯令凌政則杜之，外内亂，鳥獸行，則滅之。」此處指代表天子所行的征伐。

〔一七〕餉道，軍餉供應線。

〔一八〕縣軍，即懸軍，獨自深入之孤軍。　垂，將。

〔一九〕動白日，謂使太陽感動而回移，提供時機，以爲之助。典出淮南子覽冥訓：「魯陽公與韓搆難，戰酣日暮，援戈而撝（同「揮」）之，日爲之反（返）三舍。」

〔二〇〕憤薄，怨怒之氣憤懣難平。句寫怒氣衝天。

〔二一〕晡（bū 補平聲），申時，即午後三時、四時。　僰（bó 勃），古西南夷名，説文解字：「僰，犍爲蠻夷也。」　僮，童，未成年的人。　僰，底本誤作「僰」，張黄本、許本、清抄本同。此據明銅活字本、全唐詩改。

〔二二〕苟免，禮曲禮：「臨財毋苟得，臨難毋苟免。」此言李氏臨事以苟免於難爲恥。

〔二三〕將星，指太白星，亦即金星，主將，史記天官書「察日行以處位太白」，正義引天官占云：「太白者，西方金之精，白帝之子，上公大將軍之象也。」太白司兵，參見信安王幕府詩并序注〔一一〕。

〔二四〕瀘水，古水名，一名瀘江水。指今雅礱江（在四川省）下游和金沙江會合雅礱江以後一段。

〔二五〕交州，東漢建安八年（二〇三）改交趾刺史部爲交州。唐代交州轄境南至今河内附近一帶。

〔二六〕甘泉宫，見酬祕書弟兼寄幕下諸公注〔一七〕。

〔二七〕廉，廉頗，戰國時趙國名將，以勇氣聞於諸侯。藺，藺相如，趙人，曾爲趙惠文王出使秦國，以智勇雙全，有完璧歸趙之功，拜爲上卿。詳見史記廉頗藺相如列傳。此以廉、藺比李宓，寫其不但有勇，而且有謀，以國爲重。

〔二八〕孫吳，見薊中作注〔四〕。暗同，即暗合。按晉書山濤傳，太康初平吴之後，晉惠帝詔天下罷軍役，去州郡兵。山濤與盧欽論用兵之本，以爲不宜去州郡武備，其論甚精，時人皆認爲：「濤不學孫、吴，而闇與之合。」

〔二九〕意氣，作戰、赴敵的意志和勇氣。淮南子兵略：「主明將良，上下同心，意氣俱起。」

別從甥萬盈〔一〕

諸生曰萬盈，四十乃知名。宅相予偏重〔二〕，家丘人莫輕〔三〕。美才應自料〔四〕，苦節豈無成？莫以山田薄，今春又不耕。

【校注】

〔一〕郎士元有贈萬生下第還吴詩：「直道多不偶，美才應息機。灞陵春欲暮，雲海獨言歸。爲客成白首，入門嗟布衣。蓴羹若可憶，慚出掩柴扉。」與此詩内容、時令相同，兩萬氏當爲一人。郎詩明言長安送別，則此詩亦當作於長安。以萬氏年齡及高適行跡推斷，時約在天寶十二載（七

五三）春。

〔二〕宅相，晉書魏舒傳：「舒少孤，爲外家甯氏所養。甯氏起宅，相宅者云：『當出貴甥。』舒曰：『當爲外祖成此宅相。』」後遂將宅相用爲外甥之美稱。

〔三〕家丘，指孔子之聖不爲人知，見魯西至東平注〔一〕。此句以此借喻萬盈，意謂萬氏有蘊藉之才，世人且莫輕視。

〔四〕自料，自己估量。猶自信。

同呂判官從哥舒大夫破洪濟城迴登積石軍多福七級浮圖〔一〕

塞口連濁河〔二〕，轅門對山寺〔三〕。寧知鞍馬上〔四〕，獨有登臨事！七級凌太清〔五〕，千崖列蒼翠。飄飄方寓目，想像見深意〔六〕。高興殊未平，涼風颯然至。拔城陣雲合，轉旆胡星墜〔七〕。大將何英靈，官軍動天地。君懷生羽翼〔八〕，本欲厚騏驥〔九〕；款段苦不前〔一〇〕，青冥信難致〔一一〕。一歌陽春後〔一二〕，三歎終自愧。

【校注】

〔一〕此詩作於天寶十二載（七五三）。資治通鑑天寶十二載：「夏，五月……隴右節度使哥

舒翰擊吐蕃，拔洪濟、大漠門等城，悉收九曲部落。」　呂判官，即呂諲，河東人，時在哥舒翰幕府任度支判官，累兼虞部員外郎（屬尚書省工部，協助虞部郎中掌山澤、苑囿、草木、薪炭等事）。詳見舊唐書本傳。　哥舒大夫，即哥舒翰。　洪濟城，據資治通鑑天寶二一年四月胡三省注引杜佑曰：「廓州達化縣（今青海省循化撒拉族自治縣東）有洪濟鎮，周武帝逐吐谷渾所築，在縣西二百七十里。」迴，返。　積石軍，屬隴右節度使，在寧塞郡達化縣西（今青海省循化撒拉族自治縣城附近）。　浮圖，塔。　敦煌集本此詩僅存題目，無「哥舒」「多福」四字，末尾有「作」字。

〔二〕濁河，指黃河。　黃河有積石峽，積石軍即因此得名。

〔三〕轅門，周禮天官掌舍：「設車宮轅門。」是説王者行外止宿，圍車當藩屏，相對立兩車，以車轅當門。　將帥紮營，亦設轅門。　後世遂因此稱官署外門叫轅門。　此處指軍營轅門，或指積石軍官署外門。

〔四〕寧，怎。　鞍馬上，指征戰之時。

〔五〕太清，天。

〔六〕深意，指佛理。

〔七〕轉旆，指回師。　胡星墜，喻胡兵戰敗。　見後塞下曲注〔一一〕。

〔八〕君，清抄本、全唐詩一作「常」。

〔九〕騏驥，良馬。　莊子秋水：「騏驥驊騮，一日而馳千里。」此喻人材。

〔一〇〕款段，馬行遲緩。後漢書馬援傳：「御款段馬。」此以劣馬喻己。
〔一一〕青冥，蒼天，喻高位。
〔一二〕陽春，古曲名，見宋中別周梁李三子注〔五〕。後世樂曲亦往往襲用此稱。此借指呂氏詩作。

同呂員外酬田著作幕門軍西宿盤山秋夜作〔一〕

磧路天早秋〔二〕，邊城夜應永。遥傳戎旅作，已報關山冷。上將頓盤坂〔三〕，諸軍遍泉井。綢繆闔外書〔四〕，慷慨幕中請。能使勳業高，動令氛霧屏〔五〕。遠途能自致〔六〕，短步終難騁〔七〕。羽翮時一看，窮愁始三省〔八〕。人生感然諾，何啻若形影！白髮知苦心，陽春見佳境〔九〕。星河連塞絡〔一〇〕，刁斗兼山静〔一一〕。憶君霜露時，使我空引領！

【校注】

〔一〕此詩作於天寶十二載，時序較前首稍後。呂員外，即呂諲，其職兼虞部員外郎，故稱「員外」。見前首注〔一〕。田著作，據杜甫贈田九判官梁丘及仇兆鰲注（詳見年譜），當即田

梁丘（舊唐書哥舒翰傳作「田良丘」），京兆（今陝西省長安縣）人，曾引薦高適入哥舒翰幕府。著作，即著作郎的簡稱，爲秘書監屬官，掌圖書文籍。　幕門軍，即漢門軍，屬隴右節度使，在臨洮郡（原洮州，治所在今甘肅省臨潭縣）。幕，文苑英華作「莫」。

〔二〕磧（qì棄），沙漠。　早，底本空缺此字，據文苑英華、唐詩所、全唐詩補。　張黄本、許本作「正」；明銅活字本作「甲」。

〔三〕上將，指哥舒翰。　頓，停留、駐紮。　盤坂，即盤山。

〔四〕綢繆（móu謀），纏綿。這裏指信中言事抒懷之情。　閫（kǔn捆）外，郭門外，指出征在外。史記張釋之馮唐列傳：「臣聞上古王者之遣將也，跪而推轂曰：『閫以内者，寡人制之；閫以外者，將軍制之。』」閫外書，指出征在外的田梁丘向主將所寄的信。

〔五〕氛霧，指凶氣妖霧。比喻敵人的進犯。

〔六〕「遠途」句，語本尉繚子武議：「良馬有策，遠道可致。」

〔七〕短步，小步，喻良馬受到限制無法放步馳騁。　楚辭哀時命：「騁騏驥於中庭兮，焉能極夫遠道！」即此句之意。

〔八〕「羽翮」二句，意謂每當意識到高翔遠致的志向，就反復思考窮愁潦倒的原因。　羽翮（hé合），翅膀。此喻指高翔之志。　三省（xǐng醒），語出論語學而：「曾子曰：『吾日三省吾身：爲人謀而不忠乎？與朋友交而不信乎？傳（老師的傳授）不習乎？』」此指反復省察自己落得窮愁

的原因。

〔九〕陽春，古名曲，見宋中別周梁李三子注〔五〕。此借指田氏所作之詩。　境，文苑英華作「景」，注云：「一作境。」

〔一〇〕星河，銀河。　絡，網絡，此指地絡，古時有「天維」「地絡」之稱。星河斜垂，與地絡相連，寫出邊塞遼闊曠遠的蒼茫景象。　絡，文苑英華作「路」。

〔一一〕刁斗，見燕歌行注〔二〇〕，此指夜晚打更聲。　兼，并，猶伴。

同李員外賀哥舒大夫破九曲之作〔一〕

遥傳副丞相〔二〕，昨日破西蕃〔三〕。作氣羣山動〔四〕，揚軍大旆翻。奇兵邀轉戰，連弩絶歸奔〔五〕。泉噴諸戎血，風驅死虜魂。頭飛攢萬戟〔六〕，面縛聚轅門〔七〕。鬼哭黄埃暮，天愁白日昏。石城與巖險〔八〕，鐵騎皆雲屯。長策一言決，高縱百代存。威稜懾沙漠，忠義感乾坤。老將黯無色〔九〕，儒生安敢論〔一〇〕！解圍憑廟算〔一一〕，止殺報君恩〔一二〕。唯有關河眇，蒼茫空樹墩〔一三〕。

【校注】

〔一〕此詩作於天寶十二載（七五三），見同呂判官從哥舒大夫破洪濟城迴登積石軍多福七級

浮圖注〔一〕。　九曲，今青海化隆回族自治縣。資治通鑑唐睿宗景雲元年（七一〇）：「安西都護張玄表侵掠吐蕃北境，吐蕃雖怨而未絕和親，乃賂鄯州都督楊矩，請河西九曲之地以爲公主湯沐邑；矩奏與之。」胡三省注云：「九曲者，去積石軍三百里，水甘草良，蓋即漢大、小榆谷之地，吐蕃置洪濟、大漠門等城以守之。」　詩題敦煌選本作「同呂員外范司直賀大夫再破黄河九曲之作」，當從。呂員外即呂諲，見前首注〔一〕。

〔二〕副丞相，御史大夫之別稱。漢書百官公卿表序：「御史大夫，秦官，位上卿，銀印青綬，掌副丞相。」此指哥舒翰，按舊唐書本傳，天寶八載，哥舒翰攻拔吐蕃石堡城，加攝御史大夫。

〔三〕西蕃，即吐蕃。

〔四〕作氣，鼓舞士氣。語出左傳莊公十年：「一鼓作氣。」

〔五〕連弩，連發之弩。弩爲帶臂用機括發矢之弓。　絶歸奔，斷絶逃敵歸路。

〔六〕攢（cuán 竄陽平），簇聚。

〔七〕面縛，反背而縛，指俘虜。　轅門，見同呂判官從哥舒大夫破洪濟城迴登積石軍多福七級浮圖注〔三〕。

〔八〕石城，即石堡城，一名鐵刃城，在今青海省西寧市西南。唐時地接吐蕃，爲唐蕃交通要地。　與巖險，像山巖一樣險峻。

〔九〕「老將」句，謂與哥舒翰相比，功勳卓著的老將也黯然失色。

〔一〇〕儒生，高適自謂。

〔一一〕廟算，朝廷的大計。孫子計：「夫未戰而廟算勝者，得算多也；未戰而廟算不勝者，得算少也。」張預注：「古者興師命將，必致齋於廟，授以成算，然後遣之，故謂之廟算。」

〔一二〕止殺，制止侵略戰爭。商君書畫策：「以殺去殺，雖殺可也」，「以戰去戰，雖戰可也。」

〔一三〕樹墩，即樹墩城，吐谷渾舊都，故址在今青海省西寧市西北。天寶九載（七五〇），王難得擊吐蕃，拔此城。

九曲詞三首〔一〕

許國從來徹廟堂〔二〕，連年不爲在壇場〔三〕。將軍天上封侯印〔四〕，御史臺中異姓王〔五〕。

【校注】

〔一〕據第一首末句，此詩作於天寶十二載（七五四）秋哥舒翰進封西平郡王之後。九曲，見同李員外賀哥舒大夫破九曲之作注〔一〕。此三首詩爲歌頌哥舒翰收九曲之作。清抄本次序與此有異：第一首爲二，第二首爲三，第三首爲一。

〔二〕徹，達。　廟堂，朝廷。

〔三〕壇場，指拜將，漢書高帝紀：「於是漢王（劉邦）齋戒設壇場，拜韓信爲大將軍。」顔師古注：「築土而高曰壇，除地曰場。」全唐詩「壇」作「彊」，注：「一作壇。」

〔四〕將軍，指哥舒翰。　封侯印，指天寶十二載五月收復九曲後，唐王朝進封哥舒翰爲涼國公。

〔五〕異姓王，指御史大夫哥舒翰又被唐王朝封爲西平郡王。西平郡，原鄯州。按舊唐書玄宗紀，天寶十二載九月，「哥舒翰進封爲西平郡王」（資治通鑑作同年八月）。

萬騎争歌楊柳春〔一〕，千場對舞繡騏驎〔二〕。到處盡逢歡洽事，相看總是太平人。

【校注】

〔一〕楊柳，即楊柳枝，曲名。漢横吹曲有折楊柳，至隋變爲宫詞，唐又變爲新聲。

〔二〕騏驎，同「麒麟」。

鐵騎横行鐵嶺頭〔一〕，西看邏逤取封侯〔二〕，青海只今將飲馬〔三〕，黄河不用更防秋〔四〕。

【校注】

〔一〕鐵嶺，當爲西部邊塞山名，未詳所在。

〔二〕邏沙，同「邏娑」，吐蕃之都城。即今西藏自治區拉薩。

〔三〕青海，湖名，在今青海省東北部。唐時臨吐蕃東北邊境。

〔四〕防秋，唐時突厥、吐蕃等常以秋入寇，劫掠收穫，於其時調兵守邊，謂之防秋。新唐書陸贄傳：「西北邊歲調河南、江、淮兵，謂之防秋。」

陪竇侍御靈雲南亭宴詩 并序〔一〕

涼州近胡〔二〕，高下其池亭，蓋以耀蕃落也〔三〕。幕府董帥雄勇〔四〕，徑踐戎庭〔五〕，自陽關而西〔六〕，猶枕席矣〔七〕。軍中無事，君子飲食宴樂，宜哉。白簡在邊〔八〕，清秋多興，況水具舟楫，山兼亭臺，始臨泛而寫煩〔九〕，俄登陟以寄傲〔一〇〕。絲桐徐奏，林木更爽，觴蒲萄以遞歡〔一一〕，指蘭茝而可掇〔一二〕。胡天一望，雲物蒼然。雨蕭蕭而牧馬聲斷，風嫋嫋而邊歌幾處〔一三〕，又足悲矣。員外李公曰〔一四〕：「七日者何？牛女之夕也〔一五〕；夫賢者何得謹其時？」請賦南亭詩，列之於後。

人幽宜眺聽〔一六〕，目極喜亭臺。風景知愁在，關山憶夢迴。祇言殊語默〔一七〕，何意忝遊陪？連唱波瀾動，冥搜物象開。新秋歸遠樹，殘雨擁輕雷。簷外長天盡，罇前獨鳥來。常吟塞下曲〔一八〕，多謝幕中才。河漢徒相望，嘉期安在哉〔一九〕！

【校注】

〔一〕此詩作於天寶十二載（七五三），時在哥舒翰幕府。高適有送竇侍御知河西和糴還京序文，中云「八月既望」，知與此詩寫作時間相先後。又據其中稱哥舒翰涼公，知此文寫於天寶十二載（七五三）五月哥舒翰收復九曲進封涼國公之後、九月賜爵西平郡王之前。以此推之，更可確知此詩作於天寶十二載七夕之日。竇侍御，名未詳。侍御，見同房侍御山園新亭與邢判官同遊注〔一〕。靈雲，池名，在武威郡治所姑臧縣（今甘肅省武威市涼州區）。清抄本題下注「得雷字」三字。

〔二〕涼州，即武威郡，此用舊稱，指郡治姑臧縣城。詳見自武威赴臨洮謁大夫不及因書即事寄河西隴右幕下諸公注〔一〕。胡，指吐蕃。

〔三〕蕃落，蕃族部落。

〔四〕董帥，或即董延光，原爲河西隴右節度使王忠嗣之部將，曾主動獻策請攻石堡城，見舊唐書王忠嗣傳及資治通鑑天寶六載。

〔五〕戎，古代對西方之種族稱戎。禮記王制：「西方曰戎。」

〔六〕陽關，西漢始置，故址在今甘肅省敦煌縣西南古董灘附近，因在玉門關之南故名。爲西漢至唐對西域交通南道的門户。

〔七〕枕席，比喻安適之地。此用「枕席過師」之典，漢書趙充國傳：「治湟陿中道橋，令可至

鮮水，以制西域，信（伸）威千里，從枕席上過師。」

〔八〕白簡，本爲書寫用的竹簡，此用以稱紙張，題詩所用。

〔九〕寫，同「瀉」。寫煩，傾瀉冗煩之情。

〔一〇〕寄傲，寄託傲世不俗之情。陶淵明歸去來辭：「倚南窗以寄傲。」

〔一一〕蒲萄，同「葡萄」，此指葡萄酒。

〔一二〕茝（chǎi 拆上聲），即芷，一種香草。掇蘭茝以示高潔不俗。

〔一三〕嫋嫋，音義同裊裊，本爲細長柔軟之物隨風擺動的樣子，此指柔和。

〔一四〕員外，即員外郎，尚書省屬官，爲郎中的助理。李公，名未詳。

〔一五〕牛女，牽牛星和織女星。荆楚歲時記：「七月七日爲牽牛織女聚會之夜。」

〔一六〕幽，性情幽静。

〔一七〕語默，周易繫辭：「君子之道，或出或處，或默或語。」殊語默，區別仕、隱不同的處境與行事。

〔一八〕塞下曲，新樂府雜題，參見塞上注〔一〕。

〔一九〕河漢，天河。嘉期，一語雙關，既指牛女相會之時刻，又指賢者用世之機遇。按「河漢」二句，與序中「賢者何得謹其時」之語互參。

陪竇侍御泛靈雲池〔一〕

白露時先降〔二〕，清川思不窮〔三〕。江湖仍塞上，舟楫在軍中〔四〕。舞換臨津樹，歌饒向晚風〔五〕。夕陽連積水，邊色滿秋空。乘興宜投轄〔六〕，邀歡莫避驄〔七〕。誰憐持弱羽〔八〕，猶欲伴鵷鴻〔九〕。

【校注】

〔一〕此詩作於前一首稍後，見前首注〔一〕。

〔二〕白露，禮記月令：「孟秋之月（農曆七月）……涼風至，白露降。」

〔三〕「清川」句，用論語子罕「子在川上曰：『逝者如斯夫！』」之意。

〔四〕「江湖」二句，謂塞上仍有江湖之景，軍中尚有泛舟之遊。

〔五〕「舞換」二句，爲擬人寫法，謂樹舞風歌。　換，指舞姿變換。　臨津，靠近渡口。　饒，盛。　向，清抄本作「迴」。

〔六〕投轄，轄爲車軸兩端約束車輪之鍵，據載西漢陳遵好客，每次宴會輒關門，取客車轄投井中，藉以挽留；客雖有急事，終不得去。見漢書游俠傳陳遵傳。

〔七〕避驄，後漢書桓榮傳附桓典傳：桓典「舉高第拜侍御史，是時宦官秉權，典執政無所迴

避；常乘驄馬，京師畏憚，爲之語曰：『行行且止，避驄馬御史。』」竇侍御與桓典同官侍御史，故引以爲比。

〔八〕弱羽，自謙之詞，謂力薄才淺。羽，翅膀。

〔九〕鵷鴻，喻朝官。見途中酬李少府贈別之作注〔一五〕。

和竇侍御登涼州七級浮圖之作〔一〕

化塔屹中起〔二〕，孤高宜上躋。鐵冠雄賞眺〔三〕，金界寵招攜〔四〕。空色在軒户〔五〕，邊聲連鼓鼙〔六〕。天寒萬里北，地豁九州西〔七〕。清興揖才彦〔八〕，峻風和端倪〔九〕。始知陽春後〔一〇〕，具物皆筌蹄〔一一〕。

【校注】

〔一〕參前二首，並據「天寒萬里北」句，此詩當作於天寶十二載（七五三）冬。

〔二〕化塔，佛塔。佛家稱教化之處每冠以「化」字，如「化土」、「化境」等。

〔三〕鐵冠，見東平留贈狄司馬注〔一二〕。此指竇侍御。

〔四〕金界，金剛界之縮稱，佛家密教修行法門之一，此處泛指佛地。寵招攜，寵受招請交遊。

〔五〕空色，天空之色。　軒，窗。

〔六〕鼙（pí啤），古代軍中用的一種小鼓。

〔七〕豁，開闊。　九州，古時分天下爲九州，名稱因時而異，尚書禹貢之九州爲冀、兖、青、徐、揚、荆、豫、梁、雍。以上二句參見送裴别將之安西：「地出流沙外，天長甲子西。」

〔八〕清興，指竇氏詩作詩興清新。　揖，辭讓折服之意，此處係使動用法，爲「使……辭讓折服」之意。　才彦，俊才美士。

〔九〕峻風，高超的風格。　端倪，發端。和端倪，始終一貫，渾然一體，即莊子大宗師所謂「反覆終始，不知端倪」之意。

〔一〇〕陽春，即陽春白雪，古名曲，見宋中别周梁李三子注〔七〕。此借指竇氏所作之詩。

〔一一〕具物，萬物，指竇氏之作所咏之物。　筌蹄，筌爲捕魚之具，蹄爲捕兔之具，此用莊子外物「得魚而忘筌」、「得兔而忘蹄」重意念輕形體之意，詳見宋中十首其七注〔三〕。以上二句意謂詩作意深而衆物徒具其形。

武威作二首〔一〕

朝登百尺烽〔二〕，遥望燕支道〔三〕。漢壘青冥間〔四〕，胡天白如掃。憶昔霍將

軍〔五〕，連年此征討〔六〕。匈奴終不滅，塞下徒草草〔七〕。唯見鴻雁飛〔八〕，令人傷懷抱！

【校注】

〔一〕此詩作於任職哥舒翰幕府期間。　武威，郡名，見自武威赴臨洮謁大夫不及因書即事寄河西隴右諸公注〔一〕。　二詩皆懷古傷今之作，第一首借漢代事慨歎吐蕃的侵擾，第二首引晉代事作爲本朝的鑑戒。　詩題底本及諸本作「登百丈峰二首」，誤，今從敦煌集本。

〔二〕烽，指烽火臺。　百尺烽，底本及諸本作「百丈峰」，今從敦煌集本。　蓋「烽」字因形近音同而誤爲「峰」，後人遂又將「尺」妄改爲「丈」，詩題亦隨之改爲「登百丈峰」。

〔三〕燕支，又作「焉支」，山名，在今甘肅省山丹縣東南。

〔四〕漢壘，指漢代軍壘遺跡。　青冥，蒼天。　楚辭九章悲回風：「據青冥而攄虹兮，遂儵忽而捫天。」　間，敦煌集本作「冥」。　冥冥，深遠渺茫的樣子。　亦通。

〔五〕霍將軍，霍去病。　據史記衛青驃騎列傳，漢武帝元狩二年（公元前一一九年），霍去病爲驃騎將軍，出隴西擊匈奴，過焉支山一千餘里。　元狩四年又接連出征。　霍，敦煌集本作「衛」。

〔六〕此，全唐詩校云一作「北」。

〔七〕草草，雜亂的樣子。　塞下，底本及諸本作「寒山」，今從敦煌集本。

〔八〕見，全唐詩校云一作「有」。　飛，敦煌集本作「來」。

晉武輕後事〔一〕，惠皇終已昏〔二〕。豺狼塞瀍洛〔三〕，胡羯争乾坤〔四〕。四海如鼎沸，五涼更自尊〔五〕。而今白亭路〔六〕，猶對青陽門〔七〕。朝市不足問〔八〕，君臣隨草根〔九〕。

【校注】

〔一〕晉武，晉武帝司馬炎，公元二六五年至二八九年在位。司馬炎代魏建立晉朝後，大封宗室，釀成後來的「八王之亂」。又除去州郡武備，造成五胡入侵的空隙。後又荒於政事，遺下嚴重的政治危機。故詩云「輕後事」。傳見晉書武帝紀。

〔二〕惠皇，晉惠帝司馬衷，公元二九〇年至三〇六年在位。司馬衷即位後，妻賈后專權。趙王司馬倫殺賈后，自爲相國，諸王相争，爆發「八王之亂」。禍變未平，五胡又乘隙入侵中原。晉惠帝是歷史上出名的昏君，他在位期間，政治腐敗，貨賂公行，權貴横暴，奸人得志。天下荒亂，百姓無糧餓死，他聽到後竟問：「何不食肉糜？」傳見晉書惠帝紀。

〔三〕瀍，瀍水，洛河的支流。洛，洛河。瀍洛，指西晉京城洛陽一帶。洛陽正位於兩水會合處。

此句指晉惠帝永康元年（三〇〇）開始的諸王混戰。

〔四〕乾坤，天下。從晉惠帝永興元年（三〇四）直至宋文帝元嘉十六年（四三九），當時西部、

北部的匈奴、羯、鮮卑、氐、羌等五族以及漢族的首領先後建立了十六個政權，侵擾中原，割據交征，戰亂不已，史稱「五胡十六國」。此句即寫此。

〔五〕五涼，十六國時的前涼、後涼、南涼、西涼、北涼，合稱「五涼」，所據之地在今甘肅省武威、張掖、酒泉及青海省樂都一帶。 自尊，指不依附晉朝而獨立。 此句底本及諸本作「五原徒自尊」，今從敦煌集本。「五涼」與此詩懷古之地相合，岑參題金城臨河驛樓詩亦有「古戍依重險，高樓見五涼」句。 蓋「涼」或寫作「凉」，形近而誤爲「原」，遂又改「更」爲「徒」。

〔六〕白亭，地名，因白亭海而得名，在今甘肅省北部。 河西節度使於此置白亭守捉。 亭，底本及諸本作「庭」，今從敦煌集本。

〔七〕青陽門，據洛陽伽藍記序，晉朝京城洛陽東面有三門，最南的一個爲青陽門。 此處當借指洛陽。

〔八〕朝市，指都城，見古大梁行注〔六〕。 不足問，不值得再問起，意謂晉朝早已覆亡。

〔九〕隨草根，指屍骨已隨同草根腐朽。

武威同諸公過楊七山人〔一〕

幕府日多暇，田家歲復登〔二〕。 相知恨不早，乘興乃無恒〔三〕。 窮巷在喬木，深齋

垂古藤。邊城唯有醉，此外更何能〔四〕！

【校注】

〔一〕此詩作於在哥舒翰幕府任職期間。武威，郡名，見自武威赴臨洮謁大夫不及因書即事寄河西隴右幕下諸公注〔一〕。楊七，名未詳。清抄本題下注：「得藤字。」全唐詩此注誤入正題，作「武威同諸公過楊七山人得藤字」。

〔二〕歲，年成。登，豐收。

〔三〕乘輿，見送前衛縣李寀少府注〔五〕。

〔四〕「邊城」二句，寫楊氏的失意，亦兼及自己未盡遂願之情。何能，何所作爲。

河西送李十七〔一〕

邊城多遠別，此去莫徒然〔二〕。問禮知才子〔三〕，登科及少年〔四〕。出門看落日，驅馬向秋天。高價人爭重〔五〕，行當早着鞭。

【校注】

〔一〕此詩作於在哥舒翰幕府任職期間。河西，指河西節度使。見自武威赴臨洮謁大夫

不及因書即事寄河西隴右幕下諸公注〔一〕。　李十七，名未詳。

〔二〕徒然，白費。

〔三〕問禮，請教禮經。按新唐書選舉志，唐時取士之科，明經中有三禮：周禮、儀禮、禮記。

〔四〕「登科」句，意謂應科考被録取當趕得上年少之時。

〔五〕高價，見宋中別周梁李三子注〔三〕。

送蕭判官賦得黃花戍〔一〕

君不見黃花曲裏黃，戍日蕭蕭帶寒樹〔二〕。樓上篇臨北斗星〔三〕，門前宜至西州路〔四〕。每到爪時更卒來〔五〕，年年祇對黃花□〔六〕。樓中幾度哭明月，笛裏何人吹落梅〔七〕？多君莫不推忠傑〔八〕，欲奏平戎赴天闕〔九〕。轅門杯酒別交親，去去雲霄羽翼新。知君馬上貂裘暖，須念黃花久戍人。

【校注】

〔一〕此詩作於任職哥舒翰幕府期間。原集缺佚，據敦煌殘卷伯三一九五補。蕭判官，名字、事蹟未詳，不知與送蕭十八中之蕭氏是否一人。黃花戍，戍所名，因詩中地名黃花曲而得名，具體處所未詳，「曲」爲山間曲隈之處。

〔二〕戍日，戍守之時日。　蕭蕭，形容淒清、寒冷。　以上二句疑有缺字，姑作此斷。亦或作「君不見黄花曲裏黄花戍，落日蕭蕭帶寒樹」。

〔三〕樓，指戍樓。　篇，借作「偏」。

〔四〕西州，治所在高昌（今新疆維吾爾自治區吐魯番東南）。轄境相當今吐魯番盆地一帶。宜，當作「直」，與上句「偏」成對文。

〔五〕爪時，應爲「瓜時」。瓜時，左傳莊公八年：「齊侯使連稱、管至父戍葵丘。瓜時而往，曰：『及瓜而代。』」　更卒，輪番服徭戍之卒。

〔六〕此句末字模糊不清，當爲「開」字。

〔七〕落梅，即梅花落，笛曲名。

〔八〕多，稱讚。　傑，原作「桀」，「傑」俗字。

〔九〕天闕，帝京。

塞下曲〔一〕

結束浮雲駿〔二〕，翩翩出從戎。且憑王子怒〔三〕，復倚將軍雄。萬鼓雷殷地〔四〕，千旗火生風〔五〕。日輪駐霜戈〔六〕，月魄絲瑚弓〔七〕。青海陣雲匝〔八〕，黑山兵氣衝〔九〕。

戰酣太白高〔一〇〕，戰罷旄頭空〔一一〕。萬里不惜死，一朝得成功，畫圖麒麟閣〔一二〕，入朝明光宫〔一三〕。大笑向文士：一經何足窮〔一四〕！古人昧此道，往往成老翁。

【校注】

〔一〕此詩作於從軍哥舒翰幕府期間。塞下曲，新樂府雜題，參見塞上注〔一〕。

〔二〕結束，猶言裝束，指備馬。浮雲駿，輕捷的良馬。

〔三〕王子怒，即天子怒，指皇帝滅敵的怒威和發出的征討軍令。詩經大雅常武：「王奮厥武，如震如怒。」王，文苑英華、唐詩所、全唐詩作「天」。

〔四〕殷，雷聲。語出詩經召南殷其雷：「殷其雷，在南山之陽。」此處作動詞用，義略如震。古代征戰，鳴鼓爲進攻的號令。

〔五〕火，指旗紅如火。

〔六〕日輪，太陽。此句謂陽光照在雪亮的戈矛之上，閃爍耀眼。又，淮南子覽冥訓：「魯陽公與韓搆難，戰酣日暮，援戈而撝（同「揮」），日爲之反（返）三舍。」此句或變用這一典故，謂戰酣未解之時，日輪爲戰戈駐步。存以備參。

〔七〕月魄，指缺月。絲，作動詞用，有「使……增光彩」之意。琱弓，刻有花紋的弓。絲，文苑英華作「勒」，唐詩所、全唐詩作「懸」。若採用上句第二種解釋，此句以「懸琱弓」爲優。

〔八〕青海，見九曲詞其三注〔三〕。唐時爲吐蕃東北邊境。陣雲，見燕歌行注〔一九〕。匝，周合。

〔九〕黑山，即殺虎山，在今内蒙古自治區呼和浩特市東南百里。爲唐代北方邊塞。

〔一〇〕太白，星名，即金星。按古代星占説法，太白司兵，太白星高是大用兵的吉兆。參見贈别王七十管記注〔一〇〕。

〔一一〕旄頭，或作「髦頭」，星名，即昴星。史記天官書：「昴曰髦頭，胡星也。」旄頭空，指胡人失敗。

〔一二〕麒麟閣，漢閣名。參見信安王幕府詩注〔三二〕。

〔一三〕明光宫，漢宫名。據三輔黄圖，甘泉宫、北宫皆有明光宫，均爲漢武帝所建。此當泛指朝廷宫殿。

〔一四〕一經，指易、詩、書、春秋、禮五經中的一種。漢代五經各立博士，煩瑣的解釋往往使人耗盡畢生精力只能窮盡一經，故有「皓首窮經」之説。當時的儒生也多以鑽研一經爲事。據新唐書選舉志，唐代取士之科，有「明經」一目，「而明經之别，有五經，有三經，有二經，有學究一經，有三禮，有三傳，有史科」。此處窮經泛指讀書仕進。

部落曲〔一〕

蕃軍傍塞遊〔二〕，代馬噴風秋〔三〕。老將垂金甲〔四〕，閼支着錦裘〔五〕。琱戈蒙豹

尾，紅旆插狼頭〔六〕。日暮天山下〔七〕，嗚笳漢使愁〔八〕。

【校注】

〔一〕此詩作於任職哥舒翰幕府期間。　　部落，游牧民族分部聚居，稱部落。部落曲，當是由樂府「出塞」「入塞」一類舊題衍化出來的新樂府題。

〔二〕蕃軍，指邊境其他部族的軍隊。

〔三〕代馬，代地所産的良馬。代爲古國名，秦、漢以其地置代郡，在今河北省蔚縣東北一帶。　　噴風，當風嘶鳴。

〔四〕金甲，鐵甲衣。

〔五〕閼（yān 烟）支，漢時匈奴族稱其君長的妻妾叫閼支，此處當泛指首領之妻屬。

〔六〕「琱戈」二句，寫旌旆之屬。葉夢得石林燕語卷六載：「節度使旌節：門旗二，龍虎旌一，節一，麾槍二，豹尾二，凡八物。旗以紅繒爲之，九幅，上爲塗金龍頭以揭。旌加木盤。節以金銅葉爲之盤，三層；加紅絲爲旄。麾槍亦施木盤。豹尾以赤黄布畫豹文。皆以髹（漆）爲杠（旌旗之竿），文臣以朱，武臣以黑。旗則綢（纏束）以紅繒，節及麾槍則綢以碧油，故謂之碧油紅旆。」此爲漢制。游牧民族較此簡單，本詩所寫即是。琱戈與麾槍相當；豹尾、紅旆與漢制同；狼頭即金龍頭之類。北史突厥傳：「牙門建狼頭纛。」

〔七〕天山，在今新疆維吾爾自治區境内。

〔八〕笳，胡笳，西域的一種吹奏樂器。　漢使，此處借指唐朝的使者。

奉寄平原顏太守 并序〔一〕

初顏公任蘭臺郎〔二〕，與余有周旋之分〔三〕，而於詞賦特爲深知。洎擢在憲司〔四〕，而僕寓於梁宋。今南海太守張公之牧梁也〔五〕，亦謬以僕爲才，遂奏所製詩集於明主〔六〕；而顏公又作四言詩數百字并序，序張公吹噓之美〔七〕，兼述小人狂簡之盛〔八〕，遍呈當代羣英。況終不才，無以爲用，龍鍾蹭蹬〔九〕，適負知己。夫意所感，乃形於言，凡廿韻。

皇皇平原守，驅馬出關東〔一〇〕。銀印垂腰下〔一一〕，天書在篋中〔一二〕。自承到官後，高枕揚清風〔一三〕。豪富已低首，逋逃還力農〔一四〕。始余梁宋間，甘與麋鹿同〔一五〕，散髮對浮雲〔一六〕，浩歌追釣翁。如何顧疵賤〔一七〕，遂肯偕窮通〔一八〕。耿介出憲司，慨然見羣公，賦詩感知己，獨立爭愚蒙〔一九〕。金石誰不仰〔二〇〕？波瀾殊未窮〔二一〕。微軀枉多價〔二二〕，朽木慙良工〔二三〕。上將拓邊西〔二四〕，薄才忝從戎〔二五〕；豈論濟代心〔二六〕，願効匹夫雄〔二七〕。驊騮滿良皂〔二八〕，弱翮依彫籠〔二九〕。行軍動若飛，旋旆信嚴終〔三〇〕。屢陪投醪醉〔三一〕，竊賀銘山

功〔三二〕。雖無汗馬勞〔三三〕，且喜沙塞空。去去勿復道〔三四〕，所思積深衷〔三五〕。一爲天崖客，三見南飛鴻〔三六〕。應念蕭關外〔三七〕，飄飄隨轉蓬。

【校注】

〔一〕此詩不見原集，據敦煌集本補。按序稱「今南海太守張公」，張公即張九皋，考其仕歷（詳注〔五〕），並參證高適行跡，此詩當作於天寶十三載（七五四），時在哥舒翰幕府。詳見年譜。平原，郡名，原稱德州，天寶元年更郡名，治所在平原縣（今山東省平原縣西南）。顔太守，即顔真卿，字清臣，世稱魯公，琅邪臨沂人（今山東省臨沂市），因亮顔魯公行狀作京兆長安人。按前爲郡望，後爲籍貫。少勤學業，能詩善文，尤工書法，是唐代著名的書法家。曾任監察御史、侍御史、武部員外郎等職。天寶十二載春被楊國忠排擠出朝，任平原郡太守。兩唐書有傳。

〔二〕蘭臺郎，即祕書郎，唐高宗龍朔元年（六六一）至咸亨初曾改秘書省爲蘭臺，此即用舊稱。按舊唐書本傳云「四命爲監察御史」，其任祕書郎當在監察御史之前。

〔三〕周旋，交往。按高適與顔氏初交當在二十歲遊長安之時。

〔四〕憲司，即御史臺。漢官儀：「御史爲憲臺。」按顔氏入憲臺自任監察御史始。

〔五〕張公，即張九皋，張九齡之仲弟。按蕭昕張公神道碑（全唐文卷三五五），張九皋祖籍范陽，後遷居曲江。弱冠孝廉登科，曾佐張九齡理朝政。後出任外官，歷任睢陽、襄陽等郡太守，進

封南康縣開國男，授南海太守兼五府節度經略採訪處置使，攝御史中丞，遷殿中監。天寶十四年病卒於長安，年六十六。　牧梁，指其任睢陽太守之時。

〔六〕明主，指唐玄宗。

〔七〕吹噓，獎掖、推舉、稱揚之意。

〔八〕小人，自我謙稱。　狂簡，志向高遠而處事疏闊。語出論語公冶長：「子在陳，曰：『歸與！歸與！吾黨之小子狂簡，斐然成章，不知所以裁之。』」

〔九〕龍鍾，潦倒之貌。　蹭蹬，失勢之貌。

〔一〇〕關，指函谷關。

〔一一〕銀印，按隋書禮儀志，郡國太守、相、内史：銀章、龜紐、青綬。唐制同。

〔一二〕天書，指皇帝任命的詔書。

〔一三〕高枕，安卧無事之意。西漢汲黯任東海太守，擇良吏而任之，責大不苛小，病卧不出，歲餘而東海大治。此用其事。見史記汲鄭列傳。　揚清風，揚起仁風。參見途中酬李少府贈别之作注〔九〕。

〔一四〕逋逃，逃亡之人。

〔一五〕與麋鹿同，謂隱居山野。

〔一六〕散髮，披髮，謂棄冠簪而不仕。後漢書袁閎傳：「延熹末，黨事將作，閎遂散髮絶世，欲

投迹深林。」按古代成年男子束髮而冠。　浮雲，比喻不足關心之事。論語述而：「不義而富且貴，於我如浮雲。」

〔一七〕疵賤，多疵卑賤之人，自謂。

〔一八〕偕窮通，指彼此地位上雖有窮通之別，但能親密相處。指張、顔二人不以自己淪落山野爲嫌，能照顧提拔。

〔一九〕争愚蒙，指爲自己争鳴以求被重視。愚蒙，自謙之詞。

〔二〇〕金石，比喻堅貞。後漢書王常傳：「諸將輔翼漢室，心如金石，真忠臣也。」　仰，仰慕。

〔二一〕波瀾，比喻才氣縱横、學問淵博。以上二句寫顔氏。

〔二二〕微軀，對自身的謙稱。　多價，猶高價，見宋中别周梁李三子注〔三〕。枉多價意謂枉被讚揚推重。

〔二三〕朽木，自謙之詞，比喻不成材之人，論語公冶長：「朽木不可離也。」良工，優秀的匠師，喻指顔、張。

〔二四〕上將，指哥舒翰，見自武威赴臨洮謁大夫不及因書即事寄河西隴右諸公注〔一〕。

〔二五〕薄才，自謂，謙詞。

〔二六〕濟代，濟世。

〔二七〕匹夫雄，即匹夫之勇。爲不足稱的小勇，孟子梁惠王：「夫撫劍疾視曰：『彼惡（何）敢當我哉！』此匹夫之勇，敵一人者也。」

〔二八〕驊騮，良馬名，傳説爲周穆王八駿之一，見史記秦本紀。此處喻指哥舒翰幕下諸賢才。皂，櫪，馬槽。

〔二九〕弱翮，羽翼單薄的小鳥。喻指自己。

〔三〇〕旋旆，旗轉凱旋。嚴終，始終不懈。穀梁傳莊公八年：「兵事以嚴終。」

〔三一〕投醪，謂與士卒同甘共惠。文選張協七命：「簞醪投川，可使三軍告捷。」李善注引黄石公記曰：「昔良將之用兵也，人有饋一簞之醪，投河，令衆迎流而飲之。夫一簞之醪，不味一河，而三軍思爲致死者，以滋味及之也。」又晉書劉弘傳：「投醪與三軍，同其薄厚。」

〔三二〕竊，私下，謙詞，含有冒昧之意。銘山功，堪於銘刻山石加以記載的豐功偉績。

〔三三〕汗馬勞，即汗馬之勞，指征戰的功勞。韓非子五蠹：「退汗馬之勞。」

〔三四〕去去，謂歲月去而不留。

〔三五〕所思，指顔氏等故交知己。積深衷，深切懷念之意。深衷，内心深處。

〔三六〕「一爲」二句，意謂從軍西塞，天涯作客，已經三次見到南飛鴻雁，即已歷三秋之意。崖，同「涯」。

〔三七〕蕭關，古時重要關口，在今寧夏回族自治區固原縣東南。

見人臂蒼鷹〔一〕

寒楚十二月〔二〕，蒼鷹八九毛〔三〕。寄言燕雀莫相忌〔四〕，自有雲霄萬里高。

【校注】

〔一〕此詩作於肅宗至德元載（七五六）。本年末，高適授爲淮南節度使討永王（李璘）亂，十二月初到任。詩題河嶽英靈集、全唐詩作「見薛大臂鷹作」，全唐詩題下注云：「一作李白。」

〔二〕楚，指淮南地區，唐楚州故治在今江蘇省淮安市。

〔三〕八九毛，李白觀放白鷹其二，王琦注：「八九毛者，是始獲之鷹，剪其勁翮，令不能遠舉颺去。」

〔四〕燕雀，見同顔少府旅宦秋中注〔二〕。忌，河嶽英靈集、全唐詩作「啅」。

登廣陵棲靈寺塔〔一〕

淮南富登臨，兹塔信奇最。直上造雲族，憑虛納天籟〔二〕。迴向碧海西〔三〕，獨立飛鳥外。始知高興盡，適與賞心會。連山黯吴門〔四〕，喬木吞楚塞〔五〕。城池滿窗下，

物象歸掌内〔六〕。遠思駐江帆〔七〕，暮情結春靄〔八〕。軒車疑蠢動〔九〕，造化資大塊〔一〇〕。
何必了無身，然後知所退〔一一〕！

【校注】

〔一〕此詩作於唐肅宗至德二載（七五七）春，時任淮南節度使。廣陵，郡名，屬淮南道，爲淮南節度使治所，原稱揚州，天寶元年更郡名。廣陵治所在江都（今江蘇省揚州市）。

〔二〕天籟，發於自然的音響。莊子齊物論：「女聞人籟而未聞地籟，汝聞地籟而未聞天籟。」

〔三〕向，全唐詩校云一作「然」。

〔四〕吴門，古吴國的都門。

〔五〕楚塞，古楚國的邊塞。

〔六〕象，文苑英華作「華」。

〔七〕駐，停留。遠思故鄉之情停留於江帆之上，指殷切思歸，願風帆速行。

〔八〕暮情，遲暮之情。情，文苑英華作「晴」。

〔九〕軒車，古時大夫以上所乘的車，此處泛指車。蠢動，蟲類蠕動的樣子。軒車如小蟲蠕動，可見眺望之遠。

〔一〇〕造化，創造化育，古時用以稱天。資，天賦之材質。此處作動詞用，天賦與之義。

大塊，大地。

〔二〕「何必」二句，意謂何必到忘卻自身境界，然後纔醒悟退隱之事。老子十三章：「吾所以有大患者，爲吾有身。及吾無身，吾又何患？」又第九章：「功成、名遂、身退，天之道。」

廣陵別鄭處士〔一〕

落日知分手，春風莫斷腸。興來無不愜，才在亦何傷〔二〕！溪水堪垂釣，江田耐插秧〔三〕。人生只爲此，亦足傲羲皇〔四〕。

【校注】

〔一〕此詩與前首登廣陵棲靈寺塔作於同時。廣陵，見前首注〔一〕。鄭處士，名未詳。

〔二〕「才在」句，意謂只要才能尚在，何必爲暫時未遇而感傷。

〔三〕耐，能。

〔四〕羲皇，伏羲氏之稱。傲羲皇，自傲是羲皇上人。陶淵明與子儼等疏：「五六月中，北窗下卧，遇涼風暫至，自謂是羲皇上人。」羲皇上人，即伏羲氏以前太古時代的人；古人認爲其時人民淳厚質樸，恬淡無營，故用以比喻胸無俗念、身絶塵事的人。

酬河南節度使賀蘭大夫見贈之作〔一〕

高閣憑欄檻，中軍倚旆旌〔二〕。感時常激切，於己即忘情〔三〕。河華屯妖氣〔四〕，伊瀍有戰聲〔五〕。愧無戡難策，多謝出師名。秉鉞知恩重〔六〕，臨戎覺命輕〔七〕。股肱瞻列岳〔八〕，脣齒賴長城〔九〕。隱隱摧鋒勢〔一〇〕，光光弄印榮〔一一〕。魯連真義士〔一二〕，陸遜豈書生〔一三〕！直道寧殊智，先鞭忽抗行〔一四〕。楚雲隨去馬，淮月尚連營〔一五〕。撫劍堪投分〔一六〕，悲歌益不平〔一七〕。從來重然諾，況值欲横行〔一八〕。

【校注】

〔一〕此詩作於肅宗至德二載（七五七）勸促賀蘭進明救睢陽之圍時。詳見年譜。賀蘭大夫，即賀蘭進明，見和賀蘭判官望北海作注〔一〕。肅宗至德元載（七五六）十月，賀蘭進明到靈武（今寧夏回族自治區靈武縣南）拜見肅宗，由北海太守轉河南節度使（安史之亂爆發後，始在内地置節度使），受命平安史之亂。　清抄本題下注云：「時在揚州。」

〔二〕中軍，古制，出征軍隊多分爲中左右三軍，中軍爲發號施令之所，主帥親自帶領。此寫賀蘭進明之軍容。

〔三〕「感時」二句，寫賀蘭進明。　忘情，忘却得失欲念。

〔四〕河，黄河。華，華山。河華，指關中地區。　　妖氣，指安史之亂。

〔五〕伊，伊水。瀍，瀍水。伊瀍，指東京洛陽一帶。天寶十四載（七五五）十二月安禄山攻陷洛陽。

〔六〕秉鉞，語出詩經商頌長發：「武王（商湯）載旆，有虔（敬）秉鉞。」此處指受命執掌兵權以行討伐，參見信安王幕府詩注〔四〇〕。

〔七〕命輕，不惜性命。

〔八〕股肱、列岳，見奉酬北海李太守丈人夏日平陰亭注〔二〕、〔三〕。

〔九〕脣齒，比喻相依之勢。　　長城，見酬祕書弟兼寄幕下諸公注〔二八〕。　　以上二句寫賀蘭進明受到朝廷倚重。

〔一〇〕隱隱，盛貌。　　摧鋒，破敵前鋒。宋書武帝紀上：「高祖（劉裕）常被堅執鋭，爲士卒先，每戰輒摧鋒陷陣。」

〔一一〕光光，明貌。　　弄印，史記張丞相列傳：「高祖持御史大夫印弄之曰：『誰可以爲御史大夫者？』孰視趙堯曰：『無以易堯。』遂拜趙堯爲御史大夫。」後遂稱御史大夫印爲弄印。此句謂賀蘭進明居御史大夫顯榮之職。

〔一二〕魯連，即魯仲連，戰國齊人，能出奇謀，多助弱御暴，排難解紛，功成而不受爵，素有義士之稱。參見咏史注〔四〕、贈別王七十管記注〔四〇〕。

〔一三〕陸遜，三國吴郡吴（今江蘇省蘇州市）人，字伯言。有治才，善謀略，被孫權授爲都督，定計克荆州，又曾敗劉備於夷陵。當抵禦劉備之時，諸將軍或爲孫策時舊將，或爲公室貴戚，各自矜持，不相聽從，及至破備，計多出遜，諸將乃服。見三國志吴志陸遜傳。以上二句以魯、陸比賀蘭氏。

〔一四〕先鞭，争先出征。用晉朝劉琨事，見獨孤判官部送兵注〔五〕。抗行，無所顧忌，抗直而行。

〔一五〕「楚雲」二句，楚、淮皆爲賀蘭進明將去收復之地。按新唐書方鎮表：至德元載置河南節度使，治汴州（今河南省開封市），領郡十三，其轄境遍及楚、淮之地。

〔一六〕撫劍，按劍。投分，彼此契合。此指勸賀蘭進明共同救睢陽之圍。

〔一七〕不平，委婉地指責賀蘭進明不該不同意。

〔一八〕横行，謂驅馳征戰。指賀蘭進明正值意欲有所作爲之時。

同鮮于洛陽於畢員外宅觀畫馬歌〔一〕

知君愛鳴琴〔二〕，仍好千里馬。永日恒思單父中，有時心到宛城下〔三〕。遇客丹青天下才〔四〕，白生胡雛控龍媒〔五〕。主人娱賓畫障開〔六〕，只言騏驥西極來〔七〕。半壁

趻踔勢不住〔八〕，滿堂風飄颯然度。家僮愕視欲先鞭，櫪馬驚嘶還屢顧〔九〕。始知物妙皆可憐〔一〇〕，燕昭市駿豈徒然〔一一〕？縱令翦拂無所用〔一二〕，猶勝駑駘在眼前〔一三〕。

【校注】

〔一〕此詩爲和鮮于氏之作。作於肅宗乾元元年（七五八）五月至乾元二年五月期間，時任太子詹事，在洛陽。　鮮于，複姓。鮮于洛陽，即鮮于叔明，時任洛陽令，故稱。鮮于叔明，後改姓李，擢商州刺史，遷京兆尹，新唐書有李叔明傳。　畢員外，名未詳。

〔二〕君，指鮮于氏。　鳴琴，彈琴。據下文「永日恒思單父中」，此兼指像宓子賤宰單父那樣鳴琴而治，見單父逢鄧司倉覆倉庫因而有感注〔一二〕、宋中十首其九注〔二〕。

〔三〕宛，大宛，見送渾將軍出塞注〔五〕。　宛城，指大宛都城貴山城。

〔四〕丹青，見畫馬篇注〔三〕。

〔五〕胡雛，猶稱胡兒，指胡族青年。　控，駕御。　龍媒，駿馬之稱。漢書禮樂志：「天馬徠兮龍之媒。」應劭注：「言天馬者乃神龍之類，今天馬已來，此龍必至之效也。」後遂以龍媒稱駿馬。　二句意謂畫了一幅白種胡兒駕御駿馬的圖。

〔六〕主人，指畢氏。　賓，指鮮于氏。　畫障，畫屏。

〔七〕西極，極西之地，此指烏孫（今新疆境内）。　漢書張騫李廣利傳：武帝初得烏孫馬，名曰

「天馬」；「及得宛（大宛）汗血馬，益壯，更名烏孫馬曰『西極馬』，宛馬曰『天馬』云。」

〔八〕 踧踖（cān tán 參潭），相隨馳逐的樣子。左思吴都賦：「踧踖𨁼𨇨。」此句寫壁畫上衆馬奔騰，勢不可止。

〔九〕「家僮」二句，寫畫上之馬可以亂真，使得家僮驚視並欲搶先騎乘，使得馬欄真馬驚鳴並屢屢顧盼。

〔一〇〕 可憐，可愛。

〔一一〕 燕昭，即戰國時燕國國君燕昭王。市駿，購買駿馬。戰國策燕策一載，燕昭王欲招賢，問於郭隗，郭隗以購千里馬爲喻，説：「臣聞古之君人（當爲人君）有以千金求千里馬者，三年不能得，涓人（近侍之官）言於君曰：『請求之。』君遣之，三月得千里馬，馬已死，買其首五百金，反（返）以報君。君大怒曰：『所求者生馬，安事死馬而捐（棄）五百金！』涓人對曰：『死馬且買之五百金，況生馬乎？天下必以王爲能市馬，馬今至矣。』於是不能期年，千里馬之至者三。今王誠欲致士，先從隗始。隗且見事，況賢於隗者乎？豈遠千里哉！」燕王果厚禮待隗，後樂毅、鄒衍、劇辛相繼而至，士争趨燕。燕國從而富强，打敗齊國，收復失地。後世遂以燕昭市駿比喻國君招賢。

〔一二〕 翦拂，見畫馬篇注〔一一〕。

〔一三〕 駑駘，見畫馬篇注〔九〕。

赴彭州山行之作〔一〕

峭壁連崆峒〔二〕，攢峯疊翠微〔三〕。鳥聲堪駐馬〔四〕，林色可忘機〔五〕。怪石時侵徑〔六〕，輕蘿乍拂衣〔七〕。路長愁作客，年老更思歸。且悦巖巒勝〔八〕，寧嗟意緒違〔九〕。山行應未盡，誰與玩芳菲〔一〇〕？

【校注】

〔一〕此詩作於肅宗乾元二年（七五九）。彭州，屬劍南道，故治在今四川省彭州市。高適於乾元二年五月拜彭州刺史，此詩即作於赴任途中。

〔二〕崆峒，山名，在四川省平武縣西，山谷險峻。

〔三〕攢（cuán 竄陽平）峯，簇聚的山峯。翠微，青緑的山色。

〔四〕堪駐馬，值得停馬流連。

〔五〕忘機，心中淡漠，忘却機慮、世情。

〔六〕侵徑，突入道路。

〔七〕輕蘿，一名松蘿，地衣類植物，生深山中，呈絲狀，常自樹梢懸垂。

〔八〕巖巒勝，山景美好。巖，高峻的山。巒，小而鋭的山。

〔九〕寧，何。　嗟，歎息。　意緒違，指年老而仕宦邊遠地區，不合自己的意願。

〔一〇〕誰與，與誰。　芳菲，本謂花草的芳香，後亦直稱花草。

同河南李少尹畢員外宅夜飲時洛陽告捷遂作春酒歌〔一〕

故人美酒勝濁醪〔二〕，故人清詞合風騷〔三〕。長歌滿酌惟吾曹，高談正可揮麈毛〔四〕。半醉忽然持蟹螯〔五〕，洛陽告捷傾前後〔六〕。武侯腰間印如斗〔七〕，郎官無事時飲酒〔八〕。杯中緑蟻吹轉來〔九〕，甕上飛花拂還有〔一〇〕。前年持節將楚兵〔一一〕，去年留司在東京〔一二〕，今年復拜二千石〔一三〕，盛夏五月西南行。彭門劍門蜀山裏〔一四〕，昨逢軍人劫奪我，到家但見妻與子。賴得飲君春酒數十杯，不然令我愁欲死。

【校注】

〔一〕此詩爲事後和作，作於肅宗乾元二年（七五九）五月赴彭州刺史任後。　河南，府名，本爲洛州，開元元年（七一三）改爲府，治所在河南縣（今河南省洛陽市）。　少尹，爲府尹佐僚，協助府尹通判府事。　李少尹，即李峴。　據舊唐書李峴傳，峴曾任河南少尹，後累至相位。　乾元二

年五月，因言事激切，觸怒肅宗，出爲蜀州刺史。畢員外，名未詳，已見同鮮于洛陽於畢員外宅觀畫馬歌。洛陽告捷，指至德二載（七五七）十月官軍勝安慶緒兵，收復東京。李氏春酒歌即寫於此時。春酒，詩經豳風七月：「爲此春酒，以介眉壽。」毛傳：「春酒，凍醪也。」

〔二〕故人，指畢氏。醪（láo 勞），帶滓的酒。

〔三〕故人，指李氏。清詞，指詩作。

〔四〕揮麈毛，見自武威赴臨洮謁大夫不及因書即事寄河西隴右幕下諸公注〔二八〕。

〔五〕蟹螯，見自武威赴臨洮謁大夫不及因書即事寄河西隴右幕下諸公注〔二九〕。

〔六〕傾前後，指高興而笑得前俯後仰。

〔七〕武侯，指李少尹。

〔八〕郎官，指畢員外。

〔九〕綠蟻，酒面浮沫。張衡南都賦：「醪敷徑寸，浮蟻若蓱（同「萍」）。」因稱綠蟻。吹轉來，吹開後又轉回來。

〔一〇〕飛花，指飛濺出的酒花。酒花，亦酒面浮沫。岑參喜韓樽相過詩有「甕頭春酒黃花脂」句。

〔一一〕持節，指至德二載任淮南節度使討永王李璘亂（實至德元載十二月已授此職）。

〔一二〕留司，留任。此句指乾元元年任東宮詹事府長官太子詹事。

〔一三〕二千石，漢制郡守、刺史俸禄爲二千石（月俸一百二十斛），後世遂稱郡守、刺史爲二千石。此句指授爲彭州（今四川省彭州市）刺史。

〔一四〕彭門，山名，在四川省彭州市西北，山有兩峯，對立如門。　劍門，山名，在四川省劍閣縣北。

酬裴員外以詩代書〔一〕

少時方浩蕩〔二〕，遇物猶塵埃，脱略身外事〔三〕，交遊天下才。單車入燕趙〔四〕，獨立心悠哉，寧知戎馬間，忽展平生懷？且欣清論高，豈顧夕陽頽！題詩碣石館〔五〕，縱酒燕王臺〔六〕。北望沙漠陲，漫天雪皚皚。臨邊無策略，覽古空徘徊！樂毅吾所憐，拔齊翻見猜〔七〕；荆卿吾所悲，適秦不復迴〔八〕。然諾多死地〔九〕，公忠成禍胎〔一〇〕！與君從此辭，每恐流年催；如何俱老大，始復忘形骸〔一一〕？兄弟真二陸〔一二〕，聲華連八裴〔一三〕。乙未將星變〔一四〕，賊臣候天災〔一五〕。胡騎犯龍山〔一六〕，乘輿經馬嵬〔一七〕。千官無倚着，萬姓徒悲哀。誅呂鬼神動〔一八〕，安劉天地開。奔波走風塵〔一九〕，倏忽值雲雷〔二〇〕，擁旄出淮甸〔二一〕，入幕徵楚材〔二二〕。誓當剪鯨鯢〔二三〕，永以竭駑駘〔二四〕，小人胡不仁〔二五〕，讒我

成死灰！賴得日月明〔二六〕，照耀無不該；留司洛陽宮〔二七〕，詹府唯蒿萊〔二八〕。是時掃氛祲〔二九〕，尚未殲渠魁〔三〇〕。背河列長圍，師老將亦乖。歸軍劇風火〔三一〕，散卒争椎埋〔三二〕。一夕瀍洛空〔三三〕，生靈悲曝鰓〔三四〕。衣冠投草莽〔三五〕，予欲馳江淮。登頓宛葉下〔三六〕，棲遑襄鄧隈〔三七〕。城池何蕭條，邑屋更崩摧。縱横荆棘叢，但見瓦礫堆。行人無血色，戰骨多青苔。遂除彭門守〔三八〕，因得朝玉階〔三九〕。激昂仰鵷鷺〔四〇〕，獻替欣鹽梅〔四一〕。驅傳及遠蕃〔四二〕，憂思鬱難排。罷人紛争訟〔四三〕，賦税如山崖。所思在畿甸〔四四〕，曾是魯宓儕〔四五〕。自從拜郎官〔四六〕，列宿焕天街〔四七〕。那能訪遐僻，還復寄瓊瓌〔四八〕。金玉本高價〔四九〕，塤篪終易諧〔五〇〕。朗詠臨清秋，涼風下庭槐。何意寇盜間，獨稱名義偕〔五一〕。辛酸陳侯誄〔五二〕，歎息季鷹杯〔五三〕。白日屢分手，青春不再來。卧看中散論〔五四〕，愁憶太常齋〔五五〕。酬贈徒爲爾〔五六〕，長歌還自咍〔五七〕！

【校注】

〔一〕此詩作於肅宗乾元二年（七五九）秋，時在彭州。裴員外，即裴霸，爲裴寬之姪，裴卓之子。新唐書宰相世系表一上「南來吴裴」載裴寬兄岐州刺史裴卓二子：「騰，户部郎中」；「霸，吏部員外郎。」唐郎官石柱題名記裴霸先後任吏部員外郎與金部員外郎。李華有祭裴員外騰（見獨孤及檢校尚書省吏部員外郎趙郡李公集序），知裴騰亦曾任員外郎，然又明云其死於安禄山

之亂中，故此裴員外只能是裴霸。又李華三賢論云：「河東裴騰士舉，朗邁真直；弟霸士會，峻清不雜。」知兄弟二人，同有聲名。

〔二〕浩蕩，縱情任性無所拘束。

〔三〕脱略，輕慢，不以爲意。身外事，指世俗事務。舊唐書本傳云：「適少濩落，不事生業。」

〔四〕以下十八句寫開元二十年（七三二）至二十三年北遊燕趙之時與裴氏的交遊。

〔五〕碣石館，即碣石宫，故址在今北京市大興區附近。相傳戰國齊人鄒衍至燕，燕昭王築碣石宫接待，親往受教。

〔六〕燕王臺，又名燕臺、黄金臺，故址在今河北省易縣東南。相傳爲燕昭王所築，並置千金於臺上，延請天下士。

〔七〕「樂毅」二句，燕昭王時，上將軍樂毅伐齊，攻下齊七十餘城以屬燕。昭王死，惠王立，中齊人田單反間計，疑毅將反，召歸，毅逃至趙國。不久，燕兵爲齊所敗。詳見史記樂毅列傳。翻，同「反」。

〔八〕「荆卿」二句，荆軻，戰國衛人，字公叔，好讀書擊劍。至燕，燕人謂之荆卿。爲燕太子丹門客。後爲燕丹行刺秦王政，不中，遇害。詳見史記刺客列傳。

〔九〕此句就荆軻而言，謂俠客重於然諾，爲人報仇解難，多有生命危險。

〔一〇〕此句就樂毅而言，謂忠誠無私竟然成爲禍根。以上六句爲燕地懷古，亦寓有對現實不平的感慨。

〔一一〕忘形骸，脱略形迹，不拘儀容行動之形於外者。晉書阮籍傳：「當其得意，忽忘形骸。」

〔一二〕二陸，西晉吴郡人陸機、陸雲，兄弟二人皆有文名，時稱「二陸」。此處用以比裴氏兄弟。

〔一三〕八裴，指裴霸父輩兄弟八人。舊唐書裴寬傳：「兄弟八人，皆明經及第，入臺省、典郡者五人。」

〔一四〕乙未，玄宗天寶十四載（七五五）。將星變，按古代星占的説法，天上星宿的變化，下應人事的吉凶，「將星變」即其中一種説法。

〔一五〕賊臣，指安禄山。候天災，謂伺候天象的變異而謀反。按，天寶十四載十一月，安禄山反於范陽（今天津市薊縣）。

〔一六〕胡騎，指安禄山的騎兵。安禄山爲胡人，故稱。龍山，即龍首山，在長安縣北十里。新唐書地理志：「京城後枕龍首山。」按，玄宗天寶十五載（七五六）六月，潼關失守，安禄山叛軍危逼長安。

〔一七〕馬嵬，又稱馬嵬坡、馬嵬驛。在今陝西省興平市西二十五里。潼關失守，玄宗李隆基西逃時曾駐軍於此。

〔一八〕誅呂，漢高祖劉邦之后呂雉，生前大加培植呂氏勢力，陰謀專權。呂雉死後，外戚上將

軍呂禄、相國呂産恐爲大臣、諸侯王所誅，謀反作亂，陰謀篡劉。丞相陳平、太尉周勃、朱虚侯劉章等共誅之，謀立代王劉恒，是爲漢文帝。詳見史記呂后本紀及孝文本紀。此借漢指唐，呂氏指楊（國忠）氏。按，玄宗西逃，至馬嵬驛，將士飢疲，皆憤怒。陳玄禮因禍根在楊國忠，欲誅之，借東宮宦官李輔國以告太子李亨。亨未決。陳玄禮便用計帶領軍士譁變，殺死楊國忠，並殺其子户部侍郎暄，及其姊妹韓國、秦國夫人。又逼玄宗賜死楊貴妃，然後整飭隊伍西行。同年七月，玄宗傳位於太子亨，是爲肅宗。

〔一九〕安禄山反後，高適助哥舒翰守潼關，天寶十五載（七五六）六月兵敗。高適單身逃歸，在河池（今陝西省鳳縣東）趕上西逃的玄宗，一同至蜀。此句即指此。

〔二〇〕值雲雷，正值有爲之時。周易屯卦：「象曰：雲雷屯，君子以經綸。」王弼注：「君子經綸之時。」孔穎達疏：「經謂經緯，綸爲綱綸，言君子法此屯象，有爲之時，以經綸天下，約束於物。」

〔二一〕旄，指旄節。擁旄，受命爲節度使。按，永王璘起兵後，肅宗以高適爲御史大夫、揚州都督府長史、淮南節度使，前往征討。

〔二二〕幕，軍幕。楚材，左傳襄公二十六年：「雖楚有材，晉實用之。」後遂以楚材泛稱傑出的人材。

〔二三〕鯨鯢（ní泥），鯨魚雄的叫鯨，雌的叫鯢。鯨性凶猛，古代常用以比喻不義之人。此處指永王璘。

〔二四〕駑駘，皆爲劣馬。此處以駑駘自比，猶云不才，是謙詞。竭駑駘，盡微力。晉書荀崧傳：「思竭駑駘，庶增萬分。」

〔二五〕胡，何其。

〔二六〕日月明，比喻皇帝的聖明。

〔二七〕洛陽宫，即洛陽。據新唐書地理志，唐東京洛陽，太宗貞觀六年（六三二）曾號洛陽宫。

〔二八〕詹府，即詹事府，統領東宫（太子）衆務。唯蒿萊，滿目荒蕪之意。洛陽曾被叛軍攻陷，當時收復不久，瘡痍未復。按肅宗乾元元年（七五八）高適遭李輔國讒，降官爲太子詹事，留司東京。以上六句即寫此事。

〔二九〕氛祲（jìn 今），妖氣，指安史之亂。

〔三〇〕渠魁，魁首，爲貶義詞，多用以指叛逆頭目。殲渠魁，語出尚書胤征：「殲厥渠魁。」按，乾元二年（七五九）正月，史思明在魏州（故治在今河北省大名縣東）自稱大聖燕王，四月又自稱大燕皇帝，改元順天。

〔三一〕歸軍，指潰退的官軍。劇風火，甚於風火之勢。形容其爲害之嚴重。

〔三二〕椎埋，盜墓。此處泛指劫掠。

〔三三〕瀍洛，瀍水、洛水相會於洛陽，指洛陽一帶。

〔三四〕曝鰓，失水之魚。比喻困頓絶境。

〔三五〕衣冠，指官僚貴族。

〔三六〕宛，楚國宛邑，隋置宛縣，唐廢。故址在今河南省南陽市。葉，唐汝州葉縣，故治在今河南省葉縣南。

〔三七〕襄，唐州名，故治在今湖北省襄陽。鄧，唐州名，故治在今河南省鄧縣。二州皆屬山南東道。　隈，邊隅，指二州交界之處。　按資治通鑑肅宗乾元二年，「二月，郭子儀等九節度使圍鄴城……三月，壬申，官軍步騎六十萬陳（陣）於安陽河北，（史）思明自將精兵五萬敵之，諸軍望之，以爲遊軍，未介意。思明直前奮擊，李光弼、王思禮、許叔冀、魯炅先與之戰，殺傷相半；魯炅中流矢。郭子儀承其後，未及布陳，大風忽起，吹沙拔木，天地晝晦，咫尺不相辨。兩軍大驚，官軍潰而南，賊潰而北，棄甲仗輜重委積於路。子儀以朔方軍斷河陽橋保東京，戰馬萬匹，惟存三千；甲仗十萬，遺棄殆盡。東京士民驚駭，散奔山谷；留守崔圓、河南尹蘇震等官吏南奔襄、鄧；諸節度使各潰歸本鎮。士卒所過剽掠，吏不能止，旬日方定。惟李光弼、王思禮整勒部伍，全軍以歸。」以上十二句即寫此事。

〔三八〕除，拜官。　彭門守，即彭州刺史。郡太守與州刺史地位相當，此名稱唐代幾次互更。按高適於肅宗乾元二年授爲彭州刺史。

〔三九〕朝玉階，指朝見皇帝。高適授爲彭州刺史，由河南去長安朝見，然後赴任。有謝上彭州刺史表。

〔四〇〕鵷鷺，猶云鵷鸞、鵷雛。見東平旅遊奉贈薛太守二十四韻注〔九〕。鵷，底本原作「鴛」，諸本多同，此從唐詩所、全唐詩。

〔四一〕獻替，諫戒輔佐君主之意。後漢書胡廣傳：「臣以獻可替否（獻善廢不善）爲忠。」鹽梅，調味必需之佐料。尚書説命：「若作和羹，爾惟鹽梅。」這是殷高宗命傅説爲相時説的話，是一個關於佐助的比喻，後遂以鹽梅爲美稱相業之辭。此句謂自己欣慕可以諫戒輔佐的宰相。當時的宰相有吕諲、李峴等人。

〔四二〕傳，傳車，驛站的交通車。遠蕃，邊遠地區。此指彭州。

〔四三〕罷（pí皮）人，不法的人。

〔四四〕所思，指裴。畿甸，京城四郊地區。

〔四五〕魯宓（fú伏），指春秋魯人宓不齊。見宋中十首其九注〔一〕、〔二〕。儕（chái柴），同類的人。

〔四六〕郎官，朝官中凡是帶「郎」字的，諸如侍郎、郎中、郎、員外郎等，統稱郎官。此指裴霸被授吏部員外郎。

〔四七〕列宿，衆星宿。古時認爲郎官上應列宿。後漢書明帝紀：「館陶公主爲子求郎，（帝）不許，而賜錢千萬，謂羣臣曰：『郎官上應列宿，出宰百里，苟非其人，則民受其殃。』」天街，史記天官書：「昴（星）畢（星）間爲天街。」

〔四八〕瓌瓌（guī規），似玉的美石。古時常用「瓊瑤」（美玉）稱人詩文，此爲押韻，改爲同義詞「瓊瓌」。

〔四九〕金玉，喻裴氏。

〔五〇〕塤（xūn勳），古代用陶土燒製的一種樂器。篪（chí池），古代用竹管製成的一種樂器。詩小雅何人斯：「伯氏吹塤，仲氏吹篪。」鄭箋：「伯仲，喻兄弟也。」又大雅板：「如塤如篪。」毛傳：「言相和也。」後多用以比喻兄弟的和睦。此謂裴氏與己情同手足。

〔五一〕名義偕，指裴氏在動亂中能堅守節操，名實相副。

〔五二〕誄（lěi壘），祭文的一種，多列述死者生前德行。清抄本及全唐詩句下注：「陳二補闕銘誄即裴所爲。」

〔五三〕季鷹，晉吴郡（今江蘇省蘇州市）人張翰，字季鷹，性縱任不拘，離家在外做官，見秋風起，因思吴中菰菜、蓴羹、鱸魚膾，曰：「人生貴得適志，何能羈宦數千里以要名爵乎！」遂命駕而歸。張翰任心自適，不求當世，時人貴其曠達。見世説新語識鑒、任誕及晉書文苑傳張翰傳。此句用張翰事歎息自己羈宦遠地，未能適志。

〔五四〕中散，嵇康，三國魏銍（今安徽省宿縣西南）人，字叔夜，做過中散大夫，故又稱嵇中散。康好老莊導氣養性之術。著有養生篇，中散論當即指此文。詳見晉書嵇康傳。

〔五五〕太常，掌宗廟禮儀的官。太常齋，東漢周澤，仕爲太常，盡敬於宗廟，常卧病齋宫，世人

對他有「一歲三百六十日，三百五十九日齋」之語。詳見後漢書儒林列傳周澤傳。

〔五六〕徒爲爾，只爲你。參見白居易贈能七倫：「今我尚貧賤，徒爲爾知音。」此處「徒爲爾」與封丘縣之「徒爲爾」，語意不同。

〔五七〕咍（hāi 咳），嗤笑。

贈杜二拾遺〔一〕

傳道招提客〔二〕，詩書自討論。佛香時入院，僧飯屢過門。聽法還應難〔三〕，尋經剩欲翻〔四〕。草玄今已畢〔五〕，此外復何言〔六〕？

【校注】

〔一〕此詩作於乾元二年（七五九）。杜二，即杜甫。至德二載（七五七）五月授左拾遺，本年歲末，杜甫至成都，寓居浣花溪寺，時已棄左拾遺。於此詩杜甫有酬高使君相贈，云：「古寺僧牢落，空房客寓居。故人供祿米，鄰舍與園蔬。雙樹容聽法，三車肯載書。草玄吾豈敢，賦或似相如。」

〔二〕招提，梵語，音譯本爲「拓鬥提奢」，省作「拓提」，又誤爲「招提」，其義爲「四方」。玄應一切經音義卷一六：「招提，正言拓鬥提奢，此云四方，譯人去『鬥』去『奢』；拓，經誤作『招』」。翻

譯名義集寺塔壇幢：「後魏太武始光二年造伽藍（寺），創立招提之名。」後遂成爲寺院的別名。客，指杜甫。

〔三〕法，指佛法。難，難以理解；文苑英華作「説」。

〔四〕剩，頗、更。翻，翻閲。

〔五〕草，起草。玄，指揚雄仿周易所作的太玄經。太平寰宇記卷七十二載揚雄在成都之宅一名草玄堂。此借以謂杜甫在成都寫高深的著作。

〔六〕復何言，更有何種文章著述。復，文苑英華作「更」。

人日寄杜二拾遺〔一〕

人日題詩寄草堂〔二〕，遥憐故人思故鄉〔三〕。柳條弄色不忍見〔四〕，梅花滿枝空斷腸〔五〕！身在南蕃無所預〔六〕，心懷百憂復千慮。今年人日空相憶，明年人日知何處〔七〕？一卧東山三十春〔八〕，豈知書劍老風塵〔九〕！龍鍾還忝二千石〔一〇〕，愧爾東西南北人〔一一〕。

【校注】

〔一〕此詩作於肅宗上元二年（七六一），當時任蜀州（故治在崇慶縣，即今成都崇州市）刺

史。

人日，農曆正月初七日稱人日。古俗，正月初一至初七，每天各有所屬，一日爲雞，二日爲狗，三日爲猪，四日爲羊，五日爲牛，六日爲馬，七日爲人。荆楚歲時記：「正月七日爲人日，以七種菜爲羹，剪綵爲人……登高賦詩。」

〔二〕草堂，杜甫在成都西郭浣花溪畔的寓所，上元元年（七六〇）季春建成。

〔三〕思故鄉，當時杜甫遠離故鄉，客居成都，故云。隋薛道衡有人日思歸詩，云：「入春纔七日，離家已二年，人歸落雁後，思發在花前。」

〔四〕弄色，顯現美色。此用擬人化手法寫婀娜柳條泛出新緑。

〔五〕空，文苑英華作「堪」。

〔六〕南蕃，南方異族地區。此指地處邊遠的蜀州。無所預，指不能參與朝政大事。南蕃，文苑英華作「遠蕃」。

〔七〕人日，文苑英華作「此日」。

〔八〕東山，見使青夷軍入居庸三首其二注〔四〕。三十春，作者二十歲時自以爲書劍學成，到長安謀求出路，失意而歸，客居梁宋，自此至四十九歲中第授官，恰爲三十年。

〔九〕書劍，見別韋參軍注〔二〕。風塵，指入世做官。老，文苑英華作「與」。

〔一〇〕龍鍾，衰老貌，年邁。忝，辱，常用作謙詞。二千石，漢制，郡太守（相當於州刺史）俸禄爲二千石，即月俸一百二十斛。後因稱郡太守（或州刺史）爲二千石。

〔一一〕東西南北人，見酬祕書弟兼寄幕下諸公注〔一二〕。此借以爲杜甫懷才淪落鳴不平。

同郭十題楊主簿新廳〔一〕

華館曙沉沉〔二〕，惟良正在今〔三〕。用材兼柱石〔四〕，開物象高深〔五〕。更得芝蘭地〔六〕，兼榮枳棘林〔七〕。向風扃戟户〔八〕，當署近棠陰〔九〕。勿改安卑節〔一〇〕，聊閑理劇心〔一一〕。多君有知己〔一二〕，一和郢中吟〔一三〕。

【校注】

〔一〕此詩寫作時間未詳。郭十、楊主簿，名皆未詳。主簿，見酬別薛三蔡大留簡韓十四主簿注〔一〕。

〔二〕沉沉，深邃的樣子。指楊氏新建的官廨，在朦朧曙光之中顯得更加深邃。

〔三〕惟良，良臣。語出尚書君陳：「臣人咸若時，惟良顯哉！」僞孔安國傳：「臣於人者皆順此道，是惟良臣，則君顯明於世。」

〔四〕用材，語意雙關，既指建築用材，又謂選用之人材。柱石，亦雙關語，漢書霍光傳：「將軍爲國柱石。」此句指楊氏。

〔五〕開物，開導萬物。語出周易繫辭：「夫易，開物成務，冒天下之道，如斯而已者也。」孔穎

達疏：「言易能開通萬物之志，成就天下之務，有覆冒天下之道。」此句意謂高大深邃的樣子足以開導萬物。亦爲雙關語，既寫廳、又寫人。

〔六〕芝蘭，香草。芝蘭地，言新廳建於佳地。

〔七〕枳，橘類樹木，枝幹矮小，果實似橘而小，不可食。棘，酸棗樹。枳棘本爲人所嫌惡之物，有時比喻不利的環境，如後漢書黄瓊傳臨終疏中有「光武以聖武天挺，繼統興業，創基冰泮之上，立足枳棘之林」語。句謂教化世俗鄙野環境。

〔八〕風，論語顔淵：「君子之德風，小人之德草。草上之風必偃。」此喻指楊氏的教化爲政。扃，關閉。　戟户，指豪貴權勢人家。古宫門皆立戟，唐制，官階勳三品以上者許私門立戟。此句可與過盧明府有贈中「奸猾唯閉户」句互參，意謂德政使豪强閉門守法。

〔九〕署，官位之標誌，國語魯語：「署，位之表也。」此泛指官衙。　棠陰，棠梨樹之蔭。古時用以頌循吏，比喻其德化、恩澤。意出詩經召南甘棠：「蔽芾（盛貌）甘棠，勿翦勿伐，召伯所茇。」鄭玄箋：「召伯聽男女之訟，不重煩勞百姓，止舍小棠之下而聽斷焉。國人被其德，説其化，思其人，敬其樹。」

〔一〇〕安卑，潛夫論德化篇：「位安其卑。」

〔一一〕理劇，治理繁劇之政務。指承受重任。後漢書李善傳：「以能理劇，再遷日南太守。」

〔一二〕多，讚美。　君，指郭十。　知己，指楊氏。

〔一三〕郢中吟，指宋玉對楚王問時所提到的陽春白雪，見宋中别周梁李三子注〔七〕。郢，楚都。此以「郢中吟」喻郭氏優美的題詩。

同熊少府題盧主簿茅齋〔一〕

虚院野情在〔二〕，茅齋秋興存。孝廉趨下位〔三〕，才子出高門〔四〕。乃繼幽人静〔五〕，能令學者尊〔六〕。江山歸謝客〔七〕，神鬼下劉根〔八〕。階樹時攀折，窗書任討論。自堪成獨往，何必武陵源〔九〕！

【校注】

〔一〕此詩寫作時間未詳。熊少府，名未詳。王維有送熊九赴任安陽，此熊氏或即熊九，時任安陽縣尉。盧主簿，清抄本、全唐詩題下注云：「盧兼，有人倫。」主簿，見酬别薛三蔡大留簡韓十四主簿注〔一〕。李頎有望鳴皋山白雲寄洛陽盧主簿詩，或亦寫此人，則曾任洛陽東宫主簿。

〔二〕野情，山野情趣。

〔三〕孝廉，漢代選舉人材有「孝廉」一科，漢書武帝紀：「元光元年冬十一月，初令郡國舉孝廉。」後世此科興廢無常，民間以孝廉爲舉人之别稱。此處指盧氏，謂其中舉而居下位。

〔四〕才子，亦指盧氏。

〔五〕幽人，隱士。

〔六〕此句寫盧氏學問高深。

〔七〕謝客，指謝靈運（靈運小名客兒），南朝宋詩人，曾隱居會稽東山，作山居賦以自明，擅山水詩，故云「江山歸謝客」。此借以寫盧氏歸隱。

〔八〕劉根，後漢書方術列傳劉根傳：「劉根者，潁川人也，隱居嵩山中。諸好事者，自遠而至，就根學道。太守史祈以根爲妖妄，乃收執詣郡，數之曰：『汝有何術，而誣惑百姓？若果有神，可顯一驗事，不爾，立死矣！』根曰：『實無它異，頗能令人見鬼耳。』……根於是左顧而嘯，有頃，祈之亡父祖近親數十人皆反縛在前，向根叩頭曰：『小兒無狀，分當萬坐。』顧而叱祈曰：『汝爲子孫，不能有益先人，而反累辱亡靈，可叩頭爲吾陳謝。』祈驚懼悲哀，頓首流血，請自甘罪坐。根嘿而不應，忽然俱去，不知所在。」此句以劉根比盧氏，謂其有道能降伏神鬼。

〔九〕武陵源，即桃花源。詳見陶淵明桃花源記。以上二句意謂盧氏野居之處自可成爲世外勝境，何必桃花源纔值得嚮往。

同朱五題盧使君義井〔一〕

高義唯良牧〔二〕，深仁自下車〔三〕。寧知鑿井處，還是飲冰餘〔四〕！地即泉源久，

人當汲引初〔五〕。體清能鑒物〔六〕，色洞每含虛〔七〕。上善滋來往〔八〕，中和浹里閭〔九〕。濟時應未竭，懷惠復何如〔一〇〕！

【校注】

〔一〕此詩寫作時間未詳。朱五、盧使君，名皆未詳。使君爲刺史或太守之稱。

〔二〕牧，州郡長官之稱。

〔三〕下車，官吏到任曰下車。後漢書劉寵傳：「寵任會稽太守，行寬惠之政，父老頌曰：「自明府下車以來，狗不夜吠，民不見吏。」此句讚盧氏。

〔四〕飲冰，解除內心焦灼之意。莊子人間世：「今吾朝受命而夕飲冰，我其內熱與？」成玄英疏：「諸梁晨朝受詔，暮夕飲冰，足明怖懼憂愁，內心熏灼。」「寧知」二句意謂怎知此井還是在謹慎而繁忙地處理政事之餘鑿成的呢！

〔五〕即，則。「地即」二句意謂地下有泉源由來已久，但人們汲引此水卻因盧氏鑿成義井纔開始。

〔六〕體，指井水本身。此句與下句皆有頌盧氏之雙關意義在內。

〔七〕色洞，水色深沉的樣子。含虛，空洞深邃，多所容納。

〔八〕上善，即尚善，崇尚善人善事。滋，多。

〔九〕中和，見奉酬睢陽李太守注〔二四〕。浹（jiā夾），和洽。敦煌選本作「洽」。

〔一〇〕懷惠，論語里仁：「小人懷惠。」集解引孔（安國）曰：「懷，安也。」包（咸）曰：「惠，恩惠。」

送田少府貶蒼梧〔一〕

沉吟對遷客〔二〕，惆悵西南天〔三〕。昔爲一官未得意，今向萬里令人憐。念茲斗酒成睽間〔四〕，停舟歎君日將晏〔五〕。遠樹應連北地春〔六〕，行人却羨南歸雁〔七〕。丈夫窮達未可知，看君不合長數奇〔八〕。江山到處可乘興，楊柳青青那足悲〔九〕！

【校注】

〔一〕此詩寫作時間未詳。田少府，名未詳。蒼梧，縣名，屬梧州，在今廣西省蒼梧縣。

〔二〕沉吟，低聲吟味，有所深思。遷，古代調動官職叫遷，單用一般指升職，降級則曰左遷。但遷客專指流遷、貶謫到外地的官。

〔三〕此句意謂遥望西南天空而惆悵。據此方位送別之地或在梁宋。

〔四〕睽，分離。

〔五〕歎，敦煌集本作「勸」，於義爲優。

〔六〕遠樹，指田氏將去之地的樹。北地，指作者所在之地。

〔七〕行人，指田氏。南歸雁，秋雁南歸，春來又可北返。南去之遷客何時可以北還？所以行人羡之。

〔八〕數奇（jī基），運數不偶，即不遇、不走運之意。史記李將軍列傳：「大將軍青（衛青）亦陰受上（指武帝）誡，以爲李廣老，數奇，毋令當匈奴。」

〔九〕「江山」二句，實爲故作寬慰之辭。

哭裴少府〔一〕

世人誰不死〔二〕，嗟君非生慮〔三〕！扶病適到官〔四〕，田園在何處？公才羣吏感〔五〕，棄事他人助〔六〕。余亦未識君，悲君哭君去〔七〕。

【校注】

〔一〕此詩寫作時間未詳。裴少府，名未詳。敦煌集本作「裴明府」。

〔二〕人，敦煌集本作「上」。

〔三〕生慮，即慮生，顧惜生命之意。

〔四〕扶病，有病而强支撑。　官，敦煌集本作「門」。

〔五〕公才，爲官之才。

〔六〕棄事，擺脱世事。　敦煌集本、文苑英華作「葬事」。

〔七〕悲君，底本無「君」字，「悲」上缺一字，清抄本、文苑英華同。張黄本、許本、全唐詩作「深悲」。此從敦煌集本。

别耿都尉〔一〕

四十能學劍〔二〕，時人無此心。如何耿夫子，感激投知音。翩翩白馬來，二月青草深。别易小千里〔三〕，興酣傾百金〔四〕。

【校注】

〔一〕此詩寫作時間不詳。　耿都尉，名未詳。都尉，武官名。有奉車都尉、駙馬都尉、折衝都尉、左右果毅都尉等。

〔二〕能，乃、而。

〔三〕别易，把離别看成輕易的事。猶云不在乎離别。　小千里，以千里爲小。亦即千里不覺遠之意。　此句寫豪壯之情。

〔四〕興酣，酒興正濃。

送李少府〔一〕

相逢旅館意多違，暮雪初晴候雁飛。主人酒盡君未醉，薄暮途遥歸不歸？

【校注】

〔一〕此詩寫作時間未詳。李少府，名未詳。清抄本、明銅活字本題作「送李少府時在客舍」，全唐詩下又多一「作」字，「時在客舍」云云當是注文誤入題中者。

除夜作〔一〕

旅館寒燈獨不眠，客心何事轉悽然？故鄉今夜思千里，霜鬢明朝又一年。

【校注】

〔一〕此詩寫作時間未詳。除夜，陰曆除夕。

逢謝偃〔一〕

紅顏創爲別〔二〕，白髮始相逢。唯餘昔時慮，無復舊時容。

【校注】

〔一〕此詩寫作時間未詳。謝偃，事跡未詳。新、舊唐書皆有謝偃傳，然其爲唐太宗時人，貞觀十七年（六四三）即卒，與此謝偃無涉。

〔二〕紅顏，年輕之時。創，初。全唐詩作「愴」。

秋胡行〔一〕

妾本邯鄲未嫁時〔二〕，容華倚翠人未知〔三〕。一朝結髮從君子〔四〕，將妾迢迢東路陲〔五〕。時逢大道無艱阻〔六〕，君方遊宦從陳汝〔七〕。蕙樓獨卧頻度春〔八〕，彩落辭君幾徂暑〔九〕。三月垂楊蠶未眠，攜籠結侶南陌邊〔一〇〕。道逢行子不相識，贈妾黄金買少年〔一一〕。妾家夫婿經離久，寸心誓與長相守。願言行路莫多情〔一二〕，道妾貞心在人口〔一三〕。日暮蠶飢相命歸〔一四〕，攜籠端飾來庭闈〔一五〕。勞心苦力終無恨，所冀君恩那可

依〔一六〕。聞説行人已歸止〔一七〕，乃是向來贈金子〔一八〕。相看顏色不復言〔一九〕，相顧懷慙有何已！從來自隱無疑背〔二〇〕，直謂君情也相會〔二一〕；如何咫尺仍有情〔二二〕，況復迢迢千里外！誓將顧恩不顧身〔二三〕，念君此日赴河津〔二四〕。莫道向來不得意，故欲留規誡後人〔二五〕！

【校注】

〔一〕此詩寫作時間未詳。秋胡，列女傳卷五：魯秋胡納妻五日而宦於陳，五年乃歸。未至家，見路旁有美婦人採桑，悦之，下車謂曰：「力田不如逢豐年，力桑不如見國卿；今吾有金，願以與夫人。」婦曰：「採桑力作，以供衣食、奉二親，不願人之金！」秋胡歸至家，奉金遺母。使人呼其婦，婦至，乃嚮採桑者也。婦汙其行，去而東走，自投於河而死。秋胡行，樂府舊題，屬清調曲，多寫秋胡之事，亦有借題寫他事者，樂府解題云：「後人哀而賦之（指秋胡之事），爲秋胡行。若魏文帝辭云：『堯任舜、禹，當復何爲？』亦題曰秋胡行。」

〔二〕妾，秋胡妻自稱。邯鄲，見邯鄲少年行注〔一〕。

〔三〕容華，容顏如花。倚翠，眉色如翠。

〔四〕結髮，古時男子年二十、女子年十五始成人之時，結髮爲飾，本指年輕之時。文選載蘇武詩「結髮爲夫妻，恩愛兩不疑」；後遂據此引伸出結婚之義。

〔五〕將，送。　東路，指魯地。　陲，邊地。

〔六〕大道，指清明的世道。見過盧明府有贈注〔一五〕。

〔七〕陳，古國名，都宛丘（今河南省淮陽縣），佔有今河南省東部和安徽省一部分。公元前四七八年爲楚所滅。汝，汝水，在河南省境。陳汝，指陳地、汝水一帶。

〔八〕蕙，香草，屬蘭科。蕙樓，香樓。

〔九〕彩落，指卸下豔麗的妝飾。　徂暑，詩經小雅四月：「四月維夏，六月徂暑。」鄭箋：「徂，猶始也。六月始盛暑。」此句意謂辭别其丈夫已幾經暑天。

〔一〇〕陌，東西向的路。

〔一一〕少年，指青春美貌。

〔一二〕言，語助詞，詩經中習見。

〔一三〕此句意謂自己的貞心被衆口稱道。

〔一四〕相命歸，與伴侶相呼同歸。

〔一五〕端飾，整整齊齊的服飾。以示謹敬。　庭闈，雙親的住舍。

〔一六〕那可，願辭，猶云乃可，能得。

〔一七〕行人，旅人。指其外出的丈夫。

〔一八〕向來，剛才。

〔一九〕顔色，容顔。

〔二〇〕隱，忖度。

〔二一〕相會，相同。

〔二二〕咫尺，指離家咫尺之間。　有情，指有情於別人。　以下二句意謂爲什麼離家咫尺仍對別人有情，更何況在迢迢千里之外！

〔二三〕顧，顧全。　恩，恩德，此指夫妻之恩。

〔二四〕念，想到。　此日，指此日之行爲。　赴河津，奔赴渡口。指投河自殺。

〔二五〕規，成例。　「莫道」二句，意謂不要説爲的是剛才不得意之事，特意想留個樣子鑑戒後人。

詠馬鞭〔一〕

龍竹養根凡幾年〔二〕，工人截之爲長鞭〔三〕，一節一目皆天然。珠重重〔四〕，星連連〔五〕；繞指柔，純金堅〔六〕；繩不直〔七〕，規不圓〔八〕。把向空中捎一聲〔九〕，良馬有心日馳千〔一〇〕。

【校注】

〔一〕此詩寫作時間未詳。

〔二〕龍竹，即龍鬚竹。李衎竹譜詳録卷五「龍鬚竹」云：「生兩浙山谷間，與貓頭竹無異，根下節不甚密，析爲篾，平細柔韌。」

〔三〕工人，匠人。

〔四〕珠，馬鞭上的飾物。

〔五〕星，亦珠一類的飾物。

〔六〕純金，指鋼。劉琨重贈盧諶：「何意百鍊鋼，化爲繞指柔。」

〔七〕繩，繩墨，木工取直的工具。此處作動詞用。

〔八〕圓，圓規，木工畫圓、正圓的工具。此處亦作動詞用。「繩」「規」二句，寫鞭子難用定形規範，讚其天然、無羈之性格。

〔九〕捎（shào 紹），輕擊。

〔一〇〕此句謂良馬具有靈性，善解人意，勿須鞭韃，稍有啓示，即能竭盡全力日馳千里。

漁父歌〔一〕

曲岸深潭一山叟，駐眼看鈎不移手。世人欲得知姓名，良久問他不開口。笋皮

笠子荷葉衣〔二〕，心無所營守釣磯〔三〕。料得孤舟無定止〔四〕，日暮持竿何處歸？

【校注】

〔一〕此詩寫作時間未詳。　漁父，漁翁。漁父爲隱者的傳統形象，見楚辭漁父。

〔二〕荷葉衣，蓑衣。

〔三〕營，謀求。　磯，岸邊突入水面的石頭。

〔四〕定止，固定的處所。

聽張立本女吟〔一〕

危冠廣袖楚宮妝，獨步閑庭逐夜涼。自把玉簪敲砌竹，清歌一曲月如霜。

【校注】

〔一〕此詩寫作時間未詳。　四庫提要卷一四九謂見太平廣記，爲高鍇侍郎墓中狐妖絶句。此詩真僞尚難斷定，亦可能將高適詩加以附會而流傳，後爲太平廣記所採。　張立本，未詳。

在哥舒大夫幕下請辭退託興奉詩〔一〕

自從嫁與君，不省一日樂。遣妾作歌舞，好時不道惡。不是妾無堪，君家婦難作。下堂辭君去，去後君莫錯。

【校注】

〔一〕此詩據題係作於任職哥舒翰幕府期間，然語辭鄙俚，内容亦與高適當時思想、境遇不合，疑爲僞作。原集無，見敦煌殘卷伯三八一二。

塞下曲〔一〕

君不見芳樹枝，春花盡落蜂不窺。君不見梁上泥，秋風始高燕不棲。蕩子從軍事征戰，蛾眉嬋娟守空閨。獨宿自然堪下淚，況復時聞烏夜啼。

【校注】

〔一〕此詩載本集多種版本，然明抄本、清抄本，楊一統十二家唐詩本不載。文苑英華亦作高適詩，題塞下曲二首，與另一塞下曲相次，此其二。全唐詩題下注云：「賀蘭作。」按此詩爲賀蘭進

明行路難五首其三，當爲賀蘭進明詩舛入高集者。

奉和儲光羲〔一〕

天静終南高，俯映江水明，有若蓬萊下，淺深見澄瀛。羣峯懸中流，石壁如瑶瓊。魚龍隱蒼翠，鳥獸游清泠。菰蒲林下秋，薜荔波中輕。山蔓浴蘭沚，水若居雲屏。嵐氣浮潛宫，孤光隨曜靈。陰陰豫章館，宛宛百花亭，大君及羣臣，燕樂方嚶鳴。吾黨二三子，兹辰怡性情，逍遥滄洲時，乃在長安城。

【校注】

〔一〕此詩僞。全唐詩高適卷中不收。儲光羲集中有同諸公秋霽曲江俯見南山詩，文字與此篇全同，知此篇當是儲詩舛入高集者。高適同遊曲江所和之詩，當即同薛司直諸公秋霽曲江府見南山作。

感五溪薺菜〔一〕

兩京作斤賣，五溪無人採。夷夏雖有殊，氣味終未改。

【校注】

〔一〕此詩僞。原爲高力士詩，見郭湜高氏外傳、鄭處晦明皇雜録及計有功唐詩紀事。此詩清抄本、全唐詩皆不載。

重陽〔一〕

節物驚心兩鬢華，東籬空繞未開花。百年將半仕三已，五畝就荒天一涯。豈有白衣來剥啄，亦從烏帽自欹斜。真成獨坐空搔首，門柳蕭蕭噪暮鴉。

【校注】

〔一〕此詩僞。原爲宋人程俱之詩，見其北山小集卷九，題作「九日寫懷」。自後村千家詩誤爲高適之作，多爲後人沿襲。清抄本無此首，四庫提要謂「較他本精審」。

賦

鶻賦 并序〔一〕

天寶初，有自滑臺奉太守李公鶻賦以垂示〔二〕，適越在草野，才無能爲，尚懷知音，遂作鶻賦。其詞曰：

夫何鶻之爲用？置之則已，縱之無匹。懷果斷之沉潛〔三〕，任性情之敏疾。頭小而鋭，氣雄而逸。貌耿介以凌霜〔四〕，目精明而點漆。想像遼遠〔五〕，孤貞深密。將必取而乃迴，若授詞而勿失。當白帝之用事〔六〕，入青雲而委質〔七〕，乃徇節以勃然〔八〕，因指蹤而挺出〔九〕。嚴冬欲雪，蔓草初焚，野莽蕩而風緊〔一〇〕，天崢嶸而日曛〔一一〕。忿顧兔之狡伏〔一二〕，恥高鳥之成羣，始滅没以略地〔一三〕，忽升騰而參雲〔一四〕，翻決烈以電掣〔一五〕，皆披靡而星分〔一六〕，奔走者折脅而絶脰〔一七〕，鳴噪者血灑而毛紛〔一八〕。雖百中之自我〔一九〕，終一呼而在君。夫其左右更進〔二〇〕，縱横發跡，掃窟穴之凌兢〔二一〕，振荆榛之

淅瀝〔二二〕，翕六翮以直上〔二三〕，交雙指以迅擊〔二四〕，合連弩之應機〔二五〕，類鳴髀之破的〔二六〕。豁爾胸臆，伊何凌厲以爽朗！曾莫蔕介〔二七〕，豈虞險艱而怵惕〔二八〕！觀其所獲多有〔二九〕，得用非媒。歷閶闔以肅穆〔三〇〕，翊鉤陳而環迴〔三一〕。幸輝光於菟狩〔三二〕，承剪拂於樓臺。望鳳沼而輕舉〔三三〕，紛羽族之驚猜。路杳杳而何向〔三四〕？雲茫茫而不開。鶯出谷兮徒爾〔三五〕，鶴乘軒而何哉〔三六〕！彼懷毅勇坎軻而棄置，胡不效其間關而徘徊〔三七〕！爾乃顧恩有地〔三八〕，戀主多情，念層空而不起〔三九〕，託虛室以無驚〔四〇〕。雅節表於能讓，義心激於效誠。勢逾高而下急〔四一〕，體彌重而飛輕。戢羽翼以受命〔四二〕，若肝膽之必呈。嗟日月之云邁〔四三〕，猶羈縻而見嬰〔四四〕。

別有橫大海而遥度〔四五〕，順長風而一寫〔四六〕，投足眇於巖巔〔四七〕，脱身免於弋者〔四八〕。冰落落以凝閉，雪皚皚而飄灑，諒堅鋭之特然〔四九〕，寧苦寒之求捨〔五〇〕。匪聚食以祈滿〔五一〕，聊擊鮮而自假〔五二〕。比玄豹之潛形〔五三〕，同幽人之在野。矧其升巢絶壁〔五四〕，獨立危條〔五五〕，心倏忽於萬里〔五六〕，思超遥於九霄。豈別物之能暴〔五七〕，曷凡禽之見邀？則未知鵷鷺之所適〔五八〕，孰與鵬鷃兮逍遥云爾哉〔五九〕！

【校注】

〔一〕此賦作於天寶元年。　鶻（hú胡），即隼，一種猛禽，喙鉤爪利，疾飛善襲，馴熟後可助

人打獵。此賦借鶻喻人，咏物抒懷，塑造了兩種不同士人的形象，表現了作者對統治者摧殘人材的不滿，以及隱逸自愛的處世態度。 題目清抄本同，諸本多作「奉和鶻賦」，文苑英華亦同諸本，並次李邕鶻賦之後，全唐文作「奉和李泰和鶻賦」（李邕字泰和）。

〔二〕滑臺，見淇上送韋司倉往滑臺注〔一〕。太守李公，即李邕，開元末任滑州刺史，天寶初任汲郡太守，詳見奉酬北海李太守丈人夏日平陰亭注〔一〕。

〔三〕沉潛，沉着鎮定之意。語出尚書洪範：「沉潛克剛。」

〔四〕貌，文苑英華作「邈」。

〔五〕遼，明銅活字本作「邈」。

〔六〕白帝，古代神話中的五天帝之一。晉書天文志：「西方白帝，白招矩之神也。」按古代以四季配四方，白帝主管西方，亦主管秋季。

〔七〕委質，通「委贄」，付與所執之禮物。爲古代生對師、臣對君初次相見之禮，以示委身投靠。史記仲尼弟子列傳「儒服委質」，司馬貞索隱引左傳僖公二十三年「策名委質」句服虔注云：「古者始仕，必先書其名於策，委死之質於君，然後爲臣，示必死節於其君也。」 入青雲，文苑英華作「下青霄」，注：「一作入青雲。」

〔八〕徇，文苑英華作「順」，注：「一作徇。」「以」，作「而」，注：「一作以。」

〔九〕指蹤，發現蹤跡，指示禽獸所在之處。參見東征賦注〔三〇〕。

〔一〇〕漭蕩，空闊的樣子。

〔一一〕日曛，日暮。

〔一二〕顧兔，有所顧忌之兔。語出楚辭天問：「厥（指月）利維何？而顧兔在腹。」顧，文苑英華作「頑」。

〔一三〕略地，巡視地面。以，文苑英華作「而」。

〔一四〕參，文苑英華作「篸」，注：「一作參。」

〔一五〕翻，迅速變動的樣子。猶如突然。決烈，同「決裂」，分裂。掣，文苑英華作「擊」，注：「一作掣。」

〔一六〕星分，像羣星一樣雜亂分散。此寫鳥兔之類之狀。

〔一七〕奔走者，兔之類。脅，兩膀。脰（dòu豆），頸。

〔一八〕鳴噪者，鳥之類。

〔一九〕之，文苑英華作「而」，注：「一作之。」

〔二〇〕左右更進，忽左忽右，交替前進。

〔二一〕凌兢，戰栗慌恐。凌，文苑英華作「陵」。

〔二二〕淅瀝，落葉聲。文苑英華作「折歷」，注：「一作折瀝。」

〔二三〕六翮，飛禽翅膀上的六根勁羽，借指翅膀。

〔二四〕雙指，即雙爪。

〔二五〕連弩，一種帶有連續發射機械的弓。　機，弩上發矢之機，或稱弩牙。

〔二六〕髇（xiāo 哮），鳴鏑，響箭。　的，諸本多作「鏑」，此從文苑英華。

〔二七〕蠆介，同「蔕芥」，刺鯁不快。

〔二八〕虞，預料。　怵（chù 處）惕，恐懼警惕。　險艱而，文苑英華作「夷險之」，注：「三字亦作險難而。」

〔二九〕所獲多，文苑英華作「獲多不」，注：「三字亦作所獲多。」

〔三〇〕閶闔，神話傳説中的天門。

〔三一〕翊（yì 益），傍。　鉤陳，星名，星經：「鉤陳六星在五帝下，爲後宮大帝正妃。又主天子六軍將軍，又主三公。」　環迴，盤旋。

〔三二〕輝光，顯耀。　文苑英華作「耀光」。

〔三三〕鳳沼，鳳池。　古時往往與龍池對舉，皆非凡境。

〔三四〕向，文苑英華作「尚」，注：「一作向。」

〔三五〕鶯出谷，比喻升遷顯達。　語出詩經小雅伐木：「伐木丁丁，鳥鳴嚶嚶，出自幽谷，遷於喬木。」此以善鳴的鶯比喻那些巧佞之人。　兮，文苑英華作「而」，注：「一作兮。」

〔三六〕鶴乘軒，左傳閔公二年：「衛懿公好鶴，鶴有乘軒者。」後用以比喻濫居禄位之人。

〔三七〕間關，鶯啼之聲。　徘徊，鶴舞之貌。

〔三八〕爾，指鶴。　有地，有根基。即不虚浮、不動摇之意。

〔三九〕層空，喻高位。　起，文苑英華作「去」，注：「一作起。」

〔四〇〕虚室，心。淮南子俶真：「是故虚室生白。」　無驚，無所驚動。

〔四一〕逾，文苑英華作「愈」，注：「一作逾。」

〔四二〕戢，收斂。

〔四三〕云邁，過去。「云」爲語助詞。　此句意出詩經唐風蟋蟀：「今我不樂，日月其邁。」

〔四四〕羈縻，馬籠頭和牛繮繩，用作動詞以喻牽制和束縛。　見嬰，被纏繞。嬰通纓。

〔四五〕遥，文苑英華作「徑」。

〔四六〕寫，同「瀉」，形容暢通無阻。　此二句以下寫不受人畜養、自由自在之鶴，以喻懷才不仕、隱身肆志之士。

〔四七〕投足，落脚。　眇，高遠渺茫的樣子。

〔四八〕弋，用帶着繩子的箭射鳥。弋者，射者。　免，文苑英華作「逸」，注：「一作冥。」

〔四九〕諒，誠然。　特然，出衆的樣子。特，文苑英華作「時」，注云：「一作持。」

〔五〇〕之，文苑英華作「以」，注：「一作之。」　求捨，追求擺脱，逃避。

〔五一〕匪，同「非」。　祈滿，求得飽腹。莊子逍遥遊：「偃鼠飲河，不過滿腹。」言無奢求。

〔五二〕擊鮮，捕殺活物。　自假，憑藉自力。　鮮，文苑英華作「羣」，注：「一作鮮。」

〔五三〕玄豹，列女傳卷二：陶答子治陶三年，名譽不興，家富三倍，其妻數諫不聽。五年後更富，人皆賀之，其妻憂曰：「妾聞南山有玄豹，霧雨七日而不下食者何也？欲以澤其毛而成文章也，故藏而遠害。犬彘不擇食以肥其身，坐而須死耳。」此以玄豹喻隱者。

〔五四〕升，高。　巢，用作動詞，構巢。

〔五五〕危條，高枝。

〔五六〕倏（shū叔）忽，快。

〔五七〕暴，指施加暴虐。　此句，文苑英華作「豈外物之能慕」，並於「外物」下注云：「一」字一作「別物」。

〔五八〕則，文苑英華無此字，注：「一有則字。」　鵷鷺，原作「鴛鷺」，諸本多同。按二字連文當作「鵷鷺」，當爲音同而誤，今改。校改依據及釋義詳見東平旅遊奉贈薛太守二十四韻注〔九〕及酬裴員外以詩代書注〔四〇〕。　適，文苑英華作「以」，注：「一作適。」

〔五九〕孰與，何如。　鵬鷃（yàn宴），莊子逍遥遊：「有鳥焉，其名爲鵬，背若泰山，翼若垂天之雲。摶扶摇羊角而上者九萬里，絶雲氣，負青天，然後圖南，且適南冥也。斥鴳（鴳，同鷃。一種小雀）笑之曰：『彼且奚（何）適也？我騰躍而上，不過數仞而下，翱翔蓬蒿之間，此亦飛之至也，而彼且奚適也？』」此以鵬鷃泛喻在野之士。　兮，文苑英華作「之」，注：「一作兮。」

東征賦〔一〕

歲在甲申〔二〕，秋窮季月〔三〕，高子遊梁既久，方適楚以超忽〔四〕。望君門之悠哉，微先容以效拙〔五〕，姑不隱而不仕，宜其漂淪而播越〔六〕。

出東苑而遂行〔七〕，沿濁河而兹始〔八〕。感隋皇之敗德〔九〕，劃平原而爲此。西馳洛汭〔一〇〕，東並淮涘，地豁山開，川流波委。六宮景從〔一一〕，千官邐迤，龍舟錦帆，照耀乎數千百里。大駕將去，羣盜日起〔一二〕。尸禄者卷舌而偷生〔一三〕，直諫者解頤而後死〔一四〕。寄腹心於梟獍〔一五〕，任手足於蛇虺〔一六〕。既垂弑於匹夫〔一七〕，尚興疑於愛子〔一八〕。豈不以爲窮力役於征戰〔一九〕，務淫逸於奢侈〔二〇〕，六軍悲牧野之師〔二一〕，萬姓哭遼陽之鬼。嗟顛覆於曩日，指年代於流水〔二二〕。唯見長亭之煙火，曠野之荆杞〔二三〕。

至鄭縣之舊邑〔二四〕，懷蕭相之高風〔二五〕。既屈節於主吏〔二六〕，每歸誠於沛公〔二七〕。始俱起於天下，乃從定於關中〔二八〕。推金帛於他人，挹圖籍於我躬。按山川之險阻，救天地之屯蒙〔二九〕。嘉盈俸以增邑，方指蹤而建功〔三〇〕。納邵平以防患〔三一〕，舉曹參而告終〔三二〕。

經洛城而永望〔三三〕，想譙郡而銷憂〔三四〕。慨魏武之雄圖〔三五〕，終大濟於橫流〔三六〕。用兵戈以威四海，挾天子而令諸侯〔三七〕。乃擅命以誅伏〔三八〕，徒矯跡以安劉〔三九〕。吾始未知夫逆順，胡寧比德於殷周〔四〇〕！

下符離之西偏〔四一〕，臨彭城之高岸〔四二〕。連山鬱其漭蕩〔四三〕，大澤平乎渺漫〔四四〕。昔天未厭禍，項氏叛渙〔四五〕，解齊歸楚，自蕭擊漢〔四六〕。天地無色，風塵潰亂。憫君王之轗軻〔四七〕，混士卒以奔散。苟炎運之克昌〔四八〕，豈生人之塗炭〔四九〕！次靈璧之逆旅〔五〇〕，面垓下之遺墟〔五一〕。嗟魯公之慷慨〔五二〕，聞楚聲而悒於〔五三〕。歌拔山以涕洟〔五四〕，竊霸圖而莫居。擯亞父之何甚〔五五〕，悲虞姬之有餘。出重圍以狼狽，至陰陵以躊躇〔五六〕。顧天亡以自負，雖身死兮焉如〔五七〕？

登夏丘而縱目〔五八〕，對蒲隧而愁予〔五九〕。問取慮之斯在〔六〇〕，微長直之捨諸〔六一〕。宿徐縣之迴津〔六二〕，惟偃王之舊域〔六三〕。方以小而事大〔六四〕，豈無位而有德！彼昏暴以喪邦，伊何仁義而亡國〔六五〕？高延陵之掛劍〔六六〕，慕班彪之述職〔六七〕。緬沛水之悠悠，俯婁林之紆直〔六八〕。

即日河滸，依然泗上〔六九〕，山川土田，耳目清曠。眺淮源之呀豁〔七〇〕，偉楚關之雄

壯。掛輕席於中流〔七一〕，順長風以破浪。過盱眙之邑屋〔七二〕，傷義帝之波蕩〔七三〕。歎三户之亡秦〔七四〕，知萬人以離項。越龜山而訪泊〔七五〕，入漁浦而待潮。鴻雁飛兮木葉下，楚歌悲兮雨蕭蕭。霜封野樹，水凍寒苗〔七六〕，岸草無色，蘆花自飄。幸息肩於人事〔七七〕，願投跡於漁樵。思魏闕而天遠〔七八〕，向秦川而路遥。

候鳴雞以進帆，趨亂流以争迅。縱孤舟於浩大，撫垂堂以誡慎〔七九〕。遵枉渚於淮陰〔八〇〕，徵昔人於韓信〔八一〕。哀王孫之寄食，嘉漂母之無愠。鄙亭長之不仁，乃晨炊而嗇悋〔八二〕。忽從龍以獲騁〔八三〕，遂擒豹以自奮〔八四〕。破全趙而用奇〔八五〕，稱假齊而益振〔八六〕。幸辭通以感惠〔八七〕，俄結豨而謀釁〔八八〕。當在約而必亨〔八九〕，曷持盈而不順〔九〇〕？

凌赤岸之迢遞，掉白波之紆餘〔九一〕，歷山陽之村墅〔九二〕，挹襄鄙之邑居〔九三〕。人多嗜艾〔九四〕，俗喜觀漁〔九五〕。連葭葦於郊甸，雜汀洲於里閭。感百川之朝宗〔九六〕，彌結念於歸歟〔九七〕。日杲杲以麗天〔九八〕，雲飄飄以卷舒。魯放情於蹈海〔九九〕，丘永歎於乘桴〔一〇〇〕。遇坎則止〔一〇一〕，吾今不知其所如者哉〔一〇二〕！

【校注】

〔一〕此賦作於天寶三載（七四四）秋。全篇内容將懷古感時、慨歎身世融爲一爐，表現

了他的歷史觀點和政治理想。

〔二〕甲申，天寶三載。

〔三〕秋窮季月，指農曆九月。

〔四〕楚，唐淮陰郡，天寶以前稱楚州，屬淮南道，治所在山陽縣（今江蘇省淮安市淮安區。），即高適此遊所終之地。　超忽，遥遠的樣子。此處指遠遊。

〔五〕微，無。　先容，事先經人介紹引進。漢書賈鄒枚路傳鄒陽傳：「蟠木根柢，輪囷離奇，而爲萬乘器者，以左右先爲之容也。」

〔六〕播越，流亡在外。左傳昭公二十六年：「兹不穀震盪播越，竄在荆蠻。」

〔七〕東苑，即梁園，亦稱兔園或兔苑。史記梁孝王世家：「孝王築東苑，方三百餘里。」參見别韋參軍注〔九〕。

〔八〕濁河，指隋運河通濟渠，東南走向，横貫黄河、淮水之間，爲隋煬帝時所開。隋書煬帝紀：大業元年（六〇五）三月，「發河南諸郡男女百餘萬，開通濟渠，自西苑（在今河南省洛陽市），引穀洛之水達於河；自板渚（在今河南省滎陽市汜水鎮東北）引河達於淮。」

〔九〕隋皇，指隋煬帝。

〔一〇〕洛汭，洛水入黄河之處。據唐代黄河故道，在今河南省鞏縣。

〔一一〕六宫，泛指后妃所居。此直指后妃。　景，同「影」。　以下六句寫大業元年（六〇

五）隋煬帝楊廣由通濟渠往遊江都（今江蘇省揚州市）的情景。隋書煬帝紀：大業元年「八月，御龍舟幸江都，文武官五品已上給樓船，九品以上給黄篾。舳艫相接，二百餘里。」

〔一二〕羣盜，對隋末農民起義的誣衊稱呼。

〔一三〕尸禄，空佔其位，只顧享用俸禄，而不盡職責。　卷舌，指卷舌不語。

〔一四〕解頤，開顔而笑。此寫直諫者以傾吐爲快，慷慨而死之狀。

〔一五〕梟獍（jìng竟），梟爲惡鳥，自食其母；　獍爲惡獸，自食其父。常用以比喻狠毒忘恩之人。

〔一六〕蛇虺（huǐ毁），毒蛇，古稱蝮蛇一類的毒蛇叫虺。此處比喻惡毒之人。

〔一七〕此句指大業十四年（六一八）三月，禁軍將領宇文化及發動兵變，殺死隋煬帝。　既垂弑，文苑英華作「蟲受殺」。

〔一八〕此句指隋煬帝疏忌其次子齊王楊暕，隋書齊王暕傳：「帝亦常慮暕先變……俄而化及作亂，兵將犯蹕，帝聞，顧謂蕭后曰：『得非阿孩邪？』」

〔一九〕此句指大業八年（六一二）和大業九年接連兩次發動對高麗的戰爭，死傷慘重，成爲隋末農民大起義的導火線。　豈不以爲，文苑英華作「豈不爲」。

〔二〇〕按隋煬帝除了修鑿供巡遊的大運河之外，還修建了宏大奢麗的東都洛陽城以及許多豪華的行宮、園囿。浩繁的徭役使農民家破人亡，以致「萬户則城郭空虚，千里則煙火斷滅」（舊唐書李密傳）。

〔二一〕六軍，周禮夏官司馬：「凡制軍，萬有二千五百人爲軍，王六軍，大國三軍，次國二軍，小國一軍。」此指朝廷軍隊。牧野，古地名，在今河南省淇縣南，爲紂覆亡前誓師與周武王決戰之地。牧野之師，喻指覆没之隋軍。

〔二二〕流水，論語子罕：「子在川上曰：『逝者如斯夫！』」

〔二三〕「唯見」二句意謂隋朝遺跡已不復存。「出東苑」句至此，爲見通濟渠所生感慨，指斥隋煬帝荒淫而亡國。文苑英華「唯見」前有一「悲」字。

〔二四〕酇縣，秦置，漢仍之，屬沛郡，蕭何封侯於此。唐時屬譙郡（亳州），故址在今河南省永城縣西酇縣鄉。

〔二五〕蕭相，即蕭何，沛郡豐邑（今江蘇省豐縣）人。

〔二六〕此句指蕭何於秦時做沛郡主吏（功曹）的屬吏。

〔二七〕此句謂蕭何每每效誠於劉邦。蕭何與劉邦是同鄉，據史記蕭相國世家，劉邦爲布衣時，蕭何即經常以吏事保護劉邦。及劉邦當上沛亭亭長，又常輔助他。劉邦做沛公後，蕭何爲丞，執掌庶事。以後又做劉邦的丞相、相國。

〔二八〕乃，竟，終於。關中，指戰國末秦故地。此句指劉邦破秦軍先入咸陽。

〔二九〕自「推金帛」起四句寫劉邦攻下咸陽後，蕭何盡收秦丞相府圖籍文書，加以保存。後項羽及諸侯屠燒咸陽而去，劉邦得以憑藉蕭何所得秦文獻資料，完全掌握天下阨塞、户口數目、設防

强弱、民間疾苦等情況，從而能針對實際運籌軍事，治理政務，取得軍功政績。 屯蒙，本周易二卦名，屯，主生艱難；蒙，謂物之稚。合稱之喻困頓晦暗之境。 救，文苑英華作「敕」；之，作「於」。

〔三〇〕「嘉盈俸」二句，寫劉邦定天下後爲蕭何增加俸禄和食邑以表彰功勳，而蕭何也在發揮其指揮才能再建奇功。史記蕭相國世家載：漢高祖劉邦定天下，以蕭何功最盛，封爲酇侯。衆功臣不服，劉邦以獵爲喻，説：「夫獵，追殺獸兔者，狗也；而發蹤指示獸處者，人也。今諸君徒能得走獸耳，功狗也；至如蕭何發蹤指示，功人也。且諸君獨以身隨我，多者兩三人，今蕭何舉宗數十人皆隨我，功不可忘也。」於是悉封蕭何父子兄弟十餘人皆有食邑，並加封蕭何二千户。 指蹤，發蹤指示。本是打獵時發現獸蹤，指揮鷹犬之意。此喻指揮。 指，文苑英華作「挹」。

〔三一〕邵平，蕭相國世家作「召平」，故秦東陵侯。秦破，爲布衣，家貧，種瓜於長安城東。 蕭何在關中平韓信叛亂之後，劉邦授其爲相國，加封五千户，令卒五百人、一都尉爲相國衛。諸君皆賀，召平獨弔，對蕭何説：「禍自此始矣。上（指劉邦）暴露於外（指出外征戰），而君守於中，非被矢石之事，而益君封、置衛者，以今者淮陰侯新反於中，疑君心矣。夫置衛衛君，非以寵君也，願君讓封勿受，悉以家私財佐軍，則上心説。」蕭何從其言，劉邦果然大喜。

〔三二〕舉曹參，據蕭相國世家載：蕭何病重時，漢惠帝親臨看望，問道：「君即百歲後，誰可代君者？」答道：「知臣莫如主。」惠帝説：「曹參何如？」蕭何頓首説：「帝得之矣，臣死不恨（憾）

矣。」　自「至酇縣」句至此，寫蕭何佐劉氏之功。

〔三三〕洛城，疑此地名文字有誤，諸本皆同。據高適此次東行路線及前後文意，或當作「永城」，後人因與下「永」字重複，妄改爲「洛城」。唐永城縣屬譙郡，即今河南省永城縣。文苑英華作「經城」。

〔三四〕譙郡，原亳州，治所在譙縣（今安徽省亳州市），轄境相當今河南、安徽兩省永城、鹿邑、蒙城間地。

〔三五〕魏武，魏武帝曹操，沛國譙人。

〔三六〕大濟，成就大功。　横流，河水横决氾濫。此比喻天下大亂。孟子滕文公：「洪水横流，氾濫於天下。」

〔三七〕天子，指漢獻帝劉協。建安元年（一九六），曹操西迎漢獻帝還洛陽，都許。獻帝授其軍權，使任録尚書事、大將軍等職，曹操遂得以挾天子以令諸侯。

〔三八〕誅伏，伏指伏皇后。按後漢書伏皇后紀，伏后名壽，獻帝興平二年（一九五）被立爲皇后。其父伏完原娶漢桓帝女陽安公主，居高位，對曹操挾持獻帝專朝政，素有不滿。伏皇后見曹操誅戮異己，亦自懼，遂與其父密謀除曹，伏完不敢動。建安十九年（二一四，伏完已死五年），事泄，曹操大怒，逼獻帝廢伏后，並假造詔策數其罪。伏后被執，見獻帝求活命，獻帝説：「我亦不知命在何時。」終遇害。兄弟及宗族死者百餘人。

〔三九〕矯跡，僞裝。　安劉，鞏固劉氏的漢朝天下。　據武帝紀所載，曹操下令時，每每標榜自己，説：「吾起義兵，爲天下除暴亂。」

〔四〇〕「吾始」二句，吾，據文意，當爲「君」字之誤，指漢獻帝。　按三國志魏志武帝紀，建安十八年，獻帝爲曹操表功時曾説他「雖伊尹（商湯之佐）格（至）于皇天，周公（周武王、成王之佐）光于四海，方（比）之蔑（無）如也」，「功高于伊周」。　又，「吾」「君」二字形近，易互訛，參見過盧明府有贈注〔一四〕。　二句意謂君主開始還未知他是逆是順，爲甚麼竟貿然把他與殷周時的聖賢比德！

比德，文苑英華作「比」，注云：「一作德字。」「經洛城」句至此，寫曹操。

〔四一〕符離，或作「苻離」，唐縣名，故治在今安徽省宿州市符離集，當時屬彭城郡（徐州）。

〔四二〕彭城，指彭城郡彭城縣，故治在今江蘇省徐州市。

〔四三〕漭蕩，闊大的樣子。　其，文苑英華作「而」。

〔四四〕大澤平，文苑英華作「分大澤」。

〔四五〕項氏，指項羽，秦漢時臨淮郡下相縣（唐時爲彭城郡宿遷縣，故治在今江蘇省徐州市銅山區）人。　他是舊貴族勢力的代表，秦二世元年（公元前二〇九年），乘陳勝起義之機，與其叔父項梁起兵反秦。　秦亡，與劉邦爭天下，失敗而亡。　詳見史記項羽本紀。　叛渙，猶言跋扈。　此句出自漢書敍傳「項氏畔換」，指公元前二〇六年，項羽自立爲西楚霸王，建都彭城，把義帝（楚懷王心）放逐到長沙郡郴縣，並指使人將其殺害。

〔四六〕「解齊」二句，據史記項羽本紀，公元前二〇六年，田榮聞項羽徙齊王市爲膠東王而立齊將田都爲齊王，大怒，自立爲齊王，並欲聯趙滅楚。項羽聞信後，於公元前二〇五年冬，北上擊齊，大敗田榮，燒殺虜掠，齊人相聚反抗。田榮弟田横，收齊殘兵，與項羽對峙。項羽留齊，連戰不下。次年春，劉邦帶領五諸侯兵東伐楚，攻下彭城。項羽乃離齊歸楚，自西從蕭（今安徽省蕭縣）擊漢軍，向東至彭城，大破漢軍，漢軍潰退。

〔四七〕君王，指漢王劉邦。劉邦在彭城敗於楚軍後，楚軍追擊至靈璧東、睢水上，漢卒十餘萬人皆入睢水，睢水堵塞不流，劉邦被圍三重。此時忽然從西北方起了大風，折樹毁屋，揚起砂石，白晝如晦。楚軍大亂潰散，劉邦乃得與數十騎逃去。

〔四八〕炎運，指漢朝的國運。古有「終始五德之運」的迷信理論，以五行生剋爲帝王嬗代之應。按此説法，漢以火德王，故稱「炎運」。

〔四九〕生人，生民。因避諱而改。塗炭，爛泥火炭，以喻困苦境遇。語出尚書仲虺之誥：「有夏昏德，民墜塗炭。」生人，文苑英華作「人生」。

〔五〇〕次，止宿。靈璧，地名，即今安徽省靈璧縣。逆旅，客舍。

〔五一〕垓下，古地名，在今安徽省靈璧縣南沱河北岸。公元前二〇二年，漢、楚兩軍在此決戰，項羽軍被擊潰於此。

〔五二〕魯公，即項羽，楚懷王初封項羽爲魯公。

〔五三〕聞楚聲，項羽在垓下被漢軍及諸侯兵包圍數重，夜聞四面皆楚歌，大驚道：「漢皆已得楚乎？是何楚人之多也！」　悒，不安。　於，語助詞。　而，文苑英華作「之」。

〔五四〕歌拔山，項羽被圍垓下，夜起飲酒帳中。有美人名虞，常幸從；有駿馬名騅，常騎之。於是項羽乃慷慨悲歌，自作詩曰：「力拔山兮氣蓋世，時不利兮騅不逝！騅不逝兮可奈何？虞兮虞兮奈若何！」歌數闋，美人和之。項羽哭泣下淚，左右皆泣，莫能仰視。　涕洟，痛哭流涕。涕，淚；洟，鼻液。　以，文苑英華作「之」。

〔五五〕擯，排斥。　亞父，即范增。項羽本來非常尊敬范增，稱之曰亞父，意思是僅次於父，授爲大將軍，封爲歷陽侯。范增力主抗漢，項羽優柔寡斷，而中漢軍緩兵之計。公元前二〇四年，又中劉邦、陳平離間計，懷疑范增與漢有勾結，漸奪其權。范增怒而辭歸，行未至彭城，疽發背而死。　擯，文苑英華作「捐」。

〔五六〕陰陵，故城在唐鍾離郡（濠州）定遠縣（今安徽省定遠縣）西北，瀕池河西岸。項羽與壯士騎從者八百餘人乘夜自垓下突圍，在漢軍追擊之下渡淮，至於陰陵，迷失道路，被漢軍追及。

〔五七〕「顧天亡」二句，項羽自陰陵突圍至東城，僅餘二十八騎，自度不能脱，歎曰：「此天之亡我，非戰之罪也。」至烏江（今安徽省馬鞍山市和縣東北烏江鎮）自刎而死。　焉如，猶何如。自「下符離」句至此，寫楚漢之爭及項羽之敗。

〔五八〕夏丘，古地名，唐臨淮郡（泗州）虹縣（今安徽省宿州市泗縣）即其地。　縱，明銅活字

本、文苑英華作「寓」。

〔五九〕蒲隧，春秋徐國地名，見於左傳昭公二十六年。

〔六〇〕取慮，古地名，漢時爲臨淮郡屬縣，南朝宋廢省。故城在今江蘇省徐州市睢寧縣東南。問，張黄本、許本、文苑英華作「聞」。

〔六一〕長直，水經注卷二四：「睢水又東合烏慈水，水出縣（取慮縣）西南烏慈渚，潭漲東北流，與長直故瀆合，瀆舊上承蕲水。」　微，文苑英華作「徵」。

〔六二〕徐縣，漢置，屬臨淮郡。即唐臨淮郡（泗州）徐城縣，故城在今安徽省宿州市泗縣北。

〔六三〕偃王，即徐偃王，周穆王時徐國諸侯，治國以仁義著稱，後開水道陳蔡之間，掘得朱色弓矢，以爲天瑞，遂自稱徐偃王，江淮諸侯服從者三十六國。周穆王令楚伐之，徐偃王愛民不鬥，遂被楚打敗。

〔六四〕以小而事大，以小國的地位事奉大國。孟子在談到交鄰國之道時曾説：「惟仁者爲能以大事小……惟智者爲能以小事大……以大事小者，樂天者也；以小事大者，畏天者也。樂天者保天下，畏天者保其國。」（見孟子梁惠王下）

〔六五〕伊，代詞，指徐偃王。

〔六六〕延陵，指春秋吴國的季札。季札受封於延陵（今江蘇省常州市武進縣），稱延陵季子。掛劍，季札奉使於魯，路過徐國時，曾拜訪徐君。徐君喜歡季札的劍，但未敢開口。季札心知其

意，因爲尚要出使上國，未獻贈。回返時又至徐國，徐君已死，於是解下他的寶劍，繫在徐君墳墓的樹上而去。隨從的人問：「徐君已死，尚誰予乎？」季札説：「不然，始吾心已許之，豈以死倍（背）吾心哉！」見史記吴太伯世家。

〔六七〕班彪，東漢扶風郡安陵（故城在今陝西省咸陽市東）人，班固之父。光武帝劉秀聞其才，召進宫相見，舉司隸茂才，授徐縣縣令。班彪藉病辭免。後數次應三公之命，皆不就官。而專心於史籍，總結得失，搜集資料，繼史記而著後傳（漢書的部分初稿）。光武帝建武三十年（五四）卒，終年五十二。詳見後漢書班彪傳。　述職，述自己所職守之事。班彪作後傳時，曾「斟酌前史，而譏正得失」，他墨守儒家正統觀點，反對司馬遷的異端思想。

〔六八〕婁林，春秋地名。左傳僖公十四年：「楚人敗徐于婁林。」在今安徽省宿州市泗縣東北。紆，文苑英華作「行」。

〔六九〕泗，泗河，源出山東省泗水縣，西南流入江蘇省境經沛縣、銅山、泗陽諸縣，至淮陰縣入淮。其自銅山縣以南即今廢黄河。此泗上指今安徽省宿州市泗縣、江蘇省泗洪縣一帶。

〔七〇〕呀豁，空闊。　淮，文苑英華作「睢」。

〔七一〕輕席，船帆。

〔七二〕盱眙（xū yí 須移），漢臨淮郡屬縣，項梁立楚懷王孫心爲義帝，建都於此。唐時屬淮陰郡（泗州）。即今江蘇省淮安市盱眙縣。

〔七三〕波蕩，動蕩不安。指項羽把義帝放逐到長沙，並殺害之。

〔七四〕三户之亡秦，史記項羽本紀載：范增游説項梁反秦時曾引楚南公的話説：「楚雖三户，亡秦必楚也。」　歎，文苑英華作「雖」。

〔七五〕龜山，在江蘇省淮安市盱眙縣，有上下二山，上龜山在縣東南，下龜山在縣東北。

〔七六〕水，明銅活字本、文苑英華作「冰」。

〔七七〕息肩，肩無負擔，得以休息。以喻擺脱職務。語出左傳襄公二年：「子駟請息肩於晉。」人事，即世事。此句謂所幸未曾肩負世事，指未入仕。

〔七八〕魏闕，宫門外高出的樓觀。莊子讓王：「中山公子牟謂瞻子曰：『身在江海之上，心居乎魏闕之下，奈何？』」此句意本此，謂有心效忠朝廷，但天高難致。

〔七九〕撫（mó模），同摹，規倣。　垂堂，近堂簷下之地。此指「坐不垂堂」之言。史記司馬相如列傳：「鄙諺曰：『家累千金，坐不垂堂。』」論衡四諱篇：「毋承屋檐（簷）而坐，恐瓦墜擊人首也。」

〔八〇〕枉渚，曲折的洲渚。　淮陰，縣名，秦置，漢仍之。唐時屬淮陰郡（楚州），故城在今江蘇省淮安市淮陰區東南。　枉渚，文苑英華作「送主」，注云：「二字一作在渚。」

〔八一〕徵，詢求、考察。　韓信，漢淮陰人。先從項梁起兵，後歸漢，經蕭何引薦，授爲大將，戰功卓著。曾率兵會於垓下，滅項羽，立爲楚王。與張良、蕭何被稱爲漢興三傑。後被告謀反，被

劉邦赦免，封爲淮陰侯。詳見史記淮陰侯列傳。　人，文苑英華作「賢」。

〔八二〕悋，同「吝」。　「哀王孫」四句，史記淮陰侯列傳：「（韓信）始爲布衣時，貧無行，不得推擇爲吏，又不能治生商賈，常從人寄食飲，人多厭之者。常（同「嘗」）數從其下鄉南昌亭長寄食，數月，亭長妻患之，乃晨炊蓐食，食時，信往，不爲具食。信亦知其意，怒，竟絶去。信釣於城下，諸母漂（擊絮漂洗），有一母見信飢，飯信，竟漂數十日。信喜，謂漂母曰：『吾必有以重報母。』母怒曰：『大丈夫不能自食，吾哀王孫而進食，豈望報乎！』」

〔八三〕此句意謂隨從劉邦而得以施展其才能。

〔八四〕豹，即魏王豹。漢兵在彭城敗散後，諸侯多離漢降楚。漢二年（公元前二〇五年）六月，魏王豹亦反漢與楚約和。劉邦使人説豹不下，於八月以韓信爲左丞相擊魏，韓信巧襲安邑，虜豹，定魏爲河東郡。

〔八五〕此句謂用奇計破趙。韓信破魏後，又東下井陘擊趙。使萬人背水列陣，作殊死戰。又出奇兵二千騎，馳入趙壁壘，拔趙幟，立漢赤幟二千，趙軍以爲漢皆已得趙王將，欲戰不勝，欲退不得，大亂而逃。於是漢兵夾擊，大破趙軍，斬成安君，擒趙王。　而用奇，文苑英華作「有奇謀」。

〔八六〕稱假齊，稱假王於齊。韓信破趙之後，又用奇兵破齊。漢四年（公元前二〇三年）平齊，使人告劉邦，託辭齊民難治，南鄰强楚，自己願爲假王以鎮齊。當時楚正圍困劉邦於滎陽，韓信使者至，劉邦大怒，大罵曰：「吾困於此，旦暮望若（你）來佐我，乃欲自立爲王！」張良、陳平知不能

禁，忙授計劉邦，使順其意，以免生變。劉邦亦悟，又罵曰：「大丈夫定諸侯，即爲真王耳，何以假爲！」於是派張良前往立韓信爲齊王，徵其兵擊楚。

〔八七〕通，即蒯通。　韓信立爲齊王後，楚人武涉曾遊説他聯楚背漢，不從。接着齊人蒯通又勸其背漢獨立，與楚漢三分天下。韓信感劉邦重用之恩，又自以爲功多，漢終不會奪其齊王之位，遂謝絶蒯通。

〔八八〕豨，陳豨。　釁（xìn信），間隙。此指反叛。滅項羽之後，劉邦奪韓信之齊軍，徙爲楚王。又有人告其謀反，爲劉邦所執，赦免，降爲淮陰侯，遂心懷怨恨。乘陳豨授爲鉅鹿太守辭行之時，與陳豨約定裏應外合反漢，後事洩被殺，夷三族。臨死時自恨不用蒯通之計。

〔八九〕在約，處在受約束的境地。　亨，同「烹」。蒯通勸韓信叛漢時曾説：「故臣以爲足下必漢王之不危己，亦誤矣。大夫種、范蠡存亡越，霸句踐，立功成名而身死亡，野獸已盡而獵狗亨（烹）。」事後韓信説：「果若人言！狡兔死，良狗亨，高鳥盡，良弓藏，敵國破，謀臣亡。天下已定，我固當亨。」

〔九〇〕持盈，器滿易覆而謹慎加以保持，以喻保守成業。語出國語越語：「夫國家之事，有持盈，有定傾，有節事。」　不順，即謀反。　自「遵枉渚」句至此，寫韓信。

〔九一〕掉，丢下，拉下。　紆餘，通「紆鬱」，屈曲的樣子。

〔九二〕山陽，縣名，見注〔四〕。　墅，文苑英華作「野」。

〔九三〕挹，同「揖」，此指拜訪。襄，襄賁，漣水縣舊稱。太平寰宇記卷十七：「（隋開皇）五年改襄賁爲漣水縣。」　鄙，邊邑。　挹，文苑英華作「投」；鄙，作「賁」。

〔九四〕艾，菊科植物，有奇味，古或與香草對舉而喻邪僻。楚辭離騷：「户服艾以盈腰兮，謂幽蘭其不可佩。」嗜，文苑英華作「耆」。

〔九五〕觀漁，指非禮的舉動。漁，捕魚。典出左傳隱公五年：「春，公將如（至）棠觀魚（捕魚）者。臧僖伯諫曰：『凡物不足以講大事（祭祀、軍事），其材不足以備器用，則君不舉焉。……故春蒐、夏苗、秋獮、冬狩，皆於農隙以講事也。』」

〔九六〕朝宗，宗歸於海。語出尚書禹貢：「江漢朝宗於海。」太平寰宇記卷十七：「大海在縣（漣水縣）東北百四十里。」

〔九七〕歸歟，語出論語公冶長：「子在陳，曰：『歸與！歸與！』」本是盼望回家的感歎，後用爲回家、返鄉的成語。

〔九八〕杲杲，明亮。詩經衛風伯兮：「杲杲出日。」

〔九九〕魯，即魯仲連，見咏史注〔四〕、贈别王七十管記注〔四〇〕。　於，文苑英華作「而」。

〔一〇〇〕丘，即孔丘。永歎，長歎。　桴（fú浮），小筏子。論語公冶長：孔子曾説：「道不行，乘桴浮于海。」

〔一〇一〕坎，周易卦名。序卦解釋爲「陷」，象傳解釋爲「重險」。此句出漢書賈誼傳鵩鳥賦：「乘

流則逝，得坎則止。」

〔一〇〕如，至。　者，文苑英華無此字。

雙六頭賦送李參軍〔一〕

有物兮四方故城，六面砥平，白質黑文〔二〕，花欑星明〔三〕。主張爾手談〔四〕，決斷爾必爭〔五〕。推得失似關乎天命，而消息乃用乎人情〔六〕。若行之尤〔七〕，思之精，雖邂逅而小比〔八〕，必指掌而大亨〔九〕。李侯李侯保令名〔一〇〕，無怨敚於垂成〔一一〕。朝影入平川〔一二〕，川長復垂柳，明年有一擲分〔一三〕，君不先鳴誰先鳴〔一四〕！

【校注】

〔一〕此賦不見原集，據敦煌集本補。寫作時間未詳。　雙六頭，類似雙陸的古博戲具。名義考卷八「博奕」：「今雙陸古謂之十二棊，又謂之六博，又謂之五白。博雅云：『投六著，行六棊，故爲六博。』著（同箸，即頭），簺也，今名骰子，自么至六曰六着。」李參軍，名未詳。參軍，見別韋參軍注〔一〕。

〔二〕文，指刻紋。

〔三〕花，指圖案標誌。　欑（cuán 竄陽平），叢聚。　星，指圓點標誌。

〔四〕手談，對棋、對博。世説新語巧藝：「支道林以圍棋爲手談。」

〔五〕必，當作「心」，如此方與上句成對。

〔六〕消息，指輸贏變化翻覆起伏之意。　用乎，由乎。

〔七〕尤，特異。

〔八〕邂逅，不期而遇。　小比，小吉。周易比卦：「比，吉。」

〔九〕指掌，比喻對事情非常熟悉瞭解。論語八佾：「或問禘之説。子曰：『不知也。知其説者之於天下也，其如示諸斯乎？』指其掌。」　大亨，大通。周易无妄：「大亨以正。」

〔一〇〕令名，善名。

〔一一〕⿰矢攵，玉篇：「⿰矢攵，同矧、矤，況也。」　垂成，功將成。

〔一二〕影，此字原壞缺，僅存左旁作「京」。王重民補全唐詩校作「影」字，姑從之。

〔一三〕擲分，投擲的機緣。以喻晉升的機會。

〔一四〕鳴，聲名著聞。

蒼鷹賦〔一〕

坤靈繁毓〔二〕，萬象周流。綜羣物之衆夥，懿羽族之齊侔〔三〕；俱含識與哺

啄〔四〕，終愧容於爽鳩〔五〕。散以瑤光之彩，來自鍾巖之丘〔六〕。周官以司寇比德〔七〕，漢氏以將軍作儔〔八〕。鈎成利嘴，電轉奇眸，蒼姿疊色，玄距連韝〔九〕。至於長楊大獵〔一〇〕，雲夢時蒐〔一一〕，寒光送曉，霜氣横秋，頓平原而亘弋〔一二〕，截洞壑以張罘〔一三〕。野霧初霽，朝陽尚早，於是排空漢〔一四〕，飛絶島，奮之鼓之，載擊載討〔一五〕，凌紫氣而蔽日，下平皋而覆草。歸鴻失四飛之路，狡兔亡三穴之道〔一六〕。

夫品彙之功〔一七〕，用之非器〔一八〕，至於表德〔一九〕，頗亦千致〔二〇〕。仙莫過龍，駿莫過驥，鵬垂天以圖遠〔二一〕，劍斷甲以稱利〔二二〕。夫其庶類之呈能，未若兹禽之爲鷙〔二三〕。固得緗牒再演〔二四〕，史臣攸記〔二五〕，逐彼鳥雀，然明之對國僑〔二六〕，擊於殿上，要離之讐慶忌〔二七〕。且般樂之遊〔二八〕，君子未適；禽荒是戒〔二九〕，哲王盛績。太康洛汭之表〔三〇〕，已驚不還；李斯上蔡之門〔三一〕，情何更溺！覽二君之喪道，每觀事其如惕。幸免射於高墉，願摶風而上擊〔三二〕。

【校注】

〔一〕此賦寫作時間不詳，不見本集，録自文苑英華，亦見全唐文。文苑英華不題撰人，次高適鶻賦之後，全唐文明題高適撰，真僞尚可疑。按文苑英華體例，凡承前省題撰者姓名，一律署

「前人」字樣，此賦不署，蓋不認爲是高適之作。全唐文或因次鶻賦之後而誤收。此姑存以備參。

〔二〕坤靈，大地。八卦中坤象地。　毓，同「育」。　坤，文苑英華作「中」，下注一「疑」字，此據全唐文。

〔三〕懿，美。　儕侔，同類，同列。

〔四〕含識，有知覺。　哺啄（bǔ zhuó 補濁），餵小鳥，謂謀生存。哺，喂。啄，鳥用嘴取食物。

〔五〕爽鳩，鳥名，鷹類。以上二句意謂羽族鳥類雖俱有知覺與謀生本能，終究一般鳥類自愧容貌不如鷹類。

〔六〕鍾巖，即鍾山，昆侖又名鍾山。　淮南子俶真：「譬若鍾山之玉。」高誘注：「鍾山，昆侖也。」

〔七〕以司寇比德，左傳昭公十七年：「爽鳩氏，司寇也。」司寇，掌刑獄之官。比德，比其德性。

〔八〕漢氏，漢朝。　作儔，作比。　此句意謂漢朝以鷹取將軍的名號。按通典職官武官下雜號將軍：「鷹揚，後漢建安中，魏武（曹操）以曹洪爲之。」

〔九〕玄距，黑爪。　韝（gōu 鈎），臂衣。

〔一〇〕長楊，古宮名，在今陝西省西安市周至縣東南。三輔黃圖：「長楊宮，本秦舊宮，漢修飾

之以備行幸。宮中有垂楊數畝，門曰射熊館。」揚雄有長楊賦，寫長楊田獵之事。

〔一一〕雲夢，古澤藪名，在今湖北省監利縣北。 時蒐，春夏秋冬按時行獵，參見東征賦注〔九五〕。司馬相如有上林賦，寫天子獵於雲夢之澤。

〔一二〕頓，全。 亘，窮竟。弋，以繩繫矢而射。亘弋，謂遍設弋射。

〔一三〕截，阻攔。 罘（fú浮），捕獸之罟（網）。

〔一四〕空漢，霄漢，天空。

〔一五〕載，乃。

〔一六〕狡兔三穴，戰國策齊策：「狡兔有三窟，僅得免其死耳。」亡，失。三穴，全唐文作「三窟」。

〔一七〕品彙，事物的品種類別。功，成效。

〔一八〕器，用具，器具。非器，指不受器有專用的局限。以上二句，意謂事物品類衆多，功效不一，欲廣泛利用，非各有專用的某種器具可以滿足需求。參見周易繫辭上：「備物致用，立成器以爲天下利。」論語爲政：「君子不器。」

〔一九〕表德，直説事理。此處指稱道其事蹟。

〔二〇〕千致，豐富多采。全唐文作「丰致」。

〔二一〕垂天，垂天之翼。此處作動詞用，謂張垂天之翼。 圖遠，指將徙於南冥（海）。莊子

逍遥遊：「北冥有魚，其名爲鯤。……化而爲鳥，其名爲鵬。鵬之背不知其幾千里也，怒而飛，其翼若垂天之雲。是鳥也，海運將徙於南冥。南冥者，天池也。」參見別王徹注〔五〕、東平路作三首其一注〔一一〕、鶻賦注〔五九〕。

〔二二〕斷甲，斬斷衣甲。戰國策韓策載蘇秦爲楚合縱遊説韓王時曾説：「韓卒之劍戟皆出於冥山、棠谿、墨陽，合伯。鄧師、宛馮、龍淵、太阿，皆陸斷馬牛，水擊鵠鴈，當敵即斬堅。」

〔二三〕鷙，性猛。「夫其」二句，意謂若説萬類各顯其能，没有像鷹這種鳥那樣性猛的。

〔二四〕緗，指緗帙，書衣。牒，簡札。緗牒，泛指書籍。演，推廣其義。

〔二五〕史臣，記事之史官。古時又有分工：左史記言，右史記事。攸，所。

〔二六〕然明，春秋鄭國之臣。國僑，即鄭大夫子産。子産以公孫爲氏，名僑。左傳襄公三十一年：「鄭人游于鄉校，以論執政。然明謂子産曰：『毁鄉校如何？』子産曰：『何爲？夫人朝夕退而游焉，以議執政之善否。其所善者，吾則行之；其所惡者，吾則改之，是吾師也，若之何毁之？我聞忠善以損怨，不聞作威以防怨。豈不遽止？然猶防川，大決所犯，傷人必多，吾不克救也，不如小決使道，不如吾聞而藥之也。』然明曰：『蔑也今而後知吾子之信可事也，小人實不才，若果行此，其鄭國實賴之，豈唯二三臣！』」這裏以鷹逐鳥雀，比喻然明主張毁鄉校，驅散議論執政之國人。

〔二七〕要離，春秋吴國人。慶忌，吴王僚之子。吴公子光（即吴王闔閭）既派專諸用匕首

在殿上刺死吴王僚，又派要離去刺慶忌。戰國策魏策載唐且引述此事説：「要離之刺慶忌也，倉鷹擊於殿上。」故用此典以賦蒼鷹。

〔二八〕般樂，大樂。語出孟子公孫丑：「般樂怠敖。」

〔二九〕禽荒，溺於田獵而精神迷亂。語出尚書五子之歌：「外作禽荒。」

〔三〇〕太康，夏啓之子。洛汭，洛水入黄河隈曲之處。之表，之南。尚書五子之歌：「太康尸主以逸豫，滅厥德，黎民咸貳，乃盤遊無度，畋于有洛之表，十旬弗反。有窮后羿，因民弗忍，距于河。厥弟五人，御其母以從，徯（等待）于洛之汭。五子咸怨，述大禹之戒以作歌。」

〔三一〕李斯，楚上蔡人，佐秦始皇定天下，被任爲丞相。秦二世時被趙高所陷害，下獄。二世二年七月，具斯五刑，論腰斬咸陽市。斯出獄，與其中子俱執，顧謂其中子曰：「吾欲與若復牽黄犬，俱出上蔡東門逐狡兔，豈可得乎！」遂父子相哭，而夷三族。詳見史記李斯列傳。

〔三二〕摶風，擊風。莊子逍遥遊：「（鵬）摶扶摇而上者九萬里。」

文

樊少府廳獅猛贊〔一〕

獅猛至猛，猛於獅子〔二〕。紺眼星懸〔三〕，赤毛焰起。銅爪鐵甲，鋸牙鑿齒。顧犀象則百隊山跧〔四〕，看熊羆則千羣野死。以此言威，威可知矣。仙尉樊公〔五〕，寫其象中〔六〕，崑崙却粹而屋壁欲動〔七〕，虎豹膽懾而訟庭已空〔八〕。稜稜兮隔簾飛霜〔九〕，颯颯兮滿院生風。於是乎君子爲百獸之長，遂識樊公爲百夫之雄。

【校注】

〔一〕樊少府，名未詳。高適有漣上題樊氏水亭詩，中有「自説宦遊來，因之居住偏」句，兩樊氏或即一人。若此，則此文亦當作於漣上，時在天寶三載（七四四）。

〔二〕以上二句全唐文作「百獸至猛，莫如師子」。

〔三〕紺（gàn 幹），紅青色。

〔四〕跧（quán 詮），拳曲。山跧，蜷縮隱伏山中。

〔五〕仙，非凡。　尉，縣尉。

〔六〕寫，畫。此句意謂把它畫在象中。全唐文作「寫其象於中廳」，當爲臆改。

〔七〕却，退却。　粹，同「碎」。

〔八〕訟庭，斷争訟之庭。已空，指爲其威嚴所震懾，誣告、狡辯之人不敢起訟。

〔九〕稜稜（léng 棱），嚴寒的樣子。

繡阿育王像贊 并序〔一〕

阿育王繡像，竇氏女奉爲亡妣太夫人蘇氏所建也。嗚呼！有以蓬首操行〔二〕，柴立孝思〔三〕，仰昊天之茫茫，對高堂而泣血。女子孝矣，將感於神明；婦之義矣，可施於王化〔四〕。故能塵垢明鏡〔五〕，住持青蓮〔六〕，永惟宿因〔七〕，獨見諸淨〔八〕。以爲霜雪風雨之思〔九〕，胡寧以報親〔一〇〕？功德莊嚴之深〔一一〕，冀以益吾親矣。乃自方丈之室，沛然廣大之願〔一二〕。綵翠鮮秀〔一三〕，光華可掬。運夫心眼之靈，盡如相好之美〔一四〕。瞻仰圍繞，涕淚是悲〔一五〕。俾像教之勿墜〔一六〕，如佛身之有在。夫莫大者孝也，不泯者善也，惟孝與善可以導達幽冥〔一七〕，則我太夫人宜歸

净土矣。嗚呼！孝之至也，感人無窮，乃爲贊曰：

佛不可見兮，法亦難知。惟我莊嚴兮，本乎孝思。儻幽冥兮，昭乎景福〔一八〕；彼净土者，可得而歸之。

【校注】

〔一〕此文寫作時間未詳，姑以類相從，次前贊之後。阿育王，印度王，「阿育」又譯作「阿輸迦」，義譯爲「無憂」。阿育王初即位時，大肆暴行，殺戮兄弟。後受到某沙門的感化，信奉佛教，並採取措施廣爲宣傳，對於佛教廣泛流播國外，起了很大作用。

〔二〕蓬首，頭髮散亂，不修妝飾。詩經衛風伯兮：「自伯之東，首如飛蓬。」　操行，指盡孝行。

〔三〕柴立，如槁木無情而立。語出莊子達生：「柴立其中央。」　孝思，致哀思以行孝道。

〔四〕王化，王者之教化。

〔五〕塵垢明鏡，指不再梳妝打扮，致使明鏡蒙上塵土。

〔六〕青蓮，花名，出印度，梵語譯音爲「優鉢羅」。佛家以青蓮花比佛眼。此指佛地。

〔七〕永惟，永思。　宿因，宿昔之因緣。　惟，全唐文作「明」。

〔八〕諸净，諸净土，指佛國。

〔九〕霜雪風雨之思，指懷念之情。

〔一〇〕胡寧，何能。

〔一一〕功德莊嚴，佛家語，見阿彌陀經。華嚴探玄記：「莊嚴有二義，一是具德義，一是交飾義。」功德莊嚴即具德義，指修行功德。

〔一二〕沛然，水流行的樣子。此處作動詞用，猶云流布。廣大之願，指修行以孝親之願。

〔一三〕綵翠，指彩繡。此寫繡佛像。

〔一四〕相好（hào號），相喜好。「運夫」二句寫刺繡得心應手，運用心眼之靈，繡出所好之美。

〔一五〕「瞻仰」二句，寫瞻仰繡像時受感動而生悲。

〔一六〕像教，佛家語，即佛教。佛教傳入中國，爲佛滅五百年後之像法時，故稱爲像教。

〔一七〕幽冥，陰間。

〔一八〕景，大。

爲東平薛太守進王氏瑞詩表〔一〕

臣某言：符瑞之興，實由王化〔二〕，詩歌之作，有自國風〔三〕。伏見范陽盧某母瑯

琊王氏〔四〕，性合希夷〔五〕，體於静默，精微道本〔六〕，馳騖元關〔七〕，旁通天地之心，預紀休徵之盛〔八〕。去景龍二載〔九〕，撰天寶迴文詩凡八百一十二字〔一〇〕，循環有數，若寒暑之遞遷；應變無窮，謂陰陽之莫測〔一一〕。誡其子曰：「吾殁之後，爾密記之，當逢大道之朝，必遇非常之主，則真圖之製，便可上言，君親之義不違，犬馬之誠斯在。」

臣早識其子，常與臣言；星霜屢移〔一二〕，書奏仍闕。蓋以歲月滋久，旨趣幽微，沉吟取耳目之前〔一三〕，倏忽應禎祥之後〔一四〕。伏惟皇帝陛下，乘道御極〔一五〕，乃聖興化〔一六〕，三日月之並明〔一七〕，一乾坤而同德。梯航萬里〔一八〕，争飲淳和之風；臣妾四夷〔一九〕，盡歸仁壽之域。今陛下務於道，道可盡乎？法於天，天實長久。是知與道齊運，比天同休，無疆之休，乃在兹矣。則王氏之美〔二〇〕，其可替乎〔二一〕？章句粲然，所謂没而不朽者也。臣某誠惶誠恐〔二二〕，頓首頓首。

昔漢幸甘泉，且昧神君之語〔二三〕；周窮轍迹，徒稱王母之謡〔二四〕；豈若迴出名言，高懸響像〔二五〕，讚皇王之丕命〔二六〕，運宫商於景福〔二七〕！且夫靈芝嘉禾，草木之瑞者，黄龍丹雀，禽獸之瑞者，猶能光揚帝載〔二八〕，標榜頌聲；方之真圖〔二九〕，彼未爲得。特望編之史策，列在樂章，則陛下先於天而聽於人也〔三〇〕。

臣才術淺劣，謬忝藩條〔三一〕，曾微涓塵〔三二〕，以答萬一〔三三〕；但馳北極〔三四〕，每切子牟之戀〔三五〕，遥奉南山〔三六〕，願効封人之祝〔三七〕。

【校注】

〔一〕此文作於天寶初年旅居東平期間。薛太守，見東平旅遊奉贈薛太守二十四韻注〔一〕。

〔二〕王化，見繡阿育王像贊注〔四〕。

〔三〕國風，詩經的十五國風：周南、召南、邶、鄘、衛、王、鄭、齊、魏、唐、秦、陳、檜、曹、豳，多爲採自各地民間的歌謡。按毛詩大序云：「風，風也，教也。風以動之，教以化之。……治世之音安以樂，其政和；亂世之音怨以怒，其政乖；亡國之音哀以思，其民困。故正得失、動天地、感鬼神莫近於詩。先王以是經夫婦，成孝敬，厚人倫，美教化，移風俗。……上以風化下，下以風刺上，主文而譎諫，言之者無罪，聞之者足戒，故曰風。」

〔四〕范陽，郡名，原稱幽州，天寶元年更郡名。治所在薊縣（今屬天津市，位於最北部）。瑯玡，又作「琅邪」，郡名，原稱沂州，天寶元年更郡名，治所在臨沂（今山東省臨沂市）。

〔五〕希夷，閉塞視聽，不預外界之意。老子十四章：「視之不見名曰夷，聽之不聞名曰希。」

〔六〕精微，精粹細微，此處作動詞用，精細入微之意。道本，道之本體。

〔七〕元關，堪輿家所用之詞，水發源之處稱爲元關。

〔八〕休徵，猶言吉兆。休，美。徵，驗。語出尚書洪範。

〔九〕景龍，唐中宗年號，公元七〇七年至七一〇年。此句謂離景龍兩年之前。

〔一〇〕迴文詩，一種近於遊戲文字的詩體，詩中文字迴環往復，讀之無不可通。

〔一一〕謂，如。

〔一二〕星霜，比喻年歲改易。星之位置因地球公轉而發生變化，一年爲一循環，霜亦每年遇寒而降，周而復始，故云。

〔一三〕沉吟，吟味思索。取，指取迴文詩。

〔一四〕禎祥，禮記中庸：「國家將興，必有禎祥。」應禎祥，指應驗天寶年號。

〔一五〕御極，天子登位曰御極。

〔一六〕興化，興起教化。

〔一七〕三日月，合日、月而爲三，與日月同光。三，全唐文作「參」。

〔一八〕梯航，梯（登）山航海。喻長途跋涉，經歷險阻。此指凡陸海交通所及之地。

〔一九〕臣妾，此處爲使動用法。四夷，四方之異族。全句謂臣服四夷。

〔二〇〕美，美頌。

〔二一〕替，廢。

〔二二〕臣某，底本原作「臣適」，誤。本表爲代薛之作，不當如此自稱，此從清抄本。

〔二三〕幸，古時皇帝有所至曰幸。　甘泉，宫名，見酬祕書弟兼寄幕下諸公注〔一七〕。　「昔漢」二句，史記封禪書：「天子（漢武帝）病鼎湖甚，巫醫無所不致，不愈。游水發根言上郡有巫，病而鬼神下之。上召置祠之甘泉。及病，使人問神君。神君言曰：『天子無憂病。病少愈，彊與我會甘泉。』於是病愈，遂起，幸甘泉。病良已，大赦，置酒壽宫神君。壽宫神君最貴者太一，其佐曰大禁、司命之屬，皆從之。弗可得見，聞其言，言與人音等（同）。時去時來，來則風肅然。居室帷中。時晝言，然常以夜。天子祓，然後入。因巫爲主人，關飲食。所以言，行下（指下而受之）。又置壽宫、北宫，張羽旗，設供具，以禮神君。神君所言，上使人受書其言，命之曰『畫法』。其所語，世俗之所知也，無絶殊者，而天子心獨喜。其事祕，世莫知也。」

〔二四〕王母，西王母，傳説中的仙人，居崑崙之上。　「周窮」二句，列子周穆王：「（穆王）遂宿于崑崙之阿，赤水之陽。……遂賓于西王母，觴于瑶池之上。西王母爲王謡，王和之，其辭哀焉。」

〔二五〕響像，聲形依稀之稱。指瑞詩中描寫的形象。語出文選王延壽魯靈光殿賦：「忽瞟眇以響像，若鬼神之髣髴。」李善注：「響像，猶依稀，非正形聲也。」

〔二六〕丕命，大命，即天命。尚書大甲：「天監厥德，用集大命。」

〔二七〕宫商，概指古代音樂中宫、商、角、徵、羽五音（音調）。此詩爲入樂之詩，故云。　景

福，大福。

〔二八〕帝載，帝王史册。

〔二九〕方，比。　真圖，指迴文詩圖。按此迴文詩形制，蓋倣晉竇滔妻蘇蕙所織迴文詩圖爲之。晉書列女傳：「竇滔爲秦州刺史，被徙流沙，妻蘇氏思之，織錦爲迴文旋圖詩以贈滔。」

〔三〇〕先於天，謂先於天時而行事也。周易乾卦：「先天而弗違，後天而奉天時。」孔穎達疏：「若在天時之先行事，天乃在後不違，是天合大人也。」　聽於人，即聽於民，謂體察、聽取民間的呼聲。語本尚書泰誓：「天視自我民視，天聽自我民聽。」

〔三一〕藩條，指刺史（或太守）之職。漢制，刺史以六條問事，非條所問則不省，故稱刺史之職曰藩條。此句意謂才能不相稱，而辱居太守之職，爲薛太守自謂的口氣。

〔三二〕微，無。　涓塵，以喻輕微。

〔三三〕萬一，萬分之一。指君恩浩蕩，不能報答萬一。

〔三四〕馳，指神馳。　北極，一名北辰，以喻帝位。爾雅釋天：「北極謂之北辰。」論語爲政：「爲政以德，譬如北辰，居其所而衆星共（拱）之。」此謂内心嚮往朝廷。

〔三五〕子牟之戀，子牟，即公子牟，莊子讓王：「中山公子牟謂瞻子曰：『身在江海之上，心居魏闕之下，奈何？』瞻子曰：『重生，重生則利輕。』」

〔三六〕南山，詩經小雅天保：「如南山之壽，不騫不崩。」

〔三七〕封人之祝，莊子天地：「堯觀乎華，華封人（典守封疆之官）曰：『嘻！請祝聖人！使聖人壽，使聖人富，使聖人多男子。』」

謝封丘縣尉表〔一〕

臣適言：臣田野賤品，生逢聖時〔二〕，得與昆蟲俱霑雨露〔三〕。常謂老死林藪，不識闕庭〔四〕；豈其巖穴久空〔五〕，弓旌未已〔六〕，賢才畢用，搜訪乃勤〔七〕。見堯舜之爲心〔八〕，荷乾坤之善貸〔九〕。臣藝業無取，謬當推薦〔一〇〕，自天有命〔一一〕，追赴上京〔一二〕，曾未浹旬〔一三〕，又拜臣職。顧慙虚受，實懼曠官〔一四〕。捧日無階〔一五〕，戴天何報〔一六〕！臣已於正衙辭訖〔一七〕，即以今日赴官。無任犬馬之志〔一八〕，謹奉表陳謝以聞。臣適誠惶誠恐，頓首頓首。

【校注】

〔一〕此表作於天寶八載（七四九），詳年譜。

〔二〕生逢聖時，可參古樂府飛龍曲留上陳左相「幸沐千年聖，何辭一尉休」兩句。

〔三〕雨露，指皇恩。

〔四〕闕庭，皇帝所居之處，猶云朝廷。

〔五〕巖穴，指隱者所居之處。此句意謂山野久已没有隱居之士。參見途中酬李少府贈別之作注〔一四〕。

〔六〕弓旌，古時徵聘之禮物。左傳昭公二十年「弓以招士」，又「招虞人（掌山澤之官）以弓」。孟子滕文公下：「招虞人以旌。」後用爲皇帝徵召之意。以上二句可參留別鄭三韋九兼洛下諸公「幸逢明聖多招隱，高山大澤徵求盡」二句。

〔七〕乃，全唐文作「仍」。

〔八〕堯舜，此用爲頌譽皇帝之稱。

〔九〕善貸，恩賜。

〔一〇〕推薦，按舊唐書本傳云：「宋州刺史（當作睢陽太守，時已改州爲郡）張九皋深奇之，薦舉有道科。」（新唐書本傳同）奉寄平原顔太守序云：「今南海太守張公之牧梁也，亦謬以僕爲才，遂奏所制詩集於明主。」

〔一一〕天，喻指皇帝。

〔一二〕上京，長安。

〔一三〕浹旬，滿十日。

〔一四〕曠官，曠廢職守。

〔一五〕捧日，效忠皇帝。三國志魏志程昱傳裴松之注：「魏書曰：昱少時常夢上泰山，兩手捧日。昱私異之，以語荀彧。及兗州反，賴昱得完三城。於是彧以昱夢白太祖，太祖曰：『卿終當爲吾腹心。』」

〔一六〕戴天，感戴皇帝之恩。

〔一七〕正衙，正式朝會之所。演繁露：「雖天子正殿，兵衛受朝謁，亦名正衙。」

〔一八〕無任，同「不任」，不勝、不盡之意。犬馬，臣下對君主自謙之詞。志，心意。

陳留郡上源新驛記〔一〕

周官行夫，掌邦國傳遽之事〔二〕，施於政者，蓋有章焉〔三〕。皇唐之興，盛於古制，自京師四極，經啓十道〔四〕，道列於亭，亭實以駟〔五〕；而亭惟三十里，駟有上、中、下。豐屋美食，供億是爲〔六〕。人跡所窮，帝命流洽〔七〕。用之遠者〔八〕，莫若於斯矣。

陳留稱雄山東〔九〕，聲殷海内〔一〇〕，昌大囂庶〔一一〕，有梁魏之遺跡〔一二〕，風煙兩河之渺〔一三〕，襟帶九州之半〔一四〕。洎皇華軺傳〔一五〕，夷使駿奔〔一六〕，出關而馳〔一七〕，南向北户〔一八〕，山川水陸之役，兆於是矣〔一九〕。故上源所置〔二〇〕，與其難哉！居里之衝〔二一〕，瀕河之陽〔二二〕，地形湫隘〔二三〕，舘次卑狹〔二四〕，巽在隄下〔二五〕，面於劇旁〔二六〕，走庭以隅〔二七〕，建步終

坎〔二八〕，車靡方駕〔二九〕，騎無並鞭，其鬱閉有如此者！

壬辰歲〔三〇〕，太守元公連率河南之三載也〔三一〕，堯咨四岳而人神理〔三二〕，漢詔八使而風俗清〔三三〕。舉德推賢〔三四〕，事高典策〔三五〕，革已成之弊，持獨斷之明。迨茲郵亭〔三六〕，附視頹朽〔三七〕，何逼側蹇淺〔三八〕，不稱其聲！將圖鼎新〔三九〕，豈曰仍舊〔四〇〕。顧謂長史李公曰〔四一〕：「夫開釋故實，發揮制度，不有攸居者〔四二〕，誰其允協？今奉計闕前，先甲而往〔四三〕，小大之務，公其領之。」申命録事參軍馮元掌曰〔四四〕：「維操繩墨者，蓋用於正；蘊廉慎者，俾臨於財。公以正身，用財均力，紀綱相佐，善莫大焉。」復命浚儀令裴勝曰：「公之爲縣也，簡易於理〔四五〕，訓迪其源〔四六〕，秉清白之一門，據忠信之餘地。夫忠以創物，清而守官，立言有程〔四七〕，指使而可。」於是北吞里室，人以利遷也〔四八〕；南豁路旅〔四九〕，事無苟免也。合土以峻墉〔五〇〕，攻木以高户〔五一〕，棟宇相翼，羣材如生。茲所謂動乃有經〔五二〕，徐而不費。於戲！久於否者宜以改作，本於功者終乎永貞，則亭之成焉，我方訪王公登清之初也〔五三〕。

公時膺邁德〔五四〕，天與大才，屬梁宋不登朝廷，旰食求瘼之重〔五五〕，不期然歟〔五六〕？用能官，去秕政〔五七〕，人無菜色〔五八〕，百城偃於迅風〔五九〕，萬象納於明鏡〔六〇〕。乃因寮吏慨

然於茲亭曰〔六一〕：「且夫木石之新者，而猶可觀；況人而自新，孰不觀者？」又曰：「傳不云乎〔六二〕？『啓塞從時』〔六三〕，用之善者。而今而後，吾以無事爲事焉〔六四〕。」君子是以知郵亭之可嘉，而我公之清淨無窮也。末吏不敏〔六五〕，紀於貞石云〔六六〕。

【校注】

〔一〕此文作於天寶十一載（七五二）秋天以前，時仍任封丘尉。陳留郡，原稱汴州，治所在浚儀縣（今河南省開封市西北）。驛，驛亭。驛傳爲古代政府官員往來和文書郵遞用的交通組織。驛傳有亭，供行旅途中歇宿之用。上源驛，在開封縣城南。

〔二〕周官，即周禮。周禮秋官行夫：「掌邦國傳遽之小事媺（美）惡而無禮者。凡其使也，必以旌節。雖道有難，而不時必達。」鄭玄注：「傳遽，若今時乘傳騎驛而使者也。」遽，驛車。

〔三〕章，章程。

〔四〕道，驛道。

〔五〕駟，駕一車的四匹馬。此泛指驛馬。

〔六〕供億，謂供給需要，使其得到安頓。億，安。左傳隱公十一年：「寡人唯是一二父兄，不能供億。」

〔七〕流洽，周流洽遍。

〔八〕用之遠者，指讓統治達於遠方。

〔九〕山東，太行山以東。

〔一〇〕聲殷，猶云聲震。聲盛曰殷。

〔一一〕囂庶，塵世、人間。

〔一二〕梁魏，戰國國名，見古大梁行注〔一〕。

〔一三〕兩河，見答侯少府注〔二八〕。原「風煙」下有「雄」字，衍，據全唐文删。

〔一四〕襟帶，喻地理形勢迴互接近。九州，指古九州，其説微異，尚書禹貢謂冀、兖、青、徐、揚、荆、豫、梁、雍。

〔一五〕洎（jì既），及。皇華，皇帝使臣之稱。語本詩經小雅皇皇者華毛詩小序：「皇皇者華，君遣使臣也，送之以禮樂，言遠而有光華也。」軺（yáo遥），小車。傳（zhuàn轉），驛傳，此指驛車。軺傳，泛指使者所乘之車。

〔一六〕夷使，四夷的使者。

〔一七〕關，指函谷關，在今河南省靈寶縣西南。

〔一八〕向，本指朝北的窗。户，本指朝南的門。如詩經豳風七月：「塞向墐户。」此處用爲表示趨向的動詞，全句猶云南去北往。

〔一九〕兆，始。

〔二〇〕故，同「顧」，而。

〔二一〕衝，交叉路口。

〔二二〕陽，河北爲陽。

〔二三〕湫（qiū秋）隘，低濕狹小。

〔二四〕次，舍止之處。

〔二五〕巽，伏。

〔二六〕劇旁，歧道之名。爾雅釋宫：「三達謂之劇旁。」

〔二七〕庭，直。　以，而。

〔二八〕坎，陷。

〔二九〕靡，無。　方，比，並。

〔三〇〕壬辰，爲天寶十一載。

〔三一〕元公，即元彦冲，時做陳留郡太守、河南道採訪處置使。見獨孤及陳留郡文宣王廟堂碑。

連率，同「連帥」，漢時稱太守爲連帥，此處作動詞用，做太守之意。

〔三二〕四岳，舊説爲四方諸侯之長，此襲用之。堯屢以政事詢謀於四岳，見尚書堯典、舜典。理，治。

〔三三〕漢詔八使，按後漢書順帝紀：漢安元年（一四二）八月「丁卯，遣侍中杜喬、光禄大夫周

舉，守光禄大夫郭遵、馮羨、欒巴、張綱、周栩、劉班等八人，分行州郡，班宣風化，舉實臧否」。

〔三四〕德，有德之人。

〔三五〕典策，法典章制。

〔三六〕迨，及，到。

〔三七〕附，靠近。全唐文作「俯」。

〔三八〕逼側，同「偪側」，相迫，局促。　蹇淺，困阻。

〔三九〕鼎新，更新。周易雜卦：「革去故也，鼎取新也。」

〔四〇〕仍舊，沿襲其舊。論語先進：「仍舊貫，如之何？何必改作。」

〔四一〕長史，府及州郡佐史，據唐六典，其職「掌貳府州之事，以紀綱衆務，通判諸曹，歲終則更入奏計」。官秩五至六品。　李公，名未詳。

〔四二〕居，安，合乎事理。

〔四三〕先甲，宣佈制令之前。周易蠱卦：「先甲三日，後甲三日。」孔穎達疏：「甲者，創制之令，以民未習，故先此宣令之前三日，殷勤而語之；宣令之後三日，更丁寧而語之。」

〔四四〕録事參軍，見魯郡途中遇徐十八録事注〔一〕。

〔四五〕理，治。　此句謂爲政寬簡。

〔四六〕訓迪，訓導。　源，指禮樂教化。

〔四七〕程，期限，此指信用。

〔四八〕「於是」二句，意謂修驛舍佔用民房，人們搬遷得極爲順利。

〔四九〕豁，開通。　路旅，旅舍。　此句意謂拆除旅館，以打通道路。

〔五〇〕墉，高牆。

〔五一〕攻，治、作。　上句之「峻」與此句之「高」皆用作動詞。

〔五二〕動，動工。　經，度，規劃。　詩經大雅靈臺：「經始靈臺。」即此句之意。

〔五三〕王公，諸侯。　周禮考工記：「國有六職，百工與居一焉，或坐而論道，或作而行之，……坐而論道，謂之王公。作而行之，謂之士大夫。」此處以王公稱河南郡太守元公，因太守與諸侯相當，故云。　登清，任職澄清政治之意，語本後漢書范滂傳：「登車攬轡，慨然有澄清天下之志。」

〔五四〕膺，受。　邁，通「勉」，勇往力行之意。　邁德，語出尚書大禹謨：「皋陶邁種德。」僞孔傳：「言皋陶勇往力行以布其德也。」

〔五五〕旰（gàn幹）食，有所憂，過時而食。　語出左傳昭公二十年：「楚君大夫其旰食乎？」杜預注：「將有吴憂，不得早食。」　求瘼（mò莫），關心瞭解民間疾苦。　詩經大雅皇矣：「皇矣上帝，臨下有赫，監觀四方，求民之莫（瘼）。」

〔五六〕期，同其。　自「公時膺」句至此，謂元氏身受布德之命，具有非凡天才，然而只派在梁宋

做地方官，不進用於朝廷，皇帝委以憂國憂民之重託，不是十分明顯的嗎？

〔五七〕秕（bǐ比）政，不良之政。

〔五八〕菜色，指饑民的臉色。禮記王制：「民無菜色。」

〔五九〕偃於迅風，指服從教化。見奉酬睢陽李太守注〔三一〕。

〔六〇〕明鏡，此喻爲官明察。

〔六一〕因，就，當着。　寮，同「僚」。

〔六二〕傳，解釋經書的書。

〔六三〕啓塞，門户、道路、橋梁以通行人，謂之啓。城郭、溝塹以阻敵人，謂之塞。左傳僖公二十年：「凡啓塞從時。」杜預注：「門户道橋謂之啓，城郭牆塹謂之塞，皆官民之開閉不可一日而闕，故特隨壞時而治之。」孔穎達疏：「啓塞之事猶得從宜而修之。」

〔六四〕無事爲事，即執政寬簡，無爲而治之意。

〔六五〕末吏，微末之吏。因高適當時正任陳留郡封丘縣尉，故對郡太守自稱「末吏」。

〔六六〕貞石，碑石之美稱。取堅定不移、傳之久遠之義。

後漢賊臣董卓廟議〔一〕

昔漢祚陵夷〔二〕，桓靈棄德〔三〕，宦官用事〔四〕，國步多艱，宗社有綴旒之危〔五〕，宰

臣非補袞之具〔六〕。董卓地兼形勝，手握兵鈐〔七〕，顛而不扶，禍則先唱〔八〕。興晉陽之甲，君側未除〔九〕；入洛陽之宫，臣節如掃。至乃發掘園寢，逼辱妃嬪〔一〇〕。太后之崩，豈稱天命！弘農之廢，孰謂人心〔一一〕！敢諷朝廷，以自尊貴〔一二〕；大肆剽虜，以極誅求。焚燒都邑，馳突放横。衣冠凍餒〔一三〕，倚死牆壁之間〔一四〕；兆庶困窮〔一五〕，生塗草莽之上〔一六〕。於是天地憤怒，鬼神號哭，而山東義旗〔一七〕，攘袂争起，連州跨郡，皆以誅卓爲名。故兵挫於孫堅〔一八〕，氣奪於袁紹〔一九〕，僭擬輿服，黨助奸邪，驅蹙東人，脅帝西幸〔二〇〕。淫刑以逞，有湯鑊之甚〔二一〕，要之糜爛，刳剔異端〔二二〕。乃謂漢鼎可移，郿塢方盛〔二三〕，殊不知禍盈惡稔〔二四〕，未或不亡。故神贊允誠，天假布手〔二五〕，母妻屠戮，種族無留，懸首燃臍，遺臭萬代，骨肉灰燼，不其快哉〔二六〕！

今狄道之人〔二七〕，不塹卓之不臣，而務其爲鬼；苟斯鬼足尚，則漢莽可得而神〔二八〕，晉敦可得而廟〔二九〕，桓元父子可享於江鄉〔三〇〕，爾朱兄弟可祀於朔上〔三一〕。嗟乎！仁賢之魄，寂寞於丘陵，義烈之魂，沉埋於泉壤，何馨香之氣而用於暴悖之鬼哉〔三二〕！

適竊奉吹噓，庇身戎幕〔三三〕。每承餘論〔三四〕，飽識公忠之言；不遠下風〔三五〕，盡知仁

義之本。昨忝高會〔三六〕，敬受德音，今具賊臣之事，悉以條上。謹按尚書，王者望秩天地之神祇〔三七〕，諸侯祭境内之山川。亂臣不言，淫祀無取〔三八〕，則董卓之廟，義當焚毀。

【校注】

〔一〕據文中「庇身戎幕」「昨忝高會，敬受德音」及舊唐書本傳「從翰入朝，盛稱於上前」云云，此文當作於天寶十一載（七五二）冬隨哥舒翰入朝之時。集中原無，據唐文粹、全唐文補。董卓，字仲穎，東漢隴西臨洮人。桓帝時官羽林郎，屢有戰功。靈帝時爲前將軍，任并州牧。靈帝死，應何進召，引兵至京師，誅宦官，自爲相國，廢少帝，殺何太后，立獻帝，擅權淫亂，爲害甚大。傳見後漢書卷一〇二。

〔二〕祚，帝位。　陵夷，衰落廢頹。

〔三〕桓，漢桓帝劉志。　靈，漢靈帝劉宏。

〔四〕宦官用事，按後漢書宦者列傳，桓帝、靈帝時專權之宦官主要有單超、徐璜、具瑗、左悺、唐衡、侯覽、曹節、張讓等，他們汨亂朝政，陷害忠賢，驕横腐化，魚肉百姓，邪惡至極。故傳論有云：「西京（西漢）自外戚失祚，東都（東漢）緣閹尹傾國。」

〔五〕綴旒，同「贅旒」，虚其位而無實權之意。公羊傳襄公十六年：「君若贅旒然。」何休注：「旒，旂旒；贅，繫屬之辭。以旂旒喻者，爲下所執持。」

〔六〕宰臣，宰相。　　衮，卷龍衣，古時天子禮服。補衮，輔佐之意。

〔七〕兵鈐，兵權。鈐，鈐鍵、鎖鑰。按後漢書本傳，當時董卓正「駐兵河東，以觀時變」。

〔八〕唱，同「倡」，倡導。

〔九〕「興晉陽」二句意謂董卓雖應召興兵，但並未清除君側惡人。按後漢書本傳，董卓被何進、袁紹召謀宦官後，立即就道，並上書曰：「中常侍張讓等，竊倖承寵，濁亂海内。臣聞揚湯止沸，莫若去薪；潰癰雖痛，勝於内食。昔趙鞅興晉陽之甲，以逐君側之惡人（按公羊傳定公十三年：「晉趙鞅取晉陽之甲以逐荀寅及士吉射。荀寅與士吉射者曷爲者也？君側之惡人也。」），今臣輒鳴鍾鼓如洛陽，請收讓等，以清姦穢。」

〔一〇〕「至乃」二句，按後漢書本傳：「及何后葬，開文陵（靈帝陵），卓悉取藏中珍物，又姦亂公主，妻略宫人。……又使吕布發諸帝陵，及公卿已下冢墓，收其珍寶。」

〔一一〕「太后」四句，寫董卓殺何太后（靈帝何皇后），廢少帝爲弘農王。按後漢書本傳：「遂脅太后策廢少帝，曰：『皇帝在喪，無人子之心，威儀不類人君，今廢爲弘農王。』乃立陳留王，是爲獻帝。又議太后蹙迫永樂太后（靈帝之母），至令憂死，逆婦姑之禮，無孝順之節，遷於永安宫，遂以弑崩。」

〔一二〕以上二句，按後漢書本傳「初卓之入（洛陽）也，步騎不過三千。……尋而何進及弟苗先所領部曲皆歸於卓，卓又使吕布殺執金吾丁原而并其衆。卓兵士大盛，乃諷朝廷策免司空劉弘而

自代之，因集議廢立。」

〔一三〕衣冠，指貴族。

〔一四〕倚死，二字疑倒。當作「死倚」，與下文「生塗」成對。後漢書獻帝紀：「是時，宮室燒盡，百官披荆棘，依牆壁間。……羣僚飢乏，尚書郎以下自出採稆，或飢死牆壁間。……」

〔一五〕兆庶，衆民百姓。

〔一六〕生塗，生遭塗炭。後漢書獻帝紀：「是時穀一斛五十萬，豆麥一斛二十萬，人相食啖，白骨委積。」

〔一七〕山東，太行山以東。按後漢書董卓傳：漢獻帝永漢元年（一八九），「以尚書韓馥爲冀州刺史，侍中劉岱爲兗州刺史，陳留孔伷爲豫州刺史，潁川張咨爲南陽太守……初平元年（一九〇），馥等到官，與袁紹之徒十餘人，各興義兵，同盟討卓。」

〔一八〕孫堅，時任長沙太守。按後漢書董卓傳：「（初平元年）時長沙太守孫堅，亦率豫州諸郡兵討卓。」卓先勝後敗。

〔一九〕氣，膽氣。奪，喪失。袁紹，字本初，東漢汝南汝陽人。靈帝時，累官佐軍校尉。靈帝死，袁紹勸何進徵董卓等脅太后誅宦官，轉司隸校尉。董卓未至而事洩，宦官計謀殺何進，袁紹捕宦官，盡殺之。後董卓議廢少帝，立陳留王。紹責以違禮，卓按劍叱紹曰：「豎子敢然！天下之事，豈不在我！我欲爲之，誰敢不從？」紹勃然曰：「天下健者，豈惟董公！」横刀長揖徑出，懸

節於上東門而奔冀州。董卓購募求紹，經人勸説，恐其爲變圖己，授紹渤海太守並封邟鄉侯以撫之。所謂「氣奪於袁紹」，即指此。詳見後漢書本傳及何進傳。

〔二〇〕「潛擬」四句，寫初平元年董卓擁獻帝西往長安之事。按後漢書本傳：「卓諷朝廷，使光禄勳宣璠持節拜卓爲太師，位在諸侯王上，乃引還長安，百姓迎路拜揖。卓遂僭擬車服，乘金華青蓋，爪畫兩轓，時人號竿摩車，言其服飾近天子也。」

〔二一〕鑊（huò 穫），大盆形的烹煮用器。湯鑊，熱鑊烹煮的酷刑。

〔二二〕刳（kū 枯）剔，割剥。尚書泰誓：「刳剔孕婦。」　「淫刑」句至此，寫董卓殘用酷刑。按後漢書本傳：「卓施帳幔飲設，誘降北地反者數百人於坐中殺之，先斷其舌，次斬手足，次鑿其眼目，以鑊煮之，未及得死，偃轉杯案間。會者戰慄，亡失匕箸，而卓飲食自若。諸將有言語蹉跌，便戮於前。又稍（漸）誅關中舊族，陷以叛逆。時太史望氣，言當有大臣戮死者，卓乃使人誣衛尉張温與袁術交通，遂笞温於市，殺之。」

〔二三〕郿，縣名，故城在今陝西省眉縣東北。　塢，圍障。按後漢書本傳，董卓至長安後，「乃結壘於長安城東以自居。又築塢於郿，高厚七丈，號曰『萬歲塢』。積穀爲三十年儲，自云事成雄據天下，不成守此足以畢老。嘗至郿行塢，公卿已下祖道於横門外。」

〔二四〕稔（rěn 忍），積久。

〔二五〕允，即王允，時任司徒（丞相）。　布，即吕布，時爲董卓部將。

〔二六〕自「故神贊」句至「不甚快哉」，按後漢書董卓傳：「時王允與呂布，及僕射士孫瑞謀誅卓。……（初平）三年四月，帝疾新愈，大會未央殿。卓朝服升車……令呂布等扞衛前後。王允乃與士孫瑞密表其事，使瑞自書詔以授布。令騎都尉李肅與布同心勇士十餘人，僞著衛士服，於北掖門内以待卓。卓將至，馬驚不行，怪懼欲還。呂布勸令進，遂入門。肅以戟刺之，卓衷甲不入，傷臂墮車。顧大呼曰：『呂布何在？』布曰：『有詔討賊臣！』卓大罵曰：『庸狗！敢如是邪！』布應聲持矛刺卓，趣兵斬之。主簿田儀，及卓倉頭，前赴其尸，布又殺之。馳齎赦書，以令宫陛内外。士卒皆稱萬歲，百姓歌舞於道。長安中士女，賣其珠玉衣裝市酒肉相慶者，填滿街肆。使皇甫嵩攻卓弟旻於郿塢，殺其母妻男女，盡滅其族。乃尸卓於市，天時始熱，卓素充肥，脂流於地。守尸吏然火置卓臍中，光明達曙，如是積日。諸袁門生，又聚董氏之尸，焚灰揚之於路。」

〔二七〕狄道，縣名，漢置，故城在今甘肅省臨洮縣西南。

〔二八〕莽，王莽。西漢東平陵人，字巨君，爲孝元皇后之姪。成帝永始元年（公元前十六年）封新都侯。後爲大司馬，秉朝政。哀帝時用事。哀帝死，迎立平帝，以其女爲皇后，獨攬朝政，號安漢公。不久殺平帝，立孺子嬰，攝政，稱假皇帝。隨即篡位自立，改國號曰新。在位十五年而亡。傳見漢書卷九十九。

〔二九〕敦，王敦，晉臨沂人，字處仲，娶武帝女襄城公主，拜駙馬都尉，任揚州刺史。討平杜弢之亂後升大將軍，拜侍中，爲江州牧，鎮武昌。遂欲專朝政，率部進犯京師，元帝任其爲丞相，始返

鎮。後繼續謀篡，明帝舉兵討之，至時已病死。傳見晉書卷九十八。

〔三〇〕桓元，即桓温，晉亢龍人，字元子，故此稱桓元。元帝時娶南康長公主，拜駙馬都尉。明帝時官至大司馬，都督中外諸軍事，封南郡公，權傾人主，漸有野心。後征燕敗還，廢帝奕，立簡文帝，陰謀篡奪，未成而死。傳見晉書卷九十八。其子桓玄，字敬道，父死襲爵。隆安中，西平荆雍，加都督八州軍事，並任荆、江二州刺史，聲勢日盛。會稽王世子元顯奉詔討之，桓玄舉兵反，下潯陽，入京師，殺元顯等，自以太尉總百揆，不久又矯詔自封爲楚王，建天子旌旂，卒篡安帝自立，改元永始，驕奢侈肆，四海動亂。劉裕等興兵討之，兵敗伏誅。傳見晉書卷九十九。

〔三一〕爾朱，爾朱榮，北魏秀容人，字天寶，孝明帝時以軍功授六州大都督，擁兵屯晉陽。時靈太后酖孝明帝，立幼主釗，爾朱榮以靖内亂爲名，舉兵入洛陽，立孝莊帝。孝莊帝詔爾朱榮爲大將軍，封太原郡王，不久又加柱國大將軍，還晉陽。後又加大丞相、天柱大將軍，升太師，身居晉陽，遥制朝廷，威權日盛，陰有異志。孝莊帝待其入朝，親自刺殺之。至節閔帝時，其從弟爾朱世隆又得志擅權，追謚榮曰武。故此稱爾朱兄弟。傳見魏書卷七十四。

〔三二〕馨香之氣，指祭饗之香氣。

〔三三〕以上二句寫自己被引薦入哥舒翰幕府。

〔三四〕餘論，指哥舒翰的日常言論。

〔三五〕下風，處於下方，指臣位。左傳僖公十五年：「皇天后土，實聞君之言，羣臣敢在下風。」

此句意謂離朝廷近臣不遠。

〔三六〕高會，指皇帝大宴羣臣之盛會。

〔三七〕祭山川曰望。望秩，依次而祭。尚書舜典：「望于山川，偏于羣神」，「望秩于山川」。又禮記王制：「天子祭天地，諸侯祭社稷，大夫祭五祀。天子祭天下名山大川，五嶽視三公，四瀆視諸侯。諸侯祭名山大川之在其地者。」

〔三八〕淫祀，妄祭，濫祭。禮記曲禮：「非其所祭而祭之，名曰淫祀；淫祀無福。」

送竇侍御知河西和糴還京序〔一〕

天子務西州之實〔二〕，歲糴億計，何始於貴取而終以耗稱〔三〕，俾邊兵受寒，戰馬多瘦？輓域中之稅，鑄海上之山〔四〕，江淮之人蓋奔命矣〔五〕。豈財用之地，抑以從來〔六〕，將利害之鄉〔七〕，猶有所闕〔八〕？廟堂精思其故〔九〕，表竇公自憲闈而董之〔一〇〕。開釋叢脞之病〔一一〕，發揮鹵莽之極〔一二〕，政之大者〔一三〕，不其然歟？今農夫力於必登〔一四〕，廉賈知夫勇賤〔一五〕，於戲！若惟斯之義〔一六〕，以見天下之兵〔一七〕。我幕府涼公勤勞王家〔一八〕，常用此道；干戈所適〔一九〕，戎狄相弔〔二〇〕，宜哉！

八月既望〔二一〕，公於是領錢穀之要〔二二〕，歸奏朝廷。副節制郎中裴公〔二三〕，軍司馬員

外李公〔二四〕，追臺閣之舊遊〔二五〕，惜軒車之遠別，席樓船於池上〔二六〕，泛雲物於城下〔二七〕。胡笳羌笛〔二八〕，繚繞隈隩〔二九〕；儛羅眩莊〔三〇〕，映帶洲渚。醉後歡甚，東林日高〔三一〕。語歧路於罇前，指京華於天眇〔三二〕。有若司直崔公之逸韻〔三三〕，嘉其廷評數賢之間作〔三四〕，適忝斯人之後，敢拜首而敍云。

【校注】

〔一〕此文作於天寶十二載（七五三），參見陪竇侍御靈雲南亭宴詩注〔一〕。　河西，方鎮名，治所在武威郡。　時哥舒翰以隴右節度使兼河西節度使。　和糴，出官錢以糴民粟叫和糴。本爲提供軍糧，調節民食，往往流爲弊政，形同勒索。　按資治通鑑開元二十五年：「先是，西北邊數十州多宿重兵，地租營田皆不能贍，始用和糴之法。」

〔二〕西州，泛指西部邊境諸州，非特指治所在高昌之西州。

〔三〕貴取，高價糴進。　耗，不足。　終，文苑英華無此字。

〔四〕此句意謂在海邊之山開礦冶煉。

〔五〕奔命，聞命而奔赴。　以上三句謂一味依賴內地、東土，使江淮之人疲於奔命。

〔六〕抑，還。　以，用。　從來，指由外地來援。

〔七〕將，且。　利害，偏義複詞，供給便利之意。

〔八〕闞，文苑英華作「關」。

〔九〕其故，指此前四句所寫矛盾現象的原因。

〔一〇〕憲闈，御史臺之稱。　董，督。

〔一一〕叢脞（cuǒ錯上聲），煩瑣細碎。　開釋，文苑英華作「關精」。

〔一二〕發揮，發遣揮散。　鹵莽，粗率不精。　莊子則陽：「君爲政焉勿鹵莽，治焉勿滅裂。昔予爲禾，耕而魯莽之，則其實亦魯莽而報予；芸而滅裂之，其實亦滅裂而報予。」　極，指弊端。以上二句寫竇氏革除瑣碎鹵莽之弊政。

〔一三〕大，根本，基礎。

〔一四〕登，收成。　夫，底本原作「未」，此從清抄本、全唐文。

〔一五〕廉賈，守法不貪之商人。　勇賤，勇於降價賤售。

〔一六〕若，其，當。　惟，以。　斯，此；文苑英華作「思」。

〔一七〕見（xiàn現）兵，炫耀兵力以示威。亦可謂「觀兵」，左傳僖公四年：「觀兵於東夷。」杜預注：「觀兵，示威。」

〔一八〕涼公，即涼國公，指哥舒翰。按舊唐書本傳及資治通鑑，哥舒翰於天寶十二載夏收復九曲之後，封涼國公。八月戊戌又封西平郡王。　勤勞，勤苦操勞。　王家，王室。

〔一九〕適，至。

〔二〇〕相弔，指因失敗而哀弔。

〔二一〕既望，農曆每月十五日稱望，十六稱既望。

〔二二〕公，指竇氏。　錢轂之要，錢轂之要職。　裴公，名未詳。

〔二三〕副節制，即副大使知節度事，爲節度使佐僚，位僅次之。

〔二四〕軍司馬，即行軍司馬。按新唐書百官志：「行軍司馬，掌弼戎政。居則習蒐狩，有役則申戰守之法，器械、糧糒、軍籍、賜予皆專焉。」　李公，名未詳。

〔二五〕臺閣，尚書之稱。此當指尚書省。

〔二六〕席，宴席，此處作動詞用，擺席。　池，指靈雲池，在武威郡治所姑臧縣（今甘肅省武威市涼州區）。

〔二七〕泛雲物，泛舟遊賞景物。

〔二八〕笳，文苑英華作「琴」。

〔二九〕隈隩，彎曲的水邊。

〔三〇〕儛，同「舞」，指舞女。　羅，羅衣。　眩，眩人，即幻人，要幻術者。出於西域，漢書張騫傳：「大宛諸國發使，隨漢使來，以大鳥卵及犛靬眩人獻於漢。」　莊，通「裝」，服飾。廣雅釋言：「裝，襐也。」王念孫疏證：「妝、妝、裝、莊並通。」眩莊，文苑英華作「枝裴」，疑「裴」乃「裝」之誤。

名未詳。

〔二二〕此句文苑英華作「東日遐瞻」。

〔二三〕天眇，天末。「眇」通「杪」。

〔二四〕司直，大理司屬官，掌出使推按。太子宫中亦置司直，相當朝廷的侍御史。崔公，

〔二五〕廷評，即廷尉平，又名廷平，漢官名。隋以後用爲大理寺評事之稱，此同。

謝上淮南節度使表〔一〕

臣適言〔二〕：以今月二日至廣陵〔三〕，以某日上訖。流布聖澤〔四〕，江淮益深〔五〕，扇揚皇風〔六〕，草木增色。臣誠惶誠恐，頓首頓首。

伏惟皇帝陛下，大明照臨，純孝撫御，漢主事親之日〔七〕，爰總六師〔八〕，軒后垂衣之辰〔九〕，再清四海。猶以京華尚阻〔一〇〕，國步暫艱，運黄石之神謀〔一一〕，推赤心於人腹〔一二〕。

臣器非管樂〔一三〕，殊孔明之自比〔一四〕；識謝孫吴，異山濤之暗合〔一五〕。豈意聖私超等〔一六〕，榮寵薦臻〔一七〕！自周行寄重方面〔一八〕，以時危而注意，竊愧非才；因國難以捐軀，顧爲定分〔一九〕。即當訓練將卒，緝綏黎甿〔二〇〕，外以平賊爲心，内以安人爲務〔二一〕。

庶使殄滅兇醜〔一三〕，舞詠時邕〔一三〕，報明主知臣之恩，成微臣許國之節。不任戴荷攀戀之至〔一四〕，謹遣某官陳謝以聞云云。

【校注】

〔一〕此表作於至德元載（七五六）十二月。按資治通鑑至德元載，七月，永王璘充山南東道、嶺南、黔中、江南西道節度都使，鎮江陵。十一月，欲東進據金陵謀反。十二月，置淮南節度使，領廣陵等十二郡，以適爲之，使與淮南西道節度使來瑱、江東節度使韋涉共圖璘。同月，璘果反，三人會於安陸，結盟誓衆以討之。此文云「以今月二日至廣陵」，當爲至德元載十二月二日。

〔二〕適，清抄本作「某」。

〔三〕廣陵，見登廣陵棲靈寺塔注〔一〕。

〔四〕聖澤，指皇帝的恩澤。

〔五〕江，長江。淮，淮水。古時例將皇恩比作雨露，故此句云「江淮益深」。

〔六〕皇風，指皇帝的恩德。論語顔淵：「君子之德風。」

〔七〕漢主，指漢高祖劉邦。事親，指劉邦做皇帝後尊奉其父太公。按漢書高帝紀漢王六年：「夏五月丙午，詔曰：『人之至親，莫親於父子，故父有天下，傳歸於子，子有天下，尊歸於父，此人道之極也。前日天下大亂，兵革並起，萬民苦殃，朕親被堅執鋭，自帥士卒，犯危難，平暴

亂，立諸侯，偃兵息民，天下大安，此皆太公之教訓也。諸王通侯將軍羣卿大夫，已尊朕爲皇帝，而太公未有號，今上尊太公曰太上皇。』」此處以劉邦比李亨，事親之日指肅宗至德改元之時。按資治通鑑至德元載七月甲子：「裴冕、杜鴻漸等上太子牋，請遵馬嵬之命，即皇帝位，太子不許。……牋五上，太子乃許之。是日，肅宗即位於靈武城南樓，羣臣舞蹈，上流涕歔欷。尊玄宗爲上皇天帝，赦天下，改元。」

〔八〕六師，即六軍，指王者之軍隊。周禮夏官序：「王六軍。」鄭玄注：「詩大雅常武曰：『整我六師，以修我戎。』大雅文王曰：『周王于邁，六師及之。』此周爲六軍之見於他經也。」總六師，指任天下兵馬大元帥。按資治通鑑至德元載七月丁卯：「上皇制：『以太子亨充天下兵馬大元帥，領朔方、河東、河北、平盧節度都使，南取長安、洛陽。』」

〔九〕軒后，即黃帝軒轅氏。垂衣，周易繫辭下：「黃帝、堯、舜垂衣裳而天下治，蓋取諸乾坤。」韓康伯注：「垂衣裳以辨貴賤，乾尊坤卑之義也。」後世用以稱譽盛治。

〔一〇〕京華尚阻，指兩京尚未收復，阻塞不通。

〔一一〕黃石，即黃石公，古兵法家，參見信安王幕府詩注〔三八〕。

〔一二〕此句意謂以至誠待人。後漢書光武帝紀：「降者更相語曰：『蕭王推赤心置人腹中，安得不投死乎？』」

〔一三〕器，才能。管，即管仲。詳見真定即事奉贈韋使君二十八韻注〔六〕。樂，即樂毅，

詳見酬裴員外以詩代書注〔七〕。

〔一四〕自比，指諸葛亮曾自比管樂。按三國志蜀志諸葛亮傳：「亮躬耕隴畝，好爲梁甫吟，身長八尺，每自比於管仲、樂毅，時人莫之許也。唯博陵崔州平、潁川徐庶元直與亮友善，謂爲信然。」

〔一五〕謝，讓，自愧不如。「識謝」二句，見李雲南征蠻詩注〔一八〕。

〔一六〕私，偏愛。

〔一七〕薦臻，重疊而至。薦，重；臻，至。語出詩經大雅雲漢：「饑饉薦臻。」

〔一八〕寄重方面，依託重臣於各方。按尚書康王之誥：「乃命建侯樹屏。」詩經大雅板：「价人維藩，大師維垣，大邦維屏，大宗維翰。」左傳僖公二十四年：「故封建親戚以藩屏周。」皆言周朝分封諸侯以屏藩王室，故此云「自周」。全唐文「自」前有「拔」字，「寄重」作「重寄」。高適謝上劍南節度使表亦言「重寄」。

〔一九〕顧，特。　定分，確定不移的職分。

〔二〇〕緝，治理。　綏，安定。　黎甿，老百姓。甿，同「氓」。

〔二一〕安人，安民。

〔二二〕殄（tiǎn 舔），絶。　兇醜，兇惡之人。指叛臣永王璘。

〔二三〕時邕，同「時雍」，時勢和平。尚書堯典：「黎民於變時雍。」潛夫論考績篇亦云：「此堯舜所以養黎民而致時雍也。」

〔二四〕不任，不勝。　戴荷，感戴恩德。　攀戀，攀緣依戀。

賀安禄山死表〔一〕

臣適言〔二〕：臣得河南道及諸州牒〔三〕，皆言逆賊安禄山苦痛而死，手足俱落，眼鼻殘壞〔四〕。臣聞負天者天誅，負神者神怒，其道甚著，今乃克彰〔五〕。臣適誠懽誠喜〔六〕，頓首頓首。

逆賊孤負聖朝〔七〕，造作氛祲〔八〕，嘯聚吠堯之犬〔九〕，倚賴射天之矢〔一〇〕，殘酷生靈，斯亦至矣！臣恨不得血賊於萬戟，肉賊於三軍〔一一〕，空隨率土之歡〔一二〕，遠奉九霄之慶〔一三〕。即當總統將士，憑恃威靈，驅未盡之犬羊，覆已亡之巢穴。無任踴躍慶快之至，謹遣攝判官李翥奉表陳賀以聞〔一四〕。

【校注】

〔一〕此表作於至德二載（七五七）。按資治通鑑至德二載正月：「安禄山自起兵以來，目漸昏，至是不復睹物，又病疽，性益躁暴，左右使令，小不如意，動加箠撻，或時殺之。既稱帝，深居禁中，大將希（稀）得見其面，皆因嚴莊白事。莊雖貴用事，亦不免箠撻，閹官李豬兒被撻尤多，左右

人不自保。祿山嬖妾段氏，生子慶恩，欲以代慶緒爲後。慶緒常懼死，不知所出。莊謂慶緒曰：『事有不得已者，時不可失。』慶緒曰：『兄有所爲，敢不敬從。』又謂豬兒曰：『汝前後受撻，寧有數乎！不行大事，死無日矣！』豬兒亦許諾。莊與慶緒夜持兵立帳外，豬兒執刀直入帳内，斫祿山腹。左右懼，不敢動。祿山捫枕旁刀，不獲，撼帳竿，曰：『必家賊也。』腸已流出數斗，遂死。掘牀下深數尺，以氈裹其尸埋之，誡宫中不得泄。乙卯旦，莊宣言於外，云祿山疾亟。」

〔二〕適，清抄本、全唐文作「某」。

〔三〕河南道，全稱河南道採訪處置使，治所在陳留郡（汴州），轄境約相當於今山東、河南兩省黄河故道以南（唐河、白河流域除外），江蘇、安徽兩省淮河以北地區。

〔四〕這裏寫的當時所傳安祿山死狀，蓋嚴莊宣佈之假象。

〔五〕彰，明。此指明驗。

〔六〕適，清抄本、全唐文作「某」。

〔七〕逆賊，指安祿山。　孤負，同「辜負」。

〔八〕氛祲（jìn津），妖氛。指叛亂。

〔九〕吠堯之犬，比喻不論是非，忠於邪主，嫉惡聖賢之人。鄒陽獄中上吳王書：「桀之犬可使吠堯。」又史記淮陰侯列傳：「跖之狗吠堯，堯非不仁，狗因吠非其主。」

〔一〇〕射天，史記殷本紀：「帝武乙無道，爲偶人（土木之偶），謂之天神，與之博（對局之游

戲），令人爲行（令人替偶行博）。天神不勝，乃僇辱之，爲革囊盛血，仰而射之，命曰射天。」此處指謀上作亂。

〔一一〕肉賊，肢解賊之肉體。肉即肉刑。賊指安禄山。

〔一二〕空，盡。　率土，全境域。詩經小雅北山：「率土之濱，莫非王臣。」

〔一三〕九霄，喻朝廷。

〔一四〕李翥，見同李九士曹觀壁畫雲作注〔一〕。

罷職還京次睢陽祭張巡許遠文〔一〕

維乾元元年五月日，太子詹事、御史中丞高適〔二〕，謹以清酌之奠，敬祭於故御史中丞張許二公之靈。

中丞體質貞正，才掩賢豪，詩書自負，州縣徒勞，惆悵雄筆，辛勤寶刀，時平位下〔三〕，世亂節高。賊臣通逆〔四〕，國步驚搔〔五〕，兩河震恐〔六〕，千里嗷嗷〔七〕。投袂灑泣〔八〕，據鞍鬱陶，全譙入宋〔九〕，收梓捍曹〔一〇〕，心繫魏闕，志清武牢〔一一〕。帝曰：「嗟爾！龍光豹韜〔一二〕，憲章戎幕〔一三〕，持斧擁旄〔一四〕。」

嗚呼！予亦忝竊，統茲介胄〔一五〕。俄奉短書〔一六〕，至夔狂寇〔一七〕，裹糧訓卒，達曙通

晝，軍乃促程，書亦封奏。遂發驕勇，俾驅烏獸，將無還心，兵亦死鬥。賊黨頻蹙，我師旋漏〔一八〕，十城相望，百里不救。胡羯嘯聚〔一九〕，犬羊蟻湊，積薪爲梁，決岸成竇〔二〇〕。嗚呼！當此虎敵，豈無强鄰？當時肝膽，今日胡秦〔二一〕！堅守半歲，絶糧數旬，柹椽秣馬〔二二〕，煮紙均人，病不暇殛〔二三〕，歿無全身，煎熬甲胄，啄嗌膠筋，慷慨艱險，凄涼苦辛。

嗚呼！我辭淮楚〔二四〕，將赴伊洛〔二五〕，途出兹邦，悲纏舊郭。邑里灰燼，城池墟落。何九拒之峥嶸〔二六〕，皆二賢之制作！聲蓋天壤，氣横遼廓，讓死争先，臨危靡却。

嗚呼！□□□□〔二七〕，天亦難論，萬夫開壁〔二八〕，一旅纔存〔二九〕。衰羸既竭，力弱相吞〔三〇〕。陷穽織路〔三一〕，梯衝棧門〔三二〕。土壕水合，木柵雲屯。居即其弊，突無其奔。煙□劍戟〔三三〕，逼側紛昏。與求生而害義，寧抗節以理魂〔三四〕！

嗚呼！悖逆殲潰，干戈將止，海岳澄清，朝廷至理〔三五〕。封功列爵，懷黄拖紫〔三六〕，傷哉二賢，不預於此！嗚呼孀婦，伶俜愛子，追贈方榮，賞延兹始〔三七〕。

寂寂梁苑〔三八〕，悠悠睢水〔三九〕，黄蒿連接，白骨填委。思壯心於冥寞，問遺形於荆杞。列祭空城，一悲永矣！

【校注】

〔一〕此文作於唐肅宗乾元元年（七五八）五月。時高適遭李輔國讒，由淮南節度使左授太子詹事，歸東京途經睢陽。睢陽，見酬鴻臚裴主簿雨後睢陽北樓見贈之作注〔一〕。張巡，南陽郡（治所在穰縣，今河南省鄧州市東南隅）人，開元進士，歷任清河、真源二縣令。安禄山反，巡起兵討之，與許遠守睢陽，詔拜御史中丞。勇敢多謀，曾一日中戰二十回合，氣盛不衰。後被圍困，數月不解，糧盡，掘鼠羅雀煮紙爲食。賊屢加威逼利誘，始終堅貞不屈，固守睢陽，以保江淮。後因附近將帥坐視不救，肅宗至德二載（七五七）十月城陷。巡被俘後，大義凛然，駡賊遭殺。許遠，杭州鹽官（今嘉興市海寧市鹽官鎮）人。早年從軍河西，爲磧西度支判官。後被劍南節度使章仇兼瓊辟爲從事，又貶爲高要尉，遇赦得還。安禄山之亂起，不斷提拔將帥，有人薦許遠素練戎事，玄宗召見，拜睢陽太守，累加侍御史、本州防禦使。與張巡共守睢陽，城陷被執，送至洛陽。安慶緒敗退時遇害。二人本傳同見舊唐書卷一八七下，新唐書卷一九二。

〔二〕太子詹事，按唐六典卷二十六：太子詹事府詹事一人，正三品，「統東宫三寺、十率府之政令，舉其綱紀，而修其職務」。御史中丞，御史臺屬官，按唐六典卷十三：御史中丞，正五品，協助御史大夫「掌邦國刑憲典章之政令，以肅朝列」。舊唐書本傳言適討永王亂時，已兼御史大夫，受李輔國讒後，左授太子少詹事，與此有異，當以此處適自述爲是。

〔三〕時平，天下承平。位下，官位卑下。

〔四〕賊臣，指輔璆琳。　逆，叛逆，指安禄山。安禄山於天寶初開始得寵，權勢逐增，至天寶十載已兼領平盧、范陽、河東三節度使，蓄意謀反。大臣屢有揭發，玄宗皆不信。天寶十四載二月，韋見素言安禄山必反，並建議玄宗加安禄山平章事（宰相），召至朝廷，另命三人分别任平盧、范陽、河東三鎮節度使，以分其勢。玄宗從之，已草制命，但留而不發，更派中使輔璆琳以珍果賜安禄山，潛察其變。輔璆琳受安禄山厚賂，還，盛言安禄山竭忠奉國，没有二心。玄宗信以爲真，無所戒備。同年十一月即反於范陽。

〔五〕國步，猶云國運。

〔六〕兩河，見答侯少府注〔二八〕。

〔七〕嗷嗷，同「嗸嗸」，哀愁之聲。詩經小雅鴻雁：「鴻雁于飛，哀鳴嗸嗸。」這裏的「嗷嗷」有借用「哀鴻」以喻流離失所之意。

〔八〕投袂（mèi妹），振起衣袖，爲奮發之狀。左傳宣公十四年：「投袂而起。」

〔九〕譙，郡名，原稱亳州，治所在譙縣（今安徽省亳縣）。全譙，保全譙郡。按資治通鑑肅宗至德元載（七五六）：「先是譙郡太守楊萬石以郡降安禄山，逼真源令河東張巡爲長史，西迎賊。巡至真源，帥吏民哭於玄元皇帝（老子）廟，起兵討賊，吏民樂從者數千人。」巡堅守雍丘數月。宋，睢陽郡。睢陽爲春秋宋國之地，故稱。按資治通鑑，至德元載十二月，賊將楊朝宗率馬步二萬，將襲寧陵，斷巡後。巡遂拔雍丘，東守寧陵以待之，始與睢陽太守許遠相見，共破楊朝宗軍。

敕以巡爲河南節度使。至德二載正月，尹子奇率兵十三萬攻睢陽，許遠告急，張巡自寧陵引兵入睢陽，與許遠共守。

〔一〇〕梓，梓里，故鄉。　曹，古國名，周諸侯國，建都陶丘（今山東省定陶縣西南）。此指曹地。

〔一一〕武牢，山名，在洛陽附近。晉書阮籍傳：「登武牢山望京邑而歎，於是賦豪傑詩。」此句意謂立下壯志，平定東京。

〔一二〕龍光，寶劍之光芒。因龍泉劍而得名。此處以喻張巡之武藝。　豹韜，古兵書六韜之篇名。此句爲讚揚張巡之雄才大略。

〔一三〕憲章，守其法制。

〔一四〕斧、旄，朝廷所授兵權的憑信。見信安王幕府詩注〔四〇〕及自武威赴臨洮謁大夫不及因書即事寄河西隴右幕下諸公注〔三〕。以上三句寫張巡被授爲河南節度使。

〔一五〕介冑，即甲冑，軍服。此指軍隊。按至德元載十一月，永王璘反。十二月，以高適爲淮南節度使討永王璘。以上二句即指此而言。

〔一六〕短書，書牘。宋趙彦衛雲麓漫鈔：「短書出晉、宋兵革之際，時國禁書疏，非弔喪問疾不得行尺牘，啓事論兵皆短而藏之。」

〔一七〕夔，猶夔夔，恐懼的樣子。語出尚書大禹謨：「祇載見瞽瞍，夔夔齊慄。」僞孔傳：「夔

夔，悚懼之貌。」此處爲使動用法。狂寇，指安、史叛軍。按資治通鑑，高適爲淮南節度使討永王璘後，至德二載二月，永王璘兵敗而死。招永王部將季廣琛於歷陽，兵罷。據以上二句，隨後高適又奉命參與討安、史之亂。

〔一八〕漏，空，指力量消耗殆盡。以下寫睢陽被圍。按資治通鑑至德二載七月：「尹子奇復徵兵數萬攻睢陽。先是，許遠於城中積糧至六萬石，虢王巨以其半給濮陽、濟陰二郡，遠固争之，不能得；既而濟陰得糧，遂以城叛，而睢陽城至是食盡。將士人廪米日一合，雜以茶紙、樹皮爲食，而賊糧運通，兵敗復徵。睢陽將士死不加益，諸軍饋救不至，士卒消耗至一千六百人，皆飢病不堪鬥，遂爲賊所圍。張巡乃修守具以拒之。」

〔一九〕胡、羯，指叛軍。安禄山爲胡人，統率胡兵，故云。

〔二〇〕竇，孔穴。以上二句，按資治通鑑云：「賊又於城西北隅以土囊積柴爲磴道，欲登城。巡不與争利，每夜，潛以松明、乾藁投之於中，積十餘日，賊之不覺，因出軍大戰，使人順風持火焚之，賊不能救，經二十餘日，火方滅。巡之所爲，皆應機立辦，賊服其智，不敢復攻。遂於城外穿三重壕，立木栅以守巡，巡亦於内作壕以拒之。」

〔二一〕胡秦，猶云胡越，胡族在北，越族在南，以喻疏遠。淮南子俶真訓：「是故自其異者視之，肝膽胡越。」高誘注：「肝膽喻近，胡越喻遠。」此處爲協韻，改「越」爲「秦」。全唐文作「越秦」。按資治通鑑至德二載：「睢陽士卒死傷之餘，纔六百人。張巡、許遠分城而守之，巡守東北，遠守

兵不救。」

西南，與士卒同食茶紙，不復下城。……是時，許叔冀在譙郡，尚衡在彭城，賀蘭進明在臨淮，皆擁兵不救。」

〔二二〕 杮，同柿，削木之意。

〔二三〕 殛，誅，指殺敵。全唐文作「拯」。

〔二四〕 淮楚，指淮南。

〔二五〕 伊洛，指洛陽。

〔二六〕 九拒，同「九距」，指多種守城拒敵之法。墨子公輸：「公輸盤九設攻城之機變，子墨子九距之。公輸盤之攻械盡，子墨子之守圉有餘。」 此句寫城之守勢。

〔二七〕 此上原空闕二字，按當空闕一句四字。

〔二八〕 萬夫，按資治通鑑至德二載正月：「許遠告急于張巡，巡自寧陵引兵入睢陽，巡有兵三千人，與遠兵合六千八百人。」又十月：「巡初守睢陽時，卒僅萬人。」 壁，軍壘。

〔二九〕 一旅，古時軍隊編制，士卒五百人爲一旅。左傳哀公元年：「夏少康有田一成，有衆一旅。」杜預注：「五百人爲旅。」按睢陽士卒死傷之餘僅存六百人，舉成數故云一旅。見本文注〔二一〕。

〔三〇〕 此句寫人相食。詳下注〔三四〕。

〔三一〕 纖路，佈滿道路。

〔三二〕梯，指雲梯。　棧，棚。　棧門，指城上棚閣（於城上架木，突出城外以臨禦外敵的敵樓）。　按資治通鑑至德二載七月：「賊爲雲梯，勢如半虹，置精卒二百於其上，推之臨城，欲令騰入。巡豫於城鑿三穴，候梯將至，於一穴出大木，末置鐵鉤，鉤之使不得退；一穴中出一木，拄之使不得進；一穴出一木，木末置鐵籠，盛火焚之，其梯中折，梯上卒盡燒死。賊又以鉤車鉤城上棚閣，鉤之所及，莫不崩陷。巡又以大木，末置連鎖，鎖末置大環，搨其鉤頭，以革車拔之入城，截其鉤頭而縱車令去。」

〔三三〕「煙」下原闕一字。　全唐文作「雲」。

〔三四〕抗節，猶亢節，高其節操。　理魂，即治魂，謂以身殉國，使其靈魂剛毅不屈。　語本楚辭九歌國殤：「身既死兮神以靈，魂魄毅兮爲鬼雄。」按資治通鑑至德二載十月：「尹子奇久圍睢陽，城中食盡，議棄城東走，張巡、許遠謀，以爲：『睢陽，江、淮之保障，若棄之去，賊必乘勝長驅，是無江、淮也。且我衆飢羸，走必不達。古者戰國諸侯，尚且救恤，況密邇羣帥乎！不如堅守以待之。』茶紙既盡，遂食馬；馬盡，羅雀掘鼠；雀鼠又盡，巡出愛妾，殺以食士，遠亦殺其奴；然後括城中婦人食之，繼以男子老弱。人知必死，莫有叛者，所餘纔四百人。癸丑，賊登城，將士病，不能戰。巡西向再拜曰：『臣力竭矣，不能全城，生既無以報陛下，死當爲厲鬼以殺賊！』城遂陷。巡、遠俱被執。尹子奇問巡曰：『聞君每戰眥裂齒碎，何也？』巡曰：『吾志吞逆賊，但力不能耳。』子奇以刀抉其口視之，所餘纔三四。子奇義其所爲，欲活之。其徒曰：『彼守節者也，終不爲用。且得士

心，存之，將爲後患。』乃并南霽雲、雷萬春等三十六人皆斬之。巡且死，顏色不亂，揚揚如常。生致許遠於洛陽。」可與此段相印證。

〔三五〕理，治。「悖逆」句至此句，按資治通鑑，至德二載九月丁亥，元帥廣平王俶率朔方等官軍及回紇、西域之衆十五萬，發鳳翔，以李嗣業爲前軍，郭子儀爲中軍，王思禮爲後軍，東進討亂。癸卯，大軍入西京。十月壬戌，又收復東京。十一月，廣平王俶、郭子儀自東京歸長安，肅宗慰勞子儀曰：「吾之國家，由卿再造。」

〔三六〕黄，指黄綬，黄色的佩印帶子。紫，指紫綬，紫色的印帶。漢書百官公卿表上：「凡吏秩比二千石以上，皆銀印青綬，光禄大夫無。秩比六百石以上，皆銅印黑綬……比二百石以上，皆銅印黄綬。」又同上：相國、丞相、太尉、太師、太傅、太保等，金印紫綬。

〔三七〕「封功」句至此句，按資治通鑑至德二載十二月戊午：「肅宗至丹鳳樓，赦天下，惟與安禄山同反及李林甫、王鉷、楊國忠子孫不在免例。立廣平王爲楚王，加郭子儀司徒，李光弼司空。自餘蜀郡、靈武扈從立功之臣，皆進階，賜爵，加食邑有差。李憕、盧奕、顏杲卿、袁履謙、許遠、張巡、張介然、蔣清、龐堅等皆加贈，官其子孫。」

〔三八〕梁苑，見別韋參軍注〔九〕。

〔三九〕睢水，見酬龐十兵曹注〔七〕。

謝上彭州刺史表〔一〕

臣適言〔二〕：伏奉聖恩，授臣彭州刺史，寵光自天〔三〕，喜懼交集。臣某誠惶誠恐，頓首頓首，死罪死罪。

臣本野人，匪求名達，始自一尉，曾未十年，北使河湟〔四〕，南出江漢〔五〕，奉上皇非常之遇〔六〕，蒙陛下特達之恩〔七〕，累登諫司〔八〕，頻歷憲府〔九〕。比逆亂侵軼〔一〇〕，淮楚震驚，遂兼節制之權〔一一〕，空忝腹心之寄，銜命感激，思効駑駘，敢竭公忠，動無迴避；而智不周物〔一二〕，才難適時，俄塵聖聽，果速官謗〔一三〕。實謂死亡可待〔一四〕，流竄在茲〔一五〕。陛下弘覆載之恩〔一六〕、明日月之鑒，始拜宮允〔一七〕，今列藩條〔一八〕；雨露之恩，更霑枯朽，陽和之氣，忽曜沉埋〔一九〕，天高聽卑〔二〇〕，臣獨何幸！臣某誠惶誠恐，頓首頓首，死罪死罪。

臣聞忠臣事君，雖死無貳，臣今未死，敢忘至公！伏惟陛下哀臣愚蒙，矜臣方直，臣雖在遠，若近天顏。臣以今月七日到所部上訖。宣布德音〔二一〕，草木增氣，敷陳睿澤〔二二〕，黎庶昭蘇〔二三〕。無任悃款屏營之至〔二四〕，謹附驛奉表陳謝以聞。臣某誠惶誠恐，

死罪死罪，謹言。

【校注】

〔一〕此表作於肅宗乾元二年（七五九）五月，詳年譜。彭州，天寶、至德時爲濛陽郡，乾元元年復州名，治所在九隴（今四川省彭州市）。

〔二〕適，清抄本、全唐文作「某」。

〔三〕寵光，寵遇榮光。詩經小雅蓼蕭：「既見君子，爲龍（古寵字）爲光。」

〔四〕河湟，按舊唐書吐蕃傳：湟水出蒙谷，抵龍泉，與河合，河之上流由洪濟梁西南行二千里，世舉謂西戎地曰河湟。此句指從軍哥舒翰幕府。

〔五〕江漢，長江和漢水。南出江漢，事未詳。

〔六〕上皇，指唐玄宗，時肅宗已登位，玄宗被尊爲「上皇天帝」。詳見謝上淮南節度使表注〔七〕。

〔七〕陛下，指肅宗。

〔八〕諫司，諫官之署。此句指天寶十四載授左拾遺，至德元載又授諫議大夫。按唐六典卷八，左拾遺、諫議大夫皆爲門下省屬官。左拾遺，從八品上，「掌供奉諷諫，扈從乘輿」。諫議大夫，正五品上，「掌侍從、贊相、規諫、諷諭」。

〔九〕憲府，猶云憲臺，指御史臺。漢官儀：「御史爲憲臺。」此句指天寶十四載由左拾遺轉監

察御史，至德元載又遷御史中丞。按唐六典卷十三，監察御史、御史中丞皆爲御史臺屬官。監察御史，正八品上，「掌分察百僚，巡按郡縣，糾視刑獄，肅整朝儀」。御史中丞，正五品，協助御史大夫「掌邦國刑憲典章之政令，以肅朝列」。

〔一〇〕逆亂，指永王璘叛亂，見謝上淮南節度使表注〔一〕。　侵軼，侵犯。左傳隱公九年：「彼徒我車，懼其侵軼我也。」杜預注：「軼，突也。」

〔一一〕節制，節度使。　此句指領淮南節度使。

〔一二〕周物，遍知萬物。

〔一三〕塵，作動詞用，污。　此二句指皇帝聽到有關自己的壞話，自己遭到權臣殿中監、太僕卿李輔國的讒言。

〔一四〕死亡，全唐文作「斧鉞」。

〔一五〕流竄，流放遠地。　在兹，猶云在即。

〔一六〕弘，寬宏。　覆載，天覆地載，形容廣大無邊，無所不容。禮記中庸：「天之所覆，地之所載。」

〔一七〕宮允，即宮尹，全唐文正作「宮尹」，太子官，此句指授太子詹事，見罷職還京次睢陽祭張巡許遠文注〔二〕。

〔一八〕藩條，見爲東平薛太守進瑞詩表注〔三一〕。　此句指授彭州刺史。

〔一九〕曜，全唐文作「振」。

〔二〇〕天高聽卑，天高高在上而能聽取下情。語出史記宋世家：司星子韋曰：「天高聽卑。」此處以天喻指皇帝。

〔二一〕德音，施惠的詔敕，猶云恩詔。本泛指王者安撫之詞，語出詩經大雅皇矣：「帝度其心，貊（静）其德音。」

〔二二〕睿澤，聖澤，皇帝之恩澤。

〔二三〕昭蘇，語出禮記樂記：「蟄蟲昭蘇。」鄭玄注：「昭，曉也，蟄蟲以發出爲曉，更息（入蟄）爲蘇。」此處借喻老百姓恢復生機。

〔二四〕無任，不勝。　悃（kǔn 綑）款，志誠純一。語出楚辭卜居：「吾寧悃悃款款朴以忠乎？」　屏營，惶懼。　語出國語吴語：「屏營彷徨於山林之中。」

賀斬逆賊徐知道表〔一〕

臣某言：臣聞人臣無將〔二〕，將必誅之。逆賊前成都少尹兼侍御史〔三〕、僞稱成都尹兼侍御史中丞〔四〕、劍南節度使徐知道，中官攜養〔五〕，莫知姓族，熒惑主司〔六〕，叨竊憲臺〔七〕，不能輸瀝肝膽，以答休明〔八〕，而懷挾奸邪，嘯聚同惡，傾竭府庫，塗炭

黎甿〔九〕，遂爲欃槍〔一〇〕，恣行蠆毒〔一一〕，杜塞劍道〔一二〕，擁遏朝經〔一三〕，部署兇殘，統領州縣，曾未數日，蕩壞一隅，郊原已空，市井如掃。臣與邛南鄰境〔一四〕，左右叶心〔一五〕，積聚軍糧，應接師旅，以今月二十三日大破賊衆〔一六〕；同惡翻然，共殺知道。六軍慶快〔一七〕，雲物改容，百姓欣歡，景色相賀。此皆社稷昭應〔一八〕，神靈保持。

伏惟皇帝陛下，一德動天，無遠不屆〔一九〕，兵戈向戢〔二〇〕，華夏克寧。布蕭王之赤心〔二一〕，竭臣子之丹款，妖氛聚而皆盡，郡國危而更安。高視百王，能事斯畢〔二二〕。臣忝守藩翰〔二三〕，罹此艱虞，覩天地之廓清，與飛動之咸若〔二四〕，無任踴躍之至，謹奉表陳賀以聞。

【校注】

〔一〕此表作於代宗寶應元年（七六二）八月。按資治通鑑寶應元年，六月，以兵部侍郎嚴武爲劍南西川節度使。七月，劍南兵馬使徐知道反，以兵守要害，拒嚴武，嚴武不得進。八月，徐知道爲其部將李忠厚所殺，劍南悉平。

〔二〕將，大。無將，勿妄自尊大。

〔三〕成都，府名，原稱蜀郡，至德二載（七五九）十二月爲南京，爲府。上元元年（七六〇）罷京。少尹，爲府尹之佐僚，從三品至四品下，掌宣德化，歲巡屬縣，觀風俗、録囚、恤鰥寡。

侍御史，見同房侍御山園新亭與邢判官同游注〔一〕。

〔四〕侍御史中丞，當作「御史中丞」。御史中丞，見罷職還京次睢陽祭張巡許遠文注〔二〕。

〔五〕中官，宦官。

〔六〕熒惑，炫惑、欺惑。

〔七〕叨竊，非所當有而有之。憲臺，御史臺。此句指竊居侍御史之職。

〔八〕休明，美善聖明。左傳宣公三年：「桀有昏德，鼎遷于商，載祀六百，商紂暴虐，鼎遷于周。德之休明，雖小，重也；其姦回昏亂，雖大，輕也。」此指休明有德之君。

〔九〕塗炭，此作使動詞用，使陷泥塗炭火。黎甿，老百姓。

〔一〇〕欃槍，彗星，傳説主戰亂。此指戰禍。見贈别王七十管記注〔一四〕。

〔一一〕蠆（chài 柴去聲）毒，蠍子螫人的毒液，比喻兇惡毒辣。參見贈别王七十管記注〔一五〕。

〔一二〕劍道，即劍閣道，古道路名，爲川陝間主要通道，戍守重地。在今四川省劍閣縣東北的大劍山、小劍山之間。三國時諸葛亮主持在此鑿劍山，開設閣道。唐於此設立劍門關。

〔一三〕朝經，朝廷的政令法度。按資治通鑑代宗寶應元年六月，以兵部侍郎嚴武爲西川節度使。七月，劍南西川兵馬使徐知道反，以兵守要害，拒嚴武。此句即指此而言。

〔一四〕邛，州名，天寶、至德時稱臨邛郡，治所在臨邛（今四川省邛崍縣）。

〔一五〕叶，古「協」字。

〔一六〕今月，指八月。

〔一七〕六軍，指唐朝官軍。詳見謝上淮南節度使表注〔八〕。六，清抄本空闕，全唐文作「大」。

〔一八〕社稷，社，土神；稷，穀神。爲天子諸侯所祭。後用以稱國家。　昭應，即照應。

〔一九〕屆，至。

〔二〇〕戢（jí集），收藏。詩經周頌時邁：「載戢干戈。」

〔二一〕蕭王，即劉秀。按後漢書光武帝紀，西漢末淮陽王劉玄更始二年（公元二十四年），劉秀圍邯鄲，拔城，誅僞帝王郎，被劉玄封爲蕭王（蕭，沛郡蕭縣，今徐州市）。後敗銅馬，迫使降之，封其大帥爲列侯，降者還不自安，劉秀知其意，勑令每歸營勒兵，乃自乘輕騎，案行部陣，以此收買人心。降者於是互相説：「蕭王推赤心置人腹中，安得不投死（致死效命）乎？」因此皆服。此以喻頌代宗能對降軍推心置腹，遂使叛臣回心轉意，再盡忠誠。

〔二二〕能事，所勝任之事。周易繫辭上：「天下之能事畢矣。」　以上二句爲美化代宗之辭，意謂上視前代，衆帝王所勝任之事，己身無所不能。

〔二三〕藩翰，指藩鎮。翰，意同「幹」。參見謝上淮南節度使表注〔一八〕。

〔二四〕飛動，喻形勢之動蕩不安。　若，順。

請入奏表〔一〕

右自徐知道作亂，軍府略空，救弊扶傷，事資安輯，臣夙夜陳力，啓處不遑〔二〕。伏以二陵攀號〔三〕，臣未修壤奠〔四〕；萬方有主〔五〕，臣未覩天顔。犬馬之誠，不勝懇款。候士卒稍練，蕃夷漸寧〔六〕，特望聖恩，許臣入奏。謹録奏聞，伏聽敕旨。謹奏。

【校注】

〔一〕此表作於代宗寶應元年（七六二），在賀斬逆賊徐知道表以後。

〔二〕啓，跪。古席地而息（跪坐）的一種姿勢。處，居。啓處，謂安居。不遑，無暇。詩經小雅四牡：「王事靡盬，不遑啓處。」

〔三〕二陵，指玄宗、肅宗之墓。玄宗、肅宗於本年四月相繼死去。攀號，即挽號，哭喪。

〔四〕壤奠，貢獻土産之物。語出尚書康王之誥：「一二臣衛，敢執壤奠。」僞孔傳：「因見新王，敢執壤地所出而奠贄也。」壤，底本誤作「壞」，此從清抄本、全唐文。

〔五〕有主，指代宗即位。時在寶應元年四月。

〔六〕蕃夷，指吐蕃。

謝上劍南節度使表〔一〕

臣適言〔二〕：受脤登壇〔三〕，必先禮樂，剖符攬轡〔四〕，是委腹心。方將總領諸侯，整訓戎旅，分二南之名器〔五〕，創七德之籌謀〔六〕，君無虚授，臣無虚受，授受之際，任用匪輕。況全蜀奥區〔七〕，非賢勿守，方面重寄〔八〕，擇善而從。顧臣庸愚，豈合祗拜〔九〕！遠奉恩制〔一〇〕，不敢逡巡〔一一〕，即以二月二日上訖。

天威在顔，風俗思變，飲冰食蘗〔一二〕，策朽磨鉛〔一三〕。臣往在淮陽〔一四〕，已無展效，出臨彭蜀〔一五〕，又乏循良，雖聖恩不移，而微臣益懼。謹當宣揚皇化，鎮撫蕃蠻〔一六〕，訓率吏兵，剪除夷獠〔一七〕。庶冀毫髮，增益山丘〔一八〕。陛下慎擇任人，朝廷多士〔一九〕，伏願更徵英彦〔二〇〕，俾付西南，許臣暮年，歸侍丹闕〔二一〕。臣子之懇，君父之慈，天高聽卑〔二二〕，下情上達。

軍府多事，税賦方殷〔二三〕，臣今逐便指撝〔二四〕，乘間式遏〔二五〕。救蒼生之疲弊，寬陛下之憂勤，乃臣丹誠慺慺於夙夜〔二六〕。無任悾款之至〔二七〕，謹遣洋州司馬攝參謀、臣路球謹奉表陳謝以聞〔二八〕，云云。

【校注】

〔一〕此表作於代宗廣德元年（七六三）二月。　劍南節度使，方鎮名，玄宗開元七年（七一九）置，爲天寶時十節度之一，治所在益州（今成都市），領昆明軍及益、彭、蜀、漢、眉、綿、梓、遂、邛、劍、榮、陵、嘉、普、資、嶲、黎、戎、維、茂、簡、龍、雅、瀘、合二十五州，約相當於今四川省中部地區。至德二載（七五七）曾分置劍南東川、劍南西川兩節度使，廣德、大曆時又曾一度合併。此正值合併之時。

〔二〕適，清抄本、全唐文作「某」。

〔三〕受脤，語出左傳閔公二年：「受脤于社。」脤爲祭肉之名，社肉盛以蜃器（祭器漆尊）曰脤。賜脤爲古嘉禮之一，周禮春官大宗伯：「以脤膰之禮親兄弟之國。」鄭玄注：「脤、膰，社稷、宗廟之肉，以賜同姓之國，同福禄也。」此處指受方鎮之職。　登壇，指拜將之典禮，見信安王幕府詩注〔一五〕。

〔四〕剖符，分開信符以一半相授以作憑據，即授命之意。　攬轡，入官赴任之意。後漢書范滂傳：「時冀州饑荒，盜賊羣起，乃以滂爲清詔使案察之。滂登車攬轡，慨然有澄清天下之志。」

〔五〕二南，詩經中的周南和召南。詩序疏：「二南皆文王之化。」此處泛指王者之教化。　名器，名指區分等級的爵號，器指標誌等級的車服。左傳成公二年：「唯器與名不可以假（借）人。」　此句意謂分授文職官爵。

〔六〕七德，指用兵之七德。左傳宣公十二年：「夫武，禁暴、戢兵、保大、定功、安民、和衆、豐財者也。」杜預注：「此武七德。」

〔七〕奥區，深奥之區域。語出後漢書班固傳：「防禦之阻，則天下之奥區也。」李賢注：「奥，深也，言秦地險固，爲天下深奥之區域。」

〔八〕方面重寄，見謝上淮南節度使表注〔一八〕。

〔九〕祇（qí 奇）拜，大拜。指授爲劍南節度使。

〔一〇〕恩制，皇帝的制命。時高適任成都尹，故云「遠奉」。

〔一一〕逡巡，退却的樣子。此處爲退縮辭讓之意。

〔一二〕蘖，草木之芽。飲冰食蘖，言飲食極爲清苦。

〔一三〕策朽，以朽索駕馭馬。尚書五子之歌：「予臨兆民，懍乎若朽索之馭六馬。」磨鉛，磨礪鉛刀。鉛刀爲鈍刀，後漢書班超傳：「況臣奉大漢之威而無鉛刀一割之用乎？」此句以朽索鉛刀比喻自己低能無用，意謂自己雖無能，却受到皇帝重用。

〔一四〕此句指任淮南節度使。

〔一五〕此句指任彭州、蜀州刺史。彭州，見謝上彭州刺史表注〔一〕。蜀州，天寶、至德時爲唐安郡，乾元元年（七八五）復州名，治所在晉原縣（今四川省崇州市西北懷遠鎮）。肅宗上元元年（七六〇），高適由彭州刺史改任蜀州刺史。

〔一六〕蕃蠻，指吐蕃。
〔一七〕夷獠（lǎo 老），西南夷之稱，居住巴蜀之外，西南地區。
〔一八〕以上二句意謂庶幾希望以毫髮之力，增益山丘之功。
〔一九〕多士，人材衆多。 語出詩經大雅文王：「思皇多士，生此王國。」
〔二〇〕彥，美士。 尚書太甲：「旁求俊彥。」即此句之意。
〔二一〕丹闕，赤色的宮闕，借指皇帝所居的宮廷。 闕，宮門或城門兩側的高臺，中間有道路，臺上建樓觀。
〔二二〕天高聽卑，見謝上彭州刺史表注〔二〇〕。
〔二三〕殷，盛多。
〔二四〕逐便，隨其便利。 指撝（huī 揮），同「指揮」。
〔二五〕式遏，制止。「式」爲發語辭。 詩經大雅生民：「式遏寇虐。」
〔二六〕慺慺（lú 驢），懇切。 曹植求通親表：「是臣慺慺之誠竊所獨守。」
〔二七〕悾款，同「悃款」，誠摯。
〔二八〕洋州，治所在興道縣（今陝西省洋縣）。

賀收城表〔一〕

臣適言〔二〕：閏正月十六日，中使郭羅至〔三〕，伏奉敕書，示臣聖略，收復瀍

洛〔四〕，掃殄兇徒〔五〕。臣適手之足之〔六〕，載欣載躍〔七〕。

臣聞天不假易〔八〕，將而必誅〔九〕；守在四夷，難逃一面〔一〇〕。頃者逆胡稔惡〔一一〕，竊據中都〔一二〕，欲驅犬羊，敢肆蜂蠆〔一三〕。碎首於雷霆之下〔一四〕，竄跡於城社之中〔一五〕，猶貯殘魂，擬收餘燼〔一六〕。陛下澤深覆載〔一七〕，功濟艱難，神武必止於干戈〔一八〕，寰區大拯於塗炭〔一九〕；好生惡殺，誠屢發於宸心〔二〇〕；走獸奔禽，盡已羅於網目；使風雲一變，日月增輝，巨海絶其揚波〔二一〕，祆氛化爲和氣。臣忝司戎律〔二二〕，累奉德音〔二三〕，昭宣睿謀，底寧縣道〔二四〕，天下幸甚，豈獨方隅〔二五〕！無任慶快之至，謹遣洋州司馬〔二六〕、員外同正員攝參謀、臣路球奉表陳賀以聞。

【校注】

〔一〕此表作於代宗廣德元年（七六三）。收城，指收復東京。按資治通鑑肅宗乾元二年（七五九）四月，史思明自稱大燕皇帝，僭位於范陽，舉兵南下。九月，史思明入洛陽，鄭州、滑州等地亦相繼失陷。上元二年（七六一）三月，史朝義繼史思明帝位，繼續爲亂。寶應元年（七六二）十月，唐官軍自陝州東進討史朝義，不久，收復洛陽。十一月，捷報傳至長安。

〔二〕適，清抄本、全唐文作「某」。

〔三〕中使，朝中使臣。

〔四〕瀍洛，瀍水、洛水，指洛陽一帶。

〔五〕殄（tiǎn 舔），絶。

〔六〕手之足之，手舞足蹈之意。 毛詩大序：「情動於中，而形於言，言之不足，故嗟歎之，嗟歎之不足，故永歌之，永歌之不足，不知手之舞之足之蹈之也。」

〔七〕載，動詞詞頭。

〔八〕假，助。 易，簡慢。 此處指傲慢謀反之人。

〔九〕將，大。 以上二句意謂天不助圖謀不軌之人，如果妄自尊大，必定加以誅罰。 意本左傳昭公十一年：「天之假助不善，非祚（福）之也，厚其凶惡，而降之罰也。」

〔一〇〕一面，皇甫謐帝王世紀：「湯出，見羅者，方祝（禱）曰：『從天下者，從地出者，四方來者，皆入吾羅（網）。』湯曰：『嘻！盡之矣。』乃命解其三面，而置其一面。」駱賓王破賊露布：「祝禽疏網，徒開三面之恩。」此句意謂即使恩赦三面，也難逃其一面，罪有應得，上天不容。

〔一一〕逆胡，指以史思明、史朝義父子爲首魁的叛軍。 稔（rěn 忍），積久。 惡，作惡。

〔一二〕中都，都城之泛稱，此指東京洛陽。

〔一三〕蜂蠆，見贈别王七十管記注〔一五〕。

〔一四〕雷霆，比喻唐官軍的威勢。 此句寫史思明之死。 按資治通鑑肅宗上元二年二月，史思明素與其長子朝義有隙，常欲殺朝義，立少子朝清，左右頗泄其謀。 史思明既破李光弼，欲乘勝西

入關，使史朝義帶兵爲前鋒，自北道襲陝城，自己自南道帶大軍繼之。三月，史朝義數次進兵，皆爲陝兵所敗。史思明退屯永寧，以爲史朝義膽怯，加以怒斥，並揚言要斬。史朝義遂與其部下計謀篡位，擒史思明，縊殺之。史朝義即皇帝位。

〔一五〕社，古代地方區域名稱。左傳昭公二十五年：「請致千社。」杜預注：「二十五家爲一社。」城社，猶云城鄉。史朝義即位後，叛軍屢爲官軍所破。按資治通鑑寶應元年（七六二），十月，官軍攻洛陽，朝義悉其精兵十萬救之，陳於昭覺寺，官軍驟擊之，殺傷甚衆，旋即大敗，官軍入洛陽，朝義將輕騎數百東走，在官軍追逐下接連敗退。

〔一六〕「猶貯」二句寫史朝義叛軍準備以殘餘力量反撲。按資治通鑑廣德元年正月，史朝義被圍於莫州，屢出戰，皆敗，田承嗣説服史朝義，令其親往幽州發兵，返回救莫州，田承嗣自請留守莫州。史朝義從之，選精騎五千自城北門突圍而出。史朝義剛走，田承嗣即降官軍。官軍追趕史朝義，史朝義敗走，至范陽，其節度使李懷仙已向官軍請降，史朝義不得入，東奔廣陽，廣陽亦不受。欲北入奚、契丹，被李懷仙追上，窮迫之中自縊而死。李懷仙取其首以獻官軍。同月，其首傳至長安。

〔一七〕覆載，見謝上彭州刺史表注〔一六〕。

〔一八〕止於干戈，語出左傳宣公十二年：「楚子曰：『夫文（文字），止戈爲武。』」又漢書武五子傳：「是以倉頡作書，止戈爲武。聖人以武禁暴整亂，止息干戈，非以爲殘而興縱之也。」此句意謂

以天子的聖明威武必能止息干戈。

〔一九〕寰區，猶云寰宇，天下，境內。　塗炭，泥塗炭火，比喻極困苦的境遇。尚書仲虺之誥：「有夏昏德，民墜塗炭。」僞孔傳：「民之危險，若陷泥墜火。」

〔二〇〕宸心，帝王之心。宸，北極星所居，此引申爲帝王的代稱。

〔二一〕揚波，高揚之波浪，比喻動亂。

〔二二〕戎律，軍法、軍權。

〔二三〕德音，見謝上彭州刺史表注〔一一〕。

〔二四〕厎，止，安定之意。　道，漢代在少數民族聚居區所設置的縣稱道。漢書百官公卿表上：「縣有蠻夷曰道。」此沿用舊稱，以指少數民族聚居之縣，而與普通縣並稱。

〔二五〕方隅，指西南邊遠之地。

〔二六〕洋州，見謝上劍南節度使表注〔二七〕。

附録一　高適傳記資料

殷璠河嶽英靈集卷上高適小傳

評事性拓落，不拘小節，恥預常科，隱迹博徒，才名自遠。然適詩多胸臆語，兼有氣骨，故朝野通賞其文。至如燕歌行等篇，甚有奇句。且余所最深愛者：「未知肝膽向誰是，令人却憶平原君。」

劉昫等舊唐書卷一百一十一本傳

高適者，渤海蓨人也。父從文，位終韶州長史。適少濩落，不事生業，家貧，客於梁、宋，以求丐取給。天寶中，海内事干進者注意文詞。適年過五十，始留意詩什，數年之間，體格漸變，以氣質自高，每吟一篇已，爲好事者稱誦。宋州刺史張九皋深奇之，薦舉有道科。時右相李林甫擅權，薄於文雅，唯以舉子待之。解褐汴州封丘尉，非其好也，乃去位，客遊河右。河西節度哥舒翰見而異之，表爲左驍衛兵曹，充翰府掌書記，從翰入朝，盛稱之於上前。

禄山之亂，徵翰討賊，拜適左拾遺，轉監察御史，仍佐翰守潼關。及翰兵敗，適自駱谷西馳，奔赴行在，及河池郡，謁見玄宗，因陳潼關敗亡之勢曰：「僕射哥舒翰忠義感激，臣頗知之，然疾病沉頓，智力將竭。監軍李大宜與將士約爲香火，使倡婦彈箜篌琵琶以相娱樂，樗蒱飲酒，不恤軍務。蕃渾及秦、隴武士，盛夏五六月於赤日之中，食倉米飯且猶不足，欲其勇戰，安可得乎？故有望敵散亡，臨陣翻動，萬全之地，一朝而失。南陽之軍，魯炅、何履光、趙國珍各皆持節，監軍等數人更相用事，寧有是，戰而能必勝哉？臣與楊國忠争，終不見納。陛下因此履巴山、劍閣之險，西幸蜀中，避其蠆毒，未足爲耻也。」玄宗嘉之，尋遷侍御史。至成都，八月，制曰：「侍御史高適，立節貞峻，植躬高朗，感激懷經濟之略，紛綸贍文雅之才。長策遠圖，可云大體；讜言義色，實謂忠臣。宜迴糾逖之任，俾超諷諭之職。可諫議大夫，賜緋魚袋。」適負氣敢言，權幸憚之。

二年，永王璘起兵於江東，欲據揚州。初，上皇以諸王分鎮，適切諫不可。及是永王叛，肅宗聞其論諫有素，召而謀之。適因陳江東利害，永王必敗。上奇其對，以適兼御史大夫、揚州大都督府長史、淮南節度使。詔與江東節度來瑱率本部兵平江淮之亂，會于安州。師將渡而永王敗，乃招季廣琛于歷陽。兵罷，李輔國惡適敢言，短於上前，乃左授太子少詹事。

未幾，蜀中亂，出爲蜀州刺史，遷彭州。劍南自玄宗還京後，於梓、益二州各置一節度，百姓勞敝，適因出西山三城置戍，論之曰：

劍南雖名東西兩川，其實一道。自邛關、黎、雅，界於南蠻也；茂州而西，經羌中至平戎數城，界於吐蕃也。臨邊小郡，各舉軍戎，並取給於劍南。其運糧戍，以全蜀之力，兼山南佐之，而猶不舉。今梓、遂、果、閬等八州分爲東川節度，歲月之計，西川不可得而參也。而嘉、陵比爲夷獠所陷，今雖小定，瘡痍未平。又一年已來，耕織都廢，而衣食之業，皆貿易於成都，則其人不可得而役明矣。今可税賦者，成都、彭、蜀、漢州。又以四州殘敝，當他十州之重役，其於終久，不亦至艱？又言利者穿鑿萬端，皆取之百姓；應差科者，自朝至暮，案牘千重。官吏相承，懼於罪譴，或責之於鄰保，或威之以杖罰。督促不已，逋逃益滋，欲無流亡，理不可得。比日關中米貴，而衣冠士庶，頗亦出城，山南、劍南，道路相望，村坊市肆，與蜀人雜居，其升合斗儲，皆求於蜀人矣。且田土疆界，蓋亦有涯；賦税差科，乃無涯矣。爲蜀人之計，不亦難哉！

今所界吐蕃城堡而疲於蜀人，不過平戎以西數城矣。邈在窮山之巔，垂於險絶之末，運糧於束馬之路，坐甲於無人之鄉。以戎狄言之，不足以利戎狄；以國家言之，不足以廣土宇。奈何以險阻彈丸之地，而困於全蜀太平之人哉？恐非今日之急務也。國家若將已戍之地不可廢，已鎮之兵不可收，當宜却停東川，併力從事，猶恐狼狽，安可仰於成都、彭、漢、蜀四州哉！慮乖聖朝洗盪關東掃清逆亂之意也。倘蜀人復擾，豈不貽陛下之憂？昔公孫弘願罷西南夷、臨海，專事朔方，賈捐之請棄珠崖以寧中土，讜言政本，匪一朝一夕。臣

愚望罷東川節度，以一劍南，西山不急之城，稍以減削，則事無窮頓，庶免倒懸。陛下若以微臣所陳有裨萬一，下宰相廷議，降公忠大臣定其損益，與劍南節度終始處置。

疏奏不納。

後梓州副使段子璋反，以兵攻東川節度使李奂，適率州兵從西川節度使崔光遠攻子璋，斬之。西川牙將花驚定者，恃勇，既誅子璋，大掠東蜀。天子怒光遠不能戢軍，乃罷之，以適代光遠爲成都尹、劍南西川節度使。代宗即位，吐蕃陷隴右，漸逼京畿。適練兵於蜀，臨吐蕃南境以牽制之，師出無功，而松、維等州尋爲蕃兵所陷。代宗以黄門侍郎嚴武代還，用爲刑部侍郎，轉散騎常侍，加銀青光禄大夫，進封渤海縣侯，食邑七百户。永泰元年正月卒，贈禮部尚書，謚曰忠。

適喜言王霸大略，務功名，尚節義。逢時多難，以安危爲己任，然言過其術，爲大臣所輕。累爲藩牧，政存寛簡，吏民便之。有文集二十卷。其與賀蘭進明書，令疾救梁、宋，以親諸軍；與許叔冀書，綢繆繼好，使釋他憾，同援梁、宋；未過淮，先與將校書，使絶永王，各求自白：君子以爲義而知變。而有唐已來，詩人之達者，唯適而已。

歐陽修、宋祁新唐書卷一百四十三本傳

高適字達夫，滄州渤海人。少落魄，不治生事。客梁、宋間，宋州刺史張九皋奇之，舉有道

科中第，調封丘尉，不得志，去。客河西，河西節度使哥舒翰表爲左驍衛兵曹參軍，掌書記。禄山亂，召翰討賊，即拜適左拾遺，轉監察御史，佐翰守潼關。翰敗，帝問羣臣策安出，適請竭禁藏募死士抗賊，未爲晚，不省。天子西幸，適走間道及帝於河池，因言：「翰忠義有素，而病奪其明，乃至荒踣。監軍諸將不恤軍務，以倡優蒱簺相娱樂，渾、隴武士飯糲米日不厭，而責死戰，其敗固宜。又魯炅、何履光、趙國珍屯南陽，而一二中人監軍更用事，是能取勝哉？臣數爲楊國忠言之，不肯聽。故陛下有今日行，未足深恥。」帝頷之。

俄遷侍御史，擢諫議大夫，負氣敢言，權近側目。帝以諸王分鎮，適盛言不可，俄而永王叛。肅宗雅聞之，召與計事，因判言王且敗，不足憂。帝奇之，除揚州大都督府長史、淮南節度使。詔與江東韋陟、淮西來瑱率師會安陸，方濟師而王敗。李輔國惡其才，數短毁之，下除太子少詹事。

未幾蜀亂，出爲蜀、彭二州刺史。始，上皇東還，分劍南爲兩節度，百姓弊于調度，而西山三城列戍。適上疏曰：「劍南雖名東、西川，其實一道。自邛關、黎、雅以抵南蠻；由茂而西，經羌中、平戎等城，界吐蕃。瀕邊諸城，皆仰給劍南。異時以全蜀之饒，而山南佐之，猶不能舉，今裂梓、遂等八州專爲一節度，歲月之計，西川不得參也。嘉、陵比困夷獠，日雖小定，而痍痏未平，耕紡亡業，衣食貿易皆資成都，是不可得役亦明矣。可税賦者，獨成都、彭、蜀、漢四州而已，以四州耗殘，當十州之役，其弊可見。而言利者，枘鑿萬端，窮朝抵夕，千桉百牘，皆取之民，官吏

懼譴，責及鄰保，威以罰抶，而逋逃益滋。又關中比饑，士人流入蜀者，道路相係，地入有訖，而科斂無涯，爲蜀計者，不亦難哉！又平戎以西數城，皆窮山之顛，蹊隧險絶，運糧束馬之路，坐甲無人之鄉。爲戎狄言，不足利戎狄；爲國家言，不足廣土宇。奈何以彈丸地而困全蜀太平之人哉？若謂已戍之城不可廢，已屯之兵不可收，願罷東川，以一劍南，併力從事。不爾，非陛下洗盪關東清逆亂之急也。蜀人又擾，則貽朝廷憂。」帝不納。

梓屯將段子璋反，適從崔光遠討斬之。而光遠兵不戢，遂大略，天子怒，罷光遠，以適代爲西川節度使。廣德元年，吐蕃取隴右，適率兵出南鄙，欲牽制其力，既無功，遂亡松、維二州及雲山城。召還，爲刑部侍郎、左散騎常侍，封渤海縣侯。永泰元年卒，贈禮部尚書，謚曰忠。

適尚節義，語王霸衮衮不厭。遭時多難，以功名自許，而言浮其術，不爲搢紳所推。然政寛簡，所涖，人便之。年五十始爲詩，即工，以氣質自高。每一篇已，好事者輒傳布。其詒書賀蘭進明，使救梁、宋，以親諸軍；與許叔冀書，令釋憾；未度淮，移檄將校，絶永王，俾各自白：君子以爲義而知變。

辛文房唐才子傳卷二高適傳

適字達夫，一字仲武，滄州人。少性拓落，不拘小節，恥預常科，隱迹博徒，才名便遠。後舉有道，授封丘尉，未幾，哥舒翰表掌書記。後擢諫議大夫，負氣敢言，權近側目。李輔國忌其才。

蜀亂，出爲蜀、彭二州刺史，遷西川節度使，還爲左散騎常侍。永泰初卒。適尚氣節，語王霸衮衮不厭。遭時多難，以功名自許。年五十始學爲詩，即工，以氣質自高，多胸臆間語，每一篇已，好事者輒傳播吟玩。嘗過汴州，與李白、杜甫會，酒酣登吹臺，慷慨悲歌，臨風懷古，人莫測也，中間倡和頗多。今有詩文等二十卷，及所選至德迄大曆述作者二十六人詩爲中興間氣集二卷，并傳。

附録二　高適年譜

高適，字達夫。

此據李華三賢論（見文苑英華卷七四四）、新唐書本傳及唐才子傳。晁公武郡齋讀書志及唐才子傳尚謂又字仲武。按，非是。唐有高仲武，亦渤海人，然爲另一人，即中興間氣集編選者，其序云：「仲武不揆菲陋，輒罄謏聞，博訪詞林，採察謡俗，起自至德元首，終於大曆暮年，述者數千，選者二十六人（按，始錢起，終張南史），詩總一百三十二首。」據此，唐才子傳遂云：「適今有詩文等二十卷，及所選至德迄大曆述作者二十六人爲中興間氣集二卷，并傳。」按高適永泰元年（七五六）即卒，安能選詩至大曆年間（七六六——七七九）？可知謂高適又字仲武，當是涉同姓同郡之中興間氣集編者而誤。

行三十五。

舊題郡望，謂渤海蓨（今河北省景縣南）人，里籍當爲洛陽。

舊唐書本傳作「渤海蓨人」。高適同時人李華三賢論亦稱「渤海高適達夫」。按唐時已無渤海郡，渤海爲郡，蓨爲其屬縣，乃漢代建置。舊唐書本傳當是稱高適之郡望。關於高適里籍，四庫提要卷一四九高常侍集提要云：「適，唐書作渤海人，其集亦題曰渤海。河間府志據其封丘縣詩『我本漁樵孟諸野』句，又初至封丘詩有『去家百里不得歸』句，定爲梁宋間人。然集中别孫沂詩題下又注『時俱客宋中』，則又非生於梁宋者，志所辨似亦未確。考唐代士人多題郡望，史傳亦復因之，往往失其里籍。」此辨至確，適别韋參軍詩：「歸來洛陽無負郭，東過梁宋非吾土。」明云自非梁宋人。體味此二句詩意，前句似坐實用蘇秦家鄉洛陽無近郭良田的典故，蓋與蘇秦同鄉。又祖詠酬汴州李别駕贈詩云：「自洛非才子，遊梁得主人。」按唐才子傳：「詠，洛陽人。」開元十二年祖詠進士及第之前，適題李别駕壁詩云：「去鄉不遠逢知己，握手相歡得如此。」此李别駕當即祖詠所酬之汴州李别駕，二詩寫作時間亦相近，當爲適開元八年遊長安失意而歸後不久，離鄉客遊梁宋，途經汴州時所作。以此推斷，高適之鄉里當爲洛陽。

父從文，位終韶州長史。

此據舊唐書本傳。韶州治所在今廣東省曲江縣，適送鄭侍御謫閩中詩云：「謫去君無

恨，閩中我舊過。」下句當指童年侍父任宦韶州時，途經閩中而言。

又千唐誌藏石有大唐前益州成都縣尉朱守臣故夫人高氏墓誌：「夫人諱嬪，渤海蓨人也。……曾祖子□，皇朝宕州別駕；祖偘，左衛大將軍；父崇文，韶州長史。」據籍貫、官職，此「崇文」或即舊唐書本傳之「從文」，則高嬪爲適之同胞姊妹。又參高琛墓誌、高琛夫人杜蘭墓誌（以上二誌見國家圖書館藏拓本及千唐誌藏石）、高岑墓誌（見國家圖書館藏拓本及芒洛冢墓遺文四編）、高誠墓誌（國家圖書館藏拓本），及有關史傳、適本人詩文，其世系、親屬大略可考：

佑——偘
- 崇禮——元琮——岑——幼成
- 崇德——琛——榮——詠——誠
- 崇文
  - 適
  - 嬪

曾祖：佑，隋時官左散騎常侍。唐時官宕州別駕，「能修文行，以濟武功。」據高琛、高岑、高嬪三墓誌。

祖：偘，官左監門衛大將軍、遼東道持節大總管、隴右道持節大總管，封平原郡開國公，卒後，贈左武衛大將軍，謚曰威。據高琛、高岑、高嬪三墓誌，及岑仲勉之補高偘傳（見唐

史餘瀋）。

父：崇文，官韶州長史。據高嬇墓誌。舊唐書適本傳作「從文」，官職同。

伯父：崇德，官并州司馬。據高琛墓誌。

叔父：崇禮，官雲麾將軍行左衛率府中郎將。據高岑墓誌。

叔父：名未詳，官司功參軍。據詩宋中别司功叔各賦一物得商丘。

姊：嬇，嫁朱守臣，卒於開元十一年六月二十二日，年三十七。據高嬇墓誌。

從兄弟：琛，崇德嫡長子，官至南充郡司馬。據高琛墓誌。

從兄弟：元琮，崇禮子，官遂州司户參軍。據高岑墓誌。

族弟：名未詳，曾任秘書省官，後入安禄山幕府。據詩酬秘書弟兼寄幕下諸公。

從姪：榮，琛子，早卒。據高琛夫人杜蘭墓誌。

從姪：岑，字柳奴，元琮子，官至太子左贊善大夫，貞元十四年卒，年六十三。據高岑墓誌。

族姪：式顔，曾任括州刺史張守珪屬僚。據詩宋中送族姪式顔時張大夫貶括州刺史使人召式顔遂有此作及又送族姪式顔。

從姪孫：詠，榮子。詠長嗣誠，大和四年六月二十三日病死於揚州江陽縣布政坊之私第。年五十六。據高誠墓誌。

從姪孫：幼成，岑長嗣，元和二年官邠寧節度押衙兼右隨四廂兵馬使，知邠州留後兵馬事，

銀青光禄大夫，檢校太子賓客兼監察御史。據高岑墓誌。

從姪孫：岳，岑從姪，高岑墓誌撰者，官朝散大夫試濮州長史。據高岑墓誌。

從姪孫：固。據舊唐書高固傳。

從甥：萬盈。據詩別從甥萬盈。

高適交遊甚廣，朋友中著名詩人、文士有儲光羲、綦毋潛、賀蘭進明、王維、薛據、李頎、李邕、顔真卿、張旭、李白、杜甫、沈千運、岑參、王之涣、獨孤及、賈至等，有彼此酬贈之詩文可證（詳後）。而與杜甫尤爲莫逆之交，屢有酬唱（詳後）。

唐武后長安元年辛丑（七〇一）

高適生。

別韋參軍云：「二十解書劍，西遊長安城。……白璧皆言賜近臣，布衣不得干明主。歸來洛陽無負郭，東過梁宋非吾土。」由此可知高適二十歲時西遊長安，失意而歸，客居梁宋。又淇上酬薛三據兼寄郭少府云：「自從別京華，我心乃蕭索，十年守章句，萬事空寥落。北上登薊門，茫茫見沙漠。」知別長安至北遊薊門約十年。魯中遇徐十八録事云：「弱冠負高節，十年思自强。」亦此之謂。途中酬李少府贈別之作云：「余亦惬所從，漁樵十二年。種瓜漆園裏，鑿井盧門邊。」此四句爲回顧客居梁宋之語，由此更確知自別長安至北遊

薊門，客居梁宋實爲十二年。適北遊薊門始於開元二十年（詳後），二十歲再加十二年，時適爲三十二歲，以此推之，當生於本年。此外尚有不少佐證。奉酬北海李太守夏日平陰亭：「一生徒羨魚，四十猶聚螢。從此日閑放，焉能懷拾青。」此詩爲天寶五載作（詳後），若生於本年，其時四十六歲，舉成數「四十」稱之，正當。留別鄭三韋九兼洛下諸公：「蹇躓蹉跎竟不成，年過四十尚躬耕。……幸逢明聖多招隱，高山大澤徵求盡。此時亦得辭漁樵，青袍裹身荷聖朝。」此詩爲天寶八載授封丘尉赴任時作，時年四十九，云「年過四十」，亦當。同年李頎所作贈別高三十五云：「五十無産業，心輕百萬資。……小縣情未愜，折腰君莫辭。」將四十九歲舉成數「五十」言之，亦無不可。次年適所作酬秘書弟兼寄幕下諸公（詳後）序云：「司業張侯，周旋迨兹僅三十載。」蓋謂自西遊長安互相結識至天寶九載剛好三十載，恰與前一年四十九歲相合。肅宗上元二年所作人日寄杜二拾遺，回顧西遊長安歸後至天寶八載入仕之前的隱居生活，亦云「一卧東山三十春」，此三十年蓋舉「二十九年」之成數而言。

玄宗先天元年壬子（七一二）

高適十二歲。杜甫生。

開元八年庚申（七二〇）

侍中源乾曜奏言有云：「形要之家多任京官，使俊乂之士沈廢在外。」（資治通鑑卷二一三唐玄宗開元八年。以下時事背景材料，除特别注明者外，悉據資治通鑑，不再一一注明出處。）

高適二十歲。西遊長安，不得意歸，客遊梁宋，定居宋城（今河南省商丘市），躬耕取給。

別韋參軍追憶云：「二十解書劍，西遊長安城，舉頭望君門，屈指取公卿。國風沖融邁三五，朝廷禮樂彌寰宇。白璧皆言賜近臣，布衣不得干明主。歸來洛陽無負郭，東過梁宋非吾土。兔苑爲農歲不登，雁池垂釣心長苦。」兔苑，即梁苑，亦稱梁園，漢梁孝王所築，故址在唐之宋城縣東南十里。又送族姪式顏亦云：「世上五百年，吾家一千里。俱遊帝城下，忽在梁園裏。」酬龐十兵曹云：「憶昔遊京華，自言生羽翼。懷書訪知己，末路空相識。許國不成名，還家有慚色。托身從畎畝，浪迹初自得。雨澤感天時，耕耘忘帝力。故人洛陽至，問我睢水北。」按舊唐書本傳云：「適少濩落，不事生業，家貧，客於梁宋，以求丐取給。」適客居梁宋固曾得到友人的資助，但謂「求丐取給」，不符史實。

開元九年辛酉（七二一）

正月，監察御史宇文融上言：天下户口逃移，巧僞甚衆，請加檢括。二月，以宇文融充

使，括逃移户口及籍外田，所獲巧僞甚衆。四月，敕：「京官五品以上，外官刺史、四府上佐，各舉縣令一人，視其政善惡，爲舉者掌罰。」

高適二十一歲，在宋中。

當時高適接觸下層人民，對於吏治的得失甚爲留意，關於上述史實，在詩中亦有反映，較爲突出的如過盧明府有贈，中云：「良吏不易得，古人今可傳」，「奸猾唯閉户，逃亡歸種田」，「皆賀蠶農至，而無徭役牽」，「誰能奏明主，一試武城弦」。

開元十年壬戌（七二二）

八月，先是緣邊戍兵常六十萬，張説以時無强寇，奏罷二十餘萬使還農。玄宗從之。初，諸衛府兵，自成丁從軍，六十而免，其家又不免雜傜，浸以貧弱，逃亡略盡，百姓苦之。張説建議，請召募壯士充宿衛，不問色役，優爲之制，逋逃者必争出應募。玄宗從之。兵農之分從此始，府兵遂廢。

高適二十二歲，在宋中。

適爲著名邊塞詩人，詩中多涉及兵役、戍衛、邊策，姑録上述史實以備考。

開元十一年癸亥（七二三）

高適二十三歲，在宋中。

開元十二年甲子(七二四)

高適二十四歲，在宋中。

開元十三年乙丑(七二五)

高適二十五歲，在宋中。

開元十四年丙寅(七二六)

高適二十六歲，在宋中。

開元十五年丁卯(七二七)

高適二十七歲，在宋中。

開元十六年戊辰(七二八)

高適二十八歲，在宋中。

開元十七年己巳(七二九)

高適二十九歲，在宋中。

贈別晉三處士云：「有人家住清河源，渡河問我遊梁園。……盧門十年見秋草，此心惆悵誰能道！」

盧門爲宋城古城城門。適自天寶八年始居宋城，歷十秋恰爲本年，故知時在宋中。

開元十八年庚午(七三〇)

五月,吐蕃遣使致書於境上求和。契丹可突干弒邵固,帥其國人并脅奚衆叛降突厥,奚王李魯蘇及其妻韋氏、邵固妻陳氏皆奔唐,自此東北邊境不靖。同月,制幽州長史趙含章討之,又命中書舍人裴寬、給事中薛侃等於關内、河東、河南北分道募勇士。六月,以單于大都護忠王浚領河北道行軍元帥,帥十八總管以討奚、契丹。九月,又以其兼河東道元帥。然竟不行。

高適三十歲,在宋中。

開元十九年辛未(七三一)

高適三十一歲,在宋中。

開元二十年壬申(七三二)

正月,以朔方節度副大使信安王禕爲河東、河北行軍副大總管,將兵擊奚、契丹。三月,大破奚、契丹。

高適三十二歲。北遊燕趙,至信安王幕府,欲入幕從戎,未遂願。此遊期間深入瞭解邊塞情況、軍中内幕,寫出不少深刻反映現實的邊塞詩篇。

信安王幕府詩序曰：「開元二十年，國家有事林胡（即契丹，因其居戰國林胡地，故稱），詔禮部尚書信安王總戎大舉。時考功郎中王公、司勳郎中劉公、主客郎中魏公、侍御史李公、監察御史崔公，咸在幕府，詩以美頌數公。」可知時正在信安王幕府。詩云「春色凱歌前」，知作於三月獲勝之後。又云：「直道常兼濟，微才獨棄捐。曳裾誠已矣，投筆尚悽然。」知欲入幕從戎，未果。酬裴員外以詩代書追憶此遊云：「單車入燕趙，獨立心悠哉，寧知戎馬間，忽展平生懷？且欣清論高，豈顧夕陽頹！題詩碣石館，縱酒燕王臺。北望沙漠陲，漫天雪皚皚。臨邊無策略，覽古空徘徊！……與君從此辭，每感流年催。」塞上、薊門五首等詩反映了戍卒的疾苦，重用胡將胡兵的隱患，以及個人壯志未酬的慨歎。

薊門訪王之渙、郭密之，未遇。

薊門不遇王之渙郭密之因以留别云：「適遠登薊丘，兹晨獨搔屑。賢交不可見，吾願終難說。迢遞千里遊，羇離十年别。」按靳能唐故文安郡文安縣太原王府君墓誌銘，王之渙爲太原人，此時蓋旅居薊門。唐才子傳謂王之渙爲薊門人，不確。郭密之，據阮元兩浙金石志卷二所載「唐郭密之詩刻二種」，天寶八載前後曾任諸暨縣令。此云「十年别」，蓋舉其成數，以指十二年前遊長安時與王、郭相别。

開元二十一年癸酉（七三三）

閏三月，幽州道副總管郭英傑與契丹戰於都山，敗死。此戰所用降奚之兵動摇散走，唐兵力戰，傷亡甚重。

高適三十三歲。在燕趙。

真定即事奉贈韋使君二十八韻云：「漂泊懷書客，遲迴此路隅。問津驚棄置，投刺忽踟躕。……舊燕當絶漠，全趙對平蕪。……月换思鄉陌，星迴記斗樞。歲容歸萬象，和氣發鴻鑪。淪落而誰遇，棲遑有是夫。」真定爲恒州治所，韋使君即韋濟（使君爲州君長官之稱），按新唐書方伎傳張果傳，開元二十一年韋濟正任恒州刺史（此職不見韋濟本傳），薦方士張果。（資治通鑑將此事記在開元二十二年，云韋濟爲相州刺史。）故知此詩寫於開元二十一年前後，可證當時適正遲迴燕趙間。詩中時序正值春季，當爲開元二十一年或二十二年春。

開元二十二年甲戌（七三四）

四月，李林甫以柔佞狡猾得寵，授爲禮部尚書、同中書門下三品（宰相）。六月，幽州節度使張守珪大破契丹。十二月，張守珪斬契丹王屈烈及可突干，傳首。

高適三十四歲。仍滯留燕趙，至張守珪幕府。

贈别王七十管記云：「相逢季冬月，悵望窮海裔。折劍留贈人，嚴裝遂云邁。我行即

悠紆，及此還羈滯。……逢時愧名節，遇坎悲渝替。適趙非解紛，遊燕獨無説。」王七十管記即王悔，時在張守珪幕府任管記。按資治通鑑開元二十二年十二月載：「時可突干連年爲患，趙含章、薛楚玉皆不能討，守珪到官，屢擊破之。可突干困迫，遣使詐降，守珪使管記王悔就撫之。」新唐書張守珪傳亦載此事，稱「管記、右衛騎曹王悔」。詩云「相逢季冬月」，則高適於本年十二月（公元七三五年一月）與王悔在張守珪幕府相遇，並結識張守珪（詳開元二十七年）。

開元二十三年乙亥（七三五）

正月，下詔：其才有五霸之略，學究天人之際，及堪將帥牧宰者，令五品以上清官及刺史各舉一人。（見兩唐書玄宗紀，資治通鑑未載。）二月，張守珪詣東都獻捷，拜右羽林大將軍、兼御史大夫，賜二子官，賞賚甚厚。

高適三十五歲。應徵赴長安，落第。當在燕趙被舉，薦舉之人或爲韋濟，或爲張守珪。

酬秘書弟兼寄幕下諸公序追述曰：「乙亥歲，適應徵詣長安。時侍御楊公任通事舍人，詩書起予蓋終日矣。」知此次未中者，高適天寶初所作鶻賦序尚曰：「適越在草野。」又高適首仕爲封丘尉，其謝封丘縣尉表可證，謝上彭州刺史表亦云「始自一尉」。而授封丘尉

是在天寶八載，詳後。

秋，在長安。

有獨孤判官部送兵，獨孤判官當即獨孤峻。李白有送程劉二侍御兼獨孤判官赴安西幕府，王琦注云：「按舊唐書封常清傳，開元末，安西四鎮節度使夫蒙靈詧判官有劉眺、獨孤峻，蓋其人也。程則無考。」高李之詩蓋同時所作，李詩有「天外飛霜下蔥海」句，時值秋季，則此秋同在長安送行。

開元二十四年丙子（七三六）

三月，張守珪使平盧討擊使、左驍衛將軍安禄山討奚、契丹叛者，安禄山恃勇輕進，大敗當斬，玄宗赦之。四月，張守珪奏史窣干爲果毅，累遷將軍。後入朝奏事，玄宗悦之，賜名思明。十一月，張九齡罷宰相職，李林甫兼中書令，自此絶諫諍之路。

高適三十六歲。自春徂夏，仍在長安，結交顔真卿、張旭等人。

奉寄平原顔太守（真卿）詩序追憶曰：「初顔公任蘭臺郎，與余有周旋之分，而於詞賦特爲深知。」殷亮顔魯公行狀：「開元二十二年，進士及第，登甲科。二十四年，吏部擢判入高等，授朝散郎、秘書省著作局校書郎。」序稱「蘭臺郎」，即秘書省著作局校書郎，可知高適與顔真卿結交時，顔已居校書郎職，時當在本年。又有醉後贈張九旭，當亦此次在長安

所作。張旭於開元後期至天寶前期在長安，宋僧適之金壺記卷中云：「旭官右率府長史，並敍及與賀知章、顏真卿的交往。李頎當時所作贈張旭云：「微禄心不屑，放神於八紘。」寫其雖仕宦仍放逸，與適贈詩「白髮老閑事，青雲在目前」相合。

秋，營別業客居淇上。

淇上別業云：「依依西山下，別業山林邊。……野人種秋菜，古老開原田。」當即寫本秋事。淇上酬薛三據兼寄郭少府云：「自從別京華，我心乃蕭索。十年守章句，萬事空寥落。北上登薊門，茫茫見沙漠。……拂衣去燕趙，驅馬悵不樂。」與北遊燕趙時所作同韓四薛三東亭翫月「遠遊悵不樂，茲賞吾道存」，酬別薛三蔡大留簡韓十四主簿「迢遞辭京華，辛勤異鄉縣。登高俯滄海，迴首淚如霰」緊相呼應。又淇上所作送魏八云：「北路無知己，明珠莫暗投。」皆可證高適居淇上離北遊燕趙甚近。按高適去年初自燕趙應徵赴長安，落第後遊長安一段，詩中無徵，淇上詩「別京華」云云，係追憶二十歲時西遊長安之往事，蓋於此次落第，有意諱言，而只以追昔撫今當之。酬龐十兵曹云：「許國不成名，還家有慚色。」是以往申述自長安失意歸，客居梁宋之緣由的，此次客居淇上而暫不返梁宋，或即與因再次落第而感到羞愧有關。

冬，出遊，旋歸。

酬陸少府云：「朝臨淇水岸，還望衛人邑。……水渚人去遲，霜天雁飛急。固應不遠別，所與路未及。」酬衛八雪中見寄云：「季冬憶淇上，落日歸山樊。」

開元二十五年丁丑（七三七）

二月，幽州節度使張守珪破契丹於捺禄山。河西節度使崔希逸破吐蕃於青海西。四月，李林甫進讒言，張九齡貶爲荆州長史。

高適三十七歲。春，居淇上。

夜別韋司士云：「只言啼鳥堪求侣，無那春風欲送行。黄河曲裏沙爲岸，白馬津邊柳向城。」此詩爲淇上送別，當作於本年春。又天寶五載所作東平送前衛縣李寀少府云「論交却憶十年時」，逆推十年，蓋本年在淇上與衛縣尉李寀結識。

夏，自淇涉黄出遊，秋深始歸。

有自淇涉黄途中作組詩爲證，詩中所寫節令爲夏季。其七云：「遥見楚漢城，崔嵬高山上。」楚漢城即指項羽、劉邦所居之東、西廣武城，二城在滎澤縣（今鄭州市附近），此爲詩中所見此遊極西之地。其六云：「秋日登滑臺，臺高秋已暮。獨行既未愜，懷土悵無趣。……歸意方浩然，雲沙更迴互。」當爲歸途所作。

開元二十六年戊寅（七三八）

正月，玄宗敕云：「朕每念黎甿弊於征戍，所以別遣召募，以實邊軍。錫其厚賞，使令長住。今諸軍所召，人數尚足，在於中夏，自能罷兵。自今已後，諸軍兵健并宜停遣，其見鎮兵，并一切放還。」(唐大詔令集卷三十七)。同月，以李林甫領隴右節度副大使，五月，又兼河西節度使。六月，以河西、隴右、劍南三節度使分道經略吐蕃，毀開元二十一年金城公主請立之赤嶺界碑。九月，册南詔蒙歸義爲雲南王，利用其制吐蕃，其後卒爲邊患。

高適三十八歲。已返宋中。

遇沖和先生云：「沖和生何代？或謂遊東溟。三命謁金殿，一言拜銀青。自云多方術，往往通神靈。萬乘親問道，六宮無敢聽。昔云限霄漢，今來覩儀形。」沖和先生即姜撫。按新唐書方伎姜撫傳：「姜撫，宋州人，自言通仙人不死術，隱居不出。開元末，太常卿韋縚祭名山，因訪隱民，還白撫已數百歲。召至東都，舍集賢院。因言服常春藤，使白髮還鬢，則長生可致。藤生太湖最良，終南往往有之，不及也。帝遣使者至太湖，多取以賜中朝老臣，召天下使自求之。……擢撫銀青光禄大夫，號沖和先生。」又按資治通鑑，開元二十二年正月至二十四年十月間，玄宗居東都，此後近十年未曾東巡。撫傳云開元末被召至東都，拜爲銀青光禄大夫，當在此間下限。詩云「今來覩儀形」，當是姜撫歸故里宋州，高適得遇，時或在本年。名篇燕歌行即寫於本年，序曰：「開元二十六年，客有從元戎出塞而還

者，作燕歌行以示，適感征戍之事，因而和焉。」參考前後行跡，當是在宋中和作。元戎指幽州節度使兼御史大夫張守珪，又玄集、才調集直將「元戎」作「御史大夫張公」。開元二十六年，河嶽英靈集、才調集、文苑英華皆作「十六年」，又玄集作「十年」，皆誤。根據有二：第一，當時東北邊境並無戰事；第二，高適如無開元二十年至二十二年北遊邊塞的經歷，決不會憑空寫出這樣深刻反映現實的詩篇。

開元二十七年己卯（七三九）

四月，以牛仙客爲兵部尚書兼侍中，李林甫爲吏部尚書兼中書令，總文武選事。六月，張守珪爲部將掩敗報捷，事發，貶括州刺史，以御史大夫李適之兼幽州節度使。

高適三十九歲。在宋中。秋，出遊魏郡。

有宋中送族姪式顏時張大夫貶括州使人召式顏遂有此作爲證。又送族姪式顏尚云：「我今行山東，離憂不能已。」山東，指太行山以東地區，後來適做封丘尉時自稱「山東小吏」（見崔司録宅燕大理寺卿），蓋古時今河南省東北部亦可稱山東，並不限於今山東省地，此指北遊魏郡。三君詠序云：「開元中，適遊於魏，郡北有故太師鄭公舊館……」按舊唐書地理志，天寶元年改相州魏郡爲鄴郡，改魏州陽武郡爲魏郡。此魏郡即相州魏郡。又銅雀妓即遊銅雀臺所作，銅雀臺爲曹操所築，在鄴城内。詩云「秋深玉座清」，時當深秋。又有題

尉遲將軍新廟，清影宋鈔本、明抄本題下原注：「即太守張公所建。」張公即張嘉祐，歐陽棐集古録目卷三唐立周尉遲迥廟碑：「前華州鄭縣尉閻伯璵撰敍，秘書省校書郎顔真卿撰銘，蔡有鄰隸書。迥字居羅，代人，爲相州總管，贈太師。周末，隋文帝秉政，迥舉兵，不克而死。唐武德中，改葬，復其封爵。開元二十六年，相州刺史張嘉祐爲之立廟建碑，以是年正月立。」詩云：「晨光上階闥，殺氣翻旌旗。」時亦值秋季，離建廟之日僅一年餘，故題稱「新廟」。

開元二十八年庚寅（七四〇）

二月，荆州長史張九齡卒。八月，幽州奏破奚契丹。十二月，金城公主死，吐蕃告喪，且請和，不許。資治通鑑云：「是歲，天下縣千五百七十三，户八百四十一萬二千八百七十一，口四千八百一十四萬三千六百九。西京、東都米斛直錢不滿二百，絹匹亦如之。海内富安，行者雖萬里不持兵。」胡三省注：「以開元之承平，而户口猶不及漢之盛時，唐興以來，治日少而亂日多也。」

高適四十歲。在魏郡。

別韋五云：「相識仍遠別，欲歸翻旅遊。夏雲滿郊甸，明月照河洲。莫恨征途遠，東看漳水流。」係魏郡送別，時值夏季，當爲本年。又送蕭十八云：「故交在梁宋，遊方出庭户。

匹馬鳴朔風，一身濟河滸。」詩題文苑英華及全唐詩作「送蕭十八與房侍御迴還」，可知「故交」即指房侍御（琯），時在宋城任縣令（詳下年）。詩云「匹馬鳴朔風」，時值冬季。又云「一身濟河滸」，指蕭南渡黄河赴梁宋，可知係在魏郡送别。

開元二十九年辛巳（七四一）

六月，吐蕃四十萬衆入寇，至安仁軍，被擊敗。八月，以安禄山爲營州都督，充平盧軍使，兩蕃（奚、契丹）、渤海、黑水四府經略使。十二月，吐蕃屠達化縣，陷石堡城。

高適四十一歲。春，已由魏郡返宋中。

有同房侍御山園新亭與邢判官同遊，房侍御即房琯，按舊唐書房琯傳：開元二十二年授監察御史，當年因鞫獄不當，貶睦州司户。歷慈溪（今浙江省慈溪縣）、宋城、濟源（今河南省濟源縣）縣令。……天寶元年授主客員外郎。此詩當作於房琯任宋城令之時，稱侍御乃尊呼其監察御史舊職。又按新唐書地理志，慈溪爲明州屬縣，注云：「開元二十六年析鄮置。」則房琯任慈溪令不得早於開元二十六年，據此推之，其任宋城令當在去年本年之間。詩云：「隱隱春城外，蒙籠陳跡深。……忝遊芝蘭室，還對桃李陰。」可知作於春季，蓋去冬在魏郡送蕭十八赴梁宋與房琯相遊，本年春已亦返宋中與房琯同遊。

天寶元年壬午（七四二）

正月，置十節度、經略使以備邊。安西節度撫寧西域；北庭節度防制突騎施、堅昆；河西節度斷隔吐蕃、突厥；朔方節度捍禦突厥；河東節度與朔方犄角以禦突厥；范陽節度臨制奚、契丹；平盧節度鎮撫室韋、靺鞨；隴右節度備禦吐蕃；劍南節度西抗吐蕃，南撫蠻獠；嶺南五府經略綏靜夷獠。資治通鑑云：「開元之前，每歲供邊兵衣糧，費不過二百萬；天寶之後，邊將奏益兵浸多，每歲用衣千二十萬匹，糧百九十萬斛，公私勞費，民始困苦矣。」李林甫做宰相後，極力排擠才望功業高於己及勢位將逼己者，尤忌文學之士。

高適四十二歲。在宋中。

鶻賦序曰：「天寶初，有自滑臺奉太守李公鶻賦以垂示，適越在草野，才能無爲，尚懷知音，遂作鶻賦。」李太守，即李邕（字泰和），全唐文題正作「奉和李泰和鶻賦」。李邕天寶初任汲郡太守，滑臺即在其境内。

天寶二年癸未（七四三）

四月，隴右節度使皇甫惟明引軍出西平郡（原鄯州）擊吐蕃，行千餘里，攻破洪濟城。

高適四十三歲。在宋中。

有奉酬睢陽李太守，中云「冬至招摇轉」，知作於冬季。按獨孤及唐故睢陽郡太守贈祕書監李公神道碑銘（毘陵集卷八，文苑英華卷八九九），詩中李太守即李少康，其爲唐太祖

景皇帝五世孫，屬唐宗室，與詩稱「公族」相合，碑銘所載仕歷，亦一一與詩相符。碑銘載其任睢陽太守云：「玄宗後元年（天寶元年）改宋州爲睢陽郡，命公爲太守……天不惠宋，乃崇降癘疾。三年春賜告歸洛陽，是歲十二月丙午薨。春秋六十有四。」知李氏任睢陽太守，僅歷天寶元、二兩冬，故此詩只能作於這兩年中的一年。從詩所頌政績看，以第二年可能性爲大。

天寶三載甲申（七四四）

正月，改年曰載。三月，以平盧節度使安禄山兼范陽節度使，受寵益固。

高適四十四歲。在宋中。

有送虞城劉明府謁魏郡苗太守，虞城在宋城東，二縣相鄰，故知此詩作於宋中。苗太守即苗晉卿，按舊唐書苗晉卿傳：天寶三載閏二月，苗由安康太守轉魏郡太守，居職三年，政化洽聞。是苗做魏郡太守在天寶三載至五載間。又按李白虞城令李公去思頌碑，天寶四載李錫已代劉任虞城令，故知此詩必爲本年所作。詩云：「炎天晝如火，極目無行車。」時當夏季。

夏，與李白在單父相會，二人偕遊梁宋自此始。

登子賤琴堂賦詩三首序曰：「甲申歲，適登子賤琴堂，賦詩三首。」又有同羣公秋登琴臺，當

作於同時，其詩云：「臨眺自茲始，羣賢久相邀。……四時何倏忽，六月鳴秋蜩。」所言「羣公」當包括李白在内，按李白梁園吟云：「我浮黄河去京闕，掛席欲進波連山。天長水闊厭遠涉，訪古始及平臺間。」又云：「平頭奴子摇大扇，五月不熱疑清秋。」蓋李白本年三月由長安賜金放還，五月已至梁園，六月便與高適同登琴臺。適宋中别周梁李三子云：「李侯懷英雄，骯髒乃天資。方寸且無間，衣冠當在斯。」聞一多先生少陵先生年譜會箋於本年引此詩，云李侯似指李白，此説可據，上引詩末二句即謂李白心間如不爲酒所亂，致使行爲不羈，當會取得高位，衣冠加身，不至放還，落魄而歸。

秋，杜甫亦參與同遊。

本年五月，杜甫祖母范陽太君卒於陳留之私第，八月，歸葬偃師，隨後甫亦至宋中與高、李同遊。其昔遊詩追憶此事云：「昔者與高李，晚登單父臺（琴臺）。寒蕪際碣石，萬里風雲來。桑柘葉如雨，飛藿去徘徊。清霜大澤凍，禽獸有餘哀。」這裏時序與高詩不合，已屆深秋，正説明甫料理祖母喪事後始參與此遊，此記其再次登琴臺事。甫又有遺懷詩云：「昔我遊宋中，惟梁孝王都（睢陽）。名今陳留亞，劇則貝（州）魏（州）俱。……憶與高李輩，論交入酒壚。兩公壯藻思，得我色敷腴。氣酣登吹臺，懷古視平蕪。芒碭雲一去，雁鶩空相呼。」按杜甫所寫爲睢陽之遊，故詩中「吹臺」當爲「平臺」之誤。仇兆鰲注引楊慎曰：「吹臺，即繁臺，本師曠吹臺，梁孝王增築，班史稱平臺，唐稱吹臺。」（見丹鉛餘録卷十）按此説

大誤，平臺、吹臺實爲兩臺，並非一臺之異名。平臺在睢陽東北附近，史記梁孝王世家云：「（孝王）廣睢陽城七十里，大治宮室，爲複道自宮連屬於平臺三十餘里。」而吹臺則在陳留，水經注卷二二潧水引陳留風俗傳曰：「縣（陳留）有蒼頡師曠城，上有列仙之吹臺，……梁王增築以爲吹臺。」元和郡縣志卷八河南道開封縣：「梁王吹臺在縣（開封）東南六里，俗號繁臺。」唐人也並非稱平臺爲吹臺，李白梁園吟、岑參梁園歌送河南王説判官等詩皆有平臺之稱，高適詩中更是屢見不鮮。新唐書杜甫傳云：「嘗從白及高適過汴州，酒酣登吹臺，慷慨懷古，人莫測也。」從文辭上看，此段正根據杜詩遣懷寫成，但將平臺誤作吹臺，隨即把宋中之遊改成汴州之遊（因吹臺在汴州）。疑杜甫原詩未誤，今傳本係後人妄據新唐書甫傳誤文回改所致。

九月，東南遊楚地。

東征賦云：「歲在甲申，秋窮季月，高子遊梁既久，方適楚以超忽。望君門之悠哉，微先容以效拙。姑不隱而不仕，宜其漂淪而播越。」據賦中所寫，此遊首途睢陽，經酇縣、苻離、靈璧、徐縣、泗縣、盱眙、淮陰、淮安等地。

終至漣上，冬末臘月始歸宋中。

漣上別王秀才云：「飄颻經遠道，客思滿窮秋。……余亦從此辭，異鄉難久留。」知高

適初至漣上，無久留之意。又漣上題樊氏水亭云：「漣上非所趨，偶爲世務牽。經時駐歸棹，日夕對平川。莫論行子愁，且得主人賢。亭上酒初熟，廚中魚每鮮。……異縣少朋從，我行復迍邅。向不逢此君，孤舟已言旋。明日又分手，風濤還眇然。」從以上所言，知高適爲事干謁而來，本無久留之意，因受到樊氏的挽留欵待，「經時」（一季三個月爲時）至冬末臘月，方歸宋中。

天寶四載乙酉（七四五）

二月，以朔方節度使王忠嗣兼河東節度使，王以安邊爲務，常曰：「不可疲中國之力以邀功名。」三月，唐與奚、契丹和親。八月，册楊太真爲貴妃，其三姊皆賜第京師，寵貴赫然。同月，河南、睢陽、淮陽、譙等八郡大水（此據舊唐書玄宗紀，資治通鑑未載）。九月，安禄山欲以邊功市寵，數侵掠奚、契丹；奚、契丹殺公主以叛，安禄山討破之。

高適四十五歲。春至夏，與李白等同遊開封、洛陽等地。

别楊山人云：「不到嵩陽動十年，舊時心事已徒然。……夷門二月柳條色，流鶯數聲淚沾臆。……山人好去嵩陽路，惟余眷眷長相憶。」夷門爲古大梁城（開封）東門，知此詩作於開封，時當春季。首句謂離别嵩陽已十年，逆推十年，正值開元二十四年高適由淇涉黄東遊汴洛之時（詳前），故知此詩作於本年。又李白有送楊山人歸嵩山，中云：「歲晚或相

訪，青天騎白龍。」當與高詩作於同時，蓋李白於去冬就從祖陳留採訪大使彥允，請北海高天師授道籙於齊州紫極宫（見李陽冰草堂集序），尋歸陳留，故本年春亦在大梁。夏又同遊洛陽。同羣公宿開善寺贈陳十六所居云：「駕車出人境，避暑投僧家。」按洛陽伽藍記洛陽城南伽藍記卷第三，開善寺在洛陽西陽門外之準財里，知此詩作於洛陽。詩中時序爲夏季，詩題又稱「羣公」，故知此夏仍繼續與李白等同遊，已至洛陽。又有同觀陳十六史興碑，亦爲同遊洛陽之證。

秋，赴魯，旅居東平。

東平路作三首其一云：「南圖適不就，東走豈吾心！索索涼風動，行行秋水深。蟬鳴木葉落，兹夕更秋霖。」所謂「南圖適不就」，指南遊之計未曾實現。「東走豈吾心」，指突然改變路線東行，非出自本心。而「秋水」、「秋霖」云云，正與史載今秋大水相合，可知東走魯地在本年秋日無疑。又其二云：「扁舟向何處，吾愛汶陽中。」東平路中遇大水云：「指途適汶陽，掛席經蘆洲。」（蘆洲，在今安徽亳縣東渦河北岸）魯郡途中遇徐十八録事云：「誰謂嵩潁客，遂經鄒魯鄉，前臨少昊墟，始覺東蒙長。獨行豈吾心，懷古激中腸。……日出見闕里，川平如汶陽。」可知此行首途嵩潁（洛陽一帶），南遊未遂，改道東行，經亳縣、鄒、魯，終途汶陽（指東平，地處汶水北岸）。

天寶五載丙戌（七四六）

正月，以隴右節度使皇甫惟明兼河西節度使，旋貶播川太守，以王忠嗣爲河西、隴右節度使，兼知朔方、河東節度事。四月，立奚酋娑固爲昭信王，契丹酋楷洛爲恭仁王。罷左相李適之，以陳希烈同平章事。

高適四十六歲。春，在東平。

東平旅遊奉贈薛太守二十四韻（敦煌選本作「東平寓奉贈薛太守」）云：「汶上春帆渡，秦亭晚日愁。……即此逢清鑒，終然喜暗投。……平生感知己，方寸豈悠悠。」即作於本年春。又有爲東平薛太守進王氏瑞詩表，參證前詩，知高適干投東平薛太守，寓居其地。送前衛縣李寀少府云：「黄鳥翩翩楊柳垂，春風送客使人悲。……此地從來可乘興，留君不住益凄其。」此詩全唐詩題作「東平別前衛縣李寀少府」，當爲本年春在東平送別。「留君」云云，亦爲已寓居其地的口氣。

夏，北海郡太守李邕西來濟南郡、東平郡，與適有詩贈答，並相會同遊。高適與杜甫同遊齊魯亦自此始（考李白、杜甫詩作，二人去秋亦赴魯，居魯郡，不久杜甫即北上東去，赴北海郡投李邕）。

有奉酬北海李太守丈人夏日平陰亭詩，此題敦煌殘卷伯二五五二作「奉酬李太守丈夏日平陰亭見贈」，正與詩句「寄書汶陽客，迴首平陰亭。開封見千里，結念存百齡」相合，可

知邕自平陰（東平郡屬縣，今山東濟南市平陰縣）寄詩，適在汶陽酬答。又有同李太守北池泛舟宴高平鄭太守，是相會同遊之證。杜甫有陪李北海宴歷下亭，云「修竹不受暑」，當亦作於本年夏，舊譜編在天寶四載，誤。杜甫亦曾與適在齊魯相遇，其奉寄高常侍曰：「汶上相逢年頗多」，即指此時的聚會。

秋，與李白、杜甫等由東平同遊濮陽一帶。

同羣公登濮陽聖佛寺閣云：「來雁清霜後，孤帆遠樹中，徘徊傷寓目，蕭索對寒風。」同羣公題鄭少府田家云：「鄭侯應悽惶，五十頭盡白。昔爲南昌尉，今作東郡客。……秋林既清曠，窮巷空淅瀝。」東郡係舊郡名，秦置，漢因之，治所在濮陽（今河南省濮陽市濮陽縣），轄境略相當於唐東平、濮陽二郡。二詩詩題皆言「羣公」，與同李杜共遊梁宋時詩題相合，又時序皆值秋季，且皆作於離東平不遠之濮陽，故可爲與李白、杜甫等此秋遊濮陽之證。又有贈别沈四逸人，云：「我來遇知己，遂得開清襟；何意闤闠間，沛然江海深！疾風掃秋樹，濮上多鳴砧。」沈四即沈千運，唐才子傳謂沈千運「天寶中，數應舉不第，時年齒已邁，遨遊襄鄧間，干謁名公。來濮上，感慨賦詩曰……」，此亦可爲適本秋在濮上之佐證。李白有陪從祖濟南太守泛鵲山湖三首，按天寶五載十月，臨淄郡改爲濟南郡，此詩當即作於遊濮上回濟南之後。

冬，與李白、杜甫等同遊北海郡，會李邕。

同羣公十月朝宴李太守宅云：「良牧徵高賞，褰帷問考槃。……仍憐門下客，不作布衣看。」羣公指李白杜甫等人。李太守，指李邕。蓋秋遊濮上之後，冬又遊北海郡。李白有上李邕，云：「時人見我恒殊調，見余大言皆冷笑，宣父猶能畏後生，丈夫未可輕年少。」當亦作於此時。王琦李太白年譜定爲白少年時作，不妥；時白雖已四十七歲，但對年長二十餘歲的李邕而言，仍可稱「後生」、「年少」。適又有同羣公出獵海上，海上即北海郡近渤海之地，詩云：「層陰漲溟海，殺氣窮幽都。」正值冬季。又杜甫壯遊詩云：「春歌叢臺上，冬獵青丘（在北海郡千乘縣）旁。」第二句當即追憶此次遊獵。舊譜謂杜甫天寶五載返長安，非。

天寶六載丁亥（七四七）

正月，李邕被李林甫藉故加害，杖殺於北海郡。同月，詔徵天下通一藝者，皆詣京師就選。李林甫素忌文學之士，又恐對策言其姦邪，託辭阻遏，横加刁難，遂使布衣之士無有及第者，於是上表賀「野無遺賢」（見元結元次山集卷一諭友及新唐書李林甫傳，資治通鑑亦載）。以范陽、平盧節度使安禄山兼御史大夫。十一月，以哥舒翰判西平太守，充隴右節度使；以朔方節度使安思順判武威郡事，充河西節度使。十二月，李林甫受寵益重，玄宗

或時不視朝，百司悉集李林甫第門，臺省爲空。陳希烈雖坐府，無一人入謁者。

高適四十七歲。或於本年離東平歸宋中（參考下年）。

按高適遊齊魯，李邕爲投靠人之一，本年歸宋中，蓋與李邕被害有關。

天寶七載戊子（七四八）

四月，左監門大將軍、知内侍省事高力士加驃騎大將軍。高力士承恩歲久，朝廷内外皆畏之，李林甫、安禄山等皆巴結他以取將相。十二月，哥舒翰築神威軍於青海上，吐蕃至，翰擊破之。又築應龍城於青海中龍駒島，吐蕃屏跡不敢近青海。

高適四十八歲。已回宋中。

有宋中遇陳二（兼）爲證。按梁肅朝散大夫使持節常州諸軍事守常州刺史賜紫金魚袋獨孤公行狀（見四部叢刊本毘陵集附録）謂獨孤及「三（原注：集作二，是）十餘，以文章遊梁宋間，通人潁川陳兼、長樂賈至、渤海高適見公，皆色授心服，約子孫之契。」據崔祐甫獨孤公神道碑銘（見毘陵集附録），獨孤及於大曆十二年四月卒於常州，時五十三歲，以此推之，生於開元十三年。則年二十餘正值天寶四載以後數年間。參高適事蹟，及賈至於天寶元年至七年在宋中（詳見傅璇琮唐代詩人叢考賈至考），更確知高適此詩作於天寶七載，則時已由東平返宋中。

天寶八載己丑（七四九）

四月，咸寧太守趙奉璋告李林甫罪二十餘條；狀未達，李林甫知之，諷御史逮捕，以爲妖言，杖殺之。六月，命隴右節度使哥舒翰帥隴右、河西及突厥阿布思兵，加以朔方、河東兵，凡六萬餘人攻吐蕃石堡城，唐士卒死者數萬。閏六月，以石堡城爲神武軍。冬，龍駒島戍者盡没於吐蕃。

高適四十九歲。經睢陽太守張九皋薦舉有道科，中第，授封丘尉。

晁公武郡齋讀書志謂高適「天寶八載舉有道科中第」（卷四上），以適前後事蹟考之，此説可信。古飛龍曲留上陳左相云：「幸沐千年聖，何辭一尉休。折腰知寵辱，迴首見沉浮。……去此從黄綬，歸歟任白頭。」此爲授封丘尉赴任留别之作，陳左相即陳希烈，其於天寶五載四月始任左相，故適中第不得早於此。又謝上彭州刺史表云：「臣本野人，匪求名達，始自一尉，曾未十年，北使河湟，南出江漢；奉上皇（玄宗）非常之遇，蒙陛下特達之恩，累登憲司，頻歷憲府。比逆亂侵軼，淮楚震驚，遂兼節制之權，空忝腹心之寄。」兼節制之權，指肅宗至德元載（七五六）十二月充任淮南節度使，距此爲時七年，正與「始自一尉，曾未十年」云云相合。上元二年（七六一）所作人日寄杜二拾遺云：「一卧東山三十春」，指入仕前隱居三十年，按高適二十歲西遊長安，失意而歸，開始隱居生涯，（見别韋參軍）二十

歲加上三十年，至此恰與本年四十九歲相合。又酬祕書弟兼寄幕下諸公序云：「司業張侯，周旋迨兹僅三十載」，此詩作於授封丘尉次年（天寶九載）北使送兵之時，逆推三十年，蓋二十歲西遊長安時與張氏相識，亦可作爲本年入仕之佐證。舊唐書本傳云：「宋州刺史張九皋深奇之，薦舉有道科。時右相李林甫擅權，薄於文雅，唯以舉子待之，解褐汴州封丘尉。」（新唐書同）按時間不明固是疏漏，然云張九皋薦舉，是有根據的，適佚詩奉寄平原顔太守（見敦煌殘卷伯三八六二）序曰：「今南海太守張公之牧梁也，亦謬以僕爲才，遂奏所制詩集於明主；而顔公（真卿）又作四言詩數百字并序，序張公吹噓之美，兼述小人狂簡之盛，遍呈當代羣英。」此張公即張九皋，「牧梁」指其任睢陽太守。序言此詩作於其任南海太守之時，以其仕歷並參證高適事蹟推之，當在天寶十三載（詳考見本譜天寶十三載）；則其任睢陽太守，正值本年前後。兩唐書本傳稱宋州刺史，誤，時已改州爲郡，改刺史爲太守。高適此次應舉授官，先後時間短促，答侯少府云：「詔書下柴門，天命敢逡巡？赫赫三伏日，十日到咸秦。褐衣不得見，黄綬翻在身。」謝封丘縣尉表云：「臣藝業無取，謬當推薦，自天有命，追赴上京，曾未浹旬，又拜臣職。」

秋，即赴任。

留別鄭三韋九兼洛下諸公云：「遠路鳴蟬秋興發，華堂美酒離憂銷。不知何時更攜手，應念此晨去折腰。」初至封丘作：「到官數日秋風起。」賈至有閒居秋懷寄陽翟陸贊府封

丘高少府（全唐詩卷二一三五），云：「天朝富英髦，多士如珪璋。盛才溢下位，蹇步徒猖狂。……我有同懷友，各在天一方，離披不相見，浩蕩隔兩鄉。」蓋作於此秋。

天寶九載庚寅（七五〇）

五月，賜安禄山爵東平郡王（唐將帥封王自此始）。八月，以安禄山兼河北道采訪處置使，以河西節度使安思順權知朔方節度事。十月，安禄山屢誘奚、契丹，爲設會，飲以莨菪酒，醉而坑之，動數千人，函其酋長之首以獻，前後四次，受寵益甚。南詔王閣羅鳳發兵反，攻陷雲南，殺雲南太守張虔陀，取夷州三十二。

高適五十歲。任封丘尉。冬，北使青夷軍（屬范陽節度使）送兵。

酬祕書弟兼寄幕下諸公序云：「今年適自封丘尉統吏卒於青夷。」按安禄山於次年將三道兵以討契丹，適北上送兵，或與此舉有關。又睢陽酬暢大判官云：「吾友遇知己，策名逢聖朝。……承詔選嘉兵，慨然即馳軺。」暢大當即暢璀，據舊唐書本傳，暢璀，河東人，暢當之父，鄉舉進士，天寶末安禄山奏爲河北海運判官。蓋暢璀至睢陽一帶選兵，高適與其相遇，隨後便以封丘尉北使送兵。答侯少府云：「吏道頓羈束，生涯難重陳。北使經大寒，關山饒苦辛。」知送兵時正值冬季。又使青夷軍入居庸三首其一：「莫言關塞極，雲雪尚漫漫。」送兵到薊北云：「積雪與天迥。」皆冬景。

天寶十載辛卯（七五一）

正月，玄宗命有司爲安禄山治第於親仁坊，敕令但窮壯麗，不限財力。二月，以安禄山兼河東節度使，自此兼領幽州、平盧、河東三鎮，日益驕恣，又見内地武備墮弛，遂有輕唐室之心。養同羅、奚、契丹降者八千餘人，謂之「曳落河」（胡語「壯士」之意），及家僮數百人，又多蓄聚戰馬兵仗，以高尚等爲腹心，以史思明等爲爪牙，蓄謀叛逆。四月，劍南節度使鮮于仲通討南詔蠻，大敗於瀘南。八月，安禄山將三道兵六萬以討契丹，以奚騎二千爲嚮導。奚叛，與契丹合擊唐兵，殺傷殆盡，安禄山亦險喪生命。

高適五十一歲。春，送兵事畢，南歸。

答侯少府云：「北使經大寒，關山饒苦辛。……兩河歸路遥，二月芳草新。」此次送兵，冬去春還，言辭至爲顯著。適此次送兵，邊策無從施展，深歎職位卑下，難以有所作爲，使青夷軍入居庸三首其三云：「遠行今若此，微禄果徒勞！」自薊北歸云：「誰憐不得意，長劍獨歸來！」同時已生辭官之念，使青夷軍入居庸三首其二云：「出塞應無策，還家頼有期。東山足松桂，歸去結茅茨。」答侯少府云：「江海有扁舟，丘園有角巾。君意定何適？我懷知所遵。浮沉各異勢，老大貴全真。莫作雲霄計，棲遑隨搢紳。」

天寶十一載壬辰（七五二）

三月，安禄山發蕃、漢步騎二十萬擊契丹，欲以雪去秋之耻，因突厥降將阿布思（李獻忠）叛歸漠北，頓兵不進。四月，以河西節度使安思順爲朔方節度使。六月，楊國忠奏吐蕃兵六十萬救南詔，劍南兵擊破之於雲南。十一月，李林甫死，以楊國忠爲右相（中書令），兼文部尚書（本年三月改吏部爲文部）。楊國忠飛揚跋扈，擅專朝政，公卿以下，頤指氣使，莫不震慴。自侍御史至爲相，凡領四十餘使。臺省官有才行時名不爲己用者，皆出之。十二月，以平盧兵馬使史思明兼北平太守，充盧龍軍使；哥舒翰入朝。本年，哥舒翰加開府儀同三司（見舊唐書本傳，不載資治通鑑）。

高適五十二歲。前半年仍任封丘尉。

陳留郡上源新驛記云：「壬辰歲，太守元公連率河南之三載也……迨兹郵亭，附視頹朽，何逼側蹇淺，不稱其聲！將圖鼎新，豈曰仍舊。……則亭之成焉，我方訪王公登清之初也。……末吏不敏，紀於貞石云。」壬辰歲即天寶十一載，其時對陳留郡太守元公自稱「末吏」，可知仍任封丘尉。

秋，已辭封丘尉，客遊長安，曾與杜甫、岑參、儲光羲、綦毋潛等同遊。

有同諸公登慈恩寺塔、同薛司直諸公秋霽曲江俯見南山作、同崔員外綦毋拾遺九日宴京兆府李士曹、秦中送李九赴越等詩爲證。聞一多先生岑嘉州繫年考證繫同諸公登慈

恩寺塔詩於本年，考證甚詳；以高適此遊前後行跡考之，更可證其説確鑿無疑。同諸公登慈恩寺塔云：「盛時慙阮步，末宦知周防。輸效獨無因，斯焉可遊放。」同薛司直諸公秋霽曲江俯見南山作云：「我心寄青霞，世事慙白鷗。得意在乘興，忘懷非所求。」皆含辭官遊放之意。

秋冬之際，經隴右節度使哥舒翰判官田梁丘引薦，被哥舒翰表爲左驍衛兵曹參軍，遂赴哥舒翰幕府，充任掌書記。

王維送高判官從軍赴河西序云：「今上合大道以撫荒外，振長策以馭宇内。……而犬戎（指吐蕃）不識，蝸角自大，偷安九服之外，謂天誅罕及，自絶所國之後，而王祭不供。天子按劍，謀臣切齒，思以赤山爲城，青海爲塹，盡平其地，悉虜其人。而上將有哥舒大夫者，名蓋四方，身長八尺……開府之日，辟書始下，以爲踴躍用兵，健將之事，意氣跨馬，俠少之能。……待夷門而不食，置廣武於上座，始得我高子焉。高子讀書五車，運籌百勝。慷慨謀議，析天口之是非；指畫山川，知地形之要害。嘗著七發，曹王慕義；每奏一篇，漢文稱善，緣情之製，獨步當時，主人横挑而有餘，墨客仰攻而不下。公卿籍甚，遍交歡於五侯；孫吴暗合，將建功於萬里。徵以露版，召見甘泉，衣短後之衣，帶檑具之劍，象弧彫服，鞭弭櫜鞬。目無先零，氣射西旅。蒼頭宿將，持漢節以臨戎；白面書生，坐胡牀而破

賊。」此序關於高適入哥舒翰幕府的情況，交代頗詳。又適於天寶十三載在哥舒翰幕府所作奉寄平原顔太守云：「一爲天涯客，三見南飛鴻。」（考證詳後）以此逆推，亦當於本年秋冬之際赴西塞。杜甫贈田九判官梁丘云：「陳留阮瑀誰争長，京兆田郎早見招。麾下賴君才並美，獨能無意向漁樵。」仇兆鰲注云：「阮瑀，指高適，適本封丘尉，與陳留相近，他章云『好在阮元瑜』可證。高之入幕，必由田君所薦，故云『早見招』而幕下賴之。」高適登隴云：「淺才登一命，孤劍通萬里。」又自武威赴臨洮謁大夫不及因書即事寄河西隴右幕下諸公云：「浩蕩去鄉縣，飄飖瞻節旄。揚鞭發武威，落日至臨洮。……立馬眺洪河，驚風吹白蒿。雲屯寒色苦，雪合羣山高。……我本江海遊，逝將心利逃，一朝感推薦，萬里從英旄。」此詩爲初至西塞所作，時序正爲秋冬之交。然史載哥舒翰於天寶十二載始兼河西節度使（詳後），此時何以逕赴武威（河西節度使治所），且將河西、隴右連稱？按本年四月河西節度使安思順已改任朔方節度使，自此哥舒翰或已實兼其職，史載於次年，當係追命。根據是：第一，河西隴右兩鎮關係密切，歷來多由一人兼任；第二，早在安思順節制河西之時，就有過由哥舒翰統帥的兩鎮共同軍事行動，如資治通鑑天寶八載六月載：「上（玄宗）命隴右節度使哥舒翰帥隴右、河西及突厥阿布思兵，益以朔方、河東兵，凡六萬三千，攻吐蕃石堡城。」因此當此河西職空缺之時，由哥舒翰兼領便是十分自然的事。

十二月，隨哥舒翰入朝。

舊唐書本傳謂高適入哥舒翰幕府後，「從翰入朝，盛稱之於上前」，未具載年月。按資治通鑑，在此前後數年之中，翰曾兩次入朝，一次在本年十二月，另一次在天寶十四載二月（舊唐書高適傳及金梁鳳傳作十三載）；而後一次翰途得風疾，回長安即病廢在家，且由蔡希魯陪從，高適留在河西（詳後），故適隨翰入朝當在本年。

天寶十二載癸巳（七五三）

五月，以左武衛大將軍何復光將嶺南五府兵擊南詔。隴右節度使哥舒翰擊吐蕃，拔洪濟、大漠門等城，悉收九曲部落（睿宗景雲二年，公元七一一年，九曲爲吐蕃所得）。正式追命翰兼河西節度使。八月，封翰爲西平郡王。

高適五十三歲。去冬隨翰入朝，本年春尚滯留長安。

李雲南征蠻詩序云：「天寶十一載，有詔伐西南夷，右相楊公兼節制之寄，乃奏前雲南太守李宓涉海自交趾擊之。道路險艱，往復數萬里，蓋百王所未通也。十二載四月，至於長安，君子是以知廟堂使能，而李公効節。適忝斯人之舊，因賦是詩。」知四月適尚滯留長安。按李宓擊南詔獲勝，至京獻捷，此事不見史籍；史多載天寶十三載四月，劍南留後李宓將兵七萬，深入擊南詔，大敗，李宓被俘，楊國忠掩敗報捷。兩事具體情節多似，不知何故。適親見李宓回京，記載不致有誤，可補史闕，或存以考異。

入夏，返河西、隴右。

杜甫有詩贈行，送高三十五書記十五韻云：「崆峒小麥熟，且願休王師。請公問主將，焉用窮荒爲？饑鷹未飽肉，側翅隨人飛。高生跨鞍馬，有似幽并兒。脱身簿尉中，始與捶楚辭。借問今何官，觸熱向武威？答云一書記，所愧國士知。人實不易知，尤須慎其儀。」仇注謂此詩作於天寶十一載適隨翰入朝，同至長安後，返回之時，甚是。高適入哥舒翰幕府後，始被任爲掌書記（按資治通鑑天寶十三載三月載：翰奏前封丘尉高適爲掌書記，蓋係追奏），故去年王維送行時只統稱之曰「判官」，而今年杜甫送行特詢其具體職務，並於題中始稱「書記」。此詩似爲高適初次赴西塞而作，細玩文意則非，據其中「人實不易知，尤須慎其儀」二句，高適與哥舒翰此時已互相有所瞭解，但尚未達於深知，而與初赴西塞時「主人未相識，客子心忉忉」（見上年）的情況，却已迥然不同。又「請公問主將，焉用窮荒爲」二句，實爲請致規勸之辭，也不是對一個與哥舒翰素不相識的陌生人所應囑託的。故杜甫此詩不當作爲高適初赴翰幕之證。

五月，從哥舒翰破洪濟城。

同吕判官從哥舒大夫破洪濟城迴登積石軍多福七級浮圖云：「塞口連濁河，轅門對山寺。寧知鞍馬上，獨有登臨事！……高興殊未平，涼風颯然至。拔城陣雲合，轉旆胡星

墜。」破九曲時，高適留後未隨，同李員外賀哥舒大夫破九曲之作云：「遥傳副丞相，昨日破西蕃。作氣羣山動，揚軍大旆翻。……唯有關河渺，蒼茫空樹墩。」此後多賀捷之作，如本年秋所作九曲詞等。次年所作奉寄平原顔太守云：「上將拓邊西，薄才忝從戎。……屢陪投醪醉，竊賀銘山功。雖無汗馬勞，且喜沙塞空。」杜甫寄高三十五書記亦云：「主將收才子，崆峒足凱歌。」

本年獨孤及有詩相寄，送陳兼應辟兼寄高適賈至（毘陵集卷二）云：「高侯秉戎翰，策馬觀西夷。方從幕中事，參謀王者師。」

天寶十三載甲午（七五四）

正月，楊國忠言安禄山必反，玄宗使人召之，安禄山聞命即至，以掩其謀。加安禄山左僕射。三月，哥舒翰爲其部將論功，又奏嚴武爲節度判官，吕諲爲支度判官，高適爲掌書記，曲環爲别將。六月，劍南節度使留後李宓將兵七萬擊南詔，宓被擒，全軍皆没，楊國忠隱其敗，謊報捷，更發内地兵討之，前後死者二十萬人。七月，哥舒翰奏：於所開九曲之地置洮陽、澆河二郡及神策軍。

高適五十四歲。在河西、隴右。

杜甫贈田九判官梁丘云：「崆峒使者上雲霄，河隴降王款聖朝。宛馬總肥秦苜蓿，將

軍只數漢嫖姚。陳留阮瑀誰争長，京兆田郎早見招。麾下賴君才並美，獨能無意向漁樵。」仇兆鰲注引澤州陳冢宰廷敬曰：「考王思禮傳，天寶十三載，吐谷渾蘇毗王款塞，明皇詔翰應接。舊注以此當降王款朝，是也。」此詩作於本年田粱丘以使入奏接應蘇毗王款塞事之時，詩中所謂「陳留阮瑀」即指當時在哥舒翰幕府中的高適。又適奉寄平原顔太守云：「一爲天涯客，三見南飛鴻。」據岑參送顔平原詩序及留元剛顔魯公年譜，顔真卿於天寶十二載春出爲平原太守。天涯即指西塞，時序爲秋冬之際雁南歸之時。而此詩作於本年無疑，序稱「今南海太守張公之牧梁也」，張公即張九皋，知此詩作於張九皋任南海太守之時。按蕭昕張公神道碑（見全唐文卷三五五），張九皋天寶時歷任安康、淮安、彭城、睢陽（即梁）四郡太守，又遷襄陽郡太守，進封南康縣開國男，授南海太守兼五府節度經略採訪處置使，攝御史中丞。秩滿，遷殿中監。天寶十四載四月二十日疾，很快便死於長安，年六十六。據張九皋仕歷及卒年，其任南海太守當在天寶十二、三載之時，再參以高適前後事蹟，此詩必作於本年，如在十二載，逆推三年，則適應於十載秋至西塞，而十一載春適尚在封丘（見前）。

天寶十四載乙未（七五五）

二月，安禄山使副將何千年入奏，請以蕃將三十二人代漢將，其反跡已明，而玄宗仍

蒙蔽不信。二月，隴右、河西節度使哥舒翰入朝，途得風疾，遂留長安，家居不出。十一月，安禄山所部兵及同羅、奚、契丹、室韋凡十五萬衆，反於范陽。玄宗下制欲親征，其朔方、河西、隴右兵留守城堡之外，皆赴行營，令節度使自將之。十二月，東京陷，以哥舒翰爲兵馬副元帥守潼關。

高適五十五歲。在河西、隴右。

杜甫有送蔡希魯都督還隴右因寄高三十五書記，題下原注：「時哥舒入奏，勒蔡子先歸。」仇注引朱（鶴齡）注云：「通鑑：天寶十四載春，哥舒入朝，道得風疾，遂留京師。故蔡都尉先歸而公送之。」詩云：「雲幕隨開府，春城赴上都。……漢使黄河遠，涼州白麥枯。因君問消息，好在阮元瑜。」可知蔡氏春隨哥舒翰入朝，至秋（「白麥枯」）方歸，而高適（即阮元瑜所指）一直留在西塞。

十二月，拜左拾遺，轉監察御史，佐翰守潼關。（見舊唐書本傳）

天寶十五載。肅宗至德元載丙申（七五六）

正月，安禄山自稱大燕皇帝。加哥舒翰左僕射、同平章事，餘職如故。安禄山派其子安慶緒寇潼關，哥舒翰把他擊退。六月，楊國忠疑翰謀己，慫恿玄宗命翰引兵出關，大敗於靈寶西，翰被本部蕃將火拔歸仁執降安禄山，賊兵陷潼關。玄宗出延秋門奔蜀，長安失陷。

七月，玄宗傳位太子亨，肅宗即位於靈武城南樓，尊玄宗爲上皇天帝，改元，是爲至德元載。十一月，永王璘謀反。十二月置淮南、淮南西道節度使，使與江東節度使共圖璘。吐蕃陷威戎、神威、定戎、宣威、制勝、金天、天成等軍及石堡城、百谷城、雕窠城。

高適五十六歲。

春，在潼關，獨孤及有詩相寄，即雨後公超谷北原眺望寄高拾遺（毘陵集卷一），中云：「五陵如薺渭如帶，目極千里關山春。」（按高適去年十二月始拜左拾遺）。六月，翰兵敗。適自駱谷西馳，奔赴行在，及河池郡（治所在今陝西省鳳縣），謁見玄宗，陳潼關敗亡之勢，申哥舒翰之忠義，斥楊國忠之失策。（全唐文摘其語以爲陳潼關敗亡形勢疏）玄宗嘉之。不久遷侍御史（按罷職還京次睢陽祭張巡許遠文自稱「御史中丞」，當以此爲是）。隨玄宗至成都。八月，擢諫議大夫，賜緋魚袋（見舊唐書本傳）。十一月，永王璘謀反，肅宗召適，相與計謀。十二月，以適爲淮南節度使圖璘，至廣陵。（年份據資治通鑑，適謝上淮南節度使表云：「以今月二日至廣陵，以某日上訖。」「今月」蓋即本年十二月。舊唐書本傳作二載事，尚謂兼御史大夫、揚州大都督府長史。）後永王璘果反，適與淮南西道節度使來瑱、江東節度使韋陟會於安陸，結盟誓衆以討之（見資治通鑑）。未過淮，有與將校書（已佚），使絶永王，各求自白（見舊唐書本傳）。

至德二載丁酉（七五七）

正月，安禄山被部下及其子慶緒害死。睢陽被圍，張巡許遠堅守，以保江淮。二月，永王璘敗死。九月，收復長安。十月，睢陽城陷，張巡死之，許遠被執往洛陽遇害。收復東京。哥舒翰遇害。吐蕃陷西平郡。十二月，玄宗還長安。分劍南爲東、西川節度使。

高適五十七歲。在淮南。二月，招永王部將季廣琛於歷陽，兵罷（見舊唐書本傳）。隨後受命參與討安史叛軍，曾救睢陽之圍。

罷職還京次睢陽祭張巡許遠文云：「予亦忝竊，統兹介胄，俄奉短書，至夔狂寇。遂發驕勇，俾驅鳥獸，將無還心，兵亦死鬥。」即寫討永王璘後又受命平安史之亂。李白送張秀才謁高中丞詩序云：「余時繫尋陽獄中，正讀留侯傳。秀才張孟熊蘊滅胡之策，將至廣陵謁高中丞。余喜子房之風，感激於斯人，因作詩以送之。」高中丞即高適，張孟熊欲向其獻滅胡之策，亦爲高適參與討安史之證。有與賀蘭進明書、與許叔冀書（皆已佚），調解嫌隙，敦促同援梁宋，解睢陽之圍（見舊唐書本傳）。並親身參加救睢陽之戰，新唐書張巡傳：「肅宗詔中書侍郎張鎬代進明節度河南，率浙東李希言、浙西司空襲禮、淮南高適、青州鄧景山四節度掎角救睢陽。巡亡三日而鎬至。」

至德三載。乾元元年戊戌（七五八）

二月，改元。九月，命朔方郭子儀、淮西魯炅、興平李奐、滑濮許叔冀、鎮西北庭李嗣業、鄭蔡季廣琛、河南崔光遠七節度使及平盧兵馬使董秦將步騎二十萬討安慶緒；又命河東李光弼、關内澤潞王思禮二節度使將所部兵助之。十月，遂拔衛州，安慶緒入鄴固守。十一月拔魏州，十二月復陷於史思明。

高適五十八歲。因敢於直言，遭權臣殿中監、太僕卿李輔國讒，左授太子詹事（此據祭張巡許遠文自述，舊唐書本傳作「太子少詹事」）。五月，歸東京。

還京次睢陽祭張巡許遠文云：「維乾元元年五月日，太子詹事、御史中丞高適謹以清酌之奠，敬祭於故御史中丞張、許二公之靈。」杜甫有寄高三十五詹事：「安穩高詹事，兵戈久索居。……相看過半百，不寄一行書。」

乾元二年己亥（七五九）

正月，史思明築壇於魏州城北，自稱大聖燕王。二月，郭子儀等九節度使圍鄴城，安慶緒堅守以待史思明。史思明自魏州引兵趨鄴，離城五十里紮營。三月，九節度使兵潰於相州。四月，史思明自稱大燕皇帝於鄴城。九月，史思明入東京。十月，肅宗下制親征史思明；羣臣上表諫，乃止。

高適五十九歲。三月，九節度使兵潰於相州，東京震恐，高適隨官吏南奔襄州、鄧

州，歸長安。五月，出任彭州刺史。

關於近三年行跡，適詩文自述頗詳。同河南李少尹畢員外宅夜飲時洛陽告捷遂作春酒歌云：「前年持節將楚兵，去年留司洛陽宮，今年復拜二千石，盛夏五月西南行。」謝上彭州刺史表云：「比逆亂侵軼（指永王亂），淮楚震驚，遂兼節制之權，空忝腹心之寄。銜命感激，思效駑駘，敢竭公忠，動無迴避，而智不周物，才難適時，俄塵聖聽，果速官謗。實謂死亡可待，流竄在兹。陛下弘覆載之恩，明日月之鑒，始拜宮允，今列藩條。」酬裴員外以詩代書云：「留司洛陽宮，詹府唯蒿萊。是時掃氛祲，尚未殲渠魁。背河列長圍，師老將亦乖。歸軍劇風火，散卒争椎埋。一夕瀍洛空，生靈悲暴腮。衣冠投草莽，予欲馳江淮。登頓宛葉下，棲遑襄鄧隈。城池何蕭條，邑門更崩摧。縱横荆棘叢，但見瓦礫堆。行人無血色，戰骨多青苔。遂除彭門守，因得朝玉階。」按此處所寫可與史載印證，資治通鑑乾元二年：「三月，壬申，官兵步騎六十萬陳於安陽河北，思明自將精兵五萬敵之。諸軍望之，以爲遊軍，未介意。思明直前奮擊，李光弼、王思禮、許叔冀、魯炅先與之戰，殺傷相半；魯炅中流矢。郭子儀承其後，未及布陳，大風忽起，吹沙拔木，天地晝晦，咫尺不相辨，兩軍大驚，官軍潰而南，賊潰而北，棄甲仗輜重委積於路。子儀以朔方軍斷河陽橋保東京。戰馬萬匹，惟存三千；甲仗十萬，遺棄殆盡。東京士民驚駭，散奔山谷；留守崔圓、河南尹蘇震

等官吏南奔襄、鄧，諸節度使各潰歸本鎮。士卒所過剽掠，吏不能止，旬日方定。惟李光弼、王思禮整勒部伍，全軍以歸。」是則高適本年三月身經此亂，五月遂赴彭州刺史任。

七月，杜甫棄左拾遺西去，度隴，赴秦州，有寄彭州高三十五使君適虢州岑二十七長史參三十韻，中云：「故人何寂寞，今我獨淒涼。老去才雖盡，秋來興甚長。」又有因崔五侍御寄高彭州一絶。歲終，杜甫至成都，寓居浣花溪寺。高適有贈杜二拾遺：「傳道招提客，詩書自討論。佛香時入院，僧飯屢過門。」杜甫有酬高使君相贈。

乾元三年　上元元年庚子（七六〇）

閏四月改元。本年吐蕃陷廓州。

高適六十歲。秋，由彭州刺史改任蜀州刺史。

杜甫奉簡高三十五使君云：「行色秋將晚，交情老更親。天涯喜相見，披豁對吾真。」仇注云：「高由彭州刺蜀州，公時在蜀。」以高適前後行跡考之，刺蜀當在本年秋。舊唐書本傳載刺蜀在刺彭前，誤。

上元二年辛丑（七六一）

三月，史思明爲其部將駱悦所殺，其子史朝義即皇帝位，所部節度使多不聽命。四

月，梓州刺史段子璋反。五月，西川節度使崔光遠與東川節度使李奐共攻綿州，拔之，斬段子璋。八月，加開府儀同三司李輔國兵部尚書。李輔國驕縱日甚，求爲宰相，諷僕射裴冕等使薦己，未從。九月，江淮大饑，人相食。

高適六十一歲。在蜀州。

有人日寄杜二拾遺，云：「人日題詩寄草堂，遥憐故人思故鄉。」按杜甫於去春卜居成都西郊之浣花溪，營造草堂，季春始落成，其年人日尚無草堂，故知此詩必爲本年人日在蜀州相寄。後杜甫有追酬高蜀州人日詩，序云：「往居在成都時，高任蜀州刺史。」

五月，率州兵從西川節度使崔光遠攻段子璋（見舊唐書本傳）。

冬，至成都，與杜甫會於草堂。

杜甫王十七侍御掄許攜酒至草堂奉寄此詩便請邀高三十五使君同到云：「老夫卧隱朝慵起，白屋寒多暖始開。……繡衣屢許攜家醖，皂蓋能忘折野梅。」王竟攜酒高亦同過云：「移樽勸山簡，頭白恐風寒。」均作於本年冬，稱「使君」，知高適仍任蜀州刺史。

上元三年　代宗寶應元年壬寅（七六二）

四月改元，玄宗肅宗相繼死，代宗即位。五月，以李輔國爲司空兼中書令。六月，李輔國罷職，進爵博陸王。以兵部侍郎嚴武爲西川節度使。七月，癸巳，劍南西川兵馬使徐

知道反，以兵守要害，拒嚴武。八月，己未，徐知道爲其將李忠厚所殺，劍南悉平。九月，代宗遣中使於回紇，修舊好，徵兵討史朝義。十月，以雍王适爲天下兵馬元帥，進討史朝義。諸軍發陝州，旋收復東京、鄭州、汴州。回紇兵及官軍肆行虜掠，三月乃已，所過比屋蕩盡，士民困苦。十一月，捷報至長安。史朝義向北節節敗退。同月，李白卒，年六十二。

高適六十二歲。上半年仍任蜀州刺史。四月，代宗即位，杜甫有詩相寄，其寄高適云：「北闕更新主，南星落故園。定知相見日，爛漫倒芳樽。」七月，嚴武召還，適代爲成都尹。舊唐書本傳謂代崔光遠，誤，去年十二月，崔光遠之成都尹職已爲嚴武所代。同月，討劍南西川兵馬使徐知道叛亂。八月，徐知道爲其將所殺，高適上賀斬逆賊徐知道表，云：「臣與邛南鄰境，左右叶心，積聚軍糧，應接師旅，以今月二十三日大破賊衆；同惡翻然，共殺知道。六軍慶快，雲物改容，百姓欣歡，景色相賀。」

寶應二年　廣德元年癸卯（七六三）

正月，范陽節度使李懷仙降唐，史朝義自縊而死，傳首京師。七月，吐蕃入大震關，陷蘭、廓、河、鄯、洮、岷、秦、成、渭等州，盡取河西、隴右之地。十月，吐蕃入長安，代宗逃至陝州。十一月，郭子儀收復長安，十二月，代宗返長安。同月，吐蕃陷松、維、保三州及雲山

新築二城。

高適六十三歲。在蜀州。閏正月上賀收城表，慶賀收復洛陽。

表云：「閏正月十六日，中使郭羅至，伏奉敕書，示臣聖略。收復瀍洛，掃殄兇徒，臣適手之足之，載欣載躍。……臣忝司戎律，累奉德音，昭宣睿謀，底寧縣道，天下幸甚，豈獨方隅！」

二月，遷任劍南節度使。

謝上劍南節度使表云：「遠奉恩制，不敢逡巡，即以二月二日上訖。……臣往在淮陽，已無展效，出臨彭蜀，又乏循良，雖聖恩不移，而微臣益懼。……陛下慎擇任人，朝廷多士，伏願更徵英彦，俾付西南，許臣暮年，歸侍丹闕。」雖赴任，但深有乞歸、代還之望。

七月，吐蕃陷隴右；十月，又入長安。時適練兵於蜀，臨吐蕃南境以牽制之，師出無功。

十二月，松、維、保三州等地爲吐蕃所陷，高適不能救（據舊唐書本傳及資治通鑑）。

廣德二年甲辰（七六四）

正月，合劍南東西川爲一道，以黄門侍郎嚴武爲成都尹、充節度使。九月，嚴武破吐

蕃七萬衆，拔當狗城。十月，又拔吐蕃鹽川城。僕固懷恩與回紇、吐蕃進逼奉天，京師戒嚴。郭子儀堅壁以待，敵退。本年，户部奏：户二百九十餘萬，口一千六百九十餘萬。（通鑑胡三省注云：「史言喪亂之後，户口減於承平什七八。」參見前開元二十八年。）

高適六十四歲。春，代宗以嚴武代還，用爲刑部侍郎，轉散騎常侍，加銀青光禄大夫，進封渤海縣侯（據舊唐書本傳及資治通鑑）。

杜甫有奉寄高常侍，送高適還京，詩云：「今日朝廷須汲黯，中原將帥憶廉頗。天涯春色催遲暮，别淚遥添錦水波。」

永泰元年乙巳（七六五）

正月改元。

正月，高適卒（見兩唐書本傳），年六十五。贈禮部尚書。

杜甫有聞高常侍亡詩，云：「歸朝不相見，蜀使忽傳亡。……獨步詩名在，祇令故舊傷。」

舊唐書本傳評其一生曰：「適喜言王霸大略，務功名，尚節義。逢時多難，以安危爲己任，然言過其術，爲大臣所輕。累爲藩牧，政存寬簡，吏民便之。有文集二十卷。……而有唐以來，詩人之達者，唯適而已。」

注：筆者舊作有高適年譜，發表在北京大學學報（人文科學版）一九六三年第六期，本譜在其基礎上作了修訂增補。關於高適世系的考證，參用了周勳初同志高適年譜（上海古籍出版社一九八〇年版）的説法。

附録三　高適集版本考

盛唐著名詩人高適的詩文，在唐代已被彙集流傳。高適奉寄平原顔太守詩序云：「今南海太守張公（按，指張九皋）之牧梁也，亦謬以僕爲才，遂奉所製詩集於明主。」據此則高適生世其詩已被編集。就歷代著録情況看，舊唐書本傳稱「有文集二十卷」，並提及與賀蘭進明書、與許叔冀書、未過淮先與將校書三文（今不傳）。至宋，新唐書藝文志著録：高適集二十卷。崇文總目著録：高適文集十卷。晁公武郡齋讀書志著録：高適文集十卷，集外文一卷，别詩一卷。陳振孫直齋書録解題著録：高常侍集十卷。可知宋代除唐代編定的二十卷本外，又産生了十卷本；並且據郡齋讀書志，除十卷本外，又出現了「集外文一卷，别詩一卷」的輯佚之作。可見十卷本有闕佚，但又決不是闕佚至半的重殘本，十卷、二十卷之别，主要原因在於十卷本爲重新編定之本。元馬端臨文獻通考經籍考多襲郡齋讀書志和直齋書録解題，關於高適集的著録，全同

郡齋讀書志，馬端臨是否確實看到附有輯佚的十卷本，不得而知。宋史藝文志著録：高適詩集十二卷。從分卷及單刻詩來看，是一種新本子，其詳不得而知。至明清，二十卷本、十卷本皆有著録。明焦竑國史經籍志著録高常侍集二十卷，胡震亨唐音癸籤卷三十集録一載高適集二十卷，清孫星衍廉石居藏書記内篇卷上亦著録高常侍集二十卷，今傳世本中未見。而孫氏祠堂書目則著録高常侍集十卷，並注明「明刊本」，其他目録多同此，如丁仁八千卷樓書目等。

高適集傳世之本，可以歸納爲詩不分體十卷詩文集本、不分體詩集本、詩分體十卷詩文集本、分體詩集本四個系統，兹分類臚列略考如下：

（一）高常侍集十卷，存前五卷，明抄本。半頁十一行，行十八字，字體不佳，時有塗改。前有「大司馬兼御史中丞藍氏和」印，後有「藍氏皇翁」印。此本序次、文字與清影宋抄本（詳第二個本子）全同，可知是依據宋刊的抄本。現藏國家圖書館。

（二）高常侍集十卷，清影宋抄本。半頁十行，行十八字。前有黄丕烈、翁同龢、汪士鐘等人藏印。字體影宋（歐陽詢體）摹寫極精，前數頁連原書版心所刻記載每頁字數、刻工姓名的字樣，亦照録不遺。避諱至宋寧宗（廓字缺末筆）。又送渾將軍出塞中「弦」字缺末筆。現藏國家圖書館。

此本前八卷爲詩，不分體，亦非編年，每卷前皆題「雜著」，總計詩一百八十九題，二百二十五首。第九卷亦題「雜著」，收賦二篇，贊二篇，記一篇，序一篇，祭文一篇。第十卷題「表」，收表

九篇。

明抄殘本（見一）前五卷序次、文字皆與此本同，其祖本同爲宋本。宋刊高常侍集，清初仍偶有流傳，多被轉抄。關於輾轉影寫宋本的情況，錢曾讀書敏求記卷四曾敍及：「達夫集予借林宗宋槧本影摹，族祖求赤又從予轉假去録而藏於懷古堂。今宋槧本流落無聞。予本久已歸之滄葦（季振宜），此乃懷古堂録本也。」清陳樹杓帶經堂書目卷四上著録：高常侍集八卷，文二卷，注云：「傳録錢求赤懷古堂影宋本。」又四庫全書所收之抄本，亦屬同一系統，浙江採進遺書總録辛集著録高常侍集十卷，注云：「知不足齋影宋寫本。」（按，四庫簡目標注云「四庫著録係汲古閣影宋精抄本」，當誤。）四庫全書總目於高集下注云：「浙江鮑士恭家藏本。」按，鮑士恭即知不足齋主人鮑廷博之子。四庫提要云：「此本從宋本影抄，内『廓』字缺筆，避寧宗嫌名，當爲慶元以後之本。凡詩八卷，文二卷，其集外詩文則無之。考明人所刻適集，以太平廣記高鍇侍郎墓中之狐妖絶句『危冠高髻楚宮妝，閑步前庭趁夜涼，自把玉簪敲砌竹，清歌一曲月如霜』一首（按，即高集中聽張立本女吟），併載入之，蕪雜殊甚。又九日一詩（按，即重陽），見宋程俱北山集，毛奇齡選唐人七律，亦誤題適作。此本不載，較他本特爲精審。」此説極是，除所舉二首僞詩外，尚有奉和儲光羲、塞下曲（「君不見」）、感五溪薺萊三首僞詩（詳前言第四部分辨僞）亦不載。然較他本亦有遺漏，如闕塞下曲（「結束浮雲駿」）、銅雀妓、酬龐十兵曹、和崔二少府登楚丘城、同呂員外酬田著作幕門軍西宿盤山秋夜作、哭裴少府、部落曲、贈杜二拾遺、逢謝偃等九首。

此本文字極佳（如燕歌行序「開元二十六年」，諸本多作「三十六年」、「十六年」，皆誤，唯此本及明抄本未誤。明銅活字本亦未誤，當亦據宋本），且兼注異文，對於校勘參考價值極高。又題下、文中時有注語，爲唐詩所、唐詩紀、全唐詩所襲，頗有助於瞭解詩意。

以上爲傳世本的第一個系統。

（三）高常侍集宋刻殘本，目録七卷（同前一本的前七卷），正文只存六卷（同前一本的前六卷），目録後有牌記一行：「臨安府睦親坊南陳宅經籍鋪印。」目録前題「高常侍集目録」，目録每卷卷次後有「雜著」類題。正文每卷前題「高常侍集」卷次，每卷卷次後有「詩」類題，與目録中的「雜著」類題不同。半頁十行，行十八字。字體與前一本（二）相倣。正文中兼注異文，題下、文中時有注語，亦與前一本同。正文中時有缺字（作墨等■）。由此可知，此本與清影宋抄本之底本不同，當爲經過改動的翻刻本。現藏日本東京大東急記念文庫。

（四）高常侍集一卷，明抄唐十八家詩本，半頁十行，行十九字，僅存詩，序次、文字同前兩本，唯末多出酬龐十兵曹、和崔二少府登楚丘城二首。現藏國家圖書館。

以上爲傳世本的第二個系統，即不分體詩集本系統。

（五）高常侍集十卷，明刻本，無刊刻年月及刻書人，半頁十行，行十八字。前有瞿鏞「鐵琴銅劍樓」印。現藏國家圖書館，題爲「唐本明刊」，按當爲明嘉靖以前覆宋刊本（參見第六個本子的考證）。此本前八卷爲詩賦，詩分體。卷一先編列賦二首（東征賦、鶻賦），次爲五言古詩，卷

二至卷四，亦爲五言古詩，卷五爲七言古詩，卷六爲五言律詩，卷七爲五言排律，卷八爲七言律詩、五言絶句、七言絶句，卷九題爲「表」，收表九篇，卷十題爲「雜著」，收贊二篇，記一篇，序一篇，祭文一篇。此本九、十兩卷，所題類名與清影宋抄本同，唯次序互倒，並將賦二篇抽出，列居卷一之首。

此本詩計二百零一題，二百四十一首，清影宋抄本所闕之十四篇，不論真僞，俱存無遺，唯另缺淇上别業一首。此本的祖本，或爲與詩不分體十卷本並行的一種本子，或據詩不分體十卷本增補改編而成（卷十題爲「雜著」，正爲詩不分體本之遺跡）。後出的八卷詩集本，蓋又節取此本前八卷而成。此本爲高適集承上啓下的一個重要本子，又較完足，故取爲本書底本。

（六）高常侍集十卷，明覆宋刻本，無刊刻年月及刻書人姓名，半頁十行，行十八字。原爲鄭振鐸藏書，現藏國家圖書館。書附有鄭振鐸跋，云：「高適集，有明活字板本，凡八卷，有詩無文；又有張遜業東壁圖書府本，亦只有詩二卷。以後翻刻張本的諸明刊十二家詩，像許自昌、楊一統所刻的，也都是二卷本。四庫收的是十卷的影宋鈔本，於詩八卷外，第九、十兩卷是文，最爲完備（按，實有闕佚，詳前），惜未有覆刻本。曾在北京隆福寺修綆堂架上，見有明正德、嘉靖間覆宋刻本一部，亦是十卷，有詩，有文。一時匆促，未及購之。今天是夏曆戊戌元旦，偕趙萬里君遊廠甸，偶憶及此書，因亟往修綆堂取之歸。玄覽堂所儲唐人集，又多一善本矣。一九五七年夏，曾在藻玉堂取得一部明正德刻本王昌齡集，凡三卷。每半頁十行，行十八字，與此本

正同。聞正德時曾刻王、高、孟、岑四集，惜予僅得王、高二集。頗疑此種十行十八字盛唐人集，當不止是四家，且似不限於盛唐一代，朱警刻的唐百家詩集，亦是十行十八字，疑均出於南宋的書棚本。朱本有王昌齡、孟浩然二家，却無高、岑，不知何故。研討唐詩刻本，是一大學問，非廣搜異本，多集資料，不易有可靠的結論也。一九五八年二月十八日燈下鄭振鐸記。」

此本行款、分卷、序次、文字同前一本（第五個本子），然字體筆畫稍瘦，且偶有訛闕之字，如使青夷軍入居庸三首詩題，此本闕「入」字，可知當爲同一系統的不同翻刻本。

（七）高常侍集十卷，明仿宋刻本，無刊刻年月及刻書者姓名，半頁十行，行十八字，存前五卷，封面有李盛鐸題記：「集本十卷，此僅存前五卷，木齋記。」現藏北京大學圖書館。

此本行款、篇目、序次與國家圖書館藏明刻十卷本（第五個本子）全同，文字偶有異，當爲同一系統的不同翻刻本。

以上爲傳世本的第三個系統。上海圖書館館藏高常侍集十卷兩種，題爲明嘉靖刊本，亦屬此系統。唯其中一種爲殘刻本，原缺卷四整卷，將卷二中四首及卷七中三首拼凑補綴而成。

（八）高常侍集八卷，明刊唐十二家詩本，無刊刻年月及刻書人姓名，半頁十行，行十八字，字體極佳。分八卷，卷一至卷四爲賦及五古，卷五爲七古，卷六爲五律，卷七爲排律，卷八爲七律、五絶、七絶。現藏北京大學圖書館。書名、行款、分卷、篇目、序次、文字全同明刻詩分體十卷本（前三個本子）的前八卷，如詩分體十卷本闕淇上别業一首，此本亦闕；詩分體十卷本李雲

南征蠻詩「晡餐兼僰僮」，「僰」爲「僰」字之誤，此本亦因之。此本當爲詩分體十卷本前八卷詩賦部分的節本，節其書而因其名，仍題高常侍集。

（九）高常侍集上、下二卷，明張遜業輯校，嘉靖三十一年（一五五二）江都黄埻刊十二家唐詩本。半頁九行，行十九字，字體極精。現藏國家圖書館（北大圖書館亦藏有高集單本）。十二家順序爲：王勃、楊炯、陳子昂、駱賓王、盧照鄰、杜審言、沈佺期、宋之問、孟浩然、王維、高適、岑參。王勃集前有張遜業撰王勃集序，末署「嘉靖壬子秋日」，即嘉靖三十一年。他集無序。

此本書名、篇目與詩分體十卷本前八卷及明無名氏刻唐十二家詩本（第八個本子）同，亦闕淇上别業一首。唯分卷有異，將前五卷之古體詩歸併爲卷上，後三卷之近體詩歸併爲卷下；又原卷七之排律，與原卷八之七律、五絶、七絶，次序互倒。故與上述兩種本子有淵源關係，或據詩分體十卷本前八卷重新編刻，或承第八個本子重新編刻，爲明刊唐十二家詩本承上啓下的一個重要本子。

（十）高適集一卷，明萬曆十二年（一五八四）楊一統刊十二家唐詩本。半頁九行，行二十字，楷體。現藏北京大學圖書館。十二家順序爲王勃、楊炯、盧照鄰、駱賓王、陳子昂、杜審言、沈佺期、宋之問、孟浩然、王維、高適、岑參，與張遜業、黄埻本有異。王勃集卷首有三序：黄道日刻唐十二家詩序、孫仲逸刻唐十二家詩序、楊一統重刻十二家唐詩引。楊序題爲「重刻」，末署「萬曆甲申（即萬曆十二年）孟冬」。孫序云：「都有唐諸作而隲（騭）之，則兹集數人爲首。今

海内人士，不翅沈酣枕藉之，故江都之刻（即張黄本），不數年已覆初本。余友楊允大（一統字）再刊於白下，而校加精焉，屬不佞序之首簡。」末署「萬曆甲申玄提月」。可知係據張黄本重加校勘刊行。其中高適集校者爲丘陵（子長）。

此本雖不分卷，然分體，序次同張黄本，文字亦多同。唯闕塞下曲（「君不見」）一首（係僞詩）。

（十一）高常侍集上、下二卷，明鄭能刊唐十二家詩本，無刊刻年月。半頁九行，行十九字。原爲鄭振鐸藏書，現藏國家圖書館，僅存孟、王、高、岑四集，各集卷首均題「晉安鄭能拙卿重鐫」。國家圖書館善本目録題爲「唐四家詩」，據鄭振鐸劫中得書記云：「合刻初唐十二家者，有嘉靖壬子永嘉張遜業本，有晉安鄭能本」，此「唐四家詩本」蓋爲由十二家詩溢出之本。

此本題「重鐫」，書名、分卷、篇目、序次全同張黄本，文字歧異亦絶少，可推知係據張黄本翻刻。

（十二）高常侍集上、下二卷，明許自昌輯校前唐十二家詩本，據許序，萬曆三十一年（一〇六三）刊。半頁九行，行十九字。現藏國家圖書館（北京大學圖書館僅藏有高集單本）。

此本書名、分卷、次第、文字全同張黄本，據其翻刻無疑。

（十三）高常侍集八卷，明銅活字本，無刊刻年月及刊刻人姓名，中國版刻圖録於明銅活字印本岑嘉州集下云：「銅活字本唐人集，傳世頗罕，前人多誤認爲宋刻本。原書全目，已不可

考。范氏天一閣藏三十四家，北京圖書館藏四十六家。觀字體紙墨，疑弘（治）、正（德）間蘇州地區印本。」現藏國家圖書館。四部叢刊影印底本即此本。

此本書名、分卷、序次與明刻詩分體十卷本（以第五個本子爲代表）前八卷全同，而原闕之淇上別業一首，也已據詩不分體十卷本（以第二個本子爲代表）補進，凡二百零一題，二百四十一首，成爲傳世高適詩集篇目較爲完足的一個本子。文字情況亦基本同分體十卷本，並有所校正，如李雲南征蠻詩「晡餐兼僰僮」，「僰」字諸本皆誤作「僰」，此不誤；燕歌行序「開元二十六年」，諸本多誤作「三十六年」，此本同清影宋抄本（第二個本子），不誤。另異體字、俗體字較多，蓋受活字字模的局限所致。此本蓋源出於明刻詩分體十卷本，然與同源之張黄十二家唐詩本（第八個本子）系統無關，分卷、序次、文字多不同，如幾處闕文：同呂員外酬田著作幕門軍西宿盤山秋夜作「磧路天甲秋」，明刻詩分體十卷本「甲」字空缺，此本校補爲「甲」字，張黄本及許本校補爲「正」字；哭裴少府「□悲哭君去」，闕字同明刻詩分體十卷本，而張黄本及許本已校補爲「深」字；崔司録宅燕大理李卿「欲言歸□□」，闕字同明刻詩分體十卷本，而張黄本及許本已校補爲「剡溪」。

以上爲傳世本的第四個系統，即分體詩集本的系統。

（十四）高適詩四卷，全唐詩本，卷一至卷二爲五古，卷三爲七古，卷四爲五律、七律、排律、五絶、七絶，各體序次同張黄本。凡二百零一題，二百四十二首，題數與明銅活字本相同，首數

多一，而篇目互有出入：全唐詩多出玉真公主歌、途中酬李少府贈別之作二題二首及自淇涉黄途中作其十三一首（「皤皤河濱叟」），共二題三首；闕奉和儲光羲、感五溪薺萊二題二首（皆爲僞詩）。

按全唐詩爲清康熙時彭定求等以明胡震亨唐音統籤、清初季振宜唐詩兩書爲基礎增訂而成。胡震亨明史無傳，據嘉興府志：「萬曆丁酉（一五九七）舉於鄉，知合肥縣。崇禎季年，薦補定州知州，擢員外郎。乞歸，藏書萬卷，日夕搜討，凡祕册僻典，『魯』『魚』漫漶者，無不補綴揚権。所著有唐音統籤。」可知唐音統籤成書於清初。據唐音癸籤卷三十至卷三十三集録部分的内容，統籤的收集範圍，包括各家別集、總集、詩話及金石刻辭、書畫真迹。季振宜唐詩，以錢謙益彙集之唐詩殘稿爲基礎編成，而錢氏之書的初盛唐部分，又襲明萬曆間吴琯等編刊的唐詩紀（初唐六十卷，盛唐一百一十卷）。吴琯刻唐詩紀凡例説：「是編多本人原集或金石遺文。」又説：「是編校訂，先主宋版諸書，以逮善本。有誤斯考，可據則從，其疑仍闕，不敢臆斷，以俟明者。」可知搜集之廣，校勘之精。全唐詩本高詩，與唐詩紀中的高詩部分，在篇目、序次、文字上基本相同，注文亦多同，唯闕塞下曲（「君不見」）、漁父歌二首，這説明全唐詩與唐詩紀相承關係的密切。又，將全唐詩本與高集傳世其他諸本相較，在編排上變動較大，但在内容上兼採衆長，如保存舊本之校注（包括題下注及文中異文之注），與清影宋抄本幾乎全同，蓋有取於詩不分體之十卷宋本系統；補各本佚詩三首：途中酬李少府贈別之作、玉真公主歌、自淇涉黄途中作之

第十三首；汰删僞作：奉和儲光羲、感五溪薺菜；補闕文：哭裴少府「□悲哭君去」，據張黄及許本將闕文補作「深」，崔司録宅燕大理李卿「飲醉欲言歸□□」，亦從張黄及許本將闕文補作「剡溪」，同吕員外酬田著作幕門軍西宿盤山秋夜作「磧路天□秋」，則既不從張黄及許本將闕文補作「正」，又不從明銅活字本補作「甲」，而是校補爲「早」。可見全唐詩本高詩，是借階於唐詩紀、唐音統籤，進一步彙採高集諸本及總集、詩文評等有關方面衆書之長的一個綜合版本，頗有參考價值。

另外，還有不少有關的敦煌寫本，雖不完整，但保存了高詩最早的版本資料，具有極高的補遺和校勘價值：

（十五）高適詩集，伯三八六二，凡三十六題，四十八首，爲敦煌殘卷保存高詩較多者，訂訛補遺之價值亦很高。如其中有後世傳本佚詩三首：雙六頭賦送李參軍、遇崔二有别、奉寄平原顔太守。第三首思想性、藝術性尤高，又是考證高適身世的重要資料。武威作二首即後世傳本之登百丈峯二首，可據以訂正後人嚴重妄改之訛文（詳本詩校注）。

（十六）詩選，伯二五五二，其中高詩凡四十題，四十一首，校勘補遺價值亦很高。如其中有後世傳本佚詩二首：自武威赴臨洮謁大夫不及因書即事寄河西隴右幕下諸公、同李司倉早春宴睢陽東亭。前首思想藝術價值頗高，又是考證高適身世的重要資料。羅振玉輯印之鳴沙室佚書中署爲唐人選唐詩之詩選殘卷，存高適信安王幕府詩一首及留上陳左相前數句，下與伯二

五五二高詩部分珠聯璧合，實爲此殘卷割裂之部分。

其他如：詩選伯二五五五，有塞上聞吹笛、别董大二首其一；伯二七四八，有燕歌行；伯三一九五，有燕歌行（殘）、送蕭判官賦得黄花戍（佚詩）；伯三六一九，有餞故人、無題（「一隊風來一隊砂」）（二首皆爲佚詩）；伯三八一二，有在哥舒大夫幕下請辭退託興奉詩（疑僞）；斯二八八，有古大梁行（殘）、燕歌行；斯二〇四九，有漢家篇（即燕歌行），等等。

據以上考證，試將高適集版本源流系統圖示如下：

唐高適生世詩集本（見奉寄平原顔太守序，不傳）。

唐敦煌寫本多種：（十五）、（十六）等。

文集二十卷本（自唐至清見於記載、著録，今不傳）。

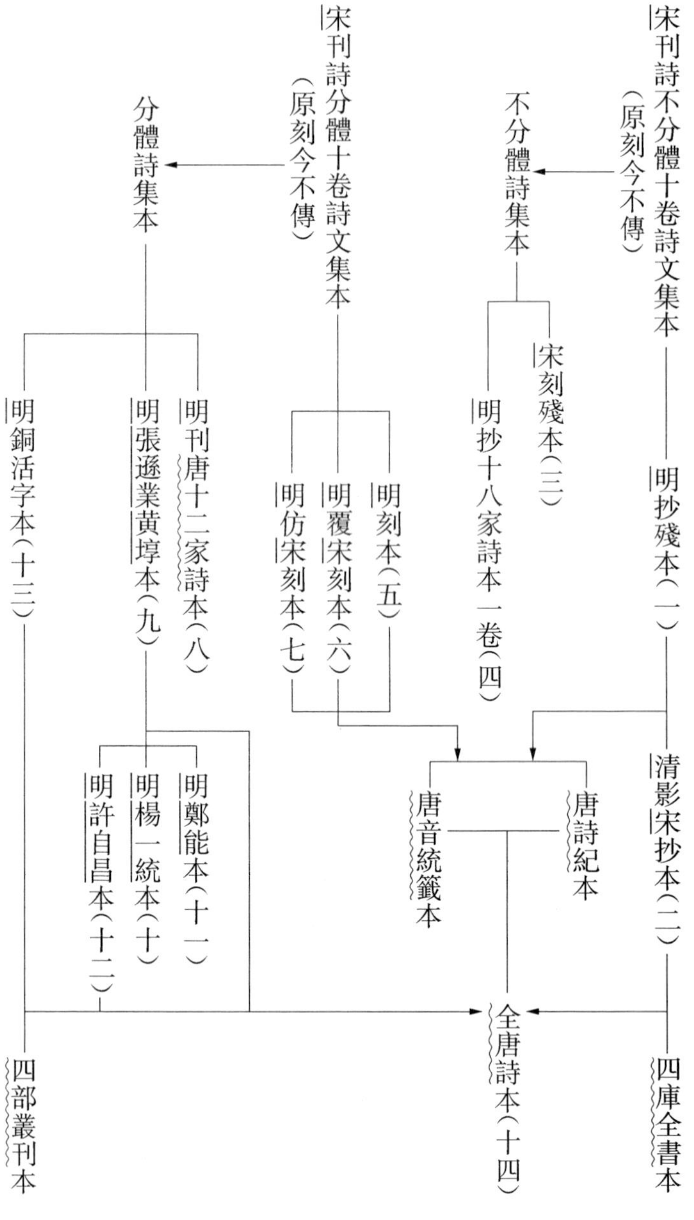

宋刊詩不分體十卷詩文集本（原刻今不傳）
不分體詩集本
明抄殘本（一）
清影宋抄本（二）
四庫全書本
宋刻殘本（三）
明抄十八家詩本一卷（四）
唐詩紀本
唐音統籤本
全唐詩本（十四）
宋刊詩分體十卷詩文集本（原刻今不傳）
明刻本（五）
明覆宋刻本（六）
明仿宋刻本（七）
分體詩集本
明刊唐十二家詩本（八）
明張遜業黄埻本（九）
明銅活字本（十三）
明鄭能本（十一）
明楊一統本（十）
明許自昌本（十二）
四部叢刊本

U0438207